KB118286

거인들의 몰락
20세기 3부작 제1부
1914

거인들의 몰락

2

FALL OF GIANTS : BOOK ONE OF THE CENTRY TRILOGY
by Ken Follett

Copyright ⓒ 2010 by Ken Follett
Korean Translation Copyright ⓒ 2015 by MUNHAKDONGNE Publishing Corp.
All rights reserved.

This Korean edition is published by Munhakdongne Publishing Corp.
in arrangement with Ken Follett.

이 도서의 국립중앙도서관 출판예정도서목록(CIP)은
서지정보유통지원시스템 홈페이지(http://seoji.nl.go.kr)와
국가자료공동목록시스템(http://www.nl.go.kr/kolisnet)에서 이용하실 수 있습니다.
(CIP제어번호: CIP2015018304)

2

FALL OF GIANTS
KEN FOLLETT

켄 폴릿
장편소설

남명성 옮김

문학동네

FALL OF GIANTS
CONTENTS

18장
1916년 7월 하순

I

에설은 빌리가 프랑스로 떠난 이후 삶과 죽음에 대해 무척 많은 생각을 했다. 다시는 동생을 못 볼 수 있다는 것도 알았다. 빌리가 밀드러드와 첫 경험을 했다는 사실은 기뻤다. "네 꼬마 동생, 내가 데리고 잤어." 밀드러드는 빌리가 떠난 다음 명랑하게 말했다. "귀여운 녀석이야. 웨일스에 그런 아이 더 없나?" 말은 그렇게 하지만 밀드러드의 감정이 가볍지 않을 수도 있다고 에설은 생각했다. 이니드와 릴리언이 그날부터 밤에 기도를 할 때마다 프랑스에 간 빌리 삼촌이 무사히 집으로 돌아오기를 빌고 있었기 때문이다.

며칠 후 로이드가 심한 기관지염으로 고생하기 시작했다. 에설은 숨을 쉬려고 버둥거리는 아이를 안고 어르며 괴로움에 몸부림쳤다. 아이가 죽을지도 모른다는 두려운 생각이 들자 부모님에게 아이를 보여주지 않은 게 비통하리만큼 후회스러웠다. 로이드가 낫는 대로 에설은 아이를 데리고 애버로언에 가기로 했다.

그녀는 고향을 떠난 지 정확히 이 년 만에 돌아왔다. 비가 내리고 있었다.

풍경은 그다지 많이 변하지 않았지만 왠지 황량해 보였다. 태어나 이십일 년간 살면서 그런 식으로 생각한 적은 한 번도 없었는데 런던에서 살게 된 지금 보니 애버로언은 온 마을의 색이 똑같았다. 모든 게 잿빛이었다. 집들, 거리, 광석을 제련하고 남은 찌꺼기가 쌓인 더미, 산허리를 따라 암울하게 움직이는 낮게 깔린 비구름까지.

오후도 절반이 지난 시각에 기차역을 빠져나오며 에설은 피로를 느꼈다. 십팔 개월이 된 아이를 데리고 하루가 꼬박 걸려 여행하는 일은 고되기 짝이 없었다. 로이드는 얌전히 굴었고 이를 보이며 잘 웃기도 해서 주변 승객들로부터 귀여움을 받았다. 그럼에도 흔들리는 기차에서 젖을 먹이고, 냄새나는 화장실에서 기저귀를 갈아 채우고, 칭얼거릴 때마다 달래서 재워야 했고, 그러는 동안 사람들이 지켜보는 건 상당한 부담이었다.

에설은 로이드를 옆으로 안고 작은 여행가방을 손에 든 채 역광장을 가로질러 클라이브 가를 따라 오르막길을 걷기 시작했다. 금세 숨이 차올랐다. 이 역시 그녀가 잊고 있던 것이었다. 런던은 대부분 평지였지만 애버로언에서는 가파른 오르막길이나 내리막길을 지나지 않고는 아무데도 갈 수 없었다.

에설은 자신이 떠난 뒤 이곳에 무슨 일이 있었는지 알지 못했다. 소식을 알려주던 사람은 오직 빌리뿐이었는데, 남자들은 원래 소문에 둔감했다. 한동안은 그녀가 가장 큰 이야깃거리였으리라. 하지만 그후 틀림없이 새로운 추문이 등장했을 터였다.

그녀의 귀향은 놀라운 소식일 것이다. 아기를 안고 길을 따라 걷는 그녀를 보고 몇몇 여자는 대놓고 따가운 눈초리를 보냈다. 그들이 무슨 생각을 하는지 에설은 알 수 있었다. 잘난 체하던 에설 윌리엄스가 낡은 갈색 원피스 차림에 남편도 없이 갓난아이를 안고 돌아왔다. 자만하다가는 낭패 보기 쉬운 법이라며 다들 수군거릴 것이다. 그들이 보이는 동정도 적개심을 얄팍하게 위장한 것에 불과했다.

에설은 웰링턴 로로 향했지만 부모님 집으로 가지는 않았다. 아버지가 절대 돌아오지 말라고 했기 때문이다. 그녀는 토미 그리피스의 어머니에게 편지를 썼다. 그녀는 정치에 열성적으로 관심을 보이는 남편 때문에 '사회주의자' 그리피스 부인이라고 불렸다. (같은 골목에 '교회 다니는' 그리피스 부인이 또 살고 있었다.) 교회에 다니지 않는 그리피스 가족은 에설의 아버지가 빡빡하게 구는 걸 달가워하지 않았다. 에설이 런던의 집에 토미를 재워준 일이 있어서 그리피스 부인은 기꺼이 보답하고 싶어했다. 달리 자식도 없으니 군대 간 토미의 침대를 쓰면 되었다.

아버지와 어머니는 에설이 오는 걸 알지 못했다.

그리피스 부인은 에설을 따뜻하게 반기고 로이드를 얼러주었다. 그녀 역시 에설과 같은 나이였을 딸이 있었지만 백일해로 일찍 잃었다. 에설도 궤니라는 금발의 여자아이를 희미하게나마 기억하고 있었다.

에설은 로이드에게 젖을 먹이고 기저귀를 갈아준 다음 부엌에 앉아 차를 마셨다. 그리피스 부인은 에설이 낀 결혼반지를 알아보았다. "결혼한 거야?" 그녀가 물었다.

"과부죠." 에설이 말했다. "남편은 이프르에서 죽었어요."

"이런, 세상에."

"그이의 성도 윌리엄스였어요. 그래서 처녀 때 이름을 그대로 쓸 수 있었죠."

에설이 한 이야기는 마을 전체로 퍼져나갈 것이다. 진짜 윌리엄스라는 사람이 있었는지, 그가 정말 에설과 결혼했는지 의심하는 사람도 있겠지만, 그들이 에설의 말을 곧이듣는지는 중요하지 않았다. 여자가 결혼한 척하는 건 딱히 문제가 되지 않았다. 대신 결혼도 하지 않고 아이를 낳았다고 하면 뻔뻔하게 놀아나는 여자 취급을 받았다. 애버로언 사람들은 그들 나름대로 원칙이 있었다.

그리피스 부인이 말했다. "어머니는 언제 만나러 갈 거니?"

에설은 자기를 보고 부모님이 어떻게 나올지 알 수 없었다. 다시 내쫓을 수도 있고 모든 걸 용서할 수도 있었다. 아니면 내쫓지 않고 나무라기만 할 방법을 찾아낼 수도 있었다. "모르겠어요. 두려워요."

그리피스 부인은 동정 어린 표정이었다. "그래, 네 아버지는 만만치 않은 사람이지. 그래도 너를 사랑한단다."

"사람들은 늘 그렇게 생각해요. 네 아버지는 진정으로 너를 사랑한단다. 이렇게 말들 하죠. 하지만 저를 집에서 내쫓은 분이 어떻게 저를 사랑한다는 건지 모르겠어요."

"사람은 자존심을 다치면 성급해지는 법이지." 그리피스 부인은 달래듯 말했다. "특히 남자들이 그래."

에설은 자리에서 일어섰다. "그럼 뒤로 미룰 이유가 없겠네요." 그녀는 바닥에서 놀던 로이드를 안았다. "이리 와, 아가야. 할머니 할아버지를 만나러 갈 시간이야."

"행운을 빌어." 그리피스 부인이 말했다.

에설의 집은 겨우 몇 채 건너였다. 에설은 아버지가 집에 없기를 바랐다. 그러면 최소한 덜 무서운 어머니와 잠시라도 먼저 이야기를 나눌 수 있을 것 같았다.

문을 두드릴까 했지만 이내 바보짓이라는 생각이 들어서 그냥 불쑥 들어가기로 했다.

그녀가 수없이 많은 시간을 보냈던 부엌으로 향했다. 부모님은 두 분 다 보이지 않고 할아버지만 늘 앉았던 의자에서 졸고 있었다. 그는 눈을 뜨고 어리둥절한 표정을 짓더니 따뜻하게 말했다. "우리 에스가 왔구나!"

"할아버지, 안녕하셨어요?"

할아버지는 일어서서 에설에게 다가왔다. 훨씬 더 노쇠해진 모습이었다. 작은 부엌 반대편으로 오면서 탁자에 손까지 짚어야 했다. 그는 에설의 뺨에 입맞추고는 아이에게로 관심을 돌렸다. "이런, 이게 누구냐?" 할아버지는 기뻐하며 말했다. "혹시 내 첫 증손자냐?"

"로이드라고 해요." 에설이 말했다.

"정말 멋진 이름이구나."

로이드는 에설의 품에 얼굴을 묻었다. "낯을 가려요." 에설이 말했다.

"흰 수염이 난 이상한 늙은이라 무서워하는구나. 익숙해질 거야. 앉아라, 애야. 하나도 빼놓지 말고 얘기 좀 해다오."

"엄마는 어디 가셨어요?"

"사람들하고 같이 잼 만든다고 갔다." 이 동네 식료품점은 협동조합 형식으로, 소비자들이 수익을 함께 나누는 방식으로 운영했다. 부르는 이름은 조금씩 달랐지만 사우스 웨일스에서는 이런 식의 가게가 인기였다. "곧 올 때가 되었어."

에설은 로이드를 바닥에 내려놓았다. 아이는 물건을 만지작거리며 아장아장 여기저기 실내를 돌아다녔다. 그런 모습이 할아버지를 닮은 것 같기도 했다. 에설은 〈병사의 아내〉 신문사에서 간사로 일하는 이야기를 했다. 인쇄업자와 일하고, 신문을 묶어서 배달하고, 팔리지 않은 신문을 수거하고, 사람들로부터 광고를 받는 일을 설명했다. 할아버지는 어떻게 그런 일들을 할 줄 아느냐며 놀랐다. 에설은 모드와 함께 일을 꾸려가면서 배웠다고 털어놓았다. 에설은 인쇄업자를 다루는 건 힘들었지만—업자는 여자들이 이래라저래라 하는 걸 못마땅해했다—광고를 따오는 데는 수완이 좋았다. 이야기를 나누는 사이 할아버지는 로이드 쪽으로는 고개도 돌리지 않고 그저 주머니에서 회중시곗줄을 꺼내 흔들었다. 로이드는 밝게 빛나는 줄을 보더니 손을 내밀었다. 할아버지는 아이가 줄을 붙잡게 두었다. 로이드는 금세 할아버지의 무릎을 짚고 서서 시계를 살피기 시작했다.

에설은 옛집이 어색하게 느껴졌다. 집에 돌아오면 몇 년 동안 신어서 모양이 잡힌 신발처럼 편안하고 익숙할 거라 생각했다. 하지만 실은 마음이 좀 불편했다. 오래 알고 지낸 이웃집처럼 느껴졌다. 그녀는 지겨운 성경 구절을 수놓아 걸어둔 색 바랜 벽걸이를 한참 바라보았다. 어머니는 왜 수십 년이 지나도록 똑같은 물건을 그대로 걸어둔 걸까. 에설은 이곳이 자기 집처럼 느껴지지 않았다.

"빌리 소식은 들은 거 없어요?" 에설은 할아버지에게 물었다.

"없다, 너는?"

"프랑스로 떠나고 나서는 못 들었어요."

"이번에 솜 강 근처에서 큰 전투에 참여했을 것 같더구나."

"아니면 좋겠는데. 사람들 말이 끔찍했대요."

"그래, 끔찍했겠지. 소문을 그대로 믿는다면 말이야."

사람들은 소문에 의지할 수밖에 없었다. 신문에는 기운이 넘치지만 애매모호한 기사들뿐이었기 때문이다. 하지만 영국 병원으로 돌아온 부상병이 많았고, 그들이 들려주는 무능과 학살에 관한 등골 오싹한 이야기들이 입에서 입으로 전해졌다.

어머니가 돌아왔다. "그 사람들, 아무 할 일도 없는 것처럼 가게에 서서 수다만 떨고 있어요. 어머!" 갑자기 말이 딱 멈추었다. "이런, 세상에. 우리 에스 아니니?" 어머니는 왈칵 눈물을 쏟았다.

에설은 어머니를 안았다.

할아버지가 말했다. "봐라, 카라. 여기 네 손자 로이드야."

어머니는 눈가를 훔치더니 로이드를 안아올리고 말했다. "정말 예쁘지 않니? 곱슬곱슬한 머리 좀 봐! 빌리 어렸을 때랑 정말 똑같구나." 로이드는 두려운 듯 그녀를 한참 보다가 울음을 터뜨렸다.

에설이 로이드를 받아안았다. "요즘 들어 얼마나 응석을 부리는지 몰라요." 그녀는 미안하다는 듯 말했다.

"이때는 다 그런단다." 어머니가 말했다. "응석 부릴 만큼 부리면 금세 또 달라져."

"아버지는요?" 에설은 지나치게 불안해하는 목소리처럼 들리지 않도록 애쓰면서 물었다.

어머니는 긴장한 표정을 지었다. "노조 회의 때문에 카필리에 갔다." 그녀는 시계를 바라보았다. "이제 곧 차 마시러 집에 올 시간이네. 기차를 놓치지 않았다면 말이야."

어머니는 아버지가 늦었으면 하는 눈치였다. 에설도 같은 바람이었다. 한바탕 난리가 나기 전에 어머니와 더 많은 시간을 보내고 싶었다.

어머니는 차를 끓이고 단맛이 나는 웨일스식 케이크를 내왔다. 에설은 케이크 한 조각을 집었다. "이 년 동안이나 못 먹던 거네요. 정말 맛있어요."

할아버지는 즐거운 듯 말했다. "자, 정말 좋구나. 딸에 손녀딸에 증손자까지 함께하다니, 살면서 이보다 더 좋은 일이 어디 있겠니?" 할아버지도 케이크를 한 조각 집었다.

에설은 늘 같은 옷을 입고 연기나는 부엌에 온종일 앉아 있는 할아버지 신세를 안됐다고 여길 사람들도 있을 거라고 생각했다. 하지만 할아버지는 자신의 운명을 기꺼이 받아들였고 그녀도 오늘만은 할아버지를 행복하게 해주었다.

그때 아버지가 안으로 들어섰다.

어머니가 막 이야기를 하던 중이었다. "내가 너 나이였을 때 런던에 한번 갈 기회가 있었는데, 네 할아버지가 말씀하시길—" 문이 열리자 어머니는 몸이 굳어버린 듯했다. 그들 모두 회의에 걸맞은 옷차림에 납작한 광부 모자를 쓰고 언덕을 오르느라 땀을 뻘뻘 흘리며 안으로 들어서는 아버지를 바라보았다. 아버지는 한 발 안으로 들여놓다가 멈칫하고는 멍하니 그들을 바라보았다.

"누가 왔나 좀 봐요." 어머니는 억지로 밝은 표정을 지으며 말했다. "에설하고 당신 손자예요." 어머니의 얼굴은 긴장감으로 하얗게 질렸다.

아버지는 아무 말이 없었다. 모자도 벗지 않았다.

에설이 말했다. "안녕하셨어요, 아버지. 얘는 로이드예요."

아버지는 에설을 보지도 않았다.

할아버지가 말했다. "아기가 자네를 닮았군. 입꼬리를 봐. 안 그런가?"

로이드는 실내에 흐르는 적대감을 알아차리고 울음을 터뜨렸다.

여전히 아버지는 말이 없었다. 이렇게 불쑥 아버지를 만나러 온 게 실수였다는 걸 에설은 알아차렸다. 아버지에게 그녀를 용서하고 집으로 불러들일 기회를 주지 않은 것이다. 오히려 갑작스러운 상황을 맞은 아버지는 방어적인 태도가 돼버리고 말았다. 그는 이러지도 저러지도 못하는 것처럼 보였다. 아버지를 벽으로 밀어붙이는 건 항상 실수라는 사실이 떠올랐다.

아버지의 표정이 완강해졌다. 그는 어머니를 보더니 말했다. "나는 손자 없어."

"그만해요." 어머니는 애원하듯 말했다.

아버지의 표정은 변하지 않았다. 그는 꼼짝도 않고 서서 말없이 어머니를 노려보았다. 그는 뭔가를 기다리고 있었고, 에설이 떠날 때까지는 한 발짝도 움직이지 않을 터였다. 에설은 울음을 터뜨렸다.

할아버지가 말했다. "이런, 젠장."

에설은 로이드를 안아올렸다. "죄송해요, 엄마." 그녀는 흐느끼며 말했다. "저는 혹시나……" 목이 메어 채 말을 끝맺지도 못했다. 로이드를 안은 채 그녀는 아버지를 밀치고 문가로 향했다. 아버지는 눈도 마주치지 않았다.

에설은 밖으로 나와 문을 쾅 닫았다.

II

아침이 되어 남자들이 일하러 탄광에 가고 아이들을 학교에 보내고 나면, 여자들은 대개 바깥에서 일을 했다. 집 앞길을 청소하고 현관 앞 계단이나 창문을 닦았다. 가게에 가거나 다른 볼일을 보기도 했다. 에설은 여자들이 그들이 사는 작은 집보다 큰 세상을 보고, 인생이 그저 날림으로 지은 조그만 집안에만 묶여 있지 않다는 사실을 깨달아야 한다고 생각했다.

그녀는 사회주의자 그리피스 부인의 해가 내리쬐는 집 현관 벽에 기대서 있었다. 위아래로 길을 둘러보니 여자들은 이런저런 이유로 나와서 볕을 쬐고 있었다. 로이드는 공을 가지고 놀았다. 다른 아이들이 공던지는 모습을 보고 따라 하려고 애써보지만 마음대로 안 되는 듯했다. 에설은 공을 던진다는 게 어깨와 팔, 손목, 손을 모두 한꺼번에 써야 하는 복잡한 동작이라는 걸 상기했다. 팔을 가장 길게 뻗기 직전에 손가락에서 힘을 빼야 한다. 로이드는 이 요령을 아직 몰라 공을 너무 일찍 놓는 바람에 어깨 뒤로 흘리거나, 손에서 너무 늦게 힘을 빼 공이 앞으로 날아가지 못했다. 하지만 로이드는 포기하지 않았다. 결국에는 해낼 테고 절대 그 순간을 잊지 못하겠지. 에설은 생각했다. 아이를 갖기 전까지 사람은 아이들이 배워야 할 게 얼마나 많은지 알지 못한다.

에설은 어떻게 아버지가 이 어린 손자를 거부할 수 있는지 이해가 되지 않았다. 로이드는 아무 잘못도 없었다. 에설 자신은 죄인이지만, 그것은 다른 대부분 사람들 역시 마찬가지였다. 하느님께서 모든 죄를 사해주셨는데 아버지가 무슨 권리로 심판하려 든단 말인가. 그런 생각을 하니 에설은 화가 나면서 동시에 슬펐다.

우체부 소년이 조랑말을 타고 길을 따라 올라오더니 화장실 근처에 말을 붙들어 맸다. 아이의 이름은 게라인트 존스였다. 그가 하는 일은 전보와 소포 배달이었지만 오늘은 꾸러미가 보이지 않았다. 구름이 해를 가리기라도 한 것처럼 불현듯 한기가 느껴졌다. 웰링턴 로에는 전보가 올 일이 드물었고, 왔다 하면 대개 나쁜 소식이었기 때문이다.

게라인트는 에설에게서 멀어져 언덕을 내려갔다. 마음이 놓였다. 에설의 가족에게 온 소식이 아니었다.

문득 레이디 모드가 보내온 편지가 떠올랐다. 에설과 모드, 그리고 다른 여자들은 군인들을 위한 투표권 개선을 논의할 때 어떻게든 여성 투표권 문제도 포함해야 한다며 운동을 시작했다. 그들의 움직임이 자주 언론에 오르내려 애스퀴스 수상도 문제를 피해갈 수 없는 상황이었다.

모드가 전해온 소식은 수상이 투표에 관한 문제 전반을 하원의장 협의회에 떠넘김으로써 본인은 회피했다는 것이었다. 하지만 그래도 괜찮다고 모드는 말했다. 하원의회에서의 과장된 연설 대신 차분한 비공개 논의가 진행될 거라고 했다. 아마도 상식이 이길 수 있을 것이다. 하지만 모드는 애스퀴스가 위원회에 누구를 넣으려고 하는지 어떻게든 알아내려고 애쓰는 중이었다.

몇 집 위쪽에 있는 에설의 친정집에서 할아버지가 나오더니 낮은 창문턱에 앉아 오늘 처음으로 파이프 담배를 피워물었다. 그는 에설을 보더니 웃으며 손을 흔들었다.

맞은편에서는 조이와 조니의 어머니인 미니 폰티가 깔개를 막대로 두들겨 먼지를 떨어내며 기침을 했다.

그리피스 부인은 부엌 화덕에서 재를 한 삽 떠와 비포장도로가 움푹 팬 곳에 부었다.

에설이 말했다. "제가 도와드릴까요? 필요하시면 협동조합 가게에 다녀올게요." 에설은 이미 침대 정리와 아침 설거지까지 마친 뒤였다.

"그래." 그리피스 부인이 말했다. "금방 목록을 만들어줄게." 그녀는 벽에 기대서서 숨을 헐떡였다. 워낙에 몸이 뚱뚱해서 조금만 힘들여 움직여도 늘 숨차했다.

골목 끄트머리 쪽에서 무슨 소란스러운 일이 벌어진 듯했다. 몇몇 사람이 목소리를 높이고 있었다. 그러더니 비명이 울렸다.

에설은 그리피스 부인과 마주본 뒤 로이드를 안아들고 무슨 일인지 알아보려고 멀리 공중화장실 너머로 달려갔다.

에설의 눈에 가장 먼저 보인 건 몇몇 여자에게 둘러싸인 프리처드 부인이 소리 높여 울부짖는 모습이었다. 다른 여자들이 그녀를 진정시키려 애쓰고 있었다. 하지만 프리처드 부인만이 아니었다. 갱도가 무너지는 바람에 다리 하나를 잃은 절름발이 퓨가 길 한복판에 쓰러진 듯 주저앉았고, 이웃 둘이 그의 양쪽에 붙어 있었다. 길 건너에서는 가겟집 존 존스 부인이 문간에 앉아 종이 한 장을 손에 든 채 훌쩍훌쩍 울고 있었다.

에설이 보니 우체국 소년 게라인트가 얼굴이 허예진 채 금방이라도 울음보를 터뜨릴 표정으로 길 건너 다른 집 문을 두드리고 있었다.

그리피스 부인이 말했다. "육군성에서 온 전보야. 아, 하느님 맙소사."

"솜 강 전투로군요." 에설이 말했다. "애버로언 친구들 부대가 거기 있었던 게 틀림없어요."

"앨런 프리처드가 죽은 거야. 클라이브 퓨하고 예언자 존스까지. 그 아이가 하사관이라면서 부모가 무척 자랑스러워했는데……"

"불쌍한 가겟집 존스 부인, 다른 아들도 갱에서 폭발로 보내더니."

"제발 우리 토미는 아무 일 없게 해주세요, 하느님." 그리피스 부인이 기도를 올렸지만 그녀의 남편은 악명 높은 무신론자였다. "제발 토미를 살려주세요."

"빌리도요." 에설이 말했다. 그리고 로이드의 작은 귀에 대고 속삭였다. "그리고 네 아빠도."

게라인트는 어깨에 캔버스천 가방을 둘러메고 있었다. 에설은 그 안에 얼마나 많은 전보가 들었는지 궁금하고도 두려웠다. 집배원 모자를 쓴 죽음의 사자는 이리저리 길을 건너 오갔다.

게라인트가 화장실을 지나 길 위쪽으로 올라가기 시작할 때쯤 주민들은 모두 길에 나와 있었다. 여자들은 모두 하던 일을 멈추고 기다렸다. 에설의 부모도 밖으로 나왔다. 아버지는 아직 일터에 나가기 전이었다. 그들은 두려움에 싸인 채 조용히 할아버지와 함께 서 있었다.

게라인트는 루얼린 부인에게 다가갔다. 아들 아서가 죽은 게 틀림없었다. 에설은 아서가 여드름쟁이라는 별명으로 더 알려졌었다는 사실을 떠올렸다. 이제 그 아이는 피부 걱정은 할 일 없었다.

루얼린 부인이 게라인트를 밀쳐내기라도 하듯 양손을 들어올렸다. "안 돼!" 그녀는 울부짖었다. "제발, 오지 마!"

게라인트는 전보를 들어 보였다. "어쩔 수 없어요, 루얼린 부인." 그는 이제 겨우 열일곱 살이었다. "여기 앞에 아주머니네 주소 적힌 것 보이죠?"

그래도 루얼린 부인은 전보를 받아들 생각이 없었다. "안 돼!" 그녀는 등을 돌리고 양손으로 얼굴을 가렸다.

게라인트의 입술이 떨렸다. "제발 받으세요. 이것들도 다 돌려야 해요. 그리고 우체국에 수백 통이 더 있다고요! 벌써 열시인데 오늘밤이 되기 전에 모두 다 배달해야 해요."

옆집 문이 열리고 패리 프라이스 부인이 나와 말했다. "내가 대신 받을게. 나야 아들이 없으니까."

"고맙습니다, 프라이스 부인." 게라인트는 다시 발길을 옮겼다.

그는 가방에서 다른 전보를 꺼내더니 주소를 확인하고 그리피스의 집 앞을 지나쳤다. "아, 하느님, 감사합니다." 그리피스 부인이 말했다. "우리 토미는 무사해. 감사합니다, 하느님." 그녀는 안심이 되었는지 울기 시작했다. 에설은 로이드를 반대편 허리로 옮겨안은 다음 그리피스 부인의 어깨에 팔을 둘렀다.

우체국 소년이 미니 폰티 부인에게 다가갔다. 그녀는 비명을 지르지는 않았지만 눈물이 뺨을 타고 흘러내렸다. "누구지?" 그녀는 갈라진 목소리로 물었다. "조이야, 조니야?"

"몰라요, 폰티 부인." 게라인트가 말했다. "여기 뭐라고 쓰여 있는지 읽어보셔야 해요."

그녀는 봉투를 뜯었다. "안 보여!" 그녀가 울부짖었다. 그리고 손으로 눈을 비벼 눈물을 닦더니 다시 편지를 들여다보았다. "주세페! 우리 조이가 죽었어. 아, 불쌍한 우리 아들!"

폰티 부인의 집은 그 길의 거의 끄트머리였다. 에설은 혹시 게라인트

가 친정집으로 향하는지 지켜보았다. 가슴이 쿵쾅거렸다. 빌리는 죽은
걸까, 살아 있을까?

게라인트는 흐느끼는 폰티 부인을 두고 돌아섰다. 그리고 길 건너편
에서 끔찍한 상상을 하며 그를 노려보고 있는 에설의 아버지와 어머니,
할아버지를 바라보았다. 아이는 가방 안을 확인하더니 고개를 들었다.

"웰링턴 로에는 이제 없어요."

에설은 쓰러질 뻔했다. 빌리는 살아 있었다.

그녀는 부모님을 바라보았다. 어머니는 울고 있었다. 할아버지는 파
이프 담배에 불을 붙이려 애쓰는 중이었지만 손이 덜덜 떨렸다.

아버지는 그녀를 노려보고 있었다. 그 표정은 무슨 뜻인지 알 수가 없
었다. 뭔가 감정이 어린 얼굴이었지만 그게 뭔지 에설은 알 수 없었다.

아버지가 에설을 향해 한 걸음 내디뎠다.

별것 아니었지만 그걸로 충분했다. 로이드를 품에 안은 채 에설은 아
버지에게로 달려갔다.

아버지는 두 사람을 한꺼번에 껴안았다. "빌리가 살아 있다." 아버지
가 말했다. "그리고 너도 살아 있어."

"아, 아버지. 실망시켜드려서 정말 죄송해요."

"그런 말은 마라. 이제 신경쓸 것 없다." 아버지는 어릴 때 에설이 넘
어져 무릎이 까졌을 때처럼 그녀의 등을 두드려주었다. "그래, 그래. 이
제 괜찮아." 아버지가 말했다.

III

애버로언의 모든 신자가 한데 모여 예배를 보는 일은 극히 드물다고

에설은 알고 있었다. 웨일스에서는 교리의 차이가 결코 적지 않았기 때문이다. 어느 교파는 성경에 예수의 출생일이 명확하게 나와 있지 않기 때문에 크리스마스를 축하할 수 없다며 거부하기도 했다. 또다른 교파는 선거에서 투표하는 걸 금지했는데, 사도바울이 '우리의 시민권은 하늘에 있는지라'라고 했기 때문이었다. 웨일스 사람 가운데 생각이 다른 이들과 한자리에서 하느님을 받들고 싶어하는 사람은 아무도 없었다.

하지만 전보가 무더기로 도착한 수요일 이후 그런 차이는 잠깐이나마 사소해 보였다.

성공회 애버로언 교구의 신부인 토머스 엘리스토머스는 공동으로 추도식을 열자고 제안했다. 배달된 전보를 합치니 전사자는 모두 211명이었고, 전투가 여전히 계속되고 있어서 매일 한두 명씩 죽었다는 연락이 오고 있었다. 마을 골목마다 희생된 사람이 없는 곳이 없었고, 광부들의 가축우리 같은 집이 빽빽이 모인 곳에서는 몇 발짝 뗄 때마다 희생자의 집이었다.

감리교와 침례교, 가톨릭교는 성공회교회 신부의 제안에 찬성했다. 규모가 더 작은 종파들은 따로 남고 싶었을 수도 있다. 이를테면 순복음침례교나 여호와의 증인,* 재림복음교, 베데스다 교회 등이었다. 에설은 아버지가 양심과 씨름하는 걸 지켜보았다. 하지만 이 도시 역사에 남을 가장 큰 종교행사에 빠지고 싶을 사람은 아무도 없었고, 결국 모든 종파가 함께하기로 했다. 애버로언에는 유대교 회당도 없을뿐더러 몇 안되는 신자들은 자신들의 종교를 인정받지도 못했지만 나이 어린 조너선 골드먼이 전사자 명단에 있어서 참석하기로 결정했다.

---

* 이 명칭이 정식으로 채택된 것은 1931년 이후의 일이며 그전에는 '성경 연구자' 등으로 불렸다.

예배는 일요일 오후 두시 삼십분에 흔히 운동장이라고들 부르는 공설운동장에서 열렸다. 시의회에서는 성직자들이 올라설 수 있는 임시 연단을 설치했다. 날씨는 화창했고 삼천 명이 모여들었다.

에설은 모인 사람들을 살펴보았다. 퍼시벌 존스가 실크해트를 쓰고 참석했다. 시장인 그는 이제 이 지역 하원의원이기도 했다. 애버로언 친구들 부대의 명예 지휘관으로 모병활동을 이끌고 있기도 했다. 켈틱 미네랄의 다른 경영진들도 그와 함께 나와 있었다. 마치 자기들이 병사들의 영웅적인 죽음과 무슨 연관이라도 있는 것처럼 구는군. 에설은 불쾌했다. 말드윈 '머서에 간' 모건도 부인과 함께 모습을 드러냈다. 에설은 그들에게는 권리가 있다고 생각했다. 아들 롤런드가 죽었기 때문이다.

그 순간 에설은 피츠를 보았다.

처음에는 그를 알아보지 못했다. 검은 드레스와 모자 차림의 비 공주가 눈에 들어왔다. 보모가 어린 애버로언 자작을 안고 뒤따르고 있었다. 로이드와 같은 나이의 어린 남자아이였다. 비 공주와 함께 등장한 남자는 목발을 짚고 왼쪽 발에는 깁스를 했으며 머리 한쪽을 붕대로 감아 왼쪽 눈을 가리고 있었다. 한참 만에야 에설은 그 남자가 피츠라는 걸 알아차리고 깜짝 놀라 소리를 질렀다.

"왜 그래?" 에설의 어머니가 말했다.

"백작님 좀 보세요!"

"그 사람이니? 이런, 세상에. 불쌍하기도 하지."

에설은 그를 주시했다. 이제 더는 그와의 사랑에 빠져 있지 않았다. 그녀에게 너무나도 잔인했기 때문이다. 하지만 그렇다고 무관심할 수는 없었다. 붕대로 감은 저 얼굴에 키스하고, 비참하게 불구가 된 길고 강인한 몸을 어루만지던 때가 있었다. 에설은 피츠가 거울 속 자기 모습을 보며 느낄 괴로움이 상처보다 더 고통스러우리라는 걸 잘 알았다.

"집에 있지 왜 왔는지 모르겠구나. 사람들이 이해 못할 것도 아닌데." 어머니가 말했다.

에설은 고개를 흔들었다. "자존심이 세서 그래요. 병사들을 죽음으로 몰고 간 장본인이잖아요. 당연히 와야죠."

"저 사람을 잘 아는구나." 어머니의 표정을 본 에설은 혹시 그녀가 진실을 알고 있는 건 아닌지 궁금했다. "내가 보기에는 상류층 사람들도 똑같이 고생한다는 걸 보여주고 싶어서 그런 거야."

에설은 고개를 끄덕였다. 어머니의 말이 옳았다. 피츠는 오만하고 독단적이었지만 역설적이게도 평범한 사람들로부터 존경받기를 원했다.

정육점 아들인 다진 고기 다이가 다가왔다. "애버로언에 다시 돌아온 걸 보니 좋네." 그가 말했다.

키가 작은 다진 고기 다이는 깔끔한 정장 차림이었다. "잘 지내, 다이?" 에설이 말했다.

"좋아, 고마워. 내일부터 찰리 채플린의 새 영화를 하더군. 채플린 좋아해?"

"영화 보러 갈 시간이 없었어."

"내일 밤 아기는 어머니에게 맡기고 나랑 영화 보러 가지 않겠어?"

다이는 카디프의 궁전 극장에서 에설의 치마 위로 다리를 더듬은 적이 있었다. 오 년 전이었지만 표정을 보니 그 역시 그 일을 잊지 않은 것 같았다. "아니야, 다이. 말은 고마워." 에설은 단호하게 거절했다.

그는 아직 포기할 생각이 없는 것 같았다. "내가 지금은 탄광에서 일하고 있지만 아버지가 나이들면 가게를 물려받을 거야."

"너라면 아주 잘할 수 있을 거야."

"어떤 남자들은 아이 딸린 여자는 싫어하기도 해. 그래도 나는 달라." 다이가 말했다.

조금 잘난 체하는 것처럼 느껴졌지만 에설은 나쁜 뜻으로 받아들이지 않기로 했다. "잘 가, 다이. 나한테 물어봐줘서 정말 고마워."

　그는 유감스러운 듯 웃었다. "너는 여전히 내가 만나본 여자 중 가장 예뻐." 그는 모자에 손을 갖다대더니 다른 곳으로 가버렸다.

　어머니가 화난 목소리로 말했다. "쟤가 어때서 그래? 너는 남편이 필요하고, 저애라면 괜찮은 상대잖아!"

　쟤가 어때서 그러냐고? 그는 키가 조금 작긴 하지만 그걸 벌충할 정도의 매력은 있었다. 앞길도 유망했고 다른 남자의 아이를 받아들일 준비도 돼 있었다. 왜 그와 영화 보러 가기를 딱 잘라 거절했는지 에설 자신도 궁금했다. 혹시 아직도 마음속으로 애버로언에서 썩긴 아깝다고 생각하는 걸까?

　맨 앞에는 높은 사람들을 위한 의자가 한 줄로 놓였다. 피츠와 비는 퍼시벌 존스, 말드윈 모건과 나란히 자리를 잡고 앉았고 예배가 시작되었다.

　에설은 독실한 신자가 아니었다. 하느님은 분명 존재한다고 믿었지만, 아버지가 생각하는 것보다는 좀더 합리적인 분이 아닐까 생각했다. 아버지와 성공회교회의 격렬한 의견 충돌도 에설에게는 그저 성상이나 향을 피우는 일, 라틴어에 대한 사소한 반감으로밖에 보이지 않았다. 런던에서는 일요일 아침에 가끔 갈보리 복음교회에 나갔는데, 가장 큰 이유는 목사가 열렬한 사회주의자여서 교회 건물을 모드의 자선병원이나 노동당 모임에 사용하도록 허락해줬기 때문이었다.

　운동장에는 당연히 오르간이 없었고, 청교도적 결벽주의자들이 악기를 연주하는 데 특별히 반대하고 나설 일 자체가 없었다. 아버지에게 듣기로는 누가 찬송을 이끌 것인지가 문제였다고 했다. 이 마을에서 찬송을 이끈다는 건 설교를 하는 것보다 오히려 더 중요했다. 결국 애버로언 남성 합창단이 맨 앞에 자리를 잡았고 아무 교파에도 속하지 않은 사람이 지휘를 맡아 음악을 책임졌다.

합창단은 헨델의 〈그는 목자같이 양떼를 먹이시며〉로 시작했다. 유명한 찬송가였기에 어려운 부분이 있어도 모인 사람들은 흠잡을 데 없이 불렀다. '어린 양을 그 팔로 모아 품에 안으시며' 부분을 부를 때는 수백 명의 테너 목소리가 운동장 하늘로 솟구쳤다. 에설은 런던에서 사느라 이렇게 황홀한 음악을 들을 기회를 놓치고 있었구나 하는 생각이 들었다.

가톨릭 신부가 시편 129장* '깊은 수렁에서'를 라틴어로 낭독했다. 그는 최대한 큰 소리를 냈지만 끄트머리 자리 사람들에게는 잘 들리지 않았다. 성공회 교구신부는 『성공회 기도서』 중 장례 예배 기도문을 읽었다. 젊은 감리교도인 딜리스 존스는 찰스 웨슬리가 지은 찬송가 〈하나님의 크신 사랑〉을 불렀다. 침례교 목사는 고린도전서 15장을 20절부터 끝까지 읽었다.

교파를 대표해서 한 사람씩 연단에 올랐는데, 베데스다 교회에서는 에설의 아버지가 나섰다.

그는 로마서 8장의 한 구절로 시작했다. "예수를 죽은 자 가운데서 살리신 이의 영이 너희 안에 거하시면, 그리스도 예수를 죽은 자 가운데서 살리신 이가 너희 안에 거하시는 그의 영으로 말미암아 너희 죽을 몸도 살리시리라." 에설의 아버지는 우렁찬 목소리가 운동장 전체에 울려퍼졌다.

에설은 아버지가 자랑스러웠다. 아버지가 정치적으로나 종교적으로나 이 마을에서 중요한 사람이라는 걸 보여주는 자리였다. 아버지는 똑

---

* 현대 성서에서는 130장에 해당한다.

똑해 보이기도 했다. 어머니는 아버지를 위해 머서에 있는 귄 에번스 백화점에서 실크 넥타이도 새로 샀다.

아버지가 부활과 내세에 관해 말하는 사이 에셀은 딴생각을 했다. 모두 예전에 들었던 내용이었다. 죽음 뒤에도 삶이 있을 것 같긴 했지만 확신은 없었다. 어쨌든 머지않아 스스로 확인할 수 있을 것이다.

아버지가 통상적인 주제를 벗어났는지, 사람들 사이에서 웅성거리는 소리가 났다. 아버지의 설교가 들렸다. "이 나라가 전쟁을 결정했을 때, 모든 의회 의원이 진심을 다해 기도하며 양심에 묻고 주의 인도를 따랐기를 저는 희망합니다. 하지만 그 의원들을 의회로 보낸 건 누구입니까?"

정치로 빠지셨군. 에셀은 생각했다. 잘하셨어요, 아버지. 성공회 교구신부의 얼굴에서 의기양양한 표정을 날려버릴 수 있을 터였다.

"이 나라 모든 남자에게는 원칙적으로 병역의 의무가 있습니다. 하지만 전쟁을 할지 말지 결정을 내릴 때는 모두가 참여하지 못합니다."

사람들 사이에서 찬성의 외침이 울렸다.

"법률에서는 이 나라 남자의 절반 이상에게 투표권을 허락하지 않습니다!"

에셀이 큰 소리로 외쳤다. "모든 여자도 마찬가지입니다!"

어머니가 말했다. "조용히 해! 설교하는 건 네가 아니라 네 아버지야."

"7월 첫날, 애버로언의 젊은이가 솜 강 강둑에서 이백 명도 넘게 죽었습니다. 제가 듣기로 영국군 전체 사상자 수는 오만 명이 넘는다고 합니다!"

사람들 사이에서 두려움의 탄식이 새어나왔다. 그런 수치를 아는 사람은 많지 않았다. 아버지는 에셀에게서 정보를 얻었다. 모드가 육군성에서 일하는 친구로부터 듣고 알려준 것이었다.

"오만 명의 사상자 가운데 이만 명은 죽었습니다." 아버지는 계속 말을 이었다. "그리고 전투는 계속되고 있습니다. 매일같이 더 많은 젊은 이가 학살당하고 있습니다." 사람들 사이에서 반대의 목소리가 들리기도 했지만 대부분 찬성하는 외침에 묻혀버렸다. 아버지는 조용히 하라는 듯 손을 들어 보였다. "누가 잘못했다는 게 아닙니다. 이 말씀을 드리고 싶을 뿐입니다. 전쟁을 벌이자는 결정을 내릴 때 참여 못한 사람들이 전쟁터에 나가 학살당하는 건 옳지 않다는 겁니다."

성공회 신부가 말을 막으려는 듯 앞으로 나섰고, 퍼시벌 존스도 연단 위로 올라가려 애쓰고 있었지만 뜻대로 되지 않았다.

연설은 거의 막바지였다. "또다시 우리가 전쟁에 나갈지 결정을 내려야 한다면, 모든 사람의 찬성 없이는 안 될 겁니다."

"여자에게도 투표권을 달라!" 에설이 소리질렀지만 그녀의 목소리는 광부들이 내지르는 환호성에 묻히고 말았다.

몇몇 남자가 에설의 아버지 앞에 몰려와 항의했지만, 그의 목소리는 소란 속에서도 우렁차게 들렸다. "약한 자들의 허락 없이 다시는 전쟁을 벌여선 안 된다!" 그는 소리를 질렀다. "안 된다! 안 된다! 안 된다!"

에설의 아버지는 자리에 앉았다. 사람들의 환호성이 우레와 같았다.

19장
1916년 7월에서 10월

I

코벨은 한때 폴란드에 속했던 러시아 영토이자 철도가 교차하는 곳으로 오스트리아-헝가리 제국과의 옛 국경 근처에 있다. 러시아군은 코벨 시내에서 동쪽으로 32킬로미터 떨어진 곳, 스토히드 강의 기슭에 집결했다. 주변 지역은 모두 습지였고 군데군데 오솔길이 난 늪지가 수백 제곱킬로미터 펼쳐져 있었다. 그리고리는 마른 땅뙈기를 발견하고 그가 속한 소대 병사들에게 야영 준비를 시켰다. 천막은 없었다. 아조프 소령이 석 달 전 핀스크에 있는 옷공장에 팔아버렸기 때문이다. 그는 여름철에는 천막이 필요 없다고 했고, 이제 겨울이 왔으니 병사들은 모두 얼어죽을 판이었다.

무슨 기적인지 그리고리는 아직 살아 있었다. 그는 이제 하사였고 친구인 이사크는 상병이었다. 1914년 입대해서 아직까지 살아남은 소수의 병사들은 이제 대부분 하사관이 되어 있었다. 그리고리가 소속된 대대는 대부분 전사하거나 전출되고 충원된 다음 다시 전사하기를 반복했다. 그들은 고향만 제외하고 안 가본 데가 없을 만큼 여러 곳을 돌아다녔다.

그리고리는 지난 이 년간 총과 대검, 수류탄으로 셀 수 없이 많은 사람을 죽였으며, 대부분 지척에서 그들이 죽는 모습을 지켜보았다. 일부 동료, 특히 공부를 많이 한 친구들은 그런 경험 때문에 악몽을 꾸기도 했지만 그리고리는 달랐다. 그는 야만적인 농촌에서 태어나 상트페테르부르크의 거리에서 고아로 살아남았다. 폭력성 때문에 악몽을 꾸는 일은 없었다.

그를 놀라게 한 건 장교들의 어리석음과 냉혹함, 부패였다. 지배계층 곁에서 생활하고 싸우면서 그는 혁명가가 되어갔다.

그는 살아남아야 했다. 카테리나를 보살필 사람이 아무도 없었다.

정기적으로 그녀에게 편지를 썼고 가끔은 답장을 받기도 했다. 글씨체는 여학생처럼 깔끔했지만 실수도 많고 썼다가 지운 흔적도 많은 편지였다. 답장은 하나도 빼놓지 않고 가지런히 묶어서 배낭에 간직해두었고, 오랫동안 편지가 오지 않으면 꺼내서 다시 읽곤 했다.

첫번째 편지에서 그녀는 사내아이를 낳았다고 했다. 레프의 아들인 블라디미르는 이제 십팔 개월이었다. 그리고리는 아이가 정말 보고 싶었다. 그는 동생인 레프가 아기였을 때를 또렷이 기억하고 있었다. 블라디미르도 아버지인 레프를 닮아 잇몸을 드러내며 매력적으로 웃을까? 궁금했다. 이제는 분명 이도 났을 테고 걸음마를 하고 말도 할 수 있을 터였다. 그리고리는 아이가 "그리시카 삼촌"이라고 말하는 법을 배웠으면 싶었다.

그리고리는 카테리나가 자신의 침대에 들어왔던 그날 밤을 이따금 생각했다. 가끔은 그녀를 내쫓는 대신 양팔로 끌어안고 그녀의 열린 입술에 키스하고 사랑을 나누었다면 어땠을까 하는 백일몽을 꾸었다. 하지만 현실에서 그녀의 마음은 동생에게 있다는 걸 그는 잘 알고 있었다.

떠난 지 이 년이 넘도록 레프는 감감무소식이었다. 미국에서 끔찍한 일이나 당한 것은 아닌지 걱정스러웠다. 약한 구석이 많은 레프는 말썽에 휘말리는 일이 잦았지만 어찌된 일인지 항상 교묘하게 빠져나왔다. 자라는 동안 부모도 없이 그리고리 밑에서 제대로 된 훈육을 받지 못하고 하루 벌어 하루 먹는 식으로 겨우겨우 살았기 때문에 생긴 문제였다. 그리고리는 자신이 부모 역할을 더 잘해냈더라면 좋았을 거라고 생각했지만, 당시엔 그 역시 그저 아이에 불과했다.

결과적으로 카테리나와 그녀가 낳은 아이는 그리고리 말고는 책임질 사람이 없었다. 러시아 군대가 아무리 혼돈에 가까울 정도로 무능하다 해도, 그리고리는 어떻게든 목숨을 지키기로 단단히 마음먹었다. 그래야 언젠가 집에서 기다리는 카테리나와 블라디미르에게 돌아갈 수 있었다.

이 지역 사령관은 브루실로프 장군으로, 아첨꾼에 지나지 않는 다른 많은 장군과는 달리 전문적인 직업군인이었다. 브루실로프의 명령에 따라 러시아는 6월에 많은 전공을 세웠고 오스트리아군을 혼란 속으로 밀어넣었다. 그리고리와 동료들은 제대로 된 듯 보이는 명령이 내려오면 열심히 싸웠다. 하지만 그렇지 못한 명령을 받으면 어떻게든 사격선에서 벗어나는 데 온 힘을 기울였다. 그리고리가 위험을 피하는 요령이 뛰어나 소대원들은 모두 그를 믿고 따랐다.

7월이 되자 만성적인 보급 부족으로 러시아군은 전진 속도가 느려져 그 자리에 주저앉고 있었다. 하지만 지금은 근위대가 원군으로 도착한 상태였다. 근위대는 키도 크고 건장한 병사들로 이루어진 러시아 정예부대였다. 다른 병사들과 달리 그들은 멋진 군복─짙은 녹색에 꼰 금색

실로 장식을 했다—에 새 군화를 신고 있었다. 하지만 그들의 지휘관은 멍청한 아첨꾼에 지나지 않는 베조브라조프 장군이었다. 그리고리가 보기엔 아무리 근위대의 덩치가 좋다고 해도 베조브라조프가 코벨을 점령할 수는 없었다.

새벽에 명령을 가져온 사람은 아조프 소령이었다. 키가 크고 몸무게도 많이 나가는 그는 몸에 꼭 끼는 군복을 입고 있었는데, 이른 새벽이면 늘 그렇듯 눈이 빨갰다. 그의 곁에는 키릴로프 중위가 서 있었다. 중위의 명령으로 모인 하사관들에게 아조프는 강을 건너 늪지대 오솔길을 따라 서쪽으로 이동하라고 했다. 오스트리아군이 늪지대에 자리잡고 있었지만 참호를 파고 들어간 상태는 아니었다. 땅이 너무 질퍽거려 참호를 팔 수 없었다.

그리고리는 몰려올 재앙이 눈앞에 훤했다. 오스트리아군은 그들이 원하는 지점을 세심하게 골라 매복한 채 기다리고 있을 터였다. 러시아군은 마른 길을 찾는 데 정신이 팔려 습지에서 민첩하게 움직일 수 없을 것이다. 학살당할 게 뻔했다.

게다가 그들은 탄약도 부족했다.

그리고리가 말했다. "중대장님, 탄약을 지급해야 합니다."

아조프는 뚱뚱한 남자치고는 몸이 날쌨다. 그는 아무 경고도 없이 그리고리의 입을 향해 주먹을 날렸다. 그리고리는 입술이 불에 덴 듯한 통증을 느끼며 뒤로 쓰러졌다. "이제 입 좀 닥치겠군." 아조프가 말했다. "탄약은 장교들이 필요하다고 여길 때 지급할 거다." 그리고 다른 병사들에게 말했다. "대형을 유지하고 신호하면 전방으로 이동한다."

그리고리는 일어섰다. 입속에서 피냄새가 느껴졌다. 조심조심 얼굴을 더듬어봤더니 앞니 하나가 부러졌다. 그는 자신의 부주의를 저주했다. 순간적으로 아무 생각 없이 장교에게 너무 가까이 접근한 게 화근이었다. 아무리 사소한 자극에도 장교들은 주먹을 휘두른다는 걸 염두에 뒀어야 했다. 그나마 아조프가 소총을 들고 있지 않아서 그리고리는 운이 좋았다. 안 그랬다면 아조프는 개머리판으로 그리고리의 얼굴을 갈겼을 것이다.

그리고리는 소대원을 불러모아서 들쭉날쭉 서게 했다. 어떻게든 뒤로 빠져 다른 소대가 먼저 나가게 하려고 했지만, 실망스럽게도 아조프가 본인의 중대를 먼저 출발시키는 바람에 그리고리의 소대 역시 선두에 끼게 되었다.

뭔가 다른 수를 찾아내야 했다.

그는 강물 속으로 들어갔고 소대원 35명이 그의 뒤를 따랐다. 물은 차가웠지만 날씨가 화창하고 더워서 병사들은 몸이 젖는 걸 마다하지 않았다. 그리고리는 천천히 움직였고 부하들 역시 뒤에서 그의 행동을 살피며 느릿느릿 나아갔다.

스토히드 강은 폭이 넓으면서 얕았고, 병사들은 허벅지 위로는 젖지 않고도 건너편에 도착할 수 있었다. 더 열심히 움직이는 다른 부대가 그들을 앞지르는 걸 그리고리는 만족스러운 표정으로 지켜보았다.

일단 습지의 좁은 오솔길에 이르자 그리고리의 소대도 다른 부대와 속도를 맞춰야 했고, 뒤로 처지려던 그리고리의 계획에도 차질이 생겼다. 걱정이 되기 시작했다. 오스트리아군이 사격을 퍼붓기 시작할 때는 부하들이 이 무리에 끼어 있지 않길 바랐다.

2킬로미터 조금 못 되게 전진했을 때 길이 다시 좁아지더니, 행군 속도가 느려지면서 선두 병사들이 한 줄로 길게 늘어서기 시작했다. 기회였다. 그리고리는 마치 앞선 병사들이 느려서 못 참겠다는 듯 물이 고여 질퍽거리는 진창으로 들어갔다. 부하들도 모두 그를 뒤따랐다. 뒤따르던 다른 소대가 앞으로 움직여 빈자리를 채웠다.

물이 그리고리의 가슴께까지 차올랐고 진흙은 질척거렸다. 수렁을 헤치고 걷다보니 속도가 느려졌고—그가 예상한 대로였다—그의 소대는 뒤로 처지게 되었다.

키릴로프 중위가 상황을 보더니 화를 내며 소리를 질렀다. "거기 너희! 길 위로 올라와!"

그리고리가 대답했다. "네, 알겠습니다." 하지만 그는 짐짓 단단한 땅을 찾는 것처럼 더 먼 곳으로 방향을 잡았다.

중위는 욕설을 퍼붓더니 포기해버렸다.

그리고리는 다른 장교들과 마찬가지로 전방 지형을 조심스레 살폈지만, 목적은 전혀 달랐다. 장교들은 오스트리아군을 찾고 있었지만, 그리고리는 숨을 곳을 찾고 있었다.

그는 그들을 따라잡는 수백 명의 병사를 먼저 보내며 앞으로 나아갔다. 저 근위대놈들은 저희가 무척 잘난 줄 아는군. 그리고리는 생각했다. 전투는 그들에게 맡기면 될 것이다.

오전이 반쯤 지났을 무렵, 그리고리는 멀리 앞쪽에서 첫번째 총성을 들었다. 선발대가 적과 맞닥뜨렸다. 이제 몸을 피할 시간이었다.

그리고리는 그나마 땅이 마른 완만한 언덕에 도착했다. 아조프가 지휘하는 중대 소속의 다른 병사들은 이제 멀리 앞쪽에 있어 보이지도 않았다. 언덕배기에 도착한 그리고리가 소리질렀다. "엄폐하라! 전방 좌측에 적군이 있다!"

적군의 포좌는 보이지도 않았고 그리고리의 부하들 역시 그 사실을 알았지만, 그들 모두 땅바닥에 엎드려 덤불과 나무 뒤에 몸을 숨긴 채 언덕 아래쪽을 향해 소총을 겨누었다. 그리고리는 500여 미터 떨어진 숲에 대고 시험 삼아 총을 한 발 발사했다. 혹시 재수없게도 진짜 오스트리아군이 숨은 곳을 고른 건 아닌가 하는 우려에서였다. 하지만 응사는 없었다.

그곳에 머무는 한 그들은 안전했다. 그리고리는 만족스러웠다. 시간이 흐르면 상황은 둘 중 하나일 것이다. 가능성이 높은 쪽은 몇 시간 내에 러시아 병사들이 부상자를 데리고 적에 쫓기며 허둥지둥 늪지대를 되밟아 후퇴하는 것이었다. 그렇게 되면 그리고리의 소대는 퇴각하는 병사들 틈에 끼어들면 된다. 그게 아니라 날이 어두워지면서 러시아가 전투에서 이겼다는 결론이 나면, 부하들을 이끌고 승리를 축하하는 러시아군에 합류하면 된다.

유일한 문제는 그사이 부하들이 있지도 않은 오스트리아군과 교전을 벌이는 척하는 일이었다. 몇 시간 동안 바닥에 엎드린 채 적군을 찾듯 주변을 훑어보는 건 지겹기 짝이 없는 짓이었다. 병사들은 먹거나 마시고 담배를 피우고 카드놀이를 하고 낮잠을 자려 할 테고, 그러다보면 속임수가 들통날 수도 있었다.

하지만 미처 편한 시간을 갖기도 전에 그리고리의 우측으로 200미터쯤 떨어진 연못 건너편에서 키릴로프 중위가 모습을 드러냈다. 그리고리의 입에서 신음이 흘러나왔다. 이러다간 모든 걸 망칠 수도 있었다. "너희 거기서 뭐하는 거야?" 키릴로프가 소리를 질렀다.

"엎드리십시오, 중위님!" 그리고리가 외쳤다.

이사크가 허공에 대고 소총을 한 발 발사했고 그리고리는 고개를 숙였다. 키릴로프도 고개를 숙이더니 왔던 길로 돌아가 모습을 감추었다.

이사크가 킬킬댔다. "항상 속는단 말이야."

그리고리는 확신하지 않았다. 키릴로프는 언짢아 보였고 심지어 화난 얼굴이었다. 속고 있다는 걸 알면서도 어찌해야 할지 결정을 내리지 못한 것 같았다.

그리고리는 전방에서 들려오는 총소리와 쿵쿵 소리, 비명에 귀를 기울었다. 1500미터쯤 떨어진 곳 같았는데, 소리는 별다른 움직임 없이 내내 한곳에서 들려왔다.

해가 높이 떠올라 그리고리의 젖은 군복을 말려주었다. 배가 고파진 그는 배급받은 딱딱한 비스킷을 한입 깨문 다음 아조프에게 맞아 이가 부러진 곳을 피해가며 씹었다.

안개가 걷히자 독일 비행기들이 약 1500미터 전방에서 낮게 나는 모습이 보였다. 소리로 판단해보건대 지상의 병사들을 기관총으로 공격하는 듯했다. 좁은 오솔길에 몰려 있거나 진창을 헤치며 나아가는 근위대는 끔찍이도 쉬운 목표물이 될 것이다. 그리고리는 부하들과 그곳에 있지 않다는 사실에 두 배로 기분이 좋았다.

오후가 절반쯤 지나자 전투 소음이 점차 가까워지는 듯했다. 러시아군이 뒤로 밀리고 있었다. 그리고리는 후퇴하는 부대에 합류하라는 명령을 내릴 준비를 했다. 하지만 아직은 아니었다. 의심을 사고 싶지는 않았다. 천천히 후퇴하는 건 천천히 전진하는 것만큼이나 중요했다.

좌측과 우측으로 흩어진 병사들이 늪지를 첨벙거리며 강을 향해 돌아오고 있었다. 한눈에 봐도 일부는 부상을 입었다. 후퇴가 시작되었지만 전면 퇴각은 아니었다.

어딘가 가까이서 말 울음소리가 들렸다. 말이 있다면 장교가 있다는 뜻이었다. 그리고리는 즉시 있지도 않은 오스트리아군을 향해 총을 쐈다. 부하들도 똑같이 따라 했고 한참 산발적으로 사격이 이어졌다. 그러고 나서 뒤돌아보니 아조프 소령이 커다란 사냥용 회색 말을 타고 진창 속을 달리고 있었다. 아조프는 후퇴하는 병사들에게 전선으로 돌아가라고 외치고 있었다. 병사들이 반항하자 그는 나강 권총을 뽑았다. 레프가 쓰던 것과 같은 권총이라는 생각이 난데없이 그리고리의 머릿속을 스쳐갔다. 아조프가 권총을 꺼내 겨누자 병사들은 마지못해 방향을 돌려 왔던 곳으로 되돌아갔다.

아조프는 권총을 넣고 천천히 말을 몰아 그리고리에게 다가왔다. "멍청한 놈들, 여기서 뭐하는 거야?"

그리고리는 일어나지 않고 땅바닥에서 몸만 굴려 움직인 다음, 급박하다는 듯 마지막 남은 총알 다섯 발을 장전했다. "저쪽 전방 숲에 적이 자리를 잡고 있습니다. 말에서 내리시는 게 좋겠습니다. 놈들에게 보입니다."

아조프는 말에서 내리지 않았다. "그럼 너희는 뭐하는 거야? 안 들키게 숨는 중이야?"

"키릴로프 중위께서 저희에게 놈들을 맡으라고 하셨습니다. 엄호를 하는 사이 한 명은 정찰하러 보냈습니다."

아조프도 영 바보는 아니었다. "놈들이 응사하는 것 같지 않군."

"저희가 놈들을 꼼짝 못하게 했습니다."

그는 고개를 저었다. "놈들은 후퇴했어. 애초에 저 숲에 적이 있었는지도 모르겠지만."

"그렇지 않습니다, 중대장님. 방금 전만 해도 이쪽으로 엄청나게 사격을 했습니다.

"저긴 아무도 없어." 아조프가 목소리를 높였다. "사격 중지! 모두 사격 중지!"

그리고리의 소대원들은 모두 사격을 멈추고 소령을 바라보았다.

"내가 신호하면, 돌격해!" 아조프는 권총을 뽑았다.

그리고리는 어찌해야 할지 알 수 없었다. 전투는 그의 예측대로 재앙이 되어가고 있는 게 분명했다. 지금까지 온종일 잘 피해온 마당에, 완전히 끝날 때까지는 목숨을 걸고 싶지 않았다. 하지만 장교와 직접 맞붙는 건 위험했다.

바로 그때 그리고리가 적이 숨어 있다고 주장했던 숲에서 병사 한 무리가 뛰쳐나왔다. 그리고리는 깜짝 놀라 그들을 바라보았다. 하지만 오스트리아군이 아니라는 건 군복을 보자마자 알 수 있었다. 후퇴하는 러시아 병사들이었다.

하지만 아조프는 마음을 바꾸지 않았다. "저놈들은 비겁한 탈영병이야!" 그는 소리질렀다. "놈들을 공격해!" 그러고는 다가오는 러시아 병사들을 향해 권총을 발사했다.

그리고리와 소대원들은 갈피를 잡을 수 없었다. 장교들은 가끔 전투에 소극적인 자를 총살하겠다며 위협했지만 그리고리가 속한 소대 병사들은 아군을 공격하라는 명령은 받아본 적이 한 번도 없었다. 그들은 어쩔 줄 몰라 그리고리만 보고 있었다.

아조프는 그리고리에게 권총을 겨누었다. "공격해!" 그가 소리질렀다. "저 반역자들을 쏴버려!"

그리고리는 결정을 내렸다. "잘 들어!" 그렇게 외치고 일어선 그는 달려오는 러시아군을 등지고 서서 좌우를 살핀 다음 소총을 들었다. "모두 소령님의 말씀을 들었을 거다!" 그는 마치 돌아서려는 듯 소총을 빙 돌려 아조프를 겨누었다.

어차피 아군을 쏴야 한다면 병사를 죽이기보다는 장교를 죽일 작정이었다.

아조프는 얼어붙은 듯 그리고리를 노려보았다. 그 순간 그리고리는 방아쇠를 당겼다.

첫 발은 아조프의 말에 맞았고, 말이 휘청거렸다. 그 덕분에 그리고리는 살아날 수 있었다. 아조프도 그리고리를 향해 총을 쐈지만 말이 갑자기 움직이는 바람에 빗나갔던 것이다. 그리고리는 무의식적으로 노리쇠를 당기고 다시 발사했다.

두번째 총알 역시 빗나갔다. 그리고리는 욕설을 내뱉었다. 이제 정말 위험해졌다. 하지만 위험에 처한 건 소령 역시 마찬가지였다.

아조프는 날뛰는 말 때문에 제대로 겨냥할 수가 없었다. 그리고리는 이리저리 마구 흔들리는 아조프를 소총으로 잘 겨눈 다음 세번째로 발사했고, 총알은 아조프의 가슴에 맞았다. 그는 천천히 말에서 떨어지는 아조프를 지켜보았다. 무거운 몸이 진창 속으로 고꾸라지는 모습을 보며 갑작스럽게 찾아온 만족감에 그리고리는 온몸이 오싹했다.

말은 비틀거리며 몇 걸음 걷더니 갑자기 개처럼 뒷다리를 접고 주저앉았다.

그리고리는 아조프에게 다가갔다. 소령은 진흙탕 속에서 하늘을 보고 누워 꼼짝도 하지 않았지만 숨이 붙어 있었다. 오른쪽 가슴에서 피가 흘렀다. 그리고리는 주위를 둘러보았다. 후퇴하던 러시아 병사들은 아직 멀리 있어서 무슨 일이 벌어졌는지 알아채지 못했다. 그의 부하들은 완벽하게 믿을 수 있었다. 그리고리가 그들의 목숨을 여러 번 구했기 때문이다. 그리고리는 총구를 아조프의 이마에 갖다댔다. "이건 네놈이 죽인 선량한 러시아 병사들 몫이다, 이 살인자 개자식." 그리고리는 이를 드러내며 인상을 찌푸렸다. "그리고 내 앞니에 대한 대가야." 그렇게 덧붙이고는 방아쇠를 당겼다.

소령은 숨이 끊긴 채 축 늘어졌다.

그리고리는 부하들을 바라보았다. "소령님은 불행히도 적의 총탄에 목숨을 빼앗기셨다. 후퇴!"

병사들은 환호를 올리고 뛰기 시작했다.

그리고리는 말 쪽으로 다가갔다. 일어서려고 애쓰는 중이었지만 살펴보니 다리가 부러진 상태였다. 그는 말의 귀에 총구를 대고 마지막 총알을 발사했다. 말은 옆으로 쓰러져 꼼짝도 하지 않았다.

아조프 소령보다 말이 더 불쌍하게 느껴졌다.

그는 달아나는 소대원들을 뒤따라 뛰었다.

II

브루실로프 공세가 늦춰지다가 멈춘 뒤, 그리고리는 수도에 배치되었다. '상트페테르부르크'는 지나치게 독일식이라는 이유로 페트로그라드로 이름이 바뀌어 있었다. 전투로 단련된 군대는 이제 성난 시민들로부터 차르의 가족과 고위 관료를 지켜야 했다. 그리고리의 소속 대대에서 살아남은 병력은 정예부대인 제1기관총연대에 흡수되었다. 그리고리는 비보르크 지역 삼소니옙스키 대로에 있는 연대 막사에서 지냈는데, 주위는 공장과 빈민가라 주로 노동자들이 살았다. 제1기관총연대에는 좋은 음식과 잠자리가 제공되었다. 만족스러운 생활을 통해 증오의 대상인 차르 체제를 수호할 마음이 생기도록 하기 위한 조치였다.

그리고리는 이곳에 돌아와서 기뻤지만 카테리나를 만날 수 있다는 생각에 우려되기도 했다. 그녀를 보고, 그녀의 목소리를 듣고, 그녀의 아이이자 자신의 조카인 아기를 안아보고 싶었다. 하지만 그녀를 향한 욕망 때문에 불안했다. 그녀는 그의 부인이었지만 그저 형식상에 지나지 않았다. 현실에서 그녀는 레프를 선택했고 그녀의 아이는 레프의 자식이었다. 그리고리는 그녀를 사랑할 권리가 없었다.

아예 돌아온 걸 알리지 말까 하는 생각마저 했다. 이백만 명이 넘게 사는 도시에서 우연히 마주치는 일은 거의 없을 것이다. 하지만 그것도 너무 견디기 어려운 일 같았다.

돌아온 첫날은 부대 밖 출입이 금지되었다. 그리고리는 카테리나를 만나러 갈 수 없다는 데 좌절했다. 대신 이사크와 함께 그날 저녁 같은 부대에 지내는 다른 볼셰비키들과 안면을 텄다. 그리고리는 토론 모임을 시작하는 데 찬성했다.

다음날 아침 그리고리의 소대는 그의 옛 영주 안드레이 왕자의 집에서 연회가 열리는 동안 다른 부대와 함께 경비를 맡게 되었다. 왕자는 네바 강이 내려다보이는 영국 제방*의 분홍색과 노란색으로 치장한 궁에 살았다. 정오에 병사들이 궁 계단에 도열했다. 낮게 깔린 먹구름으로 시내는 어두침침했지만 궁의 창문마다 환한 불빛이 새어나왔다. 벨벳 커튼으로 테두리를 장식한 유리창 안쪽에서 깨끗한 제복 차림의 하인 하녀들이 바삐 오가며 와인과 산해진미, 과일이 잔뜩 쌓인 쟁반을 나르는 모습이 마치 무대 위 연극을 보는 듯했다. 홀에는 소규모 오케스트라가 보였고 그들이 연주하는 교향악이 밖에서도 들렸다. 거대하고 번쩍거리는 자동차들이 계단 아래쪽에 멈춰 서면 하인들이 서둘러 차문을 열었고 손님들이 내렸다. 남자들은 검은색 코트에 실크해트를 썼고 여자들은 모피로 온몸을 감싸고 있었다. 도로 건너편에는 몇 안 되는 사람이 모여 그 광경을 구경했다.

낯익은 광경이었지만 특이한 점이 있었다. 누군가 차에서 내릴 때마다 구경꾼들이 비웃으며 야유를 보냈다. 예전 같으면 어느새 경찰이 몽둥이를 들고 나타나 쫓아버렸을 것이다. 하지만 지금은 경찰이 보이지 않았고, 연회에 온 손님들은 최대한 서둘러 군인들이 두 줄로 늘어서서 지키는 계단을 올라가 거대한 출입문 안으로 사라졌다. 밖에 오래 머무는 걸 불안해하는 기색이 역력했다.

그리고리는 행인들이 그토록 끔찍한 전쟁을 일으킨 귀족들을 비웃는

---

* 상트페테르부르크에서 가장 번화한 거리로, 영국 대사관이 있었다.

게 당연하다고 여겼다. 만일 소요사태가 벌어진다면 그는 군중의 편이될 작정이었다. 사람들에게 총을 쏠 마음은 전혀 없었고, 다른 많은 병사들 역시 같은 생각일 거라고 짐작했다.

귀족들은 이런 시국에 어떻게 저런 호화로운 파티를 벌이는 걸까? 러시아 절반이 굶주리고 있고, 심지어 전선의 병사들마저 식량 부족에 시달리는 중이었다. 안드레이 같은 자들은 때려죽여야 마땅했다. 안드레이가 눈앞에 있다면? 그리고리는 생각해보았다. 아조프 소령처럼 쏴죽여버리고 싶은 걸 꾹 참아야겠지.

마지막 자동차가 도착할 때까지 아무 사고도 없었고, 몰려든 사람들은 지겨워졌는지 이리저리 흩어졌다. 그리고리는 혹시라도 우연히 카테리나를 볼 수 있지 않을까 하는 생각에 지나다니는 여자들 얼굴을 뚫어져라 보며 오후시간을 보냈다. 손님들이 돌아갈 시간이 되자 날은 어둡고 추워졌다. 거리에 서성거리는 사람이 없어서 야유도 들리지 않았다.

파티가 끝나자 병사들은 뒷문을 통해 성안으로 불려가 배를 채우게 되었다. 파티 음식 중 하인들이 먹어치우고 남긴 것이었다. 고기와 생선살, 식어빠진 채소요리, 절반쯤 먹은 빵, 사과와 배. 가대식 탁자 위에 아무렇게나 놓인 음식들은 불쾌하게 뒤섞여 있었다. 얇게 저민 햄이 생선 대가리에 들러붙었고, 소스 범벅이 된 과일에다 시가의 재가 묻은 빵도 보였다. 하지만 참호에서는 더 끔찍한 음식도 먹었고, 모두 아침으로 죽과 절인 대구를 먹고 나서 그때껏 아무것도 먹지 못한 터라 게걸스레 입속으로 밀어넣었다.

가증스러운 안드레이 왕자의 얼굴을 볼 기회는 없었다. 어쩌면 그편이 더 잘된 일인지도 모른다.

걸어서 부대로 돌아와 무기를 반납한 병사들은 그날 저녁 외출 허가를 받았다. 그리고리는 마냥 신이 났다. 카테리나를 찾아갈 기회였다.

그는 취사장 뒷문으로 가서 카테리나에게 가져갈 약간의 빵과 고기를 부탁해 손에 넣었다. 하사관에게 그 정도 특권은 있었다. 그리고리는 군화를 반짝거리게 닦고 부대를 나섰다.

부대가 있는 비보르크는 도시 북동쪽이고, 카테리나는 대각선 반대편인 남서쪽 나르바 지구에 살았다. 물론 그녀가 푸틸로프 공장에서 제공하는 그리고리의 옛날 방에 여전히 살고 있다면 그렇다는 이야기다.

그는 삼소니옙스키 대로를 따라 남쪽으로 걸어서 리테이니 다리를 건너 시내로 들어섰다. 일부 고급 상점들은 여전히 창문에 전등을 환히 켜두고 영업중이었지만, 많은 곳이 문을 닫은 상태였다. 평범한 가게들도 판매할 물건이 별로 없어 보였다. 빵집 진열창에는 케이크가 딱 하나 보였고, '오늘은 빵 없습니다'라고 손으로 쓴 종이가 나붙어 있었다.

널따란 넵스키 대로를 보니, 어머니를 따라 걷던 1905년의 운명적인 그날이 떠올랐다. 그때 그는 어머니가 차르의 병사들이 쏜 총에 맞는 장면을 목격했다. 이제는 그 자신이 차르의 병사 가운데 하나가 되었다. 하지만 여자와 아이에게 총을 쏘지는 않을 것이다. 만일 지금 차르가 그런 짓을 저지르려 한다면, 전혀 다른 문제가 그를 덮칠 것이다.

그리고리는 폭력배처럼 검은 코트에 검은 모자 차림을 한 열 명 정도의 젊은이가 차르 니콜라이의 젊은 시절 초상화를 들고 돌아다니는 모습을 보았다. 초상화 속 차르는 검은 머리가 아직 벗어지기 전이었고 적갈색 수염도 풍성했다. 젊은이 하나가 소리질렀다. "차르 만세!" 그러자 그들 모두 멈춰 서더니 모자를 들고 함께 환호성을 올렸다. 지나가던 사람 몇 명도 모자를 들어올렸다.

전에도 그런 무리와 마주친 적이 있었다. 검은 백인단百人團이라 부르는 그들은 차르가 국민의 아버지라는 확고한 지위를 가졌던 황금기, 러시아에 자유주의자, 사회주의자, 유대인이 없던 그 시절로 돌아가기를 원하는 우익단체 '러시아 국민동맹'의 일부였다. 볼셰비키들이 경찰에서 일하는 동료로부터 알아낸 정보에 따르면, 그들이 발행하는 신문은 정부에서 운영자금을 지원받고 있으며 인쇄물은 경찰본부 지하에서 찍어낸다고 했다.

그리고리는 그들을 경멸의 눈길로 한번 보고 지나쳤지만, 그들 중 하나가 말을 걸어왔다. "이봐, 당신! 왜 모자를 들지 않는 거야?"

아무 대답 없이 가려는 그의 팔을 다른 한 녀석이 붙잡았다. "너 뭐야, 유대인이야?" 두번째 녀석이 말했다. "모자 벗어!"

그리고리는 조용히 말했다. "한 번만 더 건드리면 모가지를 부러뜨릴 테다. 이 목소리만 큰 꼬맹이 자식."

젊은이는 뒤로 물러서더니 그리고리에게 선전용 인쇄물을 내밀었다. "이걸 읽어보지, 친구. 유대인이 어떻게 당신 같은 병사들을 배신하는지 알려줄 거요."

"꺼져. 안 비키면 그 멍청한 인쇄물을 네 똥구멍 속에 쑤셔넣겠다." 그리고리가 말했다.

젊은이는 도와달라는 듯 동료들을 보았지만, 나머지 녀석들은 털모자를 쓴 중년 남자 하나를 붙잡아 두들겨패고 있었다. 그리고리는 그 자리를 떴다.

창문을 판자로 막은 가게 앞을 지나는데, 한 여자가 그에게 말을 걸었다. "이봐요, 젊은이. 1루블만 주면 하게 해줄게요." 창녀들이 늘 하는 소리였지만 여자의 말에 그리고리는 깜짝 놀랐다. 상당한 교육을 받은 말투였기 때문이다. 그리고리는 여자를 보았다. 그리고리가 고개를 돌리자 여자는 입고 있던 긴 코트 앞자락을 열어 보였다. 추위에도 불구하고 안에는 아무것도 입지 않은 알몸이었다. 여자는 삼십대였고 가슴이 크고 배가 나온 모습이었다.

그리고리는 울컥 욕정이 솟았다. 오랫동안 여자를 가까이하지 못했기 때문이다. 참호에도 창녀들이 왔지만, 상스럽고 지저분한데다 병이 있었다. 하지만 이 여자는 품을 만해 보였다.

여자는 코트 자락을 여몄다. "할 거예요?"

"돈이 한푼도 없어요." 그리고리가 말했다.

"가방에는 뭐가 들었어요?" 여자는 턱짓으로 그가 어깨에 멘 가방을 가리켰다.

"먹을 게 조금 있어요."

"빵 한 덩이만 주면 해줄게요." 여자가 말했다. "아이들이 배를 곯고 있어요."

그리고리는 여자의 풍만한 가슴을 떠올렸다. "어디서?"

"가게 안쪽에 방이 있어요."

최소한 카테리나를 만났을 때 욕정에 사로잡혀 실수하지 않을 수는 있을 거야. 그리고리는 속으로 생각했다. "좋아요."

여자는 문을 열더니 그리고리를 안으로 안내하고 잠갔다. 그들은 빈 가게를 지나 또다른 방으로 향했다. 희미한 가로등 불빛에 담요로 덮은 매트리스가 바닥에 놓여 있는 게 보였다.

여자는 돌아서서 그리고리를 보고 다시 코트 앞자락을 열었다. 그리고리는 여자의 사타구니에 수북하게 난 털을 멍하니 바라보았다. 여자가 손을 내밀었다. "빵부터 주세요, 하사님."

그리고리는 가방에서 큰 빵 덩어리 하나를 꺼내 건네주었다.

"금방 올게요." 여자가 말했다.

여자는 계단을 뛰어올라가 문을 열었다. 아이 목소리가 들렸다. 그리고 남자의 기침소리도 났다. 가슴속 깊은 곳에서 끓어오르는 듯 귀에 거슬리는 소리였다. 잘 들리지는 않지만 움직이는 기척과 나지막한 목소리들이 잠시 났다. 그러더니 다시 문소리가 났고 여자가 계단으로 내려왔다.

여자는 코트를 벗고 매트리스 위에 누워 다리를 벌렸다. 그리고리도 옆에 누워 양팔로 여자를 안았다. 매력적이고 지적으로 보이는 여자의 얼굴이 긴장으로 일그러졌다. "아, 힘도 정말 좋으시네요!"

그리고리는 여자의 부드러운 피부를 어루만지고 있었지만, 욕망은 모두 사라진 상태였다. 모든 광경이 애처로웠다. 빈 가게, 병든 남편, 배고픈 아이들, 여자가 억지로 아양 떠는 모습까지.

여자는 그리고리의 바지 단추를 풀고 축 늘어진 물건을 손으로 잡았다. "입으로 해줄까요?"

"됐어요." 그리고리는 일어나 앉아서 여자에게 코트를 건네주었다. "다시 입어요."

여자는 겁먹은 목소리로 말했다. "빵을 돌려드릴 수는 없는데. 이미 반은 먹어버렸어요."

그리고리는 고개를 가로저었다. "어쩌다 이렇게 된 겁니까?"

여자는 코트를 입고 단추를 잠갔다. "혹시 담배 있어요?"

그리고리는 여자에게 담배 한 개비를 건네고 자신도 하나 피워물었다.

여자는 연기를 내뿜었다. "우리는 신발 가게를 했어요. 중산층 손님들에게 고급 제품을 적당한 가격에 팔았죠. 남편은 장사 수완이 좋았고 살림도 넉넉했어요." 그녀는 쓸쓸한 어조로 말했다. "하지만 지난 이년간 이 동네에선 귀족들 말고는 아무도 새 신발을 사지 않았어요."

"다른 일은 할 수 없었어요?"

"했죠." 여자의 눈이 분노로 번쩍였다. "우리는 그저 대책 없이 앉아 운명을 받아들이진 않았어요. 남편이 품질 좋은 군화를 절반 가격으로 납품할 방법을 찾았어요. 예전에 가게에 물건을 대던 소규모 공장들이 일이 없다고 난리였거든요. 그이는 '군수산업위원회'를 찾아갔어요."

"그게 뭡니까?"

"전쟁터에 오래 나가 있었나보군요. 요즘은 모든 업무를 독립적인 위원회가 맡아서 해요. 무능력한 정부는 아무것도 처리 못하거든요. 군수산업위원회는 군대에 물자를 대는 곳이에요. 아니, 그것도 이미 예전 일이죠. 폴리바노프가 장관이었을 때 일이니까요."

"그런데 뭐가 잘못된 거죠?"

"우리는 주문을 받았어요. 남편이 저축한 돈을 몽땅 털어서 신발공장에 돈을 치렀죠. 그런데 차르가 폴리바노프를 해임했어요."

"왜요?"

"폴리바노프가 노동자들이 선출한 대표를 위원회에 참석시켰거든요. 황후는 폴리바노프가 혁명주의자가 틀림없다고 생각한 거예요. 어쨌든 주문은 취소되었고 우리는 파산했어요."

그리고리는 넌더리가 나서 고개를 흔들었다. "전선의 지휘관들만 미친 줄 알았는데 그게 아니군요."

"다른 일도 해보려 했어요. 남편은 무슨 일이든 할 작정이었죠. 웨이터나 전차 운전사, 심지어 도로를 보수하는 막일까지도요. 하지만 받아주는 데가 없었고, 그이는 걱정과 부실한 식사가 겹쳐 병을 얻었어요."

"그래서 당신이 이런 일을 하는군요."

"별로 잘하지는 못해요. 하지만 당신처럼 친절한 분도 있죠. 안 그런 사람들은……" 여자는 진저리를 치더니 고개를 돌렸다.

그리고리는 담배를 끄고 일어섰다. "잘 있어요. 이름은 묻지 않겠습니다."

여자도 일어섰다. "당신 덕분에 우리 가족이 아직 살아 있어요." 여자의 목소리가 떨렸다. "그리고 저도 오늘은 거리로 나가지 않아도 되고요." 여자는 발끝을 들고 서서 그리고리의 입술에 가볍게 키스했다. "고마워요, 하사님."

그리고리는 밖으로 나왔다.

점점 더 추워지고 있었다. 그리고리는 나르바 지구로 향하는 길을 따라 걸음을 재촉했다. 구두 가게 여자로부터 멀어지면서 성욕이 다시 살아났고, 그녀의 부드러운 몸이 아쉬웠다.

불현듯 그와 마찬가지로 카테리나 역시 육체적 욕구가 있다는 사실이 머릿속에 떠올랐다. 이 년이라면 이제 겨우 스물세 살에 불과한 젊은 여자가 남자 없이 보내기에는 긴 시간이었다. 게다가 그녀에게는 레프나 그리고리를 위해 정절을 지킬 이유도 딱히 없었다. 아이 딸린 여자에게 접근할 남자는 거의 없겠지만, 대신 그녀는 아주 매혹적인 외모를 가졌다. 적어도 이 년 전에는 그랬다. 어쩌면 오늘 저녁 그녀는 혼자가 아닐지도 모른다. 그렇다면 얼마나 끔찍할까.

그리고리는 철길을 따라 예전에 살던 집으로 갔다. 기분 탓인지도 모르지만, 거리는 이 년 전보다 훨씬 더 허름한 것 같았다. 그가 떠난 사이 새로 칠을 하거나 고치거나 청소한 적이 전혀 없는 것 같았다. 모퉁이 빵집 바깥에는 가게문이 닫혔는데도 사람들이 길게 줄을 서 있었다.

그는 아직도 열쇠를 갖고 있었다. 건물 안으로 들어섰다.

계단을 올라가던 그리고리는 두려워졌다. 카테리나가 다른 남자와 함께 있는 모습을 보고 싶지는 않았다. 그제야 미리 연락해둘걸 후회가 들었다. 그랬다면 카테리나는 미리 준비하고 혼자서 그를 맞았을 것이다.

그는 문을 두드렸다.

"누구세요?"

카테리나의 목소리만 듣고도 그리고리는 눈물이 날 것 같았다. "방문객입니다." 그는 무뚝뚝하게 말하고는 문을 열었다.

카테리나는 프라이팬을 들고 난로 옆에 서 있었다. 그녀의 손에서 프라이팬이 떨어지고 우유가 쏟아졌다. 그녀는 양손으로 입을 가렸다. 그리고 나지막하게 비명을 질렀다.

"놀라지 마요. 나예요." 그리고리가 말했다.

카테리나 옆 바닥에는 어린 남자아이가 양철 숟가락을 들고 앉아 있었다. 아마 빈 깡통을 두드리다가 멈춘 모양이었다. 아이는 빤히 그리고리를 보다가 울음을 터뜨렸다.

카테리나가 아이를 안았다. "울지 마, 볼로댜." 그녀는 아이를 어르며 말했다. "무서워하지 않아도 돼." 아이는 울음을 그쳤다. 그녀가 말했다. "이분이 네 아버지야."

그리고리는 블라디미르가 그를 아버지로 생각하는 게 좋을지 확신이 서지 않았지만, 지금은 그걸 따질 순간이 아니었다. 그는 안으로 들어가 문을 닫았다. 그리고 두 사람을 한꺼번에 안고서 아이에게 입을 맞추고 카테리나의 이마에도 키스했다.

그는 한 걸음 물러서서 두 사람을 바라보았다. 카테리나는 경관 핀스키의 달갑지 않은 관심으로부터 구해낸 앳된 얼굴의 아가씨가 아니었다. 전보다 말랐고 피곤하고 지친 얼굴이었다.

이상하게도 아이는 레프를 많이 닮지 않았다. 레프의 잘생긴 얼굴이나 애교 넘치는 미소를 찾아볼 수 없었다. 블라디미르는 오히려 그리고리가 거울 속에서 보는 진지한 파란색 눈을 갖고 있었다.

그리고리가 웃었다. "정말 예쁘구나."

카테리나가 말했다. "귀는 어떻게 된 거예요?"

그리고리는 얼마 남지 않은 오른쪽 귀를 만졌다. "타넨베르크 전투에서 다쳐서 조금밖에 안 남았어요."

"앞니는요?"

"장교 비위를 거슬렀죠. 하지만 그는 이제 죽었어요. 그러니까 결국 내가 이긴 거죠."

"이젠 그렇게 잘생겨 보이지도 않네요."

카테리나는 예전에는 그에게 잘생겼다고 말한 적이 한 번도 없었다. "그냥 별것 아닌 상처들이에요. 살아남은 것만 해도 운이 좋았죠."

그리고리는 그의 옛집을 둘러보았다. 약간 달라진 모습이었다. 그리고리와 레프가 담배 파이프와 담뱃잎 단지, 성냥을 놔두었던 벽난로 위 선반에 카테리나는 도자기 꽃병과 인형, 영화배우 메리 픽퍼드의 컬러 우편엽서를 올려놓았다. 창문에는 커튼이 달려 있었다. 퀼트처럼 천조각을 이어붙여 만든 것이었다. 그리고리는 한 번도 커튼을 달고 살아본 적이 없었다. 달라진 냄새도 느껴졌다. 아니, 냄새가 사라졌다고 해야 옳았다. 예전에는 담배연기와 양배추 삶은 냄새, 씻지 않은 사내 냄새로 공기가 탁했던 그곳이 이제는 상쾌한 느낌이었다.

카테리나는 쏟은 우유를 훔쳤다. "볼로댜의 저녁을 쏟아버렸어요. 저녁으로 뭘 먹여야 할지 모르겠네요. 이제 젖은 안 나와서."

"걱정 마요." 그리고리는 가방에서 긴 소시지 하나와 양배추, 깡통 잼을 꺼냈다. 카테리나는 믿을 수 없다는 눈으로 멍하니 보기만 했다. "부대 식당에서 얻었죠." 그리고리가 설명했다.

카테리나는 잼 깡통을 열더니 숟가락으로 조금 떠서 블라디미르에게 먹였다. 아기는 받아먹더니 말했다. "또."

카테리나는 한 숟가락 떠서 자기 입에 넣고 다시 아이에게도 한 숟가락을 떠먹였다. "무슨 동화 같네요. 먹을 게 이렇게 많다니! 빵집 앞에서 안 자도 되겠어요."

그리고리는 인상을 찌푸렸다. "그게 무슨 말이죠?"

그녀는 잼을 한번 더 입에 넣었다. "빵이 항상 부족해요. 아침에 빵집이 문을 열자마자 불티나게 팔려나가거든요. 빵을 구할 길은 줄을 서는 것뿐이에요. 그것도 자정 전에 서지 않으면 미처 순서가 돌아오기도 전에 다 팔려버려요."

"맙소사." 그리고리는 카테리나가 길바닥에서 잔다는 생각은 꿈에도 하기 싫었다. "볼로댜는 어쩌고?"

"내가 없는 동안 아기가 울면 이웃집 친구가 봐주기로 했어요. 요새는 어차피 밤새도록 곤히 자니까요."

가겟집 여자가 빵 한 덩이를 받고 그리고리에게 몸을 팔려고 했던 게 놀라운 일이 아니었다. 어쩌면 빵 한 덩이도 너무 후하게 쳐준 것인지 몰랐다. "살림은 어떻게 해요?"

"공장에서 일주일에 12루블을 받아요."

그리고리는 어리둥절했다. "그럼 내가 떠날 때 당신이 벌던 것의 두 배나 되잖아요!"

"하지만 일주일에 4루블이던 여기 방세가 지금은 8루블이에요. 그러니 4루블로 먹고살아야 한다고요. 그리고 1루블이던 감자 한 부대가 지금은 7루블이에요."

"감자 한 부대가 7루블이나!" 그리고리는 소름끼쳤다. "다들 대체 어떻게 살죠?"

"모두 배를 곯아요. 아이들이 병들어 죽어가죠. 노인들은 시름시름 앓다 죽고요. 매일 상황이 나빠지지만 아무도 대책이 없어요."

그리고리는 마음이 몹시 아팠다. 군대에서 고생하는 동안 그는 카테리나와 아기가 따뜻한 곳에서 자고 먹을 걱정은 안 해도 될 만큼 충분한 돈으로 잘살고 있으리라 생각하며 스스로를 위로했다. 바보 같은 착각이었다. 카테리나가 블라디미르를 여기 두고 빵집 앞 길바닥에서 자다니, 분노가 치밀어올랐다.

카테리나와 함께 탁자에 앉은 그리고리는 칼로 소시지를 얇게 잘라서 그녀에게 내밀었다. "차가 좀 있으면 딱 좋겠는데." 그리고리가 말했다.

카테리나는 빙그레 웃으며 말했다. "차는 일 년간 못 마셔봤어요."

"부대에서 조금 가져다줄게요."

카테리나는 소시지를 먹었다. 그리고리도 그녀가 게걸스럽게 굴지 않으려고 애쓴다는 걸 알 수 있었다. 그는 블라디미르를 안아올려 잼을 조금 더 먹였다. 아이는 소시지를 먹기에는 아직 어렸다.

편안한 만족감이 그리고리의 온몸을 휘감았다. 전선에 있을 때 그가 꿈꾸던 광경이었다. 작은 방, 음식이 있는 식탁, 아기, 카테리나. 이제 그 상상이 현실이 된 것이다. "이런 게 얻기 힘들면 안 되는데." 그는 곰곰이 생각에 잠겨 말했다.

"무슨 말이에요?"

"당신이나 나나 멀쩡하고 튼튼한 몸으로 열심히 일하잖아요. 내가 원하는 건 이게 다예요. 방, 먹을 것, 하루 일이 끝나면 쉬는 것. 매일 이런 생활을 할 수 있어야 해요."

"우리는 궁에 있는 독일 지지자들에게 배신당한 거예요." 카테리나가 말했다.

"정말요? 어떻게?"

"당신도 황후가 독일인인 건 알잖아요."

"알죠." 차르의 부인은 독일제국에 속하는 헤센 대공국의 알릭스 공주로 태어났다.

"슈튀르머도 독일인이 확실하고요."

그리고리는 어깨를 으쓱했다. 총리인 슈튀르머는 그리고리가 알기로는 러시아에서 태어났다. 이름이 독일식인 러시아인은 많았고, 그 반대 역시 마찬가지였다. 양국 사람들은 수세기 동안 서로 오가며 살았다.

"그리고 라스푸틴은 친독일파죠."

"그래요?" 그리고리도 미치광이 수도승 라스푸틴이 궁중 여자들의 마음을 사로잡아 영향력과 권력을 쥐는 데 관심을 쏟고 있다는 건 알고 있었다.

"그들 모두 한패거리예요. 슈튀르머는 독일에서 돈을 받고 농민들을 굶겨죽였대요. 차르는 친척 카이저 빌헬름에게 전화로 우리 군대가 다음에 어디로 가는지 알려줬고요. 라스푸틴은 우리가 항복하길 바란대요. 그는 황후와 시녀 비루보바까지 셋이서 잠자리를 한다더군요."

대부분 그리고리도 들어본 소문들이었다. 그는 황실이 독일 편이라는 건 믿지 않았다. 그들은 그저 멍청하고 능력이 없을 뿐이었다. 하지만 많은 병사들이 그런 이야기를 믿었고, 카테리나가 하는 말로 봐서는 일부 민간인도 그런 것 같았다. 왜 러시아 사람들이 전쟁에서 지고 있으며, 굶어죽어가는지 진정한 이유를 설명하는 건 볼셰비키의 과업이었다.

하지만 오늘밤은 아니었다. 블라디미르가 하품을 해서 그리고리는 아이를 안고 일어서서 왔다갔다하며 얼렀고 그사이 카테리나가 이야기를 했다. 그녀는 공장생활과 같은 집에 세 사는 다른 사람들, 그리고 그리고리가 아는 사람들의 이야기를 들려주었다. 핀스키 지구대장은 이제 비밀경찰의 부서장이 되어 위험한 개혁주의자와 민주주의자를 잡으러 다닌다고 했다. 거리에는 수천 명이나 되는 고아가 도둑질과 매춘으로 살아가거나 허기와 추위로 죽어가고 있었다. 푸틸로프 공장에서 일하던 그리고리의 가장 가까운 친구 콘스탄틴은 이제 페트로그라드 볼셰비키 위원회의 위원으로 활동하고 있었다. 발로프 가문만 전보다 더 부자가 되었다. 아무리 물품이 부족한 상황이라고 해도 그들은 늘 보드카와 캐비아, 담배, 초콜릿을 팔았다. 그리고리는 카테리나의 시원한 입매와 두툼한 입술을 응시했다. 그녀가 말하는 걸 지켜보고 있자니 흐뭇했다. 그녀는 단호해 보이는 턱과 용감한 파란 눈을 지녔지만, 그리고리에게는 늘 연약해 보였다.

블라디미르는 그리고리가 안고 어르는 사이 카테리나의 목소리를 들으며 잠이 들었다. 그리고리는 카테리나가 구석에 마련해둔 침대에 아기를 조심스럽게 내려놓았다. 침대라고 해봐야 부대에 천조각을 채우고 담요로 덮은 정도였다. 그래도 블라디미르는 침대 위에서 편안히 웅크리고 엄지를 입에 물었다.

교회 시계가 아홉시를 알리자 카테리나가 물었다. "몇시까지 돌아가야 해요?"

"열시." 그리고리가 말했다. "가야겠어요."

"아직은 안 돼요." 카테리나는 양팔로 그리고리의 목을 끌어안더니 키스했다.

달콤한 순간이었다. 부드러운 그녀의 입술이 이리저리 움직였다. 그리고리는 잠시 눈을 감고 그녀의 살갗에서 풍기는 향기를 들이마셨다. 그러고는 뒤로 물러섰다. "이러면 안 돼요." 그가 말했다.

"바보 같은 말 마요."

"당신은 레프를 사랑해요."

카테리나는 그리고리의 눈을 들여다보았다. "그때는 막 도시에 온 스무 살짜리 시골 처녀였죠. 레프가 멋지게 차려입은 모습이 좋았고, 담배며 술을 인심 좋게 사주는 게 좋았어요. 그 사람은 매력적이고 잘생기고 재미있었어요. 하지만 지금 나는 스물세 살이고 아이도 있어요. 그런데 레프는 어디 있죠?"

그리고리는 어깨를 으쓱했다. "우리야 모르죠."

"하지만 당신은 여기 있어요." 카테리나가 그리고리의 뺨을 어루만졌다. 그리고리는 그녀를 밀어내야 한다는 걸 알았지만 그러지 못했다. "집세를 내고 내 아이가 먹을 음식을 구해오는 사람은 당신이에요. 당신이 아닌 레프를 사랑했던 내가 바보였다는 걸 모르는 줄 알아요? 지금은 내가 철이 들었다는 걸 모르겠어요? 내가 당신을 사랑한다는 걸 알게 되었다는 것도?"

그리고리는 멍하니 카테리나를 바라보았다. 방금 들은 말을 믿을 수 없었다.

그를 보는 그녀의 파란 눈은 숨김이 없었다. "그래요. 당신을 사랑해요." 그녀가 말했다.

그리고리는 신음소리를 내며 눈을 감았고, 카테리나를 끌어안으며 항복하고 말았다.

20장
1916년 11월에서 12월

I

에설 윌리엄스는 불안한 마음으로 신문에 실린 사상자 명단을 훑어 내려갔다. 윌리엄스라는 성이 몇 보였지만 웨일스 소총연대의 윌리엄 윌리엄스 상병은 없었다. 그녀는 입속으로 감사 기도를 올린 후 신문을 접어 버니 레크위드에게 건네고는 코코아를 끓이기 위해 주전자를 불에 올렸다.

빌리가 살아 있는지 확신이 들지 않았다. 어쩌면 지난 며칠 사이, 또는 몇 시간 전에 목숨을 잃었을 수도 있다. 애버로언에 전보가 마구 쏟아지던 날이 자꾸 떠올랐다. 두려움과 슬픔으로 일그러진 여인들의 표정은, 그날 들었던 끔찍한 소식의 흔적을 영원히 잊지 않고 기억하며 살 듯 보였다. 에설은 빌리가 전사자 명단에 없어 기뻐했던 자신이 부끄러웠다.

애버로언에는 여전히 전보가 도착하고 있었다. 솜 강 전투는 하루로 끝나지 않았다. 7월과 8월, 9월, 10월까지 내내 영국은 젊은 병사들을 무인지대 건너편으로 보내 기관총에 살육당하도록 만들었다. 신문에서는 연일 승리하고 있다고 떠들어댔지만 전보를 보면 상황이 달랐다.

버니는 보통 저녁때처럼 에설의 부엌에 있었다. 어린 로이드는 버니 '삼촌'을 좋아했다. 로이드가 대개 버니의 무릎 위에 앉으면 버니는 아이에게 큰 소리로 신문을 읽어주었다. 어려서 무슨 말인지 알아듣지는 못해도 아이는 어쨌든 버니가 읽어주는 소리를 좋아했다. 하지만 오늘 저녁 버니는 왠지 신경이 곤두서 있었고 로이드가 아닌 딴 데 정신이 팔려 있었다.

위층에서 밀드러드가 찻주전자를 들고 내려왔다. "차 한 숟가락만 빌려줘, 에스." 그녀가 말했다.

"그래, 어디 있는지 알지? 차 말고 코코아도 있는데 마실래?"

"아니야, 고마워. 코코아 마시면 방귀가 나와서 말이야. 안녕, 버니. 혁명은 잘돼가요?"

버니가 웃음지으며 신문에서 고개를 들었다. 그는 밀드러드를 좋아했다. 누구나 그랬다. "약간 지연되고 있어요." 그가 대답했다.

밀드러드는 주전자에 찻잎을 넣었다. "빌리한테서는 소식 없어?"

"최근엔 없네." 에설이 대답했다. "너한테는?"

"몇 주 동안 없어."

아침마다 현관에 배달된 편지는 에설이 받아 정리했다. 그래서 빌리가 자주 밀드러드에게 편지를 보낸다는 건 알고 있었다. 에설은 그게 연애편지라고 생각했다. 그렇지 않고서야 누나 집에서 세 사는 여자에게 뭐하러 편지를 보내겠는가? 밀드러드도 빌리를 좋아하는 게 분명했다. 주기적으로 빌리의 안부를 물었는데, 아무렇지 않은 척해도 불안한 모습을 감추지는 못했다.

에설은 밀드러드가 마음에 들었지만 열여덟 살인 빌리가 스물세 살여자와 의붓자식을 둘이나 받아들일 준비가 되었는지 의문이었다. 사실 빌리는 늘 나이에 비해 유난히 어른스러웠고 책임감이 강했다. 그리고 아마도 전쟁이 끝날 때는 몇 살 더 먹었을 것이다. 어쨌든 에설이 바라는 건 빌리가 살아 돌아오는 것뿐이었다. 그것 말고는 아무것도 문제가 되지 않았다.

에설이 말했다. "오늘 신문 사상자 명단에는 빌리 이름이 없었어. 하느님, 감사합니다."

"언제쯤이나 휴가를 나올지 궁금하네."

"이제 전선으로 간 지 겨우 오 개월이잖아."

밀드러드는 찻주전자를 내려놓았다. "에설, 뭐 좀 물어봐도 돼?"

"그럼."

"따로 독립할까 생각중이야. 그러니까, 재봉사 일 말이야."

에설은 깜짝 놀랐다. 이제 매니 리토프의 공장의 감독이 된 밀드러드는 벌이도 전보다 괜찮았다.

밀드러드가 말했다. "아는 친구가 모자 마무리 일을 줄 수 있대. 베일이나 리본, 깃털, 구슬 같은 걸 다는 거야. 그게 어려운 작업이라 군복만드는 것보다 돈을 더 주거든."

"그거 괜찮겠네."

"문제는 집에서 일을 해야 한다는 거야. 일단 처음엔 말이야. 나중에는 다른 여자들을 고용해서 작은 작업장을 따로 얻을까 해."

"앞날을 잘 내다보고 있네!"

"그래야지, 안 그래? 전쟁이 끝나면 군복 만드는 일도 끝이야."

"맞아."

"그럼 위층을 당분간 작업장으로 사용해도 괜찮을까?"

"당연히 괜찮지. 잘되길 빌게!"

"고마워."

밀드러드는 기쁨에 겨워 에설의 뺨에 입을 맞추고 찻주전자를 들고 나갔다.

로이드가 하품을 하더니 눈을 비볐다. 에설은 아이를 안아 거실에 있는 침대에 눕혔다. 그리고 아이가 잠에 빠져드는 모습을 잠시 애정 어린 눈으로 지켜보았다. 늘 그렇듯 연약하기만 한 아이의 모습이 마음에 걸렸다. 네가 어른이 되면 세상은 더 나아질 거야, 로이드. 그녀는 입속으로 약속했다. 우리가 꼭 그렇게 만들게.

부엌으로 돌아온 에설은 버니의 기분을 풀어주려고 애썼다. "아이들 읽을 책이 더 있으면 좋겠어요." 그녀가 말했다.

버니는 고개를 끄덕였다. "도서관마다 아이들 책을 모아두는 공간이 따로 마련되면 좋겠네요." 그는 신문에 눈길을 둔 채 대답했다.

"당신 같은 사서들이 그렇게 한다면 출판사에서 책을 더 많이 낼 수도 있죠."

"내가 바라는 게 그거예요."

에설은 난로에 석탄을 더 넣고 두 사람이 마시던 잔에 코코아를 더 따랐다. 버니가 오늘처럼 조용한 건 드문 일이었다. 대개 에설은 이런 아늑한 저녁을 즐겼다. 웨일스에서 온 젊은 여자와 유대인인 두 사람은 모두 아웃사이더였다. 런던에 사는 웨일스 출신이나 유대인의 수가 적지 않은데도 그랬다. 이유야 어떻든, 런던에서 지낸 지난 이 년 동안 밀드러드와 모드를 제외하면 버니가 에설의 가장 가까운 친구였다.

물론 버니의 마음이 어떤지는 알고 있었다. 지난밤 페이비언협회에서 온 똑똑하고 젊은 연사가 지역 노동당원들을 대상으로 '전후戰後 사회주의'에 관해 의견을 발표했고, 에설은 그 남자와 논쟁을 벌였다. 그녀에게 반한 게 분명한 남자는 모임이 끝난 뒤 그가 유부남인 걸 모두가 아는데도 에설에게 추파를 던졌다. 에설은 심각하게 여기지 않고 그저 관심을 즐겼다. 하지만 어쩌면 버니는 질투를 느꼈을 수도 있다.

에설은 버니가 조용히 있고 싶다면 그냥 가만히 두자고 마음먹었다. 그녀는 부엌 탁자에 앉아 전선의 병사들이 보낸 편지가 가득 든 커다란 봉투를 열었다. 〈병사의 아내〉 독자들은 남편으로부터 받은 편지를 신문사로 보내왔고, 신문에 소개되면 1실링씩 받을 수 있었다. 그런 편지들이 주류 언론보다 전선의 생활을 훨씬 진실되게 보여주었다. 〈병사의 아내〉의 기사 대부분은 모드가 작성했지만, 전선에서 온 편지 코너는 에설의 아이디어였고 편집 역시 직접 했는데 그 신문에서 가장 인기가 높았다.

에설은 더 좋은 조건으로 전국 의류노동자조합에 상근 간사직을 제의받았지만 모드와 함께 사회운동을 계속하고 싶어서 거절했다.

그녀는 편지를 열 통쯤 읽다가 한숨을 내쉬고는 버니를 보았다. "사람들이 전쟁에 반대할 거라고 생각했어요." 그녀가 말했다.

"하지만 아니었죠." 버니가 대답했다. "이번 선거 결과를 봐요."

지난달 에어셔에서 현직 하원의원이 사망해 해당 선거구 보궐선거가 있었다. 솜 강 전투에서 싸운 보수당 후보인 헌터웨스턴 중장과 평화진영인 차머스 목사의 대결이었다. 군 장성이 7149 대 1300으로 압도적인 승리를 거두었다.

"신문 때문이죠." 에설이 절망에 차서 말했다. "우리처럼 작은 신문이 아무리 평화운동을 한다고 해도 빌어먹을 노스클리프의 신문들이 벌이는 선전활동을 당해낼 수 있겠어요?" 노스클리프 경은 열렬한 군국주의자로 〈타임스〉와 〈데일리 메일〉 사의 소유주였다.

"신문 때문만은 아니에요." 버니가 말했다. "돈과도 연관이 있죠."

버니는 정부의 재정에 많은 관심을 기울였다. 재산이라고는 푼돈밖에 없는 사람치고는 기이한 일이었다. 에설은 버니의 기분을 바꿀 기회라고 생각하며 물었다. "그게 무슨 말이에요?"

"전쟁 전 우리 정부는 전체적으로 하루에 오십만 파운드 정도를 썼어요. 군대, 재판과 교도소, 교육, 연금, 식민지 운영 등에 들어가는 비용을 전부 합쳐서 말이에요."

"그렇게나 많이!" 에설은 다정한 표정으로 버니를 보며 미소지었다. "우리 아버지도 늘 그런 수치에 훤하셨죠."

버니는 코코아를 한 모금 마시고 나서 말했다. "지금은 얼마나 쓰는지 맞혀봐요."

"두 배? 하루에 백만 파운드? 불가능한 금액 같은데."

"근처에도 못 갔어요. 전쟁에 들어가는 돈이 하루에 오백만 파운드예요. 평상시 나라를 운영하는 비용의 열 배라고요."

에설은 충격받았다. "그 돈이 다 어디서 나죠?"

"그게 문제예요. 전부 빌린 돈이거든요."

"하지만 전쟁은 이 년 넘게 계속되고 있잖아요. 그렇다면 지금까지 빌린 돈이…… 거의 사십억 파운드예요!"

"그 정도 되죠. 전시가 아니라면 이십오 년 동안 쓸 수 있는 돈이죠."

"어떻게 그 돈을 다 갚죠?"

"절대 못 갚아요. 정부가 그 돈을 다 갚을 만큼 세금을 거두면 혁명이 일어날걸요."

"그럼 어떻게 되는 거죠?"

"만일 우리가 전쟁에서 지면 채권자들—대부분 미국인이죠—은 파산할 거예요. 우리가 이기면 독일에게 빚을 갚게 할 수 있고요. 흔히 '배상금'이라고 해요."

"독일은 어떻게 갚는데요?"

"굶어가며 갚겠죠. 하지만 패자들이 어떻게 되는지는 아무도 신경쓰지 않아요. 어쨌든 독일도 1871년 프랑스에 똑같은 짓을 했으니까요." 버니는 일어서서 잔을 개수대에 넣었다. "그러니 왜 우리가 독일과 평화협상을 할 수 없는지 이제 알겠죠? 휴전을 하면 누가 비용을 낼 거냐, 이거예요."

에설은 경악했다. "그런 이유로 우리는 젊은이들을 참호 속에서 죽게 보내는 거군요. 비용을 댈 수 없으니까. 불쌍한 빌리. 우리가 사는 세상은 정말이지 사악한 곳이에요."

"하지만 우리가 바꿔야죠."

그럴 수 있으면 좋겠어요. 에설은 생각했다. 버니는 그러려면 혁명을 해야 한다고 믿었다. 프랑스혁명에 관해 읽고 에설은 그런 일이 늘 사람들이 의도한 대로 흘러가지는 않는다는 걸 알게 되었다. 그럼에도 그녀는 로이드가 더 좋은 세상에서 살게 하겠다고 마음먹었다.

두 사람은 말없이 한참 앉아 있었다. 그러다 버니가 자리에서 일어섰다. 그는 나가려는 듯 문가로 향하다가 마음을 바꿨다. "어젯밤 연설한 사람 재밌더군요."

"네." 에설이 말했다.

"똑똑하기도 하고."

"네, 똑똑하더군요."

버니는 다시 자리에 앉았다. "에설…… 이 년 전 당신은 나와 남녀가 아닌 친구로 지내고 싶다고 했죠."

"당신 마음을 아프게 해서 정말 미안했어요."

"미안해하지 마요. 우리 우정은 지금까지 내가 얻은 최고의 선물이니까요."

"나도 좋아요."

"당신은 내가 달콤한 생각 같은 건 금세 잊을 거고, 그냥 친구로 지낼 수 있을 거라고 했죠. 하지만 틀렸어요." 버니는 의자에 앉은 채 몸을 앞으로 기울였다. "당신을 알면 알수록 전보다 더 많이 사랑하게 돼요."

에설은 버니의 눈에서 갈망을 보았고, 그와 같은 감정을 가질 수 없다는 사실이 너무도 미안했다. "나도 당신이 아주 좋아요. 하지만 그런 식은 아니에요."

"혼자 사는 게 뭐가 좋아요? 우리는 서로 좋아하잖아요. 정말 멋진 팀이에요! 같은 이상을 품었고, 인생의 목표도 같고, 의견도 비슷해요. 서로 꼭 맞는다고요."

"결혼하려면 그 이상이 필요해요."

"알아요. 당신을 품에 안을 수 있길 갈망하고 있어요." 버니는 그녀를 만지고 싶다는 듯 팔을 뻗었다. 하지만 에설은 다리를 꼰 채 의자에서 돌아앉았다. 버니는 손을 거두었다. 늘 상냥하던 얼굴에 씁쓸한 미소가 흘렀다. "나는 당신이 지금까지 만나본 남자들 가운데 제일 미남은 못 돼요. 하지만 나만큼 당신을 사랑하는 사람은 없을걸요."

그의 말이 맞다고 에설은 서글프게 생각했다. 많은 남자가 그녀를 좋아했고 그녀를 유혹한 남자도 있었지만, 아무도 버니처럼 참을성 있게 헌신하지는 못했다. 결혼한다면 그가 영원히 에설만을 사랑하리라는 건 분명했다. 그녀 역시 머릿속 어디선가는 그걸 원하기도 했다.

그녀가 망설이는 걸 알아차린 버니가 말했다. "결혼해줘요, 에설. 당신을 사랑해요. 내 인생을 다 바쳐 당신을 행복하게 해줄게요. 원하는 건 그것뿐이에요."

내게 남자가 진짜 필요할까? 에설은 불행하지 않았다. 로이드가 걸음마를 하고 말을 배우고 한없는 호기심을 드러내며 끊임없이 즐거움을 안겨주었다. 로이드만 있으면 충분했다.

버니가 말했다. "로이드도 아빠가 필요해요."

그 말에 에설은 울컥 죄책감이 들었다. 버니는 이미 어느 정도 아빠 역할을 하고 있었다. 로이드를 위해 버니와 결혼해야 하는 걸까? 버니를 '아빠'라고 부르게 하려면, 아직 늦지 않았다.

버니와 결혼한다면, 피츠에게서 느꼈던 엄청난 열정을 다시 찾으리라는 희망은 포기해야 한다. 그 생각만 하면 여전히 온몸에 발작이 일어난 듯 괴로웠다. 하지만 그런 감정에도 불구하고 에설은 객관적으로 생각하려 애썼고, 그 연애로 얻은 게 뭘까 스스로에게 물어보기도 했다. 나는 피츠에게 실망했고, 가족으로부터 버림받았고, 다른 곳으로 도망쳤다. 왜 그런 짓을 다시 바라야 하나.

아무리 애써봐도 버니의 청혼은 받아들일 수 없었다. "생각해볼게요." 그녀가 말했다.

버니는 활짝 웃었다. 그가 생각했던 것보다 훨씬 긍정적인 반응인 게 분명했다. "원하는 만큼 시간을 두고 생각해요. 기다릴게요."

에설은 현관문을 열었다. "잘 가요, 버니."

"잘 자요, 에설." 버니는 몸을 앞으로 기울였고, 에설은 뺨을 내밀었다. 그의 입술이 그녀의 볼에서 잠시 머뭇거렸다. 에설은 얼른 몸을 뺐다. 버니가 에설의 손목을 붙잡았다. "에설……"

"잘 자요, 버니." 그녀가 말했다.

버니는 머뭇거리다가 고개를 끄덕였다. "당신도 잘 자요." 그는 말을 마치고 밖으로 나갔다.

1916년 11월 선거일 밤, 거스 듀어는 자신의 정치 경력이 이제 끝이라고 생각했다.

그는 백악관으로 걸려오는 전화를 처리하고, 둘째 부인인 이디스와 함께 뉴저지의 대통령 여름별장 '섀도 론'에 가 있는 윌슨에게 필요한 정보를 전달하는 역할을 맡고 있었다. 체신청이 워싱턴에서 여름별장으로 매일 신문을 보내고 있었지만 대통령은 가끔 더 빠른 소식을 원하기도 했다.

이날 밤 아홉시까지, 선거 때마다 결과를 예측하기 어려운 뉴욕과 인디애나, 코네티컷, 뉴저지 네 개 주에서 공화당 소속 연방대법관 찰스 에번스 휴스가 이기고 있었다.

하지만 사환이 가져온 뉴욕 발행 신문들의 초판 머리기사를 보기 전까지는 현실로 와 닿지 않았다.

휴스 대통령 당선

충격적이었다. 거스는 우드로 윌슨이 이길 거라고 생각했기 때문이다. 유권자들은 루시타니아 사태를 윌슨이 능숙하게 처리한 걸 잊지 않았다. 그는 전쟁에서 중립을 지키면서도 독일에 강인한 면모를 보여주는 데 성공했다. 윌슨의 선거 구호는 '전쟁에서 우리를 지켜낸 지도자' 였다.

휴스는 윌슨이 전쟁을 앞두고 제대로 대비하지 못했다고 비난했다가 오히려 공격을 당했다. 영국이 더블린에서 벌어진 부활절 봉기*를 잔인하게 진압한 뒤였기 때문에 미국인들은 그 어느 때보다도 비동맹국으로 남기를 원했다. 아일랜드인을 대하는 영국의 태도가 벨기에인에 대한 독일의 태도보다 나을 게 없는데, 왜 미국이 편을 들어줘야 한다는 말인가?

신문을 모두 읽은 거스는 넥타이를 풀고 대통령 집무실 옆 서재의 소파에서 잠을 청했다. 백악관을 떠날 생각을 하니 불안했다. 윌슨 대통령 밑에서 일하는 건 그에게 하나의 든든한 기반이 되어주었다. 애정생활은 열차 사고 같은 처참한 결과로 끝났지만, 최소한 자신이 미국 대통령에게 유용한 존재임은 잘 알고 있었다.

단지 이기적인 걱정만은 아니었다. 윌슨은 전쟁을 피할 수 있는 국제 질서를 만들어보자고 굳게 결심했다. 이웃 간의 토지 경계 분쟁이 더이상 권총으로는 결론이 나지 않는 것처럼, 이제는 국가 간 분쟁도 외부의 공정한 판단으로 마무리하는 시대가 와야 했다. 영국 외무장관인 에드워드 그레이 경은 윌슨에게 보내는 편지에서 "국제연맹"이라는 표현을 사용했는데, 대통령도 그 표현을 마음에 들어했다. 국제연맹을 만드는 데 도움이 될 수 있다면 거스의 삶도 뭔가 의미가 보일 것 같았다.

하지만 이제 그 꿈은 현실이 될 수 없겠군. 그렇게 생각하며 거스는 실망스러운 기분으로 잠에 빠져들었다.

거스는 윌슨이 오하이오와 캔자스에서 승리했다는 소식에 아침 일찍 일어났다. 오하이오는 블루칼라가 많은 주라 하루 여덟 시간 노동을 지지한 윌슨을 좋아했다. 윌슨은 다시 추격을 시작했다. 잠시 후 윌슨은 미네소타에서 천 표도 안 되는 근소한 차이로 승리했다.

어쨌든 아직은 끝나지 않았군. 거스는 다시 기운을 차렸다.

수요일 저녁까지 윌슨은 선거인단 264명의 표를 얻어 열 표 앞서나

---

* 1916년 4월 아일랜드 독립을 목표로 더블린 시민들이 일으킨 무장봉기.

갔다. 하지만 선거인단 열셋을 보유한 캘리포니아 한곳이 아직 결론나지 않은 상태였다. 누구든 캘리포니아 주에서 승리하는 사람이 대통령이 될 수 있었다.

거스의 전화는 잠잠했다. 그가 할 일은 별로 없었다. 로스앤젤레스의 개표는 더디게 진행되었다. 1876년 대통령 당선을 부정으로 도둑맞았다고 생각한 민주당원들은 무장한 채로 모든 투표함을 지키고 있었다.

거스에게 손님이 찾아왔다고 로비에서 연락이 온 것은 아직 최종 결과가 나오기 전이었다. 손님은 놀랍게도 〈버펄로 아나키스트〉의 편집자를 지냈던 로사 헬먼이었다. 기뻤다. 로사는 언제 만나 이야기를 나눠도 흥미로운 상대였다. 불현듯 1901년 한 무정부주의자가 버펄로에서 매킨리 대통령을 암살했다는 사실이 떠올랐다. 하지만 윌슨 대통령은 멀리 떨어진 뉴저지에 있었으므로, 그는 로사를 대통령 서재로 안내해 커피를 한 잔 대접하기로 했다.

로사는 빨간 코트를 입고 있었다. 거스는 가까이 다가서서 그녀가 코트를 벗도록 도와주었다. 그녀에게서 가벼운 꽃향기가 섞인 향수 냄새가 풍겼다.

"지난번 만났을 때 당신은 내게 올가 뱔로프와 약혼하다니 정말 바보라고 했죠." 거스는 로사의 코트를 옷걸이에 걸면서 말했다.

그녀는 쑥스러운 눈치였다. "사과할게요."

"아, 하지만 당신 말이 옳았어요." 그리고 거스는 화제를 바꾸었다. "그럼 지금은 통신사에서 근무하고 계신 건가요?"

"그래요."

"워싱턴 특파원이시군요."

"아뇨, 특파원의 애꾸눈 여자 조수죠."

그녀가 자신의 장애에 대해 언급한 적은 이제껏 단 한 번도 없었다.

거스는 머뭇거리다 말했다. "예전부터 왜 안대를 안 하는지 궁금했습니다. 하지만 이제는 안대를 안 해서 더 좋아요. 한쪽 눈이 감긴 모습으로도 당신은 아주 아름답습니다."

"고마워요. 친절하신 분이군요. 대통령을 위해 어떤 일을 하시죠?"

"전화가 울리면 받는 것 말고는…… 국무부에서 완곡하게 돌려 작성한 보고서를 읽은 다음 대통령께 사실을 말씀드리죠."

"이를테면요?"

"유럽의 우리 대사들 말로는, 솜 강 공세가 어느 정도 성과는 거두었지만 원래 목표를 완전히 달성하지는 못했고, 양측에 엄청난 사상자를 냈다고 합니다. 그런 보고가 딱히 틀렸다는 걸 확인하기는 거의 불가능하죠. 대통령에게 전혀 도움도 안 되고요. 그래서 나는 대통령께 솜 공세는 영국측에 재앙이라고 말씀드리는 겁니다." 거스는 어깨를 으쓱했다. "전에는 그랬었다고 해야겠군요. 이제 이런 일도 다 끝난 것 같습니다." 진짜 속마음은 감춰두었다. 윌슨이 선거에서 질 수도 있다고 생각하면 끔찍했다.

로사는 고개를 끄덕였다. "캘리포니아에서는 개표 결과를 다시 점검하는 중이에요. 백만 명 가까운 사람이 투표를 했는데 오천 표도 차이가 안 나고 있어요."

"교육도 제대로 못 받은 소수의 결정에 엄청나게 많은 것이 걸렸군요."

"그게 민주주의죠."

거스가 웃었다. "나라를 끌고 가기에는 끔찍한 방법이죠. 하지만 민주주의 외에 다른 체제는 더 나쁩니다."

"윌슨이 이긴다면 가장 우선할 정책이 뭔가요?"

"오프더레코드인가요?"

"물론이죠."

"유럽의 평화입니다." 거스는 머뭇거리지 않고 대답했다.

"정말요?"

"대통령께서는 '전쟁에서 우리를 지켜낸 지도자'라는 선거 구호를 진정으로 불편해했어요. 그 문제를 온전히 장악하지 못했으니까요. 우리는 어쩌면 우리 의지와 관계없이 전쟁에 휘말릴지도 모릅니다."

"하지만 대통령이 뭘 할 수 있나요?"

"절충안을 찾아내라고 양측을 압박할 겁니다."

"성공할까요?"

"모르죠."

"이제 솜 강 전투처럼 서로 학살을 계속할 수 없는 건 분명해요."

"아무도 모르죠." 거스는 화제를 바꿨다. "버펄로 소식 좀 전해줘요."

로사는 아무것도 숨기지 않는 표정으로 그를 바라보았다. "올가에 대해 알고 싶어요? 아니면 아직은 너무 난처한가요?"

거스는 고개를 돌렸다. 이보다 더 난처한 일이라는 게 과연 존재할까? 처음에 그는 올가로부터 약혼을 연기하자는 편지를 받았다. 비굴할 정도로 미안해하는 내용이었지만 어찌된 영문인지는 설명이 없었다. 도저히 받아들일 수 없었던 거스는 둘이서만 만나자고 답장을 보냈다. 하지만 같은 날 늦게 그의 어머니는 소문을 나누는 친구를 통해 올가가 아버지 운전사와 결혼한다는 사실을 알아냈다. "하지만 이유가 뭐죠?" 거스가 괴로워하며 묻자 어머니가 대답했다. "얘야, 여자가 운전사와 결혼하는 이유는 딱 하나뿐이야." 이해할 수 없다는 듯 멍하니 바라보는 그에게 어머니는 마침내 말했다. "임신한 게 틀림없다." 그의 인생에서 가장 치욕적인 순간이었다. 일 년이 지난 지금도 그날 생각만 하면 고통에 몸이 움츠러들었다.

로사는 그의 표정을 읽었다. "공연히 그 여자 이야기를 꺼냈나봐요.

죄송해요."

모두 아는 일이라면, 알아두는 게 나을 것 같았다. 거스는 로사의 손을 가볍게 건드렸다. "솔직하게 말해줘서 고맙습니다. 그러는 게 마음이 편해요. 네, 올가에 관해 궁금합니다."

"결혼식은 아이딜 가에 있는 러시아정교회 예배당에서 열렸고, 피로연은 스타틀러 호텔에서 했어요. 육백 명이 초대받았는데, 조지프 뱔로프는 연회장과 식당을 통째로 빌렸고 하객 모두에게 캐비아가 나왔죠. 버펄로 역사상 가장 호화로운 결혼식이었어요."

"남편은 어떤 사람이던가요?"

"레프 페시코프라고, 잘생긴데다 매력적이고 도무지 신뢰할 수 없는 남자예요. 만나보면 한눈에 사기꾼이라는 걸 알 수 있을 거예요. 그런데 버펄로에서 가장 큰 부자의 사위가 된 거죠."

"아이는요?"

"딸이고 이름은 다랴인데 데이지라고 부르더라고요. 3월에 태어났어요. 그리고 물론 레프는 더는 운전사가 아니에요. 내 생각에는 뱔로프의 나이트클럽을 하나 맡아서 운영하는 것 같아요."

한 시간가량 이야기를 나눈 뒤 거스는 그녀를 배웅하러 아래층으로 내려와 집으로 가는 택시까지 잡아주었다.

다음날 아침 일찍 거스는 캘리포니아의 선거 결과를 전신으로 받았다. 윌슨이 3777표 차이로 이겼다. 그는 다시 대통령으로 뽑혔다.

거스는 마냥 신이 났다. 그들의 목표를 실현하기 위해 노력할 시간이 앞으로 사 년 더 생긴 것이다. 사 년이면 그들은 세상을 변화시킬 수 있을 것이다.

거스가 전보문을 한창 들여다보고 있는데, 전화가 울렸다.

수화기를 들었더니 백악관 교환수가 말했다. "섀도 론에서 전화입니다. 대통령께서 통화를 원하십니다, 듀어 씨."

"고맙습니다."

잠시 후 윌슨의 익숙한 목소리가 들렸다. "좋은 아침이군, 거스."

"축하드립니다, 대통령 각하."

"고맙네. 짐을 싸게. 베를린에 가줘야겠어."

III

발터 폰 울리히가 휴가로 집에 오자 그의 어머니는 파티를 열었다.

베를린에서는 파티가 그다지 자주 열리지 않았다. 아무리 유력한 남편을 둔 부자 마님이라고 해도 먹을 것을 구하기란 쉽지 않았다. 주자네 폰 울리히는 몸이 좋지 않았다. 야위었고 계속 기침을 했다. 하지만 발터를 위해 뭐라도 해주고 싶었다.

오토가 전쟁 전 사둔 훌륭한 와인이 저장고에 가득이었다. 파티는 오후에 하기로 했다. 그러면 정식 만찬을 준비하지 않아도 되기 때문이었다. 주자네는 훈제 생선과 삼각형 토스트에 치즈를 얹은 간단한 음식을 준비했고, 모자란 부분은 샴페인을 큰 병으로 무한정으로 내놓아 벌충하기로 했다.

발터는 어머니의 그런 마음이 고마웠지만 사실 파티가 달갑지는 않았다. 이 주간 전장을 벗어나게 된 그는 그저 푹신한 침대와 잘 마른 옷, 그리고 시내에 있는 부모님 집의 우아한 응접실에 온종일 앉아 창밖을 내다보면서 모드를 생각하거나 스타인웨이 그랜드피아노에 앉아 슈베르트의 〈봄의 찬가 : 이제 모든 게 바뀌어야 하리〉를 연주할 시간을 갖고 싶을 뿐이었다.

1914년 8월, 그와 모드는 크리스마스가 오기 전 다시 만날 거라고 얼마나 호언장담했던가! 이제 그녀의 아름다운 얼굴을 본 지 이 년도 넘었다. 그리고 독일이 전쟁에서 이기려면 아마 이 년은 더 필요할 터였다. 발터가 가장 바라는 상황은 러시아가 무너지고 독일이 서부전선에 집중해서 마지막 대규모 공격을 가하는 것이었다.

그동안 발터는 가끔 모드의 얼굴이 잘 기억나지 않아 괴로웠고, 그럴 때마다 잡지에서 오려내어 갖고 다니는 사이 닳고 바랜 그녀의 사진을 들여다봐야 했다. 레이디 모드 피츠허버트는 늘 최신 유행의 패션을 즐긴다라는 캡션이 붙은 사진이었다. 그녀가 없는 파티는 즐길 수 없었다. 준비를 하면서도 그저 어머니가 수고스럽지 않기만을 바라는 마음이었다.

집은 우중충해 보였다. 하인이 부족해 깔끔하게 유지하기도 어려웠다. 남자들은 모두 군대에 갔고 여자들은 전차 차장이나 집배원으로 취직한 통에 나이 많은 하인들만 집에 남아 어떻게든 발터 어머니의 깔끔하고 청결한 기준에 맞추고자 애쓰고 있었다. 집은 지저분할 뿐 아니라 춥기도 했다. 배급받는 석탄으로는 중앙난방을 유지할 수 없어서 어머니가 홀과 식당, 응접실에 별도로 난로를 가져다두었지만, 그것들로 베를린의 11월 한기를 제대로 막아내기는 역부족이었다.

하지만 추운 공간에 젊은이들이 가득차고 소규모이지만 악단이 홀에서 연주를 시작하자 발터도 기운이 났다. 여동생 그레타는 친구들을 모두 불렀다. 발터는 그동안 사교생활을 얼마나 그리워했는지 깨닫게 되었다. 여자들이 아름다운 드레스를 입고 남자들이 깔끔하게 정장을 차려입은 모습을 보는 게 좋았다. 농담을 주고받으며 이성과 시시덕거리고 소문에 대해 떠드는 게 즐거웠다. 그는 전에도 외교관인 게 정말 좋았었다. 그런 생활이 잘 맞았다. 소소한 대화를 나누며 매력을 발산하는 일이 그에게는 어렵지 않았다.

울리히 저택에는 무도회장이 따로 없었지만 사람들은 타일 바닥이 깔린 홀에서 춤추기 시작했다. 발터는 그레타의 가장 친한 친구인 모니카 폰 데어 헬바르트와 몇 번 춤을 추었다. 큰 키에 호리호리하고 빨강 머리가 긴 그녀를 보면 발터는 스스로를 '라파엘전파'라고 부르던 영국 화가들의 그림이 떠올랐다.

발터는 샴페인 한 잔을 들고 모니카와 나란히 앉았다. 다른 사람들처럼 그녀도 참호생활이 어땠느냐고 물었다. 그런 질문을 받으면 발터는 대개 병사들이 사기가 넘쳐서 결국 이길 거라는 식으로 말했다. 하지만 무슨 이유에선지 모니카에게는 진실을 털어놓았다. "가장 끔찍한 건, 의미가 없다는 사실입니다. 우리는 지난 이 년간 고작 몇 걸음 정도를 빼앗거나 빼앗기며 제자리를 지키고 있어요. 최고사령부가 취하는 그 어떤 조치로도 현재 상황은 바뀌지 않을 겁니다. 심지어 미래에 어떤 조치를 취하든 마찬가지고요. 우리는 춥고 배고프고 기침과 참호족, 복통에 시달리며 눈물나게 지루한 생활을 하고 있습니다. 얻는 것도 전혀 없이 말이죠."

"신문에서 보던 것과는 다르네요." 모니카가 말했다. "정말 슬픈 일이에요." 그녀는 안타깝다는 듯 그의 팔을 힘주어 꼭 잡았다. 그녀의 손길이 닿자 약한 전기충격을 받은 것 같았다. 지난 이 년간 가족을 제외하고 여자가 그런 식으로 몸에 손을 댄 적이 없었다. 불현듯 모니카의 따뜻한 몸을 끌어안고서 키스하고 싶어졌다. 그녀의 갈색 눈동자가 솔직한 눈빛으로 발터를 빤히 바라보았고, 잠시 후 그는 그녀에게 마음을 읽혔다는 걸 알아차렸다. 가끔 여자들은 남자가 무슨 생각을 하는지 읽어내기도 하는구나. 그는 속으로 생각했다. 창피했지만 모니카는 그다지 신경쓰지 않는 게 분명했고, 그래서 발터는 더욱 흥분했다.

누군가 그들에게 다가왔다. 발터는 다른 사람이 모니카에게 함께 춤추자며 다가오는 줄 알고 짜증스럽게 그쪽을 쳐다보았다. 그 순간 낯익은 얼굴과 마주쳤다. "이런 세상에!" 금세 상대방의 이름이 머릿속에 떠올랐다. 발터는 훌륭한 외교관이라면 누구나 그렇듯 사람들을 기가 막히게 잘 기억했다. 그가 영어로 물었다. "거스 듀어 씨 아닙니까?"

거스는 독일어로 대답했다. "맞습니다. 독일어로 대화하는 게 어떨까요? 잘 지내십니까?"

발터는 일어서서 악수를 했다. "이쪽은 백작 영애인 모니카 폰 데어 헬바르트입니다. 이분은 우드로 윌슨 대통령의 보좌관 거스 듀어 씨죠."

"만나서 정말 반가워요, 듀어 씨. 신사분들끼리 말씀 나누게 비켜드려야겠군요." 모니카가 말했다.

발터는 후회와 죄책감이 뒤섞인 마음으로 멀어지는 모니카를 바라보았다. 잠시나마 그는 자신이 결혼한 사람이라는 걸 잊고 있었다.

발터는 거스를 보았다. 티 권에서 처음 만났을 때부터 거스가 금방 마음에 들었다. 그는 머리가 큰 데 비해 몸은 길고 마른 이상한 외모였지만 바늘 끝처럼 날카로운 면이 있었다. 당시 하버드를 갓 졸업한 거스는 수줍어하는 모습이 매력적이었다. 하지만 이 년간 백악관에서 일한 경험 때문인지 어느 정도 자신감이 붙은 모습이었다. 미국인들이나 입는 볼품없는 정장 차림인데도 정말 맵시 있어 보였다. 발터가 말했다. "다시 만나서 반갑습니다. 요즘은 여유시간이 생겨도 이곳을 찾는 분이 많지 않거든요."

"실은 휴가차 온 게 아닙니다." 거스가 말했다.

발터는 거스가 무슨 말이든 더 하길 기다렸지만 조용해서 슬며시 재촉해보았다. "그럼 무슨 일로?"

"대통령께서 수영을 할 수 있을 만큼 물이 따뜻한지 제가 미리 발을 좀 담가볼까 해서 왔다고나 할까요?"

그 말은 공식적인 업무로 왔다는 말이었다. "무슨 뜻인지 알겠습니다."

"그러니까 요점은 이겁니다." 거스는 다시 머뭇거렸고, 발터는 참을성 있게 기다렸다. 마침내 거스는 목소리를 낮추고 말했다. "윌슨 대통령은 독일과 연합국이 평화회담을 열기를 원합니다."

발터의 가슴이 빠르게 뛰었다. 하지만 그는 의심스럽다는 듯 눈썹을 치켜세웠다. "대통령이 저에게 그런 말을 전하라고 당신을 보냈다는 겁니까?"

"이런 일이 어떻게 돌아가는지 아실 겁니다. 대통령께서는 공개적으로 퇴짜를 맞을 수도 있는 위험을 감수해서는 안 됩니다. 그러면 약해 보이거든요. 물론 베를린 주재 우리 대사에게 말해서 그쪽 외무장관에게 전달할 수도 있습니다. 하지만 그러면 모든 일이 공식적인 게 돼버리죠. 그리고 언제든 말이 새어나갈 겁니다. 그래서 대통령께서는 가장 하급 보좌관인 제게 베를린으로 가서 1914년에 만나 친교를 맺은 사람들과 접촉하라고 지시하신 겁니다."

발터는 고개를 끄덕였다. 외교계에서는 많은 일이 이런 식으로 진행되었다. "만일 우리가 제안을 거절해도 누구 하나 알 필요가 없겠군요."

"그리고 이런 소식이 혹시 새어나가도 그저 젊은 하급 관리들의 독단적인 행동으로 치부되겠죠."

그럴듯한 말이야. 발터는 흥미를 느끼기 시작했다. "윌슨 대통령이 원하는 게 정확히 뭡니까?"

거스는 크게 심호흡을 했다. "만일 카이저가 연합국에 평화회담을 제안하는 편지를 보낸다면 윌슨 대통령은 공식적으로 그 제안을 지지할 겁니다."

발터는 솟구쳐오르는 기쁨을 억눌렀다. 기대조차 못했던 이런 사적인 대화가 세계를 뒤흔드는 결과를 불러올 수도 있었다. 참호 속 악몽

같은 생활을 끝내는 게 실제로 가능하다는 말인가? 몇 년이 아니라 몇 달 후에 모드를 다시 만날 수도 있다고? 발터는 지나치게 흥분해선 안 된다고 스스로를 다독였다. 이렇게 비공식으로 진행되는 외교적 사전 접촉은 대개 아무 성과 없이 끝났기 때문이다. 하지만 최선을 다하고픈 마음이 솟는 것은 어쩔 수 없었다. "이건 작은 일이 아닙니다, 거스. 미국 대통령께서는 진심일까요?"

"당연합니다. 재선되자마자 제게 지시한 일입니다."

"왜 그러시는 걸까요?"

"미국이 전쟁에 뛰어드는 걸 원치 않기 때문입니다. 하지만 그럼에도 우리가 전쟁에 휘말릴 위험은 있죠. 대통령께서는 평화를 원합니다. 그리고 이런 전쟁이 다시는 일어나지 않도록 막을 수 있는 새로운 국제질서를 원합니다."

"저도 동의합니다." 발터가 말했다. "제가 뭘 어떻게 하길 바라시죠?"

"아버님께 전해주십시오."

"아버지는 이런 제안을 좋아하지 않을 겁니다."

"설득력을 발휘해주십시오."

"최선을 다해보죠. 미국 대사관으로 연락하면 되겠습니까?"

"아뇨. 이건 사적인 방문입니다. 전 아들론 호텔에 머물고 있습니다."

"역시 그렇군요, 거스." 발터는 씩 웃으며 말했다. 아들론은 베를린 최고의 호텔로, 한때는 세계에서 가장 호화로운 곳으로 불리기도 했다. 그는 평화롭던 지난날이 그리워졌다. "우리가 웨이터에게 눈빛을 보내 샴페인을 추가 주문하는 것 말고는 아무 생각도 없던 두 젊은이로 다시 돌아갈 수 있을까요?"

거스는 발터의 질문을 진지하게 받아들였다. "아뇨, 그런 날이 다시 올 것 같지는 않습니다. 최소한 우리가 살아 있는 동안에는 말이죠."

발터의 여동생 그레타가 다가왔다. 고개를 돌릴 때마다 금발 곱슬머리가 매력적으로 흔들렸다. "신사분들이 무슨 이야기로 이렇게 심각한가요?" 그녀는 명랑하게 물었다. "듀어 씨, 오셔서 저랑 춤춰요!"

거스가 활짝 웃었다. "기꺼이 그러겠습니다."

그레타는 거스를 데리고 얼른 돌아갔다.

발터는 다시 친구와 친척 들과 어울려 담소를 나누었지만, 거스의 제안과 어떻게 하면 그걸 잘 진행할 수 있을지 고민하느라 정신이 반쯤 팔려 있었다. 아버지에게 말할 때는 지나친 관심을 보이지 않도록 노력할 작정이었다. 아버지가 반대할 수도 있었다. 발터는 중립적인 전달자 역할을 수행하기로 했다.

손님들이 모두 돌아가자 어머니가 그를 응접실로 불렀다. 실내는 구식 독일인들이 여전히 선호하는 로코코 양식으로 꾸며져 있었다. 화려하게 장식한 거울, 길고 호리호리한 다리가 휘어진 탁자, 커다란 상들리에. "모니카 폰 데어 헬바르트는 아주 멋진 아이더구나." 어머니가 말했다.

"아주 매력적이더군요." 발터도 맞장구쳤다.

그의 어머니는 보석류를 전혀 걸치지 않은 모습이었다. 그녀는 금 모으기 위원회의 위원장을 맡고 있었기에 보석류는 모두 팔아 헌납했다. 남은 것이라곤 결혼반지가 전부였다. "부모님과 함께 오라고 꼭 다시 초대해야겠어. 그애 아버지는 폰 데어 헬바르트 변경백*이야."

"네, 저도 알아요."

"아주 좋은 집안이지. 우어아델**에 속하는 오랜 귀족 집안이니까."

---

* 프랑크왕국, 신성로마제국 때부터 세습되어온 작위.
** 15세기 이전에 세습 작위를 받은 독일의 오랜 기사 계급.

발터는 문으로 향했다. "아버지는 몇시쯤 돌아오실까요?"

"금방 오실 거야. 발터, 앉아서 잠시 이야기 좀 하자."

발터는 어떻게든 자리를 피하고 싶다는 티를 냈다. 조용히 시간을 보내면서 거스 듀어가 한 말을 생각해봐야 했기 때문이다. 하지만 사랑하는 어머니에게는 무례한 행동이었고, 결국 마음을 바꿔먹기로 했다. "기꺼이 그럴게요, 어머니." 발터는 어머니를 위해 의자를 뒤로 빼주었다. "쉬고 싶을 수도 있겠지만, 꼭 그렇지 않다면 함께 이야기를 나누고 싶구나." 발터는 어머니 맞은편에 자리를 잡고 앉았다. "정말 대단한 파티였어요. 이렇게 모임을 만들어주셔서 정말 감사해요."

어머니는 알겠다는 듯 고개를 끄덕이더니 화제를 바꾸었다. "로베르트가 행방불명이라는 구나. 브루실로프 공세 때 실종되었대."

"알아요. 아마 러시아군에 포로로 잡혔을 겁니다."

"죽었을 수도 있지. 그리고 네 아버지는 연세가 예순이야. 네가 언제 울리히 백작이 될지 모르는 일이다."

발터는 그런 가능성에 혹하지 않았다. 귀족 작위는 최근 들어 더욱 중요성이 줄어들고 있었다. 백작이 되는 게 자랑스러운 일일 수도 있지만, 어쩌면 전쟁이 끝나고 나서는 오히려 불리하게 작용할지 몰랐다.

어쨌든 아직 작위를 물려받은 건 아니었다. "로베르트가 죽었다는 건 확인되지 않았어요."

"물론 그렇지. 하지만 너도 준비를 해야 해."

"어떻게요?"

"결혼해야지."

"이런!" 발터는 깜짝 놀랐다. 이런 이야기라는 걸 눈치챘어야 했는데. 그는 속으로 생각했다.

"네가 죽어도 작위를 이어받을 후계자를 낳아야지. 그리고 너는 언제

죽을지 모르잖니. 아무리 내가 기도를……" 어머니는 목이 잠기는지 말을 멈췄다. 그녀는 냉정을 되찾기 위해 잠시 눈을 감았다. "아무리 내가 너를 보호해달라고 하늘에 기도를 올린다고 해도 말이야. 최대한 빨리 아들을 낳아 아버지가 되는 게 최선이야."

어머니는 발터를 잃을까봐 두려워하고 있었지만, 그 역시 어머니를 잃을까봐 두려웠다. 발터는 애정을 듬뿍 담은 눈으로 어머니를 바라보았다. 그레타처럼 금발인 그녀는 아름다웠다. 그리고 어쩌면 한때는 딸과 마찬가지로 쾌활했을 것이다. 지금도 그녀의 눈은 밝게 빛났고 파티의 여흥과 샴페인으로 볼이 발갛게 물들어 있었다. 하지만 요즘 어머니는 계단만 올라도 숨을 몰아쉬곤 했다. 그녀는 휴식을 취하고 좋은 음식을 충분히 먹고 근심거리를 모두 잊어야 했다. 하지만 전쟁 때문에 모든 게 불가능했다. 군인들만 죽어가는 게 아니야. 발터는 걱정스럽게 생각했다.

"제발 모니카를 결혼 상대로 생각해봐라." 어머니가 말했다.

발터는 모드에 대해 어머니에게 말하고 싶었다. "모니카는 유쾌한 아가씨예요, 어머니. 하지만 그녀를 사랑하지는 않아요. 서로 잘 알지도 못하는걸요."

"그럴 시간이 없어! 전쟁중에는 예의를 좀 무시해도 괜찮은 법이야. 다시 만나봐라. 휴가가 아직 열흘이나 남았잖니. 매일 만나봐. 휴가 마지막날 결혼하자고 하면 돼."

"모니카의 마음은 생각 안 하세요? 저랑 결혼하고 싶지 않을 수도 있잖아요."

"그애는 널 좋아해." 어머니는 고개를 돌렸다. "그리고 부모가 시키는 대로 따를 거야."

발터는 짜증을 내야 할지, 재밌어해야 할지 알 수 없었다. "양쪽 어머니들끼리 다 짠 거군요. 그렇죠?"

"지금은 절박한 시절이야. 지금부터 삼 개월이면 결혼할 수 있어. 네가 결혼식과 신혼여행을 위해 특별휴가를 받도록 아버지가 주선해주실 수 있고."

"아버지가 그렇게 말씀하셨어요?" 보통 아버지는 배경이 든든한 군인들이 특별 대우를 받는 일에 화를 낼 정도로 거부감을 드러내곤 했다.

"집안의 작위를 물려받을 후계자가 필요하다는 걸 이해하신다."

아버지도 대충 알고 있다는 말이었다. 설득에 시간이 얼마나 걸렸을까? 아버지가 쉽사리 받아들이지는 않았을 것이다.

발터는 앉은 자리에서 꿈지럭대지 않으려 애썼다. 아주 난처한 입장에 처했다. 모드와 결혼한 몸이니 모니카와 결혼하는 일에 관심 있는 척은 할 수 없었다. 하지만 그렇다고 이유를 설명할 수도 없었다. "어머니, 실망시키고 싶진 않지만 저는 모니카 폰 데어 헬바르트에게 청혼하지 않을 겁니다."

"도대체 왜?" 어머니는 큰 소리로 말했다.

양심의 가책이 느껴졌다. "제가 드릴 수 있는 말씀은, 어머니를 행복하게 해드릴 수 있다면 얼마나 좋을까 하는 것뿐이에요."

어머니는 그를 노려보았다. "네 사촌 로베르트도 결혼을 마다했지. 그 아이 경우에는 우리 모두 놀라지 않았어. 설마 그런 종류의 문제가 있는 건……"

발터는 로베르트의 동성애 이야기가 나오자 거북해졌다. "이런, 어머니. 제발요! 무슨 말씀을 하시는지는 정확히 알겠어요. 그리고 저는 그 점에서는 로베르트와는 달라요. 그러니 마음놓으세요."

그녀는 고개를 돌렸다. "그런 말까지 해서 미안하구나. 하지만 그럼 뭐야? 너는 서른 살이나 되었잖니!"

"마음에 드는 여자를 찾기 어려워요."

"그렇게 어렵진 않아."

"저는 딱 어머니 같은 여자를 찾고 있어요."

"이제 나를 놀리기까지 하는구나." 그녀는 토라져서 말했다.

밖에서 남자 목소리가 들렸다. 잠시 후 군복 차림인 발터의 아버지가 차가운 양손을 비비며 집안으로 들어섰다. "눈이 올 것 같군." 그는 아내에게 입을 맞추고 발터에게는 고개를 끄덕여 보였다. "파티는 잘 치렀겠지? 도저히 참석할 수 없더구나. 오후 내내 회의가 있어서 말이야."

"아주 멋졌어요." 발터가 말했다. "아무것도 없는데 어머니가 마법처럼 맛있는 음식을 만들어내셨고 페리에주에 샴페인도 최고였어요."

"몇년도 것을 마셨지?"

"1899년이요."

"1892년산을 마셨으면 좋았을 텐데."

"그건 많이 남지 않았어요."

"그렇군."

"거스 듀어와 아주 흥미로운 대화를 나눴습니다."

"그 친구 기억난다. 아버지가 윌슨 대통령과 가깝다던 미국인이지."

"이제는 아들인 그가 대통령과 더 가깝죠. 거스는 백악관에서 일하고 있어요."

"뭐라고 하더냐?"

어머니가 일어섰다. "남자들끼리 이야기하셔야겠군요."

두 사람도 의자에서 일어섰다.

"내가 한 얘기 생각해보렴, 발터." 어머니는 밖으로 나가며 말했다.

잠시 후 집사가 노르스름한 색의 독한 브랜디가 담긴 잔을 쟁반에 받쳐들고 들어왔다. 오토는 술잔을 집어들었다. "너도 한잔하겠니?" 그가 발터에게 물었다.

"감사합니다만, 괜찮습니다. 샴페인을 많이 마셨어요."

오토는 브랜디를 마시고 다리를 난로 쪽으로 쭉 뻗었다. "그래, 젊은 듀어가 나타났다 이거지. 무슨 전갈을 가져온 거냐?"

"절대 비밀을 지켜주셔야 합니다."

"물론이지."

발터는 아버지에게 그다지 애정을 느끼지 못했다. 두 사람의 의견 충돌은 격렬했고 아버지는 피도 눈물도 없이 고집스러웠다. 그는 편협했고 시대에 뒤처졌고 막무가내인데다 그런 단점을 즐기기라도 하듯 완고했는데, 그런 모습이 발터에게 반발심을 불러일으켰다. 아버지 세대의 우둔함, 그리고 전 유럽을 움직이는 그 세대의 우둔함이 낳은 결과가 솜 강의 학살이었다. 발터는 그걸 용서할 수 없었다.

그럼에도 발터는 부드러운 목소리와 친근한 태도로 말했다. 아버지와의 이 대화가 최대한 우호적이고 합리적이길 바랐기 때문이다. "미국 대통령은 전쟁에 휘말리고 싶지 않다더군요." 그는 말을 시작했다.

"좋군."

"실은 우리가 강화를 맺기를 원합니다."

"허!" 조롱기 섞인 외침이었다. "우리를 패배시키려는 싸구려 수작이야! 참 뻔뻔스러운 자로군."

발터는 즉각적인 조소에 크게 실망했지만 굴하지 않고 조심스레 단어를 골라가며 말을 이었다. "우리 적들은 독일의 군국주의가 이번 전쟁을 초래했다고 주장합니다. 물론 그렇지는 않지만요."

"당연히 아니지." 오토가 말했다. "우리는 동쪽 국경을 맞댄 러시아와 서쪽의 프랑스가 동원령을 내린 데 위협을 느꼈던 거야. 슐리펜 계획만이 가능한 해법이었어." 언제나 그랬듯 오토는 발터가 여전히 열두 살 어린애인 것처럼 말하고 있었다.

발터는 참을성 있게 대답했다. "바로 그렇습니다. 아버지께서 제게 이번 전쟁은 방어전이라고 말씀하신 게 기억납니다. 견뎌낼 수 없는 위협에 대응하는 거라고요. 우리는 스스로를 보호해야 했습니다."

오토는 전쟁을 합리화하는 상투적인 말을 그대로 늘어놓는 발터에게 놀랐을지 몰랐지만 겉으로 내색하지는 않았다. "맞아."

"그리고 그렇게 했죠." 발터는 비장의 카드를 꺼냈다. "우리는 이제 목표를 달성했습니다."

오토는 깜짝 놀랐다. "그게 무슨 말이냐?"

"이제 위협은 해결했어요. 러시아군은 궤멸되었고, 차르의 체제는 쓰러지기 직전입니다. 우리는 벨기에를 점령했고, 프랑스를 침공했고, 프랑스와 영국 연합군을 맞아 백중세로 싸우고 있습니다. 계획했던 걸 모두 이루었어요. 우리는 독일을 지켰습니다."

"이겼지."

"그럼 더 뭘 원하는 거죠?"

"완벽한 승리!"

발터는 의자에 앉은 채 몸을 앞으로 내밀고 아버지를 똑바로 바라보았다. "왜죠?"

"우리 적들은 공격에 대한 대가를 치러야 해! 배상금을 내야 하고, 어쩌면 국경을 재조정하거나 식민지를 내놔야 할 수도 있지."

"그런 것들은 원래 우리의 전쟁 목표가 아니었어요. 아닌가요?"

하지만 오토는 양쪽 다 놓칠 수 없는 모양이었다. "아니었지. 하지만 우리는 너무 많은 노력과 돈을 쏟아부었어. 그리고 셀 수 없이 많은 독일 젊은이의 생명이 희생되었다. 뭔가 대가를 받아내야 해."

논리가 빈약한 주장이었다. 하지만 발터는 아버지의 생각을 바꾸려고 시도할 만큼 무모하지는 않았다. 어쨌든 독일의 전쟁 목표가 이루어졌다는 점을 지적하는 데는 성공했다. 발터는 방향을 바꾸었다. "완벽한 승리가 가능하다고 보세요?"

"당연하지!"

"지난 2월 우리는 프랑스 요새인 베르됭에 총공격을 가했습니다. 결국은 그곳을 빼앗지 못했죠. 적 쪽에서는 러시아가 우리를 동쪽에서 공격하고 영국이 솜 강에서 모든 걸 쏟아부으며 공세를 펼쳤고요. 양 진영에서 그렇게 많은 노력을 기울였는데도 교착상태를 깨는 데는 실패했습니다." 그는 아버지의 대답을 기다렸다.

오토는 마지못해 대답했다. "아직까지는 그렇지."

"사실 우리 총사령부는 이런 상황을 익히 알고 있습니다. 8월 팔켄하인이 해임당하고 루덴도르프가 총사령관을 맡은 후로 우리는 공격에서 종심방어*로 전술을 바꿨어요. 종심방어로 어떻게 완벽한 승리를 거둘수 있겠습니까?"

"무제한적인 잠수함전**을 벌이는 거지!" 오토가 말했다. "우리 항구들은 영국 해군에 봉쇄당했지만, 연합국은 미국의 물자 조달에 의존하고 있어. 그 생명선을 끊어내야 해. 그러면 그들도 포기할 거다."

발터는 이런 논쟁을 벌이고 싶지 않았지만 시작했으니 계속하지 않을 수 없었다. 이를 악물고 그는 최대한 부드러운 목소리로 말했다. "그러면 미국은 반드시 참전하게 될 겁니다."

"미국 군대의 병력이 얼마나 되는지 알아?"

---

* 이중, 삼중으로 진지를 배치해 적의 진출을 차단하는 방어.

** 특정 해역의 해상교통을 금하고 그 해역을 통과하는 선박은 적국, 중립국에 관계없이 잠수함으로 공격하는 작전.

"겨우 십만이죠. 하지만……"

"맞아. 미국은 멕시코조차 억누르지 못해! 우리 위협이 되지 못한다."

오토는 미국에 가본 적이 없었다. 그들 세대 가운데 미국에 가본 사람은 거의 없었다. 그들은 정말이지 논하는 대상의 실체조차 제대로 알지 못했다. "미국은 어마어마하게 부유하고 큰 나라입니다." 발터는 절망이 끓어올랐지만 목소리를 높이지 않고 우호적인 분위기를 유지하려고 안간힘을 다했다. "군대는 늘리면 돼요."

"빨리할 수는 없지. 최소한 일 년은 걸릴 거다. 그때쯤이면 영국과 프랑스는 항복했을 거야."

발터는 고개를 끄덕였다. "전에도 이런 논쟁을 한 적이 있죠, 아버지." 그는 아버지를 달래듯 말했다. "전쟁 전략과 관련된 모든 사람이 논쟁을 했어요. 양측 모두 논리가 있었고요."

오토도 그 점을 부인하기는 어려웠다. 그래서 그는 못마땅하다는 듯 웅얼거리기만 했다.

발터가 말했다. "어쨌든 독일이 이번에 워싱턴에서 해온 비공식 접촉에 어떻게 대응할지 정하는 건 제가 아닌 게 분명합니다."

오토는 아들의 속뜻을 눈치챘다. "물론 나도 아니지."

"윌슨이 말하길, 만일 독일이 연합국에 평화회담을 제안하는 편지를 공식적으로 작성해 보낸다면 공개적으로 그 제안을 지지할 거라고 합니다. 황제 폐하께 이 내용을 전해드리는 게 우리 의무라고 생각해요."

"물론." 오토가 말했다. "카이저께서 결정을 내리셔야 해."

IV

발터는 윗부분에 아무것도 인쇄돼 있지 않은 평범한 흰 종이에 모드에게 보내는 편지를 썼다.

사랑스럽기 그지없는 그대에게
이곳 독일은 내 마음속처럼 겨울입니다.

그는 영어로 편지를 썼다. 윗부분에 자신의 주소를 적지도 않았고, 그녀의 이름을 적지도 않았다.

내가 얼마나 당신을 사랑하는지, 얼마나 당신을 그리워하는지 말로 다할 수 없습니다.

뭐라고 써야 좋을지 알 수 없었다. 호기심 많은 경관이 편지를 읽어볼 수도 있는 일이어서 모드나 그의 정체가 드러나선 안 되었다.

사랑하는 여인과 헤어진 수많은 남자 중 하나일 뿐인 내 영혼에 북풍이 불고 있습니다.

편지는 전쟁 때문에 가족과 떨어진 평범한 군인이 보내는 것으로 보이도록 썼다.

내가 있는 세상은 춥고 암울하고, 분명 당신도 마찬가지겠죠. 하지만 가장 힘든 건 우리가 헤어져 있다는 사실입니다.

모드에게 그가 전장에서 정보 관련 일을 하고 있다든가, 어머니가 모니카와 그를 결혼시키려 한다든가, 베를린에 먹을 것이 부족하다든가 하는 이야기를 하고 싶었고, 심지어 요즘 읽고 있는, 한 가문의 이야기를 담은『부덴브로크 가의 사람들』이라는 대하소설에 대해 이야기하고 싶었다. 하지만 혹시라도 뭔가 구체적으로 언급하면 그나 모드가 위험에 처할지도 몰라 두려웠다.

많은 이야기를 할 수는 없지만, 내가 오직 당신만을 생각하며—

발터는 편지를 쓰다 멈추었다. 모니카에게 키스하고 싶다고 생각한 일이 죄책감처럼 떠올랐다. 하지만 그때 그는 욕망에 굴복하지 않았다.

—우리가 마지막으로 함께했을 때 서로 나눈 신성한 약속들을 지키고 있다는 걸 알아주었으면 합니다.

그나마 그것이 그들의 결혼에 최대한 근접한 언급이었다. 편지를 받은 쪽에서 그녀 이외의 다른 누군가가 읽고 숨겨진 진실을 알아내선 안 되었다.

매일 매 순간 우리가 다시 만나 서로 눈을 들여다보며 "안녕, 내 사랑" 하고 말할 수 있는 날이 언제가 될지 생각하고 있습니다.
그때까지 날 기억해줘요.

서명은 하지 않았다.

발터는 편지를 봉투에 담아 재킷 안쪽 가슴 주머니에 넣었다.

독일과 영국 사이에는 우편물이 오가지 못했다.

그는 방을 나와 계단을 내려가서 모자를 쓰고 모피칼라가 달린 무거운 오버코트를 입은 뒤 추위로 온몸이 떨리는 베를린의 거리로 나섰다.

아들론 호텔의 바에서 거스 듀어와 만났다. 야회복 차림의 직원들과 현악사중주단을 예전처럼 유지하는 아들론 호텔은 전쟁 전 위엄의 흔적을 간직하고 있었다. 하지만 외국 술은 구할 수 없었다. 스카치나 브랜디, 영국산 진까지 모두 없어서 두 사람은 독한 슈냅스를 주문했다.

"어땠습니까?" 거스가 간절한 표정으로 물었다. "제가 전한 말씀을 어떻게 생각하시던가요?"

발터는 희망에 가득차 있었다. 하지만 낙관적인 상황이 전개될 가능성이 매우 적다는 것도 알고 있는지라 흥분을 가라앉히고 싶었다. 거스에게 전할 내용은 긍정적이지만, 그게 전부였다. "카이저께서 편지를 보내실 겁니다."

"잘됐군요! 뭐라고 쓰실 것 같습니까?"

"초안을 봤습니다. 그다지 양보하는 투가 아니라 걱정스럽군요."

"무슨 말이죠?"

발터는 눈을 감고 기억을 더듬어 편지 내용을 말했다. "'역사상 가장 가공할 전쟁이 이 년 반 동안 계속되고 있습니다. 이번 전쟁에서 독일과 독일 동맹국들은 불멸의 위력을 증명해 보였습니다. 우리의 확고부동한 전선은 끈질긴 공격을 견뎌내고 있습니다. 최근 상황을 보면, 전쟁이 계속된다 해도 흔들림 없는 우리 힘을 무너뜨릴 수는 없으며……' 이런 비슷한 말이 계속됩니다."

"그다지 양보하는 투가 아니라는 말씀이 뭔지 알겠군요."

"결국은 중요한 대목이 나옵니다." 발터는 다음 부분을 떠올렸다.

"'자국의 군사적, 경제적 능력을 인식하고 있으며, 이를 바탕으로 반드시 필요한 경우에는 우리가 강요당한 투쟁의 끝까지 갈 각오가 돼 있습니다. 하지만 흐르는 피를 멈추고 전쟁의 공포를 끝내고자 하는 의지 역시 있습니다.' 이 대목에서 중요한 말이 나옵니다. '이에 우리는 지금이라도 평화협상을 시작하자고 제안하는 바입니다.'"

거스는 무척 기뻐했다. "대단합니다! 찬성했군요!"

"목소리를 낮춰주세요!" 발터는 조심스럽게 주위를 둘러보았지만 아무도 신경쓰지 않는 것 같았다. 악단이 연주하는 현악사중주에 묻혀 그들의 대화는 잘 들리지 않았다.

"미안합니다." 거스가 말했다.

"어쨌든 당신 말이 옳습니다." 발터는 낙천적인 기분을 조금 드러내며 웃었다. "편지 분위기는 오만하고 전투적이고 냉소적이지만, 어쨌든 평화회담을 제안하고 있습니다."

"얼마나 고마운지 이루 말로 표현할 수가 없군요."

발터는 경고하듯 한 손을 들어 보였다. "아주 솔직히 말씀드리겠습니다. 카이저와 가까운 권력자들 중 평화를 반대하는 쪽은 이번 제안에 냉소적입니다. 그저 그쪽 대통령에게 좋게 보이려는 처사일 뿐, 어차피 연합국에서 거부할 거라 생각하는 겁니다."

"그들이 틀리길 바라야죠!"

"같은 생각입니다."

"서한은 언제 보낼 예정이랍니까?"

"아직 표현에 대해 이견이 있습니다. 그 정리가 끝나면 이곳 베를린 주재 미국 대사에게 전달해 연합국 정부에 전해달라고 부탁하게 될 겁니다." 적국 사이에는 정식으로 연락을 취할 방법이 없었기 때문에 이런 식의 외교적 경로를 통해 서한을 건네받을 수밖에 없었다.

"제가 런던으로 가는 편이 좋겠군요." 거스가 말했다. "어쩌면 그쪽에서 서한을 받을 준비라도 할 수 있을 것 같습니다."

"그렇게 해도 좋겠군요. 부탁이 하나 있습니다."

"이렇게 도와주시고 고작 하나라는 겁니까? 뭐든지 말씀하세요!"

"완전히 개인적인 일입니다."

"알겠습니다."

"비밀은 꼭 지켜주십사 말씀드려야겠군요."

거스가 웃었다. "흥미롭군요!"

"제가 쓴 편지 한 통을 레이디 모드 피츠허버트에게 전해주십시오."

"아." 거스는 숙고하는 듯 보였다. 발터가 비밀리에 모드에게 편지를 보내는 데는 단 한 가지 이유밖에 없다는 걸 깨달았다. "왜 비밀인지 알겠군요. 어쨌든 알았습니다."

"만일 독일을 떠날 때나 영국에 도착해 소지품 검사를 당하게 되면, 독일에 있는 미국인이 영국에 있는 약혼녀에게 보내는 연서라고 말하면 됩니다. 편지에는 이름도 주소도 없습니다."

"좋습니다."

"감사합니다." 발터는 매우 고마웠다. "제게 얼마나 큰 의미인지 말로 다 못하겠군요."

V

12월 2일 토요일, 티 권에서 사냥 파티가 열렸다. 런던에서 오는 피츠허버트 백작과 비 공주가 늦어지자 피츠의 친구인 빙 웨스트햄프턴과 모드가 각각 주인과 안주인 역할을 맡아 파티를 시작했다.

전쟁 전에 모드는 이런 파티를 무척 좋아했다. 물론 여자들은 사냥에 나서지 않지만 집이 손님들로 북적이는 게 좋았고, 여자들도 야외로 나가서 남자들과 합류해 점심을 먹는 소풍도 좋았고, 밤이 되어 남자들이 돌아오면 이글이글 불을 피우고 음식을 푸짐하게 차려먹는 것도 좋았다. 하지만 병사들이 참호 속에서 고생하는 지금은 그런 즐거움을 누릴 수 없었다. 속으로 아무리 전쟁중이라 해도 사람이 평생 비참하게 살수만은 없다고 스스로를 달래보기도 했지만 소용없었다. 최대한 밝게 웃으면서 손님들에게 먹고 마시기를 열심히 권하면서도, 사냥총 소리가 들리면 전쟁터 생각밖에 나지 않았다. 접시에 담긴 고급 음식은 손도 대지 않은 채 그대로 남겼고, 값을 매길 수도 없는 피츠의 고급 와인은 맛도 보지 않고 잔째 다시 주방으로 물렸다.

요즘 들어 모드는 한가한 시간이 무척 싫었다. 오직 발터 생각만 났기 때문이었다. 그는 죽었을까, 살았을까? 솜 강 전투는 마침내 끝났다. 피츠는 독일군 사망자가 오십만 명이나 된다고 말했다. 발터도 그 가운데 한 명일까? 아니면 어딘가 병원에 불구가 되어 누워 있을까?

어쩌면 발터는 승리를 축하하고 있을지 모른다. 신문들도 영국군이 1916년 가장 공을 들였던 공세로 얻어낸 것이라고는 고작 11킬로미터에 걸친 영토뿐이라는 사실을 제대로 숨기지 못했다. 독일은 어쩌면 자축하는 상황일 수도 있다. 심지어 피츠조차 개인적인 자리에서는 목소리를 낮춰 영국의 가장 큰 희망은 이제 미국의 참전뿐이라고 말했다. 발터가 한 손에는 슈냅스 한 병을, 다른 한 팔로는 예쁜 금발 독일 처녀를 껴안은 채 베를린의 사창가에서 빈둥거리고 있는 건 아닐까? 차라리 부상을 입은 편이 나아. 모드는 생각했다. 하지만 이내 그 생각이 부끄러워졌다.

티 권을 찾은 손님들 중에는 거스 듀어도 있었다. 차를 마시는 시간에 그가 모드를 따로 찾아왔다. 남자들은 모두 무릎 바로 아래서 버튼을 채우는 헐렁한 트위드 반바지를 입었는데, 그들 사이에 키 큰 미국인이 끼어 있으니 눈에 띄게 우스꽝스러워 보였다. 그는 한 손에 찻잔을 불안정하게 들고 북적거리는 응접실을 가로질러 그녀가 앉은 곳으로 다가왔다.

그녀는 나오는 한숨을 참았다. 미혼 남성이 그녀에게 다가올 때는 대개 연심을 품은 경우가 많았고, 그때마다 결혼 사실은 밝히지도 못하는 상황에서 그들을 힘겹게 물리쳐야 했는데 그게 가끔은 어려웠다. 상류층의 매력 넘치는 많은 총각이 전쟁에서 목숨을 잃은 뒤라 요즘은 호감과는 전혀 거리가 먼 남자들도 혹시나 그녀를 차지할 수 있지 않을까 헛된 희망을 품는 일이 많았다. 파산한 남작의 작은아들이나 입냄새를 풍기는 허약한 성직자, 심지어 자기 체면을 세우고자 여자를 찾는 동성애자까지 있었다.

거스 듀어는 그렇게까지 형편없는 신랑감은 아니었다. 잘생기지 않았고 발터나 피츠처럼 기품이 넘치지도 않았지만 날카로운 이성과 높은 이상을 지녔으며 모드처럼 세계정세에 지대한 관심을 갖고 있었다. 게다가 육체적으로나 사회적으로 뭔든 약간 서툰 면과 있는 그대로의 솔직한 모습이 뒤섞여 왠지 조금 매력적이기도 했다. 만일 그녀가 결혼하지 않았더라면 기회를 잡을 수도 있었을 사람이었다.

거스는 모드 옆의 노란색 실크 소파에 긴 다리를 접고 앉았다. "티 권에 다시 오다니 이런 기쁜 일이 없군요." 그가 말했다.

"전쟁이 벌어지기 직전에 오셨죠." 모드도 기억해냈다. 왕이 묵으러 왔던 1914년 1월의 주말, 애버로언 탄광에서 끔찍한 사고가 일어난 그때를 절대 잊을 수가 없었다. 다른 무엇보다 생생히 떠오르는 건—이 생각을 하자 부끄러워졌다—발터와 키스한 일이었다. 지금 당장 그와 키스할 수 있으면 했다. 그냥 키스만으로 끝내다니, 둘 다 바보였어! 아예 잠자리를 같이해서 아기를 가졌으면 좋았을 텐데. 그랬더라면 품위는 없지만 서둘러 결혼할 수밖에 없었을 테고, 계속 사회적 지탄을 받으며 살아가라는 뜻으로 로디지아*나 벵골 같은 끔찍한 어딘가로 보내졌을 것이다. 두 사람을 갈라놓은 모든 요인—부모, 사회, 사회적 성공—은 발터가 죽어서 다시는 서로 볼 수 없을지 모른다는 끔찍한 가능성과 비교하니 아무것도 아니었다. "남자들은 도대체 얼마나 멍청하기에 전쟁터로 떠나는 거죠?" 모드는 거스에게 물었다. "그리고 사람의 목숨이라는 엄청난 대가를 치러가면서까지 얻을 건 없다는 사실을 벌써 한참 전에 깨달아놓고 왜 싸움을 계속하는 거죠?"

거스가 말했다. "윌슨 대통령께서는 어느 한쪽의 승리 없이 양측이 평화를 고려해야 한다고 생각합니다."

모드는 거스가 당신 눈이 정말 멋지다는 둥 쓸데없는 말을 늘어놓지 않아서 안심했다. "저도 같은 생각이에요." 그녀가 말했다. "영국군은 이미 백만 명이 희생당했어요. 솜 강 전투에서만 사십만 명이 사망했으니까요."

"하지만 영국 사람들은 어떻게 생각할까요?"

모드는 곰곰이 생각했다. "신문들 대부분은 여전히 솜 강 전투에서 엄청난 승리를 거둔 척하고 있어요. 어떤 식으로든 현실적인 평가를 하려 들면 애국적이지 못하다는 식으로 낙인을 찍죠. 노스클리프 경은 정말로 군국주의 독재체제에서 살고 싶은 모양이에요. 하지만 대부분 우리 국민은 전쟁이 별 성과가 없다는 사실을 알고 있어요."

"독일이 어쩌면 평화회담을 제안할 것 같습니다."

---

* 지금의 짐바브웨.

"아, 제발 그대로 됐으면 좋겠군요."

"아마 곧 공식 접촉이 있을 거라고 봅니다."

모드는 거스를 빤히 바라보았다. "죄송해요. 그냥 의례적인 이야기나 하시려는 줄 알았거든요. 하지만 아니군요." 그녀는 흥분했다. 평화회담? 정말 가능한 일인가?

"그렇죠, 한담이나 하고 싶은 게 아닙니다." 거스가 말했다. "제가 알기로는, 자유당 정부에 친구들이 있으시다고요."

"이제는 자유당 정부라고 할 수도 없죠." 모드가 말했다. "내각에 보수당 각료가 여럿 있으니 연합정부라고 해야겠죠."

"죄송합니다. 제가 잘못 말했군요. 연합정부에 관해서는 몰랐습니다. 하지만 여전히 애스퀴스가 수상이고 그는 자유당 소속입니다. 제가 알기로, 모드 양은 많은 자유당 지도자와 알고 지낸다더군요."

"그래요."

"그래서 저는 독일이 제안하면 이쪽에서 어떤 식으로 받아들일지 모드 양의 의견을 듣고 싶어서 왔습니다."

모드는 조심스럽게 숙고했다. 그녀는 거스가 누구를 대변하는지 잘 알았다. 미국 대통령이 그녀에게 질문하는 것이었다. 명확한 의사를 표하는 게 좋았다. 때마침 중요한 정보가 될 만한 일이 떠올랐다. "열흘 전 각료들이 전 보수당 출신 외무장관인 랜스다운 경이 제출한, 우리가 전쟁에서 승리할 수 없다는 내용의 문건에 대해 토론을 벌였어요."

거스의 눈이 빛났다. "그래요? 전혀 몰랐습니다."

"물론 모르셨겠죠. 비밀이니까요. 하지만 소문이 돌았고, 노스클리프는 협상을 통해 평화를 논하는 건 패배주의라며 맹렬히 비판했어요."

거스는 열을 냈다. "그럼 랜스다운의 문건을 내각에서는 어떻게 받아들였나요?"

"그의 의견에 찬성하는 사람이 네 명은 된다고 해요. 외무장관 에드워드 그레이 경, 재무장관 매케너, 상무장관 런시먼, 그리고 수상 본인이라고 합니다."

거스의 얼굴이 희망으로 밝아졌다. "그 정도면 강력한 영향력을 발휘하겠군요!"

"공격적인 윈스턴 처칠이 없으니 지금은 특히 그렇죠. 그는 그토록 열심히 밀었던 다르다넬스 원정의 재앙*에서 절대 회복 못할 거예요."

"내각에서 랜스다운에게 반대하는 이는 누굽니까?"

"육군장관이자 이 나라에서 가장 인기 높은 정치인 데이비드 로이드조지죠. 그리고 봉쇄장관 로버트 세실 경, 국고국장이자 노동당 당수 아서 헨더슨, 해군장관 아서 밸푸어예요."

"로이드조지의 신문 인터뷰를 봤습니다. 싸움에서 끝장을 보고 싶다고 했더군요."

"불행히도 많은 사람이 그와 같은 생각이에요. 물론 그들도 다른 관점을 들어볼 기회가 전혀 없죠. 철학자 버트런드 러셀처럼 전쟁에 반대하는 사람들은 끊임없이 정부의 괴롭힘에 시달리고 있어요."

"그러면 내각에서 내린 결론은 뭐죠?"

"없어요. 애스퀴스가 회의를 주재하면 대개 그런 식으로 끝나요. 다들 그가 우유부단하다며 불평하죠."

"정말 답답한 노릇이군요. 그래도 평화회담 제안을 아예 못 들은 척하지는 않겠군요."

모드는 자신을 온전히 진지한 상대로 대해주는 남자와 이야기를 나

---

*1915년 처칠의 주장에 따라 영국은 오스만튀르크의 다르다넬스해협을 공격했으나 막대한 손실을 입었고, 이에 처칠은 해군장관 자리에서 물러났다.

누니 정말 가슴이 후련한 느낌이었다. 남자들은 그녀와 지적인 대화를 나눈다고 해도 늘 어느 정도는 거들먹거리게 마련이었다. 진정으로 그녀를 동등하게 대하던 남자는 발터가 유일했다.

그 순간 피츠가 응접실에 모습을 드러냈다. 런던에서 입었을 검은색과 회색이 섞인 복장 그대로였고, 막 기차에서 내려 곧장 온 게 분명했다. 한쪽 눈에 안대를 하고 지팡이에 의지해 걷고 있었다. "여러분을 기다리게 해서 죄송합니다." 그는 모두를 향해 말했다. "어젯밤은 런던에서 보낼 수밖에 없었습니다. 런던이 가장 최근의 정치 상황으로 끓어오르고 있어서."

거스가 말했다. "무슨 상황이죠? 여기는 아직 오늘 자 신문을 못 봤습니다."

"어제 로이드조지가 애스퀴스에게 전쟁 관리 방식을 바꿔야 한다며 편지를 보냈습니다. 세 명의 장관으로 위원회를 구성해 전권을 부여하고 모든 결정을 내리자더군요."

거스가 말했다. "애스퀴스가 동의할까요?"

"물론 아니죠. 그는 만일 그런 회의체가 생긴다면 수상이 의장이 되어야 한다고 말했습니다."

장난기가 많은 피츠의 친구 빙 웨스트햄프턴이 창가 의자에 다리를 올린 채 앉아 있었다. "그렇다면 그 위원회는 만들어봐야 소용없어." 그가 말했다. "애스퀴스가 의장을 맡는다면 지금 내각이나 마찬가지로 약하고 우유부단할 테니까." 그러고서 미안하다는 듯 주위를 둘러보았다. "여기 계신 정부 관료들께는 죄송합니다."

"하지만 자네 말이 옳아." 피츠가 말했다. "그 편지는 애스퀴스의 지도력에 대한 진정한 도전이었습니다. 특히 로이드조지의 친구인 맥스 에이킨이 모든 내용을 언론에 공개하면서 더 그렇게 되었죠. 이제는 서로 화해할 가능성도 전혀 없습니다. 로이드조지가 자주 말하듯 끝장을 보는 싸움이 되는 겁니다. 원하는 대로 되지 않으면 그는 사임해야겠죠. 반대로 그가 원하는 대로 된다면 애스퀴스는 실각하고 우리는 새로운 수상을 뽑아야 할 겁니다."

모드는 거스와 시선을 맞추었다. 말은 안 해도 두 사람이 같은 생각을 하고 있다는 걸 알 수 있었다. 애스퀴스가 수상 관저를 차지하고 있는 동안이라면 평화안은 그나마 기회가 있었다. 만일 호전적인 로이드조지가 이번 다툼에서 승리한다면 모든 게 달라질 터였다.

종소리가 울렸다. 손님들에게 이제 야회복으로 갈아입을 시간임을 알리는 신호였다. 티타임은 끝났다. 모드는 그녀의 방으로 올라갔다.

입을 옷은 이미 준비되어 있었다. 런던에서 입으려고 1914년 파리에서 산 드레스였다. 그후로 새로 산 옷은 많지 않았다. 드레스를 벗고 실크 가운을 걸쳤다. 종을 울려 하녀를 부르지는 않았다. 잠시 혼자 있고 싶었다. 화장대 앞에 앉아 거울 속 얼굴을 들여다보았다. 그녀는 이제 스물여섯 살이었고, 얼굴에 나이가 드러났다. 예쁘다는 말은 들어본 적 없었지만 사람들은 그녀가 시원스럽게 생겼다고 했다. 전쟁중이라 검소한 생활을 해서인지 그나마도 많지 않던 여성스럽고 부드러운 모습은 사라지고 얼굴선이 더 날카로워진 듯했다. 발터가 보면 어떻게 생각할까? 다시 만날 수나 있을까? 모드는 가슴을 만져보았다. 그래도 가슴은 단단했다. 발터가 여전히 좋아할 것이다. 발터를 떠올리기만 해도 젖꼭지가 일어서는 듯했다. 혹시 시간이 있으면……

누군가 문을 두드려 모드는 죄를 지은 듯 얼른 가슴에서 손을 뗐다. "누구죠?" 그녀가 물었다.

문이 열리고 거스 듀어가 들어섰다.

모드는 가운을 여미며 의자에서 일어서서 최대한 험악한 목소리로 말했다. "듀어 씨, 즉시 나가주세요!"

"놀라지 마세요. 단둘이 꼭 만나야만 했습니다."

"그럴 만한 이유를 도저히 생각할 수도—"

"베를린에서 발터를 만났습니다."

모드는 소스라치게 놀라 입을 다물었다. 거스를 멍하니 보았다. 거스가 어떻게 그녀와 발터에 대해 알 수 있단 말인가?

거스가 말했다. "발터가 당신에게 편지를 보냈습니다." 그는 트위드 재킷 안으로 손을 넣어 봉투를 하나 꺼냈다.

모드는 떨리는 손으로 봉투를 받아들었다.

거스가 말했다. "발터가 말하길, 당신이나 그의 이름은 적지 않았답니다. 혹시라도 편지가 국경에서 검열당할까봐 그랬다는군요. 하지만 아무도 짐을 뒤지지 않았습니다."

모드는 근심스러운 표정으로 봉투를 들었다. 발터로부터 연락이 오길 고대했지만 막상 닥치니 나쁜 소식일까봐 두려웠다. 다른 여자가 생겼으니 이해해달라며 편지를 보낸 것일 수도 있었다. 어쩌면 독일 여자와 결혼했으니 전에 했던 결혼을 영원히 비밀로 해달라고 부탁하는 것일 수도. 최악의 경우라면, 이혼 절차를 밟기 시작한 것일 수도 있었다.

그녀는 봉투를 뜯었다.

편지를 읽었다.

사랑스럽기 그지없는 그대에게

이곳 독일은 내 마음속처럼 겨울입니다.

내가 얼마나 당신을 사랑하는지, 얼마나 당신을 그리워하는지 말로 다할 수 없습니다.

그녀는 눈물을 글썽였다. "아! 듀어 씨, 편지를 가져다주셔서 정말 고마워요!"

거스가 머뭇머뭇 한 걸음 다가왔다. "자, 진정하세요." 그는 모드의 팔을 토닥거렸다.

모드는 편지의 나머지 내용을 읽으려 했지만 글씨가 제대로 보이지 않았다. "너무 행복해요." 눈물이 주르륵 흘러내렸다.

모드가 거스의 어깨에 얼굴을 묻자 그는 그녀를 안아주었다. "괜찮아요." 그가 말했다.

모드는 더 참지 못하고 울음을 터뜨렸다.

21장
1916년 12월

I

피츠는 화이트홀에 있는 해군성에서 일하고 있었다. 그가 원하는 일은 아니었다. 그는 프랑스에 있는 웨일스 소총연대로 돌아가고 싶었다. 참호 속에서 먼지를 뒤집어쓰며 불편하게 지내는 건 질색이었지만, 다른 사람들이 목숨을 걸고 싸우는 동안 런던에서 안전하게 지내자니 마음이 편치 않았다. 겁쟁이 취급을 받을까봐 두려웠다. 하지만 의사들은 그의 다리가 아직 다 낫지 않았다고 우겼고, 군에서는 그를 원래 부대로 복귀시키지 않았다.

스스로를 C라고 부르는 비밀첩보부의 스미스커밍은 독일어를 할 줄 아는 피츠가 해군 정보부에서 일할 수 있도록 추천했다. 결국 피츠는 '40호실'로 알려진 부서에서 임시로 일하게 되었다. 책상머리에서 하는 일은 절대 피하고 싶었지만, 놀랍게도 그가 맡은 업무는 전쟁을 수행하는 데 엄청나게 중요했다.

전쟁이 벌어진 첫날, '얼러트 호'라는 이름의 체신국 소속 해저전선 부설선이 북해로 나아가 독일의 매우 중요한 해저 통신선을 건어올려 잘라버린 일이 있었다. 영국의 그 절묘한 공격으로 적은 무선통신을 사용할 수밖에 없었다. 무선통신은 가로채는 게 가능했다. 독일군도 바보가 아니라서 모든 내용을 암호로 바꿔 교신했다. 40호실은 영국의 암호해독 조직이었다.

피츠는 각양각색의 사람들과 함께 일했다. 일부는 상당히 괴짜였고 대부분 군대에 그다지 어울리지 않았다. 그들은 해안에 설치된 감청시설에서 수집한 뜻 모를 문장들을 해독하려고 분투했다. 피츠는 십자말풀이를 하는 듯한 암호해독에는 재능이 없었다. 심지어 셜록 홈스 소설에서 범인을 맞힌 적도 결코 없었다. 하지만 해독한 암호문을 영어로 옮길 수 있었고, 더 중요하게는 전투 경험이 있어서 어떤 정보가 중요한지 판단할 수 있었다.

그렇다고 해도 별다를 건 없었다. 1916년 말 서부전선은 양측이 그동안 엄청난 노력을 기울였음에도 연초의 교착상태에서 달라진 것이 거의 없었다. 독일이 베르됭에서 가차없는 공격을 퍼부었을 때도 그랬고, 영국이 그보다 훨씬 더 값비싼 희생을 치른 솜 강 전투의 결과 역시 마찬가지였다. 연합국은 어떻게든 사기를 올려야 했다. 만일 미국이 참전한다면 국면을 전환시킬 수 있을 것 같았다. 하지만 아직까지 미국이 전쟁에 뛰어들 조짐은 보이지 않았다.

어느 군이든 지휘관들은 모두 밤이나 새벽 일찍 명령을 내렸다. 그래서 피츠는 일찌감치 업무를 시작해 정오까지 열심히 일했다. 사냥 파티가 끝난 수요일, 그는 열두시 반에 해군성 건물을 떠나 택시를 타고 집으로 향했다. 화이트홀에서 메이페어로 올라가는 언덕길이 길지는 않아도 그에게는 부담되었기 때문이다.

함께 사는 세 여자—비, 모드, 험 고모—가 점심식사를 위해 모여앉아 있었다. 피츠는 지팡이와 모자를 그라우트에게 넘겨주고 여자들과 함께 앉았다. 실용주의적인 분위기의 사무실을 벗어나 집에 돌아오자 따뜻한 위안이 느껴졌다. 화려한 가구, 조용히 걸어다니는 하인들, 눈처럼 새하얀 식탁보 위에 놓인 프랑스제 자기.

그는 모드에게 정계에 어떤 소식이 있느냐고 물었다. 애스퀴스와 로이드조지 사이에 격렬한 싸움이 벌어지고 있었다. 어제 애스퀴스는 극적으로 수상 자리에서 물러났다. 피츠는 걱정스러웠다. 자유당 소속 애스퀴스를 열렬히 지지하진 않았지만, 만일 새로 뽑힌 수상이 안이한 평화회담 이야기에 혹한다면?

"국왕께서는 보너 로를 만났어요." 모드가 말했다. 앤드루 보너 로는 보수당 당수였다. 영국 왕에게 마지막으로 남은 정치적 힘은 군주로서 수상을 임명하는 것이었다. 물론 왕이 임명한 후보자라도 의회의 지지를 얻어야 했지만.

피츠가 말했다. "그래서?"

"보너 로가 수상 자리를 고사했어요."

피츠는 머리를 쳐들었다. "어떻게 왕명을 거역해?" 누구나 군주에게 복종해야 한다는 게 피츠의 생각이었다. 특히 보수당원이라면 더욱 그랬다.

"보너 로는 로이드조지가 수상이 되어야 한다고 생각해요. 하지만 왕께서는 로이드조지를 원하지 않죠."

비가 말했다. "로이드조지는 안 돼요. 그 사람은 사회주의자나 다름 없어요."

"그렇지." 피츠가 말했다. "하지만 다른 모든 자를 합쳐놓은 것 이상으로 공격적이라고. 그가 수상이 된다면 적어도 전쟁 의지에 활력을 불어넣을 수 있을 거야."

모드가 말했다. "평화를 위한 노력은 전혀 하지 않을까봐 걱정이에요."

"평화?" 피츠가 말했다. "그 걱정은 네가 그렇게 열심히 안 해도 될 것 같구나." 흥분한 티를 내지 않으려고 애썼지만, 평화를 거론하는 패배주의적 언사를 들으면 그는 그동안 희생된 병사들의 목숨을 생각하지 않을 수 없었다. 불쌍한 젊은이 칼턴 스미스 소위, 수많은 애버로언 친구들, 심지어 총살당한 불쌍한 오언 베빈도 떠올랐다. 그들의 희생은 아무 의미가 없단 말인가? 그런 생각 자체가 모독처럼 느껴졌다. 어떻게든 차분한 투를 유지하며 피츠가 말했다. "어느 한쪽이 이길 때까지 평화는 없어."

모드의 눈이 분노로 번쩍였지만, 그녀 역시 자제했다. "어쩌면 양쪽의 가장 좋은 면을 모두 취할 수 있을지 몰라요. 로이드조지를 전쟁위원회 의장에 앉혀 전쟁에 활기 넘치는 지도력을 보태고, 아서 밸푸어처럼 정치력 있는 사람을 수상에 임명해서 평화회담 협상을 맡기는 거예요. 만일 회담을 하기로 정해진다면 말이죠."

"흠." 피츠는 모드의 말이 전혀 마음에 들지 않았지만, 동생은 쉽사리 이의를 제기할 수 없게 만드는 화법을 알았다. 그는 주제를 바꾸었다. "오늘 오후에 뭐할 거니?"

"험 고모하고 이스트엔드에 갈 거예요. 군인들 부인을 초대했거든요. 차와 케이크를 대접하면서 혹시 문제가 있다면 도움을 주려는 거죠. 대접은 오빠 돈으로 할 거예요. 고마워요."

"군인 부인들이 무슨 문제가 있어?"

험 고모가 대답했다. "청결하게 살 곳과 아이를 봐줄 믿을 만한 사람이 가장 필요하지."

피츠는 기분이 좋아졌다. "놀랍네요, 고모님. 모드가 이스트엔드에서 설치고 다니는 걸 못마땅해하셨잖아요."

"전쟁중이잖아." 험 고모가 도전적으로 말했다. "우리가 할 수 있는 건 뭐든지 해야 해."

피츠는 충동적으로 제안했다. "나도 함께 가보면 어떨까 싶은데. 백작 같은 귀족도 짐꾼과 마찬가지로 총을 맞는다는 걸 알면 사람들 기분이 나아질 테니까."

모드는 깜짝 놀라는 것 같았지만 이렇게 말했다. "아, 물론 원하면 함께 가도 돼요."

피츠가 보기에 모드는 그의 동행을 그다지 달가워하는 것 같지 않았다. 보나마나 그곳에는 쓰레기 같은 좌익분자들이 잔뜩 모여 여성 투표권이니 하는 헛소리를 늘어놓고 있을 터였다. 하지만 모든 돈을 그가 대는 마당에 모드는 거부할 수 없었다.

점심식사를 마치고 셋은 모두 외출 준비를 했다. 피츠는 아내의 옷방으로 향했다. 머리가 희끗희끗한 하녀 니나의 도움을 받으며 비가 점심식사 때 입은 드레스를 벗고 있었다. 비가 러시아어로 뭐라고 중얼거리자 니나 역시 러시아어로 대답했다. 왠지 자기를 따돌리려고 일부러 그러는 것 같아서 피츠는 짜증이 났다. 그는 자기도 다 알아듣는다는 걸 두 사람이 생각해주길 바라며 러시아어로 하녀에게 말했다. "잠시 나가 있어요." 니나는 허리를 굽혀 인사하고는 밖으로 사라졌다.

피츠가 말했다. "오늘은 보이를 못 봤군." 아침 일찍 집을 나섰기 때문이었다. "아이가 산책을 나가기 전에 아이 방에 가서 좀 봐야겠어."

"오늘은 산책 못 나가요." 비가 근심스럽게 말했다. "감기 기운이 약간 있어요."

피츠는 얼굴을 찌푸렸다. "상쾌한 공기를 쐬어야지."

비가 갑자기 울먹거리는 바람에 피츠는 깜짝 놀랐다. "아이 때문에 걱정이에요. 당신하고 안드레이 둘 다 전쟁에서 목숨걸고 싸우고 있으니, 어쩌면 내게는 보이밖에 안 남을지도 모르잖아요."

비의 오빠인 안드레이는 결혼했지만 아이가 없었다. 만일 안드레이와 피츠가 죽으면 비에게 남은 가족이라고는 보이뿐이었다. 그게 바로 그녀가 아들을 지나치게 보호하려 드는 이유였다. "아무리 그래도 너무 과잉보호하면 아이에게 좋을 게 없어."

"무슨 뜻인지 모르는 말이에요." 비는 부루퉁하게 말했다.

"알 텐데."

비는 페티코트를 벗었다. 그녀의 몸매는 예전보다 훨씬 관능적이었다. 피츠는 비가 스타킹을 고정한 리본을 푸는 모습을 지켜보았다. 그는 아내의 허벅지 안쪽 부드러운 속살을 깨무는 상상을 했다.

비가 그와 눈길을 맞추었다. "피곤해요. 한 시간은 자야겠어요."

"같이 있을 수 있어."

"동생하고 빈민가에 간다고 하지 않았어요?"

"꼭 안 가도 돼."

"난 정말 좀 쉬어야겠어요."

피츠는 그냥 일어서서 나가려다가 마음을 바꿔먹었다. 거절당해 화가 났다. "당신이 나를 기꺼이 침대로 맞아들인 지 꽤 오래되었어."

"날짜를 세어보진 않았어요."

"내가 알아. 며칠이 아니라 몇 주는 되었다고."

"미안해요. 모든 게 너무 걱정스러워서." 비는 또다시 금방 눈물을 흘릴 것 같았다.

피츠는 아내가 오빠 때문에 근심이 많다는 걸 잘 알았고, 그렇게 걱정하면서도 딱히 어쩌지 못하는 게 안돼 보였다. 하지만 수백만 여인이 같은 고통을 겪고 있고 귀족에게는 의연해야 할 의무가 있었다. "듣기로는 내가 프랑스에 가 있는 사이 러시아 대사관에서 열리는 예배에 나가기 시작했다더군." 런던에는 러시아정교회 교회가 없고 대신 대사관에 예배당이 차려져 있었다.

"누가 그래요?"

"누가 그랬는지는 신경쓸 거 없어." 그걸 일러준 사람은 험 고모였다. "결혼 전 나는 당신한테 영국성공회로 개종하라 했고, 당신도 받아들였어."

비는 피츠의 눈길을 피했다. "한두 번 예배에 간다고 별일 있을 거라고는 생각하지 않았어요." 그녀는 조용히 말했다. "기분 나쁘게 해서 미안해요."

피츠는 외국인 성직자가 의심스러웠다. "그곳 사제가 남편과 잠자리에서 즐거움을 얻는 게 죄악이라고 하나보지?"

"당연히 그러지 않아요! 하지만 당신이 떠나 있는 사이 몹시 외로웠어요. 내가 자란 곳에서도 너무 멀리 떨어져 있고…… 귀에 익숙한 러시아 찬송가와 기도를 들으면 마음이 편안해졌어요."

피츠는 아내가 딱하다는 생각이 들었다. 어려운 생활일 터였다. 자기라면 외국에 아예 나가서 사는 일은 생각도 못할 것이다. 그리고 결혼한 다른 남자들과 대화하며 알게 된 사실인데, 아기를 낳은 다음에는 여자들이 남편의 접근을 달가워하지 않는 게 그리 유별난 것은 아니라고 했다.

하지만 피츠는 마음을 굳게 먹었다. 희생하지 않는 사람은 없었다. 비는 불을 뿜는 기관총 앞에서 뛰어다니지 않아도 되는 걸 고마워해야 했다. "나는 당신한테 마땅한 의무를 다했어." 피츠가 말했다. "결혼하고 당신네 가족 빚을 모두 갚았지. 러시아와 영국에서 전문가들을 불러서 재산을 다시 정리하도록 계획도 짜게 했어." 전문가들은 안드레이에게 영지 내 습지에서 물을 빼 농지를 늘리고 석탄과 다른 광물을 캘 수 있는지도 조사해보라고 했지만 그는 꿈쩍도 하지 않았다. "안드레이가 기회를 모두 날린 건 내 책임이 아니야."

"알아요. 당신은 약속한 걸 모두 해주었어요." 비가 말했다.

"그러니까 당신도 의무를 다하라고 요구하는 거야. 당신과 나는 후계자를 생산해야 해. 만일 안드레이가 자식을 못 보고 죽으면 우리 아들이 양쪽의 막대한 재산을 물려받겠지. 세계에서 제일 넓은 토지를 소유한 사람이 될 거란 말이야. 혹시 아이에게 무슨 일이 생길지도 모르니까—신이여, 용서하소서—아들은 여럿 있어야 해."

비는 계속 눈을 내리깔고 있었다. "제 의무가 뭔지는 잘 알아요."

피츠는 꼭 거짓말을 하는 느낌이었다. 그는 후계자 이야기를 했고, 모든 내용이 사실이었다. 하지만 그녀의 매끄러운 몸이 그를 위해 침대 위에서 팔다리를 펼친 채 누운 모습을 보길 열망하고 있다는 사실은 말하지 않았다. 흰 시트 위의 흰 몸. 베개를 뒤덮은 금발. 피츠는 머릿속에 떠오르는 광경을 얼른 떨쳐냈다. "잘 안다면 행하도록 해. 다음에 내가 당신 방에 오면 사랑하는 남편으로서 나를 반기며 맞을 거라고 기대하지."

"네, 여보."

피츠는 밖으로 나왔다. 단호한 태도로 말해 기분이 좋았지만 동시에 무슨 잘못을 저지른 것 같아 마음이 불편하기도 했다. 우스꽝스러운 일이었다. 그는 비의 잘못을 지적했고 그녀는 꾸지람을 받아들였다. 남편과 아내 사이는 마땅히 그래야 했다. 하지만 생각한 만큼 만족스럽지 않았다.

홀에서 모드와 험 고모를 보고 비에 관한 생각은 머릿속에서 밀어냈다. 군모를 쓰고 거울을 봤다가 얼른 고개를 돌렸다. 그는 요새 외모에 대해 많이 생각하지 않으려고 애쓰는 중이었다. 총알이 얼굴 왼쪽 근육을 상하게 하는 바람에 아래로 처진 눈꺼풀을 되돌릴 수 없었다. 크게 볼썽사납지는 않았지만 그의 자부심은 다시 회복할 수 없었다. 그는 속으로 시력에 영향이 없는 게 다행이라고 생각했다.

파란색 캐딜락이 프랑스에 아직 있었지만 피츠는 어찌어찌 다른 자동차를 구했다. 운전사는 가는 길을 알고 있었다. 전에도 모드를 이스트엔드에 데려다준 적이 있는 게 분명했다. 삼십 분 후, 그들은 갈보리 복음교회 앞에 도착했다. 양철 지붕을 덮은 누추하고 작은 교회였다. 애버로언에서 옮겨온 교회인지도 몰랐다. 피츠는 이곳 목사도 웨일스 사람인지 궁금했다.

이미 다과회가 진행중인 교회 안은 젊은 여인과 아이로 꽉 차 있었다. 군대 막사보다 더 끔찍한 냄새가 났다. 피츠는 손수건을 꺼내 코를 막고 싶은 유혹을 견뎌내야 했다.

모드와 험 고모는 즉시 일을 시작했다. 모드는 여자들을 한 사람씩 사무실로 불러서 따로 만났고 험 고모는 순서를 정해 안내를 했다. 피츠는 절뚝거리며 테이블을 일일이 옮겨다니면서 여자들에게 남편이 어느 부대에서 복무하는지, 그들은 어떤 일을 겪었는지 물었다. 아이들은 바닥에서 뒹굴며 놀고 있었다. 젊은 여자는 대개 피츠와 이야기를 나눌 때면 킥킥대며 웃거나 긴장해 말을 제대로 못했는데, 이곳에 모인 부인들은 그리 쉽게 당황하는 성격들이 아니었다. 여자들은 피츠에게 어떤 부대에 있었는지, 어쩌다 그런 상처를 입었는지 물었다.

그렇게 절반도 채 돌지 못한 참에 피츠는 에설을 보았다.

홀 한쪽에 사무실 두 개가 있었는데, 모드가 사용하는 방 말고 다른 쪽은 누가 쓰는지 궁금하던 차였다. 그 사무실 문이 열리고 에설이 밖으로 나오는 모습을 피츠는 우연히 보게 되었다.

이 년 만에 처음 보았지만 에설은 그리 많이 변하지 않았다. 걸을 때면 찰랑거리는 검은 곱슬머리, 햇살처럼 환히 웃는 모습. 모드와 혐 고모를 제외한 모든 여자와 마찬가지로 칙칙하고 낡은 원피스를 입었지만 몸매만은 두 사람처럼 날씬했다. 피츠는 그가 아주 잘 아는 그녀의 자그마한 몸을 머릿속에 떠올리지 않을 수 없었다. 에설은 그가 있는 쪽을 보지도 않았지만 마치 그에게 주문을 걸고 있는 것 같았다. 두 사람이 치자나무 방 침대 위에서 함께 뒹굴면서 킬킬대며 웃고 키스하던 때로부터 시간이 전혀 흐르지 않은 듯했다.

에설은 실내에서 피츠 자신을 빼면 한 명뿐인 남자와 이야기를 나누었다. 구부정한 몸에 두꺼운 천으로 만든 짙은 회색 양복을 입은 남자는 탁자에 앉아 장부를 정리하고 있었다. 두꺼운 안경을 썼는데, 피츠가 보기에도 에설을 향한 남자의 시선에는 사랑이 넘쳐났다. 에설은 남자에게 편안하고 상냥한 태도로 말했고, 피츠는 두 사람이 부부인지 궁금했다.

에설이 돌아서다 피츠와 눈이 마주쳤다. 그녀의 눈썹이 올라가고 입은 놀란 듯 동그란 모양이 되었다. 긴장했는지 뒤로 한 걸음 물러서다가 의자에 부딪혔다. 의자에 앉은 여인이 짜증스레 에설을 올려다보았다. 에설은 여자를 보지도 않고 우물우물 말했다. "죄송해요!"

피츠는 에설에게서 눈을 떼지 않은 채 자리에서 일어났다. 아픈 다리 때문에 쉽지 않았다. 그녀는 그에게 다가가야 할지, 안전한 사무실로 달아나야 할지 갈피를 못 잡는 모습이었다. 피츠가 말했다. "오랜만이야, 에설." 그 목소리는 시끄러운 소음에 묻혀 잘 들리지 않았지만 에설은 입술이 움직이는 모양을 보고 피츠가 무슨 말을 했는지 추측할 수 있을 터였다.

에설은 마음을 정한 듯 그에게 다가왔다.

"안녕하세요, 피츠허버트 백작님." 에설의 경쾌한 웨일스 악센트는 뻔한 말도 노래처럼 들리게 했다. 그녀가 손을 내밀었고 두 사람은 악수를 나누었다. 에설의 피부는 거칠었다.

피츠는 에설이 하는 대로 예전의 형식적인 말투를 사용했다. "잘 지냈나, 윌리엄스 부인?"

에설은 의자를 끌어와서 자리를 잡고 앉았다. 자리에 앉던 피츠는 에설이 교묘하게 두 사람을 친밀함이 존재하지 않는 대등한 사이로 설정했다는 사실을 알아차렸다.

"애버로언 운동장 예배에 오신 걸 봤어요." 에설이 말했다. "참 마음이……" 그녀의 목소리가 잠겼다. 에설은 고개를 숙이고 다시 말을 이었다. "다치신 것 보고 마음이 아팠어요. 얼른 나으셨으면 해요."

"조금씩 좋아지고 있어." 에설은 진심으로 그를 걱정하는 듯했다. 그런 일이 있었는데도 피츠를 증오하지 않는 것 같았다. 피츠는 가슴이 뭉클했다.

"어쩌다 부상당하신 거예요?"

워낙 자주 설명한 일이어서 피츠는 지겨울 정도였다. "솜 강 전투 첫날이었어. 전투를 제대로 보지도 못했지. 참호 위로 올라서서 우리가 설치한 철조망을 지나 무인지대를 넘는데, 정신을 차리고 보니 들것에 누워 있고 미칠듯이 아프더군."

"쓰러지시는 걸 동생이 봤대요."

피츠는 반항심 강한 윌리엄 윌리엄스 상병을 기억하고 있었다. "그래? 동생은 어떻게 되었지?"

"그애 분대가 독일군 참호를 점령했는데, 탄약이 떨어져서 다시 버려두고 돌아와야 했다더군요."

피츠는 병원에 있느라 그런 이야기를 전혀 보고받지 못했다. "훈장은 받았나?"

"아뇨. 대령이라는 사람이 죽음으로 그 자리를 지켰어야 했다고 했대요. 빌리는 '대령님이 하신 것처럼 말입니까?'라고 대꾸했다가 결국 벌을 받았대요."

피츠는 놀라지 않았다. 윌리엄스는 말썽꾼이었다. "그래, 자네는 여기서 뭘 하고 있지?"

"동생분과 함께 일해요."

"모드는 아무 말 없던데."

에설은 냉정한 표정을 지었다. "아마 예전 하녀 소식 따위에는 관심이 없으리라 생각했겠죠."

자기를 모욕하는 말이었지만 피츠는 무시했다. "무슨 일을 하지?"

"〈병사의 아내〉 편집장으로 일해요. 인쇄와 배포를 맡고, 편지를 소개하는 지면을 편집하죠. 돈 관리도 하고요."

피츠는 적잖이 놀랐다. 하녀 출신으로는 대단한 변화였다. 하지만 에설은 늘 유별나게 일처리 능력이 뛰어났다. "자금원은 내 돈이겠지?"

"아닐걸요. 동생분은 사려가 깊어요. 백작님이 다과회나 아이들 치료비 정도야 내주실 거라고는 알고 있죠. 하지만 백작님 돈을 반전운동에 쓰려고 하지는 않아요."

피츠는 에설이 말하는 모습을 지켜보는 게 즐겁다는 이유만으로 대화를 계속 이어갔다. "신문 내용이 그런 건가? 반전운동?"

"다들 비밀리에 이야기하는 걸 우리는 공식적으로 논의하는 거예요. 바로 평화를 이뤄낼 기회 말이죠."

에설의 말이 옳았다. 피츠도 여야 정당의 주요 정치가들이 평화회담에 관해 논의한다는 걸 알았고, 그래서 화가 났다. 하지만 에설과 다투고 싶지는 않았다. "자네가 존경하는 로이드조지는 더 강력하게 독일을 밀어붙여야 한다더군."

"로이드조지가 수상이 될 거라고 생각하세요?"

"국왕께서는 원하지 않아. 하지만 그가 의회를 하나로 묶을 유일한 후보가 될 수도 있지."

"그가 전쟁을 더 길게 끌고 갈까봐 두려워요."

모드가 사무실에서 나왔다. 다과회는 끝났고, 여자들이 잔과 접시를 치우고 아이들을 챙기기 시작했다. 피츠는 험 고모가 잔뜩 쌓인 지저분한 접시를 나르는 모습에 깜짝 놀랐다. 전쟁은 사람을 얼마나 바꿔놓는 것인가.

그는 다시 에설을 바라보았다. 그녀는 여전히 그가 지금껏 만나본 여자 중 가장 아름다웠다. 결국 충동에 지고 말았다. 그는 낮은 목소리로 말했다. "내일 만날 수 있어?"

에설은 소스라치게 놀란 듯했다. "왜요?" 그녀도 조용히 물었다.

"있어, 없어?"

"어디서요?"

"빅토리아역에서. 한시. 3번 플랫폼으로 가는 입구."

미처 대답하기도 전에 두꺼운 안경을 쓴 남자가 다가와서 에설은 그를 피츠에게 인사시켰다. "피츠허버트 백작님, 독립노동당의 올드게이트 지구당 서기인 버니 레크위드 씨를 소개할게요."

피츠는 그와 악수를 나누었다. 레크위드는 이십대였다. 그는 눈이 나빠서 군대에 못 갔으리라고 피츠는 짐작했다.

"이렇게 부상당한 모습을 보니 안타깝습니다, 피츠허버트 백작님." 레크위드는 코크니 억양으로 말했다.

"수천 명 가운데 하나일 뿐이오. 그리고 운 좋게 살아남았지."

"다시 생각해봤을 때, 혹시 솜 강 전투에서 뭔가 다른 식으로 했더라면 다른 획기적인 결과를 얻지 않았을까요?"

피츠는 잠시 생각에 잠겼다. 정말이지 좋은 질문이었다.

그가 생각을 가다듬는 사이 레크위드가 물었다. "장군들이 말하는 것처럼 병력과 탄약이 더 필요했나요? 아니면 정치인들 주장처럼 더 유연한 전술과 더 뛰어난 통신망이 필요했나요?"

피츠는 조심스레 대답했다. "모두 도움이 되었을 거요. 하지만 솔직히 말해 그런 것들이 있었다고 우리가 승리했을 것 같진 않소. 공세는 시작부터 엉망이었지. 하지만 그걸 미리 알 수는 없었고, 어떻게든 노력해야 했소."

레크위드는 자신의 생각을 확인한 듯 고개를 끄덕였다. "솔직한 말씀 감사합니다." 마치 피츠가 고해라도 한 듯한 투였다.

그들은 교회를 떠났다. 피츠는 대기중인 자동차로 험 고모와 모드를 안내하고 그도 올라탔다. 운전사가 차를 출발시켰다.

피츠는 자신이 숨을 몰아쉬고 있는 걸 깨달았다. 약간 놀란 상태였다. 삼 년 전 에설은 티 귄에서 베갯잇 숫자나 세고 있었는데, 이제 작긴 하지만 고위 장관들이 정부의 눈엣가시라고 여기는 신문사에서 편집장으로 일했다.

에설과 놀라울 정도로 똑똑한 버니 레크위드의 관계는 뭘까? "레크위드라는 자는 누구야?" 그는 모드에게 물었다.

"유력한 지역 정치인이죠."

"윌리엄스의 남편인가?"

모드는 웃었다. "아뇨, 그렇게 되어야 한다고들 생각하긴 해요. 똑똑한 남자인데다 에설과 사고방식이 같고, 에설 아들에게도 얼마나 지극정성인데요. 왜 에설이 진작 그 사람과 결혼을 안 했는지 모르겠어요."

"가슴이 두근거리지는 않았나보지."

눈썹을 치켜세우는 모드를 보고 피츠는 방금 한 말이 위험하리만큼 솔직했다는 걸 알아차렸다.

　그는 서둘러 덧붙였다. "그런 종류의 여자들은 로맨스를 원하지. 안 그래? 도서관 사서가 아니라 전쟁 영웅과 결혼할 테지."

　"에설은 그런 종류의 여자도 아니고, 어느 종류에도 속하지 않아요." 모드는 사뭇 쌀쌀하게 말했다. "아주 능력이 뛰어나요. 평생 그런 사람은 다시 만나기 어려울 정도죠."

　피츠는 고개를 돌렸다. 모드의 말이 사실이라는 걸 그도 알고 있었다.

　아이가 어떻게 생겼을지 궁금했다. 교회 바닥에서 뒹굴며 놀던 얼굴 지저분한 아이들 중 하나가 틀림없었다. 어쩌면 그는 오늘 오후 자신의 아들을 봤을 수도 있다. 그런 생각만으로도 이상하게 마음이 흔들렸다. 왠지 모르게 울고 싶어졌다.

　자동차는 트래펄가 광장을 지나고 있었다. 피츠는 운전사에게 차를 세우라고 지시했다. "여기 사무실에 들렀다 가야겠어." 그는 모드에게 말했다.

　피츠는 절뚝거리며 해군성 건물로 들어가 계단을 올랐다. 그의 자리는 외교부서가 있는 45호실이었다. 해군 중위인 카버는 케임브리지를 졸업한 라틴어와 그리스어 학자로, 독일군 암호해독을 돕고 있었다. 그는 언제나 그렇듯 오후에는 가로챈 암호문이 별로 많지 않아서 피츠가 처리할 업무가 없다고 말했다. 하지만 정치권 소식이 들어와 있었다. "들으셨습니까?" 카버가 말했다. "국왕께서 로이드조지를 불렀답니다."

II

　다음날 오전 내내 에설은 속으로 피츠를 만나러 가지 않겠다고 다짐했다. 감히 어떻게 그런 제안을 할 수 있단 말인가? 이 년이 넘도록 그는 연락 한 번 없었다. 그래놓고는 다시 만난 자리에서 로이드에 대해 물어보지도 않았다. 자기 자식인데! 늘 그랬듯 이기적이고 생각 없는 사기꾼에서 하나도 달라지지 않았다.

그럼에도 에설은 마음속이 어지러웠다. 피츠는 짙은 녹색 눈동자로 그녀를 보면서 어떻게 사는지 물었다. 그럴 리 없다는 증거가 널렸지만, 피츠에게 중요한 사람이 된 기분이었다. 그는 한때 그랬듯 신처럼 완벽하게 잘생긴 모습은 아니었다. 한쪽 눈이 반쯤 감기면서 아름다운 얼굴은 흉하게 변했고, 지팡이를 짚고 구부정하게 몸을 굽혀야 했다. 하지만 그런 약한 모습이 에설에게 그를 보살펴주고 싶은 마음을 불러일으켰다. 그녀는 자신이 바보 같았다. 피츠는 필요한 것은 뭐든 돈으로 구할 수 있는 사람이었다. 그녀는 그를 만나러 가지 않을 생각이었다.

정오가 되자 에설은 〈병사의 아내〉 사무실—인쇄소에 있는 작은 방 두 칸으로 독립노동당과 함께 사용했다—을 나와 버스를 탔다. 오늘 아침에는 모드가 출근하지 않아서 외출할 핑계를 찾아내느라 궁리할 필요도 없었다.

버스와 지하철을 타고 올드게이트에서 빅토리아까지 가는 길은 멀었다. 만나자고 한 곳에는 한시가 조금 넘어서 도착했다. 에설은 피츠가 기다리다 참지 못하고 가버린 건 아닌가 궁금했고, 그런 생각 때문에 약간 불쾌해졌다. 하지만 피츠는 교외에라도 가는 사람처럼 트위드 양복 차림으로 기다리고 있었고, 그녀는 금세 기분이 좋아졌다.

피츠가 웃었다. "안 오는 줄 알고 걱정했어."

"왜 왔는지 나도 모르겠어요." 에설이 대답했다. "왜 만나자고 했어요?"

"뭘 좀 보여주고 싶어서." 피츠는 에설의 팔을 잡았다.

두 사람은 역 밖으로 나갔다. 에설은 피츠와 팔짱을 끼고 걷는 게 바보처럼 기분좋았다. 피츠가 이렇게 대담한 행동을 하다니 의아했다. 그는 사람들이 쉽게 알아보는 유명인사였다. 친구라도 마주친다면? 아마 서로 못 본 체 지나칠 거라고 에설은 생각했다. 피츠 같은 계층에서는 결혼한 지 몇 년이 지난 남자가 부인에게 충실하기를 기대하진 않는다.

두 사람은 버스를 타고 몇 정거장을 가서 독특한 매력이 넘치는 첼시에 내렸다. 임대료가 저렴해서 화가와 작가가 많이 사는 동네였다. 에설은 피츠가 뭘 보여준다는 건지 궁금했다. 그들은 작은 집이 줄지어 늘어선 길을 따라 걸었다. 피츠가 말했다. "의회에서 토론하는 건 본 적 있어?"

"없어요." 에설이 말했다. "하지만 꼭 보고 싶어요."

"하원의원이나 상원의원의 초대를 받아야 해. 내가 자리를 좀 만들어볼까?"

"네, 부탁해요!"

그는 에설이 제안을 받아들여 기쁜 모양이었다. "의회에 뭔가 재미있는 일이 있는지 알아보지. 로이드조지가 일하는 모습을 직접 보고 싶을 것 같아서."

"그럼요!"

"그가 오늘 내각을 구성한다더군. 오늘밤 수상으로서 국왕의 손등에 입맞출 거라고 봐야겠지."

에설은 깊은 생각에 잠겨 주변을 둘러보았다. 첼시는 얼마간 백여 년 전과 마찬가지로 시골 마을처럼 보였다. 오래된 집들은 넓은 정원과 과수원이 딸린 나지막한 농가와 오두막이었다. 12월이라 녹색 나뭇잎은 별로 보이지 않았지만 그럼에도 동네는 기분좋은 전원 분위기를 풍겼다. "정치란 흥미로워요. 신문을 읽을 만큼 나이가 들고서는 계속 로이드조지가 수상이 되길 원했고 이제 그렇게 되었는데, 실망스럽네요."

"왜?"

"정부의 유력 인사 가운데 가장 호전적이니까요. 그가 수상이 되면 평화가 찾아올 가능성은 아예 사라져버릴 거예요. 한편으로는……"

피츠는 흥미가 생기는 모양이었다. "뭐지?"

"평화회담을 받아들이고도 노스클리프가 이끄는 피에 굶주린 언론의 호된 비판을 피해갈 유일한 인물이기도 하죠."

"그거 중요하지." 피츠는 걱정스러운 표정으로 말했다. "만일 다른 사람이 그랬다간 신문마다 머리기사 제목이 난리가 날 거야. '애스퀴스—밸푸어나 보너 로도 마찬가지지—를 자르고 로이드조지를 앉혀라!'라고 말이야. 하지만 만일 로이드조지마저 공격하면 아무도 안 남으니까."

"그러니 평화에 대한 희망이 남아 있긴 하군요."

피츠는 조금 짜증스러운 목소리로 말했다. "왜 평화 대신 승리를 바라지 않는 거지?"

"왜냐하면 그런 생각을 하다가 이런 곤경에 처하게 되었으니까요." 에설은 태연히 말했다. "내게 보여주겠다는 게 뭐죠?"

"이거야." 피츠는 어느 집으로 다가가 빗장을 풀더니 문을 활짝 열었다. 두 사람은 2층짜리 집에 딸린 마당으로 들어섰다. 정원의 풀이 웃자랐고 칠을 새로 해야 했지만, 작지도 크지도 않은 멋진 집이었다. 에설은 이런 곳이라면 성공한 음악가나 유명한 배우가 살 것 같다고 생각했다. 피츠는 주머니에서 열쇠를 꺼내더니 현관문을 열었다. 두 사람은 집안으로 들어섰고 피츠가 문을 닫더니 에설에게 키스했다.

에설은 참기를 포기했다. 너무도 오래 키스를 못한 그녀는 마치 사막을 헤매는 목마른 여행자 같았다. 그녀는 피츠의 긴 목을 끌어안고 젖가슴을 그의 몸에 밀어붙였다. 그러다 그도 자기만큼 간절하다는 걸 눈치챘다. 이성을 잃기 전에 에설은 피츠를 밀어냈다. "그만." 그녀는 숨을 몰아쉬며 말했다. "그만해요."

"왜?"

"지난번에 이러다가 결국 빌어먹을 당신 변호사하고 이야기를 하는 걸로 끝났으니까요." 에설은 피츠로부터 멀찌감치 떨어졌다. "나도 예전처럼 순진하지는 않아요."

"이번에는 다를 거야." 피츠는 거칠게 숨을 몰아쉬며 말했다. "너를 보내다니 내가 바보였어. 이제야 알았어. 나도 그때는 어렸어."

흥분을 가라앉히기 위해 에설은 방들을 둘러보았다. 방마다 볼품없고 오래된 가구가 가득했다. "여긴 누구 집이죠?"

"네 집이야." 피츠가 대답했다. "네가 원한다면 말이야."

에설은 피츠를 쏘아보았다. 이 사람이 무슨 말을 하는 거지?

"아이랑 여기서 살아도 된다고." 피츠가 말했다. "우리 아버지 밑에서 하녀장으로 일했던 노부인이 살던 곳이야. 몇 달 전 돌아가셨지. 네가 새로 꾸미고 새 가구를 사도 돼."

"여기서 살아요?" 에설이 말했다. "그럼 난 뭐가 되는 거죠?"

피츠는 차마 자기 입으로 말할 수는 없었다.

"당신 정부가 되라고요?"

"보모도 구하고, 하녀 두어 명에 정원사도 둘 수 있어. 내키면 운전사 딸린 자동차도 줄게."

에설이 마음이 끌리는 건 피츠 때문이었다.

피츠는 생각에 잠긴 듯한 에설의 표정을 보고 엉뚱한 판단을 내렸다. "집이 너무 작아? 켄징턴 지역이 나을까? 집사하고 하녀장을 구해줘? 네가 원하면 뭐든 해줄게. 알아? 너 없는 내 인생은 아무것도 아니라고."

에설은 피츠의 말이 진심이라는 걸 알았다. 최소한 지금 당장은, 흥분만 한 채 만족을 못했을 때는 그랬다. 피츠의 마음이 얼마나 빨리 바뀌는지는 경험으로 알고 있었다.

문제는 그녀 역시 그를 몹시 원한다는 것이었다.

피츠도 에설의 표정을 읽은 게 틀림없었다. 피츠가 그녀를 다시 끌어안았다. 에설은 고개를 들고 그의 키스를 기다렸다. 더 했으면 좋겠어. 그녀는 속으로 생각했다.

이번에도 에설은 이성을 잃기 전에 피츠의 품에서 빠져나왔다.

"왜?" 피츠가 말했다.

피츠와 키스하는 동안에는 제대로 생각을 할 수 없었다. "혼자 있어야겠어요." 에설은 너무 늦기 전에 피츠로부터 멀찌감치 떨어졌다. "집에 갈래요." 에설이 말했다. 그리고 문을 열었다. "생각할 시간이 필요해요." 그녀는 현관 앞 계단에서 머뭇거렸다.

"얼마든지 오래 생각해도 돼." 피츠가 말했다. "기다릴게."

에설은 문을 닫고 도망가듯 뛰었다.

III

거스 듀어는 트래펄가 광장의 국립미술관에서 렘브란트의 〈63세의 자화상〉 앞에 서 있었다. 옆에 선 여인이 말했다. "기이할 정도로 못생긴 남자군요."

몸을 돌린 거스는 여자가 모드 피츠허버트라는 걸 알고 깜짝 놀랐다. 그가 물었다. "저 말인가요? 아니면 렘브란트?" 모드는 그 말을 듣고 웃었다.

두 사람은 전시관을 둘러보며 걸었다. "여기서 만나다니 정말 기분좋은 우연이네요." 거스가 말했다.

"사실 당신을 보고 뒤따라 들어왔어요." 모드가 말했다. 그녀는 목소리를 낮추었다. "곧 진행될 거라던 독일의 평화회담 제의가 왜 아직 오지 않는지 물어보고 싶어서요."

거스도 답을 알 수는 없었다. "그들이 마음을 바꿨는지도 모르죠." 그는 울적하게 말했다. "여기와 마찬가지로 거기도 평화를 주장하는 무리와 전쟁을 고집하는 무리가 있습니다. 어쩌면 전쟁을 원하는 무리가 득세하면서 카이저의 마음을 돌리는 데 성공한 건지도 모릅니다."

"그들도 계속 전투를 해봐야 달라질 게 없다는 걸 분명히 알 텐데!" 그녀는 벌컥 화를 냈다. "오늘 아침 신문에서 독일이 부쿠레슈티를 점령했다는 기사 보셨나요?"

거스는 고개를 끄덕였다. 루마니아는 8월에 참전을 선포했고, 영국은 잠시 그들의 새로운 연합국이 강력한 주먹을 날려주길 기대하기도 했다. 하지만 9월에 거꾸로 독일의 침공을 당한 루마니아는 이제 수도마저 빼앗긴 처지였다. "사실 결과적으로 독일에게 좋은 일이죠. 이제 루마니아의 석유를 차지했으니까요."

"바로 그거예요." 모드가 말했다. "언제나처럼 일보 전진, 일보 후퇴인 상황이죠. 언제가 되어야 정신을 차릴까요?"

"로이드조지가 수상이 되었으니 더욱 기대하기 어렵습니다." 거스가 말했다.

"아. 그건 틀린 생각일지도 몰라요."

"그래요? 그는 다른 누구보다 공격적인 태도로 정치적 명성을 쌓아왔습니다. 그런 식으로는 평화회담을 하기가 쉽지 않을 겁니다."

"확신하지 마세요. 로이드조지는 예측 못해요. 방향을 바꿀 수도 있거든요. 로이드조지가 신실하다고 믿던 순진한 사람들이나 놀라겠죠."

"그렇다면 희망이 있군요."

"그렇긴 해도 역시 저는 여자 수상이 나왔으면 하는 바람이에요."

거스는 그런 일이 생기리라고는 전혀 생각하지 않았지만, 말은 하지 않았다.

"또다른 걸 물어보고 싶어요." 모드는 그렇게만 말하고 멈추었다. 거스는 돌아서서 그녀를 보았다. 어쩌면 그림들 때문에 감각이 예민해진 것인지 그녀의 얼굴이 아름다워 보였다. 코와 턱의 날카로운 선과 높이 솟은 광대뼈, 긴 목까지. 각진 얼굴도 도톰한 입술과 커다란 녹색 눈 덕분에 부드럽게 느껴졌다. "뭐든 물어보세요." 거스가 말했다.

"발터가 뭐라고 말했죠?"

거스는 베를린의 아들론 호텔 바에서 발터와 나눈 놀라운 대화가 머릿속에 떠올랐다. "비밀을 지켜달라고 부탁했습니다. 하지만 뭐가 비밀인지는 말하지 않았어요."

"아마 당신이 추측할 수 있으리라 생각했겠죠."

"저는 그가 당신을 사랑하고 있다고 추측했습니다. 그리고 티 권에서 편지를 전했을 때의 반응을 보니 당신도 그를 사랑한다는 걸 알 수 있었고요." 거스는 웃었다. "이렇게 말해도 될지 모르지만, 발터는 행운아입니다."

거스는 고개를 끄덕이는 모드의 얼굴에서 안도감 비슷한 것을 보았다. 뭔가 더 깊은 비밀이 있구나. 그래서 거스가 얼마나 알고 있는지 확인하려고 한 것이다. 그는 두 사람이 뭘 더 숨기고 있을지 궁금했다. 어쩌면 약혼을 했는지도 모른다.

두 사람은 계속 걸었다. 그가 당신을 왜 사랑하는지 알겠군. 거스는 생각했다. 나라고 해도 생각해볼 것 없이 금방 당신에게 빠졌을 것 같아.

모드는 불쑥 이런 말을 꺼내 또 거스를 놀라게 했다. "사랑해보신 적 있나요, 거스 씨?"

무례한 질문이었지만 거스는 그냥 대답했다. "네, 있습니다. 두 번."

"하지만 지금은 아니군요."

거스는 모든 걸 털어놓고 싶은 기분이었다. "전쟁이 벌어지던 해 부도덕하게도 유부녀와 사랑에 빠지고 말았습니다."

"그 여자도 당신을 사랑했나요?"

"네."

"어떻게 됐죠?"

"남편을 떠나라고, 저와 결혼하자고 했습니다. 매우 잘못된 행동이었지요. 당신도 듣고 많이 놀라셨을 겁니다. 하지만 그녀는 저보다 나은 사람이었고 제 비도덕적인 제안을 거절했습니다."

"저는 그렇게 쉽게 놀라지 않아요. 두번째는 언제였죠?"

"작년에 고향 버펄로에서 결혼을 약속했습니다. 하지만 그 여자는 다른 사람과 결혼했죠."

"이런! 정말 죄송해요. 괜한 걸 물었군요. 제가 괴로운 기억을 되살리고 말았네요."

"더할 나위 없이 고통스러운 기억이죠."

"용서해주세요. 이것도 제 죄송한 마음을 덜려는 말이겠지만. 그럼 슬픈 사랑이 뭔지 아시겠군요."

"네, 압니다."

"하지만 결국에는 평화가 찾아올 테고, 그러면 제 슬픔도 금세 사라지겠죠."

"저도 그렇게 되기를 진정으로 바랍니다, 모드 양." 거스가 말했다.

IV

에설은 피츠의 제안에 며칠을 두고 고통스러워했다. 뒷마당에 멍하니 서서 빨래 짜는 기계를 돌리면서도 그녀는 첼시의 예쁜 집에 있는 자신을 떠올렸다. 로이드가 정원을 뛰어다니고 사려 깊은 보모가 아이를 지켜보고 있다. "네가 원하면 뭐든 해줄게." 피츠의 그 말이 진심이라는 걸 에설은 잘 알았다. 그는 집의 소유권도 넘겨줄 것이다. 그녀를 데리고 스위스나 프랑스 남부로 여행도 갈 것이다. 마음만 먹으면 연금 지급 약속을 받아내 혹시 그가 그녀에게 싫증나더라도 죽을 때까지 돈을 타 쓸 수 있었다. 물론 싫증나지 않게 만들 자신도 있었다.

창피하고 구역질나는 짓이야. 에설은 자신을 준엄하게 꾸짖었다. 그러면 돈을 받고 섹스하는 여자가 되는 것이다. 창녀가 달리 무엇이겠는가. 첼시의 숨어 사는 집에는 부모님도 절대 초대할 수 없다. 부모님은 집을 보자마자 어찌된 사정인지 눈치챌 것이다.

그런 점이 정말 신경쓰이는 걸까? 그게 아니라고 해도 다른 문제들이 있었다. 그녀는 인생에서 안락함 외에 필요한 게 있었다. 백만장자의 정부가 된다면 여성 노동자들을 대신해 사회운동을 계속하기는 어렵다. 정치생활이 끝나는 것이다. 버니와 밀드러드와도 못 만나게 될 테고 모드를 보는 것도 어색해질 것이다.

하지만 내가 대체 뭐라고 인생에서 그토록 많은 것을 얻고자 한단 말인가? 탄광 광부의 오두막에서 태어난 에설 윌리엄스 아닌가! 평생 편하게 먹고살 기회를 어떻게 외면할 수 있나? 지나친 바람이지. 그녀는 속으로 말했다. 버니의 말버릇 가운데 하나였다.

그리고 로이드 문제도 있었다. 아이에게 여자 가정교사도 붙여줄 수 있고, 나중에는 상류층 학교에 갈 수 있도록 피츠가 돈도 내줄 터였다.

아이는 엘리트 사이에서 자라 특권을 누리며 인생을 살 수 있을 것이다. 로이드에게서 그런 삶을 빼앗을 권리가 그녀에게 있을까?

모드와 함께 쓰는 사무실에서 신문을 펼쳐 또다른 극적인 제안을 확인할 때까지만 해도 전혀 답을 구하지 못한 상태였다. 12월 12일, 독일 총리인 테오발트 폰 베트만홀베크가 연합국에 평화회담을 제안했다.

에설은 마냥 행복했다. 평화! 그게 정말 가능한가? 빌리도 집에 올 수 있는 걸까?

프랑스 총리는 즉시 교활한 처사라고 표현했고 러시아 외무장관은 독일의 "거짓 제안"을 맹렬히 비난했지만, 에설이 생각하기에 중요한 건 영국의 반응이었다.

로이드조지는 인후염에 걸렸다는 이유로 어떤 종류의 연설도 하지 않았다. 12월 런던에서는 사람들 중 절반이 기침과 감기로 고생했다. 그럼에도 에설은 로이드조지가 그저 생각할 시간을 벌려는 게 아닌가 의심스러웠다. 그건 좋은 조짐이었다. 즉시 반응을 보인다면 그 내용은 거부일 것이다. 즉각적인 거부만 아니라면 희망이 있었다. 최소한 평화회담을 고려해보고는 있는 거야. 에설은 긍정적으로 생각했다.

그러는 사이 윌슨 대통령이 평화회담 쪽에 무게를 실어주었다. 그는 회담 이전에, 전쟁중인 모든 나라가 각자 원하는 바를 밝히자고 제안했다. 전쟁으로 얻어내려는 게 뭔지 말하자는 것이었다.

"모두 당황했을걸." 그날 저녁 버니 레크위드가 말했다. "다들 왜 싸우기 시작했는지 잊었거든. 이제는 그저 이기고 싶어서 싸우는 중이지."

에설은 조랑말 다이 부인이 파업을 두고 했던 말이 떠올랐다. 남자들을 어쩌겠어. 한번 싸움을 시작했다 하면 기를 쓰고 이기려고만 하는데. 무슨 일이 일어나도 포기할 생각을 안 해. 에설은 수상이 여자였다면 평화회담 제의에 어떻게 반응했을지 궁금했다.

하지만 며칠이 지나면서 에설은 버니의 말이 옳았다는 걸 깨닫게 되었다. 윌슨 대통령의 제안은 묘한 침묵에 부딪혔다. 즉시 답변하는 나라가 없었다. 그걸 보고 에설은 더욱 화가 났다. 무엇을 위해 싸우는지도 모르면서 어떻게 전쟁을 계속할 수 있단 말인가?

주말에 버니는 독일의 제안을 주제로 공개 토론회를 열기로 했다. 모임이 있는 날 에설이 아침에 눈을 떴더니 침대 옆에 군복을 입은 동생이 서 있었다. "빌리!" 그녀는 외쳤다. "살아 있었구나!"

"일주일 휴가야. 얼른 일어나, 이 게으른 소 같으니라고."

에설은 벌떡 일어나 잠옷 위에 가운을 걸치고 빌리를 끌어안았다. "아, 빌리. 널 보다니 정말 행복해." 그녀는 옷깃에 붙은 계급장을 발견했다. "하사가 된 거야, 이제?"

"그래."

"집에 어떻게 들어왔어?"

"밀드러드가 문 열어줬어. 사실은 어젯밤에 왔어."

"어디서 잤는데?"

빌리는 수줍어하는 것 같았다. "위층에서."

에설은 씩 웃었다. "운 좋은 녀석."

"나는 정말 밀드러드가 좋아, 누나."

"나도 그래." 에설이 말했다. "밀드러드는 진짜 좋은 여자야. 결혼할 거니?"

"응. 전쟁에서 안 죽고 돌아오면."

"나이가 더 많은 건 괜찮아?"

"이제 겨우 스물세 살이잖아. 삼십대도 아닌데."

"아이들은?"

빌리는 어깨를 으쓱했다. "아주 귀여운 애들이야. 하지만 그렇지 않다고 해도 밀드러드를 보고 참을 수 있어."

"너 정말 밀드러드를 사랑하는구나."

"어렵지 않은 일이야."

"밀드러드는 작은 사업을 시작했어. 위층 침실에 쌓인 모자들 너도 봤을 거야."

"그래. 그녀 말로는 잘돼가고 있다더라."

"아주 좋아. 워낙 열심히 하니까. 토미도 같이 나왔니?"

"같이 배를 타고 건너왔는데, 지금은 애버로언행 기차를 타고 있을 거야."

잠에서 깬 로이드는 낯선 사람이 방에 있는 걸 보자 울음을 터뜨렸다. 에설이 아이를 안고 달랬다. "부엌으로 가자." 그녀는 빌리에게 말했다. "아침 만들어줄게."

빌리는 에설이 우유로 죽을 끓이는 동안 신문을 읽었다. 잠시 후 그가 말했다. "이런 빌어먹을."

"왜?"

"빌어먹을 피츠허버트 놈이 나불거리고 있군." 빌리는 로이드를 흘 긋 보았다. 마치 아버지를 경멸하는 말에 아이가 기분 나빠하기라도 할 듯이.

에설은 빌리의 어깨 너머로 신문기사를 읽었다.

평화:한 군인의 간청
"지금 포기하지 말라!"
전투중 부상을 입은 백작이 목소리를 높이다

어제 상원에서는 독일 총리의 평화회담에 관한 최근 제의에 반대하는 가슴 뭉클한 연설이 있었다. 연설자는 웨일스 소총연대 소령인 피츠허버트 백작으로, 솜 강 전투에서 부상을 입고 현재 런던에서 치료중이다.

피츠허버트 경은 독일과 평화를 논하는 것은 전쟁에서 목숨을 바친 모든 병사를 배반하는 일이라며 이렇게 말했다. "우리는 우리가 승리하고 있다는 걸 믿고 있으며, 여러분이 지금 우리를 포기하지 않는다면 완벽한 승리를 얻어낼 수 있습니다."

백작은 군복 차림으로 한쪽 눈에 안대를 하고 지팡이에 몸을 의지한 충격적인 모습으로 토론이 진행중인 회의장에 등장했다. 의원들은 내내 쥐죽은듯 고요했으며 백작이 연설을 끝내고 앉자 환호성이 터졌다.

그런 식으로 기사가 길게 이어졌다. 에설은 경악했다. 감상에 치우친 시시한 연설이었지만 효과는 있었을 것이다. 피츠는 보통은 안대로 눈을 가리지 않았다. 일부러 한 게 틀림없었다. 피츠의 연설은 많은 사람으로 하여금 평화안을 도출하는 데 편견을 갖게 했다.

에설은 빌리와 아침을 먹은 다음, 로이드와 함께 옷을 갈아입고 집을 나섰다. 빌리는 온종일 밀드러드와 시간을 보낼 예정이지만 저녁에는 토론회에 오겠다고 약속했다.

〈병사의 아내〉 사무실에 도착한 에설은 모든 신문이 피츠가 한 연설을 다뤘다는 걸 알게 되었다. 일부 신문사는 사설 주제로 채택하기도 했다. 전혀 다른 견해를 보이는 곳도 있었으나, 피츠가 강력한 한 방을 날렸다는 데는 동의했다.

"평화에 관해 단지 의견을 나누자는데, 어떻게 그걸 반대할 수가 있어요?" 에설은 모드에게 말했다.

"직접 물어봐." 모드가 말했다. "오늘 저녁 모임에 오빠를 초대했고, 오빠도 오겠다고 했으니까."

에설은 깜짝 놀랐다. "아주 뜨거운 환영을 받겠군요."

"당연히 그래야지."

두 사람은 온종일 특집호를 준비하며 시간을 보냈다. 머리기사는 '평화가 주는 작은 위험'이었다. 모드는 제목이 불러일으키는 역설적인 느낌이 좋다고 했지만, 에설이 생각하기에는 뜻을 금세 알아차리기가 어려웠다. 늦은 오후 에설은 로이드를 탁아소에서 찾아와서 집으로 데려가 밥을 먹이고 일찌감치 재웠다. 아이는 정치 집회에 가지 않는 밀드러드에게 맡기기로 했다.

에설이 도착했을 때 갈보리 복음교회는 이미 사람들로 꽉 찼고, 그후 오는 사람은 서서 볼 수밖에 없었다. 청중 속에는 육군과 해군 군복 차림인 병사도 많았다. 진행은 버니가 맡았다. 그는 재미없지만 짧은 연설─그는 웅변가는 아니었다─로 직접 개회사를 했다. 다음에는 첫번째 연사로 옥스퍼드 대학에서 온 철학자를 소개했다.

철학자는 평화에 대해 에설만큼도 논점을 파악하지 못하고 있는 것 같았다. 연설을 들으면서 에설은 그녀에게 구애중인, 연단 위에 자리잡고 앉은 두 남자를 관찰했다. 피츠는 수백 년 동안 이어져내려온 부와 문화의 산물이었다. 언제나처럼 멋지게 차려입었고 머리도 깔끔하게 잘랐으며 손은 희었고 손톱은 깨끗했다. 버니는 핍박받으며 유랑하는 부족의 자손으로, 그들을 괴롭히는 자들보다 더 똑똑한 머리를 무기로 살아남은 사람이었다. 그는 한 벌뿐인 짙은 회색의 두꺼운 서지 양복을 입고 있었다. 에설은 그가 다른 옷을 입은 모습은 본 적이 없었다. 날씨가 더우면 그저 재킷을 벗으면 그만이었다.

사람들은 조용히 귀기울였다. 평화협상에 대해 노동당의 움직임은 둘로 갈라졌다. 1914년 8월 3일 의회에서 전쟁에 반대하는 연설을 했던 램지 맥도널드는 이틀 뒤 영국의 전쟁 선포를 이유로 노동당 당수직을 사임했고, 그때부터 노동당 의원들은 그들을 지지했던 많은 유권자와 마찬가지로 전쟁을 지지했다. 하지만 노동당 지지자들은 노동계급 중에서도 가장 회의적인 시각을 지니는 경향이 많았기에, 평화를 원하는 강력한 소수파도 여전히 존재했다.

피츠는 영국의 자랑스러운 전통을 언급하며 연설을 시작했다. 영국은 수백 년간 유럽에서 세력의 균형을 이루었고, 대개는 상대적으로 약한 나라 편에 서서 어느 한 나라가 유럽의 패권을 차지하지 못하게 해왔다고 주장했다. "독일 총리는 어떻게 평화를 정착시킬지 전혀 언급하지 않았지만, 협상은 현재 상황을 바탕으로 이뤄집니다." 피츠는 말했다. "지금 회자되는 평화는 프랑스가 굴욕적으로 영토를 빼앗기고, 벨기에가 독일에 속국이 된 상황에서의 평화를 뜻합니다. 독일은 무시무시한 군사력으로 유럽 대륙을 지배할 것입니다. 우리는 그런 일을 허락할 수 없습니다. 승리를 위해 싸워야 합니다."

연설이 끝나고 토론이 시작되자 버니가 말했다. "여기 계시는 피츠허버트 백작께서는 육군장교가 아닌 순수한 개인 자격으로 오셨습니다. 그리고 청중 가운데 현재 복무중인 병사가 어떤 의견을 말하더라도 징계하지 않겠다는 약속을 제게 하셨습니다. 사실 그런 약속이 없었다면 저희는 백작님을 이 자리에 초청하지 않았을 겁니다."

버니가 직접 첫번째 질문을 했다. 늘 그랬듯 좋은 질문이었다. "피츠허버트 경의 논리에 따르면 프랑스가 굴욕적으로 영토를 빼앗겼고, 그래서 유럽이 불안해졌습니다."

피츠는 고개를 끄덕였다.

"그럼 반면에 독일이 굴욕적으로 알자스로렌 지역을 빼앗기면─의심할 여지 없이 그렇게 되겠죠─유럽은 안정되겠군요."

순간 피츠가 당황하는 걸 에설은 놓치지 않았다. 여기 이스트엔드에서 이렇게 날카로운 반대 의견과 맞닥뜨리게 되리라고는 예상하지 않았을 것이다. 지적으로 그는 버니의 상대가 못 되었다. 에설은 피츠가 조금 불쌍했다.

"어째서 이런 차이가 생기는 겁니까?" 버니가 질문을 마무리했다. 청중 가운데 평화를 지지하는 사람들 쪽에서 웅얼거리며 찬성하는 목소리가 들렸다.

피츠는 재빨리 평정을 되찾았다. "차이는 이렇습니다." 그는 대답했다. "독일은 침공을 했고 야만적이며 군국주의적이고 잔인합니다. 그리고 만일 지금 화해한다면 우리는 그런 행위에 보상을 해주는 셈입니다. 또한 미래에 또다시 그런 행위를 저지르도록 조장하는 것이나 다름없습니다!"

이번에는 청중석에서 아까와 다른 편이 환호성을 질렀고, 피츠는 체면을 차릴 수 있었다. 하지만 에설이 보기에는 논리가 빈약한 주장이었다. 모드가 일어서서 그 점을 지적했다. "전쟁이 벌어지는 건 어느 한 나라만의 잘못이 아닙니다! 독일에 대한 비난은 사회적 통념으로 자리 잡았고, 군국주의에 빠진 우리 언론은 그런 거짓을 더욱 조장하고 있습니다. 우리는 독일이 벨기에를 침공했다는 사실만 기억하고, 마치 그 일이 정당한 이유 없이 벌어진 일처럼 말하고 있습니다. 러시아의 육백만 군대가 독일 국경으로 이동한 사실은 잊어버렸습니다. 프랑스가 중립선언을 거부했다는 걸 잊어버렸습니다." 몇몇이 야유했다. 본인들이 생각하는 것처럼 상황이 단순하지 않다는 소리를 들으면 갈채를 보내기 어려운 법이지, 에설은 냉정하게 생각했다. "독일이 잘못이 없다는 게 아닙니다!" 모드는 항변했다. "저는 잘못이 없는 나라는 없다고 말하는 겁니다. 우리가 유럽의 안정을 위해 싸우는 게 아니라고 말하는 겁니다. 벨기에의 정의나 독일 군국주의의 처벌을 위해 싸우는 것도 아닙니다. 우리는 자존심 때문에 실수를 인정할 수 없어서 싸우는 겁니다!"

군복을 입은 병사 하나가 일어서서 발언을 시작했다. 병사가 빌리라는 걸 알고 에설은 뿌듯한 눈길로 바라보았다. "저는 솜 강에서 싸웠습니다." 빌리가 말하자 사람들은 조용해졌다. "여러분께 왜 우리가 그곳에서 많은 전우를 잃었는지 말씀드리고 싶습니다." 마치 차분하지만 신념에 찬 아버지의 강인한 목소리를 듣는 듯했다. 빌리는 아주 훌륭한 목사가 될 수도 있었으리라는 생각이 들었다. "우리는 장교들로부터 이런 말을 들었습니다." 빌리는 팔을 뻗어 비난하듯 피츠를 손가락으로 가리켰다. "이번 공격은 산책하는 것만큼이나 쉬울 거라고 말입니다."

에설은 피츠가 언짢은 듯 연단 위 의자에서 자세를 고쳐앉는 모습을 지켜보았다.

빌리는 계속 말했다. "우리 포병부대가 적의 진지를 모두 파괴하고, 참호를 무너뜨리고, 대피호를 궤멸시킬 거라고 했습니다. 그리고 우리가 적진에 가면 독일군 시체뿐일 거라고 했습니다."

빌리는 연단의 사람들을 향해 말하고 있는 게 아니었다. 에설이 보니그는 그를 둘러싼 모든 사람에게 강렬한 눈빛을 보내며 그들 모두의 시선을 집중시키고 있었다.

"그들은 우리에게 왜 그렇게 말했을까요?" 빌리는 이제 피츠를 똑바로 보면서 의도적으로 힘주어 말했다. "그건 모두 사실이 아니었습니다." 청중 사이에서 동의한다는 듯 웅얼거리는 소리가 들렸다.

에설은 피츠의 얼굴이 어두워지는 걸 보았다. 피츠가 속한 계층의 사람들에게는 거짓말을 한다는 비난이 최악의 모욕이라는 걸 에설은 알았다. 빌리도 그걸 알고 있었다.

빌리가 말했다. "우리는 불을 뿜는 기관총을 향해 달려가면서야 독일군 진지는 파괴되지 않았다는 걸 알았습니다."

사람들은 웅성거리며 반응하기 시작했다. 누군가 소리쳤다. "부끄러운 줄 알아야지!"

피츠가 말하려고 자리에서 일어났지만 버니가 먼저 말했다. "잠시만요, 피츠허버트 경. 죄송하지만 지금 발언을 마무리하고 나서 말씀해주십시오." 피츠는 고개를 좌우로 단호하게 흔들며 자리에 앉았다.

빌리는 목청을 높였다. "우리 장교들은 항공기나 정찰병을 보내 우리 포격으로 독일이 실제로 얼마나 타격을 입었는지 확인은 한 걸까요? 만일 그러지 않았다면 이유가 뭘까요?"

피츠는 화를 내며 다시 자리에서 일어났다. 일부 청중은 환호를, 다른 사람들은 야유를 보냈다. 피츠가 입을 열었다. "자네는 몰라!"

하지만 빌리의 목소리가 더 컸다. "만일 그들이 진실을 알고 있었다면 왜 우리에게 다르게 얘기한 걸까요?" 그는 외쳤다.

피츠도 외쳐대기 시작했고 청중 절반이 소리를 질렀지만, 빌리의 목소리는 그 속에서도 똑똑히 들렸다. "제 질문은 간단합니다!" 그는 으르렁거리듯 말했다. "우리 장교들은 바보입니까, 아니면 거짓말쟁이입니까?"

V

에설은 문장이 새겨진 비싼 전용지에 자신감 넘치는 큰 글씨로 쓴 피츠의 편지를 받았다. 그는 올드게이트에서 열렸던 토론회는 언급하지 않았고, 대신 다음날인 12월 19일 화요일에 웨스트민스터 의사당에 와서 하원의회 방청석에 앉아 로이드조지의 첫 수상 연설을 들어보라며 초대했다. 에설은 마음이 들떴다. 그녀의 영웅의 연설을 듣는 건 말할 것도 없고 국회의사당 내부를 구경할 수 있으리라고는 단 한 번도 생각해보지 못했기 때문이다.

"그 사람이 왜 당신을 초대한 거죠?" 그날 저녁 버니는 언제나 그렇듯 핵심을 꿰뚫는 질문을 했다.

에설은 그럴듯한 대답을 할 수 없었다. 피츠는 성격상 전혀 사심 없는 친절을 베풀 사람이 아니었기 때문이다. 그는 필요할 때만 남에게 관대한 사람이었다. 버니는 피츠가 대가로 뭔가 바라는 건 아닌지 꼼꼼하게 따져보고 있었다.

버니는 직관이 뛰어나다기보다는 이지적이었다. 하지만 그는 피츠와 에설 사이에 뭔가 있다는 사실을 이미 눈치채고 있었다. 그리고 그에 대한 반응으로 에설에게 육체적인 접근을 시도했다. 버니는 원래 그런 사람이 아니었기에 드라마틱한 상황을 만들어내진 못했다. 손을 잡을 때 전보다 좀더 오래 붙들고 있거나, 계단을 내려갈 때 그녀의 팔꿈치를 잡는 정도였다. 갑자기 불안을 느끼고 본능적으로 에설이 자기 것이라는 제스처를 취하기 시작한 것이다. 불행히도 에설은 버니가 그럴 때마다 몸이 움찔거리는 걸 참을 수 없었다. 피츠는 잔인하게도 에설이 버니에게서 느끼지 못하던 것이 무엇인지 일깨워주었다.

모드는 화요일 오전 열시 반에 사무실에 도착했고, 두 사람은 나란히 앉아 오전 내내 일했다. 모드는 로이드조지가 연설을 하기 전까지는 다음 호 머리기사를 쓸 수 없었다. 하지만 그것 말고도 신문에 실어야 하는 것들은 많았다. 일자리 정보나 보모를 구하는 광고, 그린우드 박사가 연재하는 여성과 어린이의 건강에 관한 조언, 요리법, 편지 소개 등도 작업해둬야 했다.

"오빠는 토론회 끝나고 화가 나서 제정신 아니었어." 모드가 말했다.

"괴로우실 거라고 했잖아요."

"별로 신경 안 썼는데, 빌리가 거짓말쟁이라고 한 게 문제였지."

"빌리가 한 말이 더 일리가 있었기 때문 아닐까요?"

모드는 유감스럽다는 듯 웃었다. "그럴지도 모르지."

"백작님이 빌리를 괴롭히지나 않았으면 좋겠어요."

"그러진 않을 거야." 모드는 단호하게 말했다. "그러면 자기 약속을 어기는 거니까."

"잘됐네요."

두 사람은 마일엔드 로드에 있는 한 카페에서 점심을 먹었다. 간판에 "운전사를 위한 좋은 공간"이라는 문구가 보였는데, 가게 안은 정말 트럭 운전사로 가득했다. 모드가 들어서자 종업원이 반갑게 인사하며 맞았다. 두 사람은 쇠고기와 굴 파이를 주문했다. 구하기 어려운 쇠고기를 아끼느라 싸구려 굴을 더한 음식이었다.

식사를 마친 두 사람은 버스를 타고 런던을 가로질러 웨스트엔드로 향했다. 에설은 거대한 빅벤을 올려다보았다. 세시 삼십분이 지나고 있었다. 로이드조지는 네시에 연설을 할 예정이었다. 그는 전쟁을 끝내고 수백만 명의 목숨을 살릴 수 있는 힘이 있다. 그가 과연 그렇게 할까?

로이드조지는 늘 노동자들을 위해 싸웠다. 전쟁 전 그는 노령연금을 두고 상원의회와 국왕을 상대로 싸움을 벌였다. 에설은 돈 한푼 없는 노인들에게 노령연금이 얼마나 큰 의미인지 잘 알았다. 연금이 지급된 첫날, 에설은 은퇴한 광부들—한때는 강인했지만 지금은 허리가 굽고 몸이 떨리는—이 애버로언 우체국 앞에 모여 이제 더는 빈민이 아니라는 사실에 기쁨의 눈물을 흘리던 모습을 보았다. 바로 그때 로이드조지는 노동자 계층의 영웅이 되었다. 상원의회는 그 돈을 해군력 증강에 사용하고 싶어했다.

그가 할 연설이라면 내가 대신 원고를 쓸 수도 있지. 에설은 생각했다. 나라면 이렇게 말하겠어. "사람이 살다보면, 국가를 운영하다보면 이렇게 말하는 게 옳을 때가 있습니다. 나는 최선을 다했다. 이제 더는 할 수 없다. 그래서 나는 노력을 멈추고 다른 길을 찾는다. 한 시간 전, 저는 프랑스에 있는 영국군 전체에 발포를 중지하라고 명령했습니다. 신사 여러분, 이제 무기들은 침묵을 지키고 있습니다."

그렇게 될 수도 있었다. 프랑스는 불같이 화를 내겠지만 그들도 함께 휴전할 수밖에 없었다. 안 그러면 영국은 단독으로 평화협정을 맺은 후 패배가 확실한 그들을 두고 떠날 수도 있었다. 프랑스와 벨기에가 평화를 되찾는 과정은 쉽지 않겠지만, 그렇다고 수백만 명의 목숨을 더 잃는 것만큼 끔찍하지는 않을 것이다.

그것은 위대한 정치력을 발휘하는 행동이 될 것이다. 동시에 로이드조지의 정치 경력을 끝장낼 게 뻔했다. 어떤 유권자도 전쟁에 진 사람에게 투표하지 않을 터이기 때문이다. 하지만 그렇게 은퇴하는 건 또 얼마나 멋진가?

피츠는 중앙 로비에서 기다리고 있었다. 거스 듀어도 함께였다. 그 역시 다른 사람들과 마찬가지로 평화제의에 대한 로이드조지의 반응이 어떨지 무척 궁금한 모양이었다.

네 사람은 긴 계단을 통해 방청석으로 가서 회의장이 내려다보이는 곳에 자리를 잡았다. 에설의 오른쪽에는 피츠가, 왼쪽에는 거스가 앉았다. 아래쪽을 보니 녹색 가죽을 씌운 긴 의자들이 이미 양당 의원으로 가득했고, 전통적으로 각료를 위해 공석으로 두는 앞자리만 비어 있었다.

"의원은 오로지 남자뿐이군요." 모드가 큰 소리로 말했다.

벨벳 반바지에 흰 스타킹까지 완벽하게 전통 복장을 갖춰입은 안내원이 거만한 표정으로 경고했다. "정숙해주십시오!"

누군지 모를 의원 하나가 일어서서 발언하고 있었지만 아무도 귀기울이지 않았다. 모두가 새로운 수상을 기다리고 있었다. 피츠가 조용히 에설에게 말했다. "당신 동생이 나를 모욕했어."

"불쌍해 죽겠네요." 에설은 비꼬듯 말했다. "그래서 기분 상했나요?"

"남자들은 그보다 작은 일로도 결투를 벌이곤 하지."

"요새는 20세기에 걸맞은 분별 있는 양식이 있어요."

피츠는 에설의 조롱에 눈 하나 깜짝하지 않았다. "로이드의 아버지가 누군지 동생이 아나?"

에설은 말하고 싶지 않았지만 거짓말도 할 수 없어 머뭇거렸다.

망설이는 그녀를 보고 피츠는 답을 알아차렸다. "그랬군. 그래서 그렇게 심하게 덤벼든 거야."

"그 행동에서 굳이 숨은 의미를 찾을 필요는 없다고 생각해요." 에설이 말했다. "솜 강에서 벌어진 상황만으로도 병사들은 충분히 화날 만해요. 그렇지 않아요?"

"동생은 무례한 행동을 한 죄로 군사재판을 받아야 마땅해."

"하지만 그런 일은 없을 거라고 약속을……"

"그랬지." 피츠는 뿌루퉁하게 말했다. "안타깝게도 그런 약속을 했지."

로이드조지가 회의장에 들어섰다. 키가 작고 야윈 몸에 예복을 갖춰 입은 그는 긴 머리칼이 약간 헝클어졌고 덥수룩한 콧수염이 이제 완전히 하얗게 센 모습이었다. 쉰세 살이었지만 걸음걸이는 경쾌했다. 그가 자리를 잡고 앉으면서 다른 의원에게 말을 건넬 때 에설은 신문에 곧잘 실리는 그의 익숙한 웃음을 보았다.

네시 십분에 연설이 시작되었다. 로이드조지는 약간 쉰 목소리로 인후염에 걸렸다고 말했다. 그리고 잠시 말을 멈추었다가 본격적으로 시작했다. "저는 오늘 그 어떤 인간의 어깨로도 감당하기 어려울 만큼 끔찍한 책임감을 지고 하원의회 단상에 섰습니다."

시작은 괜찮군. 에설은 생각했다. 적어도 로이드조지는 프랑스나 러시아처럼 독일의 제안을 하찮은 속임수나 견제 작전이라고 치부해버리지는 않을 것 같았다.

"충분한 이유도 까닭도 없이 이처럼 끔찍한 분쟁을 오랫동안 끌어가는 사람이나 국가는 온 세상 바닷물 전부로도 씻을 수 없는 영혼의 죄를 짓는 것입니다."

성경 말씀을 가미하는군, 에설은 생각했다. 침례교회에서는 죄를 씻는다는 표현을 쓴다.

하지만 그 순간 설교자들이 흔히 그러듯 방금 전과 반대되는 이야기를 꺼냈다. "지쳤다거나 괴롭다는 생각 때문에 처음 품었던 이상을 거의 다 달성한 상황에서 싸움을 그만두는 사람이나 국가는, 과거 그 어떤 정치인보다 더 값비싼 대가를 치르게 될 비겁한 죄를 저지르는 것입니다."

에설은 초조해서 가만히 앉아 있을 수가 없었다. 로이드조지는 어느 쪽으로 튀어오르려는 것일까? 애버로언에 전보가 무더기로 날아들던 날이 떠올랐다. 가족을 잃은 사람들의 얼굴이 다시 보이는 듯했다. 다른 정치인도 아니고 로이드조지라면, 할 수만 있다면 그런 식으로 사람들의 마음이 다치는 것을 막을 것이다. 그렇지 않다면 애초에 뭐하러 정치에 몸담았겠는가?

로이드조지는 에이브러햄 링컨의 말을 인용했다. "'우리는 하나의 목표를, 소중한 목표를 가지고 이 전쟁을 받아들였으며, 그 목표를 이루는 날 전쟁은 끝날 것입니다.'"

불길했다. 에설은 그에게 그 목표가 뭔지 묻고 싶었다. 우드로 윌슨 역시 같은 질문을 했으며 아직 대답을 듣지 못했다. 지금 이 순간도 대답이 없었다. 로이드조지는 말했다. "독일 총리의 제안을 받아들임으로

써 그 목표를 이룰 수 있을까요? 우리가 스스로 물어야 할 것은 오직 그뿐입니다."

에설은 불만스러웠다. 전쟁을 시작한 목표를 모르는데 어떻게 그런 문제를 논할 수 있단 말인가?

로이드조지는 지옥에 대해 말하는 목사처럼 목소리를 높였다. "그것이 어떤 내용일지 알지도 못하는 상태에서 스스로 승리했다고 주장하는 독일의 평화제의에 응하는 것은……" 이 대목에서 로이드조지는 말을 멈추고 좌중을 둘러보았다. 우선은 그의 뒤쪽에 앉은 자유당 의원들을, 그리고 회의장을 가로질러 오른쪽 건너편에 자리잡은 보수당 의원들을 훑어보았다. "독일이 움켜쥔 올가미에 우리 목을 들이미는 것이나 다름없습니다."

의원들이 함성을 지르며 찬성을 표시했다.

그는 평화제의를 거부하고 있었다.

에설 옆에 앉은 거스 듀어는 양손으로 얼굴을 감쌌다.

에설이 큰 소리로 외쳤다. "솜 강에서 죽은 앨런 프리처드는 어떻게 합니까?"

안내원이 말했다. "거기, 정숙하십시오!"

에설이 일어섰다. "예언자 존스 하사는 죽었습니다!" 그녀는 울부짖었다.

피츠가 말했다. "조용히 하고 앉아, 제발!"

아래쪽 회의장에서는 로이드조지가 연설을 계속하는 중이었지만, 의원 한두 명이 고개를 들고 방청석을 쳐다보았다.

"클라이브 퓨도!" 에설은 목청껏 소리질렀다.

안내원 둘이 양쪽에서 그녀를 향해 다가왔다.

"여드름쟁이 루얼린도!"

안내원들이 양쪽에서 팔을 잡고 에설을 떠밀었다.

"조이 폰티도!" 그녀는 소리를 질렀고, 안내원들은 그녀를 방청석 문 밖으로 끌어냈다.

22장
1917년 1월과 2월

I

발터 울리히는 꿈에서 마차를 타고 모드를 만나러 가고 있었다. 마차는 내리막길에서 위험할 정도로 빨리 달리며 울퉁불퉁한 도로에서 이리저리 튀어올랐다. "천천히! 속도 늦춰!" 그가 소리질렀지만, 마부는 달리는 자동차의 엔진 소리처럼 기묘하게 들리는 말발굽 소리 때문에 듣지 못했다. 이상하다고 생각하면서도 발터는 마차가 부서져 도저히 모드를 만나러 가지 못할 것 같아 두려웠다. 마부에게 속도를 낮추라고 다시 한번 겨우 소리를 지르다가 잠에서 깼다.

현실에서 그는 운전사가 딸린 메르세데스 37/95 더블 페이튼 자동차를 타고 슐레지엔의 울퉁불퉁한 도로를 적당한 속도로 달리는 중이었다. 옆자리에는 발터의 아버지가 시가를 피우고 있었다. 그들은 이른 아침 베를린에서 출발했다. 모피코트로 몸을 감싼 채 무개차에 탄 두 사람은 동부지역 총사령부로 향하는 중이었다.

꿈은 해석하기 쉬웠다. 연합국은 발터가 그토록 어렵게 성사시킨 평화회담 제의를 경멸하듯 거부했고, 그 결정은 독일 군부의 영향력을 더욱 키웠다. 군부는 무제한적인 잠수함전을 재개해 전쟁 구역 안의 배라면 군함이든 민간 상선이든, 여객선이든 화물선이든, 전투함이든 중립국 선박이든 가리지 않고 침몰시켜 영국과 프랑스가 굶주림에 지쳐 항복할 수밖에 없도록 만들기를 원했다. 정치인들, 특히 총리는 그랬다간 미국이 참전하면서 독일이 패할 거라고 우려했지만, 그래도 잠수함전을 벌이자는 의견이 우세했다. 카이저는 공격적인 아르투어 치머만을 발탁해 외무상에 앉힘으로써 자신이 어느 쪽으로 기울었는지 보여주었다. 그래서 발터는 내리막길을 내달려 재앙으로 향하는 꿈을 꾸게 된 것이다.

발터는 미국이 독일의 가장 큰 위협이라고 생각했다. 미국의 전쟁 개입을 막는 데 정책의 목표를 두어야 했다. 사실 독일은 연합국의 해상 봉쇄로 굶주리고 있었다. 하지만 러시아는 그리 오래 견디지 못할 테고, 그들이 굴복하면 독일은 러시아제국의 비옥한 서부와 남부 지역 광활한 옥수수밭과 깊이를 알 수 없는 유전을 차지할 수 있다. 그러면 전체 독일군은 오직 서부전선에만 집중할 수 있었다. 그것이 유일한 희망이었다.

하지만 카이저가 그걸 파악할 수 있을까?

그 마지막 결정이 오늘 내려질 예정이었다.

군데군데 눈 쌓인 시골 풍경 위로 쓸쓸한 겨울 햇빛이 쏟아지고 있었다. 전투 지역에서 멀어진 발터는 전쟁터에서 무책임하게 달아난 기분이었다. "저는 몇 주 전 전선으로 돌아가야 했어요." 발터가 말했다.

"사령부에서는 네가 독일에 남아 있기를 원하는 게 분명해." 오토가 말했다. "너는 정보 분석가로 매우 쓸모가 있다."

"저만큼 할 수 있는 나이든 사람은 독일에도 매우 많습니다. 혹시 아버지가 손을 쓰신 건가요?"

오토는 어깨를 으쓱했다. "네가 만일 결혼하고 아들을 낳는다면 원하는 어디든 갈 수 있겠지."

발터는 믿을 수 없다는 듯 말했다. "그럼 모니카 폰 데어 헬바르트와 결혼시키려고 계속 베를린에 저를 묶어두신 거였어요?"

"나는 그럴 만한 힘이 없다. 하지만 총사령부에는 귀족의 혈통을 유지할 필요성을 이해하는 사람들이 있을 수도 있지."

솔직하지 않은 대답이었다. 발터가 불만을 토로하려는 순간, 도로를 벗어난 자동차는 장식적인 출입문을 지나 잎이 모두 떨어진 나무들과 눈 덮인 잔디밭 사이로 난 긴 진입로를 달리기 시작했다. 진입로 끝에 거대한 대저택이 보였다. 발터가 독일에서 본 가장 큰 집이었다. "플레스 성인가요?"

"그래."

"정말 크군요."

"방만 삼백 개야."

두 사람은 차에서 내려 기차역처럼 생긴 홀로 들어섰다. 벽마다 붉은 실크를 씌운 틀에 고정시킨 멧돼지 머리가 걸려 있었고 거대한 대리석 계단이 2층 응접실로 이어졌다. 일생의 절반을 멋진 건물에서 보낸 발터에게도 정말이지 예상을 뛰어넘는 곳이었다.

한 장군이 다가왔다. 발터는 그가 아버지의 친구인 헨셔라는 걸 알아보았다. "빨리하면 씻고 이 닦을 시간은 있네." 그는 쾌활한 목소리로 서둘러 말했다. "사십 분 안에 회의실로 가면 돼." 그는 발터를 보았다. "자네 아들인가보군."

오토가 말했다. "정보부서에 있지."

발터는 절도 있게 경례를 올렸다.

"알아. 내가 명단에 이름을 올렸잖나." 장군은 발터에게 다가왔다. "자네는 미국을 잘 알겠군."

"워싱턴 대사관에서 삼 년 근무했습니다, 장군님."

"좋아. 나는 미국에는 한 번도 가본 적 없네. 자네 아버지도 마찬가지야. 여기 모인 대부분이 그렇지. 우리 유명하신 외무상을 제외하면 말이지."

이십 년 전 아르투어 치머만은 중국에서 미국을 거쳐 독일로 돌아올 때 샌프란시스코에서 뉴욕까지 기차를 타고 횡단했는데, 이런 경험만으로도 미국 전문가 대접을 받았다. 발터는 잠자코 있었다.

헨셔가 말했다. "치머만 외상께서 두 사람에게 조언을 얻어달라고 내게 부탁하시더군." 발터는 기분이 좋았지만 의아하기도 했다. 신임 외무상이 왜 내 의견을 듣고 싶어하는 거지? "하지만 그런 이야기를 할 시간이야 나중에도 많으니까." 헨셔는 구식 제복 차림의 하인을 손짓으로 부르더니 두 사람을 침실로 안내하라고 지시했다.

삼십 분 후 그들은 회의실로 꾸며놓은 만찬장에 들어섰다. 총리 테오발트 폰 베트만홀베크를 포함해 독일의 모든 일을 결정하는 사람들이 빠짐없이 모여 있는 모습에 발터는 압도당했다. 예순 살이 된 총리의 짧게 깎은 머리는 이제 거의 백발이었다.

독일의 거의 모든 군 수뇌부가 긴 탁자에 둘러앉았다. 발터를 포함해 지위가 낮은 사람들을 위해서는 벽 쪽으로 딱딱한 의자가 줄지어 준비돼 있었다. 부관 하나가 이백 쪽 정도 되는 보고서 몇 부를 나눠주었다. 발터는 아버지의 어깨 너머로 서류를 들여다보았다. 영국의 항구를 드나드는 선박의 총 톤수가 차트로 나와 있고 화물운임과 하치장을 정리한 도표, 영국이 필요로 하는 식량의 양을 칼로리로 계산한 자료와 심지어 여자 치마를 만드는 데 양모가 얼마나 들어가는지도 적혀 있었다.

그렇게 두 시간을 기다린 후에야 장군 군복 차림의 카이저가 회의장에 나타났다. 모두가 펄쩍 뛰듯 일어섰다. 안색이 창백한 카이저는 성질이 사나워 보였다. 쉰여덟번째 생일을 며칠 앞두고 있었다. 그는 평소와 다름없이 비쩍 마른 왼팔이 이목을 끌지 않도록* 가만히 옆구리에 붙이고 있었다. 발터는 어렸을 때는 그토록 잘도 끓어오르던 기꺼운 충성심을 마음속에서 불러내기가 쉽지 않다는 걸 깨달았다. 이제 더는 카이저를 국민의 지혜로운 아버지로 상상할 수 없었다. 빌헬름 2세는 눈앞에서 벌어지는 상황에 완전히 압도당한 평범한 남자일 뿐이었다. 무능하고 갈피를 잡지 못하고 비참할 정도로 불행한 그는, 세습군주제에 대한 논쟁을 몸소 불러일으키는 존재였다.

카이저는 좌중을 둘러보며 오토를 포함해 특별히 친한 사람들에게 고개를 끄덕였다. 그리고 자리에 앉더니 흰 수염을 기른 해군 참모총장 헤닝 폰 홀첸도르프에게 손짓했다.

제독이 일어서더니 자료를 인용해가며 발표를 했다. 해군이 동시에 얼마나 많은 잠수함을 바다에서 운용할 수 있는지, 연합국이 살아남으려면 얼마나 많은 물품을 해외에서 들여와야 하는지, 그리고 그들이 침몰한 배를 다른 배로 얼마나 빨리 대체할 수 있는지 등을 설명했다. "제 계산으로는 우리가 한 달에 육십만 톤에 달하는 선박을 침몰시킬 수 있다고 나옵니다." 모든 걸 이렇게 수치화해 근거를 댈 수 있다니 놀라운 능력이었다. 발터가 회의적인 이유는 오로지 제독의 말이 지나치게 구체적이고 확신에 차 있다는 사실 때문이었다. 전쟁이란 절대 앞을 내다볼 수 없는 것 아니었나?

---

* 빌헬름 2세는 태어나면서 왼팔을 심하게 다쳤다.

홀첸도르프는 리본으로 묶어 탁자 위에 올려놓은 서류를 가리켰다. 아마도 무제한적 잠수함전을 개시하라는 황제의 명령서인 듯했다. "폐하께서 오늘 제 계획을 승인해주신다면 정확히 오 개월 내에 연합국이 굴복하리라고 확신합니다." 그는 자리에 앉았다.

카이저는 총리를 바라보았다. 이제는 좀더 현실적인 평가를 들을 수 있겠군. 발터는 생각했다. 베트만은 칠 년간 총리였으며 황제와는 달리 복잡다단한 국제 이해관계에 대한 감각이 있었다.

베트만은 미국의 참전 가능성을 시사하며 그들이 인력과 물자, 자본에서 헤아릴 수 없는 자원을 보유했다고 우울한 목소리로 말했다. 그 의견을 뒷받침하고자 그는 미국을 잘 아는 모든 독일 고위급 인사의 의견을 인용했다. 하지만 발터가 보기에는 실망스럽게도 그저 의견을 내놓는 시늉뿐이었다. 총리는 카이저가 이미 결심을 굳혔다고 여기는 게 분명했다. 이 회의는 그저 이미 내려진 결정을 재가하기 위한 것일까? 독일은 운이 다했나?

카이저는 의견이 다른 사람들에게 잠시 시선을 보냈다가, 총리가 발언하는 동안 가만있지 못하고 꼼지락거리거나 참을 수 없다는 듯 투덜거리며 못마땅한 표정을 지었다. 베트만은 머뭇거리기 시작했다. "만일 군 당국에서 잠수함전이 필수라고 판단한다면 저도 반대할 생각은 없습니다. 한편으로—"

총리가 한편으로는 무슨 생각을 하는지 꺼내기도 전에 홀첸도르프가 벌떡 일어서더니 말을 막았다. "저는 해군장교로서 어떤 미국인도 유럽 대륙에 발을 디딜 수 없으리라고 보장합니다!" 그가 말했다.

발터는 우스꽝스러운 일이라고 생각했다. 그가 해군장교로서 하는 말이 지금 이 회의와 무슨 관계가 있단 말인가? 하지만 다른 모든 통계보다 그의 말 한마디가 더 큰 효과를 발휘했다. 카이저의 얼굴이 밝아졌고 좌중의 여럿이 옳다는 듯 고개를 끄덕였다.

베트만은 포기한 듯 보였다. 의자에 구부정하게 앉은 그의 얼굴에서 긴장감이라곤 찾아볼 수 없었다. 그는 졌다는 목소리로 말했다. "만일 승리가 우리를 부른다면 따라가야겠죠."

카이저가 손짓하자 폰 홀첸도르프가 리본으로 묶은 서류를 탁자 위에서 밀었다.

안 돼! 발터는 속으로 외쳤다. 이런 운명적인 결정을 이렇게 부적절한 상황에서 내릴 수는 없어!

카이저는 펜을 들더니 서명했다. '빌헬름 I. R.'.

그리고 펜을 내려놓고 일어섰다.

회의실에 있는 모두가 벌떡 일어났다.

이렇게 끝날 순 없어. 발터는 생각했다.

카이저가 회의실을 나갔다. 긴장이 풀어지고 여기저기서 웅성거리는 소리가 들렸다. 베트만은 그대로 자리에 앉아 탁자만 내려다보고 있었다. 마치 최후를 맞은 사람처럼 보였다. 그가 뭐라고 중얼거리는 모습을 보고 발터는 무슨 말인지 들어보려고 가까이 다가갔다. 베트만은 라틴어로 말하고 있었다. "피니스 게르마니아이." 바로 '독일의 종말'이라는 뜻이었다.

헨셔 장군이 나타나더니 오토에게 말했다. "나와 함께 가면 따로 조용히 점심식사를 할 수 있네. 발터도 함께 가지." 그는 찬요리를 뷔페식으로 차려둔 옆방으로 두 사람을 안내했다.

플레스 성은 카이저의 숙소로 쓰이는 만큼 음식이 훌륭했다. 발터는 화가 났고 낙담했지만 독일의 다른 모든 사람처럼 배가 고팠다. 그는 접시에 차가운 닭고기와 감자 샐러드, 흰 빵을 잔뜩 쌓아올렸다.

"오늘 내린 결정은 치머만 외무상도 예상하던 바야." 헨셔가 말했다.

"그는 미국의 참전 의욕을 꺾기 위해 우리가 할 수 있는 게 뭔지 궁금해하고 있어."

별로 없지. 발터는 생각했다. 미국의 상선을 침몰시키고 미국 시민을 바다에 빠뜨려 죽이면서 그 충격을 완화할 방법은 없어.

장군이 계속 말을 이어갔다. "예를 들어 이곳 독일에서 태어난 백삼십만 명의 미국인을 부추겨 반대 시위를 일으킬 수 있지 않을까?"

발터는 신음을 삼켰다. "그럴 가능성은 절대 없습니다. 그건 동화에나 나오는 바보 같은 이야기입니다."

발터의 아버지가 쏘아붙였다. "상관에게는 말조심해."

헨셔는 괜찮다는 듯 손짓했다. "그냥 말하고 싶은 대로 하도록 두게, 오토. 젊은이의 솔직한 의견을 듣는 편이 좋겠어. 어떻게 생각하나, 소령?"

발터가 말했다. "그들은 이 나라에서 태어났다고 이곳을 사랑하지는 않습니다. 왜 그들이 떠났다고 생각하십니까? 소시지를 먹고 맥주를 마실지언정 그들은 미국인이고 미국을 위해 싸울 겁니다."

"아일랜드 출신은 어떻지?"

"마찬가지죠. 그들은 물론 영국을 증오합니다. 하지만 우리 잠수함이 미국인들을 죽이면 우리를 그보다 더 미워할 겁니다."

오토가 짜증스럽다는 듯 말했다. "윌슨 대통령이 어떻게 우리에게 전쟁을 선포할 수 있겠어? 그 사람은 미국을 전쟁으로 끌고 가지 않았다는 이유로 이제 막 재선에 성공했잖아!"

발터는 어깨를 으쓱했다. "어떻게 보면 그래서 더 쉬울 수도 있습니다. 그 외에는 다른 방법이 없다는 걸 사람들이 믿을 테니까요."

헨셔가 말했다. "그를 막을 방법은 없을까?"

"중립국 상선에 대한 보호로—"

"그건 말이 안 돼." 발터의 아버지가 끼어들었다. "무제한이면 무제한이지. 해군이 원하는 게 그거고 황제 폐하도 그렇게 하라고 명령을 내리셨다."

헨셔가 말했다. "윌슨을 괴롭힐 국내 사안이 없다면, 혹시 북아메리카에서 벌어지는 외교 문제가 그의 주의를 돌릴 수 있지 않을까?" 그는 오토를 바라보았다. "이를테면 멕시코?"

오토는 기분이 좋아진 듯 웃음을 지었다. "이피랑가 호 일은 다들 기억하겠지. 공격적 외교 전략이 거둔 작은 성공이라고 말하지 않을 수 없군."

발터는 독일이 멕시코에 무기를 실어보낸 사건에 대해 아버지와 기쁨을 나눈 적이 단 한 번도 없었다. 오토와 그의 친구들은 윌슨 대통령을 바보로 보이게 만들었고, 언젠가 그 일을 후회하게 될 수도 있었다.

"이번에는 상황이 어때?" 헨셔가 물었다.

"미군 대부분이 멕시코 영토에 들어갔거나 국경 지역에 있습니다." 발터가 말했다. "표면상으로는 국경을 넘어 공격해온 판초 비야라는 산적을 쫓고 있죠. 카란사 대통령은 미국이 독립국인 멕시코의 국경을 침범했다며 분개하고 있지만 달리 어찌할 방법은 없는 상태입니다."

"우리가 그를 도와주면 상황이 바뀔까?"

발터는 속으로 생각해보았다. 이런 식의 외교적 이간질은 위험하다는 판단이었지만, 질문에 최대한 정확하게 대답하는 게 그의 의무였다. "멕시코인들은 텍사스와 뉴멕시코, 애리조나 주를 강탈당했다고 생각합니다. 그 영토를 다시 되찾겠다고 하지만 그건 프랑스가 알자스로렌을 되찾겠다고 헛된 꿈을 꾸는 것이나 마찬가지입니다. 카란사 대통령은 그런 일을 해낼 수 있다고 믿을 만큼 멍청한 자입니다."

오토가 열을 내며 말했다. "어쨌든 그쪽으로 시도해보면 분명 미국인들의 관심이 유럽에서 떠날 수도 있겠지!"

"잠시 동안은요." 발터는 마지못해 동의했다. "길게 보면 우리의 개입이 미국이 연합국 편에 서서 전쟁에 뛰어드는 데 더 큰 힘을 실어줄 수도 있습니다."

"우리가 필요한 건 그 잠시다. 홀첸도르프의 얘기 들었잖아. 우리 잠수함이 오 개월 내에 연합국을 굴복시킨다고. 그동안만 미국의 정신을 돌려놓으면 돼."

헨셔가 말했다. "일본은 어떻지? 일본놈들을 설득해서 파나마운하나 최소한 캘리포니아라도 공격하게 할 수는 없을까?"

"현실적으로 불가능합니다." 발터는 단호히 말했다. 논의는 점점 더 공상의 세계로 빠져들고 있었다.

하지만 헨셔는 물러서지 않았다. "하지만 그럴 수 있다고 위협만 해도 미군 병력을 미국 서해안에 묶어둘 수 있겠지."

"그럴 수는 있겠죠."

오토가 냅킨으로 입 주위를 두드려 닦았다. "참으로 흥미로운 이야기지만, 혹시 황제 폐하께서 혹시 날 찾으시는지 가봐야겠군."

그들은 모두 자리에서 일어섰다. 발터가 말했다. "혹시 이런 말씀을 드려도 될지 모르겠습니다만……"

발터의 아버지는 한숨을 내쉬었지만, 헨셔는 말했다. "말해보게."

"저는 말씀하신 모든 내용이 무척 위험하다고 생각합니다. 만일 독일 지도부가 멕시코의 갈등을 조장하거나 일본이 캘리포니아를 공격하도록 부추기는 일을 논의했다는 사실이 알려졌다간 미국 여론이 끓어오를 테고, 즉시는 아니라고 해도 참전 결정은 훨씬 앞당겨질 겁니다. 너무나 당연한 사실을 말씀드리는 거라면 용서하시길 바랍니다. 하지만 지금 대화는 반드시 비밀에 부쳐야 합니다."

"그야 물론이지." 헨셔가 말했다. 그는 오토를 향해 웃어 보였다. "자네 아버지와 나는 물론 늙은 세대야. 하지만 우리도 그렇게 아무것도 모르지는 않아. 우리의 신중함을 믿어도 되네."

II

피츠는 독일의 평화회담 제의를 영국이 일축했다는 사실이 기뻤다. 그리고 그 결정에 일조한 데 자부심을 느꼈다. 하지만 모든 게 끝나자 의구심이 일었다.

1월 17일 수요일 아침 그는 피커딜리 가를 따라 해군성 건물의 사무실을 향해 걸으며, 정확히 말하면 절뚝거리며 곰곰이 생각했다. 평화회담은 독일이 지금까지 차지한 벨기에 영토와 프랑스 북동부, 그리고 러시아 일부에 대한 권리를 정당화하려는 교활한 술책이다. 그런 회담에 영국이 참여하는 건 결국 패배를 인정하는 셈이다. 하지만 영국은 여전히 승리하지 못한 상태였다.

신문에는 상대가 끝장날 때까지 싸우겠다는 로이드조지의 말이 곧잘 실렸지만, 분별 있는 사람이라면 그 말이 헛된 꿈에 지나지 않는다는 걸 알았다. 전쟁은 계속될 것이다. 일 년, 어쩌면 그 이상일 수도 있었다. 그리고 만일 미국이 여전히 중립으로 남는다면 결국에는 평화회담을 열어야 한다. 아무도 전쟁에서 이기지 못한다면 어떻게 될까? 수백만 명이 헛되이 목숨을 잃는 셈이다. 어쩌면 결국 에설의 말이 옳았는지 모른다는 생각이 피츠의 머릿속을 어지럽히고 있었다.

영국이 진다면 어떻게 될까? 재정 위기와 실업사태로 사람들이 가난에 시달릴 것이다. 노동자들은 에설 아버지의 주장을 이어받아, 전쟁 결정을 내릴 때 본인들은 투표에 참여하지 못했다고 말할 것이다. 위정지들에 대한 사람들의 분노는 끝이 없을 것이다. 시위와 행진은 폭동으로 변할 것이다. 파리 시민이 왕과 많은 귀족을 처형한 때로부터 겨우 백 년이 조금 더 지났을 뿐이다. 런던 사람들도 그렇게 나올까? 피츠는 손발이 묶인 채 마차에 실려 처형장으로 끌려가는 상상을 했다. 사람들이 그를 향해 침을 뱉고 조롱하리라. 더 끔찍한 건 모드와 험 고모, 비, 보이도 같은 신세라는 것이었다. 그는 그 악몽을 마음속에서 몰아냈다.

에설은 정말이지 성난 고양이 같아. 그는 감탄과 후회가 뒤섞인 심정이었다. 로이드조지가 연설하는 사이 자기가 데려온 손님이 방청석에서 쫓겨나는 바람에 창피하고 속상했다. 하지만 동시에 전보다 더 에설이 매력적으로 느껴졌다.

불행하게도 에설은 그에게서 마음이 떠난 것 같았다. 그가 밖으로 따라나가 중앙 로비에서 에설을 붙잡았지만 그녀는 그를 비롯해 전쟁을 계속하려는 자들을 비난하며 욕을 퍼부었다. 그 말만 들으면 프랑스에서 전사한 병사들을 피츠가 개인적으로 살해한 거라고 생각될 정도였다.

그걸로 피츠가 세웠던 첼시 계획은 끝장났다. 에설에게 몇 번 편지를 보냈지만 답장은 오지 않았다. 실망이 이루 말할 수 없었다. 그 사랑의 보금자리에서 함께 보낼 수도 있었던 즐거운 오후들을 생각하면, 상실감이 가슴을 찔렀다.

하지만 위안이 되는 일도 있었다. 비는 그의 질책을 마음 깊이 받아들였다. 그녀는 이제 침실을 찾는 피츠를 환영했으며, 처음 결혼했을 때처럼 예쁜 잠옷을 입고 향기로운 몸을 그에게 선사했다. 결국 그녀도 훌륭히 교육받고 자란 귀족 여자였으며 아내의 역할을 잘 알고 있었다.

고분고분한 공주와 매혹적인 사회운동가를 두고 곰곰이 생각하며 그는 해군성 건물로 들어섰다. 책상 위에는 일부만 해독한 독일 전보문이 놓여 있었다.

'베를린에서 워싱턴으로. W.158. 1917년 1월 16일'이라는 제목이 붙어 있었다.

피츠는 무의식적으로 발신인을 확인하려고 해독한 문건 맨 아래를 보았다.

치머만

호기심이 일었다. 독일 외무상이 미국 주재 대사에게 보내는 전신이었다. 피츠는 연필을 들고 해석하기 시작했다. 아직 해독되지 않은 부분에는 구불구불하게 밑줄을 긋거나 물음표를 달았다.

대사님 이외에는 대외비이며 (?멕시코?)의 공사에게 ××××와 함께 안전한 경로를 통해 전달될 것입니다.

물음표가 붙은 곳은 의미가 확실치 않은 부분으로 암호해독을 맡은 사람들이 추측해낸 내용이었다. 그들이 옳다면 이 전신문은 멕시코의 대사에게 전달되는 것이었다. 워싱턴 대사관은 그저 거쳐가는 곳에 불과했다.

멕시코라…… 피츠는 생각했다. 이상한 일이었다.

다음 문장은 완전히 해독을 마친 상태였다.

우리는 2월 1일 무제한적인 잠수함전을 개시할 예정입니다.

"세상에!" 피츠는 소리내어 놀랐다. 모두가 이렇게 되리라고 우려하고 있었지만 확실하게 확인된 건 처음이었다. 게다가 개시 날짜까지!

40호실로서는 대단한 성과였다.

하지만 그러면서도 우리는 미국이 중립 ××××를 유지하도록 시도할 것입니다. 만일 그렇게 되지 않는 경우 우리는 (?멕시코?)에 전쟁의 공동 수행 및 강화조약 체결이라는 방식으로 동맹을 요청하게 됩니다.

"멕시코와 동맹을 맺어?" 피츠는 혼자 중얼거렸다. "이건 정말 강력한 건이군. 미국인들이 미쳐 날뛸 거야!"

대사께서는 우선 당장은 미국 ××××와의 전쟁, 그와 동시에 일본 ××××와의 협상이 진행되면 우리 잠수함들이 몇 달 안에 영국으로 하여금 평화협상에 나설 수밖에 없도록 만들 것임을 비밀리에 대통령께 알리시기 바랍니다. 수신 확인 요망.

피츠는 고개를 들어 젊은 카버의 눈을 보았다. 이제 보니 카버 역시 흥분을 감추지 못하고 있었다. "치머만 전문을 읽고 계신 것 같군요." 카버 중위가 말했다.

"읽을 게 못 되는군." 피츠는 차분하게 말했다. 그 역시 카버만큼 기뻤지만 감정을 숨기는 데는 한 수 위였다. "해독이 왜 이렇게 엉망이야?"

"아직 완벽하게 뚫지 못한 새 암호를 사용한 전문이라서 그렇습니다. 하지만 대단한 내용 아닙니까?"

피츠는 스스로 해석한 내용을 다시 들여다보았다. 카버의 말은 과장이 아니었다. 전보문 내용은 독일이 미국에 맞서 멕시코와 동맹을 맺으려 한다는 걸 거의 확실하게 드러내고 있었다. 세상이 깜짝 놀랄 사건이었다.

어쩌면 미국 대통령이 화가 난 나머지 독일에 전쟁을 선포할지도 몰랐다.

피츠의 맥박이 빨라졌다. "같은 생각이야. '눈깜작이' 홀에게 바로 가져가야겠어." 해군 정보부를 책임지고 있는 윌리엄 레지널드 홀 대령은 얼굴에 만성 틱장애가 있어서 '눈깜작이'라는 별명으로 불렸지만 두뇌에는 아무 이상이 없었다. "이런저런 질문을 받을 테니 미리 답변을 좀 준비해야겠군. 완전히 해독하려면 얼마나 더 걸릴 예정이지?"

"새로운 암호를 파악해야 하니 몇 주는 걸릴 것 같습니다."

피츠는 화를 내며 툴툴거렸다. 새로운 암호체계를 기본원칙부터 재구성해내는 일은 작업시간을 단축할 수 없는 고통스러운 업무였다.

카버가 계속 말했다. "하지만 이 전문은 워싱턴을 통해 멕시코로 전달됩니다. 그 두 곳 사이에서는 혹시 우리가 일 년도 더 전에 푼 외교문서용 암호를 사용하고 있을지 모릅니다. 어쩌면 그걸로 전달한 전문 사본을 구할 수 있지 않을까요?"

"그럴 수도 있겠군!" 피츠는 열을 올렸다. "멕시코시티 전화국에 우리가 심어놓은 요원이 있어." 그는 앞서가기 시작했다. "우리가 이 사실을 세계에 알리면……"

카버는 긴장한 듯 말했다. "그건 안 됩니다."

"왜?"

"그러면 우리가 전보문을 들여다보고 있다는 걸 독일이 알게 됩니다."

피츠는 카버의 말이 옳다는 걸 알았다. 비밀 정보를 다룰 때 늘 반복적으로 발생하는 문제였다. 어떻게 하면 제공처를 보호하면서 정보를 사용할 것인가? 피츠는 말했다. "하지만 이번 건은 대단히 중요하니까 위험을 감수해야 할지도 몰라."

"그럴 것 같진 않습니다. 우리 부서에서는 신뢰할 만한 정보를 엄청나게 많이 제공해왔습니다. 위쪽에서는 이런 정보 제공처를 위험에 빠뜨리고 싶지 않을 겁니다."

"빌어먹을! 우연히 알아내기도 힘든 이런 정보를 파악하고도 사용조차 할 수 없다는 건가?"

그는 어깨를 으쓱했다. "이쪽 일을 하다보면 일어나는 상황입니다."

피츠는 도저히 받아들일 수 없었다. 미국이 참전하면 전쟁에서 이길 수 있었다. 그 정도라면 어떤 희생이든 감수할 수 있었다. 하지만 피츠는 군대라는 조직을 잘 이해했다. 어떤 이들은 자기 부서를 요새보다 더 단단히 지키기 위해 엄청난 용기와 지략을 발휘하기도 한다. 카버의 반대는 진지하게 고려할 만했다. "뭔가 꾸며낸 이야기가 있어야겠어." 피츠가 말했다.

"미국이 빼냈다고 하죠." 카버가 말했다.

피츠는 고개를 끄덕였다. "이 전보문은 워싱턴을 거쳐 멕시코에 전달될 거야. 그러니 미국 정부가 웨스턴 유니언*에서 빼냈다고 하면 돼."

"웨스턴 유니언에서 좋아하지 않을……"

"그건 신경쓰지 마. 자, 그럼 최고의 효과를 내려면 이 정보를 어떻게 사용해야 할까? 우리 정부가 성명을 발표해야 하나? 미국에 그냥 넘겨줘? 누군가 제3자를 내세워 독일에 대항하도록 할까?"

카버가 항복한다는 듯 양손을 들어올렸다. "저는 모르겠습니다."

"나는 알겠어." 피츠가 갑자기 생각이 떠오른 듯 말했다. "그리고 딱 도움이 될 사람을 알 것 같군."

---

* 미국의 전보회사.

III

피츠는 런던 남부의 '링'이라는 술집에서 거스 듀어를 만났다.

듀어가 권투광이라는 사실을 알고 피츠는 깜짝 놀랐다. 그는 십대 때부터 버펄로 부둣가에 있는 경기장에 드나들었고, 1914년 유럽 이곳저곳을 여행하면서 수도마다 들러 프로 권투 시합을 구경했다. 이런 열정을 감추고 계셨군. 피츠는 비꼬듯 생각했다. 권투는 메이페어의 티타임에서 즐겨 오르내리는 이야깃거리는 아니었다.

어쨌든 술집에는 온갖 부류의 사람이 모였다. 제대로 정장을 차려입은 신사들이 다 떨어진 코트 차림의 부두 짐꾼들과 뒤섞여 있었다. 웨이터들이 맥주잔을 쟁반으로 날랐고 이곳저곳 구석에서는 불법 도박을 주선하는 사람들이 판돈을 받고 있었다. 시가와 파이프, 값싼 담배의 연기로 실내 공기가 탁했다. 앉을 의자도 없었고 여자도 보이지 않았다.

피츠는 코가 비뚤어진 런던 사람과의 대화에 온통 정신이 팔려 있는 거스를 보았다. 두 사람은 미국인 권투선수이자 최초의 흑인 세계 헤비급 챔피언 잭 존슨에 관해 이야기를 나누고 있었다. 개신교 목사들은 잭 존슨이 백인 여성과 결혼했다는 이유로 린치를 당해야 한다고 주장했는데, 거스는 상대가 그 의견에 동의하는 탓에 짜증이 난 상태였다.

피츠는 거스가 모드를 좋아하기를 남몰래 바라고 있었다. 어울리는 한 쌍이 될 터였다. 두 사람 모두 지식인이고 자유주의자이면서 무서울 정도로 모든 일에 심각했고 늘 책을 읽었다. 듀어 가문은 미국인들이 '올드 머니'라고 부르는 전통적 재력가 집안이었는데, 영국의 귀족과 가장 비슷한 계층이었다.

게다가 거스와 모드는 평화를 사랑했다. 모드는 늘 전쟁을 끝내야 한다며 희한할 만큼 열성적이었다. 피츠로서는 왜 그런지 도무지 알 수가 없었다. 그리고 거스가 존경하는 그의 상관 우드로 윌슨은 한 달 전 소위 '승리 없는 평화'를 촉구하는 연설을 했다. 그 연설을 듣고 피츠를 비롯해 영국과 프랑스의 지도층 대부분은 불같이 화를 냈다.

하지만 피츠가 파악한 그런 공통점도 거스와 모드의 관계를 전혀 진척시키지 못했다. 피츠는 여동생을 사랑했지만 모드가 어떻게 된 녀석인지 도무지 알 수 없었다. 그냥 이대로 노처녀가 되고 싶은 건가?

피츠는 거스를 코가 비뚤어진 남자에게서 떼어내 멕시코 이야기를 꺼냈다.

"엉망입니다." 거스가 말했다. "대통령께서 카란사 대통령의 비위를 맞추려고 퍼싱 장군과 부대를 철수시켰는데도 먹히지 않았어요. 카란사는 국경 치안을 어떻게 할 건지 논의하려고도 하지 않습니다. 왜 물으시죠?"

"나중에 말해드리죠." 피츠가 말했다. "다음 경기 시작하네요."

두 사람이 지켜보는 가운데 유대인 선수 베니가 대머리 앨버트 콜린스를 때려눕혔다. 피츠는 독일이 평화회담을 제안했던 일은 거론하지 않기로 마음먹었다. 윌슨의 계획이 실패로 돌아가는 바람에 거스가 마음 아파한다는 걸 알고 있었기 때문이다. 문제를 더 잘 다룰 수 있지 않았나, 대통령의 계획을 지원하기 위해 뭔가 더 해야 할 것은 없었나, 거스는 끝없이 스스로에게 물었다. 피츠는 양측 당사자가 평화를 원하지 않았으니 그 계획은 시작부터 실패할 운명이었다고 생각했다.

3라운드에서 대머리 앨버트가 쓰러지더니 일어서지 못했다.

"시간 맞춰 잘 찾아오셨군요." 거스가 말했다. "막 고국으로 돌아갈 생각이었습니다."

"집에 가면 좋으시겠군요."

"갈 수나 있을지 모르겠습니다. 배가 잠수함에 당해 침몰할지 모르죠."

독일은 치머만 전문에서 밝힌 대로 정확히 2월 1일부터 무제한적인 잠수함전을 재개했다. 이런 상황에 미국인들은 화를 냈지만, 피츠가 기대했던 것만큼 분노가 크지는 않았다. "잠수함전에 대한 윌슨 대통령의 성명은 놀라울 정도로 부드럽더군요." 피츠가 말했다.

"대통령께서는 독일과 외교관계를 단절했습니다. 그건 부드러운 조치가 아니죠."

"하지만 전쟁을 선포하지는 않았죠." 피츠는 미국의 그런 태도에 큰 충격을 받았다. 그는 평화회담을 반대하는 데 노력을 기울였지만, 모드와 에셀, 그 둘의 평화주의자 친구들이 주장하는 대로 어딘가의 추가적 도움 없이는 가까운 미래에 승리할 가망이 없다는 것도 알았다. 피츠는 독일이 무제한적 잠수함전을 벌이면 틀림없이 미국이 참전할 거라 생각했다. 아직까지는 그의 생각대로 되지 않았다.

거스가 말했다. "솔직히 나는 윌슨 대통령께서 잠수함전을 결정한 독일에 엄청 화가 났다고 생각합니다. 선전포고 준비도 되었을 거고요. 할 수 있는 방법은 모두 동원하셨어요. 맙소사. 하지만 그분은 전쟁에 뛰어들지 않겠다는 공약으로 재선되셨죠. 입장을 바꿀 방법은 열정적인 여론의 물결을 타고 전쟁에 휩쓸려들어가는 것뿐입니다."

"그렇다면 말이죠." 피츠가 말했다. "내가 뭔가 도움이 될 만한 거리를 갖고 있는 것 같습니다."

거스는 눈썹을 치켜세웠다.

"부상당한 이후 나는 중간에서 가로챈 독일의 무선암호 통신문을 해독하는 부서에서 일해왔습니다." 피츠는 주머니에서 그의 필체로 뒤덮인 종이 한 장을 꺼냈다. "미국 정부는 며칠 내에 이 내용을 정식으로 전달받을 겁니다. 지금 미리 보여주는 이유는 어떻게 이 정보를 다룰지 조언하기 위해서입니다." 그는 종이를 거스에게 넘겨주었다.

멕시코시티에 있는 영국 첩자가 옛날 방식의 암호로 작성되어 전달된 전보문을 가로채두었고, 피츠가 거스에게 넘겨준 종이에는 치머만이 보낸 전문의 모든 내용이 해독되어 적혀 있었다. 전체적으로 이런 내용이었다.

워싱턴에서 멕시코로, 1917년 1월 19일

우리는 2월 1일 무제한적인 잠수함전을 개시할 예정임. 이런 상황에서도 어떻게든 미국이 중립을 유지하도록 노력을 기울여야 함. 만일 성공하지 못할 경우 멕시코에 아래와 같은 조건으로 동맹을 제의할 것임.

공동으로 전쟁 수행.

공동으로 강화조약 체결.

풍부한 재정적 지원과 멕시코가 잃어버린 영토인 텍사스, 뉴멕시코, 애리조나를 탈환하는 데 우리의 역할을 다할 것을 약속함. 상세한 조정은 현지 판단에 맡김.

미국과의 전쟁이 확실해지는 대로 지체 없이 대통령에게 이상의 상황을 최대한 비밀리에 전달하고, 대통령이 자발적으로 즉시 일본을 끌어들여 공조를 모색하도록 하며, 동시에 우리와 일본 사이를 중재하도록 건의할 것.

우리가 무자비한 잠수함전을 전개할 경우 영국은 몇 달 안에 굴복하고 평화회담에 임하게 되리라는 사실에도 대통령이 주목할 수 있도록 할 것.

거스는 몇 줄을 읽어내려가다가 권투 경기장의 어슴푸레한 조명 아래 종이를 눈앞으로 가까이 가져가며 말했다. "동맹? 맙소사!"

피츠는 주위를 둘러보았다. 새로 경기가 시작되었고 구경꾼들의 소리로 소란스러워 주변에서조차 거스의 말을 듣지 못하는 상황이었다.

거스가 계속 읽어나갔다. "텍사스를 탈환해?" 믿을 수 없다는 눈치였다. 그러더니 화난 목소리로 말했다. "일본을 끌어들여?" 그는 종이에서 눈을 떼고 고개를 들었다. "충격적이군요!"

바로 피츠가 바라던 반응이었다. 신이 났지만 숨겨야 했다. "충격이라는 말이 딱 맞습니다." 피츠는 애써 근엄한 표정을 지으며 말했다.

"독일은 멕시코를 매수해 미국을 침략하게 하려는 겁니다!"

"그렇습니다."

"게다가 일본도 끌어들여달라고까지!"

"그래요."

"이게 사람들에게 알려지기만 한다면!"

"그게 바로 내가 하려는 말입니다. 우리는 이 사실이 그쪽 대통령에게 도움이 되는 방식으로 대중에 알려지리라는 걸 확실히 해뒀으면 합니다."

"왜 영국 정부가 그냥 세상에 공개하지 않는 거죠?"

거스는 그 문제를 미처 깊이 생각하지 못했다. "이유는 두 가지입니다." 피츠가 말했다. "우선 우리는 독일의 전보문을 몰래 보고 있다는 사실을 들키지 않았으면 합니다. 둘째, 우리가 이 전문을 조작했다는 의심을 살 수도 있습니다."

거스는 고개를 끄덕였다. "죄송합니다. 너무 화가 난 나머지 생각을 못했군요. 차분하게 상황을 보도록 하죠."

"가능하다면 미국 정부가 웨스턴 유니언에서 사본을 입수했다고 발표해줬으면 합니다."

"대통령께서는 거짓말을 하지 않을 겁니다."

"그럼 웨스턴 유니언에서 사본을 입수하세요. 그럼 거짓말할 필요가 없습니다."

거스는 고개를 끄덕였다. "그건 가능할 겁니다. 두번째 문제는, 누가 공개해야 조작 의심을 피해갈 수 있을까요?"

"제가 보기에는 대통령께서 직접 해야 합니다."

"그 방법도 있겠군요."

"더 좋은 생각이 있습니까?"

"네." 거스는 깊이 생각하며 말했다. "있는 것 같습니다."

IV

에설과 버니는 갈보리 복음교회에서 결혼했다. 종교에 특별한 관심은 없었지만 두 사람 모두 이 교회 목사를 좋아했다.

에설은 로이드조지의 연설을 들었던 날 이후로 피츠와 연락을 끊었다. 피츠의 공개적인 평화회담 반대는 그의 진짜 모습을 무자비할 정도로 다시 확인시켜주었다. 그는 그녀가 증오하는 모든 걸 대변했다. 전통, 보수주의, 노동자 착취, 불로소득. 그런 사람의 연인이 될 수는 없었다. 심지어 첼시 집에 유혹을 느꼈다는 사실만으로도 부끄러웠다. 그녀의 진정한 동반자는 버니였다.

에설은 모드 피츠허버트가 결혼하던 날 발터 폰 울리히가 사준 분홍색 실크 드레스를 입고 꽃 장식이 달린 모자를 썼다. 정식 들러리는 없었지만 밀드러드와 모드가 시중을 들어주었다. 에설의 부모도 기차를 타고 애버로언에서 올라왔다. 아쉽게도 프랑스에 있는 빌리는 휴가를 얻지 못했다. 어린 로이드는 밀드러드가 특별히 만든 활동 단추가 달린 하늘색 시동 옷을 입고 모자도 썼다.

버니는 베일에 싸여 있던 가족을 데려와 에설을 놀라게 했다. 이디시어*밖에 못하는 노모는 결혼식 내내 낮은 목소리로 뭐라고 중얼거렸다. 어머니는 버니의 부자 형 시어가 모셨는데, 밀드러드가 시시덕거리며 알아낸 바로 그는 버밍엄에서 자전거 공장을 운영하고 있다고 했다.

결혼식이 끝나고 홀에서 케이크와 차를 나눠 먹었다. 술이 나오지 않아 에설의 어머니 아버지가 마음에 들어했고, 담배를 피우려면 밖으로 나가야 했다. 어머니는 에설에게 키스하며 말했다. "어찌됐든 마침내 정착했으니 기쁘구나." 어찌됐든이라니, 엄청난 의미가 담긴 말이군. 에설은 속으로 생각했다. 그 말은 '몸을 버린데다 아무도 아버지를 모르는 사생아가 딸렸고, 유대인과 결혼하고, 소돔과 고모라나 다름없는 런던에서 살고 있지만 축하한다'는 뜻이었다. 하지만 에설은 어머니의 지독한 축복을 받아들였고, 자기 자식에게는 절대 그런 말을 하지 않겠다고 다짐했다.

에설의 어머니와 아버지는 저가의 당일 왕복표를 사서 왔기 때문에 기차를 타러 떠났다. 하객이 대부분 돌아가고 남은 사람들은 개와 오리 술집으로 가서 술을 조금 마셨다.

에설과 버니는 로이드가 잠자리에 들 시간이 되자 집으로 향했다. 그날 아침 버니는 약간의 옷가지와 책 여러 권을 손수레에 싣고 그동안 살던 셋집에서 에설의 집으로 이사했다.

두 사람만의 하룻밤을 위해 로이드는 밀드러드의 아이들과 자도록 위층에 보냈는데, 본인은 이것을 무슨 특별 선물쯤으로 여겼다. 에설과 버니는 부엌에서 코코아를 마시고 잠자리에 들었다.

---

* 독일어와 슬라브어의 영향을 받은 유럽 거주 유대인들의 언어.

에설은 새로 잠옷을 마련했다. 버니도 깨끗한 잠옷을 입었다. 침대에 올라 에설의 옆에 누운 버니는 긴장해 땀을 흘리기 시작했다. 에설이 그의 뺨을 톡톡 건드렸다. "비록 부정한 여자지만 경험은 많지 않아요." 에설이 말했다. "고작 내 첫 남편뿐인데다 그가 떠나기 전 몇 주가 전부였으니까." 버니에게 피츠 이야기는 하지 않았고 앞으로도 하지 않을 작정이었다. 오직 빌리와 변호사 앨버트 솔먼만이 진실을 알고 있었다.

"나보다는 낫네요." 말은 그렇게 했지만 버니의 긴장이 슬슬 풀리는 걸 에설은 느낄 수 있었다. "나야 서툰 경험 몇 번뿐이니."

"여자들 이름이 뭐였죠?"

"에이, 알아서 뭐하게요."

에설은 씩 웃었다. "궁금해요. 몇 명이나 돼요? 여섯? 열? 스무 명?"

"이런 세상에, 아니에요. 셋이에요. 처음은 레이철 라이트라고, 학교 다닐 때였죠. 일을 치르고 나더니 자기랑 결혼해야 한다고 하더군요. 그 말을 믿었죠. 엄청 고민했어요."

에설은 킥킥거리며 웃었다. "어떻게 됐죠?"

"다음주에 레이철이 미키 암스트롱이랑 잤고, 나는 올가미에서 풀려났죠."

"그 여자하고는 좋았어요?"

"그랬던 것 같아요. 나는 겨우 열여섯 살이었어요. 경험을 한 가장 큰 이유는 해봤다고 떠벌리고 싶어서였죠."

에설은 부드럽게 버니에게 키스하고 말했다. "다음은?"

"캐럴 매캘리스터. 이웃집 여자였죠. 1실링을 주고 했어요. 아주 짧게. 내 생각엔 여자가 경험이 많아서 빨리 끝내게 한 것 같아요. 그 여자가 좋아한 건 돈 받을 때였죠."

에설은 못마땅하다는 듯 얼굴을 찌푸리다가 첼시에 있는 집을 떠올리고는 자기가 하려던 짓 역시 캐럴 매캘리스터와 다르지 않음을 깨달았다. 불편한 마음으로 다시 물었다. "마지막 여자는요?"

"나이 많은 여자였어요. 집주인이었죠. 남편이 멀리 가 있을 때 밤이 되자 내 침대로 왔어요."

"그 여자랑은 좋았어요?"

"좋았죠. 행복한 시간이었어요."

"그런데 왜 그만뒀어요?"

"남편이 의심을 품어서 집을 나와야 했어요."

"그리고?"

"그리고 당신을 만났고, 다른 여자들에게는 관심이 사라졌어요."

두 사람은 키스하기 시작했다. 버니는 금방 에설의 잠옷 치마를 들쳐 올리고 그녀 위로 올라왔다. 버니는 행여 에설이 아플까봐 부드럽게 움직였지만 두 사람은 쉽게 하나가 되었다. 에설은 친절하고 지적이며 자신과 아이에게 헌신적인 버니를 향해 애정이 솟구치는 걸 느꼈다. 에설은 양팔로 버니를 꼭 안았다. 버니는 상당히 빨리 절정에 도달했다. 그러고 나서 두 사람은 똑바로 누워 만족스럽게 잠이 들었다.

V

거스 듀어는 여자들의 치마가 바뀌었다는 걸 알아차렸다. 이제 발목이 훤히 드러났다. 십 년 전에는 발목만 슬쩍 보여도 자극적이었지만, 지금은 아무렇지도 않았다. 어쩌면 여자들이 알몸을 가리는 이유는 더 매혹적으로 보이기 위한 것인지 모른다.

로사 헬먼은 등허리부터 아래로 주름이 잡힌 짙은 붉은색 코트를 차려입었다. 그 모습이 상당히 멋졌다. 검은 모피로 마무리한 코트가 워싱턴의 2월에 잘 어울린다고 거스는 생각했다. 작고 둥그런 회색 모자에는 붉은색 띠를 둘렀고 깃털이 달렸는데 그리 실용적으로 보이진 않았다. 하지만 미국에서 여성의 모자가 실용적인 목적으로 디자인된 적이 있기나 한가. "이렇게 불러주시다니 영광이에요." 그녀가 말했다. 그것이 자기를 놀리는 말인지 아닌지 거스는 가늠할 수 없었다. "막 유럽에서 돌아오신 거잖아요, 안 그래요?"

두 사람은 백악관에서 두 블록 떨어진 윌러드 호텔 식당에서 점심식사를 하고 있었다. 거스는 특별한 목적을 가지고 로사를 초대했다. "기삿거리가 있습니다." 그는 주문을 마치자마자 말했다.

"아, 좋아요! 맞혀보죠. 대통령께서 이디스와 이혼하고 메리 펙과 결혼하나요?"

거스는 인상을 찌푸렸다. 윌슨은 첫 부인과의 결혼생활중에도 메리 펙과 놀아난 적이 있었다. 두 사람이 실제로 간통했는지는 거스도 확인하지 못했지만, 윌슨은 어리석게도 용인 가능한 수준을 넘어서는 애정이 담긴 편지를 써보냈다. 온 워싱턴에 소문이 돌았지만 언론에 드러난 적은 없었다. "심각한 이야기입니다." 거스는 정색하고 말했다.

"아, 죄송해요." 로사가 말했다. 그녀가 근엄한 표정을 짓자 거스는 웃고 싶어졌다.

"단 한 가지 조건은, 정보를 백악관에서 얻었다는 사실을 밝히면 안 된다는 겁니다."

"좋아요."

"독일 외무상인 아르투어 치머만이 멕시코 주재 독일 대사에게 보낸 전보문을 보여드리죠."

로사는 깜짝 놀란 기색이었다. "그걸 어디서 입수하셨죠?"

"웨스턴 유니언 사에서요." 그는 거짓말을 했다.

"암호로 되어 있지 않나요?"

"암호는 풀 수 있는 겁니다." 그는 로사에게 전보문 내용을 영어로 해석해 타이핑한 걸 보여주었다.

"이건 오프더레코드인가요?" 그녀가 말했다.

"아뇨. 어디서 얻은 정보인지만 공개하지 않으면 됩니다."

"좋아요." 그녀는 내용을 읽기 시작했고 잠시 후 입이 떡 벌어졌다. 그녀가 고개를 들었다. "거스." 그녀가 말했다. "이게 정말이에요?"

"제가 언제 장난치는 거 봤어요?"

"한 번도 못 봤죠." 그녀는 다시 전보문을 읽었다. "텍사스를 침공하라고 독일이 멕시코에 돈을 준다고요?"

"그런 이야기를 치머만이 하고 있죠."

"이건 기삿거리 정도가 아닌데요, 거스. 백 년에 한 번 나오는 특종이에요!"

거스는 살짝 웃었다. 실제 느끼는 승리감을 고스란히 드러내지 않으려고 애썼다. "그렇게 말할 줄 알았습니다."

"당신 독자적으로 행동하는 건가요? 아니면 대통령 지시?"

"로사, 제가 최고 책임자 허락도 없이 이런 일을 진행할 수 있으리라 생각합니까?"

"아니죠. 와. 그럼 이건 윌슨 대통령께서 제게 보내신 거네요."

"공식적으로는 아니죠."

"하지만 이게 진짜인지 어떻게 알죠? 그냥 종이 한 장과 당신 말만 가지고는 기사를 못 쓸 것 같은데."

거스는 이런 곤란한 질문이 나오리라 예상했었다. "랜싱 국무장관이 직접 당신 상사에게 이게 진짜라는 걸 확인해줄 겁니다. 물론 그 대화는 극비에 부쳐야겠지만."

"그럼 충분해요." 로사는 다시 종이를 내려다보았다. "이거면 모든 게 바뀔 거예요. 미국인들이 이걸 읽으면 뭐라고 할지 상상해봤어요?"

"제 생각에는, 전쟁에 참전해 독일에 맞서 싸우자는 쪽으로 좀더 마음이 기울 겁니다."

"마음이 기울어요?" 로사가 말했다. "입에 거품을 물걸요! 윌슨 대통령은 전쟁을 선포하지 않을 수 없을 거고요."

거스는 잠자코 있었다.

잠시 후 로사는 거스의 침묵이 무슨 뜻인지 알아차렸다. "알겠어요. 그래서 당신이 이 전문을 흘리는 거군요. 대통령은 선전포고를 하고 싶어하는 거예요."

바로 그랬다. 거스는 똑똑한 여성과 춤을 추듯 지혜를 겨루는 일을 즐기며 미소지었다. "전 그런 말 안 했습니다."

"하지만 이 전문은 모든 미국인을 분노에 빠뜨리고 전쟁을 원하게 만들 거예요. 그러면 윌슨은 공약을 어긴 게 아니라고 말할 수 있겠죠. 여론에 떠밀려 어쩔 수 없이 정책을 바꾸는 거라고."

로사는 사실 거스의 목적만을 고려하면 지나칠 만큼 똑똑했다. 거스는 불안해져 말했다. "그렇게 기사를 쓰겠다는 건 아니죠?"

로사는 웃었다. "아, 아니에요. 제가 상황을 액면 그대로 받아들이는 걸 거부하는 기질이 좀 있죠. 한때 무정부주의자였잖아요."

"지금은요?"

"지금 저는 기자예요. 그리고 이 이야기를 기사로 쓰려면 한 가지 방법밖에 없죠."

거스는 안심했다.

웨이터가 음식을 내왔다. 로사는 데친 연어를 주문했고 거스는 스테이크와 으깬 감자였다. 로사가 일어섰다. "사무실로 돌아가야겠어요."

거스는 깜짝 놀랐다. "점심은 어쩌고요?"

"농담하세요?" 그녀가 말했다. "밥을 어떻게 먹어요. 무슨 일을 하신 건지 모르겠어요?"

거스는 자신이 무슨 행동을 했는지 충분히 알면서도 물었다. "제가 어쨌는데요?"

"당신은 방금 미국을 전쟁터로 내보냈다고요."

거스는 고개를 끄덕였다. "압니다. 가서 기사 쓰세요."

"이봐요, 저를 골라줘서 고마워요." 로사가 말했다.

잠시 후 그녀는 사라지고 없었다.

23장
1917년 3월

I

그해 페트로그라드의 겨울은 춥고 배고팠다. 제1기관총연대 막사 밖에 달린 온도계는 한 달 내내 영하 15도에 머물렀다. 빵집에서는 파이나 케이크, 페이스트리 같은 것의 생산을 중단하고 오직 빵만 만들었지만 여전히 밀가루가 부족했다. 남은 음식을 부탁해 빼내거나 훔치려는 병사가 너무 많아서 취사장 문 앞에는 따로 보초병까지 세워야 했다.

매섭게 추운 3월 초순의 어느 오후 그리고리는 외출 허가를 받아 블라디미르를 보러 가기로 했다. 아이는 카테리나가 일하러 간 사이 집주인 여자가 돌보고 있을 터였다. 그는 군용 방한코트를 걸치고 얼어붙은 거리를 따라 걸었다. 넵스키 대로에서 아홉 살쯤 돼 보이는 어린 거지와 눈길이 마주쳤다. 여자아이는 북극에서 불어오는 바람을 맞으며 길모퉁이에 서 있었다. 왠지 마음이 불편해져서 그리고리는 얼굴을 찌푸리며 얼른 지나갔다. 잠시 후 왜 기분이 좋지 않았는지 깨달았다. 아

이가 그에게 성적으로 유혹하는 표정을 지었던 것이다. 너무 놀라 멈춰
섰다. 어떻게 저렇게 어린 나이에 창녀가 될 수 있단 말인가. 그는 아이
에게 물어볼 생각으로 돌아섰지만 아이는 벌써 모습을 감춘 뒤였다.

그리고리는 불편한 마음을 안고 걸었다. 물론 어린아이들과 섹스를 원
하는 사내들이 있다는 사실은 잘 알았다. 아주 오래전 그와 동생 레프가
사제에게 도움을 청했을 때의 경험 때문이었다. 하지만 어떻게 아홉 살
밖에 안 된 아이가 불쌍하게도 요염한 웃음을 흉내내게 된 걸까. 가슴
이 죄어왔다. 조국에 대한 걱정에 울고 싶어졌다. 우리는 아이들을 창
녀로 만들고 있어. 그는 생각했다. 세상이 이보다 더 나빠질 수 있을까?

암울한 기분으로 그의 옛집에 도착했다. 안으로 들어서자마자 블라
디미르가 시끄럽게 울어대는 소리가 들렸다. 카테리나의 방으로 올라
갔더니 아이는 벌게진 얼굴을 일그러뜨리며 혼자 울고 있었다. 그는 얼
른 아이를 안아올려 어르고 달랬다.

청결하게 정돈된 방안에서는 카테리나의 냄새가 났다. 일요일이면
거의 이곳에 왔고, 매번 비슷하게 하루를 보냈다. 오전에는 함께 외출
했다가 집으로 돌아와서 그리고리가 되는대로 부대에서 가지고 나온
음식으로 점심을 차려먹었다. 그후에는 블라디미르가 낮잠을 자는 사
이 잠자리를 했다. 일요일마다 먹을 것만 충분하면 그리고리는 이곳에
서 더할 나위 없이 행복했다.

소리를 지르던 블라디미르는 뭐가 불만인지 칭얼거리기 시작했다.
그리고리는 아이를 안고 집주인 여자를 찾아나섰다. 그녀가 아이를 보
고 있어야 했다. 여자는 집 뒤쪽 낮은 지붕을 얹어 밖으로 낸 세탁실에
서 젖은 침대보를 짜고 있었다. 오십대인 그녀는 회색 머리를 틀어올려
스카프로 묶었다. 1914년 그리고리가 군대에 들어갈 때는 포동포동햇
지만 지금은 목이 쭈글쭈글하고 턱살이 축 늘어진 모습이었다. 집주인

조차 요즘은 배불리 먹지 못하고 있었다.

그리고리를 보고 깜짝 놀라는 그녀는 쩔리는 구석이 있는 눈치였다. 그리고리가 말했다. "아이 우는 소리 못 들었어요?"

"온종일 안고 있을 수는 없잖아요." 방어하듯 말하더니 그녀는 다시 빨래 짜는 기계의 손잡이를 돌리기 시작했다.

"배가 고픈가봐요."

"우유 먹였어요." 집주인 여자는 얼른 대답했다. 수상할 정도로 빠른 대답에 혹시 여자가 우유를 마셔버린 건 아닌지 의심스러웠다. 그리고리는 여자의 목을 조르고 싶었다.

난방이라곤 되지 않는 세탁실의 차가운 공기 속에서도 아이의 부드러운 살갗이 뜨거웠다. "열이 있는 것 같아요. 열 오르는 거 몰랐어요?"

"내가 의사라도 된답니까?"

블라디미르가 울음을 그치더니 축 늘어지자 그리고리는 더욱 걱정되었다. 재빠르고 활기찬데다 호기심도 많고 이것저것 망가뜨리기가 예사인 아이가 지금은 그리고리의 품에 안긴 채 꼼짝도 하지 않고 빨갛게 달아오른 얼굴로 눈만 멍하니 뜨고 있었다.

그리고리는 카테리나의 방 한구석에 있는 블라디미르의 침대에 아이를 눕혔다. 그리고 찬장에서 주전자를 꺼내들고 집을 나와 옆 골목 잡화점으로 향했다. 그곳에서 우유 조금과 종이봉지에 든 설탕, 사과 한 개를 샀다.

집에 돌아와보니 블라디미르는 달라진 게 없었다.

그리고리는 우유를 데워 설탕을 타고 오래되어 딱딱하게 굳은 빵을 부숴서 섞었다. 그리고 우유에 젖은 빵조각을 블라디미르에게 조금 먹였다. 예전에 어린 레프가 아프면 어머니가 이렇게 해주던 게 떠올랐기 때문이다. 블라디미르는 배고프고 목이 말랐는지 잘 받아먹었다.

빵과 우유를 모두 먹이고 나서는 사과를 꺼냈다. 그리고 주머니칼로 조각낸 다음 껍질을 벗겼다. 껍질은 자기가 먹고 속살을 블라디미르에 게 내밀며 말했다. "너 한 번, 나 한 번." 전에는 이런 식으로 먹을 걸 주면 아이가 아주 좋아했는데 지금은 달랐다. 아이는 사과 조각을 입에 물었다가 툭 떨어뜨렸다.

근처에는 의사가 없었고, 혹시 있다 해도 그리고리는 비용을 감당할 수가 없었다. 하지만 몇 골목 떨어진 곳에 산파 노릇을 하는 사람이 있었다. 마그다라는 여자로, 그리고리의 오랜 친구이자 푸틸로프 공장 볼셰비키 위원회 서기인 콘스탄틴의 예쁜 아내였다. 그리고리와 콘스탄틴은 기회만 있으면 만나 체스를 두었는데 대개는 그리고리가 이겼다.

그리고리는 블라디미르의 기저귀를 새것으로 갈아 채운 다음 카테리나의 침대에 있던 담요로 눈과 코만 보이도록 아이를 감쌌다. 그들은 추운 바깥으로 나섰다.

콘스탄틴과 마그다는 방 두 칸짜리 아파트에 살았고 마그다의 숙모가 함께 지내며 세 아이를 보살펴주었다. 그리고리는 마그다가 아기를 받으러 나갔을까 걱정했지만, 운 좋게도 그녀는 집에 있었다.

마그다는 아는 것도 많고 마음씨도 착했지만 조금 쌀쌀맞았다. 그녀는 블라디미르의 이마를 짚어보더니 말했다. "병균에 감염된 거예요."

"심한가요?"

"기침해요?"

"아뇨."

"변은 어때요?"

"설사를 해요."

마그다는 블라디미르의 옷을 벗기더니 말했다. "카테리나가 젖이 안 나올 거예요."

"어떻게 알았어요?" 그리고리가 놀라며 말했다.

"누구나 그렇죠. 엄마가 잘 먹지 않으면 아이에게 젖을 줄 수 없어요. 뭐가 들어가야 나오지. 그래서 애가 이렇게 마른 거죠."

그리고리는 블라디미르가 마른 건지도 몰랐다.

마그다가 배를 누르자 블라디미르는 울음을 터뜨렸다. "장에 염증이 생겼어요."

"괜찮을까요?"

"글쎄. 아이들이야 늘 걸리는 병이니까요. 대부분은 이겨내요."

"어떻게 하죠?"

"미지근한 물로 이마를 닦아서 열을 내려야죠. 물을 달라는 대로 많이 마시게 해요. 먹는 건 신경쓰지 말고. 카테리나를 잘 먹여요. 그래야 아이가 젖을 먹을 수 있어요. 엄마 젖이 필요한 거예요."

그리고리는 블라디미르를 데리고 집으로 돌아왔다. 오는 길에 조금 더 사온 우유를 불에 올려 데웠다. 찻숟가락으로 조금씩 떠서 주자 아이는 모두 받아먹었다. 데운 물에 수건을 적셔 얼굴을 닦아주었다. 효과가 있는 것 같았다. 얼굴에서 벌건 기운이 가시고 눈에도 초점이 돌아오면서 정상적으로 숨을 쉬기 시작했다.

저녁 일곱시 삼십분에 카테리나가 돌아오자 그리고리는 긴장이 조금 풀렸다. 카테리나는 피곤하고 추워 보였다. 양배추 하나와 돼지고기 기름을 조금 사왔길래 그녀가 쉬는 사이 그리고리는 그것들을 팬에 넣고 스튜를 만들었다. 그는 블라디미르가 열이 났고, 집주인 여자가 애를 잘 돌보지 않았고, 마그다에게 가서 처방을 받았다고 얘기했다. "어쩌죠?" 지친 모습의 카테리나가 절망적으로 물었다. "공장에는 나가야 하고. 볼로댜를 봐줄 사람은 아무도 없으니 말이에요."

그리고리는 스튜 국물을 아이에게 떠먹인 다음 침대에 눕혀 재웠다.

그리고리와 카테리나도 식사를 마치고 침대에 함께 누웠다. "나 오래 자면 깨워요." 카테리나가 말했다. "빵집에 가서 줄 서야 해요."

"내가 대신 갈게." 그리고리가 말했다. "당신은 쉬어." 부대 복귀가 늦어지겠지만 그런 문제쯤은 처리할 수 있었다. 요즘 장교들은 폭동이 일어날까봐 사병들이 규칙을 위반해도 웬만하면 야단을 떨지 않았다.

카테리나는 그의 말을 듣고 깊은 잠에 빠졌다.

교회 시계가 두시를 알리자 그리고리는 부츠를 신고 군용코트를 걸쳤다. 블라디미르는 편히 자고 있었다. 집을 나와 빵집까지 걸었다. 놀랍게도 이미 줄이 길었다. 좀 늦었군. 그는 생각했다. 백여 명이 줄을 서서 얼굴을 감싼 채 눈 위에서 발을 동동 구르고 있었다. 의자나 깔고 앉을 발판을 가져온 사람도 있었다. 수완 좋은 젊은이 하나가 화로를 들고 나와 죽을 끓여 팔았고, 다 먹고 빈 그릇이 나오면 눈으로 닦았다. 그리고리 뒤에도 열 명쯤 더 와서 줄을 섰다.

사람들은 기다리는 동안 잡담을 나누며 불만을 터뜨렸다. 그리고리 앞에 선 두 여자는 빵이 부족한 게 누구 책임인지를 놓고 입씨름중이었다. 한 사람은 독일이 문제라고 했고 다른 사람은 유대인들이 밀가루를 사재기하고 있다고 말했다. "누가 통치를 하죠?" 그리고리가 두 여자에게 말했다. "전차가 엎어지면 운전사를 욕합니다. 그가 책임자이기 때문이죠. 유대인들이 우리를 통치하진 않아요. 독일도 마찬가지입니다. 차르와 귀족이 통치를 하죠." 이것이 볼셰비키의 사상이었다.

"만일 차르가 없다면 누가 통치를 하죠?" 두 여자 가운데 젊은 쪽이 의심스럽다는 듯 물었다. 여자는 노란색 펠트 모자를 쓰고 있었다.

"제 생각에 우리 스스로 해야 할 것 같습니다." 그리고리가 말했다. "프랑스나 미국처럼 말이죠."

"나는 모르겠어요." 나이든 여자가 말했다. "어쨌든 이런 식으로는 못 살아요."

새벽 다섯시에 빵집이 문을 열었다. 잠시 후 빵을 한 덩이씩밖에 살 수 없다는 소식이 줄을 타고 뒤로 전해졌다. "빵 한 덩이 때문에 밤을 새우다니!" 노란색 모자를 쓴 여자가 말했다.

줄 맨 앞까지 가는 데 한 시간도 더 걸렸다. 빵집 안주인이 한 번에 한 사람씩만 들여보내고 있었다. 그리고리 앞의 두 여자 중 나이든 사람이 빵집에 들어가자 안주인이 말했다. "끝났어요. 더 없어요."

노란 모자를 쓴 여자가 말했다. "안 돼요, 제발! 한 사람만 더!"

빵집 안주인은 냉랭한 표정이었다. 처음 있는 일이 아닌 모양이었다. "밀가루가 많으면 빵을 더 만들었겠죠. 다 팔렸어요, 알아들어요? 빵이 없는데 어떻게 더 팔란 말이에요?"

마지막으로 들어갔던 여자가 빵 한 덩이를 코트 안쪽에 넣은 채 나오더니 서둘러 사라졌다.

노란 모자를 쓴 여자가 울음을 터뜨렸다.

빵집 안주인은 쾅 소리나게 문을 닫았다.

그리고리는 발길을 돌렸다.

II

페트로그라드에 봄이 온 것은 3월 8일 목요일이었다. 하지만 완고하게 율리우스력을 고집하는 러시아제국에서 그날은 2월 23일이었다. 나머지 유럽 국가는 모두 삼백 년째 현대 달력을 사용하고 있었다.

세계 여성의 날에 맞추기라도 한 듯 기온이 오르자 직물공장의 여성 노동자들은 파업에 돌입하고 공장이 있는 교외에서 시내까지 행진하며 빵집 앞에 줄을 서는 현실과 전쟁, 차르에 반대하는 시위를 벌였다. 빵 배급제가 실시된다는 발표가 있었지만 오히려 식량 부족 사태는 더 심해지고 있었다.

시내에 주둔하는 다른 모든 부대와 마찬가지로 제1기관총연대는 소규모로 나뉘어 경찰이나 카자크 기병대를 도와 질서유지를 맡았다. 만일 시위대를 향해 발포하라는 명령이 떨어지면 무슨 일이 벌어질까? 그리고리는 궁금했다. 병사들이 명령에 따를까? 아니면 총구를 장교들에게로 돌릴까? 1905년 군인들은 명령에 따라 노동자를 총으로 쐈다. 하지만 그후로 십 년 동안 러시아인들은 폭정과 억압, 전쟁, 배고픔에 시달려왔다.

어쨌든 그날은 아무 소요사태도 없었고 그리고리와 그가 이끄는 병사들은 총 한 발 쏘지 않고 저녁에 부대로 돌아왔다.

금요일에는 더 많은 노동자가 파업에 나섰다.

차르는 640킬로미터 떨어진 모길료프의 군사령부에 있었다. 도시의 책임자는 페트로그라드 군구 사령관인 하발로프 장군이었다. 그는 다리마다 병력을 배치해 시내로 들어오는 시위대를 막기로 결정했다. 그리고리는 부대 가까이 배치되어 네바 강을 건너 리테이니 대로로 향하는 리테이니 다리를 지키게 되었다. 하지만 강이 여전히 단단하게 얼어붙어 있어 시위대는 군인들을 피해 빙판 위로 강을 건넜다. 그리고리와 마찬가지로 시위대와 같은 심정인 군인들 대부분은 그런 모습을 보며 즐거워했다.

어느 정치정당에서도 파업을 주도하지 않았다. 볼셰비키는 다른 좌익 혁명정당들과 마찬가지로 노동자 계층을 이끌기보다 그들을 뒤따르고 있었다.

이번에도 그리고리가 이끄는 부대는 아무 충돌을 겪지 않았지만, 모든 곳의 상황이 같지는 않았다. 토요일 밤 부대로 돌아온 그리고리는 넵스키 대로 끄트머리에 있는 기차역 밖에서 경찰이 시위대를 공격했다는 소식을 들었다. 놀랍게도 카자크 기병들이 경찰에 맞서 시위대를 보호했다고 했다. 사람들은 카자크 기병들을 동지라 부르기도 했다. 그리고리는 회의적이었다. 카자크놈들은 자신들을 제외하고 누구에게도 충성을 바친 적이 없어. 그는 생각했다. 그자들은 그냥 싸움을 즐기는 것뿐이야.

일요일 아침 그리고리는 날이 새려면 한참 남은 다섯시에 눈을 떴다. 아침을 먹는데 소문이 돌았다. 필요하다면 어떤 수단을 동원해서라도 파업과 시위를 멈추게 하라는 차르의 명령이 하발로프 장군에게 떨어졌다는 것이었다. 불길한 말이군. 그리고리는 생각했다. 필요하다면 어떤 수단을 동원해서라도……

아침식사를 마친 후 하사관들에게 명령이 하달되었다. 모든 소대는 시내의 각기 다른 곳을 지키게 되었다. 다리뿐 아니라 모든 교차로와 기차역, 우체국이 그 대상이었다. 각 초소는 야전 전화로 연결되었다. 군인들은 마치 점령한 적국 도시라도 되는 양 수도를 둘러쌌다. 가장 끔찍한 건 소요사태가 벌어지리라 예상되는 지점에 기관총 진지를 설치했다는 점이었다.

그리고리가 명령을 전달하자 부하들은 모두 두려움에 휩싸였다. 이사크가 물었다. "차르가 진짜 자기 백성들에게 기관총을 쏘라는 명령을 내릴까?"

그리고리가 대답했다. "만일 그런다고 해도 병사들이 따르겠어?"

그리고리의 마음에는 흥분과 두려움이 교차했다. 파업을 지켜보며 희망이 생겼다. 러시아 인민은 위정자에 저항해야 한다는 걸 알고 있었다. 안 그러면 전쟁이 계속되고 사람들은 굶주릴 것이며, 블라디미르가 그리고리나 카테리나보다 더 나은 세상에서 살아갈 가능성은 없었다. 그리고리는 그런 신념으로 당에 가입했다. 또한 그는 군인들이 명령에 따르길 거부함으로써 많은 피를 뿌리지 않고도 혁명이 시작될 수 있기를 남몰래 바라고 있었다. 하지만 그가 속한 부대에도 페트로그라드 시내 한쪽에 기관총 진지를 구축하라는 명령이 내려오자, 그 희망이 어리석었다는 생각이 들기 시작했다.

러시아 인민이 차르의 폭정에서 벗어나는 게 가능하기나 한 일일까? 가끔은 아예 헛된 꿈 같았다. 하지만 다른 나라들은 혁명을 일으켜 폭군을 타도한 적이 있었다. 심지어 영국인들은 왕도 죽였다.

그리고리는 페트로그라드가 불 위의 냄비에 담긴 물과도 같다고 생각했다. 김이 조금씩 나면서 폭력의 거품이 하나둘 올라왔고 뜨거운 열 때문에 수면이 일렁였지만 물은 아직 머뭇거리고 있었다. 옛말에, 지켜보는 주전자는 잘 끓지 않는 법이라고 했다.

그리고리가 속한 소대는 예카테리나 2세의 거대한 여름별궁이자 지금은 허울뿐인 러시아 의회 두마가 의사당으로 사용하는 타우리드 궁전을 지키게 되었다. 고요한 아침이었다. 굶주리는 사람들조차 일요일에는 늦잠을 자고 싶어했다. 하지만 날씨는 계속 맑았고 한낮이 되자 사람들이 걷거나 전차를 타고 교외에서 몰려오기 시작했다. 일부는 타우리드 궁전의 넓은 정원으로 모여들었다. 그리고리가 보니 전부 공장 노동자는 아니었다. 중산층 남녀와 학생, 부유한 사업가로 보이는 사람도 몇 있었다. 아이를 데려온 사람들도 보였다. 정치 시위에 온 건가, 아니면 그냥 공원 산책을 나온 건가? 그들 스스로도 잘 모를 것 같았다.

궁전으로 들어가는 입구에 서 있던 그리고리는 잘 차려입은 한 젊은 남자를 보았다. 그 잘생긴 얼굴은 신문에 자주 실려 낯이 익었다. 노동자 정당인 트루도비크 소속 의원 알렉산드르 표도로비치 케렌스키. 트루도비크는 사회혁명당에서 떨어져나온 온건 파벌이었다. 그리고리는 안에서 무슨 일이 벌어지고 있는지 그에게 물었다. "차르가 오늘 공식적으로 두마를 해산했소." 케렌스키가 대답했다.

그리고리는 넌더리가 나서 고개를 좌우로 흔들었다. "차르다운 반응이네요. 불평하는 자들에게 뭐가 불만인지 묻는 대신 억압하는 거죠."

케렌스키가 날카로운 눈으로 그리고리를 보았다. 일개 군인에게서 그런 분석을 들을 거라고는 기대하지 못했던 모양이었다. "바로 그렇소." 그가 말했다. "어쨌든 우리 의원들은 차르의 칙령을 무시하는 중이오."

"어떻게 될까요?"

"대부분 당국에서 빵 공급만 다시 원활히 되도록 해주면 시위가 잦아들 거라고 생각합니다." 케렌스키는 그렇게 말하고 안으로 들어갔다.

그리고리는 왜 온건파는 상황이 나아질 거라고 생각하는지 의문이었다. 만일 당국이 빵 공급을 다시 원활히 할 수 있다면 어째서 그러지 않고 배급제를 선택했겠는가? 하지만 온건파는 늘 사실보다는 희망을 근거로 문제에 대처하는 듯했다.

이른 오후, 카테리나와 블라디미르가 웃으며 나타나 그리고리는 깜짝 놀랐다. 대개 일요일이면 두 사람과 시간을 함께 보냈지만 오늘은 그럴 수 없으리라 생각하던 참이었다. 블라디미르가 건강하고 행복해 보여서 그리고리는 안심이었다. 아이는 병을 이겨낸 게 확실했다. 날씨가 따뜻해져서인지 카테리나는 코트 앞자락을 열어 풍만한 몸매를 드러내고 있었다. 그리고리는 그 몸을 어루만지고 싶었다. 그녀가 그리고리를 향해 웃자 침대에 누워 얼굴에 키스해주던 그녀의 모습이 떠올랐다. 참기 어려울 만큼 강렬한 욕망이 칼이 되어 몸을 찌르는 듯했다. 일요일 오후 잠자리를 거르게 된 이 상황이 미치도록 싫었다.

"내가 여기 있을 줄 어떻게 알았어?" 그리고리가 그녀에게 물었다.

"운 좋게 맞혔네요."

"만나서 반갑긴 하지만 시내에 있는 건 위험해."

카테리나는 공원을 거니는 사람들을 바라보았다. "꽤 안전해 보이는데요."

그리고리의 의견도 다르지 않았다. 문제가 생길 기미는 조금도 보이지 않았다.

카테리나와 블라디미르는 얼어붙은 호수 주변을 산책하러 갔다. 아장아장 걷다가 금방 넘어질 뻔한 블라디미르를 지켜보면서 그리고리는 숨이 턱 막히는 듯했다. 카테리나가 아이를 붙잡고 괜찮다고 달래더니 다시 걸었다. 두 사람은 너무나 연약해 보였다. 이들에게 무슨 일이 닥칠 것인가.

산책을 마치고 돌아온 카테리나는 블라디미르를 집으로 데려가 낮잠을 재우겠다고 말했다.

"뒷골목으로 가." 그리고리가 말했다. "사람들 많은 곳은 피하고. 무슨 일이 벌어질지 모르겠어."

"알았어요." 카테리나가 말했다.

"약속해."

"약속할게요."

그리고리는 그날 유혈사태를 목격하지 못했다. 하지만 저녁에 부대로 돌아온 그는 다른 소대로부터 다른 이야기를 전해들었다. 즈나멘스카야 광장에서는 병사들이 시위대에 발포하라는 명령을 받았고, 사십 명이 죽었다고 했다. 차가운 손이 심장을 움켜쥐는 느낌이었다. 카테리나가 길을 걷다가 죽었을지도 모르는 일이다!

다른 병사들 역시 분노를 터뜨렸고, 식당 안 공기는 격해져갔다. 동료들의 분위기를 눈치챈 그리고리는 탁자 위로 올라가 모두를 조용히 시키고 다들 차례로 발언할 수 있도록 자리를 이끌었다. 저녁식사 자리는 빠르게 집회로 변해가고 있었다. 그리고리는 첫 발언자로 부대 축구팀의 유명한 스타 이사크를 지명했다.

"나는 러시아인이 아닌 독일인을 죽이러 입대했습니다." 이사크가 말하자 우레와 같은 환호성이 쏟아졌다. "시위대는 우리 형제자매이고 어머니이자 아버지입니다. 그리고 그들이 지은 죄라고는 빵을 원하는 것뿐입니다!"

그리고리는 연대 병사들 중 누가 볼셰비키인지 훤히 알았다. 그 가운데 몇 명을 지명해 발언을 시키고, 지나치게 한쪽으로 치우치지 않도록 다른 사람들에게도 세심하게 기회를 주었다. 대개 병사들은 의견을 말하길 조심스러워했다. 자기 말이 보고되어 처벌받지 않을까 두려워했기 때문이다. 하지만 오늘은 다들 그런 건 신경쓰지 않았다.

가장 인상적인 발언을 한 사람은 키가 크고 곰처럼 어깨가 벌어진 야코프였다. 탁자 위에 올라와 그리고리 옆에 선 그의 눈에 눈물이 글썽였다. "발포 명령을 받았을 때 어떻게 해야 할지 알 수 없었습니다." 도저히 목소리를 크게 낼 수 없는 듯했다. 병사들이 그의 말을 놓치지 않으려고 귀기울이자 식당 안이 조용해졌다. "저는 말했습니다. '하느님, 지금 저를 인도해주십시오.' 그리고 마음속에 귀기울였습니다. 하지만 하느님께서는 대답이 없으셨습니다." 병사들은 아무 소리도 내지 않았다. "저는 소총을 들었습니다." 야코프가 말했다. "대위가 소리를 질렀습니다. '쏘란 말이야! 발사!' 하지만 누구를 쏴야 한단 말입니까? 갈리치아*에서는 누가 우리 적인지 알았습니다. 그들이 우리에게 총을 쐈기

---

* 당시 오스트리아-헝가리 제국과 러시아의 접경지대로 1차 세계대전 기간 동안 여러 차례 격전이 벌어졌다.

때문입니다. 하지만 오늘 광장에서는 아무도 우리를 공격하지 않았습니다. 대부분 여자였고 아이들을 데리고 온 사람도 있었습니다. 남자들조차 무기를 들지 않았습니다."

야코프는 입을 다물었다. 병사들은 돌처럼 꼼짝도 하지 않았다. 마치 몸을 움직이면 마법이 풀리기라도 한다는 듯이. 잠시 후 이사크가 그를 재촉했다. "그다음에 어떻게 됐지, 야코프 다비도비치?"

"방아쇠를 당겼습니다." 야코프가 말했다. 덥수룩한 검은 턱수염 위로 눈물이 흘러내렸다. "제대로 겨누지도 않았어요. 대위가 계속 제게 고함을 쳐서 그냥 그 소리를 안 들으려고 쐈습니다. 그런데 한 여자가 제 총에 맞았습니다. 젊은 처녀였죠. 제가 보기에는 열아홉 살쯤 먹은 것 같았습니다. 녹색 코트를 입었어요. 총을 맞은 가슴에서 녹색 코트 위로 붉은 피가 흘러나왔습니다. 여자는 쓰러졌습니다." 야코프는 대놓고 흐느끼면서 헐떡이며 말을 이었다. "총을 버리고 가서 도우려고 했지만, 사람들이 몰려와 저를 주먹으로 때리고 발로 찼습니다. 하지만 아픔을 느끼지도 못했어요." 그는 소매로 얼굴을 문질렀다. "저는 지금 소총을 잃어버린 일로 처벌받을 판입니다." 그는 다시 한참 말을 잇지 못했다. "열아홉이요." 그가 말했다. "제가 보기에는 분명 열아홉 살이 었습니다."

그리고리는 식당 문이 열리는 걸 눈치채지 못했다. 난데없이 키릴로프 중위가 그곳에 나타났다. "빌어먹을 탁자에서 내려와, 야코프." 그가 소리질렀다. 그리고 그리고리를 보았다. "너도, 페시코프. 말썽꾼 자식." 그는 돌아서서 긴 의자에 앉아 있는 병사들에게 말했다. "모두 막사로 돌아가. 일 분 후에도 여기 남아 있는 놈은 매질로 다스리겠다."

아무도 움직이지 않았다. 모두 퉁명스러운 표정으로 중위를 쳐다보았다. 반란이 이렇게 시작되는 건 아닐까. 그리고리는 궁금했다.

하지만 야코프는 자신의 괴로운 처지에 정신이 빠진 나머지 스스로 어떤 극적인 순간을 만들었는지 인식하지 못했다. 그가 비틀거리며 탁자에서 내려오자 팽팽한 공기가 누그러졌다. 키릴로프 주변에 있던 병사들이 일어섰다. 뚱한 표정이었지만 겁을 먹은 듯했다. 그리고리는 반항하듯 잠시 시간을 끌었지만, 병사들이 장교에게 반기를 들 만큼 화가 나지는 않았다는 걸 알아차리고 결국 탁자 위에서 내려왔다. 병사들이 하나둘 식당을 나갔다. 키릴로프는 그들을 노려보며 자리를 지키고 서 있었다.

그리고리가 막사로 돌아오자마자 소등을 알리는 벨이 울렸다. 하사관인 그는 소대 막사 한구석에 따로 커튼을 쳐둔 자리를 쓰고 있었다. 병사들의 낮은 말소리가 들렸다.

"여자들은 안 쏠 거야." 누군가 말했다.

"나도."

세번째 목소리가 들렸다. "안 쏘면 빌어먹을 장교놈들이 명령에 불복한다며 너희를 쏠걸!"

"일부러 안 맞게 쏘면 돼." 다른 목소리가 말했다.

"장교들이 볼지도 몰라."

"사람들 머리 조금 위로 쏘면 돼. 어떻게 쏘는지 아무도 모를 거야."

"나도 그렇게 하려고." 다른 목소리였다.

"나도."

"나도."

곧 알게 되겠지. 그리고리는 잠에 빠져들며 생각했다. 어둠 속에서 용감한 말을 하기는 쉽다. 밝은 대낮의 이야기는 다를 수 있다.

III

월요일에 삼소니옙스키 대로를 따라 멀지 않은 리테이니 다리로 이동한 그리고리의 소대는 시위대가 강을 건너 시내로 들어오지 못하도록 막으라는 명령을 받았다. 길이가 400미터쯤 되는 다리는, 얼어붙은 강에 마치 길을 잃은 쇄빙선처럼 박혀 있는 거대한 돌 교각 위에 올라앉아 있었다.

금요일과 맡은 임무는 똑같았지만 내려온 세부 명령은 달랐다. 키릴로프 중위가 그리고리에게 지시사항을 전달했다. 그는 요사이 말을 할 때마다 늘 짜증이 난 사람 같았다. 어쩌면 실제로 짜증이 났는지도 모른다. 병사들과 마찬가지로 장교들 역시 동포에게 맞선 채 열을 지어 서 있는 게 마음에 들지 않을 수도 있었다. "시위대가 강을 건너면 안 돼. 다리로든 빙판 위를 걷든 말이야. 알아들어? 지시를 어기는 사람은 쏴버려."

그리고리는 멸시를 속으로 감추었다. "네, 소대장님!" 그는 재빨리 대답했다.

키릴로프는 지시사항을 다시 한번 반복하더니 사라졌다. 그리고리는 중위가 겁을 먹었다고 생각했다. 병사들이 그의 지시를 받아들이든 거부하든, 무슨 일이 벌어져도 책임을 져야 한다는 사실이 두려운 게 분명했다.

그리고리는 키릴로프의 명령에 따를 생각이 없었다. 시위대 우두머리들이 그를 끌어들여 논쟁을 벌이면서 시간을 끄는 사이 금요일에 그랬던 것처럼 뒤따르던 시위대가 빙판 위로 강을 건너게 내버려둘 작정이었다.

하지만 이른 아침 경찰 병력이 그리고리의 소대에 합류했다. 끔찍하게도 경관들을 이끄는 자는 그의 숙적 미하일 핀스키였다. 겉모습으로 판단하기에 핀스키는 빵이 부족해 고생한 것 같지 않았다. 둥그런 얼굴은 전보다 훨씬 더 통통했고, 경찰 제복은 배 주위가 꼭 끼었다. 그는 손에 확성기를 들고 있었다. 늘 같이 다니던 족제비처럼 생긴 코즐로프는 어디에도 보이지 않았다.

"너 기억나." 핀스키가 그리고리에게 말했다. "전에 푸틸로프 공장에서 일하던 놈이군."

"당신이 군대로 보냈죠." 그리고리가 말했다.

"네 동생은 살인자야. 하지만 미국으로 달아났지."

"당신 생각이죠."

"오늘 아무도 강을 건널 수 없어."

"두고봐야죠."

"자네들의 전적인 협조를 기대하겠어. 알겠나?"

그리고리가 말했다. "두렵지 않습니까?"

"폭도들 말이야? 멍청한 소리 마."

"아뇨, 앞날을 말하는 겁니다. 혁명주의자들이 목적을 이룬다고 생각해봐요. 그럼 무슨 일을 당할 것 같습니까? 당신은 평생 약자들을 괴롭히고 사람들을 두들겨패고 여자들을 희롱하고 뇌물을 받으며 살았습니다. 벌받을 날이 두렵지 않습니까?"

핀스키는 장갑 낀 손가락으로 그리고리를 가리켰다. "너, 불온분자라고 보고하겠어." 그는 말을 마치고 가버렸다.

그리고리는 어깨를 으쓱했다. 경찰도 예전처럼 마음 내키는 대로 아무나 체포하지는 못했다. 그리고리가 감옥에 갇히면 이사크와 다른 병사들이 상관에게 반항할지 모른다는 것도 장교들은 알고 있었다.

그날 하루는 별일 없이 시작되었다. 하지만 그리고리는 거리에 노동자들이 보이지 않는다는 걸 알아차렸다. 많은 공장이 증기 엔진과 용광로를 돌릴 연료가 없어서 문을 닫은 상태였다. 일부는 파업중이었다. 노동자들은 폭등한 물가에 맞춰 임금을 올려주고 얼음 속처럼 추운 작업장에 난방을 해주고 위험한 기계 주위에 안전 난간을 설치해달라고 요구했다. 오늘은 정말 아무도 일터로 나가지 않을 모양이었다. 하지만 해는 기운차게 떠올랐고, 사람들은 집안에만 들어앉아 있지 않을 터였다. 아니나 다를까 오전이 절반쯤 지나자 허름한 옷을 입은 남녀 공장 노동자들이 삼소니옙스키 대로를 따라 구름처럼 몰려오는 모습이 보였다.

그리고리는 상병 둘을 포함해 서른두 명의 병사를 거느리고 있었다. 그는 전체 병력을 4열 횡대로 세워 다리 끝을 막았다. 핀스키 역시 비슷한 수의 경관을 지휘하고 있었는데, 절반은 기마경찰로 모두 도로 양쪽에서 대기하고 있었다.

그리고리는 다가오는 시위대를 근심스럽게 바라보았다. 무슨 일이 생길지 예측할 수가 없었다. 마음대로 할 수 있다면, 그저 막는 시늉만 하다가 시위대를 통과시켜서 유혈사태를 막을 수 있다. 하지만 핀스키가 어떻게 나올지 알 수 없었다.

시위대가 가까이 다가왔다. 수백, 아니 수천 명이 넘었다. 파란색 재킷이나 허름한 코트 차림의 남녀 공장 노동자들은 대부분 팔에 붉은 완장을 두르거나 붉은 리본을 달고 있었다. 손에 든 깃발에는 차르 타도나 빵 평화 토지라고 쓰여 있었다. 이건 그냥 단순한 시위가 아니야. 그리고리는 결론을 내렸다. 이제 정치적인 움직임이 된 거라고.

시위대 우두머리들이 가까이 다가오자 그리고리는 병사들 사이에 도는 팽팽한 긴장을 느낄 수 있었다.

그리고리는 앞으로 걸어나가 시위대와 마주섰다. 맨 앞에 선 사람은 놀랍게도 콘스탄틴의 어머니 바랴였다. 그녀는 백발을 붉은 스카프로 묶고, 붉은 깃발이 달린 커다란 막대기를 들고 있었다. "잘 있었니, 그리고리 세르게이비치." 그녀는 상냥하게 말했다. "날 쏠 거야?"

"아뇨, 아니죠." 그리고리는 대답했다. "하지만 경찰은 어떻게 나올지 몰라요."

멈춰 선 바랴의 뒤로 수천 명이나 되는 사람들이 꾸역꾸역 밀려들고 있었다. 핀스키가 기마경찰에게 앞으로 나아가라고 지시하는 소리가 들렸다. 파라오라 불리는 기마경찰대는 사람들로부터 가장 미움을 받는 조직으로, 채찍과 몽둥이로 무장한 상태였다.

바랴가 말했다. "우리가 원하는 건 가족과 함께 먹고사는 것뿐이야. 너도 그걸 원하지 않니, 그리고리?"

시위대는 그리고리의 병사들과 맞붙지도, 그들을 뚫고 다리를 통과하려 하지도 않았다. 대신 양쪽 강둑으로 흩어졌다. 핀스키가 지휘하는 파라오들은 얼어붙은 강으로 내려가는 길을 막으려는 듯 신경질적으로 강을 따라 움직였다. 하지만 수가 적어서 완전한 방벽을 만들 수는 없었다. 어쨌든 시위대에서 맨 먼저 강을 건너려는 사람은 아직 나오지 않았고, 양측은 잠시 아무 움직임 없이 멈춰 있기만 했다.

핀스키가 확성기를 입으로 가져갔다. "해산하라!" 그는 소리질렀다. 확성기라고 해봐야 양철로 만든 깔때기에 불과했기 때문에 그의 목소리는 조금 더 커졌을 뿐이었다. "시내로 들어갈 수 없다. 질서를 지켜 각자 일터로 돌아가라. 이건 경찰의 명령이다. 해산하라."

돌아서는 사람은 없었다. 대부분 핀스키의 말을 듣지도 못했다. 하지만 시위대는 야유를 보내며 조롱하기 시작했다. 군중 속 누군가는 돌멩이를 던지기도 했다. 파라오의 말 한 마리가 돌에 맞아 깜짝 놀라서 펄쩍 뛰었고, 타고 있던 경관 역시 놀라 말에서 떨어질 뻔했다. 화가 잔뜩 난 경관은 몸을 똑바로 세우고 고삐를 잡아당기며 채찍으로 말을 호되게 때렸다. 사람들이 웃음을 터뜨려 경관의 화를 돋우었지만, 그래도 그는 말을 진정시키는 데 성공했다.

혼란을 틈타 시위대에서 한 용감한 사람이 강둑에 늘어선 파라오들 사이로 뛰어들어 얼어붙은 강을 향해 내달렸다. 다리 양쪽에서 몇 사람이 같은 행동을 했다. 파라오들은 이리저리 돌고 뒷걸음치며 채찍과 몽둥이를 휘둘렀다. 일부 시위대가 바닥에 쓰러졌지만 더 많은 사람이 저지선을 뚫었고, 그 모습에 용기를 내 강을 건너려는 사람이 늘어났다. 순식간에 삼십여 명이 넘는 시위대가 얼어붙은 강을 뛰어 건너기 시작했다.

그리고리에게는 다행스러운 결과였다. 시위대를 저지하려고 시도했고 실제로 사람들이 다리를 건너는 걸 막았지만, 시위대 인원이 워낙 많아서 빙판으로 건너는 것까지 막기는 불가능했다고 변명할 수 있게 됐기 때문이다.

핀스키는 그렇게 생각하지 않았다.

그는 확성기를 무장한 경찰들 쪽으로 돌리고 외쳤다. "조준!"

"안 돼!" 그리고리가 소리질렀지만 이미 늦었다. 경관들은 한쪽 무릎을 꿇고 소총을 들어올려 사격 자세를 취했다. 시위대의 선두는 뒤로 물러나려고 했지만 뒤에서 수천 명이 몰려들고 있었다. 일부는 오히려 파라오를 두려워하지 않고 강을 향해 내달렸다.

핀스키가 외쳤다. "발사!"

마치 불꽃놀이처럼 총소리가 울려퍼졌다. 곧이어 두려움에 찬 외침과 고통의 비명이 울리며 죽거나 다친 사람들이 쓰러졌다.

십이 년 전 기억이 떠올랐다. 겨울궁전 앞 광장에서 무릎을 꿇고 기도를 올리는 수백 명의 남녀, 소총을 든 군인들, 바닥에 쓰러진 어머니 주위로 쌓인 눈에 피가 번져가는 광경이 보였다. 열한 살 레프의 비명이 머릿속에서 울렸다. "엄마가, 우리 엄마가 죽었어!"

"안 돼." 그리고리는 소리내어 말했다. "다시 같은 일을 겪을 수는 없어." 그는 모신나강 소총의 안전장치를 돌려 푼 다음 총을 들어 어깨에 올렸다.

시위대는 비명을 지르고 쓰러진 사람들을 짓밟으며 사방으로 날뛰었다. 이성을 잃은 파라오는 아무에게나 채찍질을 해대고 있었다. 경찰은 마구잡이로 군중을 향해 총을 쏴댔다.

그리고리는 신중하게 핀스키의 몸통을 겨냥했다. 사격 실력이 그리 좋지 않았고 핀스키는 50여 미터 떨어진 곳에 있었지만, 그래도 가능성은 있었다. 그는 방아쇠를 당겼다.

핀스키는 여전히 확성기에 대고 소리를 질렀다.

그리고리의 사격은 빗나갔다. 그는 총알이 나가면서 위로 들린 총구를 아래로 내리고 다시 방아쇠를 당겼다.

또 빗나갔다.

살육은 계속되었고, 경찰은 달아나는 사람들을 향해 남녀를 가리지 않고 마구 총을 쐈다.

그리고리의 소총에는 모두 다섯 발의 탄환이 들어 있었다. 그의 실력은 대개 다섯 발을 쏘면 한 발은 맞힐 수 있는 정도였다. 세번째 탄환을 발사했다.

핀스키가 내지르는 비명이 확성기를 통해 크게 들렸다. 오른쪽 무릎이 푹 꺾이나 싶더니 핀스키는 확성기를 떨어뜨리고 바닥에 쓰러졌다.

그리고리의 부하들 역시 그의 행동을 따르고 있었다. 다들 경찰을 공격했다. 일부는 총을 쐈고 다른 이들은 소총 개머리판을 몽둥이 삼아 내리쳤다. 파라오를 말에서 끌어내리는 병사들도 있었다. 시위대가 용기를 내어 군인들과 합세했다. 얼어붙은 강을 건너던 이들 중 일부는 되돌아왔다.

군중의 분노는 무시무시했다. 사람들이 기억하는 한 페트로그라드 경찰은 조롱을 일삼는 짐승에다 규율도 없고 통제도 안 되는 놈들이었다. 이제 시민들은 그들에게 복수하고 있었다. 쓰러진 경관을 차고 짓밟았고, 서 있는 자는 쓰러뜨렸으며, 말에 올라앉은 파라오는 아래서 총으로 쐈다. 경찰은 잠시 맞서 싸우는 듯했으나 이내 달아나기 시작했다.

그리고리는 핀스키가 버둥거리며 일어서는 걸 보았다. 완전히 끝장 내겠다는 생각으로 다시 겨누었지만, 파라오 하나가 끼어들어 핀스키를 말 목 쪽에 태우더니 전속력으로 달아났다.

그리고리는 뒤로 물러서서 그들이 달아나는 모습을 지켜보았다.

태어나서 가장 큰 위기에 처했다.

그리고리의 소대가 반란을 일으켰다. 명령을 정면으로 거부하고 시위대가 아닌 경찰을 공격했다. 게다가 그는 부하들보다 앞장서서 핀스키 부서장을 쐈고, 핀스키가 살아남아 증언할 수도 있었다. 이번 일은 덮을 방법이 없었다. 아무리 핑계를 찾아낸다고 해도 결과는 달라질 게 없을 테고 처벌도 피할 수 없었다. 그는 반역죄를 지었다. 군사재판을 받고 처형당할 수도 있었다.

그럼에도 그리고리는 행복했다.

바랴가 사람들을 뚫고 다가왔다. 얼굴에서 피가 흘러내렸지만 웃고 있었다. "이제 어쩌지, 하사?"

그리고리는 이대로 포기하고 벌받을 생각은 없었다. 차르는 자기 인민을 살해하고 있었다. 이제 인민이 반격할 차례였다. "부대로 가요. 노동자들을 무장시킵시다!" 그는 바랴가 든 붉은 깃발을 낚아채 들었다. "나를 따르라!"

그리고리는 삼소니옙스키 대로를 따라 부대로 향했다. 이사크의 지휘하에 부하들이 뒤따랐고, 그뒤로 시위대가 따라붙었다. 어찌해야 할지 정확히 알지는 못했지만, 따로 계획을 세울 필요는 느끼지 못했다. 사람들을 이끌고 진격하는 동안 그리고리는 뭐든 해낼 수 있을 것 같은 기분이었다.

부대 앞에서 보초를 서던 병사들이 돌아온 동료들에게 문을 열어주었고, 그뒤를 따르는 시위대도 미처 막지 못하고 모두 들여보냈다. 무적이 된 기분을 느끼며 그리고리는 사람들을 이끌고 연병장을 지나 무기고로 향했다. 본부 건물에서 나온 키릴로프 중위가 떼로 몰려온 사람들을 보더니 그들을 향해 냅다 달렸다. "거기 병사들! 동작 그만! 거기 멈춰!"

그리고리는 그의 말을 무시했다.

키릴로프는 꼼짝하지 않고 서 있더니 권총을 뽑았다. "멈춰!" 그가 말했다. "멈추지 않으면 쏜다!"

그리고리의 소대원 중 두세 명이 총을 들어 키릴로프에게 사격을 가했다. 키릴로프는 여러 발을 맞고 피를 흘리며 땅에 쓰러졌다.

그리고리는 계속 앞으로 나아갔다.

무기고는 두 명의 보초병이 지키고 있었다. 두 사람 모두 그리고리를 제지하지 않았다. 그리고리는 총에 남은 두 발의 탄환으로 묵직한 나무 문짝에 달린 자물쇠를 쏴서 부쉈다. 사람들이 몰려와 서로 무기를 손에 넣으려고 밀쳐댔다. 그리고리의 부하 몇 명이 소총과 권총이 든 나무 케이스를 열고 탄환상자까지 함께 나눠주었다.

이거야. 그리고리는 생각했다. 이게 혁명이야. 기운이 솟으면서 동시에 두렵기도 했다.

그는 장교들에게 지급되는 나강 권총 두 자루를 따로 챙기고, 소총에 다시 탄환을 재어넣은 다음 추가로 주머니에 여분의 총알을 넣었다. 앞으로 어떻게 하면 좋을지 정확히 알 수는 없었지만 이미 죄를 저질렀고 무기가 필요했다.

부대에 남아 있던 병사들도 무기고 약탈을 함께해 곧 모두가 완전 무장을 마쳤다.

바랴가 들었던 붉은 깃발을 든 그리고리는 시위대를 이끌고 부대 밖으로 나왔다. 시위대는 늘 시내를 향해 행진했다. 그리고리는 이사크, 야코프, 바랴와 함께 다리를 건너 리테이니 대로를 지나 페트로그라드의 부유한 중심지로 향했다. 마치 보드카를 크게 한 모금 마신 듯 하늘을 나는 것 같기도 했고 꿈을 꾸는 것 같기도 했다. 오랫동안 정권에 맞서 싸워야 한다고 말해왔는데 오늘 실제로 그걸 해내고 있었고, 그는 마치 새사람, 전혀 다른 존재, 하늘을 나는 한 마리 새가 된 것 같았다. 어머니가 총에 맞아 죽었을 때 한 노인이 했던 말이 떠올랐다. "오래 살아야 한다." 그리고리가 죽은 어머니를 안고 궁전 광장을 걸어갈 때였다. "오래 살아서 오늘 이런 끔찍한 짓을 저지른 피투성이 살인자 차르에게 복수해야 해." 어쩌면 당신 소원이 이뤄지겠군요. 그리고리는 기뻐하며 생각했다.

이날 아침 반란을 일으킨 부대는 제1기관총연대만이 아니었다. 다리 건너편에 도착한 그리고리는 모자를 거꾸로 쓰거나 코트 자락을 풀어헤치는 등 규정을 어기고 즐거워하는 병사들이 거리를 가득 메운 모습에 더욱 기분이 좋아졌다. 대개는 팔에 붉은 완장을 두르거나 옷깃에 붉은 리본을 달아 혁명에 참여하고 있음을 알렸다. 빼앗은 차들이 시끄러운 소리를 내며 아무렇게나 내달렸는데, 창밖으로 소총 총신과 대검이 비쭉 튀어나왔고 안에는 병사들 무릎 위에 여자들이 앉아 웃고 있었다. 어제 보였던 초소와 검문소는 사라지고 없었다. 모든 거리는 사람들이 차지하고 있었다.

그리고리는 창문이 깨지고 출입문이 부서진 와인 가게를 보았다. 한 군인과 여자가 양손에 술병을 들고 깨진 유리를 짓밟으며 밖으로 나왔다. 그 옆 식당에서는 주인이 직접 야외 탁자 위에 훈제 생선과 저민 소시지가 담긴 접시들을 차려놓고서, 옷깃에 붉은 리본을 달고 긴장된 표정으로 웃으면서 병사들에게 마음껏 먹으라며 권하고 있었다. 옆집 와인 가게처럼 군인들에게 약탈당하지 않으려 애쓰는 모양이라고 그리고리는 생각했다.

시내 중심지가 가까워질수록 축제 분위기는 무르익었다. 아직 오후인데 이미 잔뜩 취한 사람들도 있었다. 여자들은 붉은 완장을 찬 사람이면 누구에게나 키스해주었고, 그리고리는 한 병사가 사람들이 빤히 보는 곳에서 웃고 있는 중년 여자의 가슴을 주무르는 모습도 목격했다. 몇몇 여자는 군복에 모자를 쓰고 커다란 군화를 신은 모습으로 뽐내듯 거리를 활보하며 해방감을 만끽하고 있었다.

빛나는 롤스로이스 한 대가 도로를 지나가자 사람들이 세우려고 했다. 운전사는 속도를 높이려 했지만 누군가 문을 열고 그를 차에서 끌어내렸다. 사람들은 밀치락달치락하며 자동차에 올라탔다. 그리고리는 자동차 뒷좌석에서 내려 달아나는 마클라코프 백작을 보았다. 그는 푸틸로프 공장의 고위 임원 중 하나였다. 비 공주가 공장을 방문했던 날 그녀 옆에서 좋아 어쩔 줄 몰라하던 마클라코프의 모습을 그리고리는 기억하고 있었다. 털 달린 칼라를 세워 얼굴을 가리고 허둥지둥 달아나는 백작을 향해 다들 야유를 퍼부었지만 폭행하지는 않았다. 아홉에서 열이나 되는 사람이 올라타자 운전석의 누군가가 자동차를 출발시키며 신나게 경적을 울려댔다.

다음 모퉁이에서는 몇 안 되는 사람이 모여 키가 크고 중절모에 해진 코트 차림인 중산층 전문직 남자를 괴롭히고 있었다. 군인 하나가 소총 끝으로 남자를 찔렀고, 어느 노파는 그에게 침을 뱉었고, 작업복 차림의 젊은 남자는 쓰레기를 집어던졌다. "보내주시오!" 붙들린 남자가 당당한 목소리로 말했지만 사람들은 웃음을 터뜨렸다. 그리고리가 보니 마른 그 남자는 푸틸로프 공장의 주물부서 관리자인 카닌이었다. 카닌이 쓴 중절모가 벗겨져 떨어졌다. 카닌은 완전히 대머리가 돼 있었다.

그리고리는 모인 사람들 사이로 끼어들었다. "이 사람은 잘못한 게 없어요!" 그가 소리질렀다. "이 사람은 기술자입니다. 나와 함께 일했어요."

카닌이 그를 알아보았다. "고맙네, 그리고리 세르게이비치." 그가 말했다. "나는 그저 어머니 집에 가려는 것뿐이야. 괜찮으신지 보려고."

그리고리가 사람들을 향해 섰다. "이 사람은 보내줍시다. 괜찮은 사람이라는 건 내가 보장할 테니." 붉은 리본 한 릴을 들고 가는 여인이 눈에 들어왔다. 아마 양복점 같은 데서 약탈한 물건인 듯했다. 그는 여인에게 끈을 조금 잘라달라고 부탁했다. 그리고리는 여자가 가위로 잘라준 끈을 카닌의 왼팔 소매에 둘렀다. 사람들이 환호성을 올렸다.

"이제 안전할 겁니다." 그리고리가 말했다.

카닌은 악수를 하고 자리를 떠났다. 사람들은 막아서지 않았다.

그리고리가 이끄는 무리는 겨울궁전에서 니콜라옙스키 역에 이르는 넓은 쇼핑가인 넵스키 대로로 향했다. 그곳은 술을 마시거나 뭔가를 먹고 키스하고 허공에 대고 총을 쏴대는 사람들로 북적거렸다. 문을 연 식당마다 '혁명군에게 음식 공짜!' 또는 '얼마든지 먹고 돈은 마음대로 내세요!'라고 적힌 종이가 붙어 있었다. 약탈당한 가게도 많아서 거리에는 깨진 유리조각 천지였다. 노동자들이 이용하기에는 요금이 너무 비싸서 원성을 사던 전차가 도로 한복판에 쓰러져 있고, 그걸 들이받고 멈춰 선 르노 자동차도 한 대 보였다.

그때 총성이 들렸다. 하도 자주 들리는 소리라 그리고리는 잠깐 선혀 신경쓰지 않았다. 그런데 옆에 섰던 바랴가 비틀거리더니 쓰러졌다. 그녀 양쪽에 있던 그리고리와 야코프는 무릎을 꿇고 앉았다. 바랴는 의식을 잃은 듯했다. 그녀의 무거운 몸을 애써 뒤집은 두 사람은 도저히 가망이 없다는 걸 알았다. 총알은 바랴의 이마를 뚫고 지나간 상태였다. 앞을 볼 수 없는 두 눈이 허공을 향해 있었다.

그리고리는 자기를 위해서건 바랴의 아들이자 자신의 가장 친한 친구인 콘스탄틴을 위해서건 애도할 시간을 스스로에게 허락하지 않았다. 우선 반격부터 하고 애도는 나중이라는 걸 전장에서 배웠다. 그런데 여기가 전장이었나? 누가 바랴를 죽이고 싶어한단 말인가? 하지만 정확히 머리에 난 상처를 보면 그녀가 아무렇게나 쏜 유탄에 희생되었다고는 믿을 수 없었다.

잠시 후 의문에 대한 답을 얻었다. 야코프가 가슴에서 피를 흘리며 쓰러졌다. 그의 무거운 몸이 쿵 소리내며 자갈길에 뻗었다.

그리고리는 쓰러진 두 사람에게서 물러나며 말했다. "이게 뭐야?" 그는 쭈그려 앉아 노출 면적을 줄인 뒤, 몸을 숨길 곳이 없는지 주위를 재빨리 둘러보았다.

또다시 총소리가 들렸고, 모자에 빨간 스카프를 두르고 지나가던 병사 하나가 허리를 꺾으며 바닥에 쓰러졌다.

저격수가 혁명에 참여한 이들을 노리고 있었다.

그리고리는 세 걸음을 달려 뒤집힌 전차 뒤로 몸을 날렸다.

한 여자가 비명을 질렀고 또다른 비명이 울렸다. 사람들은 피투성이 시체를 보고 달아나기 시작했다.

그리고리는 고개를 들어 주변 건물을 살펴보았다. 총을 쏘는 사람은 경찰 소총수가 분명했다. 하지만 대체 어디 있는 걸까? 그리고리가 판단하기에 총소리는 길 건너편의 채 한 블록도 떨어지지 않은 거리에서 난 것 같았다. 건물들이 오후 햇빛에 빛나고 있었다. 호텔이 하나, 셔터가 굳게 닫힌 귀금속 가게, 은행이 보이고 모퉁이에는 교회가 있었다. 열린 창문이 없는 걸로 봐서 저격수는 지붕에 있는 게 분명했다. 교회를 제외한 나머지 건물 지붕에는 몸을 숨길 만한 데가 없었다. 교회는 바로크 양식으로 지은 석조 건물로 탑과 난간, 양파 모양 돔을 갖추고 있었다.

다시 총소리가 울렸고, 공장 노동자 옷을 입은 여자가 비명을 지르며 어깨를 붙잡고 쓰러졌다. 소리는 교회에서 들린 것이 확실했지만 연기가 보이지 않았다. 경찰이 저격수들에게 연기가 나지 않는 탄약을 지급한 게 틀림없었다. 이건 정말 전쟁이었다.

이제 넵스키 대로의 한 블록 전체에 사람이라고는 보이지 않았다.

그리고리는 총을 들어 교회 벽 꼭대기를 따라 설치된 난간 주변을 노렸다. 그러면 거리 전체가 훤히 내려다보이는 그곳에서 저격할 것 같았다. 그는 조심스럽게 살폈다. 옆으로 흘깃 보니 같은 방향을 겨누고 있는 총구 두 개가 보였다. 마찬가지로 근처에 몸을 숨긴 다른 병사들의 총이었다.

군인 하나가 여자와 함께 취한 채 비틀거리며 걸어오는 모습이 보였다. 여자는 치맛자락을 무릎 위로 들어올려 춤을 추었고, 남자친구인 병사는 소총을 목에 대고 바이올린을 연주하는 시늉을 하면서 여자 주위를 돌며 왈츠를 추었다. 두 사람 모두 붉은 완장을 차고 있었다. 몇몇이 조심하라며 소리질렀지만 술에 취한 두 사람은 듣지 못했다. 그들이 위험을 깨닫지 못한 채 흥에 겨운 모습으로 교회 앞을 지나는 순간, 두 발의 총성이 울렸고 군인과 여자는 쓰러졌다.

이번에도 연기는 보이지 않았지만 분노에 찬 그리고리는 교회 출입문 위쪽 난간을 향해 탄창이 모두 빌 때까지 총을 쐈다. 총알이 석조 건물을 깎아내며 풀풀 먼지가 날렸다. 다른 병사 둘도 그리고리가 겨눈 곳을 노리고 함께 쐈지만 마찬가지로 아무것도 맞히지 못한 것 같았다.

불가능한 일이야. 그리고리는 다시 총알을 재며 생각했다. 그들은 보이지 않는 목표물에 대고 총을 쏘고 있었다. 저격수는 지붕 가장자리에서 멀리 떨어져 납작 엎드려 있을 게 뻔했다. 그러면 총구를 난간 사이로 비쭉 내밀 필요도 없었다.

하지만 어떻게든 막아야 했다. 저격수는 이미 바랴, 야코프, 다른 군인 두 명에 아무 죄 없는 여자까지 죽였다.

녀석에게 접근할 길은 오직 교회 지붕으로 올라가는 것뿐이었다.

그리고리는 다시 난간을 향해 발사했다. 생각한 대로 다른 병사 두 명도 같은 곳을 향해 총을 쐈다. 저격수가 잠깐이라도 고개를 숙이고 있을 테니 그리고리는 뒤집힌 전차 뒤에서 나와 도로 건너편으로 뛰었다. 서점 창문에 바짝 몸을 붙이고 섰다. 약탈당하지 않은 몇 안 되는 가게 가운데 하나였다.

건물의 그림자 안으로만 조심조심 움직이며 그리고리는 도로를 따라 교회로 접근했다. 바로 옆 건물인 은행과의 사이에 골목길이 있었다. 그는 몇 분간 신중하게 기다렸다가 다시 총격이 시작되자 골목길을 내달려 교회 동쪽 끝 벽에 등을 대고 섰다.

저격수가 달려가는 그를 보고 어쩔 심산인지 알아차렸을까? 알 수 없는 일이었다.

그리고리는 교회 벽에 등을 바짝 붙인 채 움직여 조그만 문이 있는 곳에 도착했다. 문은 열려 있었다. 안으로 들어가보았다.

빨간색, 녹색, 노란색 대리석으로 화려하게 장식한 호화로운 교회였다. 예배중은 아니었지만 스무 명에서 서른 명 정도 되는 교인이 서거나 앉아 고개를 숙이고 각자 개인적으로 기도를 하고 있었다. 그리고리는 내부를 둘러보며 혹시 계단으로 통하는 출입문이 있는지 살폈다. 그는 통로를 따라 서둘러 움직였다. 늦어지면 그만큼 더 많은 사람이 살해당할 거라는 생각에 두려웠다.

검은 머리에 피부가 희고 무척 잘생긴 젊은 사제가 소총을 보더니 항의하려는 듯 입을 열었지만, 그리고리는 그를 무시하고 바삐 움직였다. 로비 벽에 작은 나무문이 보였다. 열어보니 위로 올라가는 나선형 계단이 보였다. 누군가 뒤에서 말했다. "멈추시오, 젊은이. 무슨 짓을 하는 거요?"

돌아보니 아까 그 젊은 사제였다. "이 계단 지붕으로 통하나요?"

"나는 미하일 사제요. 그런 무기를 하느님의 집에 들일 수는 없소."

"지붕에 저격수가 있습니다."

"그는 경관이오!"

"위에 사람이 있다는 걸 알고 있었어요?" 그리고리는 믿을 수 없다는 듯 사제를 바라보았다. "지금 사람을 죽이고 있어요!"

사제는 아무 대답이 없었다.

그리고리는 계단을 뛰어올라갔다.

위쪽 어디선가 찬바람이 불어왔다. 미하일 사제는 경찰 편인 게 분명했다. 혹시 사제가 저격수에게 미리 경고할 방법은 없나? 거리로 달려나가 손을 흔드는 수도 있다. 하지만 그러다가 총에 맞을지 모른다.

암흑에 가까운 계단을 한참 올라간 그리고리의 앞에 또다른 문이 보였다.

최대한 몸을 드러내지 않기 위해 눈높이를 문 아래쪽에 맞추고서 오른손에는 그대로 소총을 들고 왼손으로 문을 살짝 열어보았다. 환한 햇빛이 문틈으로 비쳤다. 문을 활짝 열었다.

아무도 보이지 않았다.

그는 환한 햇빛에 눈을 가늘게 뜨고 문 너머 보이는 사각형 공간을 샅샅이 살폈다. 그가 있는 곳은 종탑이었다. 문은 남쪽으로 열려 있었다. 넵스키 대로는 교회 건물 북쪽이었다. 저격수는 반대편에 있다. 그리고리에게 매복 공격을 하기 위해 자리를 옮기지 않았다면.

그리고리는 조심스레 계단을 하나씩 올라가 고개를 밖으로 내밀었다.

아무 일도 벌어지지 않았다.

그는 문밖으로 발을 내디뎠다.

장식적인 난간을 따라 이어진 배수로까지 지붕은 완만한 경사를 이루었고, 일꾼들이 기와를 밟지 않고도 이리저리 움직일 수 있도록 깔판이 설치돼 있었다. 그의 뒤쪽으로는 종탑이 높이 솟아 있었다.

그리고리는 총을 들고 종탑에 붙어 반대편을 향해 조금씩 움직였다.

첫번째 모퉁이에 선 그의 눈에 넵스키 대로 서쪽이 보였다. 날씨가 맑아서 저멀리 대로 끝의 알렉산드르 정원과 해군성 건물까지 훤히 보였다. 중간쯤 보이는 거리에는 사람들이 북적거렸지만 가까운 곳은 텅 비어 있었다. 저격수가 여전히 사격중인 게 분명했다.

귀를 기울여보았지만 총성은 들리지 않았다.

그리고리는 다음 모퉁이를 살필 수 있도록 종탑을 따라 옆걸음으로 좀더 움직였다. 이제 교회의 북쪽 지붕 난간이 훤히 보이는 위치에 이르렀다. 분명히 그곳에 저격수가 바닥에 배를 깔고 엎드려서 난간 기둥 사이로 총을 쏘고 있으리라 예상했다. 하지만 아무도 보이지 않았다. 난간 너머로 넓은 넵스키 대로가 내려다보였다. 사람들이 상점 문가에 웅크리고 있거나 모퉁이 주변에 몸을 숨기고 무슨 일이 벌어질지 기다리고 있었다.

잠시 후 저격수의 총이 울렸다. 거리에서 비명이 울려 그리고리는 저격수가 누군가를 맞혔다는 걸 알 수 있었다.

총소리는 그리고리의 머리 위에서 들렸다.

그는 고개를 들었다. 종탑은 사방으로 유리 없는 창이 뚫려 있고 네 모퉁이마다 지붕이 없는 망루가 붙어 있었다. 저격수는 위쪽 어딘가에 숨어서 여기저기 뚫린 곳을 통해 사격을 하고 있었다. 다행히 그리고리는 종탑에 딱 붙어 있었기 때문에 아직 저격수 눈에 띄지 않았다.

그리고리는 다시 종탑 안으로 들어갔다. 좁은 계단통에서 소총은 크고 불편했다. 그는 소총을 내려놓고 권총 두 자루 중 하나를 꺼냈다. 무게를 가늠해보니 장전이 돼 있지 않았다. 빌어먹을. 나강 M1895는 장전이 오래 걸렸다. 군용코트 주머니에서 탄환상자를 꺼내 리볼버 권총의 불편한 탄창 마개를 열고 일곱 발을 차례로 장전했다. 그리고 공이치기를 젖혔다.

소총은 그 자리에 두고 나선형 계단을 조심조심 밟으며 올라갔다. 숨이 차면 소리를 낼까봐 천천히 움직였다. 오른손에 든 권총으로는 계속 계단 위쪽을 겨누었다.

잠시 후 연기 냄새가 났다.

저격수가 담배를 피우고 있었다. 하지만 담배가 타는 자극적인 냄새는 상당히 멀리까지 퍼지기 때문에 상대가 얼마나 가까이 있는지는 알 수 없었다.

정면 위쪽에서 반사되는 햇빛이 보였다. 그는 쏠 준비를 하고 살금살금 올라갔다. 햇빛은 유리 없는 창을 통해 들어오는 것이었다. 저격수는 그곳에도 없었다.

좀더 올라간 그리고리의 눈에 다시 반짝이는 빛이 보였다. 담배 냄새도 더욱 강해졌다. 그저 상상일까? 아니면 나선계단을 좀더 올라가면 저격수가 있는 걸까? 그리고 혹시 그렇다면, 저격수도 그리고리가 접근하는 걸 눈치챌까?

숨을 들이마시는 날카로운 소리가 났다. 그리고리는 너무 놀라 방아쇠를 당길 뻔했다. 담배연기를 빨아들이는 소리였다는 걸 문득 깨달았다. 잠시 후 연기를 내뿜는 좀더 부드럽고 만족스러운 숨소리가 들렸다.

그리고리는 망설였다. 저격수가 어느 쪽을 보고 있는지, 그의 총이 어디를 겨누고 있는지 알 수 없었다. 저격수의 총소리를 다시 듣고 싶었다. 그러면 그의 관심이 바깥쪽을 향해 있는지 확인할 수 있을 터였다.

기다리다간 다른 사람이 죽을 수도 있었다. 또다른 야코프나 바랴가 차가운 자갈길 위에서 피를 흘리며 죽어갈 것이다. 하지만 반대로 그리고리가 여기서 실패한다면 얼마나 많은 사람이 오늘 오후 저격수에게 희생될 것인가.

그리고리는 애써 인내심을 갖고 기다렸다. 전장에서 싸울 때와 다름없었다. 다친 동료를 구하겠다고 달려들었다간 목숨을 잃을 수도 있다. 기회는 정신을 바짝 차릴 때만 온다.

다시 숨을 들이마시는 소리가 나더니 길게 내뿜는 소리가 들렸고, 잠시 후 짜부라진 담배꽁초 한 개가 계단으로 날아들어 벽에 부딪혔다가 그리고리의 발치에 떨어졌다. 그리고 좁은 공간에서 위치를 옮기는 남자의 기척이 들렸다. 그 순간 그리고리는 낮게 웅얼거리는 소리를 들었다. 주로 욕설인 듯했다. "돼지…… 혁명이나 일으키는…… 냄새나는 유대인놈들…… 병 걸린 창녀…… 병신들……" 저격수는 다시 누군가를 노리기 위해 준비하고 있었다.

만일 그리고리가 지금 그를 막아낸다면 최소한 한 사람의 생명은 구할 수 있을 것이다.

그는 계단을 한 칸 올라갔다.

중얼거리는 소리는 멈추지 않았다. "슬라브족…… 가축…… 도둑놈들에 범죄자들……" 왠지 귀에 익은 목소리였다. 그리고리는 저격수가 전에 만난 적이 있는 놈인지 궁금했다.

다시 한 칸을 올라가니 놈의 발이 보였다. 경찰용 검은색 가죽부츠가 새것인 듯 빛났다. 작은 발이었다. 몸집도 아주 작았다. 그는 한쪽 무릎을 꿇고 매우 안정적인 사격 자세를 취하고 있었다. 그리고리는 저격수가 네 개의 망루 중 한곳에 자리를 잡았고 세 방향으로 사격이 가능하다는 사실을 눈으로 확인할 수 있었다.

한 걸음만 더. 그리고리는 생각했다. 그러면 쐬죽일 수 있어.

계단 한 칸을 더 올랐다. 하지만 너무 긴장하는 바람에 발을 헛디디고 말았다. 그리고리는 비틀거리다 쓰러지며 권총을 떨어뜨렸다. 권총이 돌계단에 떨어져 쇳소리를 냈다.

저격수는 겁먹은 듯 큰 소리로 욕설을 내뱉고 주위를 두리번거렸다.

경악스러웠다. 저격수는 핀스키를 따라다니던 일리야 코즐로프였다.

그리고리는 떨어진 권총을 잡아챘다가 놓쳐버렸다. 권총은 돌계단을 따라 고통스러우리만큼 천천히, 한 번에 한 칸씩 떨어져 손이 닿을 수 없는 곳까지 가버렸다.

코즐로프는 몸을 돌리려 했지만 무릎을 꿇고 있어 동작이 민첩하지 못했다.

그리고리는 균형을 다시 잡고 계단을 하나 더 올랐다.

코즐로프는 소총 총신을 그리고리를 향해 돌리려 했다. 평범한 모신나강 소총이지만 망원경이 달려 있었다. 대검을 제외하더라도 길이가 1미터 가까이 되었기 때문에 총구를 빠르게 돌리기는 어려웠다. 그리고리는 재빨리 달려들었다. 소총 총신이 왼쪽 어깨에 부딪혔다. 코즐로프는 부질없이 방아쇠를 당겼고, 총알은 계단통의 둥근 내벽에 맞고 튀어올랐다.

코즐로프는 놀라울 정도로 민첩하게 일어섰다. 머리가 작고 야비한 얼굴이었다. 왠지 코즐로프가 늘 자기를 괴롭히던 덩치 큰 남자들은 물론 여자들에게 복수하려고 저격수가 되었을 것 같다는 생각이 들었다.

그리고리는 양손으로 소총을 움켜잡았고, 두 사람은 유리 없는 창문 옆 비좁은 망루에서 얼굴을 맞댄 채 총을 서로 빼앗으려고 몸싸움을 벌였다. 흥분한 사람들의 고함소리가 들렸다. 아마도 싸우는 모습이 거리에서 보이는 듯했다.

그리고리는 자기가 덩치가 더 크고 힘도 세니 결국 총을 뺏으리라는 걸 알았다. 코즐로프 역시 그런 사실을 눈치챘는지 딱 손을 뗐다. 그리고리는 비틀거리며 뒷걸음쳤다. 순식간에 코즐로프는 짧은 나무몽둥이를 뽑아들더니 그리고리의 머리를 노리고 휘둘렀다. 잠깐 별이 보였다. 코즐로프가 다시 몽둥이를 드는 모습이 흐려진 시야에 들어왔다. 그리고리는 소총을 들어올렸고, 몽둥이는 총신을 때렸다. 다시 몽둥이가 날아들기 전에 그리고리는 소총을 버리고 코즐로프의 코트 앞섶을 양손으로 움켜쥐어 그를 들어올렸다.

가냘픈 코즐로프는 몸무게도 얼마 나가지 않았다. 그리고리는 그를 허공에 든 채 잠시 그대로 있었다. 그러다 온 힘을 다해 창밖으로 내던져버렸다.

코즐로프는 공중에서 매우 느린 속도로 떨어지는 것처럼 느껴졌다. 그의 몸이 교회 지붕 난간을 넘어가는 사이, 그가 입은 녹색 제복이 햇빛에 반짝이며 빛났다. 고요한 가운데 공포 그 자체인 비명이 길게 울렸다. 그러다 종탑에서도 들릴 만큼 큰 소리를 내며 그의 몸이 지면에 부딪히자 비명도 뚝 그쳤다.

잠시 정적이 흐르더니 거대한 함성이 울려퍼졌다.

그리고리는 사람들이 자기를 향해 환호하고 있다는 걸 깨달았다. 다들 땅에 떨어진 사람의 경찰 제복과 종탑에 있는 사람의 군복을 보고 무슨 일이 벌어졌는지 알아차린 것이다. 그가 내려다보는 가운데 사람들이 상점 문간이나 모퉁이 뒤에서 거리로 나와 그를 올려다보며 소리를 지르고 박수를 쳤다. 그는 영웅이었다.

그리고리는 마음이 편치 않았다. 전쟁에서도 사람을 여럿 죽여서 비위가 상하거나 하지는 않았지만, 아무리 코즐로프처럼 죽어 마땅한 놈이라고 해도 죽음 앞에서 기뻐하기는 힘들었다. 잠시 더 그곳에 서서 사람들의 갈채를 받았지만 기분이 좋지는 않았다. 결국 그는 다시 종탑 안으로 들어가 나선계단을 따라 아래로 내려왔다.

내려오는 길에 권총과 소총을 챙겼다. 교회 로비로 나서자 미하일 사제가 겁먹은 표정으로 기다리고 있었다. 그리고리는 권총으로 그를 겨누었다. "당신을 쏴죽여야 마땅해." 그가 말했다. "당신이 지붕으로 올라가게 허락해준 저격수가 내 친구 둘과 다른 사람을 최소한 세 명은 더 죽였어. 그런 짓을 저지르게 둔 당신은 살인자에 악마야." 사제는 악마라고 불렸다는 사실에 너무 놀라 할말을 잃었다. 그래도 그리고리는 무기도 없는 민간인을 차마 쏠 수 없었다. 그는 역겨움 섞인 푸념을 흘리며 밖으로 나왔다.

소대원들이 기다리고 있다가 그리고리가 햇빛 아래로 모습을 드러내자 환호했다. 그를 들어올려 어깨 위에 앉히고 행진하는 부하들을 말릴 수는 없었다.

높은 곳에서 내려다본 거리 풍경은 아까와 달랐다. 사람들은 더 취했고, 블록마다 한두 사람은 정신을 잃은 채 건물 입구에 쓰러져 있었다. 그리고리는 남녀가 골목길에서 키스 이상의 행동을 하는 걸 보고는 깜짝 놀랐다. 다들 총을 지니고 있었다. 틀림없이 다른 무기고를 습격했거나 무기공장에서 가져온 것 같았다. 교차로마다 망가진 자동차가 보였고 그중 몇몇 차의 부상자들을 구급차와 의사들이 와서 보살피고 있었다. 어른뿐 아니라 아이들도 거리로 나왔는데, 조그만 녀석들은 음식을 훔치거나 담배를 피우고 버려진 차에서 놀면서 신나는 시간을 보내고 있었다.

그리고리는 어느 모피 가게가 전문가의 솜씨로 털린 걸 보았다. 살펴보니 전에 레프와 어울렸던 트로핌이 가게에서 코트를 한아름 안고 나와 손수레에 싣고 있었다. 레프의 또다른 친구 부패 경찰 표도르는 농민들이 입는 코트로 제복을 감추고 망을 보는 중이었다. 도시의 범죄자들이 혁명을 기회로 여기고 있었다.

그리고리의 부하들은 한참 만에 그를 내려놓았다. 오후 햇빛이 어두워지기 시작하자 사람들은 도로 여기저기에 모닥불을 피우고 그 주위에 모여 술을 마시고 노래를 불렀다.

그리고리는 열 살쯤 된 소년이 술에 취해 정신을 잃은 병사에게서 권총을 빼내는 걸 보고 간담이 서늘해졌다. 총신이 긴 루거 P08은 독일군 포병에게 지급되는 권총이었다. 전선에서 포로로 잡힌 독일군에게서 빼앗은 물건이 틀림없었다. 소년이 양손으로 권총을 잡더니 웃으면서 바닥에 누운 병사를 향해 겨누었다. 그리고리가 총을 빼앗으려고 움직이는 찰나, 아이가 방아쇠를 당겼고 총알은 술 취한 병사의 가슴에 박혔다. 아이는 비명을 질렀고 너무 놀라 계속 방아쇠를 당긴 채 놓지 못했다. 자동권총은 계속 총알을 토해냈다. 반동으로 아이의 팔이 위로 들렸고, 총알은 이리저리 날아가 늙은 여자와 또다른 여자를 맞혔다. 여덟 발짜리 탄창이 다 비고 나서야 아이는 권총을 버렸다.

이 무시무시한 상황에 채 반응하기도 전에 다른 비명이 들려와 그리고리는 고개를 돌렸다. 문을 닫은 모자 상점 문간에서 남녀 한 쌍이 아예 관계를 맺고 있었다. 등을 벽에 기댄 여자는 치마를 허리까지 올린 채 다리를 벌리고 신발을 신은 양발로 단단히 버티고 서 있었다. 상병 군복을 입은 남자는 바지 단추를 풀고 여자의 가랑이 앞에 서서 무릎을 굽힌 채 허리를 흔들고 있었다. 주위에서는 그리고리의 소대원들이 환호를 올리고 있었다.

남자는 절정에 도달한 듯했다. 그가 급히 몸을 추스르고 돌아서서 단추를 채우자 여자도 치마를 내렸다. 이고르라는 병사가 말했다. "잠깐만, 내 차례야!" 그가 여자의 치마를 걷어올리자 하얀 다리가 드러났다.

다른 사람들이 함성을 질렀다.

"안 돼!" 여자가 소리를 지르더니 이고르를 밀어내려 했다. 여자는 취하긴 했지만 속수무책으로 당할 정도는 아니었다.

이고르는 키가 작고 말랐지만 탄탄하고 보기보다 힘이 셌다. 그는 여자를 벽에 밀어붙이더니 그녀의 손목을 움켜잡았다. "이러지 마. 누군 되고 누군 안 되는 거야?"

여자가 몸부림쳤지만, 다른 병사 둘이 꼼짝 못하게 붙들었다.

여자와 관계를 마친 병사가 말했다. "이봐, 그냥 놔둬!"

"네가 했으니까 이제 내 차례야." 이고르가 단추를 풀며 말했다.

그리고리는 눈앞의 상황에 화가 났다. "그만둬!" 그가 소리질렀다.

이고르가 도전적인 표정을 지었다. "간부님께서 내리는 명령인가, 그리고리 세르게이비치?"

"간부가 아니라 인간으로서 말하는 거야!" 그리고리가 말했다. "이러지 마, 이고르. 여자가 원하지 않잖아. 여자는 널렸어."

"나는 이 여자를 원해." 이고르는 주위를 둘러보았다. "우리 모두 이 여자를 원한다고. 안 그래, 다들?"

그리고리는 양손을 옆구리에 올리고 앞으로 한 걸음 나섰다. "너희 사람이야, 개야?" 그는 크게 소리쳤다. "여자가 싫다잖아!" 그리고 화가 난 이고르의 어깨에 팔을 둘렀다. "말해보게, 동무." 그는 말했다. "여기 어디 사나이가 제대로 취할 만한 곳은 없나?"

이고르가 웃음지었고 병사들이 환호성을 올렸다. 여자는 빠져나갈 수 있었다.

그리고리가 말했다. "길 건너에 조그만 호텔이 보이는군. 저기 가서 사장한테 혹시 보드카가 있는지 좀 물어볼까?"

병사들이 다시 환호했고 그들은 모두 호텔로 몰려갔다.

로비에서는 겁에 질린 호텔 주인이 무료로 맥주를 제공하고 있었다. 그리고리는 현명한 판단이라는 생각이 들었다. 맥주는 보드카보다 마시는 데 오래 걸렸고, 그러면 사람들이 난폭해지는 걸 그나마 막을 수 있었다.

그리고리는 맥주 한 잔을 받아 크게 한 모금 들이켰다. 기쁨은 진작 사라졌다. 마치 한껏 취했다가 말짱하게 깬 것 같았다. 조금 전 상점 문간에서 벌어졌던 여자 사건에 간담이 서늘해졌고, 어린아이가 자동권총을 난사한 일은 충격 그 자체였다. 혁명은 몸에 묶인 쇠사슬을 벗어버리는 것처럼 단순한 일이 아니었다. 사람들을 무장시키는 건 위험했다. 군인들로 하여금 자본가의 자동차를 빼앗게 두는 것 역시 위험한 짓이었다. 마음에 드는 사람과 키스하는 정도의 아무렇지 않아 보이는 자유도 몇 시간 만에 그리고리 부대원들의 집단 강간 시도로 이어졌다.

이런 상태가 계속되어서는 안 된다.

질서를 유지해야 했다. 물론 과거로 돌아가고 싶은 것은 아니었다. 차르는 사람들에게 줄을 서서 빵을 사게 했고, 잔인한 경찰을 보냈고, 병사들을 군화도 없는 신세로 만들었다. 하지만 사람들에게는 혼란 없는 자유가 필요했다.

그리고리는 소변이 마렵다며 대충 핑계를 대고 부하들 사이를 빠져나왔다. 그는 아까 왔던 넵스키 대로를 되짚어 걸었다. 사람들은 오늘의 전투에서 승리했다. 차르의 경찰과 군 장교들은 패했다. 하지만 그 결과는 폭력이 난무하는 난장판이었다. 이러다간 머지않아 다시 예전 정권이 돌아오기를 바라며 다들 아우성칠 게 뻔했다.

누가 사람들을 이끌어야 하지? 어제 케렌스키가 해준 말에 따르면 의회인 두마는 차르에 반기를 들고 해산 명령을 거부했다. 의회는 거의 무기력했지만, 적어도 민주주의의 상징은 될 수 있었다. 그리고리는 타우리드 궁전으로 가서 무슨 일이 벌어지고 있는지 확인하기로 했다.

그는 강을 향해 북쪽으로 걷다가 동쪽으로 방향을 바꾸어 타우리드 궁전의 정원으로 향했다. 도착했을 때는 이미 밤이었다. 그리스풍 궁전 정면의 창문 수십 개 모두 불빛이 환했다. 수천 명의 사람이 그리고리와 같은 생각을 했는지 널찍한 안뜰에는 병사와 노동자가 잔뜩 모여 서성대고 있었다.

확성기를 든 남자가 같은 내용을 반복해 알리고 있었다. 그리고리는 앞쪽으로 나아가 무슨 말인지 들어보았다.

"군수산업위원회의 노동자 위원들이 크레스티 교도소에서 석방되었습니다." 남자가 외쳤다.

그리고리는 그들이 누군지 잘 몰랐지만 명칭은 마음에 들었다.

"그들은 다른 동지들과 함께 노동자 대표 소비에트의 임시 집행위원회를 구성했습니다."

괜찮은 생각인 것 같았다. 소비에트는 대표자들이 모인 평의회였다. 1905년에는 상트페테르부르크 소비에트가 있었다. 그리고리는 당시 겨우 열여섯 살이었지만, 공장 노동자들이 선출한 소비에트가 파업을 주도했다는 걸 알았다. 그때 카리스마 넘치게 소비에트를 이끌었던 레온 트로츠키는 지금까지도 망명중이었다.

"이 모든 내용은 〈이즈베스티야〉 신문 특집호에 공식적으로 실릴 겁니다. 집행위원회는 노동자와 병사가 먹을 걸 확실히 제공받을 수 있도록 식량공급위원회를 구성했습니다. 또 혁명을 보위하기 위해 군사위원회도 설치했습니다."

두마에 관한 언급은 없었다. 사람들이 환호성을 올렸지만, 그리고리는 그렇다면 자기들끼리 선출해 구성한 군사위원회가 군인들을 지휘하게 될지 궁금했다. 이 모든 과정에 민주주의는 어디 있단 말인가?

그 의문은 남자가 발표한 마지막 한마디로 풀렸다. "위원회는 노동자와 군인이 각각 대표자를 선출해 최대한 빨리 소비에트로 보내길 권고합니다. 그리고 바로 그 대표자들이 이곳 궁전으로 와서 새로운 혁명정부에 힘을 보태기를 바랍니다!"

바로 그리고리가 듣고 싶던 말이었다. 새로운 혁명정부. 노동자와 군인의 소비에트. 이제 혼돈 없는 변화가 올 터였다. 그리고리는 무척 흥분한 상태로 궁전 안뜰을 떠나 부대로 돌아갔다. 이제 병사들 모두 막사로 돌아올 터였다. 병사들에게 얼른 소식을 전해주고 싶었다.

그러면 그들은 처음으로 선거를 치르게 될 것이다.

IV

다음날 아침 제1기관총연대는 연병장에 모여 페트로그라드 소비에트에 보낼 대표자 한 명을 선출했다. 이사크가 그리고리 페시코프 하사를 추천했다.

그는 이견 없이 대표자로 뽑혔다.

그리고리는 기뻤다. 병사와 노동자의 생활이 어떤지 잘 아는 그는 권좌에 앉은 사람들로 하여금 실생활에서 풍기는 기계기름 냄새를 맡게 해줄 수 있었다. 그는 출세를 해도 결코 근본을 잊지 않을 것이다. 사회적 불안이 마구잡이식 폭력사태가 아닌 진보로 이어질 수 있도록 일할 것이다. 이제 카테리나와 블라디미르에게 더 나은 생활을 제공할 수 있는 진짜 기회를 잡은 셈이었다.

그는 재빨리 리테이니 다리를 건너 타우리드 궁전으로 향했다. 이번에는 혼자였다. 가장 먼저 챙겨야 할 문제는 빵이었다. 카테리나와 블라디미르를 비롯해 이백오십만 명에 이르는 페트로그라드 사람들은 먹어야 했다. 그리고 이제 자기가 그 문제를 책임지게 된다고 생각하니―적어도 그의 상상으로는 그랬다―겁이 덜컥 났다. 시골 농민과 제분업자는 즉시 페트로그라드에 밀가루를 더 공급해야 했다. 하지만 그들도 돈을 받지 못하면 그렇게 하려 들지 않을 것이다. 소비에트는 충분한 예산을 어떻게 확보할 수 있을까? 정부를 전복하는 게 그나마 가장 쉬운 과정이었다. 그리고리는 슬슬 그런 생각이 들기 시작했다.

궁전은 긴 본관 건물과 양쪽에 딸린 두 별관으로 이루어졌다. 그리고리는 두마와 소비에트가 동시에 회의를 한다는 걸 알게 되었다. 옛 중산층의 의회인 두마는 오른쪽 별관, 소비에트는 왼쪽 별관에서였다. 하지만 누가 나라를 대표하지? 아무도 몰랐다. 진짜 문제를 해결하기 전에 그것부터 먼저 어떻게든 해야 해. 그리고리는 조바심이 났다.

궁전 계단에서 그리고리는 꼬챙이처럼 마르고 검은 머리가 덥수룩한 콘스탄틴을 보았다. 콘스탄틴에게 어머니 바랴의 죽음을 알리려고 아무 노력도 하지 않았다는 사실을 깨닫고 그제야 충격을 받았다. 하지만 콘스탄틴도 이미 안다는 걸 바로 알 수 있었다. 팔뚝에 빨간 완장을 두른 콘스탄틴은 모자에는 검은색 스카프를 두르고 있었다.

그리고리는 콘스탄틴을 안았다. "돌아가시는 거 봤어." 그가 말했다.

"경찰 저격수를 죽인 게 자네였나?"

"그래."

"고마워. 하지만 진짜 복수는 혁명을 완수하는 거야."

콘스탄틴은 푸틸로프 공장에서 선출한 두 대표자 가운데 하나였다. 오후가 되자 대표자들이 속속 도착했고, 이른 저녁에는 거대한 예카테리나 홀이 삼천 명이나 되는 사람으로 북적거렸다. 거의 대부분 군인이었다. 이미 연대나 소대 같은 단위로 나뉜 군대에서는 대부분 공장이 폐쇄되어 모이기 어려운 노동자들보다 선거를 하기가 쉬웠다. 어떤 이는 몇십 명을 대표했고, 어떤 이는 수천 명을 대신했다. 민주주의는 생각처럼 쉽지 않았다.

누군가 본인들을 '페트로그라드 노동자 병사 소비에트'라는 이름으로 불러야 한다는 의견을 냈고, 사람들은 우레와 같은 환호성으로 그 안건을 통과시켰다. 절차 따위는 없는 것 같았다. 회의 순서도 없었고, 안건을 상정하거나 재청하는 정식과정도, 투표도 없었다. 사람들은 무작정 일어서서 발언했고, 여럿이 동시에 떠드는 경우도 많았다. 연단 위에서는 중산층으로 의심되는 몇 사람이 뭔가를 휘갈겨쓰고 있었다. 그리고리는 그들이 아마도 전날 조직했다는 집행위원회 사람들이 아닌가 생각했다. 적어도 누군가 회의록을 작성하고는 있었다.

걱정스러울 만큼 혼란스러웠지만 장내는 엄청난 흥분에 젖어 있었다. 다들 전투에서 싸워 승리한 기분이었다. 더 나아지건 나빠지건, 그들은 새로운 세상을 만들어가고 있었다.

하지만 빵에 대해 말하는 사람은 없었다. 소비에트의 무대책에 실망한 그리고리와 콘스탄틴은 혼란스러운 예카테리나 홀을 나와서 궁을 가로질러 두마는 어쩌고 있는지 가보았다. 반대편 별관으로 가는 길에 팔에 빨간 완장을 두른 군인들이 궁전 봉쇄에 대비하듯 음식과 탄약을 복도에 쌓고 있는 모습을 보았다. 물론 차르가 상황을 쉽사리 받아들이려 하지 않겠지. 그리고리는 생각했다. 언젠가 무력으로 다시 권력을 찾으려고 할 거야. 그러면 이 건물을 공격할 테고.

우측 별관에 간 두 사람은 푸틸로프 공장의 임원인 마클라코프 백작과 마주쳤다. 한 중도 우파 정당 소속 의원인 그는 두 사람에게 무척 친절하게 말을 붙였다. 새로운 위원회가 또 생겼다고. 명칭이 '수도의 질서 회복과 개인 및 단체와의 관계 정립을 위한 두마 의원들의 임시위원회'라고 했다. 바보 같은 이름이지만 두마가 어떻게든 상황을 장악하려 한다는 불길한 기운이 느껴졌다. 위원회가 엔겔가르트 대령을 페트로그라드 사령관으로 임명했다는 마클라코프의 말에 그리고리는 더욱 걱정스러웠다.

"사실이야." 마클라코프가 만족스럽게 말했다. "그리고 위원회는 모든 군인에게 부대로 돌아가 명령에 따르라고 지시했다네."

"네?" 그리고리는 깜짝 놀랐다. "하지만 그건 혁명을 파괴하는 겁니다. 차르의 장교들이 다시 부대를 장악하게 되잖아요!"

"두마 의원들은 혁명이 일어났다고 생각하지 않아."

"두마 의원들은 모두 바보입니다." 그리고리는 화를 냈다.

마클라코프는 오만한 표정을 짓더니 가버렸다.

콘스탄틴 역시 그리고리처럼 화가 나 있었다. "이건 반혁명이야!" 그가 말했다.

"그리고 그런 시도는 저지해야지." 그리고리가 말했다.

두 사람은 서둘러 왼쪽 별관으로 돌아왔다. 거대한 회의장에서 진행을 맡은 사람이 토론을 질서 있게 이끌어보려 애쓰고 있었다. 그리고리는 단상으로 뛰어올라갔다. "긴급 발언이 있습니다!" 그가 소리질렀다.

"모두 마찬가지요." 의장이 녹초가 된 듯 말했다. "어찌됐든, 발언하시오."

"두마에서 모든 병사에게 부대 복귀를 명령한답니다. 그리고 장교 명령을 받으랍니다!"

대표자들이 반대한다며 목소리를 높였다.

"동지들!" 그리고리는 좌중을 조용히 시키려고 소리질렀다. "우리는 예전 체제로 돌아갈 수 없습니다!"

모두 동의한다는 뜻으로 소리를 질렀다.

"시민들에게 빵을 줘야 합니다. 여자들이 거리에서 안전하다고 느낄 수 있어야 합니다. 공장은 다시 문을 열고 제분소도 다시 돌아가야 합니다. 하지만 옛 방식 그대로는 안 됩니다."

사람들은 그리고리가 무슨 말을 하려는 건지 알 수 없어 조용히 귀를 기울였다.

"우리 군인들은 부자들 폭행하는 걸 멈추고, 거리에서 여자들 희롱하는 걸 멈추고, 술집 약탈을 멈춰야 합니다. 부대로 돌아가 정신을 가다듬은 다음, 다시 우리 의무를 다해야 합니다. 하지만……" 그는 극적인 효과를 위해 잠시 말을 멈추었다. "우리가 정한 우리의 조건 아래서 일해야 합니다!"

찬성하는 사람들의 우레와 같은 박수가 쏟아졌다.

"그러면 새로운 조건은 어떤 것이어야 할까요?"

누군가 외쳤다. "명령은 장교들이 아니라 우리가 선출한 위원회가 해야지!"

다른 사람이 말했다. "장교는 '존경해 마지않는'이나 '각하' 따위는 빼고 그냥 대령님이나 장군님이라고만 불러야 합니다."

"경례도 없애야 해!" 다른 이가 소리질렀다.

그리고리는 어찌해야 할지 알 수 없었다. 의견이 없는 사람이 없었다. 의견을 하나하나 기억하는 건 차치하고라도, 전부 들어줄 수조차 없었다.

의장이 그리고리를 구해주었다. "의견이 있는 분들이 모여서 소콜로프 동지와 이야기하는 게 좋겠습니다." 니콜라이 소콜로프는 좌익 진영의 변호사였다. 그게 좋겠군. 그리고리는 생각했다. 누군가 의견을 모아서 제대로 된 법률 용어로 작성해야 해. 의장이 말을 이었다. "원하는 바가 정리되면 제안서를 소비에트에 가져와 승인을 받으면 됩니다."

"좋습니다." 그리고리는 연단에서 뛰어내렸다. 소콜로프는 회의장 한쪽에 작은 책상을 놓고 앉아 있었다. 그리고리와 콘스탄틴은 다른 대표자 열 명 정도와 함께 그에게 다가갔다.

"좋습니다." 소콜로프가 말했다. "누구를 대상으로 할까요?"

그리고리는 다시 당황했다. 그가 전 세계를 대상으로 하자고 말하려는데 다른 병사가 먼저 말했다. "페트로그라드 수비대 앞으로 하죠."

다른 이가 말했다. "포병대와 수비대를 포함한 군 전체가 대상이죠."

"해군도 있습니다." 누군가 말했다.

"좋습니다." 소콜로프가 문서를 작성하며 말했다. "즉시 이행하도록 해야겠죠?"

"그렇습니다."

"페트로그라드의 노동자들에게도 참조로 알릴까요?"

그리고리는 조바심이 났다. "그래요, 그래." 그는 물었다. "자, 누가 위원회를 선출하자고 했죠?"

"그건 접니다." 회색 콧수염을 기른 병사가 말했다. 그는 소콜로프 바로 앞에 있는 탁자 끄트머리에 앉아 있었다. 그는 마치 받아쓰기 문제를 내듯 말했다. "모든 부대는 그들이 선출한 대표자들로 위원회를 구성해야 한다."

소콜로프는 받아쓰면서 말했다. "모든 중대와 대대, 연대는……"

누군가 거들고 나섰다. "보급소와 포대, 소함대와 군함들도……"

회색 콧수염이 말했다. "아직 대표자가 없는 곳은 반드시 선출해야 한다."

"그래요." 그리고리는 조바심을 내며 말했다. "자, 장갑차를 포함해 모든 종류의 무기는 장교가 아닌 대대 및 중대 위원회가 통제한다."

여러 병사가 찬성 의견을 밝혔다.

"아주 좋아요." 소콜로프가 말했다.

그리고리는 계속 말했다. "각 부대는 '페트로그라드 노동자 병사 소비에트'의 지시에 따른다."

처음으로 소콜로프가 고개를 들었다. "그 말은 소비에트가 군을 통제한다는 겁니다."

"그래요." 그리고리가 말했다. "두마의 군사위원회가 내리는 명령은 소비에트의 결정과 어긋나지 않는 경우에만 따를 겁니다."

소콜로프는 그리고리를 빤히 쳐다보았다. "이렇게 하면 두마는 지금까지와 마찬가지로 아무 권한이 없습니다. 전에는 차르의 변덕에 따라야 했죠. 그런데 이제 모든 결정은 소비에트의 승인을 필요로 하게 됩니다."

"바로 그겁니다." 그리고리가 말했다.

"그러면 소비에트가 최고기관이 됩니다."

"그렇게 적어요." 그리고리가 말했다.

소콜로프는 그리고리가 말하는 대로 적었다.

누군가 말했다. "장교들이 하급자에게 거만하게 구는 걸 금지해야 합니다."

"좋아요." 소콜로프가 말했다.

"그리고 우리를 동물이나 어린애 대하듯 해서도 안 됩니다."

그리고리가 생각하기에 그런 구절은 너무 사소했다. "문서에 제목이 필요합니다." 그가 말했다.

소콜로프가 말했다. "어떻게 붙이면 좋겠어요?"

"전에 소비에트에서 내린 명령에는 어떤 제목을 붙였죠?"

"전에 내린 명령은 없어요." 소콜로프가 말했다. "이게 처음입니다."

"그렇군요. 그럼 '제1호 명령'이라고 합시다." 그리고리가 말했다.

V

대표자로 뽑혀 처음으로 법령을 만들어냈다는 생각에 그리고리는 엄청난 만족을 느꼈다. 이후로 이틀 동안 그는 몇 건의 법령 제정에 참여했고, 시시각각 이뤄지는 혁명정부의 업무에 깊이 빠져들었다. 하지만 그러면서도 늘 카테리나와 블라디미르를 생각하고 있었다. 목요일 저녁 그는 마침내 잠시 빠져나와 두 사람을 찾아갈 수 있었다.

남서부 교외 지역을 걸어가는 그리고리의 마음은 불길한 예감으로 가득했다. 카테리나는 시끄러운 곳을 피하겠다고 약속했지만, 페트로그라드 여자들은 이번 일이 남자뿐 아니라 여자들의 혁명이기도 하다고 믿었다. 어쨌든 세계 여성의 날에 혁명이 시작되었기 때문이다. 이런 상황이 처음은 아니었다. 그리고리의 어머니는 1905년 실패한 혁명의 현장에서 죽었다. 카테리나가 시내에 무슨 일이 벌어졌는지 궁금해서 블라디미르를 데리고 나와볼 정도라면, 그런 어머니가 적지 않았을 거라는 얘기다. 그리고 이미 많은 무고한 사람이 죽었다. 경찰이 쏜 총에 맞거나, 사람들 발에 깔리거나, 병사가 뺏어서 술에 취한 채 모는 차량에 치이거나, 유탄에 맞아 희생되었다. 집 현관에 들어서던 그리고리는 옆방 사람들 중 누군가가 침통한 표정으로 눈물을 글썽거리며 다가올까봐 겁이 났다. 끔찍한 일이 벌어졌어요.

그는 계단을 올라가 문을 두드리고 안으로 들어섰다. 카테리나가 의자에서 벌떡 일어나 그의 품에 안겼다. "살아 있었군요!" 그녀가 말했다. 그리고 열정적으로 키스했다. "너무 걱정했어요! 당신 없이 어떻게 해야 할지 알 수 없었어요."

"더 빨리 못 와서 미안해." 그리고리가 말했다. "하지만 대표자로 소비에트에 가야 했어."

"대표가 되었군요!" 카테리나는 자랑스럽다는 듯 그를 바라보았다. "내 남편이!" 그녀는 그리고리를 안았다.

그리고리가 카테리나에게 깊은 감동을 준 것이었다. 그로서는 처음 있는 일이었다. "대표라는 건 그저 투표로 뽑힌 대리인일 뿐이야." 그는 겸손하게 말했다.

"하지만 사람들은 늘 가장 똑똑하고 가장 믿음직한 사람을 뽑아요."

"글쎄, 그러려고 노력은 하지."

기름램프가 방안을 희미하게 밝히고 있었다. 그리고리는 가져온 꾸러미를 탁자에 올려놓았다. 이제 신분이 바뀌어 아무 문제 없이 부대 식당에서 먹을 것을 가져올 수 있었다. "성냥하고 담요도 있어." 그가 말했다.

"고마워요!"

"최대한 집안에 있으면 좋겠어. 거리는 여전히 위험하거든. 혁명에 참여하는 건 우리 중 일부고 다른 치들은 그저 미친 짓들을 벌이고 있어."

"거의 안 나가요. 당신한테서 소식이 오기를 기다리고 있었어요."

"우리 아기는 어때?" 블라디미르는 구석에서 잠들어 있었다.

"아빠를 보고 싶어했어요."

아빠란 그리고리를 말하는 것이었다. 그리고리는 블라디미르가 굳이 자신을 아빠라고 부르지 않아도 상관없었다. 하지만 카테리나가 원하는 대로 하기로 했다. 그들이 레프를 다시 볼 일은 영원히 없을 것이다. 레프로부터 아무 소식 없이 삼 년 가까이 흘렀다. 그러니 아이는 진실을 영원히 알 수 없을 테고, 어쩌면 그편이 더 나을 수도 있다.

카테리나가 말했다. "잠들어서 안타깝네요. 정말 당신을 보고 싶어했는데."

"아침에 얘기하면 되지, 뭐."

"자고 갈 수 있어요? 정말 잘됐네요!"

그리고리가 의자에 앉자 카테리나는 앞에 무릎을 꿇고 앉아 그의 부츠를 벗겼다. "피곤해 보여요." 그녀가 말했다.

"피곤해."

"얼른 자요. 늦었어요."

카테리나는 그리고리의 코트 단추를 풀기 시작했고, 그는 가만히 앉아 그녀가 하는 대로 두었다. "하발로프 장군이 해군성 건물에 숨었어." 그가 말했다. "혹시 그자가 다시 기차역을 빼앗으면 어쩌나 걱정했는데, 그런 시도조차 하지 않더군."

"왜 그랬대요?"

그리고리는 어깨를 으쓱했다. "겁쟁이라 그렇지. 차르가 이바노프에게 페트로그라드로 진군해서 군사정부를 세우라고 했지만, 이바노프의 부하들이 반란을 일으키는 바람에 부대 이동 자체가 취소되었어."

카테리나는 얼굴을 찌푸렸다. "예전 지배층이 그냥 포기한 거예요?"

"그런 것 같아. 이상하지? 어쨌든 반혁명적 행위는 벌어지지 않을 게 분명해."

두 사람은 침대에 누웠다. 그리고리는 속옷 차림이었고, 카테리나는 옷을 그대로 입은 채였다. 그녀는 그리고리 앞에서 절대 알몸을 보인 적이 없었다. 어쩌면 뭔가 남겨두고 싶은 건지도 모른다. 그녀의 별난 집착이라고 생각한 그리고리는 딱히 유감스러워하지 않았다. 그는 카테리나를 안고 키스했다. 두 사람이 하나가 되는 순간, 카테리나가 말했다. "사랑해요." 그리고리는 세상에서 가장 운 좋은 사람이 된 기분이었다.

잠시 후 그녀가 졸린 목소리로 말했다. "앞으로 어떻게 될까요?"

"제헌의회를 소집해야지. 보통, 직접, 비밀, 평등 이 네 가지 원칙으로 선거를 해서 뽑힌 사람들로 말이야. 그때까지는 두마가 임시정부를 구성한대."

"누가 지도자가 되죠?"

"리보프."

카테리나가 벌떡 일어나 앉았다. "대공이잖아요! 왜요?"

"두마는 모든 계층의 신임을 얻고 싶어해."

"모든 계층은 무슨!" 상기된 얼굴로 눈을 반짝이며 화를 내는 카테리나는 더욱 아름다워 보였다. "노동자와 군인들이 혁명을 했어요. 왜 다른 사람들의 신임이 필요하죠?"

그리고리 역시 같은 의문으로 괴로워했다. 하지만 그는 납득할 만한 대답을 알고 있었다. "사업가들이 다시 공장을 열고, 도매상들이 도시에 물건을 공급하고, 상점 주인들은 문을 열도록 해야 해."

"그럼 차르는 어떻게 되는 거예요?"

"두마는 차르에게 퇴위를 요구하고 있어. 그 의견을 전달하러 대표 두 사람이 프스코프로 갔고."

카테리나는 눈이 커졌다. "퇴위요? 차르가요? 하지만 그렇게 되면 끝장이잖아요."

"그렇지."

"그게 가능해요?"

"모르겠어." 그리고리가 말했다. "내일이면 알게 되겠지."

VI

금요일에 타우리드 궁전 예카테리나 홀에서 벌어진 토론은 갈피를 잡을 수 없었다. 이삼천 명의 남자와 몇 안 되는 여자가 들어찬 실내에는 담배 냄새와 씻지 않은 군인들 냄새가 진동했다. 그들은 차르가 어떻게 나올지 듣기 위해 기다리고 있었다.

새로운 소식을 발표할 때마다 토론이 중단되었다. 대개는 그다지 급하지 않은 소식으로, 군인 하나가 일어서서 소속 대대가 위원회를 조직하고 대령을 체포했다고 말하는 식이었다. 가끔은 새로운 소식이 아니라 혁명을 사수해야 한다는 연설을 늘어놓는 사람마저 있었다.

하지만 머리가 하얗게 센 하사관이 종이 한 장을 손에 들고 벌게진 얼굴로 숨가쁘게 연단에 뛰어올라와 조용히 해달라고 말했을 때, 그리고리는 뭔가 다르다는 걸 알 수 있었다.

남자는 천천히 커다란 목소리로 말했다. "차르는 서류에 서명했으며……"

그 몇 마디에 사람들이 환호성을 올렸다.

하사관은 목소리를 더 높였다. "……왕좌에서 물러나고……"

실내가 떠나갈 듯 환호성이 울렸다. 그리고리는 온몸에 전기가 흐르는 것 같았다. 정말 이루어진 것인가? 꿈이 현실이 된 것인가?

하사관은 조용히 해달라는 듯 손을 들었다. 아직 전할 소식이 남아 있었다.

"……차르의 아들인 열두 살 난 알렉세이는 건강이 좋지 않으므로 후계자는 차르의 동생인 미하일 대공으로 정했다."

환호성은 격렬한 항의로 바뀌었다. "안 돼!" 그리고리가 소리질렀다. 그의 고함은 수천 명의 목소리에 묻혔다.

한참 후 회의장 안이 잠잠해질 무렵, 더 큰 함성이 밖에서 들렸다. 안뜰에 모여 있던 사람들도 같은 소식을 들은 게 틀림없었고, 그들 역시 분개하고 있었다.

그리고리는 콘스탄틴에게 말했다. "임시정부가 받아들여선 안 돼."

"맞아." 콘스탄틴이 말했다. "가서 그렇게 말하자고."

그들은 소비에트 회의장을 떠나 궁전을 가로질렀다. 예전 임시위원회가 회의하던 장소에는 새롭게 구성된 정부 각료들이 모여 있었다. 정말 우려스러울 정도로 구성원에 변함이 없었다. 그들은 이미 차르가 발표한 내용을 두고 논의중이었다.

파벨 밀류코프가 일어나 있었다. 단안경을 쓴 중도 성향 인사인 그는 차르가 정통성의 상징으로 남아야 한다고 주장하는 중이었다. "실없는 소리." 그리고리는 중얼거렸다. 차르가 상징하는 건 무능과 잔혹함, 패배일 뿐 정통성이 아니었다. 다행히 다른 이들 역시 같은 생각이었다. 법무부 장관을 맡은 케렌스키는 미하일 대공에게 황위 거절을 권고해야 한다고 주장했고, 대부분 이에 동의해 그리고리는 마음이 놓였다.

케렌스키와 리보프 공은 정부를 대신해 즉시 미하일 대공을 만나기로 했다. 밀류코프는 단안경 너머에서 눈을 번쩍이며 말했다. "그렇다면 소수 의견을 대표해 나도 함께 가야겠소!"

그리고리는 이 어리석은 제안이 무시될 줄 알았지만, 다른 각료들은 어물어물 찬성하고 말았다. 그 순간 그리고리가 일어섰다. 딱히 깊이 생각할 것도 없었다. "저도 페트로그라드 소비에트를 대표해 참관인 자격으로 각료들과 함께 가겠습니다."

"좋아요, 좋습니다." 케렌스키가 피곤한 듯 말했다.

그들은 옆문을 통해 궁전을 빠져나와 기다리고 있던 르노 리무진 두 대에 나눠 탔다. 두마의 전 의장인, 어마어마하게 살찐 미하일 로쟌코도 동행했다. 그리고리는 이런 일이 일어나고 있다는 걸 도무지 믿을 수 없었다. 황태자에게 차르의 자리를 거부하라고 요구하러 가는 대표단의 일원이 되다니. 키릴로프 중위의 명령에 따라 순순히 탁자 위에서 내려와야 했던 때로부터 채 일주일도 지나지 않았다. 세상이 너무 빨리 바뀌고 있어서 따라잡기가 어려웠다.

그리고리는 부유한 귀족의 집에 들어가본 적이 한 번도 없었다. 마치 꿈속 세상 같았다. 넓은 집안에는 온갖 진귀한 것이 가득했다. 눈을 돌리는 곳마다 화려한 꽃병이나 정교한 시계, 은촛대, 보석 박힌 장식품이 놓여 있었다. 금접시 하나를 훔쳐 현관문으로 달아난다면 그것만 팔아도 집 한 채 살 돈을 얻을 수 있었다. 문제는 지금은 누구도 금접시를 사려 하지 않는다는 것이었다. 사람들이 원하는 건 오로지 빵이었다.

은발에 긴 턱수염이 무성한 게오르기 리보프 공은 호화로운 실내에도 전혀 놀라지 않은 게 분명했다. 그리고 침통한 내용을 전하러 왔음에도 전혀 위축돼 보이지 않았다. 하지만 나머지는 모두 긴장한 듯했다. 그들은 미하일 대공의 선조들이 초상화 속에서 눈살을 찌푸리며 내려다보는 가운데 두꺼운 양탄자가 깔린 응접실에서 서성거리며 기다렸다.

마침내 미하일 대공이 모습을 드러냈다. 서른여덟 살인 그는 벌써 머리가 벗어지는 중이었고 콧수염을 조금 기른 모습이었다. 오히려 그가 대표단보다 더 긴장한 기색이라 그리고리는 놀랐다. 오만하게 고개를 한쪽으로 기울이고 있기는 했지만 당혹스러운 듯 주뼛거리는 모습이었다. 그는 한참 만에 용기를 얻었는지 입을 열었다. "내게 할 말이 뭡니까?"

리보프가 대답했다. "황제의 자리를 거절해달라고 청하러 왔습니다."

"이런, 세상에." 미하일은 어찌해야 할지 모르는 듯 보였다.

케렌스키는 정신을 차리고 있었다. 그가 단호하고 명확한 목소리로 말했다. "페트로그라드 시민들은 차르 폐하의 결정에 분노하고 있습니다. 이미 대규모로 모인 병사들이 타우리드 궁전으로 행진을 시작했습니다. 대공께서 차르의 자리를 이어받기를 거부했다고 우리가 즉시 발표하지 않으면 폭력적인 소요사태에 이어 내전이 벌어질 겁니다."

"아, 이런 일이 있나." 미하일이 부드러운 목소리로 말했다.

대공은 그리 똑똑하지 않군. 그리고리는 깨달았다. 내가 왜 놀라지? 그는 생각했다. 이들이 똑똑했다면 이런 식으로 러시아의 황제 자리를 잃는 지경에 이르지 않았을 것이다.

단안경을 쓴 밀류코프가 말했다. "대공 전하, 저는 임시정부의 소수 의견을 대표해서 왔습니다. 우리의 군주제는 사람들이 인정한 유일한 권력의 상징이라는 게 저희 의견입니다."

미하일은 더 어리둥절해하는 것 같았다. 저 사람은 뭔가 선택해야 하는 상황이 가장 싫은가보군. 그리고리는 생각했다. 선택의 여지가 있다는 사실이 상황을 더 악화시키고 있어. 대공이 말했다. "미안하지만 로쟌코와 단둘이 이야기 좀 나눠도 되겠소? 아니, 모두 나갈 필요 없소. 우리가 옆방에 잠시 가서 이야기하면 되니까."

어찌할 바를 모르는 차르 지명자와 뚱뚱한 두마 전 의장이 다른 방으로 향하자 나머지는 낮은 목소리로 이야기를 나누었다. 아무도 그리고리에게 말을 건네지 않았다. 이곳에서 유일하게 노동자계급에 속하는 그를 다들 약간 두려워하는 것 같았다. 더 정확히 말하면, 혹시 그가 입은 군복 주머니 속에 총과 탄약이 들어 있는 게 아닌가 의심하고 있었다.

로잔코가 다시 모습을 드러냈다. "만일 차르 자리에 오르면 우리가 신변의 안전을 보장해줄 수 있는지 물으시는군." 그가 말했다. 그리고리는 대공이 나라보다 자신의 안위를 더 걱정한다는 사실이 역겨웠지만 놀랍지도 않았다. "그렇게 할 수 없다고 말했소." 로잔코가 말했다.

케렌스키가 말했다. "그러면……?"

"잠시 후 오시겠다고 했소."

영원처럼 느껴지는 잠깐의 시간이 지나고 미하일이 돌아왔다. 모두 말이 없었다. 한참 동안 아무도 입을 열지 않았다.

마침내 미하일이 말했다. "황위를 물려받지 않기로 결정했소."

그리고리는 심장이 멎을 것 같았다. 팔 일 걸렸어. 그는 생각했다. 팔 일 전 비보르크의 여자들이 리테이니 다리를 건너 행진했다. 오늘 로마노프왕조의 지배는 끝났다.

그리고리는 어머니가 죽던 날 한 말이 떠올랐다. "러시아가 공화국이 되는 그날까지 엄마는 편히 쉬지 않을 거니까." 어머니, 이제 편히 쉬세요. 그는 생각했다.

케렌스키는 대공과 악수를 나누며 뭐라고 거만하게 말을 건넸다. 하지만 그리고리는 귀기울이지 않았다.

우리가 해냈어. 그리고리는 생각했다. 우리가 혁명을 이룬 거야.

우리가 차르를 퇴위시켰어.

VII

베를린에서는 오토 폰 울리히가 1892년산 페리에주에 샴페인이 담긴 커다란 매그넘 병을 따고 있었다.

울리히 집안은 헬바르트 가족을 점심식사에 초대했다. 모니카의 아버지 콘라트는 백작에 해당하는 그라프였고, 어머니는 백작부인, 즉 그레핀이었다. 회색 머리칼을 정성스럽게 틀어올려 장식한 에파 폰 데어 헬바르트 백작부인은 빈틈이라곤 없어 보였다. 점심식사를 하기 전에 그녀는 구석에서 발터에게 모니카의 바이올린 연주 실력이 수준급이며 학교에서 전과목 성적이 최고였다고 말했다. 곁눈질로 보니, 오토는 모니카와 이야기를 나누고 있었다. 아마 발터가 학창 시절에 어땠는지 들려주고 있는 것 같았다.

발터는 모니카를 자꾸 떠안기려는 부모님 때문에 짜증스러웠다. 게다가 그도 그녀에게 강렬한 매력을 느낀다는 사실이 문제를 더욱 심각하게 했다. 모니카는 아름다운 만큼 똑똑하기도 했다. 머리칼을 늘 꼼꼼하게 정돈한 모습이었지만, 발터는 그녀가 밤마다 구불구불한 머리를 풀고 자연스럽게 흔드는 모습을 상상하지 않을 수 없었다. 요즘은 가끔씩 모드의 얼굴을 떠올리기가 어려울 때도 있었다.

오토가 술잔을 들었다. "끝장난 차르를 위하여!" 그가 말했다.

"아버지가 이러시다니 놀랍네요." 발터는 예민하게 반응했다. "공장 노동자와 반란군으로 이뤄진 폭도들이 합법적인 군주를 몰아낸 걸 정말 축하하시는 건가요?"

오토의 얼굴이 벌게졌다. 발터의 여동생인 그레타가 참으라는 듯 아버지의 팔을 어루만졌다. "신경쓰지 마세요, 아빠." 그녀가 말했다. "괜히 아빠 화나게 하려고 그러는 거예요."

콘라트가 말했다. "나는 페트로그라드의 우리 대사관에 있을 때 차르 니콜라이와 알게 되었죠."

발터가 물었다. "그에 대해 어떻게 생각하십니까?"

모니카가 그녀의 아버지를 대신해 대답했다. 그녀는 발터를 향해 공모를 꾸미는 듯한 미소를 지으며 말했다. "아버지는 차르가 전혀 다른 신분으로 태어났다면 열심히 노력해 훌륭한 집배원이 될 수도 있었을 거라고 말씀하시곤 했어요."

"이게 세습군주제의 비극이에요." 발터는 아버지 오토를 보며 말했다. "하지만 아버지는 러시아가 민주주의를 이루는 게 못마땅하시겠죠."

"민주주의?" 오토는 비웃는 것처럼 말했다. "두고봐야지. 우리가 아는 거라곤 새 총리가 자유주의자 귀족이라는 것뿐이야."

모니카가 발터에게 물었다. "리보프 공이 우리와 화해하려 할까요?"

그게 바로 중요한 문제였다. "그랬으면 좋겠군요." 발터는 모니카의 가슴을 보지 않으려고 애쓰며 말했다. "만일 동부전선의 우리 병력 전부를 프랑스로 보낼 수 있다면 연합국을 쳐부술 수 있을 겁니다."

모니카는 와인 잔을 들고 잔 테두리 너머로 발터의 눈을 바라보았다. "그럼 그렇게 되길 빌며 건배하죠." 그녀가 말했다.

*

프랑스 북동부 춥고 축축한 참호 안에서 빌리의 소대는 진을 마시고 있었다.

술은 장교였다가 강등된 로빈 모티머가 구해왔다. "지금까지 잘 숨겨뒀던 거야." 그가 말했다.

"정말 기절초풍할 일이네요." 빌리는 밀드러드가 잘 쓰는 표현을 썼다. 모티머는 성질이 못돼먹은데다 단 한 번도 술을 산 적이 없었기 때문이다.

모티머는 각자 들고 있는 반합에 술을 따랐다. "빌어먹을 혁명을 위하여." 모티머가 말하자 모두 술을 비운 다음 다시 받으려고 반합을 내밀었다.

빌리는 진을 마시기 전부터 흥분한 상태였다. 폭군을 몰아내는 일이 여전히 가능하다는 걸 러시아인들이 증명했기 때문이다.

그들은 〈붉은 깃발〉이라는 노래를 함께 불렀다. 그때 피츠허버트 백작이 절뚝거리는 걸음으로 흙탕물을 튀기며 모퉁이 너머에서 모습을 드러냈다. 그는 이제 대령으로 진급했고 그 어느 때보다도 오만했다. "너희, 조용히 해!" 그가 소리질렀다.

노랫소리는 조금씩 작아졌다.

빌리가 말했다. "저희는 러시아의 차르 타도를 축하하고 있었습니다!"

피츠는 화를 냈다. "그는 적법한 군주였어. 그런 군주를 몰아낸 자들은 범죄자야. 노래는 그만해."

안 그래도 피츠를 경멸하던 빌리의 증오심이 더욱 커졌다. "자기가 다스리는 사람을 수천 명이나 살해한 폭군입니다. 그래서 오늘 교양 있는 사람이라면 모두 기뻐하는 겁니다."

더 가까이 다가오는 피츠를 빌리는 노려보았다. 백작은 이제 안대를 하지 않았지만 왼쪽 눈꺼풀이 아예 아래로 처져버렸다. 그래도 시력이 나빠진 것 같지는 않았다. "윌리엄스 하사. 너인 줄 알았어. 너에 대해 알고 있다. 네 가족도."

당연히 알겠지. 빌리는 생각했다.

"네 누나가 평화운동을 하고 있지."

"대령님 동생도 마찬가지입니다." 빌리가 말하자 모티머가 귀에 거슬리는 소리를 내며 웃다가 얼른 입을 다물었다.

피츠는 빌리에게 말했다. "무례한 소리를 한 마디만 더 하면 처벌하겠다."

"죄송합니다, 대령님." 빌리가 말했다.

"이제 모두 조용히 해. 노래는 더이상 안 돼." 피츠는 발길을 돌렸다.

빌리가 나직이 말했다. "혁명 만세."

피츠는 못 들은 척했다.

*

런던에서는 비 공주가 비명을 지르고 있었다. "안 돼!"

"진정해요." 방금 소식을 전해준 모드가 말했다.

"그럴 순 없어요!" 비가 비명을 질렀다. "사랑하는 차르를 물러나게 할 수는 없다고요! 그분은 모두의 아버지예요!"

"그렇게 하는 편이 그나마 최선—"

"그런 말은 믿을 수 없어요! 말도 안 되는 거짓말이에요!"

문이 열리고 그라우트가 고개를 디밀더니 걱정스러운 표정을 지었다.

비는 건초를 꽂아둔 일본 꽃병을 집더니 맞은편으로 던졌다. 꽃병이 벽에 부딪혀 산산조각났다.

모드는 비의 어깨를 토닥였다. "자, 자." 그녀가 말했다. 달리 어떻게 해야 할지 알 수 없었다. 그녀는 차르가 쫓겨나 기뻤지만, 그럼에도 비가 불쌍했다. 비에게는 삶 전체가 파괴되는 일이었기 때문이다.

그라우트가 손가락을 까딱하자 하녀가 겁먹은 표정으로 들어왔다. 하녀는 그라우트가 가리키는 부서진 꽃병 조각을 치우기 시작했다.

차를 마시던 중이어서 탁자 위에는 다기들이 놓여 있었다. 잔, 접시,

찻주전자, 우유와 크림을 담은 그릇, 설탕 접시까지. 비는 이 모든 걸 난폭하게 쓸어서 바닥으로 떨어뜨렸다. "그 혁명주의자들이 모두를 죽일 거예요!"

집사가 무릎을 꿇더니 난장판이 된 바닥을 치우기 시작했다.

"흥분하지 마요." 모드가 말했다.

비는 울음을 터뜨렸다. "불쌍한 황후 폐하! 공주님, 왕자님들! 그분들은 어떻게 되는 걸까?"

"잠시 눕는 게 좋겠어요." 모드가 말했다. "이리 와요. 방으로 데려다 줄게요." 그녀가 팔꿈치를 잡고 끌자 비는 고분고분 따라왔다.

"모든 게 끝이에요." 비가 흐느껴 울었다.

"걱정 마요." 모드가 말했다. "어쩌면 새로운 시작일지 몰라요."

*

에설과 버니는 애버로언에 있었다. 신혼여행인 셈이었다. 에설은 버니에게 어릴 적 시간을 보낸 곳들을 보여주며 즐거워했다. 탄광, 교회, 학교. 심지어 티 귄 저택도 구경시켰다. 피츠와 비는 없었다. 그래도 치자나무 방은 보여주지 않았다.

이번에도 그리피스 가족이 토미의 방을 에설에게 내주어서 에설의 할아버지에게 불편을 끼치지 않아도 되었다. 두 사람이 그리피스 부인의 부엌에 있을 때 그녀의 남편으로 무신론자이자 혁명적 사회주의자 렌이 신문을 흔들며 뛰어들었다. "차르가 물러났어!" 그가 말했다.

그들은 박수를 치며 환호성을 올렸다. 모두 일주일 내내 페트로그라드에서 들려오던 폭동 소식에 귀기울여왔고, 에설은 과연 마무리가 어떻게 될지 궁금하던 차였다.

버니가 물었다. "누가 권력을 차지했죠?"

"리보프 공이 이끄는 임시정부라는군." 렌이 말했다.

"그러면 사회주의의 승리라고 보기는 어렵네요." 버니가 말했다.

"그렇지."

에설이 말했다. "힘내요. 한 번에 한 가지씩! 투 크라운스에 가서 축배를 들죠. 로이드는 폰티 부인에게 잠시 맡길게요."

여자들이 모자를 쓰고 네 사람은 함께 술집으로 향했다. 한 시간도 되지 않아 술집은 사람들로 가득찼다. 에설은 어머니와 아버지가 들어서는 모습을 보고 깜짝 놀랐다. 그리피스 부인도 보더니 말했다. "저 사람들이 여긴 무슨 일이래?"

잠시 후 에설의 아버지가 의자 위에 올라서서 사람들에게 조용히 해달라고 부탁했다. "여러분 가운데 일부는 제가 여기 온 걸 보고 놀랐을 겁니다. 하지만 특별한 상황은 특별한 행동을 부르는 법입니다." 그는 사람들을 향해 술잔을 들어 보였다. "저는 평생 지켜온 생활태도를 버리지 않았습니다만, 여기 주인께서 친절하게도 수돗물을 한 잔 주셨습니다." 사람들이 모두 웃었다. "제가 여기 온 이유는 러시아에서 거둔 승리를 이웃과 함께 나누기 위해서입니다." 그는 잔을 높이 들었다. "혁명을 위해서 건배!"

사람들은 모두 환호성을 올리고 술을 마셨다.

"세상에!" 에설이 말했다. "아버지가 투 크라운스에 오다니! 이런 날이 올 줄은 생각도 못했어요."

*

버펄로에 있는 조지프 뱔로프의 초현대식 프레리 하우스에서 레프 페시코프는 칵테일 캐비닛의 술을 꺼내 한잔 마시고 있었다. 이제 보드카는 마시지 않았다. 부자인 장인과 함께 살면서 그는 스카치위스키의 맛을 알게 되었다. 그는 미국인들이 즐기는 방식대로 위스키에 얼음을 몇 개 넣어서 마셨다.

레프는 처가살이가 싫었다. 올가와 둘이 따로 사는 편이 더 좋았다. 하지만 올가는 친정에서 사는 걸 더 좋아했고, 그녀의 아버지가 생활비를 모두 대주었다. 레프가 따로 돈을 마련하기 전까지는 꼼짝할 수 없었다.

조지프는 신문을 읽고 있었고 레나는 바느질을 했다. 레프는 두 사람을 향해 술잔을 들어 보였다. "혁명 만세!" 기운 넘치는 목소리였다.

"말 가려서 해." 조지프가 말했다. "사업하는 데는 손해야."

올가가 들어왔다. "셰리 한잔 따라줄래요, 여보?" 그녀가 말했다.

레프는 나오는 한숨을 눌러 참았다. 그녀는 사소한 일을 그에게 부탁하기를 무척 좋아했다. 장인 장모 앞에서는 그도 거절할 수 없었다. 레프는 달콤한 셰리 와인을 작은 잔에 따라서 웨이터처럼 고개를 숙이며 아내에게 건넸다. 그녀는 남편의 비꼬는 태도를 알아차리지 못하고 예쁘게 웃었다.

레프는 스카치위스키를 크게 한 모금 마시고 그 맛과 화끈거리는 느낌을 만끽했다.

발로프 부인이 말했다. "불쌍한 황후와 아이들이 안됐지 뭐야. 앞으로 어떻게 살아야 하는 거야?"

조지프가 말했다. "폭도들이 모두 죽이겠지. 뻔해."

"불쌍하기도 하지. 대체 혁명을 일으킨 사람들에게 차르가 어쨌다고 이런 일을 당하는 거죠?"

"그 질문에는 제가 답해드리죠." 레프가 말했다. 입다물고 있어야 한다는 걸 알았지만 그럴 수 없었다. 특히 위스키가 뱃속을 따뜻하게 데울 때면 더욱 그랬다. "제가 열한 살 때, 저희 어머니가 일하던 공장이 파업을 했죠."

뱔로프 부인은 혀를 찼다. 그녀는 파업은 옳지 않다고 생각했다.

"경찰이 파업을 함께한 사람들의 아이들을 모두 둘러쌌어요. 절대 못 잊을 겁니다. 무서웠죠."

"왜 그런 짓을 한 거지?" 뱔로프 부인이 말했다.

"그러더니 아이들을 모두 두들겨팼어요." 레프가 말했다. "지팡이로 엉덩이를 때렸죠. 부모들에게 본때를 보인 겁니다."

뱔로프 부인의 얼굴이 하얗게 질렸다. 그녀는 아이나 동물에게 폭력이 가해지는 걸 견디지 못했다.

"그게 차르와 그의 정권이 제게 한 짓이에요, 장모님." 레프가 말했다. 그가 술잔을 흔들자 얼음이 쨍그랑 소리를 냈다. "그래서 저는 혁명에 건배하는 거죠."

*

"어떻게 생각하나, 거스?" 윌슨 대통령이 물었다. "우리 중 실제로 페트로그라드에 가본 사람은 자네뿐이잖나. 앞으로 어떻게 될까?"

"국무부 당국자처럼 말하긴 정말 싫지만, 가능성은 반반입니다." 거스가 대답했다.

대통령이 웃었다. 두 사람은 대통령 집무실에 있었다. 윌슨은 책상에 자리를 잡고 앉아 있었고 거스는 그 너머에 서 있었다. "그러지 말고 추측해보게. 러시아가 전쟁에서 빠질까? 이게 올해의 가장 중요한 질문이 될 거야."

"좋습니다. 새 내각의 각료는 모두 사회주의자니 혁명이니 하는 무시 무시한 말을 이름에 내건 정당 소속입니다. 하지만 사실 그들은 중산층 기업가나 전문직 종사자죠. 그들이 진짜 원하는 건 산업과 상업을 촉진할 자유를 그들에게 안겨줄 부르주아혁명입니다. 하지만 사람들은 빵과 평화, 토지를 원하죠. 공장 노동자에게는 빵, 군인에게는 평화, 그리고 농민에게는 토지가 필요합니다. 리보프나 케렌스키 같은 자들은 그런 데 관심이 없고요. 그러니까 각하의 질문에 대답하자면, 리보프의 정부는 점진적인 변화를 모색할 겁니다. 특히 전쟁은 계속하려고 할 겁니다. 하지만 노동자들은 만족 못하겠죠."

"그렇다면 결국 누가 이기게 될까?"

거스는 상트페테르부르크에 갔던 일, 푸틸로프 공장의 지저분하고 허물어져가는 주물 작업장에서 기관차 바퀴 주조과정을 보여주던 남자를 떠올렸다. 나중에 그 남자가 경찰과 어떤 여자를 두고 다투던 광경을 목격하기도 했다. 이름을 기억하지는 못했지만 남자의 모습은 지금도 생생했다. 넓은 어깨와 강인한 팔뚝, 잘린 손가락. 하지만 다른 무엇보다 막을 수 없는 투지가 서린 푸른 눈과 표정을 잊을 수 없었다. "러시아 국민입니다." 거스가 말했다. "결국은 그들이 이길 겁니다."

24장
1917년 4월

I

이른 4월 맑은 날, 발터는 모니카 폰 데어 헬바르트와 함께 베를린에 있는 그녀 부모의 저택 정원을 걷고 있었다. 웅장한 저택의 넓은 정원은 테니스코트와 잔디 볼링장, 승마 훈련장, 그네와 미끄럼틀이 있는 아이들 놀이터를 갖추고 있었다. 발터는 어릴 때 이곳에 와보고 천국이라고 생각했던 게 기억났다. 하지만 이제는 목가적인 놀이터가 아니었다. 가장 늙은 한 마리를 제외하고 말들은 모두 전장으로 끌려갔다. 넓은 테라스 판석은 닭들이 긁어 상처가 나 있었다. 모니카의 어머니는 테니스코트에서 돼지를 키웠다. 잔디 볼링장에서는 염소들이 풀을 뜯었고, 백작부인이 직접 염소젖을 짠다는 소문이 돌기도 했다.

하지만 늙은 나무마다 다시 잎이 돋고 해가 빛나고 있었다. 발터는 와이셔츠에 조끼만 입고 코트는 한쪽 어깨에 걸친 차림이었다. 제대로 갖춰입지 않은 모습을 보면 어머니가 질색하겠지만 어머니는 집안에서 백작부인과 수다를 떨고 있었다. 여동생 그레타는 발터와 모니카와 함께 산책하다가 핑계를 대고 두 사람만 남겨둔 채 가버렸다. 이것 역시 어머니가 알았다면 개탄할 일이었다. 적어도 원칙적으로는 그랬다.

모니카에게는 피에르라는 이름의 개가 있었다. 다리가 길고 우아하게 생긴 평범한 푸들이었는데 풍성하게 고불거리는 털과 옅은 갈색 눈을 보면 발터는 모니카와 조금 닮았다는 생각이 절로 떠올랐다. 물론 모니카는 아름다웠지만.

발터는 모니카가 개를 다루는 방식이 마음에 들었다. 그녀는 다른 여자들처럼 개를 쓰다듬거나 먹을 걸 주거나 아기 목소리를 내며 말을 걸지 않았다. 그저 데리고 걷다가 가끔 낡은 테니스공을 던져서 물고 오게 했다.

"러시아 사람들에게 실망했어요." 모니카가 말했다.

발터는 고개를 끄덕였다. 리보프 공의 정부는 전쟁을 계속하겠다고 발표했다. 독일은 동부전선에서 해방될 수 없었고 그러니 프랑스에 병력을 증강할 수도 없었다. 전쟁은 계속될 것이다. "이제 남은 희망이라곤 리보프 정부가 무너지고 평화파가 정권을 잡는 것뿐입니다." 발터가 말했다.

"가능성이 있을까요?"

"잘 모르겠어요. 좌익 혁명 세력은 여전히 빵과 평화, 토지를 원하고 있습니다. 정부는 제헌의회에 참여할 대표 선출을 위한 민주주의적 선거를 약속했습니다. 하지만 누가 이길까요?" 그는 나뭇가지 하나를 집어서 피에르가 물어오도록 멀리 던졌다. 개는 나뭇가지를 따라 뛰어가더니 당당하게 입에 물고 돌아왔다. 발터는 허리를 숙이고 피에르의 머리를 쓰다듬어주었다. 다시 허리를 펴자 모니카가 그에게 아주 가까이 다가서 있었다.

"당신이 좋아요, 발터." 그녀는 황갈색 눈동자로 그를 똑바로 보며 말했다. "우리는 이야깃거리가 절대로 떨어지지 않을 거라는 느낌이 들어요."

발터 역시 같은 생각이었다. 그리고 지금 키스하려고 하면 그녀도 거부하지 않으리라는 생각도 들었다.

그는 한 걸음 물러났다. "저도 당신이 좋아요." 그가 말했다. "그리고 당신 강아지도 좋아합니다." 그리고 농담이라는 걸 보여주려고 웃었다.

그러자 그녀는 실망한 기색이 역력했다. 그녀는 입술을 깨물더니 돌아섰다. 교육을 잘 받은 여자로서 최대한 용기를 냈으나 거절당한 것이다.

두 사람은 계속 걸었다. 한참 말이 없던 모니카가 말했다. "당신 비밀이 뭔지 궁금해요."

맙소사, 정말 예리하군. 발터는 생각했다. "비밀 없어요." 그는 거짓말을 했다. "당신은 있나요?"

"말하나마나 한 것들이죠." 그녀는 손을 뻗더니 발터의 어깨에서 뭔가를 털어냈다. "벌이 있네요." 그녀가 말했다.

"벌이 나오기는 아직 이른데요."

"여름이 일찍 오려나봐요."

"그렇게 덥지도 않은걸요."

모니카는 몸을 떠는 시늉을 했다. "그러네요, 쌀쌀하네요. 덮을 것 좀 갖다주시겠어요? 주방 쪽으로 가서 하녀에게 말하면 찾아줄 거예요."

"물론이죠." 날씨가 쌀쌀하지는 않았지만 신사라면 아무리 별난 일이라고 해도 여자의 부탁을 거절할 수는 없었다. 모니카는 잠시 혼자 있고 싶은 것이 분명했다. 그는 얼른 집 뒤쪽으로 향했다. 고백을 거절하기는 했지만, 마음을 아프게 해서 미안했다. 사실 두 사람은 잘 맞았다. 두 어머니가 제대로 봤다. 그리고 모니카는 왜 발터가 자기를 계속 마다하는지 이해하지 못하는 듯했다.

집안으로 들어가 지하로 내려가는 계단에서 검은 드레스에 레이스 모자를 쓴 나이 지긋한 하녀 하나를 보았다. 그녀가 숄을 찾으러 갔다.

발터는 홀에서 기다렸다. 저택은 최신의 유겐트 양식으로 꾸며져 있었다. 유겐트 양식은 발터의 부모가 좋아하는 로코코 양식을 대신해 나타난 스타일로, 부드러운 색상으로 실내를 환하게 장식하는 것이 특징이었다. 기둥이 있는 홀은 전체적으로 시원한 회색 대리석으로 꾸몄고, 바닥에는 버섯 색깔 카펫이 깔려 있었다.

발터는 모드가 수백만 킬로미터 떨어진 다른 행성에 있는 듯 느껴졌다. 어느 면에서 그것은 사실이었다. 전쟁 전의 세상은 다시는 돌아오지 않을 것이다. 그는 삼 년 가까이 아내를 보지도 소식을 듣지도 못했고, 앞으로 다시 만날 일도 없을 듯했다. 마음속에서 그녀를 지우지는 않았다. 두 사람이 나누었던 열정을 도저히 잊을 수 없었다. 하지만 괴롭게도 이제 더는 아내와 함께했던 순간들을 상세히 떠올릴 수가 없었다. 그녀가 어떤 옷을 입었는지, 그들이 어디서 언제 키스하고 손을 잡았는지, 끝도 없이 이어지던 런던의 비슷비슷한 파티에서 만났을 때 무엇을 먹고 마시고 무슨 이야기를 나누었는지 기억나지 않았다. 어떻게 보면 두 사람은 전쟁으로 인해 이혼한 상태와도 같다는 생각이 가끔 스쳐갔다. 하지만 발터는 그런 생각을 밀어냈다. 치욕적이리만큼 부정한 생각이었다.

하녀가 노란색 캐시미어 숄을 가져왔다. 발터는 모니카에게 돌아갔다. 나무 그루터기에 앉은 그녀의 발치에 피에르가 앉아 있었다. 그녀는 발터가 건네준 숄을 어깨에 둘렀다. 노란색이 잘 어울려서 눈이 빛나 보였고 피부색도 돋보였다.

모니카의 표정이 이상하다고 생각하는 순간 그녀가 발터에게 그의 지갑을 내밀었다. "코트에서 떨어졌나봐요." 그녀가 말했다.

"아, 고마워요." 발터는 여전히 어깨에 걸치고 있던 코트 안주머니에 지갑을 넣었다.

모니카가 말했다. "집으로 돌아가죠."

"그러시죠."

모니카의 분위기가 사뭇 달라졌다. 어쩌면 그냥 그를 포기하기로 작정했는지도 모른다. 아니면 무슨 일이 있었던 걸까?

그때 퍼뜩 무서운 생각이 떠올랐다. 지갑은 정말 코트에서 떨어진 걸까? 아니면 모니카가 있지도 않은 벌을 쫓는다며 어깨를 만질 때 소매치기처럼 슬쩍 꺼낸 걸까? "모니카." 그는 멈춰 서서 그녀의 얼굴을 보았다. "제 지갑 안을 봤습니까?"

"비밀은 없다고 하셨잖아요." 그녀의 얼굴이 선홍색으로 물들었다.

모니카는 발터가 오려 지갑에 넣어둔 신문기사를 본 게 틀림없었다. 레이디 모드 피츠허버트는 늘 최신 유행의 패션을 즐긴다. "정말이지 예의가 없으시군요." 발터는 화를 내며 말했다. 스스로에게 더 화가 났다. 의심을 살 만한 사진은 갖고 다니지 말았어야 했다. 모니카가 사진의 의미를 추측할 수 있다면, 다른 사람들도 알 수 있다. 그러면 그는 불명예를 안고 군에서 쫓겨날 것이다. 어쩌면 반역죄로 기소되어 감옥에 가거나 총살을 당할 수도 있었다.

바보 같은 짓이었다. 하지만 자신이 절대 그 사진을 버릴 수 없으리라는 것도 잘 알았다. 그것은 유일하게 남은 그녀의 사진이었다.

모니카는 발터의 팔에 손을 얹었다. "평생 이런 짓은 단 한 번도 해본 적 없어요. 정말 부끄러워요. 하지만 제가 얼마나 절망적인 심정이었는지 알아주셨으면 해요. 아, 발터. 당신을 보자마자 사랑에 빠졌어요. 그리고 제가 보기에 당신도 저를 사랑할 수 있었어요. 당신 눈빛과 당신이 저를 보며 웃는 모습을 보면 알아요. 하지만 당신은 아무 말도 없었죠!" 그녀의 눈에 눈물이 고였다. "그래서 제가 제정신이 아니었나봐요."

"그 점은 미안합니다." 발터는 이제 분한 마음이 들지는 않았다. 그녀는 이제 예의고 뭐고 없이 마음을 모두 열어 보이고 있었다. 그녀가 애처로웠다. 아니, 두 사람 모두 애처로웠다.

"왜 당신이 저를 멀리하는지 어떻게든 알아내고 싶었어요. 물론 이제는 그 이유를 알고요. 아름다운 분이더군요. 어찌 보면 저와 닮기도 했어요." 모니카는 눈물을 훔쳤다. "저보다 그분을 먼저 만난 거죠. 그게 다예요." 그녀의 황갈색 눈동자는 그를 꿰뚫어보는 듯했다. "약혼하신 거겠죠."

이토록 진심인 사람에게 거짓말을 할 수는 없었다. 그래서 발터는 아무 대답도 하지 못했다.

모니카는 그가 망설이는 이유를 짐작했다. "아, 이런. 맙소사!" 그녀가 말했다. "당신, 결혼했군요?"

끔찍했다. "사람들이 알게 되면 저는 심각한 상황에 빠질 겁니다."

"알아요."

"비밀을 지켜주실 거라고 믿어도 될까요?"

"어째서 그런 걸 물으세요?" 그녀가 말했다. "당신은 제가 만난 최고의 남자예요. 어떤 식으로든 해가 되는 일은 하고 싶지 않아요. 한 마디도 하지 않겠어요."

"고맙습니다. 약속 지켜주실 걸 잘 압니다."

모니카는 눈물을 참으며 고개를 돌렸다. "안으로 들어가요."

홀에 들어서자 그녀가 말했다. "먼저 가세요. 전 세수 좀 하고요."

"그러죠."

"그분이……" 모니카의 목소리가 갈라지며 흐느낌으로 변했다. "그분이 스스로 얼마나 운 좋은 사람인지 알았으면 좋겠네요." 그녀는 속삭이듯 말했다. 그러고는 돌아서서 다른 방으로 향했다.

발터는 코트를 입고 매무새를 가다듬은 다음, 대리석 계단을 올라갔다. 응접실 역시 연한 색상의 목재와 환한 청록색 커튼으로 꾸민 절제된 모습이었다. 모니카의 부모가 자기 부모보다 취향이 더 좋다고 발터는 생각했다.

발터의 어머니는 그를 보자마자 뭔가 잘못된 걸 알아차렸다. "모니카는 어디 있니?" 그녀가 날카롭게 물었다.

발터는 어머니를 향해 한쪽 눈썹을 치켜세웠다. 화장실에 갔어요 따위의 대답이나 듣자고 질문하는 건 어머니답지 않은 일이었다. 그녀는 긴장한 기색이 역력했다. 발터는 조용히 말했다. "조금 이따 올 겁니다."

"이거 봐라." 발터의 아버지가 종이 한 장을 들고 흔들었다. "치머만이 방금 내게 의견을 달라며 보내온 거야. 러시아 혁명가들이 독일로 지나가고 싶어한다는군. 뻔뻔한 놈들!" 오토는 슈냅스를 몇 잔 마신 뒤라 조금 흥분한 상태였다.

발터는 공손하게 물었다. "어떤 혁명가들 말씀인가요, 아버지?" 사실 별로 관심이 없었지만 이야깃거리가 생겨 고마웠다.

"취리히에 있는 자들! 마르토프와 레닌, 그리고 그 무리 말이다. 이제 차르가 물러났고 러시아에 언론의 자유가 보장될 테니 집으로 돌아가겠다는 거야. 하지만 놈들이 돌아가게 둘 수는 없어!"

모니카의 아버지 콘라트 폰 데어 헬바르트는 곰곰이 생각하더니 말했다. "아마 돌아가긴 어려울 겁니다. 독일을 거치지 않고는 스위스에서 러시아로 갈 수 없어요. 다른 육로 모두 전쟁터를 지나고요. 그런데, 영국에서 북해를 건너 스웨덴으로 가는 증기선은 여전히 다니지 않습니까?"

발터가 말했다. "다닙니다. 하지만 그들은 영국을 거치고 싶지 않을 겁니다. 영국이 트로츠키와 부하린을 억류했거든요. 프랑스와 이탈리아는 사정이 더 나쁘고요."

"그럼 오도 가도 못하는 신세가 된 거로군!" 오토는 의기양양하게 말했다.

발터가 말했다. "그럼 아버지는 외무상 치머만에게 어떻게 조언하실 건가요?"

"당연히 거절하라고 해야지. 우리는 그런 쓰레기들이 우리 국민을 더럽히기를 원치 않아. 그 악마들이 독일에서 어떤 문제를 일으킬지 누가 알겠니?"

"레닌과 마르토프라." 발터는 생각에 잠긴 듯 말했다. "마르토프는 멘셰비키지만 레닌은 볼셰비키입니다." 독일 정보부서는 러시아 혁명가들에게 적극적인 관심을 갖고 있었다.

오토가 말했다. "볼셰비키, 멘셰비키, 사회주의자, 혁명주의자 모두 같아."

"아뇨, 그렇지 않아요." 발터가 말했다. "볼셰비키가 가장 과격하죠."

모니카의 어머니가 힘차게 말했다. "그러니까 우리나라에 더욱 발을 들여놓게 해선 안 되겠군요!"

발터는 무시하고 말을 이었다. "더 중요한 건 해외 망명중인 볼셰비키가 러시아에 남아 있는 자들보다 더 급진적이라는 사실입니다. 페트로그라드에 있는 볼셰비키는 리보프 공의 임시정부를 지지하지만, 취리히에 있는 볼셰비키는 그렇지 않습니다."

동생 그레타가 물었다. "어떻게 그런 걸 다 알아요?"

발터는 스위스에서 혁명가들의 편지를 가로채는 스파이의 보고서를 읽고 아는 내용이었다. 하지만 이렇게 말했다. "레닌이 며칠 전 취리히에서 임시정부를 부인하는 연설을 했습니다."

오토는 마땅치 않다는 듯 소리를 냈지만 콘라트 폰 데어 헬바르트는 의자에 앉은 채 몸을 앞으로 내밀었다. "그러면 어떻게 하자는 건가?"

발터는 말했다. "혁명가들이 독일을 통과하지 못하게 막으면 우리는 러시아의 체제전복이 이루어지지 않도록 돕는 셈이 됩니다."

발터의 어머니는 어리둥절해 보였다. "설명 좀 해주렴."

"저는 이 위험천만한 자들이 고국으로 돌아갈 수 있게 도와야 한다고 생각합니다. 그들은 일단 돌아가면 어떻게든 러시아 정부의 기반을 약화시키려 애쓰면서 전쟁 수행능력을 떨어뜨리거나 권력을 잡아서 평화회담을 하려 할 겁니다. 어느 쪽이든 독일에게는 이득입니다."

모두 발터가 한 말을 생각하느라 조용해졌다. 잠시 후 오토가 큰 소리로 웃으며 박수를 쳤다. "역시 내 아들이야! 그래도 제 아비를 닮은 구석이 조금은 있군그래!"

Ⅱ

사랑스럽기 그지없는 그대,
취리히는 호숫가에 있는 추운 곳이에요.

발터는 편지를 써내려갔다.

하지만 호수에, 잎이 무성한 주변 언덕에, 그리고 멀리 보이는 알프스산맥에도 해가 비치고 있어요. 길은 구부러진 곳 없이 격자 모양으로 펼쳐져 있군요. 스위스는 독일보다 더 가지런한 곳이네요! 내 사랑하는 친구, 당신이 여기 함께 있다면! 어딜 가든 당신이 함께했으면 좋겠어요!!!

느낌표를 잔뜩 붙인 건 검열관에게 편지를 쓴 사람이 쉽게 흥분하는 여자라는 인상을 주기 위해서였다. 발터는 중립국인 스위스에 있었지만, 편지 내용 때문에 보낸 사람이나 받는 사람의 정체가 드러나지 않도록 여전히 조심하고 있었다.

당신이 괜찮은 남자들에게서 원치 않는 관심을 받거나 난처한 상황에 처해 고생하는 건 아닌지 궁금해요. 당신은 정말 아름답고 매력적이니 당연히 그렇겠지요. 저 역시 같은 곤란을 겪고 있답니다. 저는 물론 아름답거나 매력적이지 않지만 그래도 접근하는 사람들이 있어요. 어머니가 결혼 상대로 고른 사람인데, 여동생 친구여서 전부터 알고 지내면서 좋아했죠. 한동안 몹시 힘들었고, 제가 누군가와 우정을 나누고 있지만 결혼할 수는 없다는 사실을 그 사람에게 들킬까봐 두려웠어요. 하지만 우리 비밀은 안전하다고 믿어요.

검열관이 이 대목까지 읽는다 해도 레즈비언 여성이 애인에게 보내는 편지라고 생각할 터였다. 영국에서도 이 편지를 읽는 누구나 같은 생각을 할 것이다. 그건 별로 문제될 게 없었다. 모드는 페미니스트에다 겉보기에는 스물여섯 살이나 먹은 독신자이니, 이미 동성애 취향이 있다는 의심을 받고 있을 게 뻔했다.

며칠 있으면 나는 스톡홀름에 있을 거예요. 물가에 있는 또다른 추운 도시죠. 그곳 그랜드 호텔로 편지 보내도 돼요.

스웨덴은 스위스와 마찬가지로 영국과 편지가 오가는 중립국이었다.

당신의 연락을 받을 수 있으면 좋겠어요!!!
그럼 그때까지, 내 멋진 사랑
당신의 사랑을 잊지 마요.

발트라우트

III

1917년 4월 6일, 미국은 독일에 전쟁을 선포했다.

예상하고 있었지만 어쨌든 발터는 한 방 먹은 느낌이었다. 미국은 부유하고 기운이 넘치고 민주적인 나라였다. 미국보다 더 나쁜 적은 상상할 수 없었다. 이제 유일한 희망은 미국이 제대로 군사력을 증강하기 전에 러시아가 무너져 독일이 서부전선에서 승리를 이룰 기회를 노리는 것뿐이었다.

사흘 후, 망명중인 서른두 명의 러시아 혁명가들이 취리히 체링거호프 호텔에 모였다. 성인 남녀와 로버트라는 이름의 네 살짜리 아이 하나였다. 그들은 호텔에서 바로크 양식 아치가 있는 역으로 이동한 다음 기차에 올라 고국으로 출발했다.

발터는 그들이 가지 않겠다고 할까봐 두려웠다. 멘셰비키의 지도자 마르토프는 페트로그라드 임시정부의 허락 없이는 떠나지 않겠다고 했다. 혁명가에게는 어울리지 않는 공손한 태도였다. 허락은 떨어지지 않았지만 레닌과 볼셰비키들은 어쨌든 돌아가기로 했다. 발터는 여행중 곤란한 일이 없기를 바랐고, 그들과 강가 역까지 동행한 다음 함께 기차에 올랐다.

이들이 바로 독일의 비밀 무기야. 발터는 생각했다. 러시아 정부를 무너뜨리려 하는 서른두 명의 불평분자와 부적응자. 신이여, 우리를 도우소서.

블라디미르 일리치 울리야노프. 레닌으로 알려진 그는 마흔여섯 살이었다. 키가 작고 다부진 체격에, 몸단장에 허비할 시간이 없을 만큼 바쁜 나머지 깔끔하지만 고상하지는 않은 차림이었다. 한때는 머리 전체가 붉었지만 일찍 숱이 줄기 시작해 지금은 주변에 머리칼의 흔적만 남은 반짝이는 대머리였다. 세심하게 다듬은 반다이크 수염*은 연한 적갈색에 회색이 섞여 있었다. 처음 만나 인사를 나눌 때 발터는 그가 매력도 없고 잘생긴 외모도 아니어서 그리 특별한 인상은 받지 못했다.

발터는 볼셰비키들이 독일을 지나는 여정에 필요한 실무를 도맡아 처리하는 외무부의 하급 관리로 위장했다. 레닌은 발터를 날카로운 시선으로 살폈는데, 그가 실제로는 일종의 정보요원이라고 추측하는 게 분명했다.

모두 국경과 맞닿은 샤프하우젠으로 이동해 그곳에서 독일 열차로 갈아탔다. 그들은 스위스의 독일어 사용 지역에서 살았기 때문에 다들 어느 정도는 독일어를 할 줄 알았다. 레닌은 능숙했다. 알고 보니 그는 놀라울 정도로 여러 언어를 구사했다. 프랑스어에 능했고 영어도 그런 대로 할 줄 아는데다가 아리스토텔레스의 책을 고대 그리스어로 읽었다. 편히 쉴 때는 자리에 앉아 외국어 사전을 들고 한두 시간을 보냈다.

---

* 염소수염과 양끝을 뾰족하게 다듬은 콧수염.

고트마딩겐에서 그들은 다시 기차를 갈아탔다. 그들이 마치 전염병 보균자라도 되듯 특별히 봉인된 객차 한 량이 준비되어 있었다. 객차 문 네 개 중 세 개는 아예 잠가둔 상태였다. 네번째 문도 발터의 침대칸 바로 옆이었다. 이는 지나치게 염려가 많은 독일 당국을 안심시키려는 조치였지만 사실 그럴 필요가 없었다. 러시아인들은 탈출 의지가 없었고 단지 고국으로 돌아가고 싶어할 뿐이었다.

레닌과 그의 아내 나다는 따로 방 하나를 사용했지만, 나머지는 한 칸을 네 명씩 함께 사용했다. 평등주의에도 한계가 있군. 발터는 냉소적으로 생각했다.

열차가 독일을 남에서 북으로 통과하는 동안, 발터는 레닌의 따분한 외모 아래 감춰진 품성의 위력을 깨닫기 시작했다. 레닌은 음식이나 술, 안락함, 재산에 대해서는 관심이 없었다. 온종일 정치만 생각했다. 늘 정치에 관해 토론하고, 정치에 관한 글을 쓰고, 정치를 생각하거나 메모를 했다. 토론이 벌어질 때마다 레닌이 동료들보다 더 많이 알고 있고 문제에 대해 더 오래, 그리고 깊이 생각해왔음이 드러났다. 다만 주제가 러시아나 정치를 벗어나면 남들보다 잘 모르는 것 같았다.

흥을 깨는 데는 레닌을 따를 사람이 없었다. 첫날 저녁, 안경 쓴 젊은이 카를 라데크가 옆 칸에서 농담을 하고 있었다. "어떤 사람이 '니콜라이는 멍청이야'라고 말했다는 죄로 체포당했어. 그가 경찰에게 말했지. '우리 존경하는 차르가 아닌 다른 니콜라이를 말하는 거였소'라고 말이야. 그랬더니 경찰이 '거짓말! 멍청이라면 차르가 틀림없잖아!'라고 했대!" 같은 칸 사람들이 왁 웃음을 터뜨렸다. 그때 레닌이 자기 칸에서 잔뜩 화난 표정으로 나오더니 조용히 하라고 명령했다.

레닌은 삼십 년 전 어머니의 강권에 금연한 뒤로 담배라면 질색했다. 레닌을 존중하는 의미에서 사람들은 객차 끝 화장실에서 담배를 피웠다. 사람이 서른둘이나 되는데 화장실은 하나뿐이다보니 줄을 서야 하고 말다툼이 벌어지기도 했다. 레닌은 뛰어난 지적 능력을 이용해 이 문제를 해결했다. 그는 종이를 잘라 만든 두 종류의 표를 모두에게 나눠주었다. 하나는 진짜 볼일을 볼 때 쓰는 것이고 다른 하나는 담배를 피울 때 쓰는 것으로 개수를 적게 만들었다. 이렇게 해서 줄 서는 일이 줄고 말다툼도 사라졌다. 발터는 흥미를 느꼈다. 레닌의 방식은 잘 통했고 모두가 행복했지만, 다 함께 의사결정을 하려는 토론도 어떤 시도도 없었다. 열차 안에서 레닌은 자애로운 독재자였다. 그가 진짜 권력을 쥐게 된다면 같은 방식으로 러시아제국을 통치할까?

하지만 과연 그가 권력을 차지할 수 있을까? 만일 그러지 못한다면 발터는 시간 낭비를 하는 셈이었다.

레닌이 가진 가능성을 높일 방법은 단 하나뿐이었다. 발터는 뭔가 시도해보기로 마음먹었다.

발터는 베를린에서 열차를 내리며 러시아인들에게 자신이 다시 돌아와 마지막 구간을 함께 이동할 거라고 말했다. "너무 오래 걸리면 안 돼요." 한 러시아인이 말했다. "한 시간 후면 떠날 거니까요."

"빨리 오죠." 발터가 말했다. 열차는 발터의 지시가 있을 때까지 움직이지 않을 테지만 러시아인들은 그런 사실을 알지 못했다.

객차는 포츠담 역의 측선에 정차해 있었고, 베를린 구시가 중심지의 빌헬름 가 76번지에 있는 외무부까지는 걸어서 몇 분밖에 걸리지 않았다. 아버지의 넓은 사무실에는 육중한 마호가니 책상과 카이저의 초상화, 전면이 유리인 도자기 장식장이 있었다. 도자기 중에는 지난번 마지막으로 런던에 갔을 때 사온 18세기의 과일 접시도 있었다. 발터가 바란 대로 오토는 사무실에 있었다.

"레닌의 믿음에는 흔들림이 없어요." 발터는 커피를 마시며 아버지에게 말했다. "그는 억압의 상징인 차르를 제거했지만 러시아 사회는 변한 게 없다고 합니다. 노동자들은 권력을 잡는 데 실패했어요. 중산층이 모든 걸 좌지우지하고 있습니다. 다른 무엇보다 레닌은 무슨 이유인지 개인적으로 케렌스키를 증오하고 있어요."

"하지만 그가 임시정부를 전복할 수 있을까?"

발터는 알 수 없다는 듯 양손을 펼쳐 보였다. "그는 머리가 비상하고 단호한데다 타고난 지도자예요. 일밖에 모르고요. 하지만 볼셰비키도 권력을 두고 다투는 열 개 남짓의 작은 정치조직 중 하나일 뿐입니다. 마지막에 누가 이길지는 아무도 몰라요."

"그럼 이 모든 노력이 헛수고가 될 수도 있다는 뜻이로군."

"볼셰비키가 이기도록 우리가 돕는다면 이야기가 달라지겠죠."

"이를테면?"

발터는 깊이 숨을 들이마셨다. "그들에게 돈을 주는 겁니다."

"뭐?" 오토는 불같이 화를 냈다. "독일 정부가 사회주의 혁명가들에게 돈을 줘?"

"처음에는 십만 루블이면 어떨까 해요." 발터는 아무렇지도 않은 듯 말했다. "구할 수 있으면 10루블짜리 금화가 더 좋겠죠."

"카이저께서 허락하지 않으실 거야."

"굳이 말씀드릴 것 있나요? 치머만의 허가만으로도 충분할 텐데요."

"치머만도 그런 짓은 안 할걸."

"과연 그럴까요?"

오토는 말없이 한참 생각에 잠겨 발터를 노려보았다.

그러다 그가 대답했다. "물어보지."

IV

열차에서 사흘을 보낸 후에야 러시아인들은 독일을 빠져나갔다. 해안가 도시 자스니츠에서 발트해를 건너 스웨덴의 남쪽 끝으로 그들을 데려다줄 퀸 빅토리아 호의 표를 구했다. 발터도 그들과 동행했다. 거친 바다에서 전원이 뱃멀미로 고생하는 와중에도 레닌과 라데크, 지노비예프는 갑판에서 길길이 날뛰며 정치 토론을 벌이느라 파도가 심하다는 사실조차 알아차리지 못했다.

그들은 야간열차를 타고 스톡홀름으로 향했고, 그곳에서 사회주의자인 시장이 환영의 의미로 아침식사를 대접했다. 발터는 그랜드 호텔에 체크인을 하며 혹시 모드에게서 온 편지가 기다리고 있지 않을까 기대했다. 그에게 온 연락은 없었다.

크게 실망한 그는 차가운 바닷물에 몸을 던지고 싶었다. 거의 삼 년 만에 아내와 연락이 닿을 수 있는 유일한 기회였는데, 뭔가 잘못된 것이다. 그녀가 편지를 받아보기는 한 걸까?

불행한 상상이 그를 괴롭혔다. 그녀는 그를 신경이나 쓰고 있을까? 까맣게 잊어버린 건 아닐까? 혹시 그녀의 삶에 새로운 남자가 등장한 건 아닐까? 그는 완전한 암흑 속에 있었다.

라데크와 잘 차려입은 스웨덴 사회주의자들이 PUB 백화점*의 남성복 매장으로 레닌을 끌고 가다시피 데려갔다. 그가 내내 신고 있던 징 박힌 등산 부츠는 사라졌다. 레닌은 벨벳 칼라가 달린 코트를 입고 새 모자를 썼다. 라데크는 이제야 그가 국민을 이끌 만한 사람처럼 차려입었다고 말했다.

---

* 1882년에 개장한 대형 백화점.

그날 밤이 되자 러시아인들은 핀란드행 열차를 타러 역으로 향했다. 발터는 여기서 그들과 헤어질 예정이었다. 하지만 그는 무리를 따라 역으로 갔다. 그리고 열차가 떠나기 전 레닌과 따로 만났다.

두 사람은 희미한 전등 불빛이 레닌의 벗어진 머리를 비추는 객실 안에 앉았다. 발터는 긴장되었다. 이번 일을 잘해내야 했다. 분명 레닌에게 간청이나 애원은 먹히지 않을 것이었다. 그렇다고 그가 협박을 당할 사람도 절대 아니었다. 차가운 논리만이 그를 설득할 수 있었다.

발터는 미리 준비해둔 대로 말했다. "독일 정부는 당신이 고국에 돌아가도록 돕고 있습니다. 선의의 행동이 아니라는 건 아시겠죠."

레닌이 유창한 독일어로 끼어들었다. "내가 러시아에 손해를 끼칠 거라고 생각하겠지!" 그는 날카롭게 소리쳤다.

발터는 부인하지 않았다. "하지만 당신은 우리의 도움을 받아들였습니다."

"혁명을 위해서! 오로지 그것만이 옳고 그름을 판단할 기준이오."

"그렇게 말할 줄 알았습니다." 발터는 들고 온 무거운 여행가방을 객차 바닥에 쿵 소리나게 내려놓았다. "이 가방의 비밀 공간에는 지폐와 동전으로 십만 루블이 들어 있습니다."

"뭐요?" 웬만해서는 냉정함을 잃지 않는 레닌도 깜짝 놀란 것 같았다. "무슨 돈이오?"

"당신을 위한 겁니다."

레닌은 불쾌해했다. "뇌물인가?" 그는 화가 난 듯했다.

"당연히 아닙니다." 발터가 말했다. "우리는 당신을 매수할 필요가 없습니다. 당신의 목표는 우리와 같으니까요. 당신은 임시정부를 무너뜨리고 전쟁을 끝내겠다고 했습니다."

"그래서?"

"선전활동이죠. 당신이 그런 뜻을 퍼뜨리는 걸 돕는 겁니다. 우리 역시 그런 뜻을 널리 알리고 싶거든요. 독일과 러시아의 평화 말입니다."

"결국 그렇게 해서 프랑스와 벌이고 있는 자본주의 대 제국주의 전쟁에서 승리하겠다는 거군!"

"아까도 말했지만 우리는 당신을 선의로 돕는 게 아닙니다. 당신도 그런 걸 기대하지는 않을 거고요. 현실적인 정치일 뿐이죠. 잠시나마 당신과 우리의 이해가 맞아떨어진 겁니다."

레닌은 라데크가 그에게 새 옷을 사입히겠다고 고집을 부릴 때와 비슷한 감정을 느끼는 듯했다. 끔찍한 일이라고 생각하지만 일리가 있다는 걸 부인할 수 없는 것이다.

발터가 말했다. "앞으로 매달 이 정도 금액을 드릴 겁니다. 물론 당신이 평화를 위해 실질적인 활동을 해준다면 말입니다."

레닌은 한참 말이 없었다.

발터가 말했다. "당신은 오로지 혁명의 성공만이 옳고 그름의 기준이 된다고 했습니다. 만일 그렇다면 당신은 이 돈을 받아야 합니다."

열차 밖 플랫폼에서 호루라기가 울렸다.

발터는 일어섰다. "이제 저는 내려야겠군요. 잘 가십시오. 행운을 빕니다."

레닌은 바닥에 놓인 여행가방을 노려볼 뿐 아무 말이 없었다.

발터는 객실을 나와 기차에서 내렸다.

돌아서서 레닌의 객실 창문을 바라보았다. 혹시 그가 창문을 열고 여행가방을 내던지지 않을까 걱정도 되었다.

다시 호루라기 소리가 나고 기적이 울렸다. 객차들이 덜컹거리더니 움직이기 시작했고, 열차는 레닌과 다른 러시아인 망명객들, 그리고 돈 가방을 실은 채 천천히 역을 빠져나갔다.

발터는 코트 안주머니에서 손수건을 꺼내 이마를 훔쳤다. 추운 날씨에도 그는 땀을 흘리고 있었다.

V

기차역을 떠난 발터는 부두를 걸어 그랜드 호텔로 돌아왔다. 주위는 어두웠고 발트해에서 차가운 동풍이 불어왔다. 기쁜 마음이 들어야 옳았다. 레닌을 매수한 것이다! 하지만 맥빠지는 느낌이었다. 게다가 모드로부터 아무 연락이 없어 더욱 기분이 좋지 않았다. 그녀가 편지를 보내지 않은 그럴듯한 이유는 열 가지도 넘게 꼽을 수 있었다. 그 가운데 최악은 생각하지 말아야 했다. 하지만 정작 그는 모니카에게 빠지기 직전의 위험한 상황까지 갔다. 그러니 모드라고 그런 일이 없으라는 법이 있겠는가. 왠지 그녀가 그를 잊은 것 같은 느낌을 지울 수 없었다.

발터는 오늘밤 잔뜩 취하기로 마음먹었다.

프런트에 그의 앞으로 타자로 친 메모가 와 있었다. "전갈이 있으니 스위트룸 201호에 들러주시기 바랍니다." 그는 외무부에서 온 사람이라고 생각했다. 어쩌면 레닌을 지원하기로 한 생각을 바꾼 것인지도 모른다. 그건 이미 늦었어.

그는 계단을 올라가 201호 문을 두드렸다. 안에서 숨죽인 목소리가 독일어로 대답했다. "네?"

"발터 폰 울리히입니다."

"들어와요. 열렸습니다."

그는 안으로 들어가 문을 닫았다. 촛불이 방안을 밝히고 있었다. "전갈이 있다고 하던데요?" 그는 어둠 속을 둘러보며 말했다. 의자에서 누군가 일어섰다. 여자였는데, 그에게 등을 돌린 채였다. 하지만 그 모습에 왠지 발터는 가슴이 뛰었다. 여자가 돌아서서 그를 마주보았다.

모드였다.

발터는 입을 크게 벌리고 마비된 사람처럼 서 있었다.

모드가 말했다. "나예요, 발터."

그 순간 모드는 자제력을 잃고 달려와 발터의 품에 안겼다.

익숙한 모드의 향기가 발터의 콧속을 채웠다. 발터는 모드의 머리칼에 입맞추고 그녀의 등을 토닥였다. 울음이 터질 것 같아 입을 뗄 수 없었다. 모드를 부서져라 힘주어 안았다. 진짜 모드라는 게 믿어지지 않았다. 진짜 그녀를 안고 어루만지고 있었다. 삼 년 가까이 고통스럽게 바라던 일이었다. 모드는 눈물이 그렁그렁한 눈으로 그를 쳐다보았다. 발터는 넋을 잃고 그녀의 얼굴을 바라보고만 있었다. 그녀는 예전과 똑같았지만 조금 달랐다. 좀더 말랐고, 눈 아래 전에는 보이지 않던 희미한 주름이 생겼다. 하지만 날카롭고 지적인 시선은 낯이 익었다.

모드가 영어로 말했다. "'그분은 그림이라도 그리려는 듯 제 얼굴을 유심히 들여다보시는 거예요.'"*

발터는 웃었다. "우리는 햄릿과 오필리아가 아니잖아요. 그러니 수녀원으로 가지는 마요."

"세상에, 정말 그리웠어요."

"나도요. 편지를 기대했는데, 당신이 직접 오다니! 어떻게 여기까지 왔어요?"

"여권청에 가서 여성참정권에 관해 스칸디나비아반도의 정치인들과 면담을 계획중이라고 했어요. 그리고 파티에서 내무장관을 만나 부탁

---

* 셰익스피어의 『햄릿』 2막 1장에 나오는 오필리아의 대사.

을 좀 했죠."

"뭐 타고 왔어요?"

"아직 여객선이 다녀요."

"하지만 너무 위험해요. 우리 잠수함이 어느 배든 공격할 텐데."

"알아요. 위험을 감수했죠. 정말 간절했거든요." 모드는 다시 울기 시작했다.

"이리 와 앉아요." 발터는 여전히 모드의 허리에 팔을 감은 채 그녀를 맞은편 소파로 데려갔다.

"아뇨." 그녀는 막 소파에 앉으려다가 말했다. "전쟁 전 우리는 너무 오래 기다렸어요." 그녀는 발터의 손을 잡고 안쪽 침실로 통하는 문으로 향했다. 벽난로에서는 굵은 장작들이 탁탁 소리내며 타고 있었다. "더는 시간 낭비 하지 않기로 해요. 침대로 가요."

VI

그리고리와 콘스탄틴은 페트로그라드 소비에트 대표단의 일원으로서 고국으로 돌아오는 레닌을 환영하러 4월 16일 늦은 저녁 핀란드 역에 나갔다.

대표단에 속한 사람들 대부분은 레닌을 한 번도 본 적이 없었다. 레닌은 지난 십칠 년간 몇 달을 제외하고는 늘 망명중이었다. 레닌이 러시아를 떠났을 때 그리고리는 열한 살이었다. 그럼에도 레닌의 명성을 익히 알았고, 그를 맞이하러 역에 모여든 수천 명의 사람들 역시 그런 것 같았다. 왜 이렇게 많이 모였을까? 그리고리는 궁금했다. 어쩌면 다들 그와 마찬가지로 임시정부에 불만을 품었고, 임시정부를 장악한 중산층 각료들을 의심하고, 전쟁이 끝나지 않았다는 데 분노하고 있는지도 몰랐다.

비보르크 지역에 있는 핀란드 역은 직물공장과 제1기관총연대 막사에서 가까웠다. 광장에는 사람들이 잔뜩 몰려와 있었다. 반역 행위가 있으리라고 생각하지는 않았지만 그리고리는 만약을 대비해 이사크에게 2개 소대 병력과 장갑차 몇 대를 동원해 경비를 서도록 했다. 기차역 지붕에서는 누군가 탐조등에 불을 밝히고 어둠 속에서 기다리는 사람들 위로 흔들어댔다.

역사 내부 역시 노동자와 군인으로 꽉 찼는데, 한 사람도 빠짐없이 붉은 깃발과 현수막을 들고 있었다. 군악대가 음악을 연주했다. 자정이 되기 이십 분 전, 두 무리의 해군 의장대가 플랫폼에 줄지어 섰다. 소비에트 대표단은 예전에 차르와 황족만을 위해 따로 마련한 대합실에서 어정거렸지만 그리고리는 수많은 환영 인파가 기다리는 플랫폼으로 나갔다.

자정 무렵 콘스탄틴이 기찻길을 가리켰고, 그의 손가락 끝을 따라 눈을 돌린 그리고리는 멀리서 다가오는 열차의 불빛을 보았다. 사람들 사이에서 기대에 찬 환호가 울렸다. 연기를 내뿜으며 역으로 들어선 열차는 칙 소리를 내며 멈췄다. 기관차 앞쪽에는 293이라는 숫자가 쓰여 있었다.

잠시 후 더블브레스트 모직코트에 홈부르크 모자를 쓴 키 작고 다부진 체격의 한 남자가 열차에서 내렸다. 그리고리는 이 사람이 레닌은 아닐 거라고 생각했다. 설마 그가 저렇게 지배계급처럼 차려입었을 리 있겠어? 그때 젊은 여자 하나가 앞으로 나서더니 꽃다발을 내밀었고, 남자는 무뚝뚝한 얼굴을 찌푸리며 꽃다발을 받아들었다. 그는 레닌이었다.

레닌의 뒤에는 볼셰비키 중앙위원회가 혹시나 발생할지 모르는 문제에 대비해 레닌을 맞으러 국경으로 보냈던 레프 카메네프가 서 있었다. 하지만 레닌은 아무 문제 없이 입국했다. 카메네프는 황제 전용 대합실로 들어가자는 손짓을 해 보였다.

레닌은 다소 무례하게 카메네프에게서 등을 돌리더니 해군 병사들을 향했다. "동지들!" 그는 소리쳐 말했다. "제군은 속았소! 혁명은 여러분이 했소. 그런데 그 열매를 임시정부의 배반자들이 훔쳐갔소!"

카메네프의 얼굴이 하얘졌다. 좌익 사람들 대부분이 적어도 당분간은 임시정부를 지지하자던 차였기 때문이다.

하지만 그리고리는 기뻤다. 그는 부르주아 민주주의는 믿지 않았기 때문이다. 1905년 차르가 의회를 인정한 것은 속임수였다. 불안이 가라앉고 모두 일터로 돌아가자 차르는 의회의 권력을 도로 빼앗았다. 임시정부도 같은 길을 가고 있었다.

그리고 이제 마침내 진실을 말할 배포 큰 사람이 나타난 것이다.

그리고리와 콘스탄틴은 레닌과 카메네프를 따라 대합실로 향했다. 사람들이 뒤따라 밀려들어와 실내가 북적거렸다. 페트로그라드 소비에트의 의장으로 머리가 벗어지는 중인데다 쥐새끼처럼 생긴 니콜라이 치헤이제가 앞으로 나섰다. 그는 레닌과 악수를 나누고 말했다. "러시아에 도착하신 걸 페트로그라드 소비에트와 혁명의 이름으로 환영합니다. 하지만……"

그리고리는 콘스탄틴을 향해 눈썹을 치켜세웠다. 시작하자마자 "하지만"이라니, 환영사로는 부적절해 보였다. 콘스탄틴은 깡마른 어깨를 으쓱했다.

"하지만 우리는, 혁명적 민주주의의 가장 중요한 과업은 이제 모든 공격으로부터 혁명을 보호하는 것이라 믿습니다." 치헤이제는 잠시 멈추었다가 다시 힘주어 말했다. "내부와 외부의 공격을 모두 포함해서 말입니다."

콘스탄틴이 중얼거렸다. "이건 환영이 아니라 경고군."

"이런 목적을 달성하기 위해서는 모든 혁명주의자의 분열이 아닌 단결이 필요하다고 믿습니다. 귀하께서도 우리와 한뜻으로 이런 목표를 추구해주시리라 희망합니다."

대표단 가운데 일부가 의례적인 박수를 쳤다.

레닌은 답사를 하기 전에 잠시 뜸을 들였다. 그는 주위 사람들의 얼굴을 둘러보고 화려하게 장식된 천장을 올려다보았다. 그러더니 고의로 모욕을 주려는 듯 치헤이제에게서 등을 돌리고는 모여든 사람들을 향해 연설을 시작했다.

"동지들, 병사들, 수병들 그리고 노동자 여러분!" 그는 중산층인 의회 의원들은 일부러 제외하고 말했다. "세계 프롤레타리아 군대의 선봉인 여러분께 경의를 표합니다. 오늘, 아니면 내일, 유럽의 모든 제국주의자는 무너질 것입니다. 여러분이 이룬 혁명은 신기원의 문을 열었습니다. 세계 사회주의 혁명 만세!"

사람들은 환호했다. 그리고리는 깜짝 놀랐다. 그들은 이제 겨우 페트로그라드의 혁명을 이뤄냈을 뿐이고, 그 결과조차 여전히 의문이었다. 어떻게 세계 혁명을 생각할 수 있단 말인가? 하지만 상상만으로도 마음이 설렜다. 레닌이 옳았다. 아무 의미 없는 세계전쟁에 수많은 사람을 보내 죽음으로 내몬 지배자들에게 전 세계 사람은 등을 돌려야 했다.

레닌은 대표단을 뒤로하고 바깥쪽 광장으로 성큼성큼 걸어나갔다.

기다리고 있던 군중이 우레와 같은 소리를 질렀다. 이사크가 지휘하는 병사들이 레닌을 장갑차 지붕 위로 끌어올렸다. 탐조등 불빛이 레닌을 비췄다. 그는 모자를 벗었다.

그는 단조로운 목소리로 그저 외칠 뿐이었지만 내용은 감동적이었다. "임시정부는 혁명을 배신했습니다!" 그가 소리질렀다.

　다들 환호했다. 그리고리는 놀라울 따름이었다. 얼마나 많은 사람이 그와 같은 생각을 품었는지 이제껏 몰랐다.

　"이 전쟁은 탐욕스러운 제국주의자의 전쟁입니다. 우리는 이렇게 수치스러운 제국주의 학살극에 참여하고 싶지 않습니다. 자본가를 타도하면 민주적 평화를 이룰 수 있습니다!"

　더 큰 환호가 일었다.

　"우리는 부르주아 의회의 거짓말이나 협잡을 원하지 않습니다! 가능한 단 하나의 정부 형태는 노동자들의 대표로 이루어진 소비에트입니다. 모든 은행을 몰수해 소비에트가 관리해야 합니다. 모든 사유지도 몰수해야 합니다. 그리고 모든 군 장교는 선거로 선출해야 합니다!"

　정확히 그리고리가 생각하는 대로였다. 소리지르며 손을 흔드는 대부분 인파에 그도 동참했다.

　"혁명 만세!"

　군중은 열광했다.

　레닌은 지붕에서 기어내려와 장갑차에 올라탔다. 차는 걷는 속도로 움직이기 시작했다. 군중이 장갑차를 에워싸고 뒤따르며 붉은 깃발을 흔들었다. 군악대가 행렬에 합류해 행진곡을 연주했다.

　그리고리가 말했다. "내가 원하던 사람이야!"

　콘스탄틴이 말했다. "나도 마찬가지야."

　두 사람은 행렬을 따라갔다.

25장
1917년 5월과 6월

I

버펄로의 몬테카를로 나이트클럽은 낮에 보면 끔찍했지만 그래도 레프 페시코프는 그곳이 좋았다. 나무장식에는 긁힌 자국이 있고, 페인트는 벗겨졌고, 소파 덮개는 더러웠고, 카펫에는 온통 담배꽁초가 널려 있었지만 그곳이 천국 같았다. 안으로 들어서며 그는 모자를 받아드는 여자 종업원에게 키스하고, 도어맨에게 시가를 건네고, 술 상자를 조심해서 옮기라며 바텐더에게 잔소리를 했다.

나이트클럽 운영은 그에게 완벽한 직업이었다. 가장 중요한 업무는 아무도 물건을 슬쩍하지 못하게 하는 것이었다. 도둑이었던 레프는 어떻게 해야 하는지 잘 알았다. 그것 말고는 그저 바 뒤에 술이 충분한지, 무대에 서는 밴드가 괜찮은지만 챙기면 되었다. 월급 외에 담배가 공짜였고, 취해 쓰러지지만 않는다면 술도 얼마든지 마실 수 있었다. 늘 격식을 차린 야회복을 입고 다니는 자신이 꼭 왕자가 된 기분이었다. 조지프 발로프는 레프가 알아서 나이트클럽을 꾸리도록 두었다. 이익이 들어오는 한 장인은 클럽에 별 관심이 없었다. 가끔 친구들과 쇼를 보러 나타날 때나 신경쓰면 그만이었다.

레프에게 문제는 한 가지뿐이었다. 아내.

올가는 변했다. 지난 1915년 여름 몇 주 동안 그녀는 성적 매력이 넘쳐흘렀고 늘 그의 몸에 목말라했다. 하지만 이제 와서 생각하니 그건 그녀답지 않은 일이었다. 결혼 후에는 그가 하는 모든 일이 아내를 불쾌하게 했다. 그녀는 그에게 매일 목욕을 하게 했고, 칫솔로 이를 닦도록 했고, 방귀를 뀌지 말라고 했다. 춤과 술이라면 질색했고, 그에게 담배도 피우지 말라고 했다. 그녀가 클럽을 찾는 일은 절대 없었다. 침대는 따로 썼다. 그녀는 남편을 천민이라고 불렀다. "난 천민이야." 언젠가 레프가 아내에게 말했다. "그래서 운전사였던 거야." 아내는 계속 불만이었다.

그래서 레프는 마르가를 고용했다.

지금 그의 옛 애인은 무대에서 밴드와 함께 새로운 노래를 맞춰보는 중이었다. 머릿수건을 쓴 흑인 여자 둘이 탁자를 닦고 바닥을 쓸었다. 마르가는 몸에 딱 붙는 드레스를 입고 빨간 립스틱을 발랐다. 레프는 그녀가 춤을 잘 추는지 아닌지도 모르면서 댄서로 취직시켰다. 그녀는 춤을 잘 추는 정도가 아니라 스타가 되었다. 지금 그녀는 밤새 남자가 오기를 기다린다는 도발적인 노래를 목청껏 부르고 있었다.

절망에 빠져 괴롭지만
기대라는 건
우리 관계를 더 자극하지
그이가 올 때마다

그 가사가 무슨 뜻인지 레프는 정확히 알았다.

마르가가 노래를 마칠 때까지 지켜보았다. 그녀는 무대에서 내려오더니 레프의 뺨에 입을 맞추었다. 그는 맥주 두 병을 들고 그녀를 따라 탈의실로 향했다. "정말 멋진 곡이야." 안으로 들어서며 그가 말했다.

"고마워요." 마르가는 맥주병을 입에 대고 기울였다. 레프는 빨간 입술 사이에 박힌 병 주둥이를 바라보았다. 그녀는 길게 한 모금을 마셨다. 그리고 자신을 지켜보는 레프를 보며 맥주를 삼키고 씩 웃었다. "이걸 보니 생각나는 게 있나보죠?"

"당연하지." 레프는 마르가를 껴안고 양손으로 그녀의 몸을 더듬었다. 잠시 후 그녀는 무릎을 꿇고 레프의 바지 단추를 풀더니 그의 남성을 입에 물었다. 그녀의 솜씨는 훌륭했다. 레프가 아는 여자 가운데 최고였다. 마르가도 이걸 좋아했다. 이게 연기라면 그녀는 미국에서 제일가는 배우일 것이다. 레프는 눈을 감고 즐거운 탄식을 내뱉었다.

문이 벌컥 열리고 조지프 뱔로프가 들어왔다.

"소문이 사실이었군!" 그는 길길이 날뛰며 말했다.

그가 부리는 깡패인 일리야와 테오가 뒤따라 들어왔다.

레프는 두려움에 반쯤 죽을 것 같았다. 허둥지둥 바지 단추를 잠그면서 동시에 잘못했다고 빌었다.

마르가는 재빨리 일어서더니 입 주위를 닦았다. "내 탈의실에 들어왔잖아요!" 그녀가 항의했다.

뱔로프가 대꾸했다. "너는 내 나이트클럽에 있잖아. 오래도 못 있을 거야. 넌 해고야." 그는 레프에게 돌아섰다. "내 딸이랑 결혼했으면 아랫것들이랑 자지는 말아야지!"

마르가가 당돌하게 말했다. "우리는 잔 게 아니잖아요, 뱔로프 씨. 보면 모르겠어요?"

뱔로프는 마르가의 입을 향해 주먹을 날렸다. 그녀는 비명을 지르더니 입술에서 피를 흘리며 뒤로 쓰러졌다. "넌 잘렸다니까." 뱔로프가 말했다. "꺼져."

마르가는 가방을 챙겨 나가버렸다.

뱔로프는 레프를 바라보았다. "너 이 자식. 내가 해줄 만큼 해주지 않았어?"

레프가 말했다. "죄송합니다, 아버님." 그는 장인이 두려웠다. 뱔로프는 무슨 짓이든 할 수 있었다. 그의 기분을 상하게 한 사람은 두드려 맞거나 고문을 당하거나 병신이 되거나 살해당했다. 그는 자비심도, 법에 대한 두려움도 없었다. 그는 그 나름으로 차르만큼 강력했다.

"처음이라고 해봐야 소용없어." 뱔로프가 말했다. "이곳을 네게 맡긴 후로 소문을 계속 듣고 있었으니까."

레프는 아무 말도 못했다. 소문은 사실이었다. 마르가를 채용하기 전에도 다른 여자들이 있었다.

"다른 곳으로 가." 뱔로프가 말했다.

"무슨 말씀이세요?"

"너를 클럽에서 빼내야겠다고. 여기는 빌어먹을 여자가 너무 많아."

레프는 가슴이 무너졌다. 그는 몬테카를로를 사랑했다. "그럼 무슨 일을 합니까?"

"부둣가에 주물공장이 하나 있어. 그곳에는 여자 종업원이 없지. 관리자가 아프다고 병원에 입원했어. 나 대신 가서 좀 지켜봐."

"주물공장이요?" 레프는 믿을 수가 없었다. "제가요?"

"너 푸틸로프 공장에서 일했잖아."

"마구간이었죠!"

"탄광에서도 일했고."

"같은 일이었어요."

"그러니까 그런 환경을 알겠지."

"그런 곳 정말 끔찍합니다!"

"네가 좋아하는지 내가 물어봤나? 이런 젠장, 넌 방금 바지를 내리고 있다 현장을 걸렸어. 더 나쁜 일이 아닌 걸 다행으로 알아."

레프는 입을 다물었다.

"밖으로 나가 빌어먹을 차에 타." 뱔로프가 말했다.

레프는 탈의실을 나와 클럽을 가로질렀다. 그뒤를 뱔로프가 따라왔다. 클럽을 영원히 떠난다니 믿을 수 없었다. 바텐더와 모자를 받는 여종업원이 뭔가 잘못된 걸 느꼈는지 빤히 바라보고 있었다. 뱔로프가 바텐더에게 말했다. "오늘밤은 네가 맡아서 해, 이반."

"네, 사장님."

뱔로프의 패커드 트윈식스 자동차가 길에서 대기중이었다. 키예프 출신의 젊은 새 운전사가 자동차 옆에 의기양양하게 서 있었다. 도어맨이 레프를 위해 서둘러 뒷문을 열어주었다. 그래도 아직 뒷좌석에 탈 수는 있군. 레프는 생각했다.

난 지금 러시아 귀족처럼 살잖아. 그보다 더 잘살진 못해도. 그는 스스로를 위안했다. 레프와 올가는 넓은 프레리 하우스에서 아이 방이 있는 한쪽 별채를 사용했다. 미국 부자는 러시아인들만큼 많은 하인을 부리지는 않았지만 집은 페트로그라드의 대저택들보다 더 깨끗하고 밝았다. 현대식 욕실과 냉장고, 진공청소기가 있고 중앙난방을 했다. 음식도 훌륭했다. 뱔로프는 러시아 귀족들처럼 샴페인을 즐기진 않았지만 찬장에 늘 위스키가 준비돼 있었다. 게다가 레프는 양복이 여섯 벌이나 되었다.

장인에게 괴롭힘을 당하고 압박을 받을 때면 레프는 늘 페트로그라드에서 살던 옛날을 떠올렸다. 방 하나를 그리고리와 함께 쓰면서 싸구려 보드카를 마시고 거친 검은 빵과 순무 스튜를 먹었다. 걸어다니는 대신 어디든 전차를 타고 간다면 얼마나 좋을까 상상하던 기억도 났다. 뱔로프의 리무진 뒷자리에 다리를 뻗고 앉아 실크 양말과 반짝반짝 빛나는 구두를 내려다보며 레프는 감사해야 한다고 생각했다.

뱔로프가 올라타자 자동차는 부둣가 쪽으로 향했다. 뱔로프의 주물공장은 푸틸로프 공장을 축소해놓은 듯했다. 마찬가지로 다 허물어져가는 건물에 깨진 창문들, 높이 솟은 굴뚝과 검은 연기, 지저분한 얼굴의 생기 없는 일꾼들. 레프는 가슴이 무너져내렸다.

"이름은 버펄로 금속공업이지만, 만드는 건 딱 한 가지야." 뱔로프가 말했다. "팬이지." 자동차는 좁은 출입구로 들어섰다. "전쟁 전에는 적자를 보고 있었어. 내가 인수해서 임금을 줄인 다음 꾸려가고 있지. 최근에는 매출이 괜찮아졌어. 비행기나 배에 쓰는 프로펠러와 장갑차 엔진에 들어가는 팬 주문이 많이 밀렸고. 직원들이 임금을 올려달라는데, 돈을 더 주기 전에 내가 그동안 손해 본 걸 좀 거둬들여야겠어."

레프는 공장에서 일할 걸 생각하니 끔찍했지만 뱔로프에 대한 두려움이 더 컸고, 실패하고 싶지 않았다. 그는 절대 직원들의 임금을 올려주지 말아야겠다고 다짐했다.

뱔로프가 공장 여기저기를 보여주었다. 레프는 턱시도를 입고 오지 않았더라면 좋았을걸 싶었다. 하지만 내부는 푸틸로프 공장과는 약간 달랐다. 훨씬 깨끗했다. 뛰어다니며 노는 아이들도 없었다. 용광로만 제외하고는 모든 게 전기로 움직였다. 러시아에서는 기관차 증기관을 들어올리기 위해 남자 열두 명이 달려들어 힘을 썼는데, 이곳에서는 배에 장착하는 거대한 프로펠러를 드는 데 전동 기중기를 이용했다.

뱔로프는 작업복 안에 와이셔츠를 입고 넥타이를 맨 대머리 남자를 가리켰다. "저놈이 네 적이야." 그가 말했다. "브라이언 홀이라고, 여기 노조 지부장이지."

레프는 홀을 살펴보았다. 홀은 손잡이가 긴 렌치로 나사를 돌리며 무거운 타형기를 다루고 있었다. 호전적인 기운이 감돌았다. 눈을 들어 레프와 뱔로프를 본 홀이 도전적인 표정을 지었다. 마치 말썽이 일어나길 바라는 거냐고 묻기라도 할 기세였다.

근처에서 돌아가는 연마기 소리가 워낙 커서 뱔로프는 크게 소리질러 불렀다. "이리 와봐, 홀."

남자는 천천히 렌치를 공구함에 넣고 걸레로 손을 닦더니 다가왔다.

뱔로프가 말했다. "여기는 새로 온 사장, 레프 페시코프야."

"안녕하쇼." 홀은 레프에게 한마디하더니 다시 뱔로프에게로 고개를 돌렸다. "오늘 아침에 피터 피셔가 튀어오른 쇳조각에 얼굴을 많이 다쳤습니다. 병원에 데려가야 했어요."

"그거 안됐군." 뱔로프가 말했다. "금속가공은 위험한 산업이지. 하지만 여기서 일하라고 시킨 사람은 아무도 없어."

"눈에 맞을 뻔했어요." 홀은 화난 표정으로 말했다. "작업용 보안경이 필요합니다."

"내가 운영한 이래 눈이 먼 사람은 없어."

홀은 벌컥 화를 냈다. "누가 장님이 돼야 보안경을 준다는 겁니까?"

"안 그러면 보안경이 필요한지 어떻게 알아?"

"도둑맞지 않은 사람도 집에 자물쇠는 채우고 다니는 법입니다."

"하지만 자기 돈으로 자물쇠를 사지."

홀은 바라지도 않았다는 듯 고개를 끄덕이더니, 뻔히 그럴 줄 알았다는 피곤한 표정으로 다시 기계로 돌아갔다.

"이놈들은 늘 뭔가 요구해." 뱔로프가 레프에게 말했다.

레프는 그가 강경하게 나가길 장인이 원한다는 걸 알았다. 어떻게 해야 할지 잘 알고 있었다. 페트로그라드의 모든 공장은 그런 식으로 돌아갔다.

그들은 공장을 떠나 델라웨어 애비뉴를 달렸다. 레프는 그들이 집으로 돌아가 저녁을 먹을 거라고 생각했다. 뱔로프는 레프에게 그래도 괜찮냐고 물어보는 일이 절대 없었다. 그는 모든 사람의 결정을 본인이 직접 내렸다.

집에 돌아온 레프는 공장에서 지저분해진 구두를 벗고, 올가로부터 크리스마스에 받은 수놓은 슬리퍼를 신고 아기가 있는 방으로 갔다. 올가의 어머니인 레나가 데이지를 돌보고 있었다.

레나가 말했다. "봐라, 데이지. 아빠 왔네!"

이제 십사 개월이 된 레프의 딸은 막 걸음마를 시작했다. 아이는 방실거리면서 아장아장 방을 가로질러 아빠에게 오다가 넘어지더니 울음을 터뜨렸다. 레프는 아이를 안아들고 키스했다. 예전에는 단 한 번도 아기나 어린아이들에게 관심을 가진 적이 없었다. 하지만 데이지는 그의 마음을 사로잡았다. 아이가 칭얼거리며 잠을 안 자려고 버틸 때면 레프 말고는 아무도 달랠 수 없었다. 그는 아이를 안고 흔들며 어르거나 러시아 민요를 불러주곤 했다. 그러면 아이는 눈을 감았고, 작은 몸을 늘어뜨리며 그의 품에서 잠들었다.

레나가 말했다. "정말이지 잘생긴 아빠를 쏙 빼닮았구나!"

레프는 데이지가 그냥 아이처럼 생겼다고 생각했지만 장모의 말을 부인하지는 않았다. 레나는 레프를 좋아했다. 그녀는 그의 몸에 슬쩍 손을 대거나 기회만 나면 키스하면서 추파를 던졌다. 그녀는 그에게 푹 빠져 있었다. 하지만 본인은 가족 간의 일반적인 애정 표현일 뿐이라고 굳게 믿었다.

방 한쪽에는 젊은 러시아 여인 폴리나가 서 있었다. 보모인 그녀는 별로 할 일이 없었다. 올가와 레나가 대부분 데이지를 보살폈기 때문이다. 레프는 아이를 폴리나에게 넘겨주었다. 아이를 받으면서 폴리나는 레프를 똑바로 바라보았다. 그녀는 금발에 광대뼈가 높은 전형적인 러시아 미인이었다. 레프는 폴리나라면 바람을 피우고도 넘어갈 수 있지 않을까 하는 의문을 잠깐 품었다. 그녀는 작은 침실을 따로 쓰고 있었다. 아무도 눈치채지 못하게 그 방에 들어갈 수 있을까? 위험을 무릅쓸 가치는 있었다. 폴리나의 표정에서 열망이 보였기 때문이다.

올가가 들어오자 레프는 죄책감이 들었다. "놀랄 일이네!" 올가가 레프를 보더니 말했다. "당신 새벽 세시까지는 안 들어올 줄 알았어."

"아버님이 일자리를 바꿔주셨어." 레프는 불쾌한 표정으로 말했다. "이제 주물공장을 운영해야 해."

"왜? 클럽에서 일 잘하고 있는 줄 알았는데."

"이유는 몰라." 레프는 거짓말을 했다.

"어쩌면 징병 때문일 수도 있어." 올가가 말했다. 독일에 전쟁을 선포한 월슨 대통령은 징병제를 실시하려고 했다. "주물공장은 아주 중요한 전쟁 산업에 속해. 아버지는 당신이 군대에 끌려가는 걸 막으려는 거야."

레프도 지역 징병위원회가 징병을 실시할 거라는 신문기사를 보았다. 뱔로프는 위원회에 친구가 적어도 한 명 이상 있으므로 무슨 청탁이든 할 수 있었다. 이 도시는 그런 식으로 돌아갔다. 하지만 레프는 올가의 말에 토를 달지 않았다. 마르가와는 상관없는 이유가 필요하던 차에 올가가 오히려 그 이유를 만들어준 것이다. "그렇군." 그는 말했다. "아마 그런 것 같아."

데이지가 말했다. "빠빠."

"똑똑하기도 하지!" 폴리나가 말했다.

레나가 말했다. "자네라면 주물공장을 아주 잘 운영할 거야."

레프는 최선을 다해 수줍어하는 듯한 미국식 웃음을 지어 보였다. "최선을 다할까 해요." 그는 대답했다.

II

거스 듀어는 대통령이 세운 유럽 계획을 자신이 망쳤다고 생각했다. "실패?" 우드로 윌슨이 말했다. "이런, 아니야! 자네 덕에 독일이 평화회담을 제의했잖나. 영국과 프랑스가 퇴짜를 놓은 건 자네 잘못이 아니야. 말을 물가에 끌고 갈 수는 있지만 물을 마시게 할 순 없지." 그럼에도 거스가 양측의 예비회담조차 성사시키지 못한 건 사실이었다.

그래서 거스는 윌슨에게서 받을 다음번 중대 업무에서는 성공하고 싶다는 열망이 강했다. "버펄로 금속공업이 파업으로 조업이 중단되었어." 대통령이 말했다. "그들이 생산하는 프로펠러와 팬을 기다리느라 배와 비행기, 군용차량 생산이 멈춘 상태야. 자네가 버펄로 출신이니 가서 생산이 재개되도록 해주게."

고향으로 돌아온 첫날 밤, 거스는 한때 올가 뱔로프를 사이에 두고 라이벌 관계였던 척 딕슨의 집에 저녁을 먹으러 갔다. 얼마 전 결혼한 척과 도리스 부부는 델라웨어 애비뉴와 나란히 난 엘름우드 애비뉴의 빅토리아풍 저택에 살았다. 척은 매일 아침 벨트라인 기차를 타고 그의 아버지 소유의 은행으로 출근했다.

도리스는 예쁘장하게 생긴 여자로 올가와 조금 닮았다. 거스는 신혼

부부를 보면서 자기라면 이런 가정생활을 얼마나 좋아할지 궁금했다. 한때 매일 아침 올가 옆에서 잠을 깨는 상상을 했지만 그것도 이제 이년 전 일이었다. 이제 올가의 마법은 닳아 없어졌고, 그는 워싱턴 16번가에 있는 독신자 아파트가 더 낫다고 여기고 있었다.

스테이크와 으깬 감자가 차려진 식탁에 앉자 도리스가 물었다. "전쟁에 뛰어들지 않을 거라던 윌슨 대통령의 약속은 어떻게 된 거죠?"

"그분을 믿어야 합니다." 거스는 부드럽게 말했다. "삼 년간 대통령은 평화를 부르짖었습니다. 저들이 귀담아듣지 않았을 뿐이죠."

"그렇다고 전쟁을 해야 하는 건 아니죠."

척이 참지 못하고 말했다. "여보, 독일놈들이 미국 배를 침몰시키고 있어!"

"그럼 미국 배들더러 전쟁 지역으로 가지 말라고 해요!" 도리스는 짜증난 듯 보였다. 아마 둘이서 전에도 이런 논쟁을 한 적이 있는 모양이었다. 남편이 징집될지 모른다는 두려움에 도리스의 분노가 더 커진 게 분명했다.

거스 입장에서 옳고 그름을 따지기에는 지나치게 미묘한 문제였다. 그는 부드럽게 말했다. "좋아요, 그것도 한 방법입니다. 대통령께서도 고려하셨죠. 하지만 그러면 미국 배들이 다닐 수 있는 곳과 없는 곳을 정하는 독일의 힘을 인정하는 셈이 됩니다."

척은 분하다는 듯 말했다. "상대가 독일이든 다른 누구든, 거기 밀려선 안 돼!"

도리스는 단호했다. "그래서 사람을 살릴 수 있는데, 왜 안 되죠?"

거스가 말했다. "미국인 대부분은 척과 같은 생각이에요."

"그렇다고 그게 옳은 건 아니죠."

"대통령께서는 요트가 바람을 타듯 국민의 여론을 대해야 한다고 믿으십니다. 이용은 하되 정면으로 거슬러선 안 된다는 거죠."

"그럼 왜 징병제를 시행해야 하죠? 그러면 미국 남자들은 노예가 된다고요."

척이 굴하지 않고 다시 나섰다. "조국을 위해 싸우는 데 국민 모두가 동등하게 책임을 져야 공평하다고 생각하지 않아?"

"우리는 직업군인이 있어요. 최소한 그 사람들은 자진해서 군대에 갔잖아요."

거스가 말했다. "지금 우리 병력 규모는 십삼만 명입니다. 이런 전쟁에서는 아무것도 아니죠. 최소한 백만 명은 있어야 해요."

"죽을 남자가 더 많이 필요한 거겠죠." 도리스가 말했다.

척이 말했다. "은행에서는 엄청 좋아하고 있어. 연합국을 지원하는 미국 회사들에 많은 돈을 대출해줬거든. 만일 독일이 이기고 영국과 프랑스가 돈을 치르지 못하면 우리가 큰일이라고."

도리스는 곰곰이 생각에 잠겼다. "그건 몰랐어요."

척이 아내의 손을 토닥거렸다. "걱정 마, 여보. 그렇게 되지는 않을 테니까. 연합국이 이길 거야. 게다가 미국이 돕는다면 더 확실하지."

거스가 말했다. "우리가 싸워야 할 다른 이유가 있습니다. 전쟁이 끝나면 미국은 전후 협상에 동등한 자격으로 참여할 수 있게 됩니다. 그렇게 중요하게 들리지 않을지 모르지만, 대통령의 꿈은 서로 죽이지 않고도 미래에 일어날 분쟁을 해결할 수 있는 국제질서를 세우는 겁니다." 그는 도리스를 바라보았다. "그건 마음에 들어하실 것 같은데요."

"당연하죠."

척이 화제를 바꾸었다. "집에는 왜 온 건가, 거스? 우리처럼 평범한 사람들에게 대통령의 꿈을 설명하는 것 말고도 일이 많을 텐데."

거스는 파업에 대해 이야기했다. 저녁식사 자리라 가볍게 말했지만 사실 걱정이었다. 버펄로 금속공업은 전쟁 지원에 중요한 기업이었고, 어떻게 해야 파업을 끝낼 수 있을지 거스는 알 수 없었다. 재선되기 전 국가 철도 파업을 단시간에 정리한 윌슨은 노동쟁의 중재를 정치생활의 자연스러운 한 요소로 여기는 듯했다. 거스는 무거운 책임감이 느껴졌다.

"그 회사 누구 것인 줄 알지?" 척이 말했다.

거스도 미리 파악해둔 내용이었다. "뱔로프지."

"운영을 누가 하는지도 알아?"

"아니."

"그 사람의 새 사위야. 레프 페시코프."

"이런." 거스가 말했다. "그건 몰랐군."

III

레프는 파업 때문에 몹시 화가 났다. 조합은 그가 경험이 없다는 점을 이용하려고 했다. 브라이언 홀과 노조원들은 그가 무르다고 판단한 게 틀림없었다. 레프는 그들의 생각이 틀렸다는 걸 증명하기로 했다.

그는 합리적으로 행동하려고 애써왔다. "미스터 V는 상황이 좋지 않던 시절에 까먹은 돈을 좀 회수하려는 거요." 그는 홀에게 말했다.

"직원들은 임금이 깎여 까먹은 돈을 좀 돌려받아야 합니다!" 홀이 대답했다.

"그건 경우가 다르지."

"그래요, 다르죠." 홀은 동의했다. "당신들은 부자고 직원들은 가난해요. 그들이 더 힘듭니다." 홀은 짜증스러울 만큼 머리 회전이 빨랐다.

레프는 다시 장인의 눈에 들기 위해 필사적이었다. 조지프 뱔로프 같은 사람과 껄끄러운 관계를 오래 이어가는 건 위험했다. 골치 아픈 것은 레프가 가진 거라곤 매력적인 외모뿐인데 뱔로프에게는 먹히지 않는다는 점이었다.

하지만 뱔로프는 파업에 크게 신경쓰지 않는 기색이었다. "가끔은 그냥 파업을 하게 돼야 해." 그는 말했다. "굴복한다고 해결되는 게 아니야. 그냥 밀고 나가. 배가 고파지면 놈들도 제대로 생각하게 된다고." 그러나 레프는 뱔로프가 금세 생각을 바꾸곤 한다는 걸 잘 알았다.

어쨌든 레프는 파업을 더 빨리 무너뜨릴 계획을 세워두고 있었다. 그는 언론의 힘을 빌릴 작정이었다.

레프는 장인이 추천해준 덕분에 버펄로 요트 클럽의 회원이 되었다. 클럽에는 이 지역의 잘나가는 사업가 대부분이 가입되어 있었고, 그중에는 〈버펄로 애드버타이저〉의 편집장인 피터 호일도 있었다. 어느 날 오후 레프는 포터 애비뉴의 클럽하우스에서 호일에게 접근했다.

〈버펄로 애드버타이저〉는 보수적인 신문으로, 늘 안정을 부르짖고 모든 문제에서 외국인이나 흑인, 사회주의자 말썽꾼을 비난했다. 검은 수염을 기른 인상적인 외모의 호일은 뱔로프의 친구였다. "잘 있었나, 페시코프 젊은이." 그가 말했다. 시끄러운 인쇄기 옆에서 말하는 데 익숙해진 듯 그의 목소리는 우렁차고 날카로웠다. "듣기에는 대통령이 자네 공장 파업을 해결하려고 캠 듀어의 아들을 이리로 보냈다더군."

"그런 것 같습니다. 하지만 아직 연락이 온 건 아닙니다."

"그 친구 알지. 순진해. 크게 걱정할 건 없을 거야."

레프도 같은 의견이었다. 그는 1914년 페트로그라드에서 거스 듀어에게서 1달러를 딴 적이 있고, 작년에는 거스의 약혼녀를 마찬가지로 쉽게 뺏었다. "파업에 대해 말씀 나누고 싶습니다." 그는 호일의 맞은

편에 있는 가죽 팔걸이의자에 앉으며 말했다.

"〈애드버타이저〉는 이미 이번 파업에 참여한 사람들을 반미국적인 사회주의자이자 혁명주의자라고 비난했네." 호일이 말했다. "뭘 더 어떻게 할 수 있겠나?"

"그들을 적의 첩자들이라고 하세요." 레프가 말했다. "놈들은 우리 군대가 유럽에 가서 필요한 차량 생산을 막고 있어요. 그런데 정작 공장 노동자들은 징집을 면제받는단 말입니다!"

"그런 관점도 있군." 호일이 얼굴을 찌푸렸다. "하지만 징병제도가 어떻게 시행될지 아직 모르잖나."

"군수산업 종사자들은 확실히 제외할 겁니다."

"그건 그렇지."

"그런데도 놈들은 돈을 더 요구하고 있어요. 많은 사람이 군대 면제만 해주면 더 적은 돈을 받고도 일할 겁니다."

호일은 재킷 주머니에서 수첩을 꺼내 적기 시작했다. "징집 면제를 위한 저임금 취업이라." 그가 중얼거렸다.

"어쩌면 이렇게 묻고 싶으실 수도 있죠. 그들은 누구 편인가?"

"머리기사 제목처럼 들리는군."

레프는 놀랍고 기뻤다. 쉽게 풀리고 있었다.

호일은 수첩에서 고개를 들었다. "미스터 V는 우리가 이런 대화를 하는 걸 알고 있겠지?"

미처 예상치 못했던 질문이었다. 레프는 당황한 기색을 감추려고 씩 웃어 보였다. 아니라고 대답하면 호일은 모든 걸 즉시 포기할 터였다. "아, 그럼요." 그는 거짓말을 했다. "실은 장인어른 생각이었습니다."

IV

뱔로프는 거스에게 요트 클럽에서 만나자고 했다. 브라이언 홀은 버펄로 조합 사무실에서 회의를 열자고 요청했다. 각자 자기들이 장악하고 있는, 그래서 자신감을 느낄 수 있는 익숙한 장소에서 만나고 싶었던 것이다. 그래서 거스는 스타틀러 호텔 회의실을 약속 장소로 정했다.

레프 페시코프는 파업 노동자들을 병역기피자라고 공격했고, 〈버펄로 애드버타이저〉는 그의 말을 1면에 싣고 '그들은 누구 편인가?'라는 제목을 크게 붙였다. 거스는 신문을 보고 깜짝 놀랐다. 그런 식의 공격적 발언은 분쟁을 악화시킬 뿐이었다. 레프의 노력은 역효과를 불러일으켰다. 오늘 아침 신문들은 다른 군수산업에 종사하는 노동자들이 거세게 항의하고 있으며, 그들이 특혜를 받는다는 이유로 낮은 임금을 감수해야 한다는 의견에 분개하고, 병역기피자로 낙인찍혔다는 사실에 분노하고 있다는 기사들을 내보냈다. 레프의 서툰 움직임은 거스에게 희망을 주었지만, 그는 진짜 적은 뱔로프라는 사실을 잘 알았고 그 때문에 긴장했다.

거스는 스타틀러 호텔에 모든 신문을 챙겨가 회의실 탁자에 올려놓았다. '함께 군대에 갈 텐가, 레프?'라는 헤드라인의 인기 좋은 신문을 눈에 잘 띄는 곳에 배치했다.

거스는 브라이언 홀에게 뱔로프보다 십오 분 먼저 와달라고 부탁했다. 노조 지도자는 정확히 그 시간에 맞춰 도착했다. 거스는 그가 깔끔한 양복에 회색 중절모 차림이라는 사실에 주목했다. 좋은 전술이었다. 아무리 노동자를 대표한다고 해도 구질구질해 보이는 건 실수이기 때문이다. 홀은 뱔로프와 마찬가지로 그 나름대로 만만치 않은 상대였다.

홀은 신문들을 보더니 씩 웃었다. "젊은 레프가 실수했죠." 그는 만족스럽다는 듯 말했다. "스스로 큰 곤경을 자초했습니다."

"언론플레이는 위험한 게임이죠." 거스가 말했다. 그는 바로 용건을 꺼냈다. "조합에서는 하루 일당 1달러 인상을 요구하고 있다고요."

"뱔로프의 공장 인수 전보다 겨우 10센트 많습니다. 게다가—"

"그런 건 아무래도 좋습니다." 거스는 스스로 느끼는 것보다 강한 뱃심을 드러내며 말을 잘랐다. "만일 제가 50센트를 받아낸다면 합의하겠습니까?"

홀은 미심쩍은 듯했다. "그건 조합원들과 상의를—"

"아뇨." 거스가 말했다. "지금 결정해야 합니다." 그는 긴장감이 겉으로 드러나지 않길 바랐다.

홀은 확답을 피했다. "뱔로프가 그러자고 동의했습니까?"

"뱔로프 걱정은 제가 하죠. 50센트 인상안을 받아들일 게 아니라면 돌아가셔도 됩니다." 거스는 이마를 닦고 싶은 마음을 눌렀다.

홀은 탐색하듯 거스를 오랫동안 빤히 보았다. 저 호전적인 표정 뒤에는 기민한 머리가 있겠지. 거스는 생각했다. 마침내 홀이 대답했다. "받아들이죠. 지금으로서는 말입니다."

"고맙습니다." 거스는 안도의 한숨을 길게 내쉬고 싶은 걸 간신히 참았다. "커피 드시겠습니까?"

"그러죠."

거스는 뒤돌아 표정을 숨길 수 있게 된 걸 고마워하며 벨을 눌러 웨이터를 불렀다.

조지프 뱔로프와 레프 페시코프가 들어왔다. 거스는 악수를 청하지 않았다. "앉으시죠." 그는 퉁명스럽게 말했다.

뱔로프의 눈이 탁자 위에 놓인 신문들로 향하더니, 얼굴에 분노가 스쳤다. 거스는 신문기사들 때문에 레프가 이미 고역을 겪고 있으리라 짐작했다.

거스는 레프를 노려보지 않으려고 애썼다. 이자가 바로 약혼녀를 유혹한 운전사다. 하지만 그 점이 판단력을 흐려서는 안 되었다. 거스는 레프의 얼굴에 주먹을 날리고 싶었다. 하지만 이번 회의가 계획한 대로 흘러간다면 그 결과가 레프에게 주먹보다 더 큰 치욕을, 자신에게는 그보다 훨씬 더 큰 만족감을 안겨줄 터였다.

거스는 회의실로 들어온 웨이터에게 말했다. "손님들에게 커피를 내오고 햄 샌드위치도 한 접시 부탁합니다." 손님들에게 뭘 먹을지는 일부러 물어보지 않았다. 우드로 윌슨이 자신을 위협하려는 자들에게 이런 식으로 행동하는 걸 본 적이 있었다.

그는 자리에 앉아 서류철을 열었다. 안에는 아무것도 쓰여 있지 않은 백지뿐이었다. 그는 그걸 읽는 척했다.

레프는 자리에 앉더니 말했다. "자, 거스. 대통령이 우리랑 협상하라고 당신을 보낸 모양이군요."

그제야 거스는 레프의 얼굴을 향해 시선을 돌렸다. 그리고 말없이 레프를 한참 바라보았다. 그래, 잘생겼군. 거스는 생각했다. 하지만 신뢰할 수 없고 나약해 보여. 레프가 당황스러워할 때쯤에야 거스는 입을 열었다. "당신, 아주 정신이 나간 거요?"

레프는 너무 놀란 나머지 실제로 날아드는 주먹을 피하기라도 하듯 의자를 뒤로 밀치기까지 했다. "이게 무슨……"

거스는 거친 목소리를 냈다. "미국은 전쟁중입니다." 그가 말했다. "대통령께서는 당신하고 협상하려는 게 아닙니다." 그는 브라이언 홀을 바라보았다. "당신하고도." 겨우 십 분 전에 홀과 타협했지만 그렇게 말했다. 마침내 그는 발로프를 바라보았다. "당신하고도 아닙니다."

발로프는 차분한 얼굴로 거스를 보았다. 사위와 달리 그는 겁을 먹지 않았다. 하지만 회의를 시작할 때 경멸을 담아 빙글빙글 웃던 표정은 온데간데없었다. 한참을 잠자코 있던 뱔로프가 입을 열었다. "그림 당신은 여기 뭐하러 온 거요?"

"앞으로 무슨 일이 있을지 알려주러 왔습니다." 거스는 여전히 거칠게 말했다. "그리고 내가 말을 마치면 당신은 받아들이게 될 겁니다."

레프가 말했다. "허!"

뱔로프가 말했다. "닥쳐, 레프. 말씀하시오, 듀어."

"당신은 노동자들에게 하루 50센트의 임금 인상을 제안하게 될 겁니다." 거스가 말했다. 그리고 홀에게로 고개를 돌렸다. "그리고 당신은 그 제안을 받아들이는 겁니다."

홀은 무표정하게 듣고 있다가 말했다. "그렇습니까?"

"그리고 조합원들이 오늘 정오에는 업무에 복귀하길 바랍니다."

뱔로프가 말했다. "대체 우리가 왜 당신 말대로 따라야 하지?"

"그러지 않을 경우 벌어질 상황 때문이죠."

"그게 뭐요?"

"대통령께서 육군 1개 대대를 보내 공장을 넘겨받아 확보한 다음, 완성품은 주문한 곳으로 보내고 군 기술자들에게 운영을 맡길 겁니다. 전쟁이 끝나면 돌려주시겠죠." 그는 홀을 바라보았다. "당신네 조합원들도 아마 그때쯤에는 일자리를 되찾을 수 있을 겁니다." 거스는 이 협상 계획을 우드로 윌슨에게 미리 말해뒀으면 좋았을걸 싶었지만 그러기에는 이제 너무 늦었다.

레프는 놀라 말했다. "대통령이 그럴 권리가 있습니까?"

"전시법으로 가능합니다." 거스가 말했다.

"그건 당신 생각이지." 뱔로프가 믿을 수 없다는 듯 말했다.

"그럼 법정에서 가려보시죠." 거스가 말했다. "이 나라에서 당신, 그리고 우리나라의 적과 같은 편이 되어줄 판사가 있을 것 같습니까?" 그는 뒤로 편안히 기대앉아 정작 본인은 느끼지도 못하는 오만을 드러내며 두 사람을 노려보았다. 이게 통할까? 이들이 내 말을 믿을까? 아니면 그저 내가 허풍 친다고 생각하고 비웃으며 나가버릴까?

긴 시간 침묵이 흘렀다. 홀의 얼굴에는 아무 표정도 없었다. 뱔로프는 깊은 생각에 빠졌다. 레프는 속이 울렁거리는 것처럼 보였다.

마침내 뱔로프가 홀에게 말했다. "50센트 인상에 응할 건가?"

홀은 간단히 대답했다. "그렇습니다."

뱔로프는 거스를 바라보았다. "그렇다면 우리도 받아들이겠소."

"감사합니다, 여러분." 거스는 떨리는 손을 애써 진정시키며 서류철을 덮었다. "대통령께 그렇게 보고하지요."

V

토요일은 화창하고 더웠다. 레프는 올가에게는 공장에서 해야 할 일이 있다고 말해놓고 차를 몰고 마르가의 집에 갔다. 그녀는 러브조이 지구에 작은 방을 얻어 살았다. 두 사람은 서로 포옹했지만, 레프가 마르가의 블라우스 단추를 풀기 시작하자 그녀가 말했다. "훔볼트 공원에 가자."

"하고 싶은데."

"나중에. 공원에 데려가주면 갔다와서 특별한 걸 보여줄게. 전에 못 해본 거야."

레프는 목이 탔다. "왜 기다려야 하지?"

"날씨가 이렇게 좋잖아."

"남들 눈에 띄면 어쩌려고?"

"거긴 사람이 백만 명은 될 텐데 뭘."

"그래도……"

"장인이 무서워서 그러는구나?"

"이런, 아니야." 레프가 말했다. "잘 들어. 나는 그 사람 손녀의 아버지야. 어쩌겠어? 날 총으로 쏘겠어?"

"옷 갈아입을게."

"차에서 기다리지. 옷 벗는 걸 봤다간 확 돌아버릴 거 같아."

레프는 3인승 캐딜락 쿠페를 새로 뽑았다. 버펄로에서 가장 호화로운 차는 아니지만, 첫 차치고는 괜찮았다. 그는 운전석에 앉아 담배를 피워물었다. 당연히 뱔로프가 두려웠다. 하지만 이제까지 살면서 늘 위험을 감수해왔다. 그는 어차피 그리고리와는 달랐다. 그리고 생각해보면 지금까지 모든 일이 제대로 풀렸다. 지금도 자기 차에 앉아 파란색 여름 양복을 입고 예쁜 여자를 공원에 데려가려고 기다리는 중이었다. 살 만한 인생이었다.

담배를 다 피우기도 전에 마르가가 집에서 나와 옆자리에 앉았다. 그녀는 소매 없는 과감한 드레스를 입었고, 최근 유행하는 식으로 머리를 귀 위로 꼬아 넘긴 모습이었다.

레프는 이스트사이드에 있는 훔볼트 공원으로 차를 몰았다. 두 사람은 가는 나무판을 이어 만든 공원 의자에 앉아 햇빛을 즐기며 연못가에서 노는 아이들을 지켜보았다. 레프는 참지 못하고 마르가 팔의 맨살을 연신 만져댔다. 다른 남자들의 부러운 눈길을 받는 것이 너무 좋았다. 마르가는 공원에 있는 여자들 가운데 가장 예뻐. 그리고 그런 여자가 나랑 있는 거야. 레프는 생각했다. 정말 멋지지 않아?

"입술 다치게 해서 미안." 레프가 말했다. 뱔로프에게 주먹으로 맞은 마르가의 아랫입술은 여전히 부어 있었다. 그 모습이 상당히 섹시했다.

"당신 잘못 아니야." 마르가가 말했다. "당신 장인은 돼지새끼야."

"그건 맞아."

"핫스팟에서 와달라고 바로 제안이 왔어. 다시 노래 부를 수 있게 되면 바로 시작할 거야."

"지금은 어떤데?"

마르가는 노래를 몇 소절 불렀다.

　　머리를 쓸어넘기며
　　그냥 혼자서 카드놀이를 해요
　　내 사랑 백만장자가
　　오길 기다리며

마르가는 조심스럽게 입술을 만졌다. "아직 아파."

레프는 그녀 쪽으로 몸을 기울였다. "내가 키스해주면 나을 거야." 마르가가 얼굴을 들었고, 레프는 입술이 닿을 듯 말 듯 부드럽게 키스했다.

마르가가 말했다. "좀더 세게 해도 되는데."

레프는 씩 웃었다. "좋아, 이건 어때?" 그는 다시 키스했다. 이번에는 혀끝으로 그녀의 입술 안쪽을 살짝 핥았다.

잠시 후 그녀가 말했다. "이것도 괜찮네." 그리고 킬킬 웃었다.

"그렇다면……" 레프는 이번에는 혀를 있는 대로 그녀의 입안으로 밀어넣었다. 그녀 역시 열정적으로 반응했다. 늘 그런 식이었다. 두 사람의 혀가 만났고, 마르가는 레프의 머리를 붙잡고 목을 쓰다듬었다. 누군가의 말소리가 들렸다. "역겹군." 레프는 지나가던 사람들이 그가 발기한 걸 알아차렸나 생각했다.

그는 마르가에게 웃으면서 말했다. "동네 사람들이 기겁하는군." 레프는 누가 지켜보는지 보려고 고개를 들었다가 아내 올가와 눈길이 마주쳤다.

올가는 충격에 빠져 입을 벌린 채 그를 노려보고 있었다.

그녀 옆에는 밀짚모자를 쓰고 조끼를 갖춰입은 양복 차림의 뱔로프가 서 있었다. 그는 데이지를 안고 있었다. 레프의 딸은 햇빛을 가리기 위해 흰색 보닛을 썼다. 보모인 폴리나도 뒤에 서 있었다.

올가가 말했다. "레프! 이게…… 이 여자 누구예요?"

레프는 이런 상황에서도 뱔로프만 없다면 어떻게든 말로 빠져나갈 수 있을 것 같다고 생각했다.

그는 일어섰다. "올가…… 뭐라고 말해야 할지 모르겠어."

뱔로프가 날카로운 목소리로 말했다. "한 마디도 지껄이지 마."

올가는 울음을 터뜨렸다.

뱔로프는 데이지를 보모에게 건네주었다. "손녀를 즉시 차로 데려가."

"네, 뱔로프 씨."

뱔로프는 올가의 팔을 붙잡고 끌며 말했다. "폴리나와 가거라, 얘야."

올가는 눈물을 감추려고 손으로 얼굴을 가린 채 보모를 따라갔다.

"이 빌어먹을 자식." 뱔로프가 레프에게 말했다.

레프는 주먹을 꽉 쥐었다. 뱔로프가 때린다면 맞서 싸울 작정이었다. 뱔로프는 몸이 황소처럼 단단했지만 레프가 스무 살이나 젊었다. 키도 더 컸고 페트로그라드의 빈민가에서 싸움도 배웠다. 얻어맞고만 있지는 않을 것이다.

뱔로프는 레프의 마음을 읽었다. "너랑 싸울 생각은 없어. 그보다 심한 짓을 해주지."

레프는 묻고 싶었다. 그래, 뭘 어쩔 건데? 하지만 그는 입을 꼭 다물고 있었다.

뱔로프는 마르가를 바라보았다. "더 세게 때려줄 걸 그랬군." 그가 말했다.

마르가는 가방을 열더니 손을 안에 넣고 말했다. "내 쪽으로 조금이라도 움직이면 하느님께 맹세코 배때기에 총알을 박아주겠어. 이 돼지 같은 러시아 촌놈 같으니." 그녀가 말했다.

레프는 그녀의 용기에 감탄하지 않을 수 없었다. 조지프 뱔로프를 이렇게 협박할 수 있는 사람은 없었다.

뱔로프의 얼굴이 분노로 어두워졌지만 마르가에게서 고개를 돌리고 레프에게 말했다. "너 어떻게 될 줄 알아?"

도대체 무슨 일이 닥칠 것인가?

레프는 아무 말도 하지 않았다.

뱔로프가 말했다. "넌 빌어먹을 군대에 갈 거야."

레프는 몸이 얼어붙었다. "거짓말이죠."

"내 입으로 허튼소리하는 걸 들은 적 있나?"

"전 군대 안 가요. 어떻게 집어넣겠다는 거죠?"

"자원하지 않으면 징집되겠지."

마르가가 소리를 질렀다. "당신 마음대로는 안 돼!"

"아니야, 할 수 있어." 레프가 처량하게 말했다. "이 동네에서 뭐든 할 수 있는 사람이야."

"이거 알아?" 뱔로프가 말했다. "네놈이 내 사위지만, 나는 네가 전쟁에서 죽어버리길 신께 기도할 거야."

VI

6월 말 척과 도리스 딕슨 부부가 정원에서 오후 파티를 열었다. 거스는 부모님과 함께 참석했다. 남자들은 모두 평범한 정장을 입었지만 여자들이 여름옷에 요란한 모자를 썼기 때문에 참석자 모두 화려해 보였다. 음식은 샌드위치와 맥주, 레모네이드, 케이크가 나왔다. 어릿광대가 사탕을 나눠주었고, 반바지 차림의 교사가 아이들을 모아놓고 재미난 운동회를 했다. 부대에 들어가 뜀뛰어 달리기, 숟가락에 달걀 얹고 달리기, 2인 3각 경주도 있었다.

도리스는 거스와 또다시 전쟁 이야기를 하고 싶어했다. "프랑스군에서 반란이 있었다더군요." 그녀가 말했다.

거스는 실제 상황이 소문보다 더 끔찍하다는 걸 알고 있었다. 프랑스의 54개 사단에서 항명사태가 벌어졌고 이만 명의 병사가 탈영했다. "제가 보기엔 그 때문에 프랑스가 공세에서 수세로 작전을 바꾼 것 같습니다." 그는 중립적으로 말했다.

"프랑스 장교들이 병사들을 모질게 다루나보네요." 도리스는 전쟁에 반대하는 입장이어서인지 나쁜 소식에 더 관심을 보였다. "니벨 공세도 재앙이었다더군요."

"미군이 도착하면 사기가 오르겠죠." 첫 미국 병력이 이미 배에 올라 프랑스로 향하고 있었다.

"하지만 아직까지는 허울뿐인 규모잖아요. 그게 우리가 전쟁에서 아주 작은 역할만 수행할 거라는 뜻이었으면 좋겠어요."

"아뇨, 그건 그런 뜻이 아닙니다. 우리는 최소한 백만 명의 병사를 모집해 훈련하고 무장시켜야 합니다. 즉시 할 수 있는 일은 아니죠. 하지만 내년이면 수십만 단위로 보낼 수 있을 겁니다."

도리스는 거스의 어깨 너머를 보더니 말했다. "세상에, 새로 입대하신 분들 오셨네요."

거스가 돌아보니 발로프 가족이 보였다. 조지프와 레나, 올가, 레프, 그리고 어린 여자아이도 있었다. 레프는 육군 군복을 입고 있었다. 늠름해 보였지만 잘생긴 얼굴은 부루퉁한 표정이었다.

거스는 당황했지만, 그의 아버지는 상원의원이라는 대외적 가면을 쓴 채 다정하게 조지프와 악수를 나누고 무슨 이야기를 건네 상대방을 웃겼다. 그의 어머니 역시 레나에게 상냥하게 말을 건네고 아이에게도 말을 걸었다. 거스는 부모가 이번 모임에서 발로프 가족을 만나게 되리라 예상했고, 그가 올가와 약혼했던 일은 아예 잊은 것처럼 행동하기로 마음먹었다는 걸 알아차렸다.

올가와 눈을 마주친 그는 공손하게 고개를 끄덕였다. 그녀는 얼굴을 붉혔다.

레프는 그 어느 때보다 자신만만했다. "거스, 그래, 대통령께서 파업을 정리했다고 좋아하시던가요?"

다른 사람들이 그 말을 듣고는 거스의 대답을 들으려는 듯 모두 입을 다물었다.

"당신이 합리적으로 행동해준 덕분에 좋아하셨죠." 거스는 요령껏 대답했다. "입대한 모양이군요."

"자원했죠." 레프가 말했다. "장교 교육을 받고 있어요."

"그래, 어떻습니까?"

거스는 불현듯 사람들이 주위에 모여들어 그와 레프를 구경하고 있다는 걸 알아차렸다. 발로프와 듀어 가족에 딕슨 가 사람들까지. 약혼이 깨진 후 두 남자가 공식적인 자리에 함께 있는 건 처음이었다. 모두가 호기심에 차 있었다.

"군대에 익숙해지겠죠." 레프가 말했다. "당신은 어떻죠?"

"뭐가요?"

"자원할 겁니까? 어쨌거나 당신하고 당신 대통령이 우리를 전쟁에 끌어들였으니까요."

거스는 대꾸하지 않았지만 부끄러웠다. 레프의 말이 옳았다.

"혹시 영장이 나오는지 기다려보면 되겠군요." 레프는 일부러 더 상처가 되는 말을 했다. "또 모르죠. 운이 좋을 수도 있으니까. 어쨌거나 워싱턴에 돌아가면 대통령이 당신은 특별히 면제시켜놨을 겁니다." 그는 웃었다.

거스는 고개를 흔들었다. "아뇨." 그가 말했다. "나도 군대 문제를 생각하고 있었습니다. 당신 말이 맞아요. 나도 이 정부에서 일하면서 징병제를 만들었어요. 내가 피할 수는 없는 노릇입니다."

거스의 아버지가 고개를 끄덕였다. 마치 예상했다는 태도였다. 하지만 어머니는 달랐다. "하지만 거스, 너는 대통령 밑에서 일하잖니! 거기서 전쟁에 힘을 보태는 것보다 나은 일이 어디 있겠어?"

레프가 말했다. "내가 보기엔 그건 좀 비겁한 행동 같네요."

"그렇죠." 거스가 말했다. "그래서 워싱턴으로 돌아가지 않을 생각입니다. 그곳 생활도 일단은 끝났어요."

거스의 어머니가 말했다. "거스, 안 돼!"

"이미 버펄로 사단의 클래런스 장군에게 말해놨어요." 거스가 말했다. "나도 입대할 겁니다."

그의 어머니는 울음을 터뜨렸다.

26장
1917년 6월 중순

I

에설은 결혼도 하지 않은 채 아이를 가지고 티 귄의 서재에서 비열한 변호사 솔먼에게서 피할 수 없는 현실을 듣기 전까지는 여성의 권리에 대해 생각해본 적이 없었다. 그녀는 피츠의 아이를 먹이고 돌보느라 삶의 가장 소중한 시기를 다 바쳐 발버둥쳐야 했지만, 아이 아버지에게는 그 어떤 의무도 지워지지 않았다. 너무나 불공평한 상황에 그녀는 솔먼을 죽여버리고 싶은 마음이었다.

분노는 런던에서 일자리를 찾는 동안 더욱 불타올랐다. 구할 수 있는 일자리라곤 남자들이 마다하는 것뿐이었고, 그나마 남자들 임금의 절반도 안 되는 돈을 받고 일해야 했다.

하지만 그 분노에 찬 페미니즘이 콘크리트처럼 단단해진 것은 강인하고 일에 열심이고 비할 데 없이 가난한 런던 이스트엔드의 여자들과 함께 생활하던 그 시기였다. 남자들은 가족 간에는 각자 맡은 역할이 정해져 있어 남자는 나가서 돈을 벌고 여자는 살림을 하고 아이들을 보살핀다는 동화 같은 이야기를 자주 했다. 현실은 달랐다. 에설이 아는 여자들 대부분은 하루에 열두 시간씩 일하면서도 살림을 꾸리고 아이들을 보살폈다. 못 먹고 몸을 혹사하고 오막살이를 하고 누더기를 입으면서도 여자들은 노래를 부르고 웃으며 아이들을 사랑했다. 에설의 관점에서 보면 그런 여자들은 남자 열 명을 합친 것보다 투표할 권리를 더 많이 갖고 있었다.

이런 생각을 워낙 오래전부터 해왔던 그녀였기에 1917년 실제로 여자에게 투표권을 주자는 이야기가 나오기 시작하자 기분이 매우 묘했다. 아주 어릴 때 그녀가 "천국은 어떨까?"라고 물었지만, 만족할 만한 대답을 얻지 못했던 것처럼.

의회는 이 문제에 관해 6월 중순 토론을 벌이기로 했다. "이건 두 가지 타협의 결과예요." 에설은 〈타임스〉를 읽다가 흥분해서 버니에게 말했다. "의장 산하 협의회가 어떻게든 심각한 의견 대립을 피하고 싶어 하는 거죠. 애스퀴스는 그저 비껴가는 것뿐이라고 했지만."

버니는 로이드에게 달콤한 차에 적신 토스트를 아침으로 먹이고 있었다. "여자들이 또 철책에 몸을 쇠사슬로 묶을까봐 정부에서 겁내는 거겠죠."*

에설이 고개를 끄덕였다. "그리고 정치인들이 그렇게 호들갑을 떨면, 사람들은 전쟁에서 이기는 데 집중해야 한다고 말하겠죠. 그러니까 위원회에서는 서른 살 이상 여성으로 세대주이거나 세대주의 아내인 사람에게 투표권을 주는 방안을 추천했어요. 그러면 나는 어려서 투표를

---

* 공공기관 건물의 철책에 스스로를 사슬로 묶어 공무를 방해하는 것이 당시 여성참정권 투쟁의 한 방식으로 널리 퍼져 있었다.

못해요."

"그게 첫번째 타협이군요." 버니가 말했다. "두번째는?"

"모드가 그러는데, 내각 의견이 갈렸대요." 전시 내각은 네 사람과 수상 로이드조지로 구성되었다. "커즌은 분명 우리와 반대 의견이에요." 커즌 백작은 상원의회의 의장으로, 여성 혐오를 자랑스러워했고 여성 투표 반대동맹의 의장을 역임하기도 했다. "밀너 역시 마찬가지고요. 하지만 헨더슨은 우리를 지지해요." 아서 헨더슨은 노동당 지도자였다. 대부분 남성 노동당원과 달리 같은 노동당이라도 하원의원들은 여성들을 지지했다. "보너 로도 태도가 미지근하긴 해도 우리 편이고."

"둘이 찬성 둘은 반대, 그리고 로이드조지는 늘 그렇듯 모두를 행복하게 해주고 싶어하는군요."

"타협안은, 서로 자유롭게 투표하자는 거예요." 그 말은 정부에서 어느 쪽에 투표하라고 지지자들에게 지시하지 않는다는 것이었다.

"그러니까 어떤 결과가 나와도 정부 잘못은 아니라는 거네요."

"로이드조지가 순진한 사람이라고는 아무도 말한 적 없죠."

"하지만 그 사람이 당신에게 기회를 준 거지."

"기회일 뿐이죠. 통과될 수 있도록 운동 좀 해야겠어요."

"아마 당신도 사람들 태도가 바뀐 게 느껴질 거예요." 버니가 낙관적으로 말했다. "정부가 어떻게든 여자들을 산업 현장으로 끌어들여서 프랑스로 떠난 남자들 자리를 채우려고 안달이잖아요. 버스 운전사와 군수공장 노동자로 일하는 여자들이 얼마나 대단한지 알리려고 여러 선전활동을 개시했고. 그래서 사람들은 여자들이 열등하다는 식으로 말하기 더 어려워졌어요."

"당신 말이 맞기를 바랄게요." 에설은 힘주어 말했다.

두 사람이 결혼한 지 넉 달, 에설은 아무 후회도 없었다. 버니는 똑똑하고 재미있고 친절했다. 그들은 같은 이상을 추구했고, 그것을 이루려고 함께 노력했다. 버니는 언제가 될지 몰라도—전쟁이 끝날 때까지 기다려야 할 가능성이 아주 높았다—다음번 총선에서 노동당의 올드게이트 후보가 될 수도 있었다. 똑똑하고 열심히 일하는 버니는 훌륭한 의원이 될 것이다. 하지만 올드게이트에서 노동당이 이길 수 있을지는 에설도 알 수 없었다. 현 의원은 자유당 소속이지만, 지난번 선거가 열린 1910년과는 많은 것이 달라졌다. 여성들에게 투표권을 주는 법률안이 통과되지 못하더라도 의장 협의회가 발의한 다른 안건들에 따라 많은 남성 노동자가 새로 투표권을 갖게 될 터였다.

버니는 좋은 남자였지만 에설은 여전히 가끔 피츠가 그리웠다. 그는 똑똑하지도 않고 재미도 없고 친절하지도 않은데다 사상도 그녀와 반대였다. 이런 생각이 들 때마다 에설은 자기가 캉캉을 추는 여자에게 매달리는 남자들과 뭐가 다른가 싶었다. 스타킹과 속치마, 주름장식이 많은 속바지만 보면 흥분하는 남자들. 그녀는 피츠의 부드러운 손과 딱 부러지는 억양, 약간의 향이 가미된 산뜻한 체취에 넋을 잃었다.

하지만 그녀는 이제 에스 레크위드였다. 에스와 버니는 말과 마차, 빵과 잼처럼 천생연분이라고 모두가 입을 모았다.

그녀는 로이드에게 신발을 신겨서 아이 봐주는 사람의 집에 데려다준 다음, 〈병사의 아내〉 사무실로 걸어갔다. 날씨는 좋았고 그녀는 희망에 넘쳤다. 우리는 정말 세상을 바꿀 수 있어. 그녀는 생각했다. 쉽지는 않지만 해낼 수 있어. 모드의 신문은 여성 노동자들로부터 법률 통과에 대한 지지를 이끌어내고 하원의원들이 표를 던질 때 모두의 관심을 집중시킬 터였다.

모드는 감옥 같은 사무실에 이미 나와 있었다. 당연히 뉴스를 접하고 평소보다 일찍 나왔을 것이다. 그녀는 연보라색 가운을 입고 앞뒤로 챙이 달린 모자에 눈에 확 띄는 기다란 깃털을 꽂은 모습으로 낡고 지저분한 탁자 앞에 앉아 있었다. 그녀의 옷은 대부분 전쟁 전에 산 것이지만 차림새는 여전히 우아했다. 이곳에 있는 그녀의 모습은 농장의 경주마처럼 지나치게 기품이 넘쳤다.

"특집호를 내야겠어." 그녀는 뭔가를 써내려가며 말했다. "지금 머리기사를 쓰는 중이야."

에설은 밀려드는 흥분을 느꼈다. 행동에 나선다. 이게 바로 그녀가 좋아하는 것이었다. 그녀는 탁자 반대편에 앉아 말했다. "제가 다른 지면 준비를 확인할게요. 독자들이 어떤 도움을 줄 수 있는지에 대해 칼럼을 써보면 어떨까요?"

"좋아. 우리 모임에 나오고, 해당 지역 의원들에게 청원을 하고, 신문사에 편지를 투고하는 그런 것들이 되겠지."

"초안을 좀 잡아보죠." 에설은 서랍에서 연필과 노트를 꺼냈다.

모드가 말했다. "이 법안을 막아내기 위해 여성들을 움직여야 해."

에설은 연필을 손에 쥔 채 얼어붙었다. "네? 막아낸다고요?"

"물론이지. 정부는 여자들에게 투표권을 주는 것처럼 위장하려는 거라고. 하지만 법안이 통과돼도 대부분은 투표를 할 수 없어."

에설은 탁자 너머로 모드가 쓰고 있는 기사의 제목을 살펴보았다. '속임수 법안에 반대표를!' "잠깐만요." 에설은 이번 법안이 속임수라고 생각하지 않았다. "이번 법안이 우리가 원하는 전부가 아닐 수는 있어요. 하지만 아무것도 얻지 못하는 것보다는 나아요."

모드는 화난 표정으로 에설을 보았다. "아무것도 얻지 못하는 것보다 나빠. 이번 법안은 여자들이 평등해 보이도록 하는 눈속임일 뿐이야."

모드는 지나치게 이론적이었다. 물론 원칙적으로 젊은 여자들을 차별하는 건 옳지 않다. 하지만 당장은 그런 게 중요하지 않다. 이건 현실 정치의 문제였다. 에설이 말했다. "가끔 개혁은 한 걸음씩 가야 하는 거예요. 투표권은 남성들의 경우에도 아주 천천히 확대되었어요. 지금도 투표할 수 있는 남자는 절반밖에—"

모드는 거만하게 중간에 끼어들었다. "배제되는 여자들이 누구인 줄 알아?"

가끔 고압적으로 나오는 게 모드의 단점이었다. 에설은 언짢은 티를 내지 않으려고 애쓰며 부드럽게 말했다. "글쎄요, 저도 그중 한 명이죠."

모드의 목소리는 누그러지지 않았다. "군수품 공장의 여성 노동자 대부분이 전쟁에 없어서는 안 될 중요한 존재인데도 너무 어려서 투표를 못해. 목숨걸고 프랑스에서 다친 병사들을 돌보는 간호사도 대부분 마찬가지지. 전쟁으로 과부가 된 여자들은 끔찍한 희생을 했는데도 어쩌다보니 가구가 갖춰진 셋집에서 살게 되었다면 투표를 못해. 이번 법안이 여자들을 소수자로 만들려는 목적이라는 걸 모른단 말이야?"

"그럼 법안 반대 운동을 할 거예요?"

"당연하지!"

"미친 짓이에요." 오랜 친구이자 동료와 이토록 격렬하게 의견이 부딪칠 수도 있다니 에설은 놀랍고 화도 났다. "미안하지만, 우리가 수십 년간 요구하던 그 법안에 반대하라고 의원들에게 어떻게 요구할지 저는 도무지 모르겠네요."

"우리가 원한 건 그런 게 아니잖아!" 모드의 분노는 점차 강해졌다. "우리가 원한 평등은 이런 게 아니야. 이번 계략에 빠진다면 앞으로 또 한 세대는 구경꾼 신세가 될 거라고!"

"이건 빠지고 말고 할 계략이 아니에요." 에설도 성질을 냈다. "저는 속는 게 아니라고요. 무슨 말을 하는지는 알아요. 그다지 애매한 사안도 아니고. 하지만 그 판단은 틀렸어요."

"정말 그래?" 모드는 고집스레 말했다. 에설은 갑자기 그녀의 모습에서 피츠를 보았다. 남매는 의견은 달랐지만 완고한 태도만은 비슷했다.

에설이 말했다. "저쪽에서 어떤 선전활동을 시작할지 생각해보라고요! '우리는 여성들이 자기 마음 하나 제대로 정하지 못한다는 걸 늘 알고 있었다'라고 하겠죠. '그래서 그들은 투표하면 안 되는 것이다.' 그들은 또다시 우리를 놀림감으로 만들 거예요."

"우리 논리가 그런 것들보다 나을 거야." 모드는 대수롭지 않다는 듯 말했다. "모든 사람에게 지금 상황을 명확히 설명해야 해."

에설은 고개를 저었다. "그 말은 틀렸어요. 이런 것들은 지나치게 감정적이에요. 우리는 오랫동안 여자는 투표할 수 없다는 원칙에 맞서 싸워왔어요. 그게 장벽이었죠. 장벽이 일단 무너지면, 사람들은 아직 얻어내지 못한 권리는 절차상의 문제쯤으로 여기게 돼요. 투표 가능 연령을 낮추거나 다른 제한을 완화하는 건 상대적으로 쉬울 거예요. 그 점을 봐야죠."

"그건 아니지." 모드가 차갑게 말했다. 그녀는 다른 사람이 이래라저래라 하는 걸 좋아하지 않았다. "이번 법안은 퇴보야. 이걸 지지하는 사람은 배신자라고."

에설은 모드를 노려보았다. 상처받은 느낌이었다. 그녀는 말했다. "진심으로 하는 말은 아니겠죠."

"내가 속마음도 제대로 표현하지 못한다는 식으로 말하지 마."

"우리는 이 년간 함께 일하고 운동을 해왔어요." 에설이 말했다. 눈물이 솟았다. "제가 뜻을 달리하면 정말 여성 투표권이라는 대의명분을 배신한다고 생각하는 거예요?"

모드는 수그러들지 않았다. "당연하지."

"알았어요." 에설이 말했다. 그녀는 달리 어떻게 해야 할지 모르는 채, 사무실을 나왔다.

II

피츠는 양복장이에게 정장 여섯 벌을 주문했다. 몸이 말라서 예전 옷들은 모두 헐렁해졌고 입으면 나이들어 보였다. 그는 새로 만든 야회복을 입었다. 검은색 연미복에 흰색 조끼, 높고 빳빳한 칼라에 흰색 보타이. 옷방의 전신거울에 비친 모습을 보고 그는 생각했다. 그나마 낫군.

그는 응접실로 내려갔다. 이제 실내에서는 지팡이를 짚지 않아도 되었다. 모드가 마데이라 와인을 한 잔 따라주었다. 험 고모가 물었다. "좀 어때?"

"의사들 말로는 다리가 점점 나아지긴 하는데, 속도가 느리다네요." 피츠는 올해 초 참호로 돌아갔지만 추위와 습기를 견디지 못하고 환자로 분류되어 다시 정보부서에서 일하고 있었다.

모드가 말했다. "오빠는 전선에 있고 싶었겠지만, 우리는 오빠가 봄에 벌어진 전투에 참여 못한 게 안타깝지 않아요."

피츠는 고개를 끄덕였다. 니벨 공세는 실패로 끝났고 니벨 장군은 해임되었다. 프랑스 병사들은 오로지 참호를 방어할 뿐 명령을 내려도 전진하지 않는 등 반항하기 시작했다. 아직까지 올해는 연합국에게 또 불운한 해가 되어가고 있었다.

하지만 피츠가 전선에 있고 싶어했을 거라는 모드의 생각은 잘못되었다. 그가 40호실에서 하는 일은 어쩌면 프랑스에서 전투를 하는 것보다 더 중요할 수도 있었다. 많은 사람은 독일 잠수함이 영국의 보급로를 옥죌 것이라며 두려워했다. 하지만 40호실에서는 독일 잠수함의 위치를 알아내 배들에게 미리 경고할 수 있었다. 이런 정보와 선박들에 호위용 구축함을 붙이는 작전으로 독일 잠수함의 위력을 상당히 약화시켰다. 소수의 사람만이 아는 사실이었지만 그것은 하나의 승리였다.

지금 위험한 건 러시아였다. 차르가 밀려난 마당에 무슨 일이 벌어질지 알 수 없었다. 아직까지는 중도파가 장악하고 있었지만, 최후의 승자는 누가 될 것인가? 비의 가족과 피츠의 아들이 가진 상속권만 위태로운 게 아니었다. 만일 과격파가 러시아 정부를 장악한다면 그들은 평화를 선택할 테고, 그렇게 되면 독일의 수십만 병력이 프랑스로 이동해 싸울 수도 있었다.

피츠가 말했다. "적어도 아직 러시아를 잃진 않았으니까."

"아직은 그렇죠." 모드가 말했다. "독일은 볼셰비키가 승리하길 바라고 있어요. 누구나 아는 사실이지만."

모드가 말하는 동안, 목이 깊게 파인 은색 실크 드레스에 여러 종류의 다이아몬드를 몸에 걸친 비가 모습을 드러냈다. 피츠와 비는 저녁 파티에 갔다가 무도회에 참석할 예정이었다. 런던은 지금 사교 시즌이었다. 모드의 말에 비가 대꾸했다. "러시아 황족을 과소평가하지 마세요. 반혁명이 일어날 가능성은 아직 있어요. 어쨌거나 러시아 국민들이 얻은 게 뭐죠? 여전히 노동자들은 굶주리고 군인들은 죽어나가고 있어요. 그리고 독일군은 여전히 전진중이죠."

그라우트가 샴페인을 한 병 들고 들어와 소리 없이 병을 따서 비에게 한 잔 따라주었다. 늘 그렇듯 비는 한 모금만 마시고 잔을 내려놓았다.

모드가 말했다. "리보프 공은 제헌의회 의원을 뽑을 때 여자들도 투표할 수 있을 거라고 발표했어요."

"제대로 이행할지 모르지." 피츠가 말했다. "임시정부는 온갖 공약을 발표하고 있어. 하지만 누가 귀기울이기나 하나? 내가 파악하기로는 마을마다 소비에트가 생겨서 거기서 모든 일을 처리한다더군."

"그럴 수 있어요?" 비가 말했다. "미신이나 믿고 글도 모르는 농사꾼들이 나라를 다스리는 척하다니!"

"정말 위험한 거지." 피츠는 화가 나서 말했다. "사람들은 그들이 얼마나 쉽게 무정부상태에 빠져서 잔학한 짓을 저지를 수 있는지 전혀 몰라." 그 주제가 나오면 그는 격분했다.

모드가 말했다. "러시아가 영국보다 더 민주적인 나라가 된다면 정말 역설적이겠네요."

"의회에서 곧 여성 투표권에 대해 토론한다더군." 피츠가 말했다.

"서른 살 이상이면서 세대주이거나 세대주 아내인 여성만 대상이죠."

"그래도 진전이 있었다는 데 기뻐해야지. 네 동지 에설이 쓴 신문기사를 하나 읽었어." 피츠는 클럽 응접실에 앉아 〈뉴 스테이츠먼〉을 읽다가 옛 하녀장 에설이 쓴 글을 읽고 깜짝 놀랐다. 그 자신은 그렇게 깔끔하고 논리정연한 글을 쓰지 못할 것 같다는 생각에 마음이 불편하기도 했다. "여자들이 아예 투표에 참여하지 못하는 것보다는 나으니 이번 법안에 찬성하자는 주장이었지."

"나는 동의 못해요." 모드는 냉담하게 말했다. "인류의 구성원으로 인정받기 위해서 서른 살이 될 때까지 기다릴 생각은 없다고요."

"둘이 싸웠니?"

"서로 다른 길을 가기로 합의했죠."

피츠는 모드가 엄청나게 화났다는 걸 알아차렸다. 분위기를 가라앉히려고 그는 험 고모에게 물었다. "만일 영국 의회가 여성에게 투표권을 준다면 누구한테 표를 던지실 거예요?"

"투표를 꼭 해야 하나 싶기도 해." 험 고모가 말했다. "서민들이나 하는 것 아니야?"

모드는 짜증스러운 것 같았지만, 피츠는 활짝 웃었다. "만일 좋은 가문의 여인들이 그런 식으로 생각하면 노동자들만 투표하게 되고, 그럼 사회주의자들이 당선되겠죠." 그가 말했다.

"어머, 이런." 험 고모가 말했다. "그러면 투표하는 편이 더 낫겠네."

"그럼 로이드조지를 지지하시겠어요?"

"웨일스 출신 변호사? 그건 아니지."

"어쩌면 보수당 지도자인 보너 로가 낫겠죠."

"그게 좋겠네."

"하지만 그 사람은 캐나다 출신이에요."

"이런, 세상에."

"이게 바로 제국이 넓어서 생기는 문제예요. 온 세상 하층민이 자기들도 제국에 속한다고 생각한다니까요."

보모가 보이를 데리고 들어왔다. 이제 두 돌 반을 넘겨 걸음마를 곧잘 하는 아이는 토실토실하고 엄마를 닮아 짙은 금발이었다. 아이는 비에게 달려갔고, 그녀는 아이를 무릎에 앉혔다. 아이는 "죽 먹는데 아줌마가 설탕 퐁당했어!"라고 말하더니 웃었다. 아이에게는 그게 오늘의 가장 큰일이었다.

비는 아들과 있을 때 가장 예쁘군. 피츠는 생각했다. 표정이 부드러워진 그녀는 다정하게 아이를 어루만지고 입을 맞추었다. 잠시 후 아이는 꿈틀거리며 엄마의 무릎을 벗어나 피츠에게 왔다. "우리 꼬맹이 장군님 어떠신가?" 피츠가 말했다. "얼른 자라서 독일군과 싸워야지?"

"빵! 빵!" 아이가 말했다.

피츠는 아이가 콧물을 흘리는 걸 보았다. "아이가 감기 걸렸나, 존스?" 그는 날카로운 목소리로 물었다.

보모는 겁먹은 기색이었다. 애버로언 출신인 그녀는 나이는 어렸지만 전문적인 훈련을 받은 여자였다. "아닙니다, 백작님. 분명히 괜찮습니다. 6월인걸요!"

"여름 감기라는 것도 있잖아."

"아드님은 종일 완벽하게 잘 노셨습니다. 그냥 콧물이 흐른 겁니다."

"그래야지." 피츠는 야회복 안주머니에서 리넨 손수건을 꺼내 아들의 코를 닦았다. "평민 아이들과 놀게 하지는 않지?"

"절대 그러지 않습니다."

"공원에서는?"

"좋은 가문 자제들만 오는 곳으로 갑니다. 그건 확실하게 합니다."

"그래야지. 이 아이는 피츠허버트 가문의 후계자야. 러시아 왕자의 자리를 물려받을 수도 있고." 피츠가 바닥에 내려놓자 아이는 보모에게로 달려갔다.

그라우트가 은쟁반에 봉투 하나를 올려 들고 다시 들어왔다. "전보입니다, 백작님." 그가 말했다. "공주님께 온 것입니다."

피츠는 그라우트를 향해 전보를 비에게 갖다주라고 손짓했다. 비는 긴장한 듯 얼굴을 찌푸렸다. 전쟁중 전보를 받으면 누구나 걱정하게 마련이다. 그녀는 봉투를 열었다. 그리고 전보를 훑어보더니 비통한 비명을 질렀다.

피츠가 벌떡 일어섰다. "뭐야?"

"오빠!"

"살아 있나?"

"네, 부상을 당했대요." 비는 울음을 터뜨렸다. "팔을 잘랐지만 회복하고 있대요. 아, 가엾은 안드레이."

피츠가 전보를 넘겨받아 읽었다. 추가로 알 수 있는 내용은 단지 안드레이 왕자가 모스크바 남동쪽 탐보프 주에 있는 불로브니르 시골 영지로 후송되었다는 것뿐이었다. 그는 안드레이가 정말로 회복되고 있기를 바랐다. 많은 사람이 상처의 감염으로 죽었는데, 절단을 한다고 괴저 현상이 번지는 걸 반드시 막을 수 있는 것도 아니었다.

"세상에, 정말이지 할말이 없군." 피츠가 말했다. 모드와 험이 일어나 양쪽에서 비를 진정시키려 애썼다. "이어서 편지를 보내겠다고는 쓰여 있지만, 여기까지 도착하는 데 얼마나 걸릴지 알 수 없으니."

"오빠가 어떤 상태인지 알아야겠어요!" 비는 흐느껴 울며 말했다.

피츠가 말했다. "러시아 대사에게 상세히 알아봐달라고 할게." 이런 민주주의 시대에도 백작은 아직 어느 정도 특권이 있었다.

모드가 말했다. "방으로 데려다줄게요, 비."

비는 고개를 끄덕이고 일어섰다.

피츠가 말했다. "나는 실버먼 경의 만찬에 가보는 게 낫겠어. 보너 로가 온다니까." 언젠가 보수당 정권에서 장관을 하고 싶은 피츠는 당수와 이야기를 나눌 수 있는 기회라면 언제든 고맙게 받아들였다. "하지만 무도회는 가지 않고 곧장 집으로 오지."

비는 고개를 끄덕이고 부축을 받으며 위층으로 올라갔다.

그라우트가 들어와 말했다. "자동차가 대기중입니다, 백작님."

벨그레이브 광장까지 가는 짧은 시간 동안 피츠는 전보로 온 소식을 다시 곱씹어보았다. 안드레이 왕자는 가문의 영지를 전혀 관리하지 못했다. 이제 몸까지 불편하게 되었으니 그걸 핑계로 재산을 지키는 일에는 더더욱 신경쓰지 않을 수도 있었다. 그의 재산은 점점 더 줄어들 것이다. 하지만 2400킬로미터 떨어진 런던에서 피츠가 해줄 수 있는 일은 없었다. 피츠는 좌절과 근심을 동시에 느꼈다. 무정부상태는 언제든 일어날 수 있었고, 안드레이 같은 귀족의 느슨한 태도는 혁명을 주장하는 자들에게 기회만 줄 뿐이었다.

실버먼의 저택에 도착해보니 보너 로는 이미 와 있었다. 애버로언 하원의원이자 켈틱 미네랄의 사장인 퍼시벌 존스도 보였다. 안 그래도 잘난 체가 심한 존스는 저명한 인사들과 어울리게 된 오늘 저녁에는 자부심이 솟구치는 모양이었다. 양손을 주머니에 넣고 실버먼 경과 대화를 나누는 그의 넓은 가슴 조끼 주머니에 매달린 커다란 금시곗줄이 눈에 띄었다.

그리 놀랄 일도 아니었다. 오늘은 정치인들이 모이는 자리였고, 존스는 보수당에서 떠오르는 인사였다. 보너 로가 수상이 된다면 존스 역시 장관 자리를 차지하고 싶을 터였다. 의심의 여지가 없었다. 그럼에도 왠지 사냥 무도회에서 하인과 마주친 것 같은 기분이었다. 피츠는 볼셰비즘이 혁명도 통하지 않고 남몰래 런던으로 들어오고 있는지 모르겠다는 생각에 불안해졌다.

자리에 앉아 대화를 나누던 피츠는 존스가 여성들의 투표를 찬성한다는 말에 깜짝 놀랐다. "이런 세상에, 왜죠?" 피츠가 말했다.

"우리는 각 선거구 책임자와 후보군을 대상으로 조사를 했습니다." 존스가 대답하자 피츠와 보너 로는 고개를 끄덕였다. "세 명 중 두 명꼴로 찬성이었습니다."

"보수당원들이 그렇다는 겁니까?" 피츠가 믿을 수 없다는 듯 물었다.

"그렇습니다, 백작님."

"하지만 왜 그런 거죠?"

"이번 법안에 따르면 서른 살 이상인 여자들 가운데 세대주이거나 세대주 아내인 사람에게만 투표권을 줍니다. 공장 여성 노동자는 대부분 어리기 때문에 못 받아요. 그리고 무시무시한 여자 지식인들은 다들 홀몸으로 남의 집에 얹혀살고 있죠."

피츠는 깜짝 놀랐다. 그는 이번 사안을 늘 원칙의 문제로 봐왔기 때문이다. 하지만 벼락출세한 존스 같은 사업가에게 원칙이란 그리 중요하지 않았다. 피츠는 선거에 미칠 영향은 한 번도 생각해보지 않았다. "아무리 그렇다고 하지만……"

"새로 투표권을 얻게 되는 사람들은 나이든 중산층으로, 가족이 있는 어머니들입니다." 존스는 비밀이라는 듯 상스럽게 콧등 옆쪽을 두드리는 시늉을 했다. "피츠허버트 경, 그들은 이 나라에서 가장 보수적인 사람들입니다. 이번 법안은 우리 당에 육백만 표를 새로 주는 겁니다."

"그래서 당신은 여성 투표권을 찬성한다는 겁니까?"

"찬성해야죠! 우리는 그 보수파 여성들이 필요합니다. 다음번 선거에서 노동계층 남성 삼백만 명이 새롭게 투표자가 됩니다. 그중 많은 수가 군에서 제대했고, 대부분은 우리 편이 아닙니다. 하지만 새로 추가되는 여성 유권자들이라면 그들을 누를 수 있습니다."

"아니, 원칙은 어쩌자는 겁니까!" 피츠는 항의해봤지만 이미 진 싸움이라는 걸 알 수 있었다.

"원칙이요?" 존스가 말했다. "이건 현실 정치입니다." 그가 거들먹거리며 웃는 모습에 피츠는 머리끝까지 화가 치솟았다. "하긴 이렇게 말씀드려도 될지 모르겠지만, 백작님께서는 늘 이상주의자였죠."

"우리 모두 이상주의자입니다." 실버먼 경이 갈등을 가라앉히며 훌륭한 주인 노릇을 했다. "그래서 우리가 정치를 하는 것이죠. 이상이 없는 사람들은 고민하지 않습니다. 하지만 선거와 여론도 직시하지 않을 수 없는 노릇입니다."

피츠는 비현실적인 몽상가라고 낙인찍히기 싫은 마음에 재빨리 말했다. "물론 그렇죠. 하지만 여성의 위상에 관한 문제는 가족생활의 핵심을 건드리는 것이고, 저는 그 문제가 보수당에 중요하다고 생각하지 않을 수 없었습니다."

보너 로가 말했다. "그 문제는 여전히 토론중입니다. 의원들은 자유롭게 투표할 수 있습니다. 각자 양심에 따르겠지요."

피츠는 순순히 고개를 끄덕였고, 실버먼은 프랑스 군대의 항명사태에 관해 이야기를 꺼냈다.

피츠는 만찬이 끝날 때까지 입을 다물고 있었다. 이번 법안이 에설 레크위드와 퍼시벌 존스 모두에게 지지를 받고 있다는 사실이 불길하게 느껴졌다. 통과 가능성이 위험할 정도로 높았다. 그는 보수당이 전통적인 가치를 지켜내야 하고, 선거에서 이기겠다는 단기적인 전망에 좌우되어서는 안 된다고 생각했다. 하지만 보너 로는 의견이 다르다는 걸 명확히 파악했다. 피츠는 보조를 맞추지 못하는 사람으로 보이고 싶지는 않았다. 결과적으로 그는 완벽하게 솔직하지 못한 자기 자신이 부끄러웠고 그 느낌이 싫었다.

피츠는 보너 로가 떠나자마자 실버먼의 집을 나섰다. 그리고 집으로 돌아와 곧장 위층으로 올라갔다. 야회복을 벗고 실크 실내복을 입은 다음 비의 방으로 향했다.

비는 침대에 앉아 차를 마시고 있었다. 울었다는 게 뻔히 보였지만 얼굴에 약간 분을 발랐고 꽃무늬 나이트가운에 풍성한 소매의 분홍색 침실용 니트 재킷 차림이었다. 피츠는 기분이 좀 어떠냐고 물었다.

"엄청나게 충격받았어요. 이제 남은 가족이라곤 안드레이뿐인데."

"알아." 비의 부모는 세상을 떠났고 그녀에게는 가까운 친척도 없었다. "걱정스럽지만 아마도 잘 이겨낼 거요."

비는 차를 마시던 잔과 접시를 내려놓았다. "아주 깊이 생각해봤어요, 피츠."

비가 이런 말을 하는 건 매우 드문 일이었다.

"내 손을 잡아줘요." 그녀가 말했다.

피츠는 양손으로 아내의 왼손을 잡았다. 그녀는 예뻐 보였다. 대화의 주제가 슬픈 것임에도 피츠는 욕망을 느꼈다. 손바닥에 비의 다이아몬드 약혼반지와 금으로 만든 결혼반지가 느껴졌다. 그녀의 손을 입에 대고 엄지손가락 아래 살이 도톰한 부분을 깨물고 싶었다.

비가 말했다. "당신이 나를 러시아에 데려가주면 좋겠어요."

피츠는 너무 놀라 비의 손을 놓쳤다. "뭐라고?"

"안 된다고 하지 말고 일단 생각해봐요." 그녀가 말했다. "위험하다고 하겠죠. 알아요. 하지만 지금도 러시아에는 영국인 수백 명이 있어요. 대사관의 외교관이며 사업가, 군사 임무를 띠고 파견된 부대의 장교와 병사, 기자들에다가 또다른 사람들도 있죠."

"보이는 어쩌고?"

"혼자 두고 가긴 싫지만, 보모 존스가 아주 훌륭해요. 고모님도 아주 열심이시고요. 혹시 무슨 일이 생겼을 때는 모드 아가씨가 합리적으로 판단해줄 거라고 믿어요."

"비자도 필요하고……"

"아는 사람에게 부탁할 수 있잖아요. 세상에, 방금 전 내각 장관도 있는 자리에서 식사하고 온 사람이."

아내의 말이 옳았다. "외무부에서 어쩌면 다녀와서 보고서를 내라고 할지 몰라. 특히 우리가 갈 곳은 우리 외교관들이 가보지 못하는 시골 지역이니까."

비가 다시 그의 손을 잡았다. "유일하게 살아 있는 제 가족이 크게 다쳤고 죽을지도 몰라요. 꼭 봐야겠어요. 제발요, 피츠. 이렇게 빌어요."

사실 피츠는 비가 짐작하는 것만큼 꺼려지지는 않았다. 무엇이 위험한 것인가에 대한 기준은 참호를 경험하고 나서 많이 바뀌었다. 어쨌거나 엄청난 포격에도 대부분 살아남았다. 러시아에 다녀오는 건 위험해도 전장에 비할 바는 아니었다. 그런데도 피츠는 머뭇거렸다. "당신이 꼭 가고 싶어하는 건 이해해." 그는 말했다. "일단 몇 군데 좀 물어보자고."

비는 허락으로 받아들였다. "아, 고마워요."

"아직 고마워하긴 일러. 일단 얼마나 실행 가능한 일인지 알아보자는 거야."

"좋아요." 비는 그렇게 대답했지만, 그가 보기에는 이미 어떤 결론을 내릴지 짐작하는 모양이었다.

피츠는 일어섰다. "잠자리에 들 준비를 해야겠어." 그는 문으로 다가갔다.

"잠옷 입으면…… 다시 와줘요. 당신이 안아줬으면 좋겠어요."

피츠는 웃었다. "물론이지."

III

의회에서 여성 투표권을 두고 토론을 벌이던 날, 에설은 웨스트민스터 궁전 근처 한 회관에서 집회를 열었다.

그녀는 이제 전국 의류노동자조합 소속이었다. 노조는 그동안 그녀처럼 이름이 알려진 활동가를 영입하려고 무척 애써왔다. 그녀가 주로 맡은 일은 이스트엔드 지역 저임금 작업장의 여성 노동자들을 끌어들이는 것이었지만, 노조는 일터에서와 마찬가지로 정치권에서 소속 노동자들을 위해 투쟁하는 것도 중요하다고 여겼다.

에설은 모드와의 관계가 끝난 게 애석했다. 어쩌면 백작의 여동생과 백작의 전 하녀장의 우정은 처음부터 조금은 부자연스러웠는지 몰라도 에설은 두 사람이 계급 차를 뛰어넘을 수 있기를 바랐다. 하지만 마음속 깊은 곳에서 모드는—스스로 인식도 못하지만—자신은 명령을 하는 존재로, 에설은 복종하는 존재로 태어났다고 생각했다.

에설은 집회가 끝나기 전에 의회 표결도 끝나서 집회 현장에서 결과를 발표할 수 있었으면 했다. 하지만 의회의 토론이 늦게까지 이어지면서 집회는 밤 열시에 마무리해야 했다. 에설과 버니는 화이트홀 근처 노동당 의원들이 잘 가는 술집에 가서 소식을 기다렸다.

열한시가 되어 술집이 문을 닫으려 할 때 의원 두 사람이 부리나케 들어왔다. 그중 하나가 에설을 알아보았다. "우리가 이겼소!" 그가 소리쳤다. "아니지, 당신들이 이겼소. 여자들 말이오."

에설은 도저히 믿을 수가 없었다. "통과됐어요?"

"절대다수가 찬성했어요. 387 대 57!"

"우리가 이겼어요!" 에설은 버니에게 키스했다. "우리가 이겼어!"

"잘됐어요." 버니가 말했다. "승리를 즐겨요. 당신은 그럴 자격이 충분하니까."

그들은 축하주를 마실 수 없었다. 새로운 전시 법률은 정해진 시간이 되면 술집에서도 술을 못 팔게 했다. 노동자들의 생산성 향상을 위한 조치인 듯했다. 에설과 버니는 술집을 나와 버스를 타고 집으로 왔다.

버스 정류장에서 기다리던 에설은 기분이 정말 좋았다. "거짓말 같아요. 그렇게 오랜 세월 끝에, 여자들에게도 투표권이 생기다니!"

야회복을 입은 키 큰 남자가 지팡이를 짚고 지나가다가 그녀의 말을 들었다.

에설은 피츠를 알아보았다.

"너무 확신하지 마." 그가 말했다. "상원에서 거부할 테니까."

27장
1917년 6월에서 9월

I

발터 울리히는 참호에서 기어올라와 무인지대를 가로지르며 목숨을 건 모험을 시작했다.

포탄 구멍에는 새로 돋은 풀과 들꽃이 자라고 있었다. 한때는 폴란드였다가 러시아에 속했다가 지금은 독일군에게 일부를 점령당한 이 지역은 포근한 여름 저녁을 맞고 있었다. 발터는 상병 군복 위에 별다른 특징 없는 코트를 입고 있었다. 진짜 사병처럼 보이려고 얼굴과 손도 더럽혔다. 휴전을 요구하는 듯 흰색 모자를 쓰고 어깨 위에는 판지상자 하나를 짊어지고 있었다.

두려워할 이유가 없다고 속으로 생각했다.

석양 속에서 러시아 진지가 희미하게 보였다. 지난 몇 주 동안 서로 총을 쏜 적이 없었기에 발터는 그가 다가가도 적이 의심스러워하기보다는 호기심을 느낄 거라고 생각했다.

만일 그 생각이 틀렸다면 그는 죽은목숨이었다.

러시아군은 공격을 준비하고 있었다. 독일 정찰기와 정찰병은 전선에 새로운 부대가 배치되고 트럭이 탄약을 부리고 있다고 보고했다. 이 정보는 굶주림을 못 이기고 차라리 독일군에 붙잡혀 밥이라도 얻어먹으려고 전선을 넘어와 항복한 러시아 병사들에게도 확인한 내용이었다.

러시아의 공세가 시작될 거라는 증거는 발터에게 매우 큰 실망을 안겨주었다. 그는 새로운 러시아 정부가 전쟁을 계속 수행할 능력이 없기를 바랐다. 페트로그라드에서는 레닌과 볼셰비키가 떠들썩하게 평화를 요구하면서 신문과 팸플릿을 쏟아내고 있었다. 독일이 준 돈이 해낸 일이었다.

러시아 국민들은 전쟁을 원하지 않았다. 단안경을 쓴 외무장관 파벨 밀류코프가 러시아는 여전히 "결정적 승리"를 노리고 있다고 발표하자 분노한 노동자와 군인들이 다시 거리로 나오기도 했다. 다가올 새로운 공세를 책임질 인물이자 놀라우리만큼 젊은 전쟁장관인 케렌스키는 군대에 태형을 다시 허용하고 장교들의 명령권을 회복시켰다. 하지만 러시아 병사들이 전투에 나설까? 독일은 바로 그 점을 알고 싶었고, 지금 발터가 목숨을 걸고 알아내려 나선 것이다.

징후는 다양하게 나타났다. 전선 일부 지역의 러시아 병사들은 흰색 깃발을 올리고 일방적으로 휴전을 선언했다. 다른 조용한 곳들은 문제없이 통제되고 있는 것 같기도 했다. 발터가 방문하기로 마음먹은 곳은 이중 한곳이었다.

그는 마침내 베를린에서 벗어났다. 어쩌면 모니카 폰 데어 헬바르트가 그녀 부모에게 결혼할 일은 없을 거라고 대놓고 말했는지도 모른다. 어쨌든 발터는 다시 전선에 나와 정보를 수집하고 있었다.

그는 한쪽 어깨에 짊어진 종이상자를 반대편 어깨로 옮겼다. 이제 참호 위로 비쭉 튀어나온 대여섯 개의 머리가 보였다. 모두 챙모자를 쓰고 있었다. 러시아 군인들은 철모가 없었다. 그들은 발터를 멍하니 바라보기만 할 뿐 총을 겨누지는 않았다. 아직은.

발터는 여기서 죽어도 운명이라고 느꼈다. 이제 스톡홀름에서 모드와 즐거운 밤을 보냈으니 행복하게 죽을 수 있다는 생각도 했다. 물론 살 수 있다면 더 좋았다. 모드와 가정을 꾸리고 아이도 낳고 싶었다. 민주주의 안에서 번영한 독일에서 그렇게 살기를 바랐다. 하지만 그러려면 전쟁에서 이겨야 하고, 이기려면 목숨을 걸어야 했다. 그러니 다른 선택은 있을 수 없었다.

그럼에도 적의 사정권 안에 들어서자 소변이 마려웠다. 병사들 가운데 누구든 그를 향해 총을 겨누고 방아쇠를 당기는 일은 무척 쉬웠다. 어차피 그런 일을 하려고 여기까지 온 사람들이니까.

발터는 소총을 소지하지 않았고, 적들이 그걸 알아봐주었으면 했다. 뒤쪽 허리춤에 9밀리미터 루거 권총을 꽂아두었지만 맞은편에서는 보이지 않았다. 그들이 볼 수 있는 건 발터가 짊어지고 가는 상자뿐이었다. 종이상자가 위험해 보이지 않기만을 바랐다.

한 걸음 내디딜 때마다 아직 죽지 않은 걸 감사히 여겼다. 하지만 앞으로 나아갈수록 점점 더 위험해진다는 것도 잘 알았다. 언제든 죽을 수 있어. 그는 달관한 사람처럼 생각했다. 사람이 죽기 전에 자신을 쏜 총소리를 들을 수 있을지 궁금했다. 가장 두려운 건 상처를 입고 피를 흘리며 천천히 죽거나, 지저분한 야전병원에서 병균에 감염되어 죽는 일이었다.

이제 러시아 병사들의 얼굴이 보였다. 그들의 표정에는 즐거움과 놀라움, 궁금함이 가득했다. 혹시라도 두려워하는 표정은 없는지 발터는 불안하게 훑어보았다. 그게 가장 큰 위험이었다. 겁먹은 병사는 긴장을 깨기 위해 총을 쏠 수도 있다.

마침내 열 걸음 남은 곳까지 왔다. 그리고 아홉 걸음, 여덟…… 발터는 참호 앞에 도착했다. "안녕들 하시오, 동무들." 그는 러시아어로 말했다. 그리고 상자를 내려놓았다.

가장 가까운 병사에게 손을 뻗었다. 병사는 무의식적으로 손을 내밀어 그가 참호 안으로 내려설 수 있게 도와주었다. 발터 주위로 몇 사람이 모여들었다.

"물어볼 게 있어서 왔습니다." 발터가 말했다.

교육을 제대로 받은 러시아인 대부분은 독일어를 조금씩 할 줄 알았지만, 병사들은 농민 출신이라 러시아어 외에 외국어를 하는 사람이 거의 없었다. 발터는 어렸을 때부터 군대와 외무부에서 일하기 위한 준비라며 무섭게 다그친 아버지 덕에 러시아어를 배워두었다. 많이 써볼 기회는 없었지만 그래도 이번 임무를 해내는 데 필요한 정도는 기억하고 있었다.

"우선 마십시다." 발터가 말했다. 그는 상자를 내려놓고 위쪽을 뜯어 슈냅스 병 하나를 꺼냈다. 마개를 따고 한 모금 들이켠 다음, 옆에 있는 열여덟에서 열아홉 살 정도 돼 보이는 키 큰 상병에게 병을 넘겼다. 병사는 활짝 웃더니 술을 마시고 다른 사람에게 병을 건넸다.

발터는 남몰래 주위를 살폈다. 참호는 엉망이었다. 벽은 기울었고 기둥으로 받쳐놓지도 않았다. 바닥은 울퉁불퉁했고 깔판이 따로 없어서 여름인 지금도 진창이었다. 참호는 일직선으로 이어져 있지도 않았다. 물론 포격을 받았을 때 폭발의 충격이 옆으로 퍼지지 않는 것은 좋겠지만, 악취가 풍겼다. 때때로 굳이 정해진 곳으로 가지 않고 여기서 볼일을 보는 게 분명했다. 러시아인들은 왜 이 모양인 걸까? 이들이 하는 짓은 모두 성급하고 체계적이지 못했고 마무리가 엉망이었다.

술병이 도는 중에 하사관이 나타났다. "뭐하는 건가, 표도르 이고레비치?" 그가 키 큰 상병에게 물었다. "왜 빌어먹을 독일놈과 이야기하고 있는 거지?"

표도르는 어렸지만 무성한 콧수염이 둥글게 말려서 뺨까지 이어져 있었다. 이유는 몰라도 그는 뱃사람들이 쓰는 모자를 삐딱하게 머리에 얹고 있었다. 자신감이 넘치다 못해 오만해 보이기까지 했다. "한잔 하세요, 가브리크 하사님."

하사관도 다른 이들과 마찬가지로 병을 들고 한 모금 마셨지만, 그는 부하들과 달리 들뜨지 않았다. 그는 발터를 미심쩍은 눈으로 바라보았다. "너 여기서 무슨 짓을 하고 있는 거야?"

발터는 할말을 이미 연습해두었다. "독일의 노동자와 군인, 농민을 대표해서 왜 당신들이 우리와 싸우는지 묻고 싶어 왔습니다."

놀랐는지 잠시 침묵을 지키더니 표도르가 물었다. "그러는 너희는 왜 우리랑 싸우지?"

발터는 대답도 준비해두었다. "달리 방법이 없어요. 우리나라는 여전히 카이저가 다스립니다. 아직 혁명을 못했거든요. 하지만 러시아는 했죠. 차르는 쫓겨났고 러시아는 이제 인민이 스스로 다스립니다. 그래서 인민들에게 물어보러 온 겁니다. 왜 우리랑 싸우는 거죠?"

표도르는 가브리크를 바라보더니 말했다. "그건 우리도 스스로에게 하고 있는 질문이야!"

가브리크는 어깨를 으쓱했다. 발터는 가브리크가 자기 의견을 쉽사리 드러내지 않는 보수적인 사람이라고 추측했다.

병사 몇 명이 참호를 따라 다가와 합류했다. 발터는 다른 술병을 열었다. 그는 주변에 몰려들어 금세 취하기 시작한, 누더기를 걸친 마르고 지저분한 병사들을 둘러보았다. "러시아인들은 뭘 원하죠?"

몇 사람이 대답했다.

"땅이지."

"평화."

"자유."

"술을 더 원하지!"

발터는 상자에서 술을 한 병 더 꺼냈다. 이들에게 진짜 필요한 건 비누와 좋은 음식, 새 신발이야. 그는 생각했다.

표도르가 말했다. "나는 고향집으로 돌아가고 싶어. 지금 왕자의 영지를 배분하고 있다는데 우리 가족이 제 몫을 받고 있는지 궁금해서 말이야."

발터가 물었다. "지지하는 정당은 있어요?"

한 병사가 말했다. "볼셰비키지!" 다른 이들이 환호했다.

발터는 기분이 좋았다. "그럼 다들 당원인가요?"

그들은 고개를 저었다.

표도르가 말했다. "나는 사회혁명당을 지지했는데 실망했어." 병사들이 고개를 끄덕이며 동조했다. "케렌스키가 군대에서 체벌을 다시 허용했지." 표도르가 덧붙였다.

"그리고 여름에 대규모 공격을 명령했죠." 발터가 말했다. 바로 눈앞에 탄약상자가 잔뜩 쌓여 있었지만 혹시라도 러시아 병사들이 그를 스파이라고 생각할까봐 두려워 대놓고 지적하지는 않았다. "정찰기에서 보면 알 수 있거든요." 그는 덧붙였다.

표도르는 가브리크에게 물었다. "왜 공격해야 하죠? 그냥 지금 각자 있는 곳에서 휴전하면 되잖아요!" 병사들이 찬성하듯 두런거렸다.

발터가 말했다. "그럼 공격 명령이 떨어지면 어떻게 할 겁니까?"

표도르가 말했다. "어떻게 할 건지 병사위원회를 열어야지."

"말도 안 되는 소리 마." 가브리크가 말했다. "병사들끼리 모인 위원회가 명령을 두고 토론하는 건 이제 안 돼."

다들 반대하며 웅성거리더니 바깥쪽에 선 병사가 툴툴거렸다. "그런 건 두고봐야 아는 겁니다, 하사 동지."

병사들은 점점 더 많이 모여들었다. 아무래도 러시아인들은 멀리서도 술냄새를 맡을 수 있는 모양이었다. 발터는 술을 두 병 더 꺼내 돌렸다. 새로 온 병사들에게 설명도 할 겸 그가 말했다. "독일 사람들은 당신들과 마찬가지로 평화를 원합니다. 우리를 공격하지 않으면 우리도 공격하지 않아요."

"그걸 위해 건배!" 새로 온 병사가 말하자 모두 시끌시끌하게 환호성을 올렸다.

발터는 너무 시끄러워 장교의 관심이라도 끌게 될까 두려웠다. 슈냅스를 마신 병사들의 목소리를 어떻게 낮출지도 고민이었다. 하지만 이미 너무 늦어버렸다. 누군가 고압적이고 큰 목소리로 말했다. "여기 뭐하는 거야? 너희 무슨 짓을 하는 거냐고?" 병사들이 양쪽으로 갈라지자 소령 군복을 입은 덩치 큰 남자가 다가왔다. 그는 발터를 보더니 말했다. "도대체 너 뭐하는 놈이야?"

발터는 가슴이 철렁 내려앉았다. 장교라면 그를 포로로 붙잡을 게 틀림없었다. 독일 정보부는 러시아인들이 전쟁포로를 어떻게 대하는지 잘 알았다. 러시아의 전쟁포로가 된다는 건 허기와 추위로 서서히 죽어가라는 판결을 받은 것이나 다름없었다.

그는 억지웃음을 지은 뒤 마지막으로 남은 술병을 땄다. "한잔하시죠, 소령님."

장교는 발터는 무시한 채 가브리크에게 돌아섰다. "지금 무슨 짓을 하고 있는 거야?"

가브리크는 겁내지 않았다. "병사들이 오늘 저녁을 못 먹었습니다, 소령님. 그래서 마시지 말라고 할 수 없었습니다."

"저자를 포로로 잡았어야지!"

표도르가 말했다. "저자가 가져온 술을 마셔버렸으니 포로로 잡을 수 없습니다." 이미 혀가 꼬이기 시작한 상태였다. "그건 온당한 짓이 아니죠!" 그가 말을 마치자 병사들이 환호했다.

소령이 발터에게 말했다. "넌 스파이야. 네놈 머리를 날려버리겠어." 그는 허리춤에 찬 권총에 손을 뻗었다.

병사들이 반대하듯 소리를 질렀다. 소령은 여전히 화가 난 것 같았지만 아무 말도 하지 않았다. 부하들과 충돌하고 싶지 않은 게 분명했다.

발터는 병사들에게 말했다. "이제 가는 게 좋겠군요. 당신네 소령님이 좀 까칠하시네요. 게다가 우리는 바로 진지 뒤에 사창굴이 있죠. 거기 젖통 큰 금발 여자애가 어쩌면 좀 외로워하고 있을지도……"

병사들이 웃음을 터뜨리며 환호했다. 그가 한 말은 반쯤은 진실이었다. 창녀들은 있었다. 하지만 발터는 단 한 번도 그들을 찾지 않았다.

"기억하세요. 당신들이 싸우지 않으면 우리도 싸우지 않습니다." 발터는 말했다.

그는 얼른 참호를 빠져나왔다. 가장 위험한 순간이었다. 그는 일어서서 몇 걸음 걸은 다음 돌아서서 손을 흔들고 다시 걸었다. 러시아 병사들의 호기심은 모두 해결되었고, 술도 모두 마셔버리고 없었다. 이제 어쩌면 그들은 해야 할 일을 생각해내고 적을 총으로 쏠지 모른다. 발터는 자신의 코트 등에 과녁이 붙어 있는 것처럼 느껴졌다.

어둠이 내려앉고 있었다. 그는 이제 곧 시야에서 보이지 않게 될 터였다. 몇 걸음만 더 가면 안전했다. 앞으로 내달리지 않기 위해 자제력을 총동원해야 했다. 뛰는 행동은 오히려 사격을 부를 수도 있었다. 발터는 이를 악물고 버려진 불발탄 사이로 성큼성큼 걸었다.

그는 뒤를 돌아보았다. 참호가 보이지 않았다. 그 말은 그들도 이쪽을 볼 수 없다는 뜻이었다. 이제 안전했다.

조금 편하게 숨을 쉬며 걸었다. 위험을 감수한 가치가 있었다. 많은 것을 파악할 수 있었다. 이쪽 지역의 적군은 흰색 깃발을 올리지는 않았지만 전투를 벌이기에는 많이 부족한 상태였다. 러시아 병사들은 불만이 많고 반항적이었다. 장교들은 제대로 군기를 잡지 못했다. 하사관도 병사들을 함부로 대하지 못했고, 소령은 발터를 포로로 잡지 못했다. 다들 그런 마음가짐이라면 병사들이 용감하게 싸우는 건 불가능했다.

그는 독일군 진지가 보이는 곳까지 왔다. 이름과 미리 준비된 암호를 외쳤다. 그는 참호 안으로 내려왔다. 중위 한 사람이 경례를 했다. "정찰은 성공적이었습니까?"

"그래, 고맙네." 발터가 말했다. "아주 대성공이야."

II

카테리나는 그리고리가 살던 방 침대에 얇은 속옷만 걸치고 누워 있었다. 열린 창문으로 따뜻한 7월의 공기와 몇 걸음 떨어진 곳을 달리는 기차의 우레와 같은 소리가 들어왔다. 그녀는 임신 육 개월째였다.

그리고리는 그녀의 어깨부터 시작해 부풀어오른 한쪽 젖가슴을 지나 다시 갈비뼈를, 그리고 살짝 솟은 배와 허벅지까지 몸매의 윤곽을 따라 손가락으로 어루만졌다. 카테리나를 만나기 전에는 한 번도 느긋한 기쁨을 맛보지 못했다. 젊었을 때 가졌던 여자들과의 관계는 모두 성급했고 오래가지 못했다. 섹스를 마치고 옆에 누워 조급함이나 욕정 없이 상대의 몸을 부드럽고 사랑스럽게 쓰다듬는 일은 새롭고 흥분되는 경험이었다. 어쩌면 이런 것이야말로 결혼의 의미인지도 모르지. 그는 생각했다. "임신하니까 더 예쁘네." 그는 블라디미르가 깨지 않도록 작게 속삭였다.

이 년 반 동안 그는 동생의 아들에게 아버지 노릇을 해왔다. 하지만 이제 진짜 그의 아이를 갖게 될 터였다. 레닌에게서 따온 이름을 짓고 싶었지만, 이미 큰아이가 블라디미르였다. 아이가 생기자 그리고리는 정치에서 강경노선을 고수하게 되었다. 자신의 아이가 자랄 나라에 대해 생각해야 했기 때문이었다. 그는 아들이 자유롭기를 원했다. (어째서인지 뱃속 아이가 사내아이라고 생각했다.) 차르나 중산층 의회, 또는 새로운 위장으로 구태를 숨기고 있는 사업가와 장군들의 연합체가 아닌 인민들이 러시아를 지배하게 해야 했다.

그는 레닌을 진심으로 좋아하지는 않았다. 그 사람은 항상 화가 나 있었다. 늘 사람들에게 소리를 질렀다. 누구든 뜻이 맞지 않으면 돼지새끼였고 나쁜 자식이었고 구역질나는 놈이었다. 하지만 그는 다른 누구보다 열심히 일했고, 모든 문제를 오래 고민했고, 그래서 그의 결정은 항상 옳았다. 과거 러시아의 모든 '혁명'은 우물쭈물하다 끝나버렸다. 레닌이 그런 식으로 내버려두지 않으리라는 건 그리고리가 잘 알았다.

임시정부도 그걸 잘 알았고, 그래서 레닌을 노리는 기미도 보였다. 우익 세력은 레닌이 독일 스파이라고 비난했다. 말 같지도 않은 비난이었다. 하지만 레닌에게 비밀 자금원이 있는 건 맞았다. 전쟁 전부터 볼셰비키로 활동했던 그리고리는 당의 핵심이었기에 돈이 독일에서 온다는 걸 알았다. 비밀이 새어나간다면 의심을 부채질할 수 있었다.

살짝 졸고 있는데 복도에서 발소리가 나더니 누군가 다급하게 문을 쾅쾅 두드렸다. 바지를 입으며 그리고리가 물었다. "누구요?" 블라디미르가 깨서 울기 시작했다.

남자 목소리가 들렸다. "그리고리 세르게이비치?"

"그렇소." 그리고리가 문을 열었더니 이사크가 서 있었다. "무슨 일이야?"

"저들이 레닌과 지노비예프, 카메네프에 대한 체포 영장을 발부했대."

그리고리는 얼어붙었다. "얼른 알려야 해!"

"군용차량을 밖에 세워두었어."

"신발만 신고 갈게."

이사크는 먼저 내려갔다. 카테리나가 블라디미르를 안고 달랬다. 그리고리는 서둘러 옷을 입고 두 사람에게 키스한 뒤 계단을 내려갔다.

이사크의 옆자리에 올라타 그리고리가 말했다. "레닌이 가장 중요해." 정부가 그를 목표로 삼은 건 옳은 판단이었다. 지노비예프와 카메네프 역시 뛰어난 혁명가였지만 레닌은 모든 움직임을 가능케 하는 엔진이었다. "레닌에게 먼저 알려야 해. 레닌의 누나 집으로 가. 최대한 빨리 달려."

이사크는 최고 속도로 달렸다.

차가 날카로운 소리를 내며 모퉁이를 돌 때 그리고리는 손잡이를 꽉 잡았다. 자동차가 다시 직선 도로를 달리기 시작하자 그가 물었다. "어떻게 알아냈어?"

"법무부에 있는 볼셰비키 당원이 알려왔어."

"영장이 발부된 게 언제야?"

"오늘 아침."

"늦지 않았으면 좋겠군." 그리고리는 이미 레닌이 감금되었을까봐 겁이 났다. 그의 단호한 의사결정은 누구도 대신할 수 없었다. 레닌은 모두를 괴롭혔지만 볼셰비키를 가장 앞서는 정당으로 변화시켰다. 그가 없으면 혁명은 다시 혼란과 타협의 나락으로 굴러떨어질 것이다.

이사크는 시로카야 가를 달려 중산층이 사는 아파트 건물 앞에 차를 세웠다. 그리고리는 차에서 뛰어내려 안으로 달려들어가 옐리자로프의 집 문을 두드렸다. 레닌의 누나인 안나 옐리자로바가 문을 열었다. 오십대인 그녀는 회색 머리에 앞가르마를 탄 모습이었다. 그리고리는 전에도 그녀를 만난 적이 있었다. 그녀는 〈프라우다〉* 신문사에서 일하고 있었다. "그분 여기 계십니까?" 그리고리가 물었다.

"이런, 네. 무슨 일이죠?"

그리고리는 밀려오는 안도감을 느꼈다. 너무 늦진 않았다. 안으로 들어섰다. "놈들이 체포하러 오고 있습니다."

안나는 문을 쾅 닫았다. "볼로댜!" 그녀는 집에서 쓰는 레닌의 이름을 불렀다. "빨리 나와!"

레닌이 언제나 그렇듯 셔츠와 허름한 짙은 색 양복을 입고 넥타이를 맨 차림으로 모습을 드러냈다. 그리고리는 재빨리 상황을 설명했다.

"빨리 떠나야겠군." 레닌이 말했다.

안나가 말했다. "몇 가지라도 가방에 챙겨가는 게—"

"너무 위험해. 전부 나중에 보내. 어디 있는지 알려줄 테니까." 그는 그리고리를 보았다. "알려줘서 고맙네, 그리고리 세르게이비치. 차가 있나?"

"네."

레닌은 다른 말 없이 복도로 나섰다.

그리고리는 그를 따라 도로까지 나가 얼른 차문을 열었다. "지노비예프와 카메네프에게도 체포 영장이 발부되었습니다." 그리고리는 차에

---

* 공산당 기관지.

올라타는 레닌에게 말했다.

"아파트로 다시 올라가 그들에게 전화해." 레닌이 말했다. "마르크에게 전화가 있고, 그가 두 사람이 어디 있는지 알아." 그는 문을 쾅 닫더니 몸을 앞으로 숙여 이사크에게 뭐라고 말했다. 그리고리에게는 들리지 않았다. 이사크는 차를 출발시켰다.

레닌은 늘 이런 식이었다. 모두에게 소리지르듯 명령을 내렸다. 사람들은 그가 시키는 대로 따랐다. 그의 말은 늘 타당했기 때문이다.

그리고리는 어깨에서 무거운 짐을 내려놓은 듯 가뿐한 기분이었다. 도로 양쪽을 살폈다. 맞은편 건물에서 남자 여러 명이 걸어나왔다. 일부는 양복을 입었고 몇 명은 장교 제복 차림이었다. 그중 미하일 핀스키를 알아보고 그리고리는 깜짝 놀랐다. 비밀경찰은 형식적으로는 해체되었다. 하지만 핀스키 같은 자들은 군에 소속되어 여전히 일하고 있었다.

레닌을 붙잡으러 온 자들이 틀림없었다. 엉뚱한 건물로 들어가는 바람에 간발의 차로 놓친 것이다.

그리고리는 재빨리 안으로 뛰어들어갔다. 옐리자로프 가족의 현관문은 아직 열려 있었다. 문가에는 안나와 그녀의 남편 마르크, 양아들 고라, 시골에서 올라온 하녀 아뉴시카가 놀란 표정으로 서 있었다. 그리고리는 안으로 들어가 문을 닫았다. "안전하게 떠났습니다." 그는 말했다. "하지만 경찰이 밖에 있어요. 지노비예프와 카메네프에게 얼른 전화해야 합니다."

마르크가 말했다. "저기 탁자 위에 전화기가 있어요."

그리고리는 머뭇거렸다. "어떻게 거는 거죠?" 그는 전화기를 써본 적이 없었다.

"이런, 미안해요." 마르크가 말했다. 그는 두 개의 물건을 집어들더니 하나는 귀에, 다른 하나는 입에 댔다. "우리한테도 새로운 물건이지만 이제 제법 익숙해져서 벌써 당연한 걸로 받아들이고 있어요." 그는 조바심을 내며 기계 위쪽 용수철이 달린 손잡이를 연신 흔들었다. "네, 교환." 그는 교환수에게 번호를 불러주었다.

누군가 문을 두드렸다.

그리고리는 입술에 손가락을 대고 다른 사람들을 조용히 시켰다.

안나가 아뉴시카와 아이를 데리고 안쪽 방으로 들어갔다.

마르크는 수화기에 대고 재빨리 말했다. 그리고리는 현관문 앞에 다가가 섰다. 누군가 밖에서 말했다. "빨리 열지 않으면 문을 부수겠다! 영장이 있어!"

그리고리가 마주 소리질렀다. "잠시만요. 지금 바지를 입고 있어요." 그리고리가 인생의 대부분을 살았던 동네에는 경찰이 자주 찾아왔다. 그는 그들을 밖에서 기다리게 할 온갖 구실을 알고 있었다.

마르크는 다시 전화기 손잡이를 흔들었고, 이번에는 다른 번호를 교환수에게 불러주었다.

그리고리가 소리질렀다. "누구세요? 누가 왔습니까?"

"경찰이야! 당장 열어!"

"지금 나갑니다. 개부터 부엌에 가둬야겠어요."

"서둘러."

그리고리는 마르크가 하는 말을 들었다. "얼른 몸을 숨기라고 해요. 경찰이 지금 우리집에 와 있어요." 그는 수화기를 내려놓고 그리고리에게 고개를 끄덕였다.

그리고리는 문을 열고 뒤로 물러섰다.

핀스키가 안으로 들어섰다. "레닌 어디 있어?" 그가 말했다.

육군 장교 몇 명이 따라들어왔다.

그리고리가 말했다. "여기 그런 사람은 없습니다."

핀스키가 그를 노려보았다. "넌 여기서 뭐해? 네놈이 말썽꾼이라는 건 처음부터 알아봤지."

마르크가 앞으로 나서서 차분하게 말했다. "영장 좀 보여주실까요?"

마지못해 핀스키가 종이 한 장을 내밀었다.

마르크는 잠시 영장을 들여다보다가 말했다. "반역죄요? 말도 안 돼!"

"레닌은 독일 공작원이야." 핀스키가 말했다. 그는 눈을 가늘게 뜨며 마르크를 바라보았다. "네놈 처남이잖아, 그렇지?"

마르크는 영장을 돌려주었다. "당신들이 찾는 사람은 여기 없어요."

핀스키는 마르크가 진심이라는 걸 알아차리고 분노에 찬 표정을 지었다. "없을 리가? 여기 살잖아!"

"레닌은 여기 없어요." 마르크는 같은 말을 반복했다.

핀스키의 얼굴이 붉어졌다. "미리 연락받았지?" 그는 그리고리의 멱살을 잡았다. "너 여기서 뭐하는 거야?"

"나는 페트로그라드 소비에트의 제1기관총연대 대표입니다. 우리 부대원들이 당신네 본부에 쳐들어가는 꼴을 보고 싶지 않으면 내 군복에서 그 살찐 손 떼는 게 좋을 거야."

핀스키는 손을 놓았다. "어쨌거나 집안을 좀 둘러봐야겠군." 그가 말했다.

전화기가 놓인 탁자 옆에 책장이 하나 있었다. 핀스키는 선반에서 책 대여섯 권을 꺼내 바닥에 내던졌다. 그러더니 장교들에게 들어오라고 손짓했다. "집안을 샅샅이 뒤져." 그가 말했다.

III

발터는 러시아로부터 빼앗은 지역의 마을을 찾아가 한 농민에게 금화 한 개를 주고 그가 입은 옷을 전부 샀다. 농민은 깜짝 놀라면서도 좋아했다. 냄새나는 양가죽 코트에 삼베 작업복, 거친 천으로 만든 헐렁한 바지에 너도밤나무 껍질을 짜서 만든 신발까지. 다행히 속옷은 살 필요가 없었다. 농부가 아예 입고 있지 않았기 때문이다.

발터는 부엌 가위로 머리를 자르고 수염이 자라도록 내버려두었다.

작은 시장에서 양파 한 자루를 샀다. 그리고 지폐와 동전으로 만 루블이 든 가죽가방을 자루 속 양파 밑에 숨겼다.

어느 날 밤, 그는 손과 얼굴에 흙을 묻히고 농민에게서 산 옷을 입고서 양파 자루를 들고 무인지대를 건너 러시아 전선을 몰래 통과한 다음, 가장 가까운 기차역으로 가서 3등칸 표를 한 장 샀다.

그는 일부러 사나운 사람인 척했다. 누구든 말을 걸면 마치 양파 자루를 훔치려는 사람 대하듯 소리를 질렀다. 실제로도 누군가 훔치려 할지도 몰랐다. 녹슬었지만 날카롭고 큰 칼을 허리춤에 잘 보이게 찼고, 냄새나는 코트 안쪽에도 사로잡은 러시아 장교에게서 뺏은 모신나강 권총을 숨겨두었다. 경관이 두 번 말을 걸었는데 그때마다 그는 실없이 웃으며 양파를 한 개 건넸다. 하찮은 뇌물을 보고 두 번 모두 경관은 역겹다는 듯 툴툴거리며 가버렸다. 경관이 자루 안을 들여다보겠다고 우기면 죽일 작정이었지만 그럴 필요는 전혀 없었다. 표는 한 번에 서너 정거장만 갈 수 있도록 샀다. 농민이 양파를 팔려고 수백 킬로미터를 갈 일은 없었다.

발터는 긴장한 채 주위를 경계했다. 위장이 완벽하지 않았기 때문이다. 몇 초만 대화해보면 누구든 그가 진짜 러시아인이 아니라는 걸 알 수 있었다. 그런 행위에 상응하는 처벌은 사형이었다.

처음에는 두려웠지만 점차 아무렇지도 않아졌고 이튿날이 되자 지루해졌다. 머릿속을 채울 것이 없었다. 당연히 뭔가 읽는 건 안 되었다. 역사 벽에 걸린 시간표를 들여다보거나 광고에 필요 이상으로 오래 눈길을 두지 않도록 조심해야 했다. 대부분 농민은 문맹이었기 때문이다. 길게 이어진 기차가 느린 속도로 덜컹덜컹 흔들리며 끝없는 러시아의 숲속을 달리는 사이, 발터는 전쟁이 끝나면 모드와 함께 살 집에 대해 하나하나 공들여 상상했다. 두 사람의 집은 그의 부모가 사는 곳처럼 무겁고 어두운 분위기가 아니라 헬바르트 저택처럼 옅은 목재와 수수한 색을 이용해 현대적으로 꾸밀 생각이었다. 모든 걸 청소와 관리가 쉽게 해놓고 특히 부엌과 세탁실을 편리하게 꾸며서 되도록 하인은 적게 고용하고 싶었다. 두 사람 모두 피아노 연주를 좋아하니 아주 좋은 스타인웨이 그랜드피아노를 들여놓을 것이다. 눈길을 끄는 현대 회화도 한두 점 사는 게 좋겠다. 오스트리아 표현주의 작품으로 늙은 세대를 놀래주고 진보적인 부부임을 내세우자. 환하고 바람이 잘 통하는 침실의 부드러운 침대 위에 알몸으로 누워 키스하고 이야기를 하고 사랑을 나눌 것이다.

그렇게 그는 페트로그라드까지 이동했다.

스웨덴 대사관에 있는 혁명파 사회주의자를 통해 약속을 잡았다. 볼셰비키에 소속된 누군가가 발터가 가져오는 돈을 받기 위해 매일 저녁 한 시간 동안 페트로그라드의 바르샤바 역에서 기다리기로 했다. 정오 무렵 도착한 발터는 이 기회에 시내를 둘러보며 러시아 사람들이 전쟁을 계속할 능력이 있는지 가늠해보기로 했다.

발터가 본 광경은 충격적이었다.

역사를 벗어나자마자 남녀노소 가릴 것 없이 그에게 몸을 팔겠다고 덤벼들었다. 그는 운하 다리를 건너 북쪽 시내를 향해 몇 킬로미터를 걸었다. 상점들은 대부분 문을 닫았는데 많은 경우 판자로 창문을 막아놓았고 몇 군데는 그냥 방치되어서 앞쪽 거리에 부서진 창유리 조각들이 깔려 반짝거렸다. 술 취한 사람도 많았고 주먹다짐하는 광경도 두 번이나 목격했다. 가끔 자동차나 마차가 빠른 속도로 행인들을 헤치고 달렸는데 커튼이 내려져 있어 안에 탄 사람은 보이지 않았다. 사람들은 대부분 말랐고 누더기를 걸쳤으며 맨발이었다. 베를린보다 훨씬 못한 상황이었다.

혼자, 또는 무리지어 다니는 군인도 많이 보였는데 대개는 규율이 엉망이었다. 행진하는 발걸음이 제각각이고 근무중인데도 축 늘어져 있는가 하면 군복 단추를 푼 채 민간인과 수다를 떨면서 제멋대로 행동하고 있었다. 발터는 러시아의 진지를 찾았을 때 받은 인상을 다시 한번 확인할 수 있었다. 이 사람들은 싸움할 분위기가 아니었다.

모두 좋은 소식이군. 그는 생각했다.

아무도 그에게 다가와 말을 걸지 않았고, 경찰 역시 그를 무시했다. 그는 무너져가는 도시에서 물건을 팔러 돌아다니는 추레한 농민에 지나지 않았다.

기분이 좋아진 발터는 여섯시에 기차역으로 돌아왔다. 접선 상대는 금방 찾을 수 있었다. 하사관 하나가 소총 총신에 붉은 스카프를 매고 서 있었다. 정체를 드러내기 전에 발터는 그를 유심히 살폈다. 만만찮아 보이는 인상에 키가 크지는 않았지만 어깨가 딱 벌어진 게 몸집이 좋았다. 오른쪽 귀가 없고 앞니도 한 개 없었으며 왼손 네번째 손가락도 잘려나갔다. 경험 많은 병사답게 참을성을 갖고 기다리는 그의 날카로운 푸른 눈은 경계를 풀지 않았다. 발터는 은밀히 살펴보려고 했지만, 상대는 그의 눈길을 눈치채고 고개를 끄덕이더니 돌아서서 움직이기 시작했다. 의도된 행동이 분명하다고 판단해 발터는 그를 따라갔다. 두 사람은 탁자와 의자가 빼곡히 들어찬 커다란 공간으로 들어가 앉았다.

발터가 말했다. "그리고리 페시코프 하사?"

그리고리가 고개를 끄덕였다. "당신이 누군지 압니다. 앉으시죠."

발터는 실내를 둘러보았다. 구석에서는 사모바르가 소리를 내며 끓고 있고, 숄을 두른 노파가 훈제해 절인 생선을 팔고 있었다. 열다섯에서 스무 명 남짓 되는 사람들이 탁자마다 자리를 잡고 앉아 있었다. 군인과 누가 봐도 그에게 양파 한 자루를 팔고 싶어하는 농민을 유심히 살피는 사람은 전혀 없었다. 공장 노동자처럼 보이는 파란색 재킷 차림의 젊은 남자 한 명이 그들을 뒤따라 안으로 들어섰다. 발터는 잠시 그와 눈길이 마주쳤다. 그는 자리를 잡고 앉았더니 담배를 피워물고 〈프라우다〉를 펼쳤다.

발터가 말했다. "뭐 좀 먹어도 될까요? 배가 고파 죽겠는데 나 같은 사람은 여기처럼 비싼 곳에서는 뭘 사먹을 수가 없군요."

그리고리는 검은 빵과 청어, 설탕을 탄 차 두 잔을 주문했다. 발터는 음식을 입으로 밀어넣었다. 그리고리는 발터를 한참 보다가 웃었다. "당신을 농민으로 보고 그냥 내버려뒀다니 놀랍군요." 그가 말했다. "내가 보기엔 딱 부르주아인데."

"어떻게 알았죠?"

"손이 더럽긴 해도 빵을 조금씩 떼어서 먹고 있고, 누더기 옷이 무슨 손수건이라도 되는 것처럼 연신 입술을 훔치고 있잖습니까. 진짜 농사꾼이라면 음식을 입안에 잔뜩 넣고 미처 삼키기도 전에 차를 후루룩거리며 마시죠."

발터는 상대방의 은근히 깔보는 듯한 태도가 짜증스러웠다. 어쨌든 나는 빌어먹을 기차에서 사흘이나 견뎌냈다고. 그는 생각했다. 당신도 독일에서 같은 걸 견뎌내는지 한번 보고 싶군. 이제 돈을 챙기려면 먼저 해야 할 일이 있다는 걸 페시코프에게 일러줄 시간이었다. "볼셰비키들이 어떻게 하고 있는지 말해주시죠."

"너무 잘해서 위험할 정도죠." 그리고리가 말했다. "지난 몇 달간 수천 명의 러시아인이 입당했습니다. 레온 트로츠키도 마침내 우리를 지지한다고 발표했습니다. 그의 연설을 들어봐야 합니다. 그를 보려고 사람들이 거의 매일 시르크 모데른 극장을 가득 메우고 있어요." 발터는 그리고리가 트로츠키를 영웅처럼 떠받들고 있다는 걸 알 수 있었다. 독일인들조차 트로츠키의 웅변이 황홀하다는 사실을 알았다. 트로츠키를 얻은 것은 볼셰비키에게 그야말로 횡재였다. "2월만 해도 우리 당원은 만 명이었습니다. 지금은 이십만 명이죠." 그리고리는 자랑스러운 듯 말을 마쳤다.

"좋습니다. 하지만 당신들이 상황을 바꿀 수 있습니까?" 발터가 말했다.

"제헌의회 선거에서 이길 가능성이 상당히 높습니다."

"선거는 언제죠?"

"상당히 지연되고 있지만—"

"왜죠?"

그리고리는 한숨을 내쉬었다. "우선 임시정부가 대표자 위원회를 소집했고, 두 달 후 마침내 선거법을 만들 두번째 위원회를 육십 명으로 구성하기로—"

"왜죠? 왜 그렇게 복잡한 과정을 거치는 겁니까?"

그리고리는 화가 난 것 같았다. "그들 말로는, 이번 선거는 절대 이론의 여지가 없어야 하기 때문이랍니다. 하지만 진짜 이유는 보수파 정당들이 패배할 것 같으니까 시간을 끄는 겁니다."

겨우 하사관인 주제에 상당히 수준 높은 분석을 하고 있군. 발터는 생각했다. "그럼 선거는 언제 합니까?"

"9월입니다."

"그런데 왜 볼셰비키가 이길 거라고 생각하죠?"

"전쟁을 중단해야 한다고 단호하게 주장하는 게 우리뿐이거든요. 그리고 그걸 모르는 사람이 없습니다. 우리가 발행하는 신문과 팸플릿 덕분이죠."

"'위험할 정도'인 건 어째서입니까?"

"왜냐하면 우리가 정부의 주요 목표물이 되고 있거든요. 레닌에게 체포 영장이 발부되었습니다. 그래서 잠적해야 했죠. 하지만 그는 여전히 우리 당을 이끌고 있습니다."

발터는 이 말도 믿었다. 취리히에서 망명중에도 당을 이끌 수 있는 레닌이라면 러시아에서 몸을 숨기고도 할 수 있을 터였다.

발터는 돈을 전달하고 필요한 정보를 수집했다. 임무를 완수한 것이다. 안도감이 밀려왔다. 이제 남은 할 일은 집으로 돌아가는 것뿐이었다.

발터는 바닥에 내려놓았던 만 루블이 든 양파 자루를 발로 그리고리에게 밀었다.

그리고 차를 마저 마시고 일어섰다. "양파 잘 드십시오." 그는 문을 향해 걸었다.

곁눈으로 슬쩍 보니 파란 재킷을 입은 남자가 〈프라우다〉를 덮고 일어서고 있었다.

발터는 루가까지 가는 표를 사서 기차에 올랐다. 3등칸 객차에 들어섰다. 담배를 피우며 보드카를 마시는 군인 무리와 모든 가재도구를 끈으로 묶어둔 유대인 가족, 닭을 팔고 돌아가는 듯 빈 우리를 든 농민들 사이를 비집고 들어갔다. 객차 반대편 끝까지 간 발터는 멈춰서 뒤를 돌아보았다.

파란 재킷 남자가 객차에 들어오는 모습이 보였다.

발터는 승객들 사이를 뚫고 다가오는 남자의 모습을 잠시 지켜보았다. 아무렇게나 팔꿈치로 사람들을 밀치며 다가오고 있었다. 그럴 수 있는 건 경찰뿐이었다.

발터는 기차에서 뛰어내려 서둘러 역사를 벗어났다. 오후에 돌아다녔던 기억을 더듬어 운하 쪽으로 가는 지름길을 택했다. 밤이 짧은 여름이어서 저녁인데도 주위가 환했다. 꼬리를 떼어냈기를 바랐지만 어깨 너머를 돌아보니 파란 재킷 남자는 여전히 따라오고 있었다. 아마페시코프의 뒤를 밟다가 그에게 양파를 파는 농사꾼 친구를 조사해보기로 마음먹은 듯했다.

남자가 빠른 속도로 움직이기 시작했다.

만일 붙잡힌다면 스파이 활동을 한 죄로 총살당할 것이다. 이제 발터가 취해야 할 행동은 하나뿐이었다.

그가 있는 곳은 변변찮은 동네였다. 온 페트로그라드가 가난해 보였지만 그래도 이 일대에는 세계 어디나 기차역 주변이라면 몰려 있을 법한 싸구려 호텔과 우중충한 술집이 있었다. 발터가 뛰기 시작하자, 파란 재킷 남자도 그를 잡으려고 속도를 높였다.

발터는 운하 옆에 자리잡은 벽돌공장에 도착했다. 공장은 담이 높고 출입문이 철봉으로 막혀 있었지만, 그 옆 버려진 창고에는 담이 보이지 않았다. 길에서 벗어난 발터는 창고 마당을 가로질러 운하 쪽으로 접근한 다음 벽돌공장 담을 뛰어넘었다.

어딘가 경비원이 있을 테지만 당장 눈에 띄지는 않았다. 몸을 숨길 곳을 찾아야 했다. 아직 날이 환한 게 문제였다. 벽돌공장은 나무로 만든 작은 부두를 따로 갖추고 있었다. 주변에는 온통 사람 키 높이로 쌓아올린 벽돌 더미였지만, 눈에 띄지 않고 상대를 볼 수 있어야 했다. 아마도 일부가 팔렸는지 키가 약간 낮은 더미가 있어 그쪽으로 움직였다. 재빨리 벽돌 몇 개를 쌓아올려 그뒤에 몸을 숨기고 틈새로 지켜보았다. 허리춤에서 모신나강 권총을 꺼내 공이치기를 뒤로 당겼다.

잠시 후 파란 재킷 남자가 담을 넘어왔다.

중키에 마르고 짧게 수염을 기른 모습이었다. 겁을 먹은 듯했다. 자기가 뒤쫓는 사람이 단순한 용의자가 아니라는 걸 깨달은 모양이었다. 인간 사냥에 말려들었지만 그는 자신이 사냥꾼인지 사냥감인지 모르고 있었다.

남자가 총을 뽑았다.

발터는 벽돌 틈으로 총구를 들이대고 파란 재킷 남자를 겨누었다. 하지만 확실히 맞힐 수 있을 만큼 가깝지 않았다.

남자는 잠시 가만히 서서 주위를 둘러보았다. 이제 어찌해야 할지 모르는 게 분명했다. 그러다 돌아서서 머뭇머뭇 운하 쪽으로 다가갔다.

발터도 뒤따라갔다. 전세는 이제 역전되었다.

남자는 높이 쌓인 벽돌들 사이를 돌아다니며 주위를 수색했다. 발터도 그를 따라 움직였고, 그가 멈추면 벽돌 뒤에 몸을 숨기면서 점점 거리를 좁혀갔다. 발터는 총격전이 짧게 끝나 다른 경찰의 이목을 끌지 않길 바랐다. 한두 발로 적을 쓰러뜨리고 재빨리 달아나야 했다.

남자가 공장 끄트머리와 운하가 맞닿은 곳에 도착했을 때, 두 사람 사이의 거리는 고작 10여 미터 정도였다. 남자가 운하 양옆을 훑기 시작했다. 발터가 혹시 배를 타고 달아나지 않았나 생각하는 것 같았다.

발터는 몸을 숨긴 곳에서 나와 남자의 등 한가운데를 겨누었다.

운하를 살피던 남자가 돌아서다가 발터와 눈이 마주쳤다.

그리고 그는 비명을 질렀다.

놀라고 겁에 질린 남자는 여자처럼 찢어지는 목소리를 냈다. 바로 그 순간 발터는 자신이 죽을 때까지 그 비명을 기억하게 되리라는 걸 알았다.

발터는 방아쇠를 당겼고, 권총이 발사되면서 남자의 비명은 즉시 멈추었다.

총알은 한 발밖에 필요 없었다. 비밀경찰 남자는 숨이 끊겨 푹 고꾸라졌다.

발터는 허리를 숙이고 시체를 살폈다. 앞을 볼 수 없는 두 눈이 멍하니 위를 향해 있었다. 맥박과 호흡도 멈춘 상태였다.

발터는 시체를 운하 옆으로 끌고 갔다. 남자의 바지와 재킷 주머니에 벽돌을 집어넣어 무겁게 만들었다. 그리고 난간이 낮은 곳을 통해 운하로 시체를 떨어뜨렸다.

시체는 수면 아래로 가라앉았고, 발터는 발길을 돌렸다.

IV

반혁명이 시작되던 순간, 그리고리는 페트로그라드 소비에트 회의에 참석하고 있었다.

걱정스러웠지만 놀라지는 않았다. 볼셰비키가 인기를 얻어감에 따라 그에 대한 반발도 가차없어지던 참이었다. 당은 지방선거에서 좋은 성적을 거두는 중이었고, 지역 소비에트를 하나씩 장악하고 있었다. 페트로그라드 시의회 선거에서도 33퍼센트의 표를 확보한 상태였다. 이에 대한 대응으로 이제 케렌스키가 이끄는 임시정부는 트로츠키를 체포하고 제헌의회를 열기 위한 전국선거를 다시 한참 뒤로 미뤘다. 이런 식의 선거 연기는, 임시정부는 절대 전국선거를 실시하지 않을 거라던 볼셰비키의 오랜 주장에 신빙성만 높여준 셈이었다.

그러자 군이 움직였다.

코르닐로프 장군은 머리를 빡빡 깎은 카자크 출신으로, 그가 사자의 심장과 양의 머리를 가졌다는 알렉세예프 장군의 말은 아주 유명했다. 9월 9일, 코르닐로프는 예하 부대들에게 페트로그라드로 진격하라는 명령을 내렸다.

소비에트는 재빨리 대응했다. 대표단은 즉시 반혁명 저지 투쟁위원회를 꾸렸다.

위원회는 아무것도 못해. 그리고리는 조바심이 났다. 분노와 두려움을 억누르며 자리에서 일어섰다. 제1기관총연대의 대표인 그가 발언하면 대표자들은 정중하게 귀를 기울였다. 특히 군사 문제일 경우 더욱 그랬다. "위원들이 연설이나 하고 있을 거라면 위원회는 무용지물입니다." 그는 열정적으로 말했다. "방금 우리가 들은 보고가 사실이라면 코르닐로프의 일부 부대는 페트로그라드 도시 외곽에서 멀지 않은 곳에 있을 겁니다. 그들을 막을 수 있는 건 오직 무력뿐입니다." 그리고리는 늘 하사관 군복을 입고 소총과 권총을 소지하고 다녔다. "페트로그라드의 노동자와 군인을 모아 반혁명군에 맞서지 않는다면 위원회는 아무 의미가 없습니다."

그리고리는 볼셰비키만이 사람들을 동원할 수 있다는 걸 알고 있었다. 소속 정당과는 상관없이 다른 대표자들도 마찬가지였다. 결국 대표자들은 멘셰비키 세 명과 사회혁명당 세 명, 그리고 그리고리를 포함한 볼셰비키 세 명으로 위원회를 구성하는 데 동의했다. 하지만 힘을 발휘할 수 있는 건 볼셰비키뿐이라는 걸 모두가 알았다.

그렇게 결정이 내려지자 투쟁위원회는 회의장을 떠났다. 육 개월 동안 정치인 노릇을 한 그리고리는 어떻게 해야 일이 돌아갈지 알고 있었다. 이제 그는 위원회의 공식적인 구성을 무시하고 실제로 쓸모 있는 사람 열 명 정도를 회의에 참석시켰다. 그중에는 푸틸로프 공장의 콘스탄틴과 제1기관총연대의 이사크도 있었다.

소비에트는 타우리드 궁전에서 한때 여학교였던 스몰니 학원으로 본부를 옮긴 상태였다. 투쟁위원회는 자수 액자와 소녀 취향의 수채화가 걸린 한 교실에 다시 모였다.

의장이 말했다. "토론 주제를 제안하실 분 있습니까?"

이는 쓸데없는 짓이었지만, 그리고리도 오랫동안 대표자로 회의에 참여한 터라 어떻게 해야 일이 해결되는지 알았다. 그는 회의를 주도해 위원회가 말보다 행동에 주력할 수 있도록 재빨리 나섰다.

"네, 의장 동지. 제가 발언하겠습니다." 그리고리가 말했다. "우리는 다섯 가지를 해야 한다고 생각합니다." 번호를 붙여 말하면 늘 잘 먹혔다. 다들 마지막 항목까지 귀를 기울여야 한다고 생각하기 때문이다. "첫째, 코르닐로프의 군대에 맞서 페트로그라드의 부대를 움직여야 합니다. 어떻게 하면 이를 시행할 수 있을까요? 저는 이사크 이바노비치 상병으로 하여금 신뢰할 수 있는 혁명 지도자들이 속한 주요 부대의 목록을 작성하게 할 것을 제안합니다. 일단 우리 편을 확인하고 나면, 그들에게 우리 위원회의 지시에 따라 움직이고 반란군을 격퇴할 준비를 갖춰야 한다는 명령서를 보내야 합니다. 이사크가 지금부터 착수하면 몇 분 안에 부대 목록을 가져와 위원회의 승인을 받을 것입니다."

그리고리는 잠시 말을 멈춰 의원들이 고개를 끄덕이는 것을 보고 승인을 받은 것으로 판단해 다음 발언을 시작했다.

"감사합니다. 그대로 진행하시오, 이사크 동무. 둘째, 크론시타트에 전갈을 보내야 합니다." 해안에서 30여 킬로미터 떨어진 크론시타트의 해군기지는 수병, 특히 어린 훈련병을 잔혹하게 다루기로 악명 높은 곳이었다. 육 개월 전 수병들은 그들을 괴롭히던 자들에게 반기를 들고 일어나 장교 대부분을 고문하고 살해했다. 이제 그 해군기지는 철저한 혁명의 근거지였다. "수병들은 스스로 무장한 다음 페트로그라드로 이동해 우리 위원회의 명령에 따라야 합니다." 그리고리는 수병들과 가까운 관계라고 알려진 볼셰비키 위원을 가리켰다. "글레프 동지, 위원회가 승인하면 이 일을 맡아주겠습니까?"

글레프가 고개를 끄덕였다. "허락해주신다면 서신을 작성해 위원장께 서명을 받고 직접 크론시타트로 가서 전달하겠습니다."

"그렇게 해주십시오."

투쟁위원회의 위원들은 이제 약간 당황스러운 눈치였다. 평소보다 모든 것이 빠르게 진행되고 있었다. 볼셰비키만이 놀라지 않았다.

"셋째, 공장 노동자들을 조직해 방어 부대를 만들고 그들을 무장시켜야 합니다. 군 무기고와 무기공장의 무기를 지급하면 됩니다. 대부분의 노동자는 화기를 다루는 훈련과 기본 군사훈련이 필요합니다. 이것은 각 직군별 노동조합과 적위대赤衛隊가 함께 담당할 것을 제안합니다." 적위대란 혁명에 참여한 군인과 무기를 소지한 노동자를 일컫는 말로, 모두 볼셰비키는 아니었지만 대체로 볼셰비키 위원회의 지시를 따르고 있었다. "저는 푸틸로프 공장의 대표 콘스탄틴 동지가 이 건을 맡아주길 제안합니다. 그는 주요 공장을 이끌고 있는 노동조합을 잘 압니다."

콘스탄틴이 페트로그라드 시민들을 혁명군으로 바꾸고 있다는 걸 그리고리는 알았다. 위원회 소속의 볼셰비키들 역시 모르지 않았다. 하지만 다른 위원들이 눈치챌까? 만일 이 방법으로 반혁명 기도가 저지된다면 중도파로서는 노동자들이 만든 군대를 무장해제하고 임시정부의 권위를 회복하기가 결코 쉽지 않으리라. 만의 하나 그들이 그렇게까지 멀리 내다본다면 그리고리의 제안을 조정하거나 거부하려 들 것이다. 하지만 지금 당장 그들은 군대가 일으킨 반란을 막는 데만 초점을 맞추고 있었다. 항상 그렇듯 볼셰비키만이 전략을 갖고 있었다.

콘스탄틴이 말했다. "네, 목록을 작성하겠습니다." 물론 콘스탄틴은 볼셰비키에 속한 조합 지도자들을 우선할 터였다. 어차피 요즘 가장 일을 잘해내는 것도 그들이었다.

그리고리가 말했다. "넷째, 철도노동자조합은 모든 수단을 동원해 코르닐로프의 군대가 전진하는 걸 막아야 합니다." 볼셰비키는 철도노동자조합을 장악하려고 무척 공을 들였고, 현재는 각 기관고마다 최소한 한 명의 지지자를 확보한 상태였다. 볼셰비키 당원인 조합원은 늘 총무나 회계, 또는 의장 일을 맡겠다며 자원했다. "일부 부대는 도로를 통해 접근해오겠지만, 대규모 부대와 보급품은 철도를 이용할 수밖에 없습니다. 조합에서 그들을 지체시키거나 멀리 돌아서 오게 할 수 있습니다. 빅토르 동지, 위원회가 동지를 믿고 이 일을 맡겨도 되겠습니까?"

철도 노동자들의 대표인 빅토르는 고개를 끄덕이며 동의했다. "조합 내에 반란군의 전진을 막을 특별위원회를 설치하겠습니다."

"마지막으로 다른 도시들도 우리와 같은 위원회를 구성하도록 독려해야 합니다." 그리고리는 말했다. "모든 곳에서 혁명을 사수해야 합니다. 혹시 어떤 도시에 연락을 취해야 할지 위원들께서 제안해주실 수 있겠습니까?"

마지막 항목은 의도적인 교란작전이었지만 위원들은 모두 속아넘어갔다. 뭔가 할 일이 생겨 기쁜 마음에 위원들은 투쟁위원회를 조직할 도시의 이름을 호명하기 시작했다. 그러는 사이 그리고리가 내놓은 더 중요한 제안들에 대해서는 신경도 쓰지 않은 채 통과시키고 말았다. 그리고 시민을 무장시킨 것이 장기적으로 어떤 결과를 불러올지도 그들은 생각하지 못했다.

이사크와 글레프는 필요한 서신을 작성해와서 추가 토론 없이 의상의 서명을 받아냈다. 콘스탄틴은 공장 조합 지도자들의 목록을 작성해 그들에게 서신을 보내기 시작했다. 빅토르는 철도 노동자들을 움직이기 위해 떠났다.

위원회는 다른 도시로 보낼 서신 내용의 표현을 두고 논쟁에 들어갔다. 그리고리는 슬쩍 빠져나왔다. 그는 원하는 걸 얻어냈다. 페트로그라드를, 혁명을 지키는 일은 착착 진행되고 있었다. 그리고 볼셰비키가 주도권을 쥐었다.

이제 그리고리에게 필요한 것은 반혁명군의 위치에 관한 믿을 만한 정보였다. 정말 군대가 페트로그라드 남쪽 외곽에서 접근하고 있는 걸까? 만일 그렇다면 투쟁위원회가 준비하는 것 이상으로 빠른 대처가 필요했다.

그는 스몰니 학원에서 다리를 건너 그리 멀지 않은 부대 막사까지 걸었다. 병사들은 이미 코르닐로프의 반혁명군과 싸우기 위해 준비하고 있었다. 그리고리는 장갑차 한 대와 운전병, 믿을 만한 혁명군 소속 병사 세 명을 따로 준비시킨 다음 장갑차에 올라 도시를 가로질러 남쪽으로 향했다.

어두워지는 가을 오후, 그들은 남부 외곽 지역을 이리저리 돌아다니며 도시에 밀어닥치는 부대가 있는지 수색했다. 몇 시간 동안 아무 소득도 올리지 못한 그리고리는 코르닐로프의 부대가 전진하고 있다는 보고는 과장이었다고 판단했다. 그렇다고는 해도 이동중인 부대를 하나쯤 마주칠 가능성은 높았다. 어쨌든 확인이 중요했으므로 그리고리는 열심히 수색을 이어갔다.

그들은 결국 한 학교에서 야영하고 있는 보병 여단을 찾아냈다.

그리고리는 부대로 돌아가 제1기관총연대를 이끌고 와서 공격할까 생각했다. 하지만 더 나은 방법이 있을 것 같았다. 위험한 방법이지만 성공한다면 많은 피를 뿌릴 필요가 없다.

그는 대화를 통해 상대방을 무력화시킬 작정이었다.

그들은 시큰둥한 보초를 지나 운동장으로 들어섰고, 그리고리는 장갑차에서 내렸다. 혹시 몰라 대검을 꺼내 소총의 총신 끝에 꽂고 어깨에 걸쳤다. 불안했지만 느긋해 보여야 한다고 스스로를 다독였다.

군인 몇 명이 다가왔다. 한 대령이 말했다. "여기서 뭐하나, 하사?"

그리고리는 그의 말을 무시한 채 상병에게 말했다. "여기 병사위원회의 지도자에게 할말이 있소, 동무."

대령이 말했다. "이 여단에는 병사위원회가 없다, 동무. 다시 차에 타고 얼른 꺼져."

하지만 상병은 불안한 표정으로 반항하듯 말했다. "제가 우리 소대위원회 대표였습니다. 하사님. 물론 위원회가 금지되기 전 이야기입니다."

대령은 화가 나서 얼굴이 붉으락푸르락했다.

혁명의 축소판이군. 그리고리는 생각했다. 누가 승리할까? 대령? 아니면 상병?

더 많은 병사가 무슨 일인지 궁금해 몰려들었다.

"그럼 말해보게." 그리고리는 상병에게 말했다. "왜 혁명을 저지하려는 거지?"

"아니요, 그렇지 않습니다." 상병이 말했다. "우리는 혁명을 수호하러 왔습니다."

"누군가 자네들에게 거짓말을 하고 있어." 그리고리는 주변에 몰려든 병사들을 향해 돌아서서 목소리를 높였다. "수상인 케렌스키 동지가 코르닐로프 장군을 해임했지만 코르닐로프는 물러나지 않았다. 그래서 그는 페트로그라드를 공격하기 위해 여러분을 보낸 것이다."

병사들은 못마땅하다는 듯 웅성거렸다.

대령은 난처해 보였다. 그는 그리고리의 말이 옳다는 걸 알고 있었다. "거짓말은 적당히 해둬!" 그는 고함쳤다. "당장 여기서 꺼져, 하사. 안 그러면 사살하겠다."

그리고리가 말했다. "무기에 손대지 마십시오, 대령. 당신 부하들은 진실을 알 권리가 있습니다." 그는 불어나는 병사들을 바라보았다. "안 그렇습니까?"

"옳소!" 몇몇 병사가 말했다.

"나도 케렌스키가 하는 일이 모두 마음에 들지는 않습니다." 그리고리가 말했다. "그는 즉결처분과 태형을 부활시켰습니다. 하지만 그는 우리 혁명의 지도자입니다. 반면 여러분의 지휘관 코르닐로프는 혁명을 분쇄하려 합니다."

"거짓말!" 대령이 화를 내며 말했다. "너희는 모르겠나? 여기 하사는 볼셰비키야. 볼셰비키가 독일의 돈을 받고 움직인다는 건 모두가 알아!"

조금 전의 상병이 말했다. "누구를 믿어야 할지 어떻게 압니까? 하사님, 당신은 이렇게 말하고 대령님은 다른 말을 합니다."

"그러면 우리 두 사람 다 믿지 마." 그리고리가 말했다. "가서 직접 알아보라고." 그는 모여든 병사들 모두가 들을 수 있도록 목소리를 높였다. "학교에 숨어 있을 필요가 없어. 가장 가까운 공장에 가서 아무나 붙잡고 물어봐. 길에서 마주치는 병사들에게 물어보라고. 그러면 금방 진실을 알게 될 테니까."

상병이 고개를 끄덕였다. "좋은 생각이네요."

"그런 짓은 할 수 없어." 대령이 미친 사람처럼 화를 내며 말했다. "한 사람도 학교를 벗어나지 마라, 명령이다."

그건 큰 실수야. 그리고리는 생각했다. 그는 말했다. "여러분의 대령님께서는 여러분이 스스로 알아보길 원치 않습니다. 그게 바로 여러분에게 거짓말을 하고 있다는 증거 아닙니까?"

대령이 권총에 손을 대며 말했다. "그건 반란을 조장하는 발언이다, 하사."

병사들은 대령과 그리고리를 바라보았다. 위기의 순간이었다. 죽음이 그 어느 때보다 더 가까이 와 있었다.

불현듯 그리고리는 자기가 더 불리한 입장이라는 걸 깨달았다. 논쟁에 정신이 팔린 나머지 어떻게 마무리지어야 할지 미처 생각해두지 못했다. 어깨에 소총을 메고 있었지만 안전장치를 잠가둔 상태였다. 총을 어깨에서 내려 거추장스러운 안전장치를 풀고 사격 자세를 취하려면 몇 초는 걸릴 터였다. 대령이 훨씬 더 빨리 권총을 뽑아 쏠 수 있었다. 그리고리는 밀려오는 두려움에 돌아서서 달아나고 싶은 충동을 꾹 눌러 참았다.

"반란이요?" 그는 시간을 벌려고 말했다. 확신에 찬 목소리가 두려움 때문에 약해지지 않도록 애썼다. "해임된 장군이 수도를 향해 진격하고 있지만, 그가 지휘하는 부대는 적법한 정부를 공격하기를 거부한다면, 누가 반란인가요? 저는 장군이 반란을 일으켰다고 봅니다. 그리고 그에게 반역의 명령을 받아 수행하려는 장교들이 반란을 일으키는 겁니다."

대령이 권총을 뽑았다. "여기서 꺼져, 하사." 그는 다른 병사들을 향해 돌아섰다. "제군은 학교로 들어가 강당에 집합하라. 잊지 마. 군에서 명령 불복종은 범죄다. 그리고 즉결처분이 다시 실시되고 있어. 거부하는 자는 누구든 사살하겠다."

대령은 상병에게 권총을 겨누었다.

보아하니 병사들은 권위적이고 자신감 넘치고 무장을 한 장교의 말을 따르려는 참이었다. 이제 빠져나갈 방법은 하나뿐이야. 절망 속에서 그는 생각했다. 대령을 죽여야 했다.

방법이 있었다. 민첩하게 움직여야 했다. 하지만 해낼 수 있을 것 같았다.

판단이 틀렸다면 그는 죽은목숨이었다.

그는 왼쪽 어깨에 메고 있던 소총을 미끄러뜨리는 동시에 오른손으로 붙잡고 대령의 옆구리를 노려 최대한 세게 찔렀다. 긴 대검의 날카로운 칼끝이 군복 천을 꿰뚫었고 그리고리는 대검이 부드러운 배를 찌르는 걸 느꼈다. 대령은 고통스러운 비명을 질렀지만 쓰러지지는 않았다. 칼에 찔렸는데도 그는 몸을 돌렸고, 권총을 든 손이 원을 그리며 움직이기 시작했다. 그가 방아쇠를 당겼다.

총알은 엉뚱한 곳으로 날아갔다.

그리고리는 소총을 더욱 앞으로 밀며 위쪽 심장을 향해 대검을 깊이 찔러넣었다. 대령의 얼굴이 고통으로 일그러졌다. 입이 벌어졌지만 아무 소리도 나오지 않았다. 그는 여전히 권총을 꼭 쥔 채 쓰러졌다.

그리고리는 홱 대검을 뺐다.

대령의 권총이 손에서 떨어졌다.

메마른 운동장 잔디 위에서 조용한 고통 가운데 몸부림치며 죽어가는 장교를 모두가 바라보았다. 그리고리는 소총의 안전장치를 풀고 대령의 심장을 겨누어 총구를 가까이 대고 두 번 발사했다. 대령은 움직임을 멈추었다.

"당신이 말한 대로다, 대령." 그리고리가 말했다. "즉결처분이야."

V

피츠와 비는 비의 러시아인 하녀 니나와 피츠의 시종으로 젱킨스만 데리고 모스크바에서 기차를 탔다. 전직 권투 챔피언 젱킨스는 10미터 밖이 보이지 않을 만큼 약한 시력 때문에 입대를 거부당했다.

그들은 안드레이 왕자의 영지에 있는 작은 역인 불로브니르에 내렸다. 피츠가 고용한 전문가들은 안드레이에게 이곳에 목재소와 곡물 저장고, 제분소를 포함한 작은 마을을 건설하라고 조언했다. 하지만 아무것도 이루어지지 않았다. 농민들은 여전히 곡물을 생산하면 말과 수레에 싣고 30킬로미터나 떨어진 오래된 시장이 서는 마을로 가져갔다.

안드레이는 그들을 마중하기 위해 지붕 없는 마차를 역으로 보냈다. 무례한 마부는 젱킨스가 마차 뒤쪽에 커다란 가방들을 싣는 내내 멀뚱히 보고만 있었다. 마차를 타고 농지 가운데로 난 흙길을 달리는 동안, 피츠는 지난번 방문을 떠올렸다. 비 공주와 결혼해 새신랑으로 이곳에 왔던 그때는 마을 사람들이 길가에 서서 환영해주었다. 지금은 분위기가 달랐다. 들판에서 일하는 사람들은 마차가 지나가도 거의 고개를 들지 않았고, 마을에 들어서자 동네 사람들은 대놓고 등을 돌렸다.

이런 상황이 피츠는 짜증스럽고 불쾌했지만, 낮게 드리운 햇빛을 받아 버터처럼 노란색을 띤 오래된 석조 저택을 보니 그나마 기분이 나아졌다. 깔끔한 제복을 차려입은 하인 몇몇이 먹이를 보고 달려드는 오리떼처럼 현관문으로 몰려나와서 부산하게 움직이며 마차 문을 열고 짐을 들어 옮겼다. 안드레이의 집사인 게오르기는 피츠의 손등에 입을 맞추고 기계적으로 외운 게 틀림없는 영어 문장으로 말했다. "러시아의 집으로 돌아오신 걸 환영합니다, 피츠허버트 백작님."

러시아의 집들은 대개 으리으리하지만 낡았는데, 불로브니르의 저택 역시 예외가 아니었다. 천장이 높다란 홀은 새로 칠해야 했고, 값을 매길 수조차 없는 샹들리에에는 먼지가 앉았으며, 대리석 바닥에는 개가 오줌을 싼 흔적이 역력했다. 그들을 기다리는 안드레이 왕자와 발레리야 공주의 뒤쪽 벽에는 초상화 속 비의 조부가 인상을 찌푸린 채 준엄하게 그들을 내려다보고 있었다.

비는 달려가 안드레이를 껴안았다.

발레리야는 고전적인 미인으로, 단정한 얼굴에 검은 머리를 깔끔하게 땋아올렸다. 그녀는 피츠와 악수를 나누고 프랑스어로 말했다. "와줘서 고마워요. 두 분을 뵈니 정말 행복해요."

비가 눈물을 훔치며 오빠에게서 떨어지자 피츠는 안드레이와 악수했다. 안드레이는 왼손을 내밀었다. 재킷의 오른쪽 소매는 텅 빈 채 매달려 있었다. 병이라도 앓는 듯 창백하고 마른 그는 겨우 서른세 살밖에 되지 않았는데 검은 수염에 회색빛이 섞여 있었다. "자네를 보니 얼마나 마음이 놓이는지 모르겠군." 안드레이가 말했다.

피츠가 말했다. "뭐가 잘못되었습니까?" 두 사람은 서로 유창하게 대화가 가능한 프랑스어를 사용했다.

"도서관으로 가세. 비는 발레리야가 위층으로 데려갈 거야."

두 사람은 여자들과 헤어져 가죽장정본이 가득한 먼지투성이 방으로 들어섰다. 책을 그리 자주 읽는 것 같지는 않았다. "차를 내오라고 했어. 셰리가 없는 것 같아서."

"차도 좋습니다." 피츠는 편안하게 의자에 앉았다. 긴 여정 탓에 부상당한 다리가 아팠다. "무슨 일입니까?"

"무기 가지고 있나?"

"사실, 갖고는 있습니다. 군에서 쓰던 권총이 짐에 들었죠." 피츠는 1914년에 지급받은 웨블리 마크 V 권총을 갖고 있었다.

"그걸 바로 사용할 수 있도록 준비해두게. 나는 총을 항상 지니고 다닌다네." 안드레이는 재킷을 들어올려 허리에 찬 권총집을 보여주었다.

"왜 그러시는지 말씀해주셔야겠습니다."

"농민들이 토지위원회라는 걸 만들었네. 몇몇 사회혁명당 놈들에게 멍청한 이야기를 들은 거야. 내가 경작하지 않는 땅은 어디든 달라고 해서 자기들끼리 나누면 된다는 거지."

"예전에도 그런 일이 있지 않았나요?"

"우리 할아버지 시절에. 그때 농민 셋을 목매달아 죽였고, 그걸로 끝인 줄 알았지. 하지만 이 말도 안 되는 생각이 아직까지 숨어 있다가 오랜 세월이 지나고 나서 다시 싹튼 거야."

"이번에는 어떻게 했습니까?"

"훈계를 좀 하고 내가 그들을 독일놈들로부터 보호하려다 팔을 하나 잃었다며 보여주었지. 그랬더니 조용해지더군. 그러다 며칠 전, 군대에 입대했던 이 지역 사람 대여섯 명이 돌아왔어. 제대했다고 주장하지만 탈영한 것 같더군. 안타깝게도 확인해볼 수는 없었어."

피츠는 고개를 끄덕였다. 케렌스키 대공세*는 실패로 끝났고 오히려 독일과 오스트리아로부터 반격만 당했다. 러시아군은 지리멸렬하게 무너졌고 독일군은 이제 페트로그라드로 향하고 있었다. 전장에서는 수천 명의 러시아 병사가 달아나 걸어서 각자 고향으로 돌아갔다.

"그들은 쓰던 소총을 가져왔고 틀림없이 장교들로부터 훔쳤거나 독일군 포로들로부터 빼앗은 권총도 갖고 있었어. 어쨌든 놈들은 중무장한 상태에다 체제를 뒤엎으려는 생각마저 품었다고. 표도르 이고레비치라는 상병이 우두머리인 것 같더군. 녀석이 게오르기에게 말하길 자

---

* 1917년 7월에 있었던 러시아의 마지막 공격.

기는 묵히는 땅뿐 아니라 그 어떤 토지에 대해서도 내가 권리를 주장하는 걸 이해할 수 없다는 거야."

"그런 자들은 군대에서 뭘 배웠는지 모르겠군요." 피츠는 화를 내며 말했다. "군대라고 하면 대개 명령과 규율의 가치를 배울 거라고 생각하지요. 그런데 오히려 반대가 된 것 같으니 말입니다."

"아무래도 오늘 아침 드디어 문제가 터진 것 같아." 안드레이가 말했다. "표도르 상병의 동생인 이반 이고레비치가 소들을 몰고 내 땅에 와서 풀을 먹인 거야. 게오르기가 그걸 목격했고. 그래서 나는 게오르기를 데리고 녀석을 혼내주러 갔네. 녀석이 몰고 온 소들을 우리가 밖으로 밀어내던 참이었어. 녀석이 울타리 문을 막으면서 방해하는 거야. 내가 들고 있던 엽총 개머리판 끝으로 놈의 머리를 갈겼지. 이곳의 빌어먹을 소작농 녀석들은 머리가 모두 대포알처럼 단단한데, 이놈은 달랐어. 푹 쓰러지더니 죽어버렸단 말이야. 사회주의자 녀석들이 죽은 놈을 이용해서 사람들을 선동하고 있네."

피츠는 점잖게 혐오감을 감췄다. 그는 러시아 귀족들이 아랫사람을 툭하면 때리는 게 못마땅했고, 그로 인해 이런 불안한 사태가 벌어져도 놀랍지 않다는 생각이었다. "다른 사람에게는 말했습니까?"

"시내에 전갈을 보내 사건을 설명하고 경찰이나 군인을 좀 보내서 질서를 유지해달라고 했는데, 전갈을 가지고 갔던 자가 아직 돌아오지 않았네."

"그럼 지금으로서는 우리뿐이군요."

"맞아. 상황이 조금이라도 나빠지면 여자들을 탈출시켜야 할 것 같아."

피츠는 엄청난 충격을 받았다. 생각했던 것보다 훨씬 나쁜 상황이었다. 모두 죽을 수도 있었다. 러시아에 온 건 끔찍한 실수였다. 가능한 한 빨리 비를 피신시켜야 했다.

피츠는 일어섰다. 영국인이 위기 상황에서도 차분함을 잃지 않는 자신들의 성정을 종종 외국인에게 뽐낸다는 사실을 의식하며 말했다. "저녁식사를 위해 옷을 갈아입는 편이 좋겠군요."

안드레이는 피츠가 묵을 방으로 안내해주었다. 저녁에 입을 옷은 젱킨스가 꺼내 다려둔 상태였다. 피츠는 옷을 벗기 시작했다. 바보가 된 기분이었다. 그는 비와 스스로를 위험에 몰아넣었다. 러시아가 처한 상황에 대해 유용한 정보를 얻을 수는 있겠지만 그가 작성할 보고서가 이런 위험을 감수할 만큼의 가치가 있는 건 절대 아니었다. 그는 아내의 말에 넘어가 이런 일을 당하고 말았다. 아내 말을 들으면 늘 이런 식이었다. 그는 아침이 되면 첫 기차를 타고 떠나기로 결심했다.

권총은 옷장 위에 커프스단추와 함께 놓여 있었다. 피츠는 총이 잘 작동하는지 확인하고 탄창을 열어서 455구경 실탄을 채워넣었다. 야회복에는 권총을 넣을 데가 없었다. 결국 바지 주머니에 넣었더니 보기 흉하게 툭 튀어나왔다.

그는 젱킨스를 불러 벗은 옷을 정리하라고 한 다음 비의 방으로 향했다. 그녀는 속옷 차림으로 거울 앞에 서서 목걸이를 걸어보고 있었다. 평소보다 더 풍만해 보였는데, 가슴과 엉덩이에 조금 살이 찐 것 같았다. 불현듯 아내가 임신한 게 아닐까 궁금해졌다. 오늘 아침 모스크바에서 그녀가 기차역으로 가는 동안 자동차에서 욕지기로 고생했다는 사실이 떠올랐다. 아내가 처음 임신했을 무렵이 기억났다. 지금 생각하니 최고의 순간이었던 그 시절, 전쟁도 없고 그에게는 비와 에설이 있던 그때가 머릿속에 떠올랐다.

피츠는 내일 아침 떠나야 한다고 아내에게 말하려다가 창밖을 내다보고는 우뚝 멈춰 섰다.

저택 정면에 위치한 비의 방에서는 정원 너머로 가장 가까운 마을과 이어지는 들판이 내다보였다. 피츠의 눈에 띈 것은 우르르 몰려오는 사람들이었다. 불길한 예감이 강하게 든 피츠는 창가로 다가가 정원 너머를 바라보았다.

백 명쯤 되어 보이는 농민이 정원을 가로질러 저택으로 다가오고 있었다. 아직 대낮이었지만 횃불을 든 사람도 많았다. 몇 명은 소총을 들고 있었다.

피츠가 말했다. "이런, 빌어먹을."

비는 깜짝 놀랐다. "피츠! 제가 여기 있는 거 잊었어요?"

"이걸 봐."

비는 헉하고 놀랐다. "아, 안 돼!"

피츠는 소리를 질렀다. "젱킨스! 젱킨스, 거기 있나?" 옆방으로 통하는 문을 열자 피츠가 벗어놓은 옷을 옷걸이에 걸던 젱킨스가 깜짝 놀란 표정으로 서 있었다. "우리는 심각한 위험에 처했다." 피츠가 말했다. "오 분 안으로 떠나야 해. 마구간으로 달려가 마차와 말을 준비하고 최대한 빨리 부엌으로 통하는 문 앞에 대기시켜."

젱킨스는 옷을 바닥에 던지고 뛰쳐나갔다.

피츠는 비에게 돌아섰다. "아무 겉옷이나 걸치고, 밖에서 신을 만한 신발도 챙겨. 뒤쪽 계단을 통해 부엌으로 가서 나를 기다려."

대견하게도 그녀는 히스테리를 부리지 않았다. 그저 피츠가 시키는 대로 움직였다.

피츠는 방에서 나와 절뚝거리며 최대한 빨리 안드레이의 침실로 향했다. 처남도 발레리야도 보이지 않았다.

아래층으로 내려갔다. 게오르기와 남자 하인 몇 명이 겁에 질린 표정으로 홀에 모여 있었다. 피츠 역시 겁이 났지만 겉으로 드러나지 않기를 바랐다.

피츠는 응접실에 있는 왕자와 그의 아내를 발견했다. 뚜껑을 연 샴페인 병이 얼음통에 담겨 있고 샴페인을 따라둔 잔도 두 개 보였지만 마시지는 않았다. 안드레이는 난로 앞에, 발레리야는 창가에 서서 다가오는 사람들을 바라보고 있었다. 피츠는 발레리야 옆에 가서 섰다. 농민들은 거의 저택 앞까지 다가와 있었다. 몇 명은 무기를 들었고 나머지 대부분은 칼과 망치, 커다란 낫을 들고 있었다.

안드레이가 말했다. "게오르기가 대화를 해볼 거야. 만일 실패하면 내가 직접 나서야지."

피츠가 말했다. "이런, 세상에. 안드레이, 대화로 해결할 때는 이미 지났어요. 지금 떠나야 합니다."

안드레이가 뭐라고 대답하기도 전에 홀에서 고성이 들려왔다.

피츠는 문가로 가 문을 조금 열어보았다. 게오르기가 키가 크고 젊어 보이는 농민과 말다툼을 벌이고 있었다. 무성한 콧수염이 뺨까지 뻗친 젊은 그 남자가 바로 표도르 이고레비치인가보다고 피츠는 생각했다. 여자 몇 명을 포함해 많은 사람이 둘을 에워싸고 있었는데, 일부는 횃불을 들고 있었다. 현관으로 더 많은 사람이 밀려들어왔다. 그들이 쓰는 지방 사투리를 알아들을 수는 없었지만 여러 번 반복해서 외치는 똑같은 한 구절은 이해할 수 있었다. "반드시 왕자와 이야기하겠다!"

안에서 그 말을 들었는지 안드레이가 피츠를 지나쳐서 홀에 나섰다. 피츠는 말했다. "안 돼—" 하지만 이미 너무 늦었다.

안드레이가 야회복 차림으로 나타나자 사람들은 야유를 보내며 소리 질렀다. 안드레이는 목소리를 높여 말했다. "모두 당장 조용히 돌아간다면 끔찍한 처벌은 내리지 않을 수도 있다."

표도르가 쏘아붙였다. "끔찍한 일을 당하는 건 너야. 넌 내 동생을 죽였어!"

피츠는 발레리야가 조용히 하는 말을 들었다. "내 자리는 남편 옆이에요." 미처 말리기도 전에 그녀 역시 홀로 나가버리고 말았다.

안드레이가 말했다. "나는 이반을 죽일 생각이 없었다. 그가 법을 어기지 않고 왕자인 나를 거역하지 않았다면 지금도 살아 있었을 것이다!"

표도르는 재빠른 동작으로 소총을 거꾸로 들더니 개머리판으로 안드레이의 얼굴을 후려쳤다.

안드레이는 한 손을 뺨에 대고 비틀거리며 물러섰다.

농민들이 환호했다.

표도르가 소리질렀다. "너도 이반에게 이렇게 했지!"

피츠는 권총으로 손을 뻗었다.

표도르가 소총을 머리 위로 들어올렸다. 얼어붙은 듯한 한순간, 모신 나강 소총이 마치 사형집행인의 도끼처럼 허공에서 빙글 돌았다. 그러더니 그가 소총을 강력하게 아래로 휘둘러 안드레이의 정수리를 때렸다. 소름끼치는 소리가 났고, 안드레이는 쓰러졌다.

발레리야가 비명을 질렀다.

절반쯤 닫힌 문 뒤로 몸을 숨긴 피츠는 권총 왼쪽에 달린 안전장치를 풀고 표도르를 겨누었다. 하지만 그의 목표물 주위로 농민들이 몰려들었다. 사람들은 의식을 잃은 채 바닥에 쓰러진 안드레이를 발로 차고 주먹으로 때렸다. 발레리야는 남편을 일으키려 했지만 사람들을 헤치고 들어가지 못했다.

누군가 엄격한 모습의 비 조부의 초상화를 커다란 낫으로 찌르더니 캔버스를 갈기갈기 찢어버렸다. 한 남자가 엽총을 발사하자 샹들리에가 쨍그랑 소리를 내며 산산조각났다. 한쪽의 커튼이 화르르 불타오르기 시작했다. 누군가 횃불로 불을 붙인 게 분명했다.

피츠는 전장에서의 경험을 통해 용기를 발휘하는 데도 차분한 계산이 필요하다는 걸 배웠다. 혼자 힘으로는 폭도에게서 안드레이를 구해낼 수 없었다. 하지만 발레리야는 구할 수도 있을 것 같았다.

그는 권총을 주머니에 넣었다.

홀에 들어섰다. 모든 사람의 관심은 쓰러진 왕자에게 쏠려 있었다. 발레리야는 몰려선 사람들 바깥쪽에 서서 자기 앞 농민들의 어깨를 헛되이 주먹으로 때리고 있었다. 피츠는 그녀의 허리를 붙잡아 안아올린 다음 다시 응접실로 돌아왔다. 다친 다리에 무게가 실리자 불에 덴 듯 아팠지만, 그는 이를 악물었다.

"놔요!" 발레리야가 소리쳤다. "안드레이를 도와야 해요!"

"안드레이는 이제 늦었어요!" 피츠가 말했다. 그는 자세를 바꿔 발레리야를 어깨에 들쳐메고 다리에 가해지는 부담을 줄였다. 그러는 사이 총알 하나가 날아와 바람을 느낄 수 있을 만큼 가까이 스쳐갔다. 뒤돌아보니 군복을 입은 병사가 웃으며 권총을 겨누고 있는 모습이 보였다.

두번째 총소리가 들리고 뭔가 충격이 느껴졌다. 잠시 맞았다고 생각했지만 고통은 없었다. 그는 식당으로 연결된 문으로 달려갔다.

병사의 외침이 들렸다. "여자가 달아난다!"

피츠가 문을 박차고 들어서는 순간, 또다시 총알이 날아와 문틀에 박혔다. 권총 사격을 연습할 일이 없는 일반 사병이라면 권총이 소총보다 얼마나 적중률이 떨어지는지 전혀 모르는 경우가 많다. 부유한 귀족 네 사람 몫의 저녁식사를 은과 크리스털 식기에 가지런하게 차려둔 식탁 옆을 피츠는 절뚝거리며 지났다. 뒤에서 몇 사람이 쫓아오는 소리가 들렸다. 식당 끝에 부엌으로 통하는 문이 보였다. 피츠는 좁은 통로를 따라 부엌으로 들어섰다. 요리사 하나와 부엌일을 하는 하녀 몇 명이 손을 멈추고 겁에 질린 채 서성거리고 있었다.

추격자들은 바로 뒤에 있었다. 그들이 제대로 쏘기만 한다면 그는 죽은 목숨이었다. 추격을 늦출 수 있도록 뭔가 조치를 취해야 했다.

피츠는 발레리야를 내려놓았다. 비틀거리는 발레리야의 옷에 피가 묻어 있었다. 총에 맞았지만 그녀는 아직 살아 있었고 의식도 있었다. 피츠는 그녀를 의자에 앉히고 복도를 향해 돌아섰다. 웃는 얼굴의 병사가 뛰어오며 아무렇게나 총질을 해대고 있었고, 그뒤 좁은 공간을 따라 여러 명이 한 줄로 그를 따르고 있었다. 그들 뒤로 보이는 식당과 응접실에서 불길이 일어나는 게 보였다.

피츠는 웨블리 권총을 뽑았다. 연발권총이라 공이치기를 뒤로 당길 필요가 없었다. 아프지 않은 다리에 무게를 싣고 달려오는 병사의 복부를 조심스럽게 겨냥했다. 방아쇠를 당기자 총탄이 발사되었고, 그는 피츠의 앞쪽 대리석 바닥에 쓰러졌다. 부엌에 있던 여자들이 공포에 질려 비명을 질렀다.

피츠는 즉시 다음 남자를 향해 다시 한 발을 발사했고 그도 쓰러졌다. 세번째 남자를 향해 세번째 총알을 날리자 이번에도 결과는 같았다. 네번째 남자는 몸을 돌려 식당으로 달아났다.

피츠는 부엌으로 들어오는 문을 닫았다. 뒤쫓아오던 자들은 이제 피츠가 숨어서 기다리고 있는지 확인해볼 방법을 궁리하며 머뭇거릴 터였고, 그 정도면 필요한 시간을 벌 수 있었다.

발레리야를 다시 안았다. 그녀는 서서히 의식을 잃고 있었다. 처음 들어와보는 부엌이었지만 피츠는 뒤쪽을 향해 움직였다. 좁은 복도를 지났더니 창고와 세탁실이 나왔다. 어느 문을 여니 마침내 집밖으로 이어졌다.

숨을 헐떡이며 밖으로 나왔다. 다친 다리가 미치도록 아팠다. 마차가 기다리고 있었고 마부석에는 젱킨스가, 마차 안에는 비가 니나와 함께 앉아 있었다. 비는 하염없이 눈물을 쏟아냈다. 마구간에서 일하는 어린 소년이 겁에 질린 표정으로 말고삐를 붙잡고 서 있었다.

피츠는 정신을 잃은 발레리야를 되는대로 마차에 태우고 자신도 올라타면서 젱킨스에게 소리질렀다. "가! 출발해!"

젱킨스가 말에 채찍질을 하자 마구간 소년이 펄쩍 뛰듯 옆으로 비켜났고, 마차는 달리기 시작했다.

피츠는 비에게 말했다. "당신 괜찮아?"

"아뇨, 하지만 살아 있고 다치지도 않았어요. 당신은……?"

"안 다쳤어. 하지만 당신 오빠가 무사한지는 모르겠군." 사실 지금쯤이면 안드레이는 죽었을 게 뻔했지만, 아내에게는 그렇게 말하고 싶지 않았다.

비는 발레리야를 바라보았다. "어떻게 된 거죠?"

"총에 맞은 게 분명해." 피츠는 발레리야를 자세히 살펴보았다. 얼굴이 백지장인 발레리야는 미동도 없었다. "이런, 맙소사." 그가 말했다.

"죽었군요. 그렇죠?" 비가 말했다.

"당신 용감해져야 해."

"그럴 거예요." 비는 죽은 올케의 손을 잡았다. "가엾은 발레리야."

마차는 길을 따라 달리며 비의 아버지가 죽고 그녀의 어머니가 과부로 살았던 작은 집 앞을 지나쳤다. 피츠는 대저택을 돌아보았다. 부엌으로 통하는 뒷문을 뛰쳐나온 몇 사람이 낙담하는 모습이 보였다. 그중하나가 소총을 겨누자, 피츠는 비에게 머리를 숙이게 하고 그도 몸을 웅크려 피했다.

다시 뒤돌아봤을 때는 소총의 사정거리를 벗어난 뒤였다. 저택의 문마다 농민들과 하인들이 쏟아져나오고 있었다. 창문들이 이상하리만치환해서 피츠는 저택이 불타고 있다는 걸 알아차렸다. 그가 보고 있는가운데 현관문으로 연기가 뿜어져나왔고, 열린 창문에서 오렌지색 불길이 날름거리더니 불꽃이 벽을 타고 오르기 시작했다.

그 순간 마차는 언덕을 넘어 내리막길을 달리기 시작했고, 오래된 저택은 시야에서 사라졌다.

28장
1917년 10월과 11월

I

발터는 화를 내며 말했다. "홀첸도르프 제독은 오 개월만 지나면 영국이 굶주림에 허덕일 거라고 장담했습니다. 그게 벌써 구 개월 전이에요."

"그건 실수였어." 발터의 아버지가 대답했다.

발터는 비웃으며 대꾸하고 싶은 마음을 눌러 참았다.

그들은 베를린의 외무부 건물 오토의 사무실에 있었다. 오토는 커다란 책상 뒤 나무를 깎아 만든 의자에 앉아 있었다. 그의 뒤쪽 벽에는 현 황제의 할아버지인 카이저 빌헬름 1세의 그림이 걸려 있었다. 베르사유 궁전 거울의 방에서 독일의 황제가 되었음을 선포하는 모습이었다.

발터는 아버지의 어설픈 변명에 더욱 화가 치밀었다. "제독은 미국인들이 유럽에 못 올 거라고 장교로서 약속했습니다. 우리 정보부에 따르면 6월에 만사천 명의 미국인이 프랑스에 상륙했습니다. 장교로서의 약속은 무슨!"

그 말이 오토를 자극했다. "그는 조국을 위해 최선이라고 생각한 걸 했을 뿐이야." 그는 화를 내며 말했다. "뭘 더 할 수 있었겠어?"

발터는 목소리를 높였다. "뭘 더 할 수 있었느냐고요? 잘못된 약속을 하지 말았어야죠. 확실히 모를 때는 확실히 아는 것처럼 말해선 안 되는 겁니다. 진실을 말하든지, 아니면 멍청한 입을 닥치고 있었어야죠."

"홀첸도르프는 할 수 있는 최선의 조언을 한 거야."

이런 식으로 다퉈봐야 별 의미가 없다는 사실에 발터는 더 미칠 것 같았다. "그런 겸손은 일이 터지기 전이나 적절한 겁니다. 하지만 그때는 전혀 겸손하지 않았죠. 아버지도 거기 플레스 성에 계셨잖아요. 그때 어땠는지 아실 겁니다. 홀첸도르프는 약속을 했어요. 그는 카이저를 호도한 겁니다. 그는 우리와 맞서 싸우도록 미국을 전쟁에 끌어들였어요. 자신이 모시는 군주에게 이보다 더 나쁜 행위는 없다고요!"

"그가 사임하기를 바라나보구나. 하지만 그렇다고 그 자리를 누가 채우겠니?"

"사임이요?" 발터는 분노를 터뜨렸다. "그가 권총을 입에 물고 방아쇠를 당겼으면 좋겠어요."

오토는 무거운 표정을 지었다. "그런 끔찍한 말은 입에 담지 마라."

"그 바보가 잘난 체하는 바람에 죽은 병사들을 생각하면, 그것도 가벼운 처사입니다."

"너희 젊은 애들은 상식이 없어."

"지금 저한테 상식 운운하시는 겁니까? 아버지와 아버지 세대는 독일을 전쟁으로 끌고 들어갔어요. 그 전쟁이 독일을 불구로 만들고 수백만 명을 죽였습니다. 삼 년이 지난 지금도 우리는 여전히 승리를 거두지 못했어요."

오토는 고개를 돌렸다. 독일이 아직 전쟁에서 이기지 못했다는 사실은 부정할 수 없었기 때문이다. 양측은 프랑스에서 교착상태를 이어가고 있었다. 무제한 잠수함전은 연합국의 보급로를 막는 데 실패했다. 그사이 영국 해군은 해상봉쇄를 통해 독일 국민들을 서서히 기아 속으로 몰아넣고 있었다. "기다리면서 페트로그라드에서 무슨 일이 벌어지는지 봐야지." 오토가 말했다. "러시아가 전쟁에서 빠지면 균형이 깨지겠지."

"바로 그렇습니다." 발터가 말했다. "이제 모든 건 볼셰비키에게 달렸어요."

II

10월 초, 그리고리와 카테리나는 산파를 만나러 갔다.

그리고리는 이제 거의 매일 밤을 푸틸로프 공장 근처의 방 한 칸짜리 아파트에 와서 가족과 함께 보냈다. 잠자리는 하지 않았다. 카테리나가 불편해했기 때문이다. 그녀의 배는 어마어마하게 불렀다. 피부가 축구공처럼 팽팽했고 오목하던 배꼽은 툭 튀어나왔다. 그리고리는 임신한 여자와 가까이하는 게 처음이라 두렵기도 하고 가슴 떨리도록 흥분되기도 했다. 모든 게 정상이라는 걸 알았지만, 그럼에도 아기의 머리가 그가 사랑해 마지않는 좁은 통로를 무지막지하게 벌리며 나올 걸 생각하면 무서웠다.

그들은 콘스탄틴의 아내이자 산파인 마그다의 집으로 출발했다. 블라디미르는 그리고리가 목말을 태웠다. 아이는 이제 세 살이 다 되었지만 그리고리는 여전히 아이를 가뿐히 안고 다녔다. 이제 아이도 개성이 드러나고 있었다. 어리긴 해도 똑똑하고 성실한 모습은 매력적이고 제

멋대로였던 아버지 레프보다는 그리고리를 더 닮았다. 아이는 혁명과
도 같아. 그리고리는 생각했다. 일단 시작되고 나면 어떤 식으로 펼쳐
지도록 통제할 수가 없지.

코르닐로프 장군의 반혁명 시도는 시작하기도 전에 분쇄되고 말았
다. 철도노동자조합은 코르닐로프의 병력 대부분을 페트로그라드에서
멀리 떨어진 역 측선으로 몰아넣고 꼼짝 못하게 했다. 그나마 도시 가
까이 접근한 부대는 볼셰비키 당원들이 직접 만나 그리고리가 학교에
서 했던 것처럼 진실을 알려주었다. 그러면 병사들은 음모를 꾸미던 장
교들을 공격해 총살했다. 코르닐로프도 체포되어 갇힌 신세였다.

그리고리는 코르닐로프의 반혁명군을 돌려보낸 사람으로 알려졌다.
과장된 소문이라고 말했지만 그런 겸손이 오히려 그의 위상을 더 높여
주었다. 그는 볼셰비키 중앙위원회 위원으로 선출되었다.

트로츠키는 감옥에서 풀려났다. 볼셰비키는 모스크바 선거에서 51퍼
센트의 지지를 얻었다. 당원 수도 삼십오만 명에 달했다.

그리고리는 총체적 재앙을 포함해 무슨 일이 생길지 모른다는 걱정
에 젖어서 살았다. 혁명은 언제든지 무너질 수 있었다. 그는 그런 상황
이 두려웠다. 그렇게 되면 그의 아이가 더 나을 게 없는 러시아에서 자
랄 것이기 때문이다. 그리고리는 어렸을 적 벌어졌던 중요한 사건들을
돌아보았다. 아버지가 교수형을 당한 일, 겨울궁전 밖에서 어머니가 죽
은 일, 사제가 어린 레프의 바지를 벗기던 일, 푸틸로프 공장의 연마기
에 매달려 작업했던 일까지. 아이에게는 다른 삶이 있었으면, 바라는
마음이었다.

"레닌은 무장폭동을 일으키자고 해." 그는 마그다의 집으로 가면서
카테리나에게 말했다. 레닌은 도시 밖에 숨어 있었지만, 끝없이 분노에
찬 편지를 보내면서 당이 행동에 나설 것을 주장했다.

"그 사람이 옳은 것 같아요." 카테리나가 말했다. "민주주의를 말하면서 빵 가격은 어쩌지도 못하는 정부에 모두 신물을 내고 있어요."

평소처럼 카테리나는 페트로그라드 노동자 대부분의 생각을 말했다.

그들을 기다리고 있던 마그다가 차를 내왔다. "설탕이 없어서 미안해요." 그녀가 말했다. "몇 주 동안 도무지 설탕을 구할 수 없네요."

"이제 더는 견디며 기다릴 수 없어요." 카테리나가 말했다. "무거운 몸을 이끌고 다니느라 정말 피곤해요."

마그다는 카테리나의 배를 만져보더니 이 주는 더 있어야 한다고 말했다. 카테리나가 말했다. "블라디미르를 낳았을 때는 정말 힘들었어요. 친구도 없고, 산파는 크세니야라고 무표정한 시베리아 여자였죠."

"아는 사람이에요." 마그다가 말했다. "일은 잘해요. 좀 무뚝뚝해서 그렇지."

"그러게요."

콘스탄틴은 스몰니 학원으로 나가려던 참이었다. 소비에트 회의가 매일 열리는 건 아니었지만 위원회와 특별 모임은 계속 회의가 있었다. 케렌스키의 임시정부는 너무 약해졌고 자연스럽게 소비에트가 권위를 얻고 있었다. "레닌이 시내로 돌아왔다는 소리가 있더군." 콘스탄틴이 그리고리에게 말했다.

"그래, 어젯밤에 돌아왔지."

"어디 머물고 있지?"

"그건 비밀이야. 경찰이 여전히 그를 체포하려고 난리니까."

"왜 돌아온 거야?"

"내일이면 알게 되겠지. 그가 중앙위원회 회의를 소집했어."

콘스탄틴은 시내로 가는 전차를 타러 갔다. 그리고리는 카테리나와 함께 집으로 왔다. 그리고리가 부대로 돌아가려는데 카테리나가 말했다. "마그다가 옆에 있을 거라고 생각하니 훨씬 기분이 나아졌어요."

"잘됐군." 그리고리는 여전히 출산이 무장봉기보다 더 위험하게 느껴졌다.

"그리고 당신도 있을 거고요." 카테리나가 덧붙였다.

"애 낳는 방안에 있을 건 아니야." 그리고리가 긴장한 듯 말했다.

"그럼요, 그건 아니죠. 하지만 당신이 밖에서 서성거리고 있기만 해도 난 안전하다는 느낌이 들 거예요."

"좋아."

"옆에 있어줄 거죠?"

"그럼. 무슨 일이 있어도 옆에 있을게."

한 시간 후 도착한 부대는 온통 혼란에 빠져 있었다. 연병장에서 장교들이 무기와 탄약을 트럭에 실으려고 애쓰고 있었지만, 제대로 되지는 않았다. 모든 대대의 병사위원회는 회의를 하고 있거나 준비중이었다. "케렌스키가 마침내 일을 저질렀어!" 이사크가 의기양양하게 말했다. "우리를 전선으로 보낸다는 거야."

그리고리는 가슴이 철렁 내려앉았다. "누굴 보내?"

"페트로그라드 수비대 전체를 말이야! 명령이 이미 내려왔어. 전선에 있는 부대와 교대하래."

"이유가 뭐지?"

"독일군이 진격해와서 그렇다더군." 독일군은 리가 만의 섬들을 점령한 뒤 페트로그라드를 향해 움직이고 있었다.

"말 같지도 않은 소리." 그리고리가 화를 냈다. "이건 소비에트를 약화시키려는 짓이야." 곰곰이 생각해보니 정말 영리한 시도였다. 페트로그라드에 원래 있던 부대들이 떠나고 그 자리를 전선에서 돌아온 다른 부대들이 대신한다면 새롭게 병사위원회를 구성하고 소비에트 대표를 선출하는 데만 며칠에서 몇 주가 걸릴지 몰랐다. 더 심각한 건, 지난 육 개월 동안의 정치적 싸움을 경험하지 못한 새로운 병사들이 모든 걸 처음부터 다시 겪어야 한다는 사실이었다. "병사들은 뭐래?"

"화가 났지. 다들 케렌스키가 휴전하길 바라지, 자기들을 사지로 보내는 걸 바라진 않아."

"그래서 페트로그라드를 떠나지 않으려고 할까?"

"몰라. 소비에트에서 병사들을 지원해주면 도움이 될 것 같아."

"그건 내가 알아서 하지."

그리고리는 장갑차를 한 대 준비해 두 병사를 경호원 삼아 대동하고 리테이니 다리를 건너 스몰니로 향했다. 퇴보하는 듯 보이는 상황이지만 오히려 기회로 바뀔 가능성이 높았다. 지금까지는 모든 병사가 볼셰비키를 지지하는 건 아니었다. 하지만 케렌스키가 그들을 전선으로 내몰려 한다면 그동안 마음을 못 정했던 병사들도 넘어올 터였다. 생각하면 할수록 이번 일은 케렌스키의 큰 실수라는 믿음이 생겼다.

스몰니 학원은 부잣집 딸들을 위한 학교로 사용하던 웅장한 건물이었다. 그리고리의 부대에서 가져온 기관총 두 정이 입구를 지키고 있었다. 적위대는 드나드는 모든 이의 신원을 확인하려 했지만 워낙 인원이 많아서 철저하지 못했고, 그리고리는 그 점이 불안했다.

학원 마당은 정신없이 바쁘게 움직이고 있었다. 장갑차, 오토바이, 트럭, 자동차 들이 세울 자리를 잡느라 끝없이 경쟁적으로 오갔다. 줄지어 선 아치와 오래된 기둥 사이로 폭이 넓은 계단이 이어졌다. 그리고리가 위층으로 올라가보니 소비에트 집행위원회가 회의중이었다.

멘셰비키는 페트로그라드 수비대 병사들에게 전선으로 이동할 준비를 하라고 요구했다. 언제나 그랬듯 그리고리는 역겹다는 생각이 들었다. 멘셰비키는 싸워보지도 않고 굴복하고 있었다. 문득 혁명의 물결에서 밀려나는 게 아닌가 하는 두려움이 몰려와 괴로웠다.

그리고리는 집행위원회에 속한 다른 볼셰비키 당원과 함께 좀더 과격한 결의안을 만들어내기 위해 회의장으로 들어갔다. "페트로그라드를 독일군으로부터 지키는 유일한 길은 노동자들을 동원하는 것뿐입니다." 트로츠키가 말했다.

"코르닐로프 반란 때처럼 하면 됩니다." 그리고리는 열을 내며 찬성했다. "이 도시를 방어할 책임을 맡을 투쟁위원회가 필요합니다."

트로츠키가 종이에 뭐라고 쓰더니 안건을 발의하기 위해 일어섰다.

멘셰비키들은 불같이 화를 냈다. "원래 사령부가 있는데 두번째 군사 지휘본부를 만들겠다는 겁니까?" 마르크 브로이도가 말했다. "두 상관을 따를 자는 없습니다."

그리고리는 구역질이 날 것 같았지만 대부분의 위원이 그 의견에 동조했다. 결국 멘셰비키의 안건이 통과되고 트로츠키는 지고 말았다. 그리고리는 비통한 심정으로 회의장을 나왔다. 소비에트에 대한 병사들의 충성이 저런 방해를 이겨낼 수 있을까?

그날 오후 볼셰비키는 학원 36호실에서 만나 이번 결정을 받아들일 수 없다고 결의했다. 그리고 그날 밤 소비에트 전체 회의에서 다시 안건을 발의하기로 했다.

두번째 회의에서는 볼셰비키가 투표에서 이겼다.

그리고리는 안도했다. 소비에트는 병사들을 지지했고, 따로 지휘본부를 세웠다.

그들은 권력을 향해 크게 한 걸음 더 내디뎠다.

III

다음날 그리고리와 다른 볼셰비키 지도자들은 낙관적인 기분으로 한두 사람씩 조용히 스몰니를 빠져나와 그길로 비밀경찰의 관심을 끌지 않도록 조심하면서 당 중앙위원회 회의를 열기 위해 동지인 갈리나 플락세르만의 커다란 아파트로 향했다.

그리고리는 회의를 앞두고 긴장해 일찍 도착했다. 건물 주위를 돌면서 경찰 정보원으로 보이는 자들이 어슬렁거리지 않는지 살폈지만 의심스러운 자는 없었다. 건물 안으로 들어간 그리고리는 출입구 세 개를 미리 둘러보고 가장 빨리 빠져나갈 수 있는 곳을 미리 알아두었다.

볼셰비키 당원들은 커다란 식탁을 둘러싸고 앉았다. 많은 사람이 일종의 제복이 되다시피 한 가죽코트를 입고 있었다. 레닌은 없었지만 그를 빼고 회의가 시작되었다. 그리고리는 레닌 때문에 초조했다. 체포당했을 수도 있었다. 하지만 레닌은 열시에 도착했다. 변장하느라 쓴 가발이 자꾸 흘러내려 우스꽝스러워 보이기까지 했다.

하지만 그가 제안하는 안건은 웃어넘길 수 없었다. 그는 볼셰비키의 주도하에 무장봉기를 일으켜 임시정부를 전복하고 권력을 잡아야 한다고 주장했다.

그리고리는 신이 났다. 물론 모두 무장봉기를 원했지만 대부분의 혁명가는 아직 때가 무르익지 않았다고 했다. 그런데 마침내 가장 강력한 인물이 때가 왔다고 말하고 있었다.

레닌은 한 시간 동안 발언했다. 늘 그렇듯 거친 태도로 탁자를 내리치며 소리지르고 자기 의견에 동조하지 않는 사람들을 모욕했다. 그런 태도는 그에게 불리하게 작용했다. 누구나 무례한 자에게는 표를 주고 싶지 않은 법이다. 하지만 그럼에도 그는 설득력이 있었다. 지식이 방대했고 정치적 직감은 틀린 적이 없었다. 망치로 후려갈기듯 논리적으로 언쟁을 벌일 때면 그에 맞서 반대할 수 있는 사람은 거의 없었다.

그리고리는 처음부터 레닌의 편이었다. 중요한 것은 권력을 잡아 혼란을 마무리하는 거라고 생각했다. 다른 모든 문제는 나중에 해결할 수 있었다. 그러나 다른 사람들이 동의할까?

지노비예프가 반대하고 나섰다. 본래는 잘생긴 얼굴인데 경찰의 눈을 피하기 위해 생김새를 바꿨다. 수염을 기르고 풍성하게 자란 검은 곱슬머리를 짧게 깎은 모습이었다. 그는 레닌의 전략이 너무 위험하다고 했다. 봉기를 하면 우익에게 군사 쿠데타를 일으킬 명분을 줄까 우려된다는 것이었다. 그래서 볼셰비키 당이 제헌의회를 위한 선거에서 승리하는 데 집중하기를 바란다고 했다.

소심한 그의 주장에 레닌은 불같이 화를 냈다. "임시정부는 절대 전국선거를 실시하지 않을 거라니까!" 레닌이 말했다. "그렇게 생각하지 않는 자는 바보에 얼간이야."

트로츠키와 스탈린은 봉기에 찬성했지만, 열흘만 지나면 시작하는 전국 소비에트 대회를 기다리자는 트로츠키의 의견은 레닌을 화나게 했다.

그리고리는 트로츠키의 생각이 마음에 들었다. 트로츠키는 늘 합리적이었다. 하지만 레닌은 놀랍게도 고함을 질렀다. "아니야!"

트로츠키가 말했다. "우리가 대표단에서 다수를 차지할 가능성이 높고—"

"만일 의회가 정부를 구성하게 되면 세력 사이에 연합이 나타나게 마련이죠!" 레닌은 화를 내며 말했다. "볼셰비키는 정부가 중도주의를 따르도록 인정했습니다. 반혁명적인 배신자가 아니라면 누가 그런 걸 바랐겠습니까?"

트로츠키는 모욕감에 얼굴을 붉혔지만 아무 말도 하지 않았다.

그리고리는 레닌의 말이 옳다는 걸 깨달았다. 늘 그랬듯 레닌은 다른 누구보다도 더 멀리까지 내다보고 고민했다. 정파 간 연합이 벌어지면 멘셰비키는 다른 무엇보다 먼저 수상 자리에 중도파 인사를 앉히려 할 것이다. 그리고 레닌만 아니라면 누구든 상관없을 터였다.

레닌이 수상이 될 길은 쿠데타뿐이라는 걸 그리고리는 깨달았다. 아마 위원회에 참석한 나머지도 이제 알아차린 모양이었다.

그들은 새벽이 될 때까지 격렬하게 다투었다. 결국 투표를 통해 10 대 2로 봉기가 결정났다.

하지만 레닌은 모든 걸 자기 뜻대로만 하지는 않았다. 쿠데타를 일으킬 날짜는 정하지 않았다.

회의가 끝나자 갈리나가 배고픈 혁명가들을 위해 사모바르에 물을 끓이고 치즈와 소시지, 빵을 내왔다.

IV

안드레이 왕자의 영지에서 살던 어린 시절, 그리고리는 사슴 사냥이 절정에 달했던 순간을 직접 본 적이 있다. 사냥개들이 수사슴 한 마리를 마을 입구에서 붙잡아 모두 구경하러 갔다. 그리고리가 도착했을 때 사슴은 죽어가고 있었다. 이미 사냥개들이 찢긴 사슴의 배에서 쏟아져 나온 창자를 게걸스레 먹어치우고 있었고, 사냥꾼들은 말에 탄 채 축하의 의미로 브랜디를 벌컥벌컥 마시는 중이었다. 하지만 그때도 불쌍한 수사슴은 마지막 반격을 하려고 애썼다. 사슴은 거대한 뿔을 휘둘러 개 한 마리를 찌르고 또다른 개를 난도질했다. 그리고 순간이긴 했지만 버둥거리며 일어서려는 것처럼 보이기도 했다. 그러더니 결국 피로 물든 땅바닥에 쓰러져 눈을 감고 말았다.

그리고리가 보기에는 임시정부의 지도자인 케렌스키 수상이 바로 그 수사슴 같았다. 그가 끝장났다는 사실은 본인만 빼고 모두가 알았다.

러시아의 매서운 겨울 추위가 마치 주먹을 움켜쥐듯 페트로그라드를 감쌌고, 위기는 정점에 이르렀다.

얼마 지나지 않아 군사혁명위원회로 이름을 바꾼 투쟁위원회는 트로츠키라는 카리스마 넘치는 존재에 압도당했다. 그는 큰 코에 이마가 넓고 테 없는 안경 너머로 툭 튀어나온 눈이 노려보는 듯한 인상을 풍기는 잘생기지 않은 남자였지만, 매력적이고 설득력이 있었다. 레닌이 소리를 지르고 약자를 괴롭힐 때 트로츠키는 설득하고 달랬다. 그리고리는 트로츠키가 레닌만큼이나 억세지만 그걸 더 잘 숨기는 게 아닌가 생각했다.

11월 5일 월요일, 러시아 전국 소비에트 대회 이틀 전 그리고리는 군사혁명위원회가 소집하고 페트로파블롭스크 요새의 모든 병사가 모이는 집회에 참석했다. 집회는 정오에 시작해 오후 내내 이어졌고, 수백 명의 병사가 요새 앞 광장에서 정치 토론을 벌이는 동안 장교들은 무력하게 씩씩대기만 했다. 그러다가 트로츠키가 도착해 우레와 같은 박수를 받았다. 트로츠키의 연설을 들은 병사들은 투표를 통해 정부나 트로츠키, 케렌스키가 아닌 위원회의 명령에 따르기로 결정했다.

광장을 걸어나오며 그리고리는 생각에 잠겼다. 정부는 주요 부대가 다른 누군가에게 충성을 바치겠다고 선언하는 상황을 도저히 참지 못할 것이다. 임시정부가 자리잡은 겨울궁전에서 바로 보이는 강 건너편 요새에는 대포가 있었다. 케렌스키도 이제 패배를 인정하고 사임하지 않을 수 없겠군. 그리고리는 생각했다.

다음날 트로츠키는 반혁명 군사 쿠데타에 대한 사전 대책을 발표했다. 그는 적위대와 소비에트에 충성하는 부대에 다리와 기차역, 경찰서, 우체국, 전보국, 전화 교환소, 국영은행을 장악하도록 명령을 내렸다.

그리고리는 트로츠키 바로 옆에서 그 위대한 남자가 쏟아내는 명령을 특정 부대 단위에 맞는 구체적인 지시사항으로 바꿔 말과 오토바이, 자동차를 탄 연락병들을 이용해 도시 전체로 전달하는 역할을 했다. 그는 트로츠키의 '사전 대책'이 정권 탈취와 매우 유사한 것 같다고 생각했다.

뜻밖에 저항이 별로 없어서 그리고리는 놀라면서도 기뻤다.

마린스키 궁전*에 있던 정보원은 케렌스키 수상이 예비의회에 자신의 신임투표를 제안했다는 보고를 해왔다. 예비의회는 제헌의회 구성이라는 목표 달성에 비참하게 실패한 회의체로, 케렌스키의 제안을 거부했다. 아무도 그런 일에 신경쓰지 않았다. 케렌스키는 끝장난 상태였고, 러시아를 지배하려 애쓰다 실패한 또하나의 인물일 뿐이었다. 그는 내내 통치하는 시늉만 하고 있는 자신의 무기력한 정부가 자리한 겨울궁전으로 돌아갔다.

레닌은 마르가리타 포파노바라는 동지의 아파트에 숨어 있었다. 당 중앙위원회는 그에게 혹시 체포당할 수도 있으니 시내를 돌아다니지 말라고 지시했다. 그리고리는 그가 숨은 곳을 아는 몇 안 되는 사람들 중 하나였다. 저녁 여덟시에 마르가리타가 볼셰비키는 즉시 무기를 들고 반란을 일으키라는 레닌의 명령이 적힌 종이를 들고 스몰니를 찾아왔다. 트로츠키는 성질을 냈다. "우리가 지금 뭘 하고 있는지 알고나 있는 건가?"

---

* 당시 임시정부의 국회의사당으로 쓰였다.

하지만 그리고리는 레닌이 옳다고 여겼다. 이런저런 상황에도 불구하고 볼셰비키는 여전히 권력을 잡지 못한 상태였다. 일단 소비에트 대회가 열리면 거기에 모든 권한이 부여될 테고, 그러면 볼셰비키가 아무리 다수라 해도 결과적으로는 타협에 의한 연합정부가 들어설 것이다.

소비에트 대회는 내일 오후 두시에 시작될 예정이었다. 오직 레닌만이 상황의 시급성을 이해하는 것 같아 그리고리는 절망에 빠졌다. 레닌이 여기, 모든 일의 중심에 있어야 했다.

그리고리는 가서 레닌을 데려오기로 했다.

얼어붙을 듯 추운 밤이었다. 북풍이 하사관 군복 위에 입은 가죽코트를 뚫고 들어오는 것 같았다. 도심은 충격적일 정도로 평소와 다름없었다. 잘 차려입은 중산층들이 극장에서 나와 환히 불 밝힌 레스토랑으로 향하고, 거지들은 그들에게 매달려 구걸하고, 길모퉁이에서 창녀들이 웃고 있었다. 그리고리는 〈볼셰비키는 권력을 잡을 수 있을 것인가?〉라는 레닌의 팸플릿을 파는 동료에게 고개를 끄덕여 보였다. 팸플릿은 사지 않았다. 그는 이미 그 질문에 대한 답을 알고 있었다.

마르가리타의 아파트는 비보르크 지구 북쪽 끄트머리에 있었다. 혹시 레닌의 은거지에 사람들의 관심이 쏠릴지도 몰라 그리로 차를 몰고 갈 수는 없었다. 그리고리는 핀란드 역까지 걸어간 다음 전차를 탔다. 한참 전차를 타고 가면서 레닌이 함께 오지 않겠다고 하면 어쩌나 걱정했다.

하지만 다행히 레닌은 설득할 필요가 거의 없었다. "당신 없이 다른 동지들이 마지막 용단을 내릴 수 있을 것 같지 않습니다." 레닌은 그리고리의 말을 듣자마자 움직이기로 했다.

레닌은 혹시 그가 체포당한 것으로 마르가리타가 오해하지 않도록 부엌 탁자에 메모를 남겼다. "당신이 가지 않기를 바랐던 곳으로 감. 안녕히. 일리치." 당 간부들은 레닌을 그의 중간 이름인 일리치로 불렀다.

레닌이 가발과 노동자들이 쓰는 모자를 쓰고 허름한 코트를 입는 사이 그리고리는 권총을 점검했다. 그리고 두 사람은 함께 출발했다.

혹시 몇 명씩 순찰을 다니는 경찰이나 군인과 우연히 마주쳐서 그들이 레닌을 알아보지 않을까 하는 두려움에 그리고리는 방심하지 않고 주위를 살폈다. 그는 레닌이 체포당하는 걸 보느니 주저하지 않고 총을 쏘리라 마음먹었다.

전차에는 두 사람을 제외하면 승객이 없었다. 레닌은 여자 차장에게 최근 돌아가는 정세를 어떻게 생각하느냐고 물었다.

핀란드 역에서 내려 걷던 두 사람은 말발굽 소리를 듣고 몸을 숨겼다. 알고 보니 임시정부를 지지하는 사관생도들이 시빗거리를 찾아 돌아다니는 중이었다.

그리고리는 자정 무렵 의기양양하게 레닌을 스몰니에 데려왔다.

레닌은 즉시 36호실로 가서 볼셰비키 당 중앙위원회를 소집했다. 트로츠키는 이제 적위대가 도시의 주요 지역을 대부분 확보했다고 보고했다. 하지만 레닌은 그것으로 만족하지 않았다. 상징성을 근거로 그는 혁명군이 반드시 겨울궁전을 차지하고 임시정부 각료들을 체포해야 한다고 주장했다. 그래야만 마침내 권력이 혁명 세력에 이양되었고 다시는 되돌릴 수 없다는 사실을 사람들에게 인식시킬 수 있다는 것이었다.

그리고리는 그의 말이 옳다는 걸 알았다.

다른 사람들도 마찬가지였다.

트로츠키는 겨울궁전을 장악할 계획을 세우기 시작했다.

그리고리는 그날 밤 카테리나가 있는 집으로 돌아가지 않았다.

V

실수가 있어서는 안 되었다.

혁명의 마지막 움직임은 단호해야 한다는 걸 그리고리는 잘 알았다. 그는 명확한 명령이 적당한 때 필요한 곳에 도착할 수 있도록 확실히 해두었다.

계획은 복잡하지 않았다. 하지만 트로츠키가 예상한 일정이 너무 낙관적인 것 같아 걱정스러웠다. 공격에 필요한 병력은 혁명군에 속한 해군 병사들로, 대부분 핀란드 지역의 수도인 헬싱포르스에서 기차와 배로 오고 있었다. 그들은 새벽 세시에 출발했다. 해안에서 30여 킬로미터 떨어진 해군기지인 크론시타트에서도 더 많은 병력이 오고 있었다.

공격은 정오에 시작될 계획이었다.

전쟁터에서와 마찬가지로 작전은 포격으로 시작될 터였다. 페트로파블롭스크 요새의 대포들이 강 건너에서 사격을 시작해 궁전의 벽을 때릴 예정이었다. 그리고 해군과 육군 병사들이 궁전 건물을 확보하는 것이다. 트로츠키는 소비에트 대회가 시작될 오후 두시면 작전이 끝날 거라고 했다.

레닌은 소비에트 대회의 개회 때 일어서서 볼셰비키가 이미 권력을 장악했다고 발표하고 싶어했다. 그것만이 우유부단하고 비효율적인, 절충에 의한 정부의 탄생을 막을 길이며 레닌이 결국 최고 권력자가 될 수 있도록 보장하는 길이었다.

그리고리는 모든 일이 트로츠키가 바란 것처럼 빨리 진행되지 않을 수도 있다고 우려했다.

겨울궁전의 보안은 허술하기 짝이 없었다. 새벽에 그리고리는 이사크를 안으로 들여보내 정찰을 시켰다. 이사크는 건물 안에 임시정부를 지지하는 병사들이 삼천 명쯤 있다고 보고했다. 만일 그들이 제대로 조직을 갖춰 용감하게 싸운다면 큰 전투가 벌어질 터였다.

이사크는 또한 케렌스키가 페트로그라드를 떠났다는 소식도 알아냈다. 적위대가 모든 기차역을 장악하고 있어 기차를 탈 수 없는 케렌스키는 결국 징발한 자동차로 떠났다고 했다. "어떤 수상이기에 자기 나라 수도에서 기차도 못 탄단 말이야?" 이사크가 말했다.

"어쨌든 사라졌잖아." 그리고리는 만족스러웠다. "그리고 내가 보기에 그는 돌아오지 않을 거야."

하지만 정오가 다 되었는데도 해군 수병들이 나타날 기미가 보이지 않자 그리고리는 비관적으로 변했다.

그는 다리를 건너 페트로파블롭스크 요새로 가서 대포가 준비되었는지 확인했다. 가서 보니 끔찍하게도 대포들은 박물관에나 있을 법한 전시용 물건일 뿐 발사가 불가능했다. 그는 이사크에게 발사가 가능한 대포를 찾으라고 지시를 내렸다.

그는 서둘러 스몰니로 돌아가 트로츠키에게 계획이 늦어지겠다고 보고했다. 문 앞에 서 있던 경비병이 말했다. "누군가 동지를 찾으러 왔었습니다. 무슨 산파 이야기를 하던데요."

"지금은 못 만나." 그리고리가 말했다.

상황은 급박하게 돌아가고 있었다. 그리고리는 적위대가 마린스키 궁전을 장악하고 유혈사태 없이 예비의회를 해산했다는 걸 알게 되었다. 감옥에 갇혔던 볼셰비키 당원들은 풀려났다. 트로츠키는 페트로그라드 외부에 있는 모든 군부대에 주둔지에서 움직이지 말고 그곳을 지킬 것과 장교가 아닌 트로츠키 자신에게 복종하라는 명령을 내려보냈다. 레닌은 이렇게 시작하는 선언문을 썼다. '러시아의 인민들에게. 임시정부는 타도되었습니다!'

"하지만 공격은 시작도 못했습니다." 그리고리는 절망적으로 트로츠키에게 말했다. "세시 전에는 안 될 것 같은데요."

"걱정 마시오." 트로츠키가 말했다. "시작을 연기할 수 있소."

그리고리는 겨울궁전 앞 광장으로 돌아왔다. 오후 두시, 마침내 기뢰부설함 아무르 호가 크론시타트에서 천 명의 수병을 갑판에 태우고 네바 강으로 들어오는 모습이 보였다. 페트로그라드의 노동자들이 제방 위에 줄지어 서서 배를 향해 환호했다.

케렌스키가 좁은 수로에 기뢰 몇 개만 설치할 생각을 했더라도 수병들의 도시 진입을 막고 혁명을 분쇄할 수 있었을 터였다. 하지만 기뢰는 없었고 검은색 피코트를 입은 수병들이 소총을 들고 배에서 내리기 시작했다. 그리고리는 그들을 겨울궁전 주위에 배치할 준비를 했다.

하지만 여러 가지 문제로 여전히 계획은 엉망이었고, 그리고리는 화가 머리끝까지 치솟았다. 이사크가 대포를 한 문 찾아내 천신만고 끝에 필요한 곳으로 끌고 왔지만 사용할 포탄이 없었다. 그러는 사이 임시정부를 지지하는 부대는 건물에 방어벽을 쌓기 시작했다.

좌절감에 빠져 미칠 듯이 화가 난 그리고리는 다시 차를 몰아 스몰니로 향했다.

페트로그라드 소비에트의 긴급회의가 막 시작하려던 참이었다. 순결한 흰색으로 칠한 여학교의 넓은 강당을 수백 명의 대표자가 메우고 있었다. 그리고리는 연단에 올라가 막 개회를 알리려는 트로츠키 옆자리에 앉았다. "여러 가지 문제로 공격이 지연되고 있습니다." 그리고리가 말했다.

트로츠키는 나쁜 소식을 차분히 받아들였다. 레닌이었다면 발작을 일으켰을 터였다. 트로츠키가 말했다. "언제 궁전을 장악할 수 있겠소?"

"현실적으로 말하면 여섯시입니다."

트로츠키는 조용히 고개를 끄덕이더니 일어서서 대표자들에게 발언했다. "군사혁명위원회를 대표해 임시정부는 더이상 존재하지 않는다는 걸 선언합니다!" 그가 외쳤다.

우레와 같은 함성과 환호가 울렸다. 그리고리는 생각했다. 이 거짓말을 진실로 만들 수 있으면 좋겠군.

시끄러운 소음이 가라앉자 트로츠키는 적위대가 이룬 성과를 일일이 열거했다. 하루 전부터 이미 기차역들과 다른 주요 건물을 장악한 일, 예비의회를 해산한 일 등이었다. 또한 그는 몇몇 정부 각료들을 개별적으로 체포했다고 발표했다. "겨울궁전은 아직 장악하지 못했지만 그곳의 운명도 이제 곧 결정될 것입니다!" 더욱 큰 환호가 일었다.

한 사람이 반대 의견을 외쳤다. "소비에트 대회의 결의에 미리 영향을 미치고 있소!"

물렁한 민주주의적 논리였다. 예전의 그리고리였다면 같은 반론을 제기했을 터였다. 하지만 그것도 현실주의자가 되기 전의 이야기다.

이런 비판을 예상하고 있었던 게 분명하다 싶을 정도로 트로츠키는 재빨리 대답했다. "노동자와 군인이 들고 일어난 시점에서 소비에트 대회의 뜻은 이미 정해진 겁니다."

갑자기 강당 여기저기서 웅성거리는 소리가 들렸다. 사람들이 자리에서 일어서기 시작했다. 그리고리는 무슨 일인가 싶어 출입구를 바라보았다. 레닌이 들어오고 있었다. 대표자들이 환호하기 시작했다. 레닌이 연단에 오르자 사람들의 환호는 천둥소리처럼 커졌다. 그는 트로츠키와 나란히 서서 웃으며 기립 박수에 고개 숙여 감사했고, 대표자들은 아직 실제로 일어나지도 않은 쿠데타에 갈채를 보냈다.

회의장에서 이미 선포돼버린 승리와 밖에서 뒤죽박죽 지연되고 있는 현실의 괴리에서 오는 긴장감이 그리고리로서는 견딜 수 없을 정도였다. 그래서 그는 회의장을 슬쩍 빠져나왔다.

헬싱포르스에서 오기로 한 수병들은 아직 도착하지 않았고, 요새의 대포는 여전히 발사 준비를 마치지 못했다. 밤이 되면서 차가운 비가 부슬부슬 내리기 시작했다. 겨울궁전을 앞에, 총참모본부를 뒤에 두고 궁전 앞 광장 끄트머리에 선 그리고리는 궁전에서 빠져나오는 사관생도 무리를 바라보고 있었다. 제복에 달린 배지를 보니 미하일롭스키 포병학교의 생도들이었는데, 묵직한 대포를 네 문이나 챙겨 떠나고 있었다. 그리고리는 그들이 그냥 가게 내버려두었다.

일곱시가 되자 그리고리는 육군 병사 및 수병들에게 총참모본부에 진입해 건물을 장악하라고 명령을 내렸다. 그들은 아무 저항도 받지 않고 임무를 완수했다.

여덟시에 궁전을 지키던 카자크 기병 이백 명이 부대로 돌아가기로 결정했고, 그리고리는 그들이 저지선을 지나갈 수 있게 해주었다. 작전이 지연되는 짜증스러운 상황이 완전한 재앙은 아닐 수도 있겠다는 생각이 들었다. 제압해야 할 부대들이 시간이 지나면서 줄어들고 있었다.

열시가 되기 직전 이사크는 페트로파블롭스크 요새의 대포가 마침내 준비를 마쳤다고 보고했다. 그리고리는 공포탄을 한 발 쏘고 잠시 기다리라고 명령했다. 기대했던 대로 더 많은 부대가 궁전을 버리고 철수했다.

이렇게 쉬웠단 말인가?

물위에 떠 있는 아무르 호 갑판에서 요란한 경보음이 울렸다. 무슨 일인지 살피는 그리고리의 눈에 하류 쪽에서 다가오는 배들의 불빛이 보였다. 가슴이 차갑게 얼어붙었다. 케렌스키가 마지막 순간 자신의 정부를 구원할 군대를 보내는 데 성공한 걸까? 하지만 그 순간 아무르 호 갑판에서 환호가 일었고, 그것으로 그리고리는 새로 도착한 병력이 헬싱포르스에서 온 수병들임을 깨달았다.

그들이 안전하게 닻을 내리자 그리고리는 마침내 포격을 개시하라는 명령을 내렸다.

대포 소리가 천둥처럼 울렸다. 포탄이 허공에서 폭발하면서 주변을 밝히자 강에 정박한 배와 포위된 궁전이 드러났다. 그리고리는 궁전의 3층 모서리 창문에 포탄이 명중하는 걸 보고 혹시 그 방에 누가 있었는지 궁금했다. 환하게 불 밝힌 전차들은 놀랍게도 아무 제지를 받지 않고 근처 트로이츠키 다리와 궁전 다리를 건너며 오가고 있었다.

물론 전쟁터와는 달랐다. 전선에서는 수백, 아니 수천 문의 대포가 불을 뿜었지만 이곳의 대포는 겨우 네 문이었다. 포격 사이의 시간 간격도 긴데다 어처구니없이 많은 포탄이 목표에 미치지 못해 아무 피해도 입히지 못한 채 강물에 떨어져 버려졌다.

그리고리는 포격을 멈추고 소규모 병력을 궁전으로 들여보내 정찰하게 했다. 그들이 돌아와 보고한 바에 따르면 몇 안 되는 경비병들은 저항할 의사가 없다고 했다.

자정이 약간 지난 시각, 그리고리는 더 많은 병력을 안으로 들여보냈다. 미리 준비한 전략에 따라 다들 궁전 내부 여기저기로 흩어졌다. 그들은 어둡고 널따란 복도를 뛰어다니며 저항 세력의 무장을 해제하고 임시정부의 각료들을 수색했다. 궁전 내부는 마치 무질서한 막사를 보는 듯했다. 호사스럽게 꾸민 접견실 바닥에는 군인들이 사용하는 매트리스가 깔려 있고 지저분한 담배꽁초나 빵 부스러기, 경비병들이 돈을 많이 들인 차르의 와인 창고에서 꺼내왔을 빈 프랑스 와인 병이 뒤섞여 쓰레기가 쌓이지 않은 곳이 없었다.

간헐적으로 총소리가 들렸지만 전투라고 할 만한 일은 없었다. 1층에서는 정부의 각료들이 보이지 않았다. 그들이 몰래 빠져나갔다는 생각이 스치자 그리고리는 공황상태에 빠졌다. 트로츠키와 레닌에게 케렌스키 정부의 각료들이 그의 손아귀를 빠져나갔다는 보고는 하고 싶지 않았다.

이사크와 다른 병사 둘을 이끌고 그리고리는 넓은 계단을 따라 위층으로 뛰어올라갔다. 쌍여닫이문 하나를 열어젖히자 회의실이 나왔고 그곳에서 남아 있는 임시정부 요인들을 찾아냈다. 정장에 넥타이를 맨 몇 안 되는 남자들이 불안감에 눈을 크게 뜨고 탁자와 방안 이곳저곳의 팔걸이의자에 앉아 있었다.

그들 중 하나가 남은 권위를 끌어모아 말했다. "우리가 임시정부 장관들이다. 원하는 게 뭐냐?"

그리고리는 상대가 부유한 방직업자이자 케렌스키의 부수상인 알렉산드르 코노발로프라는 걸 알아보았다.

그리고리가 대답했다. "당신들을 모두 체포한다." 멋진 그 순간을, 그리고리는 만끽했다.

그는 이사크에게 돌아섰다. "저들의 이름을 적어둬." 그는 방안 모두의 이름을 알았다. "코노발로프, 말랸토비치, 니키틴, 테레셴코……" 명단이 완성되자 그리고리가 말했다. "저들을 모두 페트로파블롭스크 요새로 데려가 감방에 처넣어. 나는 스몰니로 가서 트로츠키와 레닌에게 기쁜 소식을 전하겠다."

그리고리는 궁전 건물을 떠났다. 궁전 광장을 가로지르다 잠시 멈춰서서 어머니를 떠올렸다. 어머니는 십이 년 전 바로 이 자리에서 차르 경비병의 총에 맞고 세상을 떠났다. 그는 몸을 돌려 거대한 궁전을 바라보았다. 흰 기둥이 줄지어 섰고 수백 개의 창문이 달빛을 받아 반짝거렸다. 갑자기 분노가 치밀어올라 궁전을 향해 주먹을 흔들었다. "벌받은 거야, 이 악마들아!" 그는 큰 소리로 말했다. "어머니를 죽인 벌이야."

그리고리는 다시 마음이 차분해질 때까지 기다렸다. 누구에게 말하고 있는 건지도 모르겠군. 그는 생각했다. 그리고 무너진 방어벽 옆에서 기다리던 잿빛 장갑차에 올랐다. "스몰니로 가지." 그는 운전병에게 말했다.

짧은 거리를 이동하면서 그리고리는 기분이 좋아지기 시작했다. 이제 진짜 이긴 거야. 그는 속으로 말했다. 우리가 승리자라고. 인민들이 압제자를 타도했어.

그는 스몰니 학원의 계단을 뛰어올라 강당으로 들어섰다. 강당 안은 소비에트 대회를 진행하는 사람들로 꽉 차 있었다. 트로츠키도 더는 연기할 수 없었던 것이었다. 그건 나쁜 소식이었다. 멘셰비키나 다른 나약한 겁쟁이 혁명가들이 옛 체제를 타도하는 데 아무 역할도 하지 않았으면서 새로운 정부의 자리를 달라고 요구하고 나설 것이기 때문이다.

자욱한 담배연기가 샹들리에를 감싸고 있었다. 연단 위에는 최고위원들이 자리를 잡았다. 대부분 그리고리가 아는 얼굴이었다. 그는 어떤 최고위원회가 어떤 사람들로 이루어졌는지 자세히 살펴보았다. 위원 스물다섯 명 가운데 열넷이 볼셰비키였다. 그 말은 볼셰비키 당이 가장 많은 대표자를 확보했다는 뜻이었다. 하지만 의장석에 앉은 카메네프를 보고 그리고리는 두려움에 휩싸였다. 무장봉기에 반대표를 던진 중도파 볼셰비키 아닌가! 레닌의 경고로 소비에트 대회는 또다른 무기력한 타협을 만들어내고 있었다.

그리고리는 강당에 모인 대표자들을 살피다가 맨 앞줄에서 레닌을 찾아냈다. 그는 그리로 가서 옆자리에 앉은 남자에게 말했다. "일리치와 이야기를 해야 하니 자리 좀 양보해주시오." 남자는 불쾌해했지만 잠시 후 자리에서 일어섰다.

그리고리는 레닌의 귀에 대고 말했다. "겨울궁전이 우리 손에 들어왔슙니다." 그리고 체포한 각료들의 이름을 댔다.

"너무 늦었어." 레닌은 매서운 목소리로 말했다.

그리고리가 두려워하던 대로였다. "여기서 무슨 일이 벌어지고 있는 겁니까?"

레닌은 화난 얼굴이었다. "마르토프가 의견을 냈네." 율리우스 마르토프는 레닌의 숙적이었다. 마르토프는 항상 러시아 사회민주노동당이 영국의 노동당처럼 되기를 바랐고, 민주주의적 방식으로 노동자계급을 위해 싸우고자 했다. 이 문제를 둘러싼 레닌과의 갈등으로 사회민주노동당은 1903년 두 개의 분파, 레닌의 볼셰비키와 마르토프의 멘셰비키로 갈렸다. "시가전을 끝내고 민주주의 정부를 위해 협상을 하자는 거야."

"협상이요?" 그리고리는 믿을 수 없었다. "벌써 권력을 잡았잖아요!"

"우리는 그의 의견에 찬성했어." 레닌은 차분한 목소리로 말했다.

그리고리는 깜짝 놀랐다. "왜요?"

"반대했으면 졌을 거야. 우리는 육백칠십 명의 대표자 중 삼백 명을 확보하고 있네. 큰 차이로 제1당의 위치를 차지하고 있지만, 그렇다고 절대다수를 확보하진 못했지."

그리고리는 울음이 터질 것 같았다. 쿠데타가 너무 늦은 탓이었다. 온갖 거래와 협상에 의한 또다른 연합정부가 들어설 테고, 러시아 인민들이 집에서 굶주림에 허덕이고 전선에서 죽어갈 때 정부는 머무적거리기만 할 터였다.

"하지만 그럼에도 저들은 우리를 공격하는군." 레닌이 덧붙였다.

그리고리는 낯선 인물 하나가 연단에서 발표하는 내용에 귀를 기울였다. "이 대회는 새로운 정부에 대해 논의하고자 소집되었습니다. 하지만 우리가 알아낸 건 뭡니까?" 그는 화를 내며 말했다. "무책임하게 정권을 탈취하는 일이 이미 벌어졌고 우리 소비에트 대회의 뜻은 무시되었습니다! 이 미치광이 모험에서 혁명을 구해내야 합니다."

볼셰비키 대표자들이 우레처럼 불만을 쏟아냈다. 그리고리는 레닌의 목소리를 들었다. "돼지! 개자식! 배신자!"

카메네프는 정숙하라고 소리를 질렀다.

하지만 다음번 발언 역시 볼셰비키와 그들이 일으킨 쿠데타에 대한 격한 비난이었고, 그후에도 엇비슷한 이야기들이 줄을 이었다. 멘셰비키인 레프 힌추크는 임시정부와의 협상을 주장했는데, 대표자들로부터 워낙 강력한 반발이 쏟아져나오는 바람에 한참 발언을 이어가지 못했다. 마침내 장내의 소란함을 뚫고 그가 말했다. "우리는 대회를 떠날 것입니다!" 그리고 그는 강당을 나가버렸다.

그리고리가 보기에 그것은 대회가 무산되었으니 아무 결정도 내릴 수 없다고 주장하려는 작전이었다. "탈주병 같은 놈들!" 누군가 소리쳤다. 사람들의 함성이 강당을 가득 채웠다.

그리고리는 모골이 송연했다. 하지만 놀랍게도 레닌의 눈은 기쁨으로 빛났다. "이거 멋지군." 그가 말했다. "이제 살았어! 저들이 이런 실수를 저지르리라고는 생각도 못 했는데."

그리고리는 무슨 말인지 알 수 없었다. 레닌이 머리가 이상해진 건가?

다음 발언자는 사회혁명당을 이끄는 미하일 겐델만이었다. 그는 말했다. "볼셰비키가 권력을 장악했다는 사실, 이런 정신 나간 범죄행위에 대한 책임이 그들에게 있고 그들과 함께하는 건 불가능하다는 사실을 확인한 이상 우리 사회혁명당도 대회를 떠납니다!" 그가 회의장을 나가자 모든 사회혁명당 대표가 뒤따랐다. 남은 대표들은 그들을 조롱하며 야유를 보내고 휘파람을 불어댔다.

그리고리는 굴욕을 느꼈다. 내가 거둔 승리가 어떻게 이런 소란으로 금세 변질되고 말았는가?

하지만 레닌은 더욱더 즐거워하는 듯했다.

군인 대표자 여럿이 연이어 볼셰비키의 쿠데타에 찬성하는 발언을 하자 그리고리는 기분이 나아졌다. 하지만 레닌이 어째서 기뻐하는지는 여전히 알 수 없었다. 일리치는 노트에 뭔가 갈겨쓰고 있었다. 다른 사람들의 발언이 이어지는 동안 레닌은 쓴 글을 고치고 다시 썼다. 마침내 그는 두 장의 종이를 그리고리에게 내밀었다. "이걸 즉시 회의에 상정해 채택되도록 해야 하네."

흔한 미사여구로 가득한 긴 글이었다. 하지만 그리고리는 중요한 문장을 찾아낼 수 있었다. '본 대회는 이에 정부의 권한을 모두 넘겨받을 것을 결의하는 바입니다.'

바로 그리고리가 원하는 내용이었다.

"트로츠키에게 읽으라고 할까요?" 그리고리가 말했다.

"트로츠키는 안 돼." 레닌은 연단에 앉은 남녀 위원을 훑어보았다. "루나차르스키." 그가 말했다.

레닌은 트로츠키가 이미 충분히 영광을 누렸다고 생각하나보다고 그리고리는 추측했다.

그리고리가 선언서를 가져가자 루나차르스키가 의장에게 신호를 보냈다. 잠시 후 카메네프가 루나차르스키를 호명했고 그는 일어서서 레닌이 쓴 내용을 읽었다.

한 문장이 끝날 때마다 찬성의 외침이 터져나왔다.

의장이 표결을 선언했다.

그제야 마침내 그리고리는 왜 레닌이 즐거워했는지 알 수 있었다. 멘셰비키와 사회혁명당이 퇴장함으로써 볼셰비키는 투표에서 압도적으로 이길 수 있게 되었다. 그들은 뭐든 원하는 대로 할 수 있었다. 타협할 필요가 전혀 없었다.

투표가 진행되었다. 반대하는 대표는 단 두 명이었다.

볼셰비키는 권력을 쟁취했고, 이제 그들은 정통성을 갖게 되었다.

의장이 폐회를 선언했다. 11월 8일 목요일 새벽 다섯시였다. 러시아 혁명은 승리로 끝났다. 그리고 볼셰비키는 전권을 장악했다.

그리고리는 조지아 출신 혁명가인 스탈린, 그리고 다른 한 사람을 뒤따라 회의장을 빠져나왔다. 스탈린과 함께 있던 남자는 다른 많은 볼셰비키처럼 가죽코트를 입고 허리에 탄띠를 차고 있었다. 하지만 그의 뭔가가 그리고리의 기억 속 경보음을 울렸다. 남자가 스탈린에게 무슨 말을 하려고 돌아서는 순간, 그리고리는 그를 알아보았다. 충격과 공포로 온몸이 떨렸다.

미하일 핀스키였다.

그도 혁명에 가담한 것이다.

VI

그리고리는 기진맥진했다. 이틀째 잠을 못 잔 상태였다. 그동안 할 일이 너무 많아 시간이 어떻게 흘러갔는지도 알 수 없을 지경이었다. 장갑차는 그가 지금까지 타본 차량 가운데 가장 불편했지만 그럼에도 집으로 가는 중에 잠이 들었다. 이사크가 흔들어 깨보니 어느새 집 앞이었다. 카테리나가 벌어진 일에 관해 얼마나 알고 있을지 궁금했다. 그리고리는 그녀가 너무 많이 알고 있지는 않았으면 했다. 그래야 혁명의 승리를 그녀에게 직접 설명하는 즐거움을 누릴 수 있기 때문이다.

건물로 들어선 그는 계단에 걸려 넘어질 뻔했다. 문 아래로 불빛이 새어나왔다. "나야." 그가 말했다. 그리고 방으로 들어갔다.

카테리나는 갓난아기를 품에 안고 침대에 앉아 있었다.

그리고리의 얼굴에 기쁨이 퍼졌다. "아기를 낳았군! 잘생긴 놈이네."

"딸이에요."

"딸이라고!"

"옆에 있겠다고 약속했잖아요." 카테리나는 비난하듯 말했다.

"몰랐어!" 그는 아기를 보며 말했다. "나처럼 머리가 까맣군. 이름은 뭘로 하지?"

"당신한테 사람을 보냈어요."

그리고리는 누군가 자신을 찾고 있다던 경비병의 말이 떠올랐다. 무슨 산파 이야기를 하던데요. "아, 맙소사." 그가 말했다. "너무 바빠서 그만……"

"마그다는 다른 아이를 받으러 갔더군요." 카테리나가 말했다. "크세니아를 불러야 했어요."

그리고리는 걱정스러웠다. "고생했어?"

"당연히 고생했죠." 카테리나가 쏘아붙였다.

"정말 미안해. 하지만 들어봐! 혁명이 일어났다고! 이번에는 진짜 혁명이야. 우리가 권력을 잡았어! 볼셰비키가 정부를 구성할 거야." 그는 키스하려고 허리를 굽혔다.

"그럴 줄 알았어요." 카테리나는 그렇게 말하고 고개를 돌렸다.

29장
1918년 3월

I

발터는 프랑스 생캉탱에서 멀지 않은 마을인 빌프랑슈 쉬르 우아즈에 있는 중세풍의 작은 교회 지붕 위에 서 있었다. 한동안 이 마을은 독일군 후방부대의 휴양지 역할을 했고, 프랑스인 주민들은 그 점을 최대한 이용해 오믈렛과 와인이 생기면 가져와 정복자들에게 팔았다. 그들은 말했다. "말뢰르 라 게르. 푸르 누, 푸르 부, 푸르 투 르 몽드." '불행한 전쟁입니다. 우리에게, 당신들에게, 모두에게'라는 뜻이었다. 이후 연합국측이 약간 전진하는 바람에 프랑스인 주민들은 피난을 떠났고 마을 건물의 절반이 폭삭 주저앉았으며 마을은 전선에 더 가까워졌다. 이제 이곳은 병사들의 집결지로 사용되었다.

멀리 내려다보이는 마을 한가운데 좁은 도로에 독일군 병사들이 네 줄로 행진하고 있었다. 독일군은 시간마다 수천 명씩 지나갔다. 피곤한 기색이 역력한 그들은 전선으로 향하는 걸 뻔히 알 텐데도 행복해 보였다. 동부전선에서 이곳으로 이동해온 병사들이었다. 어떤 상황이 벌어진다 해도 그들 입장에서는 3월의 프랑스가 2월의 폴란드보다는 훨씬 나을 거라고 발터는 추측했다.

눈앞의 광경에 발터는 마음이 흡족했다. 이 병사들은 독일과 러시아의 휴전으로 생긴 여유 병력이었다. 지난 며칠 사이 브레스트리토프스크에서 협상가들이 평화협정에 서명했다. 러시아는 영구적으로 전쟁에서 물러났다. 발터는 레닌과 볼셰비키를 지원하는 것으로 이번 일에 역할을 다했고, 지금 그가 보는 광경이 바로 승리의 결과였다.

이제 프랑스에 있는 독일군 규모는 작년 이맘때쯤의 129개 사단에서 192개 사단으로 늘었고, 증강된 병력 대부분은 동부전선에서 이동해온 부대들이었다. 독일은 처음으로 이 지역에서 연합국 병력을 능가했다. 독일 정보부에 따르면 상대는 통틀어 173개 사단 규모였다. 지난 삼 년 반 동안 독일 국민들은 승리가 바로 코앞이라는 소리를 여러 번 들었다. 발터는 이번이야말로 그 말이 진실이라고 생각했다.

그는 독일인이 월등한 인종이라는 아버지의 믿음에 동의하지 않았다. 하지만 한편으로 독일이 유럽을 지배하는 게 그다지 나쁘지는 않다고 생각했다. 프랑스인은 여러 방면에 재능이 뛰어났다. 요리, 그림, 패션, 와인. 하지만 행정력은 좋지 않았다. 관리들은 스스로 일종의 귀족이라고 생각했고, 시민을 오래 기다리게 하는 걸 아무렇지도 않게 여겼다. 독일의 효율성이 조금만 가미된다면 프랑스인들에게도 매우 도움이 될 터였다. 무질서하기 이를 데 없는 이탈리아인들도 마찬가지였다. 동유럽은 가장 큰 도움을 받을 것이다. 시대착오적인 러시아제국은 여전히 중세를 살고 있으며 누더기를 걸친 농민들은 오두막에서 굶주리고, 부정을 저지른 여자들은 태형을 감내해야 했다. 독일은 질서와 정의, 현대식 농업기술을 전파할 것이다. 이제 막 정식으로 항공 운항도 시작해서 비행기가 기차처럼 빈과 키예프 사이를 오갔다. 독일이 전쟁에서 이기면 전 유럽에 비행 노선이 생겨날 터였다. 그리고 발터와 모드는 평화롭고 질서 잡힌 세상에서 아이들을 키우게 될 것이다.

하지만 이 승운도 그리 오래가지 않을 것이다. 미국의 엄청난 병력이 도착하기 시작했다. 군대를 꾸리는 데 거의 일 년이라는 시간이 걸렸지만, 이제 미국은 삼십만 명의 병사를 프랑스에 보냈고 도착 병력은 하루하루 더 늘어났다. 독일은 바로 지금, 미국의 원군이 저울을 한쪽으로 기울게 하기 전에 전쟁에서 이기고, 프랑스를 정복하고, 연합국을 바다까지 밀어내야 했다.

이제 곧 벌어질 공격에는 '카이저슐라흐트', 즉 황제의 전투라는 이름이 붙었다. 결과야 어찌될지 몰라도 이번 전투는 독일의 마지막 공격이 될 터였다.

발터는 다시 전선에 배치되었다. 독일은 이제 모두가 나서서 싸워야 했다. 특히 많은 장교가 죽었기 때문에 더욱 그랬다. 그는 돌격대 대대장을 맡게 되었고 부하들과 함께 최신 전술훈련도 받았다. 병사들 중 일부는 단련된 베테랑이었지만, 어쩔 수 없이 징집당한 어린 소년들과 나이든 이들도 있었다. 발터는 함께 훈련받으면서 병사들이 좋아졌지만 죽음으로 내몰아야 할지도 모를 그들과 지나치게 가까워지지 않도록 조심해야 했다.

런던의 대사관에 있을 때 발터의 숙적이었던 고트프리트 폰 케셀도 같은 훈련과정을 거쳤다. 그는 눈이 좋지 않은데도 발터의 대대 소속 대위가 되었다. 전쟁중에도 모든 걸 안다는 듯한 그의 거드름은 전혀 달라진 게 없었다.

발터는 쌍안경으로 주변 지형을 살폈다. 맑고 추운 날이어서 시야가 깨끗했다. 남쪽으로는 넓은 우아즈 강이 습지를 지나며 천천히 흐르고 있었다. 북쪽으로는 비옥한 땅에 작은 마을과 농가, 다리, 과수원, 작은 삼림지대가 띄엄띄엄 보였다. 서쪽으로 1.5킬로미터쯤 떨어진 곳에는 서로 연결된 독일군 참호들이 보이고 그 너머는 전장이었다. 이곳 역시 마찬가지로 농경지였지만 전쟁으로 황폐해진 모습이었다. 버려진 밀밭은 달 표면처럼 구덩이가 군데군데 파였고 마을에는 돌무더기밖에 보이지 않았다. 과수원은 난장판이 되었고 다리들은 날아가버렸다. 쌍안경 초점을 조심스레 맞춘다면 사람과 말의 썩어가는 시체들과 불탄 탱크의 잔해까지 볼 수 있었을 터였다.

이 불모지 저편에 영국군이 있었다.

뭔가 시끄러운 소음에 발터는 눈길을 동쪽으로 돌렸다. 들어보기만 했을 뿐 한 번도 본 적은 없는 차량이 접근하고 있었다. 자주포라는 것으로, 백 마력짜리 엔진을 장착한 차대에 거대한 포신과 격발장치를 얹어놓은 모습이었다. 바로 뒤에는 대형 트럭이 한 대씩 붙어다녔는데, 아마도 그에 걸맞은 커다란 포탄들이 실려 있는 듯했다. 두번째, 세번째 자주포가 따라왔다. 차대 위에 올라탄 포병들이 지나가며 마치 승리의 행진을 하듯 손에 든 모자를 흔들었다.

발터는 용기가 솟았다. 그런 대포들은 공격이 시작된 후에도 재빨리 위치를 바꿀 수 있다. 그러면 전진하는 보병들을 훨씬 더 잘 지원할 것이다.

더 큰 대포로는 100킬로미터 가까이 떨어진 곳에서 파리를 포격할 수 있다는 말도 들은 적이 있었다. 가능할 것 같지 않은 이야기였다.

대포들 뒤에 상당히 눈에 익은 메르세데스 37/95 더블 페이튼 승용차 한 대가 따라왔다. 도로를 벗어나 교회 앞 광장에 멈춰 선 승용차에서 발터의 아버지가 내렸다.

아버지가 이곳에는 웬일이시지?

발터는 낮은 문을 지나 종탑으로 들어가서 서둘러 좁은 나선형 계단을 따라 아래로 내려왔다. 버려진 교회 예배당은 병사들의 공동 숙소로 사용되고 있었다. 그는 병사들이 탁자와 의자로 쓰기 위해 엎어놓은 상자들과 침낭들 사이를 지났다.

교회 밖 묘지는 조립식 나무교량이 가득 채우고 있었다. 돌격대가 점령한 영국군 참호를 대포와 보급 트럭이 뒤따라 넘어갈 수 있도록 준비해둔 장비로, 공중에서 잘 보이지 않도록 비석들 사이에 숨겨두었다.

마을을 가로질러 흐르는 물처럼 동에서 서로 이어지던 병사와 차량 행렬의 속도가 줄더니 끊어지다시피 했다. 무슨 일이 벌어진 것 같았다.

군복 차림인 오토는 정식으로 경례를 올렸다. 발터는 아버지가 흥분했다는 걸 알 수 있었다. "특별한 손님이 오신다!" 오토가 즉시 말했다.

역시 그랬군. "누구요?"

"보면 알아."

발터는 현재 실질적인 최고사령관을 맡고 있는 루덴도르프 장군일 거라고 생각했다. "와서 뭘 한답니까?"

"당연히 병사들에게 연설을 해야지. 교회 앞에 병사들을 좀 집합시켜야겠다."

"시간이 얼마나 있죠?"

"이제 곧 도착하실 거야."

"알았습니다." 발터는 광장을 둘러보았다. "슈바프 하사! 이리 와. 그륀발트 상병, 그리고 자네들도 이리로 와." 그는 각각의 병사에게 교회와 커다란 헛간에 차린 매점, 북쪽 구릉지에 있는 야영지로 가 명령을 전하도록 지시했다. "모든 병사가 제대로 복장을 갖추고 교회 앞에 십오 분 내로 모일 것. 빨리!" 병사들이 뛰어갔다.

발터도 마을 주변을 급히 돌아다니며 장교들에게 내용을 전달하고 병사들에게 광장에 모여서 동쪽 방향의 도로를 주시하라고 지시했다. 마을 외곽으로 간 발터는 예전에 우유를 짜던 곳이었는지 치즈 냄새가 진동하는 건물에서 빵과 깡통 정어리로 늦은 아침을 먹고 있는 그의 상관 슈바르츠코프 소장을 찾았다.

십오 분 만에 이천 명의 병사가 모였고, 십 분이 지나자 한 명도 빠짐없이 옷 단추를 모두 잠그고 모자를 똑바로 쓴 점잖은 모습이 되었다. 발터는 짐을 싣는 트럭을 한 대 끌고 와 병사들 앞쪽으로 후진시켜 세웠다. 그리고 트럭 아래 탄약상자를 쌓아 짐칸으로 올라가는 계단을 만들었다.

오토는 메르세데스 자동차에서 제법 긴 붉은 카펫을 꺼내와 계단 앞에 깔았다.

발터는 병사들 사이에 선 그륀발트를 불러냈다. 상병인 그는 키가 크고 손과 발도 큼지막했다. 발터는 그에게 쌍안경과 호루라기를 주고 교회 지붕으로 올려보냈다.

그리고 그들은 기다렸다.

삼십 분이 흐르고 한 시간이 넘었다. 병사들이 꼼지락거리고 대열이 흐트러지기 시작하더니 두런거리는 소리도 들렸다.

한 시간이 더 흐른 뒤, 그륀발트의 호루라기 소리가 들렸다.

"준비해!" 오토가 큰 소리로 말했다. "이제 오신다!"

여기저기서 명령을 외치는 불협화음이 터져나왔다. 병사들은 재빨리 차려 자세를 취했다. 자동차 행렬이 빠른 속도로 광장에 들어섰다.

장갑차 문이 열리고 장군 복장의 남자가 내렸다. 하지만 둥근 대머리의 루덴도르프가 아니었다. 특별 손님은 다치기라도 한 듯 왼손을 재킷 주머니에 넣은 채 부자연스럽게 움직였다.

잠시 후 발터는 손님이 바로 카이저라는 걸 알아차렸다.

슈바르츠코프 소장이 다가가 경례를 했다.

손님의 정체를 알아차린 병사들이 웅성거리더니 금세 폭발하듯 박수를 쳐댔다. 슈바르츠코프 소장은 처음에는 해이해진 병사들의 기강에 화가 난 것 같았지만, 카이저가 인자한 웃음을 짓자 재빨리 너그러운 얼굴로 표정을 바꾸었다.

카이저는 계단을 밟고 올라 트럭 짐칸 위에 서서 병사들의 환호를 받았다. 마침내 박수 소리가 가라앉자 그는 연설을 시작했다. "독일인들이여! 승리할 시간이다!"

또다시 병사들 모두가 환호했다. 이번에는 발터도 함께 소리를 질렀다.

II

3월 21일 목요일 새벽 한시, 발터가 속한 여단은 진지 전방에 배치되어 공격 준비를 했다. 발터와 대대 장교들은 전방 참호에 구축한 대피호에 앉아 있었다. 그들은 전투가 시작되기 전 긴장을 풀기 위해 이런저런 이야기를 나누는 중이었다.

고트프리트 폰 케셀은 루덴도르프의 전략을 자세히 설명했다. "이번 서방 공격은 영국과 프랑스 사이에 쐐기를 박을 겁니다." 그는 런던 주재 독일 대사관에서 함께 일할 때처럼 무식한 자신감을 드러냈다. "그런 다음 북쪽으로 영국의 우익을 향해 돌면서 놈들을 영국해협으로 밀어내는 거죠."

"아뇨, 아닙니다." 브라운이라는 이름의 나이 많은 중위가 말했다. "일단 저들의 전선을 돌파하면 그대로 대서양 해안까지 밀고 가는 게 더 현명합니다. 그렇게 되면 독일군 전선이 프랑스 중부를 가로지르며 프랑스군을 연합국으로부터 고립시키게 되죠."

케셀이 반론을 폈다. "하지만 그렇게 되면 우리는 남북 양쪽의 적과 싸워야 해!"

세번째 장교인 켈러만 대위가 끼어들었다. "루덴도르프는 남쪽을 치라고 할 거야." 그는 예상했다. "우리는 파리를 먹어야 해. 그곳이 가장 중요하거든."

"파리는 그저 상징일 뿐이지!" 케셀이 무시하듯 말했다.

그들은 그저 넘겨짚을 뿐 아무것도 알지 못했다. 너무 긴장한 발터는 별 의미 없는 대화가 귀에 들어오지도 않았다. 그는 밖으로 나갔다. 병사들이 참호 바닥에 꼼짝도 하지 않고 조용히 앉아 있었다. 전투를 앞둔 몇 시간은 묵상과 기도의 시간이었다. 그들은 모두 전쟁의 끝이 다가오고 있음을 느꼈다.

별이 빛나는 맑은 새벽이었다. 야전 취사장에서 아침을 배식했다. 검은 빵과 순무맛이 나는 연한 커피였다. 비가 조금 내렸지만 이제는 그쳤고, 바람도 거의 없었다. 이 말은 독가스탄을 사용할 수 있다는 뜻이었다. 가스는 양측 모두 사용했지만, 발터는 이번에 독일군이 새로운 혼합가스를 사용할 예정이라는 말을 들었다. 무시무시한 포스겐에 최루가스를 섞은 거라고 했다. 최루가스는 인체에 치명적이지 않으나 영국군에게 보급된 방독면 안으로 침투해들어갈 수 있었다. 그러니까 최루가스로 인해 적군이 괴로워 눈을 문지르느라 방독면을 벗으면 그때 포스겐을 들이마시고 죽게 된다는 것이다.

무인지대에 가까운 곳을 따라 대포를 배치했다. 발터는 이렇게 많은 대포를 본 적이 없었다. 포병들이 포탄을 쌓고 있었다. 그뒤에는 또다른 대포들이 열을 지어 이동할 준비를 했고, 말들도 이미 봇줄에 매여 있었다. 그것들이 이동해 두번째 포탄 세례를 퍼부을 예정이었다.

새벽 네시 삼십분까지 아무 움직임도 없었다. 야전 취사장은 철수했다. 포병들은 바닥에 앉아 기다렸다. 장교들은 참호 안에 서서 무인지대 너머 적들이 잠든 어둠 속을 응시하고 있었다. 말들조차 숨을 죽이고 있었다. 이건 승리할 수 있는 마지막 기회야. 발터는 생각했다. 기도를 해야 하나.

네시 사십분에 흰 불꽃이 하늘로 날아올랐다. 반짝이던 별들이 불빛에 스러졌다. 잠시 후 근처에 있던 대포가 불꽃을 내뿜었다. 포성이 어찌나 큰지, 발터는 누가 밀친 것처럼 비틀거리며 뒤로 물러났다. 하지만 그건 아무것도 아니었다. 곧이어 모든 포가 포격을 시작했다. 포성은 천둥소리보다 훨씬 더 컸다. 주변이 가스와 연기로 자욱했고, 발터는 코로만 숨을 쉬려고 애썼다. 발밑 땅이 충격으로 흔들렸다.

독일군 포탄이 쌓아놓은 적의 포탄과 연료 탱크를 맞혔고, 이내 영국 측 진지에서 폭발과 불꽃이 보였다. 발터는 포격을 당하는 일이 어떤지 잘 알았고, 적군이 안됐다는 생각이 들었다. 적진에 피츠가 없기를 바랐다.

이제 대포는 너무 뜨거워서 아무 생각 없이 손을 댔다가는 델 수도 있었다. 포신이 지나치게 달아올라 제대로 목표를 맞히지 못할 지경이 되자 포병들이 물에 적신 자루를 덮어 식혔다. 발터의 돌격대원들은 자진해서 근처 포탄 구멍에 고인 물을 양동이로 날라 포신을 덮은 자루가 마르지 않도록 적셨다. 공격이 시작되기 전 보병은 늘 포병을 열심히 돕는다. 포격으로 한 명이라도 더 죽으면 보병이 전진하면서 총으로 쏘아죽여야 할 적이 줄기 때문이다.

해가 뜨면서 안개가 끼기 시작했다. 대포 주변은 화약이 폭발하면서 물기가 증발해 날아갔지만, 먼 곳은 안개에 가려 아무것도 보이지 않았다. 발터는 불안했다. 포병들은 '지도에 근거해' 조준하게 될 것이다. 다행히 그들은 영국군 진영의 지세를 상세히 파악하고 있었다. 대부분 겨우 일 년 전만 해도 독일이 차지하고 있던 지역이었기 때문이다. 하지만 직접 관측을 통해 내용을 수정한 것은 아니었다. 시작이 좋지는 않았다.

안개가 포연과 뒤섞였다. 발터는 손수건을 묶어 코와 입을 가렸다. 영국군의 응사는 없었다. 적어도 발터가 맡은 구역에서는 그랬다. 용기가 생겼다. 어쩌면 영국군 포대는 이미 파괴됐는지도 모른다. 근처 독일군 사상자는 포탄이 포신 속에서 폭발하는 통에 박격포병 한 명이 사망한 것 말고는 없었다. 들것을 든 병사들이 시체를 치웠고, 포 옆에 있다가 파편에 다친 병사들의 상처는 위생병들이 붕대로 감아주었다.

아침 아홉시, 발터는 부대원들을 돌격 출발 지점으로 이동시켰다. 돌격대원들은 대포 뒤에 엎드려 기다렸고 일반 보병들은 참호에 서 있었다. 참호 뒤쪽에는 2차 공격을 퍼부을 포병대와 의무대, 통신대, 포탄 보급대, 전령들이 대기하고 있었다.

돌격부대는 현대적인 '석탄통' 철모를 쓰고 있었다. 그들은 처음으로 뿔이 달린 구식 철모를 포기했으며, 마우저 K98 카빈 소총으로 무장했다. 총신이 짧아서 먼 거리에서는 정확도가 떨어지지만 참호전의 비좁은 환경에서는 긴 소총보다 다루기 편했다. 모든 대원은 막대형 수류탄을 열 개 정도 가방에 넣어 가슴 위로 가로질러 메고 있었다. 영국 병사들은 독일군 수류탄을 보고 집에서 아내가 감자를 으깰 때 사용하는 기구와 비슷하다고 해서 '감자 망치'라고 불렀다. 아마 영국 가정집 부엌에는 다들 그런 게 하나씩 있는 모양이다. 전쟁포로를 심문하다가 알아낸 사실이었다. 발터도 영국 부엌에 직접 들어가본 건 아니었다.

발터는 방독면을 착용하고 대원들에게도 착용 지시를 내렸다. 그래야 적진에 도착했을 때 아군이 쏜 독가스로 인한 피해를 입지 않을 수 있었다. 그러고 나서 아홉시 삼십분이 되자 그는 일어섰다. 소총을 등에 가로질러 메고 양손에 수류탄을 하나씩 들었다. 전진하는 돌격대원의 모습이었다. 소리쳐 명령을 내릴 수는 없었다. 무슨 소리든 다들 들을 수가 없었기 때문이다. 그는 수신호를 보낸 다음 달렸다.

발터의 부하들은 그를 따라 무인지대를 내달렸다.

땅은 단단하게 말라 있었다. 지난 몇 주 동안 큰비가 오지 않은 덕이었다. 마른땅은 공격하는 측에 유리했다. 사람과 차량이 움직이기 더 쉽기 때문이다.

모두 허리를 숙이고 달렸다. 머리 위로 독일군이 포격을 가하고 있었다. 발터의 부하들은 적진에 미치지 못하고 떨어지는 아군의 포탄에 맞을 위험에 대해서도 잘 알고 있었다. 특히 안개 속에서 관측병이 조준점을 제대로 잡지 못할 때는 더욱 그랬다. 하지만 위험을 감수할 가치는 있었다. 포격이 끝날 때쯤이면 돌격대는 영국군 참호에 매우 가까이 접근해 있을 테고, 적이 미처 자리를 잡고 기관총 진지를 정비하기도 전에 달려들 수 있기 때문이다.

무인지대를 가로질러 달리면서 발터는 적군의 철조망이 포격으로 망가져 있길 바랐다. 안 그러면 철조망을 자르느라 시간을 허비하게 된다.

오른쪽에서 뭔가 폭발하더니 비명이 들렸다. 잠시 후 뭔가 땅 위에서 어슴푸레 빛나는 게 눈에 띄었다. 그가 본 것은 인계철선이었다. 그들은 사전에 파악하지 못한 지뢰밭에 들어와 있었다. 한 발만 잘못 움직여도 몸이 산산조각날 수 있다는 엄청난 공포가 밀려왔다. 하지만 발터는 이내 다시 정신을 가다듬었다. "발밑 조심해!" 소리를 질렀지만 우레 같은 포성에 묻혀 들리지도 않았다. 그들은 계속 달렸다. 언제나 그렇듯 부상당한 병사들은 의무대가 와서 보살필 때까지 그냥 버려두어야 했다.

잠시 후 아홉시 사십분 포격이 멈추었다.

루덴도르프는 공격 시작 전 며칠간 계속 포격을 퍼붓는 옛 전술을 버렸다. 그러면 적이 지원받을 시간을 벌 수 있기 때문이다. 다섯 시간이면 당황한 적이 사기가 꺾이면서 제대로 대오를 정비할 틈이 없다는 계산이 나왔다.

이론적으로야 그렇지. 발터는 생각했다.

그는 허리를 펴고 더 빨리 달렸다. 숨이 거칠긴 했지만 흔들림 없었고 땀도 별로 나지 않는데다 긴장은 됐지만 차분했다. 이제 잠시 후면 적과 맞붙을 것이다.

그는 영국군이 설치한 철조망에 다다랐다. 철조망은 망가지진 않았지만 중간에 벌어진 틈이 있어서, 그는 부하들을 그 사이로 통과하게 했다.

중대 및 대대 지휘관들은 말이 아닌 손짓으로 병사들에게 다시 옆으로 산개하라고 지시했다. 소리가 들릴 수 있을 만큼 적진이 가까웠기 때문이다.

이제 안개는 적들의 눈에 띄지 않게 몸을 숨겨주는 친구였다. 그런 생각에 발터는 온몸이 떨릴 정도로 신이 났다. 지금쯤이면 지옥 같은 기관총 세례가 시작될 지점에 도착했을 텐데도 영국군은 그들을 보지 못하고 있었다.

발터는 독일군 포탄으로 엉망이 된 지역에 도착했다. 처음에는 포탄 구멍과 흙더미밖에 보이지 않았다. 그러다 참호 일부가 보여 발터는 영국 진지에 도착했음을 알았다. 참호는 무너져 있었다. 포병들이 일을 잘해낸 것 같았다.

참호 안에 적이 있을까? 총알이 날아오지는 않았지만 확실히 해두는 편이 좋았다. 발터는 혹시 몰라 수류탄 한 개를 안전핀을 뽑아 참호에 던져넣었다. 수류탄이 폭발하고 난 뒤 안을 들여다보았다. 몇몇이 바닥에 쓰러져 꼼짝도 하지 않았다. 좀 전의 포격에서 살아남은 적들도 수류탄으로 끝장난 듯했다.

지금까진 운이 좋군. 발터는 생각했다. 끝까지 운에 맡길 수는 없지.

그는 참호를 따라 달리며 대대의 나머지 병사들을 확인했다. 영국군 병사 대여섯이 무기를 버린 채 수프 그릇처럼 생긴 철모에 양손을 올리고 항복하는 모습이 보였다. 그들을 포로로 잡은 독일군 병사들에 비해 잘 먹고 지낸 모습이었다.

브라운 중위가 포로들을 향해 소총을 겨누고 있었지만, 발터는 부하 장교들이 포로들을 상대하느라 시간을 허비하는 걸 바라지 않았다. 영국군들이 방독면을 쓰고 있지 않은 걸 보고 그도 방독면을 벗었다. "계속 앞으로 가!" 그는 영어로 소리질렀다. "저리, 저쪽으로!" 그는 독일군 진지 쪽을 가리켰다. 영국군들은 전장을 벗어나 살기 위해 앞으로 걸었다. "가게 둬." 발터는 브라운을 향해 소리질렀다. "후방 부대가 처리할 거야. 우린 계속 전진한다." 돌격대는 애초에 그럴 목적으로 만든 부대였다.

발터는 계속 달렸다. 몇백 미터 동안 별다를 것은 없었다. 파괴된 참호와 적군 사상자들. 제대로 된 저항은 없었다. 그때 기관총 소리가 들렸다. 잠시 후 발터는 포탄 구멍에 몸을 숨긴 소대에 합류했다. 그는 바이에른 출신인 슈바프 하사 옆에 배를 깔고 엎드렸다. "기관총 진지가 안 보입니다." 슈바프가 말했다. "그래서 소리나는 곳을 향해 사격하고 있습니다."

슈바프는 전술을 이해하지 못하고 있었다. 돌격대는 강한 적을 만나면 뒤에 따라오는 보병대가 쓸어버리도록 남겨두고 우회해야 했다. "계속 달려!" 발터는 그에게 명령했다. "기관총은 옆으로 돌아서 피해." 잠시 기관총 사격이 멈춘 사이, 발터는 일어서서 병사들에게 손을 흔들었다. "일어나! 일어나라고!" 부하들은 명령에 따랐다. 그는 부하들을 이끌고 기관총 사정권을 벗어나 텅 빈 참호를 넘었다.

그는 브라운과 다시 마주쳤다. 중위는 비스킷 깡통을 들고 비스킷을 입에 밀어넣으며 뛰고 있었다. "믿을 수가 없어요!" 그가 소리쳤다. "대대장님도 영국군 음식들을 보셔야 합니다!"

발터는 그의 손에서 깡통을 쳐서 떨어뜨렸다. "넌 싸우러 온 거지 먹으러 온 게 아니야, 이 멍청한 놈." 그는 소리를 질렀다. "빨리 뛰어."

발터는 뭔가가 발 위로 뛰어오르는 바람에 깜짝 놀랐다. 안개 속으로 토끼 한 마리가 깡총거리며 달아났다. 포격으로 토끼 굴이 무너진 게 틀림없었다.

나침반을 꺼내 여전히 서쪽을 향하고 있는지 확인했다. 그가 맞닥뜨린 참호들이 통신용인지 보급용인지 알 수 없었고, 그래서 파인 방향도 그다지 도움이 되지 못했다.

그는 영국인들이 독일을 따라 참호를 여러 단계로 만들었다는 걸 알고 있었다. 첫번째 참호를 지나면 곧 흔히 적색 방어선이라 부르는, 방어 태세가 잘 갖춰진 참호가 나타날 테고 그곳을 돌파해 1.5킬로미터쯤 더 서쪽으로 전진하면 갈색 방어선 참호가 나올 것이다.

그곳을 넘으면 그대로 서부 해안까지 막힘없이 펼쳐진 땅이 있을 뿐이었다.

앞쪽 엷은 안개 속에 포탄이 떨어져 폭발했다. 혹시 영국군이 쏘는 건 아닐까? 그들이 방어 차원에서 포격을 가할 수도 있었다. 하지만 이건 독일군의 2차 이동 포격이 틀림없었다. 이러다가 발터와 부하들은 아군의 포격 목표지점을 앞지르는 위험한 상황을 맞을 수도 있었다. 돌아서보니 다행히 부하들은 대부분 그의 뒤에 있었다. 그는 양팔을 들어올렸다. "엄폐하라!" 발터는 소리를 질렀다. "전달해!"

굳이 말할 것도 없었다. 부하들 역시 그와 같은 판단을 했기 때문이다. 그들은 몇 걸음 뒤의 빈 참호로 뛰어들었다.

발터는 신이 났다. 일이 제대로 돌아가고 있었다.

참호 안에는 영국군 세 명이 쓰러져 있었다. 둘은 움직임이 없었지만 하나는 신음하고 있었다. 나머지는 어디로 간 거지? 달아났는지도 모른다. 아니면 이들은 후퇴하는 전우들에게 살아날 기회를 만들어주느라 방어가 불가능한 지역을 지키려고 남은 결사대일 수도 있었다.

죽은 영국인 중 하나는 특이할 정도로 키가 크고 손발도 컸다. 그뢴발트가 얼른 시체의 군화를 벗겼다. "제 발에 딱 맞습니다!" 그는 발터를 향해 설명하듯 말했다. 발터도 말릴 수 없었다. 그뢴발트의 군화에 구멍이 났기 때문이다.

발터는 주저앉아 숨을 골랐다. 머릿속으로 공격의 첫 단계를 되짚어보니, 이보다 더 순조롭게 진행될 수는 없을 것 같았다.

한 시간 후 독일군 대포들은 다시 침묵에 빠졌다. 발터는 부하들을 모아 움직였다.

긴 언덕을 중간쯤 오르는데, 목소리가 들렸다. 그는 한 손을 들어올려 주위 병사들에게 멈추라는 신호를 보냈다. 전방에서 누군가 영어로 말했다. "빌어먹을 새 한 마리도 안 보이는구먼."

왠지 귀에 익은 악센트였다. 오스트레일리아인인가? 그보다는 인도 억양에 가깝게 들렸다.

같은 악센트의 다른 목소리가 대답했다. "놈들도 널 못 보면 못 맞히겠지!"

그 순간 발터는 1914년, 피츠의 웨일스 영지에 있는 커다란 저택으로 되돌아갔다. 바로 그 집 하인들이 쓰던 말투였다. 여기 완전히 황폐해진 프랑스 전장, 그의 바로 앞에 있는 남자들은 웨일스인이었다.

위쪽에서 하늘이 조금 밝아지는 것 같았다.

III

빌리 윌리엄스 하사는 안개 속을 바라보았다. 다행히 포격은 멈췄지만 그것은 독일군이 몰려온다는 뜻일 뿐이었다. 어떻게 하지?

내려온 명령은 없었다. 그의 소대는 최전선에서 후방으로 꽤 떨어진 곳의 방어용 보루를 지키고 있었다. 날씨만 좋으면 길고 완만한 내리막을 따라 넓은 지대가 잘 보이는 곳이었다. 언덕 아래는 한때 농가 건물이었을 게 분명한 돌무더기가 쌓여 있었다. 그런데 지금은 다른 보루와 연결된 참호조차 보이지 않았다. 대개는 후방에서 명령이 내려오게 마련인데 오늘은 없었다. 포격에 전화선이 끊겼는지 통화도 되지 않았다.

병사들은 참호 안에 서거나 앉아 있었다. 그들은 대피호에 숨어 있다가 포격이 멈추자 나왔다. 야전 취사장에서 가끔 뜨거운 차를 커다란 항아리째 바퀴 달린 수레에 실어 참호를 따라 보내오기도 했지만, 오늘은 간식이 올 것 같지 않았다. 그들은 휴대용 비상식량으로 아침을 해결했다.

소대에는 미국에서 만든 루이스 경기관총이 하나 있어서 참호 뒤쪽 대피호 위에 설치해두었다. 총을 맡은 병사는 열아홉 살짜리 소년원 출신 조지 배로였다. 훌륭한 병사이지만 배움이 짧아서 잉글랜드를 마지막으로 침략한 이가 '정복자 노르만'이라고 알고 있을 정도였다.* 기관

---

* 보통 '정복자 윌리엄'으로 불린다.

총 뒤에 앉은 조지는 유탄에 맞지 않도록 철제 약실 뭉치로 몸을 가린 채 파이프를 피우고 있었다.

스토크스 박격포도 한 문 있었는데, 지름 3인치짜리 포탄을 약 750미터 떨어진 곳까지 날려보낼 수 있는 유용한 무기였다. 형 조이 폰티를 솜 강에서 잃은 조니 폰티 상병은 박격포를 매우 잘 다룰 수 있게 되었다.

빌리는 기관총 진지로 올라가 조지 옆에 섰지만, 그래도 시야는 여전히 막혀 있었다.

조지가 빌리에게 말했다. "빌리, 다른 나라도 우리처럼 식민지가 있나요?"

"그래." 빌리가 말했다. "프랑스는 북아프리카 대부분을 가졌고, 동인도는 네덜란드가, 아프리카 남서부는 독일······"

"이런." 조지가 조금 기분이 상한 듯했다. "그 얘기는 들었어요. 하지만 진짜 그럴 줄은 몰랐는데."

"왜?"

"그러니까, 그들은 무슨 권리로 다른 나라 사람을 지배하는 거죠?"

"그럼 우리는 무슨 권리로 나이지리아와 자메이카, 인도를 지배하는 걸까?"

"그야 우리는 영국인이니까요."

빌리는 고개를 끄덕였다. 지도책 한번 본 적 없는 조지 배로는 자신이 데카르트나 렘브란트, 베토벤보다 더 뛰어나다고 느꼈다. 그가 특이한 건 아니었다. 그들 모두 학교를 다니는 내내 과장된 선전을 들어왔다. 학교에서는 영국 군대의 승리만 가르칠 뿐, 패배는 전혀 알려주지 않았다. 런던의 민주주의는 가르치지만 카이로에서의 압제는 가르치지 않았다. 영국에서 실현되는 정의는 배우지만, 오스트레일리아에서 자행되는 태형이나 아일랜드의 기아, 인도에서의 학살은 알려주지 않았

2부 | 거인들의 전쟁 393

다. 가톨릭 신도가 신교도를 화형에 처한 일은 배우지만, 신교도 역시 기회만 있으면 가톨릭 신도에게 똑같은 짓을 저질렀다는 건 전혀 알지 못했다. 빌리의 아버지처럼 선생들이 묘사한 세상은 공상이나 다름없다는 것을 설명해줄 수 있는 아버지는 거의 없었다.

하지만 빌리는 오늘 조지에게 제대로 된 지식을 전해줄 겨를이 없었다. 다른 걱정거리가 있었기 때문이다.

하늘이 조금 밝아졌고, 안개가 걷힐 듯 보였다. 그러다 갑자기, 안개가 순식간에 싹 사라졌다. 조지가 말했다. "이런, 젠장!" 빌리는 조지가 왜 놀랐는지 바로 깨달았다. 400여 미터 떨어진 곳에서 수백 명의 독일군 병사가 언덕을 따라 접근하고 있었다.

빌리는 참호 안으로 뛰어내렸다. 많은 병사가 빌리와 동시에 적을 발견했고, 그들이 놀라는 소리를 듣고 다른 병사들도 정신을 차렸다. 빌리는 쌓아올린 모래주머니 사이에 설치한 철판 틈으로 밖을 내다보았다. 독일군의 반응은 그들보다 느렸다. 참호 안에 있는 영국군이 상대적으로 잘 보이지 않기 때문인 듯했다. 한두 명은 멈춰 섰지만, 나머지는 계속 달려올라오고 있었다.

잠시 후 참호 이곳저곳에서 소총 소리가 울렸다. 독일군 일부가 쓰러졌다. 나머지는 엎드려 포탄 구멍이나 자라다 만 덤불 뒤로 몸을 숨겼다. 빌리의 머리 위에서 루이스 기관총이 축구 응원도구처럼 요란한 소리를 내며 사격을 시작했다. 잠시 후 독일군도 응사에 나섰다. 기관총이나 박격포는 없는 것 같았다. 그걸 알아차리고 빌리는 감사했다. 부하 중 하나가 비명을 질렀다. 눈이 좋은 독일군 병사가 경솔하게 모래주머니 위로 고개를 내민 누군가를 발견한 모양이다. 아니, 차라리 운 좋은 사수가 운이 나쁜 영국군의 머리를 맞혔다고 봐야 할까.

토미 그리피스가 빌리 옆에 나타났다. "다이 파월이 맞았어."

"부상이야?"

"죽었어. 머리에 맞았어."

"이런 젠장." 빌리가 말했다. 뜨개질 솜씨가 훌륭한 파월 부인은 프랑스에 있는 아들에게 스웨터를 짜서 보냈다. 이제 그녀는 누구를 위해 뜨개질을 한단 말인가?

"그 자식이 모아놓은 거 내가 챙겼어." 토미가 말했다. 다이는 프랑스인에게서 산 포르노 사진엽서를 잔뜩 갖고 있었다. 포동포동하고 그곳에 털이 수북하게 난 여자들 사진이었다. 같은 부대 병사들은 누구나 한 번쯤 그에게서 사진들을 빌려보았다.

"왜?" 빌리는 적의 동태를 살피느라 정신이 없는 와중에 물었다.

"그걸 애버로언 집으로 보내면 안 되잖아."

"아, 그렇군."

"근데 이 사진들 어떡하지?"

"이런 젠장, 토미. 그런 건 나중에 물어봐. 난 지금 빌어먹을 독일군 새끼들 수백 명을 신경써야 한다고."

"미안, 빌리."

도대체 독일군 수가 얼마나 되는 걸까? 전장에서는 인원을 헤아리기가 어렵다. 하지만 눈앞에 보이는 것만 해도 최소한 이백 명은 되고, 보이지 않는 곳에도 더 있을 듯했다. 빌리는 상대가 대대급은 된다고 추측했다. 소대 병력인 그들 마흔 명으로는 상대가 되지 않았다.

어떻게 하지?

장교라고는 지난 24시간 동안 본 적이 없었다. 빌리가 가장 선임이었다. 그가 지휘를 해야 했고, 계획이 필요했다.

상관인 장교들의 무능에 대해서는 이제 화조차 나지 않았다. 그것도 빌리가 자라면서 경멸하게 된 계급제도의 한 단면일 뿐이었다. 하지만 아주 가끔, 병사들을 지휘하는 부담이 떨어질 때면 그는 그다지 즐기지 못했다. 오히려 책임의 무게와 잘못된 결정으로 동료를 죽게 할지도 모른다는 두려움이 더 컸다.

만일 독일군이 정면으로 공격해왔다면 빌리의 소대는 제압당했을 것이다. 하지만 적은 상대가 얼마나 약한지 알지 못했다. 이쪽의 병력이 많은 것처럼 보이게 할 순 없을까?

후퇴할까 하는 생각도 들었다. 하지만 군인이라면 공격당하는 순간 달아나선 안 되는 법이다. 이곳은 방어용 보루였고, 빌리는 이곳을 지켜야 했다.

그는 맞서 싸울 생각이었다. 당장은 그랬다.

일단 그가 결정을 내리자 나머지 병사들은 따랐다. "놈들한테 다시 한번 먹여, 조지!" 그가 소리쳤다. 루이스 기관총이 불을 뿜는 사이 빌리는 참호를 따라 뛰었다. "다들 쉬지 말고 쏴라. 여기 수백 명은 있는 것처럼 보이게 해."

땅바닥에 쓰러진 다이 파월의 시체가 보였다. 머리에 난 구멍 주위의 피는 이미 검게 변하는 중이었다. 다이는 군복 재킷 속에 어머니가 보내준 스웨터를 입고 있었다. 색깔은 흉한 갈색이었지만 그래도 따뜻해 보였다. "잘 가라, 인마." 빌리는 중얼거렸다.

멀리 참호 안에서 조니 폰티가 보였다. "스토크스 박격포를 설치해, 조니." 빌리가 말했다. "저 자식들 펄쩍 뛰게 해줘."

"좋아." 조니가 말했다. 그는 두 발 달린 포판을 참호 바닥에 설치했다. "거리는? 450미터?"

조니의 부사수는 얼굴이 동그랗고 무표정한 기름덩어리 휴잇이었다. 그는 사격용 계단 위로 뛰어올랐다가 뒤돌아보며 외쳤다. "맞아, 450에서 550." 빌리는 직접 살펴보고 있었지만, 기름덩어리와 조니는 예전부터 손발을 맞춰온 사이이므로 둘이 알아서 결정하게 두었다.

"장약 두 개에 각도 45." 조니가 말했다. 자체 추진 폭탄은 추진 장약을 추가해 사정거리를 늘일 수 있었다.

조니는 사격 계단에 올라서서 다시 한번 독일군을 보고 조준점을 맞췄다. 주변에 서 있던 병사들이 조심스레 옆으로 비켜났다. 조니가 포탄을 포신에 넣었고, 포탄이 포신 바닥에 닿자 공이가 추진 장약에 불을 붙여 발사되었다.

포탄은 거리가 모자라게 날아가 가장 가까운 적군 병사들에게 조금 못 미치는 곳에서 터졌다. "45미터 더, 살짝 오른쪽." 휴잇이 외쳤다.

조니는 조준점을 맞추고 다시 발사했다. 두번째 포탄은 독일군 몇 명이 몸을 숨기고 있던 포탄 구멍에 떨어졌다. "맞았어!" 휴잇이 소리쳤다.

빌리는 적군이 맞았는지 확인하지는 못했지만, 어쨌든 박격포 덕분에 적들은 고개를 들지 못하고 있었다. "한 열 발 계속 날려!" 그가 말했다.

빌리는 장교였다가 강등당한 로빈 모티머의 뒤로 다가갔다. 모티머는 사격 계단에 서서 규칙적으로 사격하고 있었다. 그가 다시 총알을 재느라 사격을 멈추었다가 빌리와 눈이 마주쳤다. "웨일스놈, 탄약이 더 필요해." 그가 말했다. 열심히 함께 싸우는 지금도 늘 그렇듯 말투는 무례했다. "전부 동시에 총알이 떨어지길 바라지는 않겠지."

빌리는 고개를 끄덕였다. "좋은 생각이에요, 고마워요." 탄약고는 뒤쪽으로 연결된 교통호를 따라 90여 미터 떨어진 곳에 있었다. 그는 어차피 거의 명중시키지 못할 신병 둘을 골라냈다. "젱킨스와 노지, 탄약 더 가져와. 어서 움직여." 두 병사는 서둘러 뒤쪽으로 향했다.

빌리는 모래주머니 사이 구멍으로 다시 한번 밖을 살폈다. 바로 그 순간 독일군 하나가 일어서는 모습이 보였다. 독일군 지휘관이 공격 명령을 내리는 것일지도 몰랐다. 가슴이 철렁했다. 그들을 막아선 영국군이 수십 명밖에 안 된다는 걸 알아차리고 쉽게 제압할 수 있으리라 추측한 게 틀림없었다.

하지만 빌리의 생각은 틀렸다. 장교는 뒤쪽으로 손짓하더니 아래로 달리기 시작했다. 부하들도 그를 따라 뛰었다. 빌리의 소대는 환호를 올리며 달아나는 적을 향해 마구잡이로 사격을 가해 그들이 사정거리를 벗어나기 전까지 몇 명을 더 쓰러뜨렸다.

독일군은 무너진 농가까지 달아나 돌무더기 뒤에 몸을 숨겼다.

빌리는 웃음이 나는 걸 참을 수 없었다. 그들보다 열 배나 많은 적을 몰아낸 것이다! 빌어먹을 장군이 되어야 했는데. 그는 생각했다. "발사 중지!" 그는 소리쳤다. "사정거리를 벗어났어."

젱킨스와 노지가 탄약상자를 들고 돌아왔다. "계속 날라." 빌리가 말했다. "놈들이 다시 올지 몰라."

하지만 참호 밖을 내다보니 독일군은 전혀 다른 계획을 세운 듯했다. 그들은 두 무리로 나뉘어 무너진 농가에서 좌우로 갈라졌다. 빌리가 지켜보는 가운데, 독일군은 사정거리 안으로는 들어오지 않으면서 영국군이 지키는 보루를 멀리 우회하기 시작했다. "이런, 젠장." 빌리는 말했다. 그들은 빌리가 지키는 보루와 다음 보루 사이로 빠져나가 양쪽에서 이곳을 공격하려는 심산이었다. 아니면, 빌리가 지키는 곳은 후방 부대가 쓸어버리도록 두고 그냥 통과하려는 것일지도 모른다.

어느 쪽이든 빌리가 있는 곳은 적의 수중에 떨어질 것이다.

"기관총 치워, 조지." 빌리가 말했다. "그리고, 조니, 박격포 해체해. 모두 필요한 걸 챙겨. 우린 후퇴한다."

그들은 소총과 배낭을 메고 서둘러 가장 가까운 교통호를 따라 뛰기 시작했다.

빌리는 아무도 없는 걸 확인하려고 대피호 안을 들여다보았다. 수류
탄 한 발을 꺼내 안전핀을 제거하고 안으로 던져넣어 남은 보급품이 적
의 손에 들어가지 않도록 조치했다.

그리고 부하들을 따라 후퇴했다.

IV

그날 늦은 오후, 발터와 그의 대대는 영국의 후방 참호까지 모두 점
령했다.

발터는 피곤했지만 의기양양했다. 그의 대대는 맹렬한 소규모 접전
을 몇 번 벌였지만 오래 맞붙어 싸우지는 않았다. 안개 덕분에 돌격대
의 전략은 기대보다 훨씬 잘 먹혔다. 그들은 약한 상대를 제압하고 강
한 상대는 그냥 통과하면서 상당히 넓은 지역을 점령했다.

발터는 대피호를 발견하고 안으로 들어가보았다. 부하 몇 명이 따라
들어왔다. 뭔가 가정집 같은 분위기가 풍겼는데, 아무래도 영국인들이
몇 달 동안 그곳에서 생활한 모양이었다. 벽의 못에 끈으로 걸어둔 잡
지와 뒤집어엎어둔 상자 위에 놓인 타자기, 오래된 케이크틀에 넣어둔
그릇과 포크, 숟가락이 여럿 보였고 여러 개 포개진 상자들 위에는 테
이블보라도 되는 듯 담요가 덮여 있었다. 발터는 이곳이 대대본부였으
리라 추측했다.

부하들은 금세 음식을 찾아냈다. 크래커와 잼, 치즈, 햄 등이 있었다.
발터는 부하들이 음식을 먹는 것을 막을 수는 없었지만 위스키 병은 절
대로 따지 못하게 했다. 그들은 잠가둔 찬장을 부수고 단지에 든 커피

를 찾아냈다. 병사 하나가 밖에 작은 불을 피우고 주전자에 커피를 끓였다. 그가 발터에게 커피를 한 잔 내밀더니 캔에 든 가당분유를 타주었다. 천국의 맛이었다.

슈바프 하사가 말했다. "영국군도 우리처럼 음식이 모자란다는 신문기사를 봤습니다." 그는 숟가락으로 퍼먹던 잼 깡통을 들어 보였다. "이게 모자란 건가 싶네요!"

발터는 얼마쯤 지나야 진실을 알게 될까 궁금했던 적이 있었다. 그는 오래전부터 잠수함전이 연합국 보급에 미치는 영향을 독일 정부가 과장하고 있는 게 아닌가 의심해왔다. 이제 그는 진실을 알았고, 부하들 역시 마찬가지였다. 영국에서도 식량을 배급하는 상황이었지만 독일인들과 달리 영국인들은 굶어죽어가는 지경은 아닌 것 같았다.

발터는 영국군이 후퇴하며 부주의하게 흘리고 간 지도 한 장을 발견했다. 그가 가진 지도와 비교해보니 그곳은 크로자 운하에서 멀지 않았다. 그 말은 이 년 전, 솜 강 전투 때 연합군이 다섯 달에 걸쳐 아주 힘들게 차지한 지역을 독일이 단 하루 만에 다시 점령했다는 뜻이었다.

정말로 승리가 독일의 손아귀에 있었다.

발터는 영국제 타자기 앞에 앉아 보고서를 작성하기 시작했다.

30장
1918년 3월 하순에서 4월

I

피츠는 부활절 주말에 티 귄 저택에서 파티를 열었다. 숨은 속셈이 있는 파티였다. 초대한 이들은 그와 마찬가지로 러시아의 새로운 정권에 적극 반대하는 사람들이었다.

가장 중요한 손님은 윈스턴 처칠이었다.

윈스턴은 자유당 소속이고, 어쩌면 혁명가들에게 동조하는 마음을 품고 있을지 모른다. 하지만 공작의 손자인 그는 권위주의적인 면모도 있었다. 피츠는 오랫동안 처칠을 자기 계급을 배반한 사람으로 여겼으나, 이제는 그가 볼셰비키를 열렬히 미워하니 용서해야 한다는 쪽으로 마음이 기울고 있었다.

윈스턴은 성聖금요일에 도착했다. 피츠는 롤스로이스를 애버로언 역으로 보내 그를 맞았다. 처칠은 응접실로 뛰다시피 들어왔다. 키가 작고 호리호리하고 붉은 머리에 안색도 불그스레했다. 부츠는 비에 젖어 있었다. 밀색 트위드로 잘 지은 양복에 눈동자와 같은 파란색 보타이를 맸다. 마흔세 살인데도 아는 사람들에게 고개를 끄덕이거나 처음 만나는 사람들과 악수를 나누는 모습에서 왠지 어린아이 같은 분위기가 풍겼다.

리넨폴드 나무장식과 무늬 벽지, 돌을 깎아 만든 벽난로, 짙은 색 오크 가구를 둘러보며 처칠이 말했다. "저택을 웨스트민스터 궁전처럼 꾸미지 않았소, 피츠!"

처칠이 기운이 넘치는 데는 다 그만한 이유가 있었다. 다시 정부로 복귀했기 때문이다. 로이드조지는 그를 군수장관으로 임명했다. 수상이 무슨 이유로 골칫거리에다 예측 불가능한 동료를 복귀시켰는가를 두고 말이 많았지만, 불만 많은 처칠을 차라리 정부 내에 두는 게 낫다고 판단했으리라는 게 중론이었다.

"당신네 탄광 광부들은 볼셰비키를 지지하더군." 윈스턴은 자리에 앉아 젖은 신발을 이글이글 타오르는 석탄불 쪽으로 뻗으면서, 반은 놀랍고 반은 역겹다는 듯 말했다. "지나오는 길에 보이는 집 가운데 절반은 붉은 깃발을 내걸었더란 말이오."

"자기들이 뭘 지지하는지도 모르는 인간들입니다." 피츠는 경멸조로 말했다. 사실은 그런 멸시 아래 커다란 근심이 깔려 있었다.

윈스턴은 모드가 가져온 차와 하인이 접시에 담아 내온 버터 바른 머핀을 받아들었다. "개인적으로 마음 아픈 일이 있다고 들었소."

"농민들 손에 제 처남 안드레이 왕자 부부가 죽었습니다."

"정말 안된 일이오."

"비와 저도 마침 그때 거기 있다가 아슬아슬하게 탈출했습니다."

"그 얘기도 들었소."

"주민들이 처남의 땅을 나눠 가졌다고 합니다. 광대한 영지로, 원래

대로라면 제 아들이 물려받아야 할 곳입니다. 그런데 러시아의 새 정권이 그런 도둑질을 승인했답니다."

"그런 것 같더군. 레닌이 처음으로 한 일이 토지 포고령을 통과시키는 거였소."

모드가 말했다. "공평함을 위해 말하자면, 레닌은 노동자들의 하루 노동을 여덟 시간으로 줄이고 그 자녀에게 무상교육을 제공한다는 발표도 했어요."

피츠는 화가 났다. 모드는 눈치가 없었다. 지금은 레닌을 두둔할 때가 아니었다.

하지만 윈스턴은 모드에게 지지 않았다. "그리고 정부에 반대하는 신문은 발행을 금지하는 언론 포고령도 내렸지." 그가 맞받아쳤다. "사회주의에 자유란 없소."

"단지 제 아들이 타고난 상속권 때문에 제가 이렇게 걱정하는 건 아닙니다." 피츠가 말했다. "만일 볼셰비키가 러시아에서 한 짓이 그대로 용인된다면, 다음은 뭐겠습니까? 웨일스 광부들은 이미 땅속 깊은 곳에서 캐내는 석탄은 지표면을 소유한 사람의 재산이 아니라고 믿고 있어요. 토요일 밤 아무때나 웨일스의 술집을 찾으면 그중 절반에서는 〈붉은 깃발〉 노래가 울려퍼질 겁니다."

"볼셰비키 정권은 태어났을 때 목을 졸라야 마땅하오." 윈스턴이 말했다. 곰곰이 생각에 잠긴 모습이었다. "태어났을 때 목을 졸라야 해." 그는 자기가 한 표현이 마음에 들었는지 되풀이했다.

피츠는 안달나는 마음을 진정시켰다. 처칠은 가끔 말 한마디를 만들어낸 게 전부인데 자신이 정책을 고안해냈다고 여기기도 했다. "그런데 우리는 아무것도 안 하고 있어요!" 피츠는 격분하며 말했다.

종이 울려 모두에게 만찬을 위해 옷을 갈아입을 시간임을 알렸다. 피츠는 무리해서 대화를 이어가지 않았다. 설득할 시간은 주말 내내 있다.

피츠는 옷을 갈아입으러 가던 도중, 평소와 달리 차를 마시는 시간에 아들을 응접실에 데려와 손님들에게 보이지 않았다는 사실이 떠올랐다. 옷을 갈아입기 전에 그는 긴 복도를 통해 아이 방으로 향했다.

보이는 이제 삼 년 삼 개월이 되었고, 갓난아기도 막 걸음마를 뗀 아이도 아니었다. 비의 파란 눈과 금발 곱슬머리를 닮은 아이는 걷기도 하고 말도 할 수 있었다. 아이는 난로 가까이 담요로 감싸인 채 앉아 있었고, 젊고 예쁜 보모 존스가 옆에서 책을 읽어주고 있었다. 수천 헥타르나 되는 러시아 농지의 합법적 영주인 아이는 엄지손가락을 빨고 있었다. 보통 때와 달리 발딱 일어나 피츠에게 달려오지 않았다. "아들이 왜 이러지?" 피츠가 말했다.

"배가 아프답니다, 백작님."

보모인 존스를 보면 피츠는 에설 윌리엄스가 언뜻 떠올랐지만, 물론 그만큼 똑똑하지는 않았다. "좀더 자세히 말해봐." 피츠는 조바심을 내며 말했다. "배가 어떻다는 거야?"

"설사를 합니다."

"도대체 어쩌다 그렇게 된 거지?"

"모르겠습니다. 기차 화장실이 아주 깨끗하지는 않았으니까……"

그렇다면 가족을 끌고 웨일스로 파티를 하러 내려온 피츠의 책임이라는 말이다. 그는 욕이 튀어나오려는 걸 참았다. "의사는 불렀나?"

"모티머 박사가 오고 있는 중입니다."

피츠는 너무 조바심낼 것 없다고 자신을 타일렀다. 아이들은 늘 별것 아닌 감염에 시달린다. 그 역시 어렸을 때는 배앓이를 얼마나 자주 했던가. 하지만 아이들은 간혹 위장염으로 죽기도 한다.

그는 소파 앞에 무릎을 꿇고 앉아 아들과 눈높이를 맞췄다. "우리 꼬마 장군님이 어떤가?"

보이는 멍하게 말했다. "똥이 물처럼 나와요."

이런 저속한 표현은 하인들에게 듣고 배운 것일 터였다. 실제로 방금 아이의 말에서 약간 웨일스 악센트가 묻어났다. 하지만 지금은 그런 걸로 난리를 피울 때가 아니라고 생각했다. "의사가 금방 올 거야. 널 낫게 해줄 거다."

"목욕하기 싫어요."

"오늘밤은 안 해도 될 것 같구나." 피츠는 일어섰다. "의사가 도착하면 나한테 알려줘." 그가 보모에게 말했다. "그 친구하고 직접 얘기를 좀 하고 싶으니까."

"잘 알았습니다, 백작님."

그는 아이 방을 나와 옷을 갈아입으러 갔다. 시종이 만찬 때 입을 옷, 셔츠 앞에 끼우는 다이아몬드 핀과 그에 어울리는 커프스단추, 코트 주머니에 꽂을 깨끗한 리넨 손수건을 준비해두었고, 에나멜가죽 구두 안에는 실크 양말을 각각 한 짝씩 넣어두었다.

옷을 갈아입기 전에 피츠는 비의 방에 가보았다.

그녀는 임신 팔 개월째였다.

첫아들이 생겼을 때는 아내가 이런 상태인 걸 보지 못했다. 피츠는 1914년 8월에 프랑스로 갔고, 그때 아내는 임신한 지 사 개월인가 오 개월이었다. 그리고 그가 영국으로 돌아온 건 아들이 태어난 후였다. 그는 배가 이처럼 극적으로 부풀어오르는 것도 처음 보았고, 인간의 몸이 이 정도로 변하고 늘어날 수 있다는 사실에 놀라기도 처음이었다.

비는 화장대에 앉아 있었지만 거울을 들여다보지는 않았다. 그녀는 뒤로 몸을 기대고 다리를 벌린 채 불룩 튀어나온 배에 양손을 얹고 있었다. 눈을 감은 그녀의 얼굴이 창백했다. "어떻게 해야 편할지 모르겠어요." 비는 투덜거렸다. "일어서도 앉아도 누워도 아프지 않은 자세가 없어요."

"아이 방에 가서 보이 좀 들여다봐야 할 것 같아."

"힘만 좀 나면 나도 바로 가볼 거예요!" 아내는 톡 쏘아붙였다. "시골에 오지 말았어야 했어요. 이런 몸으로 파티를 연다니 말도 안 되는 거예요."

피츠는 아내의 말이 옳다는 걸 잘 알았다. "하지만 볼셰비키에 대해 뭔가 해보려면 여기 온 사람들의 지지를 얻어내야 해."

"보이는 여전히 배가 많이 아프대요?"

"그래. 의사가 오고 있어."

"의사가 오면 저한테도 좀 오라고 하세요. 시골 의사야 별로 아는 것도 없겠지만요."

"일러두지. 당신은 저녁 먹으러 못 내려오겠군."

"상태가 이런데 어떻게 가겠어요?"

"그냥 물어본 거야. 모드가 상석에 앉으면 되니까."

피츠는 다시 옷을 갈아입으러 갔다. 전쟁을 핑계삼아 연미복과 흰색 타이를 포기하고 짧은 턱시도 재킷에 검은색 타이를 매고 만찬에 오는 사람들도 있었다. 피츠는 그 둘이 무슨 상관인지 알 수 없었다. 옷을 아무렇게나 입는 것과 전쟁이 무슨 상관이란 말인가.

그는 야회복을 차려입고 아래층으로 내려갔다.

II

저녁식사를 마치고 응접실에서 커피를 마시다가 윈스턴이 시비를 걸

듯 말했다. "모드 양, 마침내 당신들이 투표권을 갖게 되었소."

"일부만 얻었죠." 모드가 대답했다.

피츠는 여성 가운데 서른 살이 넘고 세대주이거나 세대주 아내만 이번 법안에 포함된 데 동생이 실망했다는 걸 알고 있었다. 피츠의 입장에서는 그런 법이 통과된 것 자체가 화나는 일이었다.

처칠은 짓궂게 말을 이어갔다. "여성들은 여기 계시는 커즌 경에게 어느 정도는 고마워해야 하오. 그 법안이 상원에 올라왔을 때 놀랍게도 기권하셨으니까."

커즌 백작은 명석한 인물로, 다친 등 때문에 금속제 코르셋을 차고 지내는 바람에 안 그래도 뻣뻣하고 오만한 성격이 더 심해졌다. 사람들은 그에 대해 운을 맞춰 이렇게 표현하기도 했다.

나는야 조지 너대니얼 커즌
나는야 제일 잘난 인간

그는 인도 총독을 지냈고, 지금은 상원의장으로 전시 내각을 구성하는 다섯 명 중 하나였다. 또한 여성 투표 반대동맹의 의장을 맡았기 때문에 그의 기권은 정치계를 깜짝 놀라게 했고, 여성 투표권에 반대하는 사람들은 크게 실망했다. 피츠 역시 마찬가지였다.

"이 법안은 하원의회를 통과했소." 커즌이 말했다. "국민이 선출한 의원들의 뜻을 우리가 거역할 수는 없다고 생각했소."

피츠는 여전히 이런 상황이 짜증스러웠다. "하지만 하원의 결정을 세심히 살피고 이런 월권을 제한하라고 상원이 있는 겁니다. 바로 이번 일이 그런 상황이죠!"

"우리가 표결로 법안을 부결시켰다면 하원에서는 불쾌하게 여기고 다시 법안을 보내왔을 거요."

피츠는 어깨를 으쓱했다. "그런 식의 분쟁은 전에도 겪었습니다."

"하지만 불행하게도 지금은 브라이스 위원회가 활동중이오."

"이런!" 피츠는 그 생각을 미처 못했다. 브라이스 위원회는 상원의회 개혁 방안을 논의하고 있었다. "그래서 그런 건가요?"

"위원회 보고서가 곧 나온다더군. 그전에 하원과 맞서는 일은 할 수 없었소."

"안 되죠." 피츠는 전혀 내키지 않았지만 그의 말을 인정할 수밖에 없었다. 만일 상원이 하원의 결정을 거역하려고 진지하게 덤벼들었다간 브라이스 위원회가 상원의 권한 제한을 제안할 수도 있었다. "그러면 우리는 영향력을 영영 완전히 잃을 수도 있으니까요."

"바로 그런 계산 때문에 나도 기권한 거요."

가끔은 정치가 이렇듯 우울하기도 했다.

집사인 필이 커즌에게 커피를 내오면서 피츠에게 속삭였다. "모티머 박사가 작은 서재에서 기다리고 있습니다. 백작님."

피츠는 아들의 복통이 걱정스럽던 참이라 반갑게 자리에서 일어섰다. "지금 가봐야겠군." 그는 손님들에게 양해를 구하고 나왔다.

작은 서재는 집안 어디에 놓아도 어울리지 않을 것들로 채워져 있었다. 고딕 양식으로 깎은 불편한 의자, 아무도 좋아하지 않는 스코틀랜드 풍경화, 피츠의 아버지가 인도에서 총으로 쏴 잡은 호랑이의 머리.

모티머는 실력이 좋은 동네 의사였는데, 직업만 믿고 자신이 백작과 대등하다고 여기는 게 아닌가 싶을 만큼 지나치게 자신감이 넘쳤다. 어쨌든 태도는 매우 공손했다. "안녕하십니까, 백작님." 그가 말했다. "아드님은 가벼운 위장 감염인데 아마도 별문제는 없을 겁니다."

"아마도?"

"일부러 그렇게 말씀드린 겁니다." 모티머는 고등교육을 통해 약해진 웨일스 악센트로 말했다. "저희 과학자들은 늘 확률을 다룹니다. 확실한 건 없지요. 백작님의 광부들 역시 매일 아침 아마도 폭발 사고가 없을 거라고 생각하면서 일하러 내려가는 거지요."

"흠." 피츠의 입장에서는 별로 안심이 되지 않는 말이었다. "공주는 만났나?"

"뵈었습니다. 마찬가지로 심각하게 편찮으신 건 아닙니다. 사실은 편찮으신 게 전혀 아니고 애를 낳으시려는 겁니다."

피츠는 펄쩍 뛰듯 일어섰다. "뭐?"

"공주님은 임신 팔 개월째라고 생각하고 계시지만 계산이 틀렸습니다. 지금 구 개월째이고 기쁘게도 앞으로 몇 시간만 기다리시면 됩니다."

"지금 누구랑 있지?"

"하인들이 주위에 모여 있습니다. 솜씨 좋은 산파를 부르러 보냈고, 백작님께서 원하시면 저도 출산할 때 옆에 있겠습니다."

"이건 내 실수야." 피츠는 비통하게 말했다. "아내를 설득해서 런던을 떠나는 게 아니었는데."

"런던이 아닌 곳에서도 매일 완벽하게 건강한 아이들이 태어나고 있습니다."

피츠는 조롱당하는 느낌이었지만 무시했다. "만의 하나 잘못되면?"

"런던의 백작님 주치의인 래스본 교수의 명성은 저도 압니다. 물론 대단히 뛰어난 외과의시죠. 하지만 제가 그분보다 아이를 더 많이 받았다고 해도 틀리지 않을 겁니다."

"광부의 아이들이겠지."

"그렇습니다. 대부분 그렇죠. 하지만 태어나는 순간에는 어린 귀족들과 아무 차이가 없습니다."

확실히 그는 피츠를 놀리고 있었다. "당신의 무례함이 마음에 안 드는 군." 피츠가 말했다.

모티머는 겁먹지 않았다. "저도 마찬가지입니다." 그가 말했다. "백작님은 제가 백작님 가족을 진료하기에 적당치 않다는 생각을 확실히 드러내셨습니다. 예의 비슷한 걸 차리지도 않고 말이죠. 기쁜 마음으로 돌아가겠습니다." 그는 가방을 챙겼다.

피츠는 한숨을 내쉬었다. 어리석은 다툼이었다. 그는 볼셰비키에게 화가 난 것이지 이런 과민한 중산층 웨일스인에게 화가 난 게 아니었다. "이보게, 바보 같은 짓 말라고."

"바보 같은 짓을 안 하려고 이러는 겁니다." 모티머는 문 쪽으로 다가섰다.

"의사라면 환자의 안위를 우선으로 삼아야 하는 것 아닌가?"

모티머는 문 앞에서 멈춰 섰다. "세상에, 정말 뻔뻔하시네요, 피츠허버트."

피츠에게 이런 식으로 말한 사람은 거의 없었다. 머릿속에 가차없이 대꾸할 말이 떠올랐지만, 피츠는 꾹 참았다. 다른 의사를 찾으려면 몇 시간이 걸릴지 모른다. 모티머가 발끈 성을 내고 가게 둔다면 비는 피츠를 절대 용서하지 않을 것이다. "그 말은 잊겠소." 피츠가 말했다. "아니, 지금까지 나눈 대화를 모두 기억에서 지우도록 하지. 당신도 그래준다면 말이오."

"제가 받아낼 수 있는, 사과에 가장 가까운 말인 것 같군요."

사실이었다. 하지만 피츠는 대꾸하지 않았다.

"다시 위층으로 가겠습니다." 의사가 말했다.

III

비 공주의 출산은 조용히 넘길 수가 없었다. 그녀의 방이 있는 저택 본관 전체에 비명이 울려퍼졌다. 모드는 손님들을 즐겁게 하고 비명소리도 덮어보려고 피아노로 래그타임을 크게 연주했지만, 래그타임이라는 게 모두 비슷비슷한 곡들이어서 이십여 분 만에 포기하고 말았다. 일부 손님은 잠자리에 들었지만 자정이 되자 남자들은 대부분 당구대가 있는 방에 모였다. 필이 코냑을 내왔다.

피츠는 윈스턴에게 쿠바산 엘 레이 델 문도 시가를 권했다. 그리고 윈스턴이 시가에 불을 붙이는 사이 말했다. "정부가 볼셰비키에 대해 무슨 조치를 취해야 합니다."

윈스턴은 자리에 모인 사람이 모두 전적으로 신뢰할 만한지 확인이라도 하듯 주위를 재빨리 둘러보았다. "상황은 이렇소. 영국 북부 함대가 이미 무르만스크 앞바다에 도착했소. 원칙상으로 그들의 임무는 러시아 배들이 독일군 손에 들어가는 걸 막는 것이지. 아르한겔스크에서 작은 임무도 하나 있고. 나는 무르만스크에 병력을 주둔시켜야 한다고 주장하는 중이오. 길게 보면 러시아 북부에서 반혁명 전력의 핵심이 될 수도 있으니까."

"그 정도로는 부족해요." 피츠는 윈스턴의 말이 끝나자마자 말했다.

"같은 생각이오. 나야 카스피 해의 바쿠에 군대를 보내고 싶지. 독일이나 오스만튀르크가 그곳의 엄청난 유전을 차지하지 못하도록 말이오. 아니면 이미 우크라이나 반볼셰비키 세력의 중심이 되고 있는 흑해 쪽도 좋을 테고. 마지막으로 시베리아의 블라디보스토크에는 러시아가 아직 우방이었을 때 그들을 지원하기 위해 쌓아둔 수천 톤에 달하는 보급품이 있소. 십억 파운드는 되지 않을까 싶은데. 우리 재산을 지킨다는 명분으로 그리 병력을 보낼 수도 있소."

피츠는 의심 반, 희망 반으로 물었다. "로이드조지가 그중 한 가지라도 실행할까요?"

"대놓고 하지야 않겠지." 윈스턴이 말했다. "문제는 여기 광부들 집에 나부끼는 붉은 깃발이오. 영국에도 러시아인들과 그들의 혁명을 지지하는 세력이 아주 많소. 그리고 나는 레닌과 그 패거리를 혐오하는 것만큼이나 사람들이 그들을 지지하는 이유도 이해하오. 비 공주의 가족에게는 미안한 일이지만……" 그는 다시 비명이 울려퍼지자 위쪽을 슬쩍 쳐다보았다. "러시아 지배층이 국민의 불만을 처리하는 데 재빠르지 못했다는 건 부정할 수 없지."

윈스턴은 여러 가지가 묘하게 뒤섞인 인물이야. 피츠는 생각했다. 귀족인 동시에 서민들의 남자였고 남의 영역까지 참견하지 않고는 못 배기는 똑똑한 행정가이며, 매력적인데도 동료 정치인 대부분의 미움을 샀다.

피츠가 말했다. "러시아 혁명가들은 도둑이고 살인자입니다."

"그렇지. 하지만 모든 사람이 그런 식으로 생각하지 않는다는 사실을 인정해야 하오. 그러니 우리 수상도 공개적으로 혁명에 반대할 수는 없는 거지."

"마음속으로 반대해봐야 아무 소용 없습니다." 피츠는 조바심을 내며 말했다.

"수상 모르게 할 수 있는 일도 상당히 많소. 물론 겉으로만 모르는 거지만."

"알겠습니다." 피츠는 윈스턴의 말에 큰 의미가 있을까 생각했다.

모드가 방으로 들어왔다. 남자들은 약간 놀라며 모두 일어섰다. 지방 영지의 저택에서 여성들은 대개 당구대가 있는 방에는 잘 들어오지 않는 법이었다. 모드는 불편한 법도 따위는 무시해버렸다. 그녀는 피츠에게 다가와 뺨에 키스했다. "축하해요, 오빠. 둘째 아드님이 태어났어요."

남자들은 환호성을 지르고 박수치면서 피츠 주위로 몰려들어 그의 등을 두드리거나 그와 악수를 나누었다. "아내는 괜찮나?" 피츠는 모드에게 물었다.

"기진맥진했지만 자랑스러워하고 있어요."

"하느님, 감사합니다."

"모티머 박사는 돌아갔고, 산파 말로는 가서 아기를 봐도 된대요."

피츠는 문으로 향했다.

윈스턴이 말했다. "나도 방으로 가야겠소."

방에서 나오던 피츠에게 모드가 하는 말이 들렸다. "필, 나도 브랜디 좀 줘."

윈스턴은 목소리를 낮추더니 말했다. "당신은 물론 러시아에 가봤고 러시아어도 하는 걸로 알고 있소." 피츠는 윈스턴이 무슨 말을 하려는지 궁금했다. "조금 하죠." 그가 대답했다. "자랑할 만큼은 아니지만 그래도 의사소통 정도는 합니다."

"혹시 맨스필드 스미스커밍이라는 사람을 만나본 적 있소?"

"어쩌다 본 적 있습니다. 그 사람은……" 피츠는 비밀첩보부 얘기를 입 밖에 내도 되는지 몰라 망설였다. "그 사람은 특별한 부서를 맡고 있더군요. 그에게 보고서를 몇 번 써준 적이 있습니다."

"아, 잘됐군. 런던에 돌아가면 그 사람과 이야기를 나누는 게 어떨까 싶소."

이제야 일이 진정 흥미로워졌다. "물론 언제라도 만나보죠." 피츠는 너무 관심을 내보이지 않도록 애쓰며 말했다.

"그에게 말해서 연락하라고 하겠소. 어쩌면 당신에게 다른 임무를 줄 거요."

두 사람은 비의 방 앞에 도착했다. 안쪽에서 새로 태어난 아기 특유의 울음소리가 들렸다. 눈물이 차올라 피츠는 창피했다. "들어가봐야겠습니다. 좋은 밤 보내십시오." 피츠가 말했다.

"축하합니다. 경도 좋은 밤 보내시오."

IV

아이 이름은 앤드루 알렉산더 머리 피츠허버트로 정했다. 이 작은 생명은 머리칼이 깜짝 놀랄 정도로 새까만 점이 피츠를 닮았다. 그들은 아이를 담요에 싸서 런던으로 데려갔다. 롤스로이스를 타고 혹시 차가 고장날 경우에 대비해 다른 차 두 대를 뒤따르게 했다. 도중에 쳅스토에서 아침을 먹고 옥스퍼드에서 점심을 먹은 다음, 메이페어의 집에 도착하자 저녁시간이었다.

며칠이 지난 어느 포근한 4월 오후, 피츠는 템스 강의 흙탕물을 보며 둑을 따라 걷고 있었다. 맨스필드 스미스커밍을 만나러 가는 길이었다.

규모가 커진 비밀첩보부는 템스 강둑의 아파트로 자리를 옮겼다. 'C'로 불리는 남자는 이제 빅벤이 보이는 강가의 화이트홀 코트라는 화려한 빅토리아풍 건물에서 불어난 조직을 거느리고 있었다. 피츠는 개인 엘리베이터를 타고 꼭대기층으로 올라갔다. 스파이 조직의 책임자는 꼭대기층의 아파트 두 채를 옥상 통로로 연결해 사용하고 있었다.

"우리는 오래전부터 레닌을 지켜보고 있었네." C가 말했다. "우리가 그를 밀어내는 데 실패하면 그는 지금까지 세계에 없었던 최악의 폭군이 될 거야."

"그 말씀이 맞는 것 같습니다." 피츠는 C가 볼셰비키에 대해 자신과 의견이 같아서 마음이 놓였다. "하지만 우리가 뭘 할 수 있습니까?"

"자네가 할 일을 얘기해보세." C는 책상에서 지도상의 거리를 잴 때 사용하는 철제 디바이더를 하나 꺼냈다. 그러고는 정신이 딴 데 팔린 것처럼 뾰족한 바늘 끝을 자신의 왼쪽 다리에 박아넣었다.

피츠는 깜짝 놀라 입 밖으로 비명이 터져나오려는 걸 간신히 참았다. 물론 이건 시험이었다. C가 자동차 사고를 당해 한쪽 다리가 의족이라는 사실이 떠올랐다. 피츠는 웃음지었다. "멋진 속임수군요. 거의 속을 뻔했어요."

C는 디바이더를 내려놓고 단안경 너머로 피츠를 날카롭게 바라보았다. "시베리아에서 지방 볼셰비키 정권을 타도한 카자크 지도자가 하나 있네. 우리가 그를 지원할 가치가 있는지 알아야겠어."

피츠는 깜짝 놀랐다. "공개적으로 지원합니까?"

"물론 그건 아니야. 하지만 내게 비밀 자금이 있어. 동쪽에 반혁명정부의 핵심을 유지할 수만 있다면, 이를테면 한 달에 만 파운드 정도의 비용은 감수할 수 있지."

"이름은요?"

"세묘노프 대위라고, 스물여덟 살이야. 만저우리滿洲里를 근거지로 삼고 있지. 중국 동부 철도와 시베리아 특급 횡단철도가 만나는 곳 일대야."

"그럼 이 세묘노프 대위라는 자가 철도 하나를 장악했고, 나머지 하나 역시 그럴 수도 있다는 거군요."

"바로 그거야. 그리고 볼셰비키를 미워하지."

"그럼 그에 대해 좀더 알아내야겠군요."

"바로 그 부분에서 자네가 필요한 거야."

피츠는 레닌을 타도하는 데 도움이 될 기회를 잡게 되어 기뻤다. 많은 의문이 떠올랐다. 세묘노프를 어떻게 찾을 수 있을까? 그는 카자크 출신이라는데, 카자크 사람들은 먼저 총부터 쏘고 질문은 나중에 하는 것으로 악명이 높았다. 세묘노프는 피츠와 대화를 할 것인가? 아니면 그를 죽일 것인가? 물론 볼셰비키를 무찌를 수 있다고 주장할 텐데, 실상이 어떤지는 알아낼 수 있을까? 영국이 건넨 돈을 그가 마땅한 곳에 쓰리라고 확신할 수 있는 방법은 있을까?

실제로 피츠가 물어본 질문은 이것이었다. "제가 적임자일까요? 죄송합니다만, 저는 눈에 잘 띄는 사람입니다. 러시아에서도 정체를 숨기기는……"

"솔직히 선택의 폭이 넓지 않네. 우리가 필요로 하는 사람은 세묘노프와 협상하게 될 경우를 고려해 상당히 직급이 높아야 하지. 거기다 러시아어도 할 줄 알면서 완벽하게 신뢰할 수 있는 사람은 많지 않네. 정말이야. 자네는 선택지 가운데 최고라고."

"그렇군요."

"물론 위험한 일이 될 걸세."

피츠는 안드레이를 때려죽인 농민들이 떠올랐다. 자신도 그렇게 될 수 있었다. 공포로 온몸이 떨리는 걸 간신히 진정시켰다. "위험하다는 건 잘 압니다." 그는 차분한 목소리로 대답했다.

"그럼 어떤가. 블라디보스토크로 가겠나?"

"물론입니다." 피츠가 말했다.

31장
1918년 5월에서 9월

I

거스 듀어는 군대생활에 쉽게 적응하지 못했다. 그는 멀쑥하게 큰 키로 흐느적거리는데다 자세가 어색했고, 행군도 경례도 군대식으로 쿵쿵거리며 걷는 것도 쉽지 않았다. 운동으로 말할 것 같으면 학교를 졸업하고 나서는 맨손체조조차 해보지 않았다. 그가 식탁에 꽃을 꽂아두고 침대에는 리넨 시트를 까는 것을 좋아하는 사람임을 아는 친구들은 그가 군대에서 끔찍할 정도로 충격받을 거라고 생각했다. 함께 장교 훈련을 받은 척 딕슨은 이렇게 말했다. "거스, 자네는 집에서 목욕물도 직접 받은 적 없잖아."

그러나 거스는 살아남았다. 열한 살 때부터 기숙학교에 다녔기에 괴롭힘을 당하거나 멍청한 윗사람의 지시를 받는 일이 새롭지는 않았다. 부잣집 아들이라는 배경과 신중하고 점잖은 태도 때문에 적잖이 놀림을 당하기도 했지만, 그는 꾹 참고 견뎌냈다.

격렬한 활동을 할 때면 거스는 예전에 테니스코트에서나 볼 수 있었던 우아하게 흐느적거리는 모습이었고, 그러면 척은 깜짝 놀라곤 했다. "자네는 빌어먹을 기린 같아." 척이 말했다. "하지만 기린처럼 잘 달린단 말이야." 거스는 팔이 길어서 권투도 잘했다. 하지만 교관인 하사관은 그가 상대를 해치우려는 본능이 부족하다며 아쉬워했다.

안타깝게도 사격 솜씨는 엉망인 것으로 밝혀졌다.

거스는 군대에서 잘해내고 싶었다. 다들 그가 견뎌내지 못하리라 생각하는 걸 잘 알기 때문이었다. 그들에게, 또 어쩌면 그 자신에게 약골이 아니라는 걸 증명해야 했다. 하지만 다른 이유도 있었다. 그는 스스로 싸움의 목표에 대한 신념이 있었다.

윌슨 대통령이 상원과 하원을 대상으로 연설을 했다. 그 연설은 마치 나팔 소리처럼 전 세계에 울려퍼졌다. 그가 요청한 것은 다름아닌 새로운 세계질서였다. "큰 나라든 작은 나라든 상관없이 정치적 독립과 영토 보전에 대한 상호보장을 제공하는 목적의 구체적 조약 아래 국가 총연합체를 구성해야 합니다."

국제연맹은 윌슨과 거스, 그리고 다른 여러 사람의 꿈이었다. 그중에는 놀랍게도 에드워드 그레이 경 역시 포함되어 있었다. 국제연맹은 바로 그가 영국 외무장관일 때 최초로 생각해낸 아이디어였다.

윌슨은 본인의 구상을 14개조의 원칙으로 발표했다. 그는 군비축소를 제안했다. 식민지 국민에게는 자신의 미래에 대해 발언할 권리가 있어야 한다고 했다. 발칸 지역과 폴란드에, 그리고 오스만튀르크의 지배를 받는 사람들에게 자유를 보장해야 한다고도 했다. 이 연설은 윌슨의 14원칙이라는 이름으로 알려졌다. 거스는 대통령을 도와 연설문을 쓴 사람들이 부러웠다. 옛날이었다면 그 역시 원고 작성에 참여했을 것이다.

"이 계획 전체에는 분명한 하나의 원칙이 흐르고 있습니다." 윌슨이 말했다. "모든 민족과 국가는 평등해야 하며, 강하든 약하든 상관없이 서로 동등한 조건하에 자유롭고 안전하게 살아갈 권리가 있다는 것입니다." 원고를 읽는 거스의 눈에 눈물이 솟았다. "미국 국민은 반드시 이 원칙에 의거해 행동해야 합니다." 윌슨은 말했다.

국가 간의 분쟁을 전쟁 없이 해결하는 것이 진정으로 가능한 일인가? 역설적이지만 그것은 싸워서라도 성취해야 할 목표였다.

거스와 척, 그들의 기관총 대대는 한때 호화로운 여객선이었다가 이제 병력 수송선이 된 코리나 호를 타고 뉴저지 주 호보컨을 떠났다. 도착까지는 이 주가 걸렸다. 소위로 임관한 두 사람은 상갑판의 선실 하나를 나눠 썼다. 한때 올가 뱔로프의 사랑을 다투는 라이벌이었던 그들은 이제 친구가 되었다.

그들이 탄 배는 해군의 호위를 받는 선단에 속해 있었고, 항해는 별다른 일 없이 순조로웠다. 다만 병사 몇 명이 세계를 휩쓰는 신종 질병인 스페인독감에 걸려 목숨을 잃었다. 음식은 형편없었다. 병사들은 독일이 잠수함전을 포기하고 이제 그들이 먹는 음식에 독을 넣는 것으로 작전을 바꿨다고 농담하곤 했다.

코리나 호는 하루 반을 프랑스 북서부 끄트머리에 위치한 브레스트 앞바다에서 기다렸다. 그들이 내린 부두는 사람과 차량, 온갖 비품이 가득했고 명령을 내리는 큰 소리와 윙윙거리는 엔진 소리, 조급해하는 장교들과 땀 흘리는 부두 일꾼들로 소란스러웠다. 거스는 부두에 서있는 하사에게 왜 이렇게 지체되느냐고 묻는 실수를 저지르고 말았다. "지체라고요, 소위님?" '소위님'이라는 말에는 모욕적인 어조가 실려 있었다. "어제 저희는 병력 오천과 그들의 차량, 무기, 텐트, 야전 취사장을 하역하고 그걸 모두 철도와 도로를 통해 이동시켰습니다. 오늘 또

다시 오천 명을 받을 거고, 내일도 마찬가지입니다. 지체는 없습니다. 이건 우라지게 빠른 겁니다."

척은 거스를 향해 씩 웃으며 중얼거렸다. "잘 알아두라고."

짐을 옮기는 건 유색인종 병사들이었다. 흑인과 백인 병사들이 함께 사용하는 시설이면 어디든 문제가 발생했는데, 대개는 남부 지역에서 온 백인들 때문이었다. 결국 군이 지고 말았다. 군 당국은 최전방에 인종을 섞는 대신 흑인 부대를 따로 편성해 후방에서 하찮은 일을 맡겼다. 거스는 흑인 병사들이 이런 상황에 대해 격렬하게 항의했다는 걸 잘 알았다. 그들도 다른 사람들처럼 조국을 위해 싸우고 싶어했다.

연대 병사 대부분이 브레스트에서 기차로 이동했다. 객차가 제공되지 않아서 가축용 화차에 빽빽하게 끼어 타야 했다. 거스가 화차 옆에 붙은 표지판 내용이 '사람 마흔 명 또는 말 여덟 마리'라고 해석해주자 병사들은 재미있다며 웃었다. 어쨌든 기관총 대대는 자체 차량이 있었으므로 거스와 척은 차를 타고 파리 남쪽에 있는 야영지로 향했다.

미국에서 그들은 나무총을 들고 참호전 훈련을 했지만 이제 진짜 무기와 탄약을 지급받았다. 장교인 거스와 척은 각각 콜트 M1911 반자동 권총과 손잡이에 밀어넣는 일곱 발짜리 탄창을 받았다. 미국에서 떠나기 전 그들은 기병대 모양의 모자를 버리고, 앞뒤가 솟은 독특한 모양의 훨씬 실용적인 모자로 바꿔 썼다. 영국군처럼 수프 그릇 모양의 철모도 지급받았다.

현지에 도착하자 파란색 제복을 입은 프랑스 교관이 그들에게 대규모 포병부대와 협조하며 전투하는 방법을 가르쳤다. 미국 군대에는 이제껏 필요치 않았던 기술이었다. 프랑스어를 할 줄 아는 거스는 불가피하게 연락장교 역할을 맡게 되었다. 양국 병사들 간의 관계는 좋았지만 프랑스 병사들은 미군이 오자마자 브랜디 값이 올랐다며 투덜거렸다.

4월 내내 독일군의 공세는 성공적으로 이어졌다. 루덴도르프는 플랑드르 지방에서 빠른 속도로 전진했고, 헤이그 장군은 영국이 배수진을 친 처지라고 말했다. 그 말은 미국인들에게 큰 충격을 주었다.

거스는 서둘러 전투에 참여하고 싶지 않았지만 척은 훈련 캠프에서도 조바심을 냈다. 지금 뭘 하고 있는 거냐고, 진짜 전투를 해야 할 시간에 가짜로 연습이나 하는 거냐고 투덜대곤 했다. 가장 가까운 독일군 전선은 파리 북동쪽에 위치한 샹페인의 도시 랭스였다. 하지만 거스의 상관 와그너 대령의 말에 따르면 연합국 첩보부는 그 지역에 독일군의 공세가 없으리라 확신한다고 했다.

하지만 연합국 첩보부의 예측은 완전히 빗나갔다.

II

발터는 의기양양했다. 사상자는 많았지만 루덴도르프의 전략이 통하고 있었다. 독일군은 적의 약한 곳을 공격하고 반격이 강한 곳은 나중에 마무리할 수 있도록 남겨두고 빠르게 이동했다. 연합국의 새로운 총사령관인 포슈 장군이 재기 넘치는 방어작전을 몇 번 펼쳤지만, 독일은 1914년 이래 그 어느 때보다도 빠른 속도로 점령지를 넓히고 있었다.

가장 큰 문제는 전진하던 독일군 부대가 음식이 쌓인 곳에서 매번 시간을 허비한다는 점이었다. 병사들은 멈춰 서서 음식을 먹었고, 발터는 그들이 배를 채우기 전에는 움직이게 하기가 불가능하다는 걸 알게 되었다. 포탄이 주위에 떨어지고 총알이 머리 위로 휘파람 소리를 내며 날아가는 와중에 병사들이 퍼질러앉아서 날계란을 깨먹거나 케이크와 햄을 동시에 입에 밀어넣고 와인을 병째 마셔대는 광경은 기묘하기 짝이 없었다. 발터는 다른 장교들 역시 같은 경험을 하고 있다는 걸 알았다. 일부 장교는 권총으로 위협도 해봤지만 먹을 걸 두고 계속 전진하도록 병사들을 설득하기에는 역부족이었다.

그것만 제외하면 봄철 공세는 승리였다. 발터와 부대원들은 사 년이나 이어진 전쟁으로 기진맥진했지만, 그에 맞서 싸우는 프랑스나 영국의 병사들도 상태는 마찬가지였다.

루덴도르프가 솜과 플랑드르에 이어 1918년 3차 공격 대상으로 삼은 곳은 랭스와 수아송 사이 지역이었다. 연합국이 이곳에 '슈맹 데 담', 즉 '귀부인의 길'이라는 능선을 확보하고 있었다. 루이 15세의 딸들이 친구를 찾아갈 수 있도록 이 능선을 따라 길을 냈기 때문에 그런 이름이 붙었다고 했다.

마지막 배치는 5월 26일 일요일, 상쾌한 북동풍이 산들거리는 화창한 날에 이루어졌다. 이번에도 발터는 병사들이 줄지어 전선으로 향하는 모습을 보자 더없이 뿌듯했다. 프랑스 포병대의 교란 사격 속에서도 수천 문의 대포가 움직여 자리를 잡았고, 지휘본부인 대피호에서 포대가 있는 곳까지 전화선이 가설되었다.

루덴도르프의 전략은 여전히 같았다. 그날 자정을 넘겨 새벽 두시에 수천 문의 대포가 가스탄과 유산탄을 포함한 포탄을 능선 정상의 프랑스 진지를 향해 쏟아내기 시작했다. 발터는 프랑스의 포격이 금방 약해지는 걸 보고 만족했다. 독일 포대가 목표물을 제대로 맞힌다는 뜻이었기 때문이다. 포격은 새로운 전략에 맞춰 짧게 이어졌고 새벽 다섯시 사십분에 멈췄다.

돌격대가 전진했다.

독일군이 비탈을 오르며 공격하는 입장이었지만 적으로부터 별다른 저항은 없었다. 채 한 시간도 지나지 않아 능선 꼭대기에 있는 도로에

도달하자 발터는 놀라면서도 기뻤다. 이제 완전히 동이 터서, 비탈을 따라 후퇴하는 프랑스군이 시야에 들어왔다.

돌격대는 계속 아군의 이동 포대와 속도를 맞춰 전진했는데, 그럼에도 정오가 채 되기 전 능선 골짜기를 흐르는 엔 강에 도착할 수 있었다. 일부 농민들은 수확기를 망가뜨리거나 일찍 거둔 곡물을 쌓아둔 창고에 불을 질렀지만 대부분은 일찌감치 황급히 떠났고, 그 덕에 독일군 후미의 징발부대는 푸짐한 성과를 거두었다. 놀랍게도 퇴각하는 프랑스군은 엔 강의 다리들조차 폭파하지 못했다. 그만큼 허둥거렸다는 뜻이었다.

발터가 지휘하는 오백 명의 병사는 오후 동안 다음 능선을 가로질러 전진했고, 그날 하루 총 20여 킬로미터를 나아간 뒤 벨 강 너머에 진지를 구축했다.

다음날 그들은 원군을 기다리며 멈췄지만 사흘째 되던 날 다시 전진했고, 나흘째인 5월 30일 목요일에는 월요일에 있던 곳에서 총 50여 킬로미터라는 놀라운 거리를 전진해 마른 강 북쪽 제방에 이르렀다.

이곳이 1914년 진군하던 독일군의 발이 묶인 곳이라는 불길한 생각이 발터의 머릿속을 스쳤다.

그는 다시는 그런 일이 벌어지지 않도록 하겠다고 다짐했다.

III

거스가 미군 원정군과 함께 파리 남쪽 샤토빌랭의 훈련지에 있을 때 3사단에 마른 강 방어를 지원하라는 명령이 떨어졌다. 심하게 손상된 프랑스 철도체계로는 이동하는 데 며칠이 걸릴 수도 있었지만 대부분의 사단 병사는 기차에 올랐다. 하지만 거스와 척이 이끄는 기관총 부대는 차로 즉시 출발했다.

거스는 흥분되고 두려웠다. 심판이 있어서 규칙을 적용하고 싸움이 위험해지면 멈추는 권투와는 달랐다. 누군가 그에게 정말로 무기를 겨눈다면 어떻게 해야 할까? 돌아서서 달아나야 하나? 무엇이 그를 가로막을 것인가? 그는 대개의 경우 논리적으로 행동하는 사람이었다.

자동차도 기차만큼이나 기댈 것이 못 되었다. 수많은 자동차가 고장을 일으키거나 연료가 떨어졌다. 게다가 소떼를 몰거나 온갖 가재도구를 손수레와 외바퀴차에 싣고 전투를 피해 반대방향으로 움직이는 민간인들 탓에 더욱 지체되었다.

금요일 오후 여섯시, 모두 열일곱 문의 기관총이 파리에서 동쪽으로 80킬로미터 떨어진 녹음 우거진 작은 도시 샤토티에리에 도착했다. 작고 아름다운 도시 위로 저녁 햇빛이 쏟아지고 있었다. 이 도시는 마른 강 양쪽으로 펼쳐져 있었고, 다리 두 개가 북쪽 시내와 남쪽 교외를 연결하고 있었다. 강 양쪽 모두를 프랑스군이 차지하고 있었지만, 전진하는 독일군 선봉대는 이미 도시의 북쪽 경계까지 다가와 있었다.

거스의 대대는 남쪽 제방을 따라 두 교량이 잘 보이는 곳에 무기를 배치하라는 명령을 받았다. 그들은 M1914 호치키스 중기관총을 보유했는데, 견고한 삼각대가 달렸고 이백오십 발씩 묶인 금속 탄띠로 탄알을 공급하는 무기였다. 양각 받침대가 달린 소총을 이용해 45도 각도로 발사하는 수류탄, 영국군의 '스토크스'를 본뜬 참호용 박격포도 몇 문 있었다.

해가 지면서 거스와 척은 각자 맡은 소대의 기관총 진지 구축을 지휘하고 있었다. 이런 상황에서 제대로 된 결정을 내리는 훈련은 사전에 받지 못했다. 상식을 동원하는 수밖에 없었다. 거스는 1층에 덧문을 단

아건 카페가 있는 3층짜리 건물을 택했다. 뒷문으로 들어가 계단을 올라가보았다. 다락 창문에서 강 건너 북쪽으로 이어지는 도로가 훤히 보였다. 거스는 그곳에 중기관총 분대를 배치했다. 하사가 멍청한 생각이라며 반대하기를 기다렸지만, 하사는 고개를 끄덕이며 일을 시작했다.

거스는 비슷한 위치에 기관총 세 문을 더 배치했다.

박격포를 배치할 적당한 장소를 찾던 거스는 강둑 위에서 벽돌로 만든 보트 창고를 발견했다. 하지만 자기 소대 구역인지 척의 소대 구역인지는 확실치 않았다. 그는 상의를 하러 친구를 찾아갔다. 척은 강둑 위 100여 미터 떨어진 동쪽 교량 근처에 서서 쌍안경으로 강 건너를 살피고 있었다. 거스가 그쪽으로 두 걸음 움직인 바로 그 순간 끔찍한 포성이 울렸다.

거스는 소리나는 방향으로 고개를 돌렸고, 곧바로 귀청이 떨어질 것 같은 폭발음이 여러 번 울렸다. 포탄이 강에 떨어져 물기둥이 치솟기 시작해 그는 독일군 포대가 포격을 시작했다는 걸 알아차렸다.

척이 서 있던 곳으로 다시 고개를 돌린 거스는 그 순간 폭발하며 솟구쳐오르는 흙더미 속으로 사라지는 친구의 모습을 목격했다.

"이런 맙소사!" 그는 그쪽으로 달음질쳤다.

대포와 박격포가 쏜 포탄들이 남쪽 강둑 위에서 터지고 있었다. 병사들은 납작 엎드렸다. 거스는 척을 마지막으로 본 지점으로 뛰어가 혼란 속에서 주위를 둘러보았다. 아무렇게나 쌓인 흙더미와 돌덩이들 말고는 아무것도 보이지 않았다. 그때 돌무더기 사이로 비쭉 나온 팔 하나가 눈에 들어왔다. 돌을 옆으로 치우니, 팔은 끔찍하게도 몸에서 떨어져나온 상태였다.

척의 팔일까? 확인할 방법이야 있겠지만 거스는 너무 충격받은 나머지 제대로 생각을 할 수가 없었다. 군화를 신은 발끝으로 흙더미를 치워보려 했지만 잘되지 않았다. 그래서 무릎을 꿇고 양손으로 흙을 파기 시작했다. 황갈색 칼라와 'US'라는 글씨가 새겨진 작은 금속판을 찾아내고 그는 낮은 탄식을 내뱉었다. "아, 세상에." 서둘러 척의 얼굴에 뒤덮인 흙을 치웠다. 아무런 움직임도, 숨소리도, 심장박동도 느껴지지 않았다.

거스는 이제 어떻게 해야 할지 생각해내려 애썼다. 척이 죽은 걸 누구에게 알려야 하지? 시체를 어떻게 하긴 해야 할 텐데, 어쩌지? 보통은 장의사를 불러야겠지만.

고개를 들었더니 하사 하나와 상병 둘이 그를 빤히 보고 있었다. 뒤쪽 도로 위에서 박격포탄 한 발이 터지자 그들은 반사적으로 머리를 숙였다가 다시 거스를 바라보았다. 그의 명령을 기다리는 것이었다.

거스는 벌떡 일어섰다. 훈련받은 내용이 일부분 생각났다. 죽거나 다친 전우를 챙기는 건 그의 일이 아니었다. 그는 다치지 않고 살아 있었고, 그가 맡은 일은 싸우는 것이었다. 척을 죽인 독일군에 대한 비이성적인 분노가 울컥 끓어올랐다. 젠장, 반격해야 해. 거스는 생각했다. 자신이 뭘 하고 있었는지 기억해냈다. 총포를 배치하는 중이었다. 하던 일을 계속해야 했다. 그리고 이제 척이 지휘하던 소대까지 책임져야 했다.

거스는 박격포를 맡은 하사를 손으로 가리켰다. "보트 창고는 잊어버려. 너무 노출된 곳이야." 그리고 도로 건너 와인 상점과 마구간 사이 좁은 골목을 가리켰다. "저 골목에 박격포를 배치해."

"네, 소대장님." 하사가 서둘러 움직였다.

거스는 도로를 따라 살펴보았다. "상병, 저 평평한 지붕이 보이나? 저기에 기관총을 배치해."

"소대장님, 죄송합니다만 저건 자동차 수리점입니다. 혹시 건물 안에 기름 탱크가 있을지 모릅니다."

"젠장, 맞군. 잘 봤다, 상병. 그럼 저 교회 탑으로 하자. 저 안에야 성경책밖에 없을 테지."

"네, 소대장님. 훨씬 낫습니다. 감사합니다."

"나머지는 나를 따라와. 다른 배치를 어떻게 할지 결정하는 동안, 다들 몸을 잘 숨기도록."

거스는 부하들을 이끌고 도로 건너 옆길로 들어갔다. 건물들 뒤쪽을 연결하는 좁은 길이었다. 농사용품을 파는 상점 마당에 포탄이 한 발 떨어지더니 거스가 있는 쪽으로 비료 가루가 구름처럼 일어났다. 마치 그가 적의 사정거리 안에 있다는 걸 상기시켜주는 듯했다.

그는 적의 포격을 피해 가능한 한 벽 뒤에 숨은 채 서둘러 골목길을 따라 움직였다. 그러면서 하사관들에게 소리를 질러 가장 높고 튼튼해 보이는 건물에 기관총을 설치하고, 집들 사이 정원에는 박격포를 배치했다. 가끔 부하들이 제안을 하거나 그와 다른 의견을 내기도 했다. 그는 그들의 말을 듣고 재빨리 다시 결정을 내려주었다.

어느새 밤이 되어 작업은 더욱 어려워졌다. 독일군의 포격이 폭풍처럼 도시 전체를 휩쓸었는데, 대부분은 남쪽 강둑의 미군 배치 지역을 정확히 겨누고 있었다. 건물 몇 개가 무너졌고 강가 도로는 썩은 이가 가득한 입안처럼 보였다. 거스는 교전이 시작된 지 몇 시간 만에 세 정의 기관총을 잃었다.

그곳에서 남쪽으로 몇 블록 떨어진 곳에 위치한 재봉틀 공장에 대대본부가 있었다. 거스는 자정이 다 돼서야 본부로 돌아올 수 있었다. 와그녀 대령은 프랑스 장교와 도시의 대축척지도를 면밀히 들여다보고 있었다. 거스는 그와 척의 소대가 총포 배치를 마쳤다고 보고했다. "잘했네, 듀어." 대령이 말했다. "자네, 괜찮나?"

"물론입니다, 대대장님." 거스는 어리둥절한 한편 조금 기분이 상했다. 자기가 이런 상황을 못 견딜 만큼 소심하다고 여기는 게 아닌가 하는 생각이 들었다.

"온통 피범벅이라서 물어봤네."

"피요?" 고개를 숙여보니 정말 군복 앞에 피가 잔뜩 말라붙어 있었다. "어디서 묻은 건지 모르겠습니다."

"얼굴에서 흐른 것 같군. 많이 다쳤잖아."

거스는 뺨을 만져보다가 피부가 벗어진 곳에 손가락이 닿아 얼굴을 찡그렸다. "다친 줄도 몰랐습니다." 그가 말했다.

"의무대로 가서 상처를 치료해."

"별것 아닙니다. 그보다—"

"시키는 대로 해, 소위. 혹시 감염이라도 되면 상황이 심각해져." 대령은 슬쩍 웃었다. "자네를 잃고 싶지 않네. 쓸 만한 장교의 자질을 갖춘 것 같군."

IV

다음날 새벽 네시, 독일군은 가스탄을 퍼붓기 시작했다. 발터와 돌격대는 동틀 무렵 도시의 북쪽 경계로 접근했다. 프랑스군의 대응은 지난 이 개월 동안과 마찬가지로 약하리라고 예상했다.

그들은 샤토티에리를 우회하고 싶었지만 그럴 수 없었다. 파리로 통하는 철도가 이 도시를 지났고 중요한 교량이 둘이나 있기 때문이었다. 반드시 점령해야 했다.

주변 풍경은 농가와 들판에서 오두막과 소규모 경작지로, 포장도로와 정원으로 바뀌었다. 발터는 처음 나타난 2층 건물로 다가갔다. 그러자 위층 창문에서 기관총이 불을 뿜었고, 그가 선 도로 위로 연못에 빗물이 떨어지듯 총알이 쏟아졌다. 그는 낮은 담장 너머 채소밭으로 몸을 던진 다음 데굴데굴 굴러 사과나무 뒤에 숨었다. 부하들 역시 그처럼 흩어졌는데, 두 명은 도로에 쓰러졌다. 한 명은 꼼짝도 하지 않았고 다른 한 명은 고통스러워하며 비명을 질렀다.

뒤돌아보자 슈바프 하사가 눈에 들어왔다. "여섯 명을 데리고 저 집 뒷문을 찾아서 기관총 진지를 없애버려." 그가 말했다. 그리고 부하 장교들을 찾았다. "케셀, 서쪽으로 한 블록 돌아서 시내로 진입해. 브라운, 나와 동쪽으로 가자."

발터는 도로로는 나서지 않고 골목길과 집들의 뒷마당으로만 움직였다. 하지만 거의 열 집에 한 집꼴로 소총수와 기관총이 자리잡고 있었다. 무슨 일이 있었는지 몰라도 프랑스군의 사기가 다시 되살아났다는 사실을 깨닫고 그는 두려움에 사로잡혔다.

오전 내내 돌격대원들은 한 집에서 다음 집으로 이동하며 싸웠고, 많은 사상자를 냈다. 돌격대는 이런 식으로 한 걸음씩 전진하며 피를 뿌리려고 만든 부대가 아니었다. 그들은 가장 저항이 약한 곳만 골라 적진 깊숙이 침투하고 통신을 교란함으로써, 전선에 위치한 적들의 사기를 꺾고 지휘체계를 무너뜨려 뒤따라오는 보병대가 금방 항복을 받아내도록 하는 훈련을 받았다. 하지만 그 전략은 이제 통하지 않았다. 그들은 원기를 되찾은 듯한 적과 맞서서 힘겨운 싸움을 벌이고 있었다.

그래도 그들은 전진했다. 정오 무렵 발터는 이 도시의 이름이 유래한 중세 성의 유적 위에 서 있었다. 성은 언덕 꼭대기에 자리했고, 바로 그 아래쪽에 시청이 있었다. 그곳으로부터 중심가가 똑바로 250미터 정도 이어지다가 아치가 두 개인 마른 강 다리로 연결되었다. 강 상류인 동쪽으로 500미터 정도 떨어진 곳에는 도시의 유일한 다른 교량인 철도교가 놓여 있었다.

그런 지형은 모두 맨눈으로도 파악할 수 있었다. 그는 쌍안경을 꺼내 남쪽 강둑에 배치된 적들을 살폈다. 부주의하게 모습을 노출한 것을 보니 새로 전투에 투입된 병사들인 듯했다. 경험 많은 병사들은 눈에 띄지 않게 몸을 숨기는 데 능하기 때문이다. 적들은 어리고 원기가 넘치며 잘 먹고 잘 입은 상태라는 걸 알 수 있었다. 그들의 군복이 파란색이 아니라 황갈색이라는 사실에 발터는 낙담했다.

그들은 미군이었다.

V

오후 동안 프랑스군은 북쪽 강둑까지 물러났다. 준비를 마친 거스는 프랑스군의 머리 위로 박격포와 기관총을 발사해 전진하는 독일군을 공격했다. 미군의 총포는 남북으로 이어진 샤토티에리의 도로들을 따라 탄환을 물줄기처럼 뿜어내면서 거리거리를 죽음의 길로 바꾸고 있었다. 그럼에도 독일군은 거스가 바라보는 가운데 두려움 없이 강둑에서 카페로, 골목길에서 상점 현관으로 움직이며 엄청난 병력으로 프랑스군을 압도해왔다.

오후는 유혈이 낭자한 저녁으로 이어졌다. 거스는 망가질 대로 망가진 파란색 군복의 프랑스군 중 살아남은 병력이 서쪽 교량을 향해 물러나는 모습을 높은 창문에서 지켜보고 있었다. 그들은 다리 북단에서 마지막으로 저항하며 해가 서쪽 언덕 너머로 질 때까지 그곳을 사수했다. 그리고 어둠이 내리자 다리를 건너 후퇴했다.

소수의 독일군이 그 모습을 보고 뒤를 쫓았다. 거스는 다리로 진입하는 독일군의 모습을 보았다. 회색빛의 어스름 속에서 움직이는 회색 군복은 제대로 알아보기도 힘들었다. 그때 다리가 폭파되었다. 프랑스군이 미리 폭탄을 설치해놓았다는 사실을 거스는 깨달았다. 몸뚱이들이 허공으로 튀어오르고, 다리는 북쪽 아치가 무너져 물속에 돌무더기로 쌓였다.

그리고 주위는 조용해졌다.

거스는 본부의 짚으로 만든 잠자리에 누워 48시간 만에 거의 처음으로 눈을 붙였다. 그러다 독일군의 새벽 포격에 잠에서 깼다. 눈을 게슴츠레 뜬 채 그는 재봉틀 공장을 벗어나 서둘러 전선으로 향했다. 6월 아침, 진줏빛 햇살 아래 북쪽 강둑 전체를 차지한 독일군이 섬뜩하리만큼 가까이서 남쪽 강둑의 미군을 향해 포격을 가하는 모습이 보였다.

거스는 조금이라도 휴식을 취한 병력과 밤새 뜬눈으로 보낸 병사들이 교대하도록 지시했다. 그리고 강변 건물 뒷길만 이용해 이곳저곳 돌아다니며 부하들을 살피고 엄호를 강화할 방법들을 제안했다. 총포는 창문이 좀더 작은 곳으로 옮기고, 양철판을 세워 날아드는 파편으로부터 병사들을 보호하고, 무기 양쪽으로 돌무더기를 쌓아올리게 했다. 하지만 부하들이 그들 자신을 보호하는 가장 좋은 방법은 포격을 가하는 적을 살려두지 않는 것이었다. "놈들을 날려버려." 그는 말했다.

병사들은 열정적으로 응했다. 호치키스 중기관총은 일 분에 사백오십 발을 쏠 수 있었고 사정거리는 3킬로미터가 훨씬 넘어서 강 건너에서도 매우 위력적이었다. 스토크스는 그다지 쓸모가 없었다. 위로 쏘아올려 곡선을 그리며 날아가는 박격포는 참호전을 염두에 둔 무기였기 때문에 눈으로 보이는 목표물을 사격하기에는 비효율적이었다. 반면 소총 발사 수류탄은 단거리에서 파괴력이 매우 강했다.

양측이 서로 맹공격을 가하는 광경은 마치 두 권투선수가 맨주먹으로 좁은 곳에서 맞붙는 듯했고, 어마어마하게 쏟아붓는 포탄의 굉음에는 귀청이 떨어질 것만 같았다. 건물이 무너지고, 부상병들이 고통으로 비명을 질렀으며, 위생병들은 피를 뒤집어쓴 채 들것을 들고 전장과 야전병원을 오갔고, 연락병들은 탄약을 더 가져오거나 기관총 진지의 피곤에 지친 병사들을 위해 주전자에 뜨거운 커피를 담아오기도 했다.

그날 하루를 보내면서 거스는 자신이 별로 두려워하지 않는다는 걸 마음 한구석에서 깨달았다. 그런 생각을 자주 한 것은 아니었다. 해야 할 일이 너무 많았기 때문이다. 아주 잠시 대낮에, 재봉틀 공장의 매점에서 점심 대신 우유를 넣은 달짝지근한 커피를 서서 마시며 자신이 낯선 사람이 되었다는 사실에 놀라워했다. 포탄이 떨어지는 가운데 이 건물 저 건물로 뛰어다니며 부하들에게 적을 죽여버리라고 소리치는 사람이 정말 거스 듀어일까? 전에는 자신이 겁을 집어먹고 돌아서서 전장에서 달아날까봐 두려웠다. 막상 닥치고 보니 그는 자신의 안전은 거의 생각하지도 않고 오로지 부하들에게 닥칠 위험만 걱정하고 있었다. 어떻게 이런 일이 일어날 수 있을까? 그런 생각을 하고 있을 때 상병 하나가 달려왔다. 분대에서 뜨거워진 호치키스 중기관총의 총신을 교체할 때 쓰던 특수 렌치를 잃어버렸다는 것이다. 거스는 남은 커피를 단숨에 마시고 문제를 해결하러 달려갔다.

그날 저녁은 순간적으로 슬픔이 밀려와 괴로웠다. 땅거미가 내려앉은 때였고, 부서진 부엌 창문 너머 척 딕슨이 죽음을 맞은 강둑 위를 무심결에 내다보았다. 폭발하는 흙더미 속으로 사라지는 척의 모습을 떠올려도 더는 충격이 느껴지지 않았다. 지난 사흘간 그보다 더 비참한 죽음과 파괴를 목격했다. 이제 그에게는 전혀 다른 종류의 충격이 다가왔다. 언젠가는 척의 부모이자 버펄로 은행의 주인인 앨버트와 에멀라인, 그의 젊은 아내 도리스에게 그 끔찍했던 순간에 관해 이야기해야 한다는 걸 깨달았기 때문이다. 척의 아내 도리스는 미국의 참전을 극구 반대했다. 어쩌면 남편에게 벌어진 바로 그 일을 두려워했는지도 모른다. 그들에게 거스는 뭐라고 말해야 한단 말인가? "척은 용감하게 싸웠습니다." 사실 싸워보지도 못했다. 그는 첫번째 전투가 시작하자마자 총알 한 발 쏴보지 못하고 사망했다. 설령 그가 겁을 집어먹었다 해도 별 상관은 없었을 것이다. 결과는 어차피 같았다. 그의 생명은 그저 헛되이 사라지고 말았다.

거스가 상념에 사로잡혀 척이 죽은 곳을 바라보고 있는데, 철도교 위에서 어떤 움직임이 보였다.

심장이 멎는 것 같았다. 철도교 반대편 끄트머리로 사람들이 다가오는 중이었다. 어스름한 가운데 암회색 군복이 보일 듯 말 듯했다. 그들은 침목과 자갈이 깔린 철로 위에서 휘청휘청 불안하게 달리고 있었다. 철모는 석탄통 모양이었고 등뒤에 소총을 멨다. 독일군이었다.

거스는 가장 가까운 정원 담벼락 뒤 기관총 진지로 달려갔다. 병사들은 아직 적의 공격을 눈치채지 못한 상태였다. 거스는 기관총 사수의 어깨를 두드렸다. "다리에 사격!" 그가 소리질렀다. "봐, 독일군이다!" 기관총 사수는 새로운 목표물을 향해 총구를 돌렸다.

거스는 되는대로 병사 하나를 지목했다. "본부에 뛰어가서 적이 동쪽 다리를 건너 기습하고 있다고 보고해." 그가 외쳤다. "빨리, 빨리!"

그리고 하사 한 명을 불렀다. "돌아다니면서 모든 사격을 다리에 집중시켜." 그가 말했다. "가!"

거스는 서쪽으로 움직였다. 호치키스 중기관총은 삼각대까지 합치면 무게가 40킬로그램이나 나가서 재빨리 옮길 수 없었다. 그는 수류탄 발사용 소총과 박격포를 맡은 병사들을 모두 다리를 방어할 수 있는 새로운 위치로 이동시켰다.

독일군은 하나둘 쓰러지기 시작했지만 결연하게 계속 몰려왔다. 쌍안경으로 들여다보니 키가 크고 소령 군복을 입은, 어딘가 낯익어 보이는 남자 하나가 눈에 들어왔다. 혹시 전쟁 전 만난 적 있는 사람이 아닌가 싶었다. 거스가 보고 있는데 그 소령이 총에 맞아 쓰러졌다.

독일군은 포병대로부터 막강한 지원사격을 받고 있었다. 마치 북쪽 강둑의 모든 대포가 하나같이 철도교 남쪽, 방어에 나선 미군이 모인 지역만 노리고 있는 듯했다. 부하들이 하나씩 쓰러져갔지만, 죽거나 부상당한 사수는 거스가 새로운 병사로 교체한 덕분에 사격은 거의 끊어지지 않았다.

독일군들은 달리기를 멈추고 죽은 전우의 시체를 엄폐물 삼아 한자리를 지키기 시작했다. 그 가운데 용감한 자들이 전진하기도 했지만 숨을 곳이 없어서 금세 쓰러지고 말았다.

어둠이 깔렸지만 달라지는 건 없었다. 양측은 최대한 모든 화력을 계속 쏟아부었다. 이제 적군의 모습은 총격이나 폭발하는 포탄의 섬광에 희미하게 비쳐 보였다. 이번 기습이 다른 지점에서 강을 건너는 병력을 위한 연막전술이 아니라는 확신이 거의 들자 거스는 중기관총 몇 문을 새로운 위치로 이동시켰다.

계속되는 교착상태 끝에 마침내 독일군이 후퇴하기 시작했다.

다리 위에 들것을 든 병사들이 나타나는 걸 보고 거스는 사격 중지를 명령했다.

이에 대응해 독일군의 포격도 잠잠해졌다.

"세상에!" 거스는 누구에게랄 것도 없이 말했다. "우리가 저들을 물리친 것 같군."

VI

미군의 총알이 발터의 정강이뼈를 부러뜨렸다. 그는 고통스러워하며 철도 위에 쓰러졌다. 하지만 병사들이 후퇴하고 들리던 총성이 멈추자 더욱 괴로웠다. 그때 알았다, 자신이 실패했다는 것을.

발터는 들것에 실리는 순간 비명을 질렀다. 부상병이 소리를 지르면 병사들 사기에 나쁜 영향을 끼친다는 걸 알면서도 도저히 참을 수 없었다. 병사들은 철로를 따라 달리고 시내를 지나 야전병원으로 그를 옮겼다. 그곳에서 모르핀을 맞고 발터는 정신을 잃었다.

정신을 차려보니 다리에는 부목이 대어져 있었다. 그는 침대 옆을 지나다니는 아무나 붙잡고 전투가 어떻게 되었느냐고 물었다. 결국은 그의 부상을 고소해하는 표정으로 찾아온 고트프리트 폰 케셀로부터 자세한 내용을 들을 수 있었다. 독일군은 샤토티에리에서 마른 강을 넘는 것을 포기했다고 그가 전했다. 아마 다른 곳에서 시도할 것 같다는 말이었다.

다음날 집으로 돌아가는 기차에 오르기 직전 발터는 그 전투에서 미국 3사단의 주력부대가 지원군으로 와 마른 강 남쪽 강둑을 따라 배치되었다는 사실을 알게 되었다.

마찬가지로 부상당한 동료가 샤토티에리 근처의 벨로 숲이라는 곳에서도 끔찍한 전투가 있었다고 알려주었다. 양측에서 어마어마한 사상자를 냈지만 미군이 승리했다고 했다.

베를린에 돌아와보니 신문들은 독일이 연승하고 있다고 떠들어댔지만 지도 위의 전선은 파리에 조금도 가까워지지 않았다. 발터는 봄 공세가 실패로 돌아갔다는 쓰라린 결론을 내리게 되었다. 미군이 너무 일찍 도착한 탓이었다.

병원에서 퇴원한 그는 부모님 저택으로 가 예전에 지내던 방에서 요양하게 되었다.

8월 8일 연합국은 아미앵을 공격하면서 처음으로 오백 대에 가까운 '탱크부대'를 동원했다. 철판을 두른 이 차량들은 여러 문제를 안고 있었지만 막아낼 수 없는 존재였고, 영국군은 단 하루에 13킬로미터를 전진했다.

겨우 13킬로미터라지만 발터는 전세가 역전된 게 아닌가 하는 생각이 들었다. 그리고 얼굴을 보면 아버지 역시 같은 생각인 듯했다. 이제 베를린에서는 아무도 전쟁에서 이긴다는 말을 꺼내지 않았다.

9월이 끝나가던 어느 날 밤, 오토는 누가 죽기라도 한 표정으로 집에 돌아왔다. 타고난 듯 기운이 넘치던 모습은 온데간데없었다. 혹시 아버지가 울음을 터뜨리는 게 아닌가 싶을 정도였다.

"카이저께서 베를린에 돌아오셨다." 오토가 말했다.

발터는 카이저 빌헬름이 벨기에 구릉지대의 '스파'라는 휴양지에 위치한 군사령부에 머물고 있었다는 걸 알았다. "왜 돌아오신 거죠?"

오토는 속삭이다시피 목소리를 낮추었다. 평상시 목소리로는 도저히 말할 수 없는 소식인 모양이었다. "루덴도르프가 휴전을 원한다는군."

32장
1918년 10월

I

모드는 육군성에서 차관으로 일하는 친구 조니 르마크 경과 리츠 호텔에서 점심식사를 했다. 조니는 연보라색 새 조끼를 입고 있었다. 포토푀를 먹으면서 그녀는 르마크에게 물었다. "정말 전쟁이 끝날까요?"

"모두 그렇게 생각하고 있어요." 조니가 말했다. "독일군은 올해만 사상자가 칠십만 명입니다. 계속 싸울 수 없어요."

모드는 혹시라도 발터가 그 칠십만 명에 속한 건 아닌지 무척 궁금했다. 그가 죽었을 수도 있다는 걸 알았다. 사랑이 있어야 할 곳에 그 생각이 차가운 응어리가 되어 자리잡고 있었다. 스톡홀름에서 아름다운 두번째 허니문을 보낸 후, 발터로부터 어떤 연락도 받지 못했다. 편지가 끊기자 모드는 발터가 중립국에 드나드는 업무를 더는 못하는 거라고 추측했다. 끔찍한 진실은 그가 독일의 마지막이자 사생결단식 공세를 위해 전장으로 돌아갔을지도 모른다는 것이었다.

소름끼치는 생각이지만 현실적이었다. 많은 여자가 사랑하는 이들을 잃었다. 남편, 오빠나 동생, 아들, 약혼자까지. 모두 지난 사 년간 매일 같이 그런 비극을 겪으며 살았다. 이제 '지나치게 비관적인 예상'이란 있을 수 없었다. 애도는 일상이었다.

모드는 수프 그릇을 밀어냈다. "평화가 올 거라고 기대하는 다른 이유가 혹시 있나요?"

"네. 독일 총리가 새로 임명되었습니다. 그가 윌슨 대통령에게 그 유명한 14원칙에 근거해 휴전을 제의했어요."

"그럼 가능성이 있군요! 윌슨도 동의했나요?"

"아뇨. 그는 독일이 우선 점령지에서 물러나야 한다고 말했습니다."

"우리 정부 생각은 뭐죠?"

"로이드조지는 길길이 뛰고 있어요. 독일이 미국을 마치 연합국의 수장처럼 대하고 있거든요. 그리고 윌슨 대통령은 우리에게 상의도 없이 평화회담을 열 기세고요."

"그게 문제가 되나요?"

"그럴 것 같아요. 우리 정부는 윌슨의 14원칙에 전적으로 동의하지는 않기 때문이죠."

모드는 고개를 끄덕였다. "아마 다섯번째 조항에 반대하겠죠. 식민지 민족이 스스로 자국 정부를 세워야 한다는 것 말이에요."

"바로 그렇습니다. 로디지아나 바베이도스, 인도는 어쩐란 말입니까? 원주민을 개화시키는 데 그들 허락을 구할 수는 없죠. 미국인들은 지나치게 자유로워요. 그리고 두번째 조항에도 극력 반대입니다. 전시든 평화시든 공해에서의 항해가 자유로워야 한다는 바로 그 조항요. 영국의 국력은 해군에 기반을 두고 있습니다. 우리가 독일의 해상교역을 봉쇄하지 못했다면 그들을 굶겨서 굴복시킬 수도 없었겠죠."

"프랑스는 어떻게 생각하고 있죠?"

조니는 씩 웃었다. "클레망소는 윌슨이 전지전능하신 분을 넘어서려고 애쓴다고 말했습니다. '하느님이라고 해도 열 개밖에 해결하지 못할 거야'라고 했답니다."

"영국의 평범한 사람들은 사실 윌슨과 그의 주장을 마음에 들어하는 것 같더군요."

조니가 고개를 끄덕였다. "그리고 유럽의 지도자들은 미국 대통령이 평화를 주장하는 걸 뭐라고 할 수 없지요."

모드는 르마크의 말을 어찌나 믿고 싶은지 스스로 겁이 날 지경이었다. 그녀는 아직 기뻐하기에는 이르다고 스스로를 타일렀다. 실망할 일이 앞으로도 무척 많이 남아 있을 터였다.

솔 발레프스카라는 생선 요리를 가져온 웨이터는 조니가 입은 조끼를 감탄의 눈길로 바라보았다.

모드는 또다른 걱정거리에 관해 입을 열었다. "오빠에 대해 들은 얘기 없어요?" 시베리아로 가면서 받은 임무는 비밀이지만 피츠는 모드에게는 그것을 털어놓았고, 조니가 그녀에게 소식을 전해주고 있었다.

"카자크 지도자는 알고 보니 실망스러운 존재였습니다. 피츠가 그와 협정을 맺고 우리도 일정 기간 지원했지만, 그 친구는 그냥 군벌에 지나지 않았어요. 그래도 피츠는 여전히 그곳에 남아 볼셰비키를 타도하라며 러시아인들을 격려하고 있습니다. 그러는 사이, 레닌은 정부를 페트로그라드에서 모스크바로 옮겼죠. 그곳이 침략으로부터 더 안전하다고 느낀 겁니다."

"볼셰비키가 권좌에서 밀려난다 해도 새로운 정권이 독일에 맞서 다시 전쟁을 하진 않겠죠?"

"현실적으로 말인가요? 절대 그럴 수 없죠." 조니는 샤블리 와인을 한 모금 마셨다. "하지만 영국 정부의 막강한 권력자들 가운데 볼셰비키라면 무조건 증오하는 사람이 무척 많습니다."

"왜죠?"

"레닌 정권이 무자비하기 때문이죠."

"차르 역시 그랬어요. 하지만 윈스턴 처칠이 차르 정권을 뒤집을 계획을 짜지는 않았죠."

"다들 내심 두려워하는 겁니다. 혹시 러시아에서 성공을 거둔 볼셰비즘이 이리로 넘어올까봐."

"글쎄요, 그걸 성공이라고 한다면, 넘어와서 나쁠 건 뭐죠?"

조니는 어깨를 으쓱했다. "당신 오빠 같은 사람들이 그런 식으로 생각하기를 바랄 순 없죠."

"그렇죠." 모드가 말했다. "오빠가 어쩌고 있는지 궁금하군요."

II

"러시아야!" 배가 부두에 닿고 부두 일꾼들의 목소리가 들리자 빌리 윌리엄스가 말했다. "빌어먹을 러시아에는 왜 온 거지?"

"어떻게 러시아일 수 있어?" 토미 그리피스가 말했다. "러시아는 동쪽에 있다고. 우리는 몇 주 동안 서쪽으로 항해했잖아."

"세계의 반을 돌아서 반대쪽으로 온 거야."

토미는 믿기지 않는다는 표정이었다. 그는 난간에 몸을 기대고 내려다보았다. "왠지 중국인들처럼 보이는데."

"그래도 러시아말을 하잖아. 조랑말 돌보던 페시코프처럼 말하네. 폰티 형제한테 카드로 사기치고 달아난 그놈 말이야."

토미가 귀기울였다. "아, 그렇군. 맙소사."

"여기는 시베리아가 틀림없어." 빌리가 말했다. "우라지게 추운 게 당연하지."

몇 분 뒤 그들은 그곳이 블라디보스토크라는 걸 알게 되었다.

애버로언 친구들 부대가 시내를 행진해도 사람들은 별다른 관심을 보이지 않았다. 이곳에는 군복 차림의 군인들이 이미 수백 명이었다. 대부분은 일본군이지만 미국이나 체코를 포함한 다른 나라 군대도 있었다. 분주한 항구가 있는 이 도시에는 넓은 도로를 따라 전차들이 달렸고 현대적인 호텔과 극장은 물론, 상점도 수백 개나 되었다. 빌리는 이곳이 추운 것 말고는 카디프와 비슷하다고 생각했다.

막사에 도착한 그들은 홍콩에서 배로 도착한 다른 대대와 만났다. 런던 출신의 나이 많은 병사들이었다. 늙다리는 이런 벽지에 보내는 게 당연하지. 빌리는 생각했다. 하지만 많은 사상자로 전력이 손실되었다고 해도 애버로언 친구들은 단련된 베테랑으로 구성된 핵심 병력이었다. 누가 배후에서 일을 꾸며 그들을 프랑스에서 빼내 지구 반대편까지 보낸 걸까?

빌리는 금세 알게 되었다. 저녁식사가 끝난 후, 전역이 가까운 게 분명해 보이는 편안한 인상의 부대장이 대령 피츠허버트 백작이 연설을 하러 온다고 말해주었다.

백화점을 운영하는 귄 에번스 대위가 돼지기름 통조림이 들었던 나무상자를 가져오자 피츠는 다친 한쪽 다리 때문에 다소 힘겹게 그 위에 올라섰다. 그 모습을 봐도 빌리는 불쌍하다는 생각이 들지 않았다. 연민은 절름발이 퓨를 비롯해 백작의 탄광에서 고생하다가 다쳐서 다리를 절게 된 수많은 전직 광부를 위해 아껴두어야 했다. 피츠는 의기양양한데다 오만했고 귀족이 아닌 사람들을 인정사정없이 착취했다. 독일군의 총알이 그의 심장이 아닌 다리를 맞힌 게 애석했다.

"우리의 임무는 네 가지다." 피츠는 목소리를 높여 육백 명의 병사에게 연설을 시작했다. "첫째, 이곳의 우리 재산을 지켜야 한다. 부두를 나설 때 철도 측선을 지나면서, 군인들이 잔뜩 쌓인 보급품을 지키는 광경을 본 사람도 있을 것이다. 그곳 4헥타르의 구역에 육십만 톤에 달하는 탄약과 다른 군사 장비가 쌓여 있다. 러시아가 우방일 때 영국과 미국이 보낸 물품이다. 이제 볼셰비키는 독일과 휴전했으니, 우리 국민의 돈으로 만든 총알을 그들 손에 들어가게 둘 수는 없다."

"말도 안 되는 소리군." 빌리는 토미와 주변의 다른 병사들에게도 다 들릴 만큼 큰 소리로 말했다. "우리를 이리로 부르는 대신 물품을 본국으로 실어가면 될걸."

피츠는 소리가 난 쪽을 짜증스럽게 바라봤지만 그대로 말을 이었다. "둘째, 이 나라에는 조국의 독립을 원하는 체코인이 많다. 일부는 전쟁포로로 잡혀왔고 전쟁 전부터 여기서 일하던 이들도 있는데, 그들이 체코군단을 구성해서 현재 블라디보스토크에서 배를 구해 프랑스에 있는 우리 군과 합류하려고 시도하는 중이다. 그들은 볼셰비키에게 시달리고 있으며, 우리의 임무는 그들이 이곳에서 빠져나가는 것을 돕는 것이다. 이 지역 카자크 지도자들도 우리를 도울 것이다."

"카자크 지도자?" 빌리가 말했다. "누구를 속이려는 거야? 그자들은 빌어먹을 깡패인데."

다시 한번 빌리의 중얼거리는 불평이 피츠의 귀에 들어갔다. 이번에는 에번스 대위가 짜증난 표정으로 식당을 가로질러서 빌리와 친구들에게 다가와 주변에 섰다.

"이곳 시베리아에는 평화협정 이후 풀려난 오스트리아와 독일의 전쟁포로가 팔십만 명에 달한다. 그들이 유럽의 전선으로 돌아가는 것을 막아야 한다. 마지막으로, 현재 독일이 러시아 남부 바쿠의 유전에 눈독을 들이는 것으로 의심된다. 그들이 그곳에 접근하는 것을 반드시 막아야 한다."

빌리가 말했다. "왠지 바쿠는 여기서 굉장히 먼 것 같은데."

부대장이 상냥하게 말했다. "병사들 중 질문 있는 사람 있나?"

피츠는 부대장을 노려봤지만 때는 이미 늦었다. 빌리가 말했다. "신문에서는 이런 상황을 전혀 본 적이 없습니다."

피츠가 대답했다. "다른 많은 군사 임무가 그렇듯 이것도 기밀사항이다. 그리고 여러분은 지금 있는 곳을 집으로 보내는 편지에 써서 알려선 안 된다."

"우리는 러시아와 전쟁을 하는 겁니까, 대령님?"

"그렇지 않다." 피츠는 대놓고 빌리로부터 고개를 돌렸다. 어쩌면 갈보리 복음교회에서 열렸던 평화회담 논의에서 빌리에게 진 기억을 떠올렸는지도 모른다. "윌리엄스 하사관 말고 질문 있는 사람 없나?"

빌리는 물러서지 않았다. "우리는 볼셰비키 정권을 타도하려는 겁니까?"

성이 나서 웅성거리는 소리가 일었다. 많은 병사가 혁명에 동조하고 있었기 때문이다.

"볼셰비키 정권 따윈 없다." 피츠는 슬슬 화를 내며 말했다. "모스크바의 세력은 아직 국왕 전하의 인정을 받지 못했다."

"우리 부대의 임무는 의회의 승인을 받은 겁니까?"

그런 식의 질문을 예상하지 못했던 부대장은 난처해했다. 그러자 에번스 대위가 말했다. "그만하면 충분하다, 하사. 다른 사람에게도 기회를 줘야지."

하지만 피츠는 입을 다물고 있을 만큼 똑똑하지 못했다. 급진적인 비

국교도 아버지로부터 배운 빌리의 토론 기술이 자기보다 더 뛰어날지 모른다는 생각은 전혀 못하는 듯했다. "군사 임무는 의회가 아니라 육군성의 승인을 받는다." 피츠가 근거를 댔다.

"그렇다면 이번 임무는 우리가 선출한 대표자들에게도 비밀이라는 겁니까!" 빌리는 분개했다.

토미는 불안한 듯 중얼거렸다. "야, 좀 조심해."

"어쩔 수 없는 상황이다." 피츠는 말했다.

빌리는 토미의 충고를 무시했다. 머리끝까지 화가 났다. 그는 일어서서 큰 소리로 분명하게 말했다. "대령님, 우리가 하는 짓이 적법한 것입니까?"

피츠는 얼굴이 벌게졌고, 빌리는 자기가 한 점 따냈음을 알아차렸다.

피츠가 입을 열었다. "그야 물론—"

"이 임무는 영국 국민이나 러시아 국민의 승인을 받지 못했습니다." 빌리는 피츠의 말을 잘랐다. "그게 어떻게 적법할 수 있습니까?"

에번스 대위가 말했다. "앉아라, 하사. 여기는 너희가 벌이는 노동당 집회가 아니야. 한마디만 더 했다간 처벌받을 줄 알아."

빌리는 만족스럽게 앉았다. 자신의 주장을 제대로 밝혔기 때문이다.

피츠가 말했다. "우리를 이곳에 부른 주체는 러시아 전국 임시정부로, 실무 담당 기구는 시베리아 서쪽 끝 옴스크에 근거지를 둔 5인 위원회다." 피츠는 연설을 마무리했다. "바로 그곳이 여러분이 가는 곳이다."

III

어둠이 내렸다. 레프 페시코프는 시베리아 횡단철도의 종착점인 블라디보스토크의 화물열차 조차장에서 몸을 떨며 기다리고 있었다. 소위 군복 위에 무거운 군용코트까지 걸쳤지만 시베리아는 살면서 그가 와본 곳 중에 가장 추웠다.

이곳이 러시아라고 생각하니 분노가 솟구쳤다. 사 년 전 운 좋게 러시아를 탈출했고 더 운 좋게 미국 부잣집 사위가 되었다. 그런데 러시아로 돌아온 것이다. 다 여자 하나 때문에. 난 대체 어떻게 생겨먹은 놈이지? 그는 스스로 물었다. 왜 만족을 못하는 걸까?

군수품 임시창고 문이 열리고 노새가 끄는 짐마차 한 대가 빠져나왔다. 레프는 마차를 모는 영국인 병사 옆자리로 펄쩍 뛰어올랐다. "왔군, 시드." 레프가 말했다.

"안녕하신가." 시드가 말했다. 그는 마흔 살쯤 되어 보이는 깡마른 남자로 항상 담배를 물고 있었고 나이에 비해 얼굴에 주름이 많았다. 코크니라는 그는 사우스 웨일스나 뉴욕 북부 영어와도 억양이 사뭇 달랐다. 처음에 레프는 그의 말을 잘 알아듣지 못했다.

"위스키 가져왔나?"

"아니, 그냥 깡통에 든 코코아뿐이야."

레프는 몸을 돌려 짐마차 위에 엎드려서 방수포 한쪽 구석을 들춰보았다. 시드가 분명 농담하는 거라고 생각했다. 종이상자에는 이렇게 적혀 있었다. '프라이 초콜릿 코코아'. 레프가 말했다. "카자크들은 코코아 별로 안 좋아할 텐데."

"아래를 봐."

상자를 옆으로 치우자 다른 글씨가 보였다. '티처스 하일랜드 크림─완벽한 숙성 스카치위스키.' 레프가 말했다. "얼마나 되지?"

"열두 상자."

레프는 상자를 덮었다. "코코아보다 낫군."

그는 시드에게 길을 일러주며 시내를 빠져나왔다. 혹시 누군가 뒤를 밟지는 않는지 자주 돌아보며 확인했고, 그보다 계급이 높은 미군 장교가 보이면 불안한 마음으로 주시했지만 아무도 그를 검문하지는 않았다. 블라디보스토크는 볼셰비키 정부를 피해 도망친 사람들로 북적거렸고, 다들 돈이 많았다. 그들은 마치 내일이 없는 것처럼 돈을 써댔고, 그중 많은 이가 실제로도 미래가 없어 보였다. 그 결과 상점들은 분주했고 도로는 이렇게 물건을 실어나르는 짐마차로 가득했다. 러시아에서는 모든 물건이 귀했고 팔리는 것은 대부분 중국에서 들여온 밀수품이나 시드의 스카치처럼 군대에서 몰래 빼돌린 것이었다.

레프는 어린 여자아이를 데리고 있는 여자를 보고 데이지를 떠올렸다. 아이가 보고 싶었다. 데이지는 한창 걷고 말하고 세상을 배우고 있었다. 도톰한 입술은 모두의 마음을 녹였고 심지어 조지프 밸로프도 아이만은 미워하지 못했다. 레프가 데이지를 못 본 지 벌써 육 개월이었다. 이제 두 살 반인 아이는 그가 집을 떠난 동안 틀림없이 많이 변했을 터였다.

마르가도 보고 싶었다. 레프의 꿈에 나오는 사람은 다름아닌 마르가였다. 꿈속에서 그녀는 알몸으로 침대에 누워 버둥거렸다. 그가 장인과 문제를 일으켜 결국 시베리아에 오게 된 것도 모두 그녀 때문이었지만 그래도 그녀를 다시 보고 싶었다.

"당신은 약점 같은 게 있나, 시드?" 레프가 말했다. 무뚝뚝한 시드와 좀더 친해져야겠다는 생각이었다. 공범이 되려면 신뢰가 있어야 했다.

"아니." 시드가 말했다. "오로지 돈이 약점이지."

"돈이 너무 좋아서 위험을 감수하기도 하고?"

"아니, 도둑질밖에 안 해."

"그럼 도둑질 때문에 된통 고생한 적은?"

"별로. 감옥에 한 번 갔지. 하지만 겨우 육 개월 있었어."

"내 약점은 여자야."

"그래?"

대답을 들어놓고 되묻는 이 영국식 습관이 레프는 익숙했다. "그래." 그가 말했다. "여자를 뿌리칠 수 없어. 팔에 예쁜 여자를 끼고 나이트클럽에 가야 한단 말이지."

"그래?"

"그래. 도저히 어떻게 할 수가 없어."

마차는 뱃사람들의 숙소가 있는 부두 근처 비포장도로에 들어섰다. 이름도 주소도 없는 곳이었다. 시드는 긴장한 것 같았다.

레프가 말했다. "무기 있지?"

"아니." 시드가 말했다. "그냥 이것만." 그가 코트 자락을 들추자 허리춤에 총신이 30센티미터는 돼 보이는 거대한 권총이 꽂혀 있었다.

레프는 생전 처음 보는 총이었다. "대체 그게 뭐야?"

"웨블리 마스야. 세상에서 가장 강력한 권총이지. 아주 귀한 거야."

"방아쇠를 당길 필요도 없겠군. 그냥 휘두르기만 해도 사람들이 무서워 죽을걸."

이 지역에서는 돈을 받고 길거리 눈을 치우는 사람이 없어서 마차는 먼저 지나간 차량의 흔적을 밟으며 움직였고 왕래가 뜸해 얼어붙은 길에서는 미끄러지며 앞으로 나아갔다. 러시아에서 지내다보니 레프는 형이 생각났다. 그리고리에게 미국으로 갈 돈을 보내겠다고 한 약속은 잊지 않았다. 그는 훔친 군납품을 카자크인들에게 팔아 큰돈을 벌고 있었다. 오늘 거래를 마치면 그리고리가 미국으로 갈 돈을 충분히 마련할 수 있었다.

레프는 짧은 인생을 살면서 정말 못된 짓을 많이 했다. 하지만 형에게 진 빚을 갚을 수 있다면 마음이 한결 가벼워질 것 같았다.

골목길로 들어선 마차는 낮은 건물 뒤쪽으로 향했다. 레프는 종이상자를 열고 스카치 한 병을 꺼냈다. "여기서 물건 잘 지켜." 그는 시드에게 말했다. "안 그러면 우리가 나왔을 때 모조리 사라지고 없을 거야."

"걱정 마." 시드는 그렇게 말했지만 불안해 보였다.

레프는 코트 안쪽으로 손을 넣어 허리춤에 꽂은 콜트 45구경 반자동권총을 만져보고는 뒷문을 통해 안으로 들어섰다.

그곳은 시베리아의 선술집 같은 곳이었다. 좁은 실내에 의자 몇 개와 탁자 하나가 있었다. 바는 따로 없었지만 열린 문 안쪽의 지저분한 주방에 술병 선반과 술통이 보였다. 남자 세 명이 너저분한 털옷을 입고 장작불 가까이에 앉아 있었다. 레프는 가운데 사람을 알아보았다. 소트니크라는 남자였다. 헐렁한 바지 아랫단을 승마 부츠에 집어넣어 입었고, 광대뼈가 튀어나왔고 치켜올라간 눈초리에 정성 들여 가꾼 콧수염과 구레나룻을 뽐내고 있었다. 거센 비바람으로 벌게진 피부는 주름이 가득했다. 나이는 스물다섯부터 쉰다섯까지 몇 살이라 해도 말이 될 듯했다.

레프는 세 남자와 돌아가며 악수를 했다. 그가 위스키 병을 따자 셋 중 한 남자가 술집 주인인 듯 제각기 다른 잔 네 개를 가져왔다. 레프는 후하게 술을 따랐고 그들 모두 잔을 비웠다.

"이건 세계에서 제일 좋은 위스키야." 레프는 러시아어로 말했다. "시베리아처럼 추운 지방에서 온 거지. 거기서는 산속에 눈이 녹은 순수한 물이 흐른다고. 너무 비싼 게 흠이지만."

소트니크의 얼굴에는 아무 표정도 없었다. "얼마인데?"

처음부터 다시 흥정할 생각은 없었다. "어제 합의한 그 가격." 레프가 말했다. "루블 금화로만, 다른 돈은 안 받아."

"몇 병이나 있지?"

"백마흔네 병."

"어디 있나?"

"근처."

"조심해야지. 이 동네에 도둑이 많아."

이 말은 주의일 수도 있고 협박일 수도 있었다. 일부러 애매하게 말한 거라고 레프는 짐작했다. "도둑이라면 잘 알지." 그가 말했다. "내가 도둑이니까."

소트니크는 일행 두 명을 바라보고는 잠시 뜸을 들였다가 웃었다. 나머지도 웃었다.

레프는 다시 술을 한 잔씩 따랐다. "걱정 마." 그가 말했다. "당신들 위스키는 안전하니까. 총을 겨누고 지키고 있거든." 그 말 역시 애매했다. 안심하라는 말이기도 하고 경고이기도 했다.

"아주 좋군." 소트니크가 말했다.

레프는 술잔을 비우고 시계를 들여다보았다. "조금 있으면 헌병이 이 근처를 순찰할 거야. 빨리 가야 해."

"한 잔만 더 하지." 소트니크가 말했다.

레프는 일어섰다. "위스키를 원하나?" 그는 짜증을 숨기지 않았다. "얼마든지 다른 사람에게 팔 수 있어." 그건 사실이었다. 술은 언제든 팔려나가는 물건이었다.

"사지."

"돈부터 보여줘."

소트니크는 말안장에 매다는 주머니를 바닥에서 집어올려 5루블짜리 금화를 세기 시작했다. 합의한 가격은 열두 병에 60루블이었다. 그는 천천히 금화를 열두 개씩 쌓아서 열두 묶음을 만들었다. 그가 사실은

144까지 세지 못하는 게 아닌가 레프는 짐작했다.

돈을 다 헤아리자 소트니크가 레프를 쳐다보았다. 레프는 고개를 끄덕였다. 소트니크는 금화를 다시 주머니에 담았다.

그들은 밖으로 나갔고, 돈주머니는 소트니크가 들고 있었다. 밤이 깊었지만 달이 떠서 모든 게 환히 보였다. 레프는 시드에게 영어로 말했다. "마차에 그대로 있어. 정신 바짝 차리고." 불법 거래를 할 때는 이 순간이 늘 위험했다. 사는 쪽에서 보면 돈을 주지 않고도 물건을 차지할 수 있는 기회인 것이다. 레프는 그리고리에게 보낼 표 값을 절대 빼앗길 수 없었다.

레프는 마차를 덮은 방수포를 들춘 다음, 코코아가 든 상자 세 개를 옆으로 치우고 스카치 상자를 내보였다. 그리고 한 상자를 소트니크의 발치에 내려놓았다.

다른 카자크 남자가 마차로 다가가더니 다른 상자에 손을 댔다.

"아니야." 레프가 말했다. 그는 소트니크를 바라보았다. "돈주머니."

한참 아무도 말이 없었다.

마부석에 앉은 시드가 코트 자락을 열고 무기를 보였다.

소트니크가 돈주머니를 레프에게 건네주었다.

레프는 돈주머니 안을 들여다보았지만 다시 세어보지는 않기로 했다. 소트니크가 교묘하게 동전 몇 개를 꺼냈다면 그가 알아챘을 것이다. 그는 돈주머니를 시드에게 건네고 다른 사람들을 도와 술 상자를 마차에서 내렸다.

레프가 남자들과 돌아가며 악수를 하고 마차에 오르려는 순간, 소트니크가 그를 불러세웠다. "이봐." 그는 열린 술 상자를 가리켰다. "한 병이 비었군."

사라진 술병은 술집 탁자 위에 놓여 있었고 소트니크도 그걸 잘 알았다. 왜 이 시점에 싸움을 걸지? 위험한 상황이었다.

레프는 시드에게 영어로 말했다. "금화 한 개만 줘."

시드는 주머니를 열고 금화 한 개를 건넸다.

레프는 주먹 쥔 손 위에 금화를 아슬아슬하게 얹었다가 스핀을 먹여 공중으로 튕겼다. 동전이 달빛에 반짝였다. 소트니크가 반사적으로 손을 뻗어 동전을 잡는 사이, 레프는 마부 자리 옆으로 펄쩍 뛰어올랐다.

시드가 채찍을 휘둘렀다.

"하느님이 함께하시길." 레프는 마차가 움직이자 크게 말했다. "위스키 더 필요하면 연락하쇼."

노새가 마당을 벗어나 길로 들어서자 레프는 훨씬 편하게 숨을 쉴 수 있었다.

"얼마나 받았지?" 시드가 물었다.

"달라는 대로 받았지. 한 사람당 360루블이야. 5루블 빼야지. 금화 한 개 잃은 건 내가 손해 보지. 주머니 있나?"

시드는 커다란 가죽가방을 꺼냈다. 레프는 금화 일흔두 개를 세어 가방에 넣었다.

미군 장교 숙소 가까이에 이르자 레프는 시드에게 인사를 건네고 마차에서 뛰어내렸다. 방으로 가고 있는데, 해먼드 대위가 다가와 말을 걸었다. "페시코프! 어디 갔었나?"

레프는 355루블이 든 카자크의 주머니를 들고 있지 않았으면 좋았을 걸 싶었다. "구경 좀 나갔었습니다."

"어둡잖아!"

"그래서 돌아온 겁니다."

"자네를 찾고 있었다. 대령님께서 찾으셔."

"곧 가겠습니다." 레프는 돈주머니를 두려고 방으로 향했지만 해먼드가 말했다. "대령님 방은 저쪽이야."

"네, 대위님." 레프는 돌아서야 했다.

마컴 대령은 레프를 좋아하지 않았다. 대령은 전쟁이 벌어져 새로 뽑은 장교가 아니라 원래 직업군인이었다. 그는 레프를 자기처럼 우수한 미합중국 군대의 일원이 되고자 헌신할 인물로는 보지 않았고, 그 판단은 110퍼센트, 대령이 속으로 확신하고 있는 딱 그만큼 옳았다.

레프는 주머니를 대령의 사무실 밖 복도에 두고 들어갈까 생각도 해봤지만 이렇게 많은 돈을 아무데나 둘 수는 없었다.

"도대체 어디 박혀 있었나?" 레프가 들어가자마자 마컴이 말했다.

"시내를 둘러보고 왔습니다."

"자네에게 새로운 일을 맡기겠다. 연합국인 영국이 통역이 필요하다면서 자네를 파견해달라고 요청해왔어."

무난한 임무 같았다. "네, 알겠습니다."

"그들과 함께 옴스크로 가게 될 거야."

그렇다면 무난한 임무가 아니었다. 옴스크는 6400킬로미터나 떨어진 러시아의 야만적인 심장부였다. "왜 거기까지 갑니까?"

"그쪽에서 알려줄 거야."

레프는 가고 싶지 않았다. 집에서 너무 먼 곳이었다. "자원하라고 말씀하시는 겁니까?"

대령은 머뭇거렸고, 레프는 군대에서 모든 일이 그러하듯 이번 임무도 실제로는 자원자를 위한 것임을 알아차렸다. "지금 임무를 거부하는 건가?" 마컴이 위협하듯 물었다.

"자원해야 하는 일이라면 그렇습니다, 대령님."

"그럼 상황을 말해주지, 소위." 대령이 말했다. "만일 자네가 자원한다면, 그 주머니를 열어서 안에 든 걸 꺼내라고 하지 않겠네."

레프는 작게 욕설을 내뱉었다. 달리 어쩔 도리가 없었다. 대령은 빌어먹을 정도로 똑똑했다. 그리고 그 주머니에는 그리고리가 미국으로 가는 데 필요한 돈이 들어 있었다.

옴스크라니. 그는 생각했다. 젠장.

"기꺼이 자원하겠습니다." 그가 말했다.

IV

에설은 위층 밀드러드의 집으로 올라갔다. 청결했지만 어수선했다. 바닥에는 장난감이 굴러다니고, 재떨이에는 담배가 타들어가고, 모닥불 앞에는 속바지를 걸어 말리고 있었다. "오늘밤 로이드 좀 봐줄 수 있어?" 에설이 물었다. 그녀와 버니는 노동당 회의에 갈 예정이었다. 로이드는 이제 네 살이 다 되어서 지켜보지 않으면 혼자서도 충분히 침대에서 내려와 돌아다닐 때였다.

"그럼." 밀드러드가 말했다. 두 사람은 자주 서로의 아이들을 저녁에 대신 봐주었다. "빌리한테서 편지 왔어." 밀드러드가 말했다.

"괜찮대?"

"응. 그런데 프랑스에 있는 것 같지 않아. 참호 이야기가 전혀 없어."

"그럼 중동에 있나보지. 예루살렘을 봤나 모르겠네." 작년 말 영국군은 신성한 도시 예루살렘을 점령했다. "빌리가 거기 가봤다고 하면 아버지가 좋아하실 텐데."

"너한테 전하는 내용도 있어. 나중에 따로 편지를 보낸다고 했지만, 그래도 말을 전해달라더라." 밀드러드는 앞치마 주머니에 손을 넣었다. "그대로 읽어줄게. '이건 정말이야. 내가 예전에 봤거나 지금 보는 책에 러시아에 관한 내용이 있어.' 정말 웃기는 소리더라고."

"그건 암호야." 에설이 말했다. "세번째 단어만 이어서 읽으면 돼. 진짜 내용은, 내가 지금 러시아에 있어. 러시아에서 뭘 하는 거지?"

"우리 군대가 러시아에 있는 줄은 몰랐네."

"나도. 혹시 노래나 책 제목 말한 거 있어?"

"그래. 그건 어떻게 알았어?"

"그것도 암호야."

"네가 잘 부르던 노래 중 〈나는 프레디와 동물원에 있어〉를 떠올려보래. 난 처음 듣는 노래네."

"나도 마찬가지야. 그건 첫 글자만 따서 읽어. '동물원의 프레디 Freddie in the Zoo'…… 피츠Fitz네."

버니가 빨간색 넥타이를 매고 들어왔다. "완전히 잠들었어요." 로이드가 잠이 든 모양이었다.

에설이 말했다. "밀드러드가 빌리에게서 편지를 받았어요. 피츠허버트 백작과 함께 러시아에 있는 것 같아요."

"아하!" 버니가 말했다. "얼마나 오래 걸릴까 생각하고 있었는데."

"그게 무슨 말이에요?"

"볼셰비키와 싸우기 위해 우리 군대를 보낸 거예요. 이렇게 될 줄 알았어요."

"우리나라가 러시아의 새로운 정부와 전쟁중이라고요?"

"물론 공식적으로는 아니죠." 버니는 시계를 들여다보았다. "이제 가야 해요." 그는 약속시간에 늦는 걸 질색했다.

버스에 올라탄 뒤 에설이 말했다. "비공식적인 전쟁이라는 건 있을 수 없어요. 전쟁이 사실이든 아니든."

"처칠과 그 패거리는 볼셰비키에 맞서는 전쟁을 영국인들이 지지하지 않으리라는 걸 알아요. 그래서 비밀리에 어떻게 해보려는 거죠."

에설은 생각에 잠긴 채 말했다. "나는 레닌에게 실망해서—"

"그는 해야 할 일을 하는 것뿐이에요!" 버니가 말을 잘랐다. 그는 열렬한 볼셰비키 지지자였다.

에설이 말했다. "레닌이 차르와 다름없는 폭군이 될 수도—"

"말도 안 돼!"

"……어쨌든 그가 러시아를 위해 뭘 할 수 있는지 보여줄 기회는 줘야 한다고 생각해요."

"글쎄, 최소한 그 점에서는 우리 의견이 같군요."

"하지만 우리가 뭘 할 수 있을지 모르겠어요."

"정보가 더 있어야 해요."

"빌리가 곧 편지를 보내올 거예요. 자세한 내용을 알려주겠죠."

에설은 사실인지 알 수는 없지만 정부가 몰래 전쟁을 벌이고 있다는 데 분노했다. 그리고 빌리가 걱정되어 괴로웠다. 빌리가 입다물고 있을 리 없었다. 군이 잘못된 일을 벌인다고 생각하면 빌리는 그렇다고 말을 할 테고, 그러면 문제에 휘말릴 수도 있었다.

갈보리 복음교회에는 빈자리가 없었다. 노동당은 전쟁 기간 동안 인기가 높아졌다. 당 지도자로 로이드조지의 전시 내각에 얼마간 참여중인 아서 헨더슨 덕분이었다. 헨더슨은 열두 살에 기관차 공장에서 일하기 시작했는데, 각료로서 그가 보여준 성과는 노동자가 정부에서 제대로 일할 수 없다는 보수당의 주장을 잠재웠다.

에설과 버니는 버니가 결혼 전에 가장 친하게 지냈던 친구로 글래스고 출신의 안색이 붉은 자크 리드 옆에 자리를 잡고 앉았다. 이번 회의의 의장은 그린워드 박사가 맡았다. 가장 중요한 안건은 다가올 의회의원 선거였다. 전쟁이 끝나면 로이드조지가 바로 총선거를 실시할 거라는 소문이 돌고 있었다. 올드게이트 지역에 출마할 노동당 후보자가 필요했고, 버니는 가장 앞선 주자였다.

누군가 버니를 추천했고 재청도 있었다. 그린우드 박사가 대신 나서야 한다는 주장도 있었지만 박사는 의사의 길을 가고 싶다고 말했다.

그때 제인 매컬리가 일어섰다. 그녀는 가족수당 지급을 거절당했을 때 에설과 모드의 도움을 받은 뒤 노동당 당원이 되었다. 그때 일로 모드는 경관에게 붙들려 감옥에 가기도 했다. 제인이 말했다. "다음 선거에는 여자도 출마할 수 있다는 내용을 신문에서 봤습니다. 저는 에설 윌리엄스를 우리 후보로 추천합니다."

다들 놀라 할말을 잃은 듯 실내가 잠시 조용해지더니 너도나도 한꺼번에 입을 열었다.

에설은 충격을 받았다. 이런 상황은 생각해보지 않았다. 처음 만났을 때부터 버니는 지역 의원이 되고 싶어했다. 그녀도 그걸 받아들였다. 그리고 어차피 여자는 의원 선거에 출마할 수도 없었다. 이제 그게 가능해졌는지는 확실히 알지 못했다. 우선 머릿속에 떠오른 생각은 바로 거절해야겠다는 것이었다.

제인은 아직 발언을 마치지 않았다. 젊고 예쁜 그녀는 부드러워 보이는 외모와는 달리 만만치 않은 상대였다. "저는 버니를 존경합니다. 하지만 그는 조직을 만들고 회합을 이끄는 데 더 어울립니다. 올드게이트의 자유당 소속 현 의원은 인기도 좋고 무찌르기 쉽지 않습니다. 우리는 승리해 노동당의 의석을 가져올 후보가 필요합니다. '나를 따라서 승리를 거둡시다!'라고 이스트엔드에 말할 후보, 그 말을 듣고 사람들이 따를 후보 말입니다. 우리는 에설이 필요합니다."

험악하게 중얼대는 사람들도 있었지만, 여자들은 모두 환호했고 일부 남자들도 박수를 쳤다. 에설은 자신이 출마한다면 상당한 지지를 받을 수 있다는 걸 깨달았다.

그리고 제인의 말은 옳았다. 버니는 이 회의장에서 가장 똑똑할지는 몰라도 사람들을 자극하는 지도자는 아니었다. 그는 어떻게 혁명이 일어났는지, 회사가 왜 망했는지 설명할 수 있는 사람이지만 에설은 개혁을 함께하자며 사람들을 이끌 수 있었다.

자크 리드가 일어섰다. "의장 동지, 저는 법적으로 여자는 출마할 수 없다고 알고 있습니다."

그린워드 박사가 말했다. "그 질문에는 제가 대답할 수 있습니다. 올해 초, 서른 살 이상 일부 여성에게 투표권을 주는 법률이 통과되었지만 여성이 선거에 출마할 수는 없게 돼 있습니다. 하지만 정부는 이 점이 불합리하다는 걸 인정했고, 추가로 법률이 제정될 것입니다."

자크는 물러서지 않았다. "하지만 현행법에 따르면 여자는 출마할 수 없으니 여자를 후보로 내세워서는 안 됩니다." 에설은 씁쓸한 웃음을 지었다. 혁명으로 세상을 바꿔야 한다는 남자들이, 법조문은 그대로 지켜야 한다고 주장하다니 정말 기이했다.

그린워드 박사가 말했다. "의회에서 검토중인 여성의 자격에 대한 법안은 분명 다음 총선 전에 법률로 제정될 겁니다. 그러니 여기서 여성을 후보자로 내도 전혀 문제가 없습니다."

"하지만 에설은 서른이 되지 않았습니다."

"아마도 이 새로운 법에 따르면, 스물한 살 이상의 여성은 자격을 얻을 겁니다."

"아마도, 라고요?" 자크가 말했다. "규칙도 모르는 판에 어떻게 후보자를 선출할 수 있습니까?"

그린워드 박사가 말했다. "어쩌면 새 법률이 제정될 때까지 후보자 선출을 미뤄야 할지도 모르겠군요."

버니가 자크의 귀에 대고 뭐라고 속삭이자 자크가 말했다. "출마를 할지 에설에게 물어봅시다. 생각이 없다고 하면 결정을 미룰 이유가 없습니다."

버니는 에설을 바라보며 확신에 찬 웃음을 지었다.

"좋습니다." 그린워드 박사가 말했다. "에설, 만일 후보자로 선출된다면 받아들일 겁니까?"

모두가 그녀를 바라보았다.

에설은 망설였다.

이것은 버니의 꿈이었고, 버니는 그녀의 남편이었다. 하지만 어느 쪽이 노동당을 위해 더 나은 선택일까?

짧은 시간이 흐르는 사이 버니의 얼굴에 믿을 수 없다는 듯한 표정이 떠올랐다. 그는 에설이 즉시 후보 자리를 거절하리라 기대하고 있었다.

바로 그 점 때문에 그녀는 마음을 굳혔다.

"저는…… 저는 생각해보지 않았습니다." 에설은 말했다. "그리고, 에, 의장께서 말한 대로 법적으로는 아직 가능성조차 없습니다. 그러니 정말 대답하기 어려운 질문입니다. 저는 버니가 훌륭한 후보자가 될 거라고 믿지만…… 그럼에도 불구하고 저 역시 생각할 시간이 있으면 좋겠습니다. 그러니 의장께서 제안한 대로 후보자 선출 연기를 받아들여도 괜찮지 않을까 생각합니다."

에설은 버니의 얼굴을 바라보았다.

그는 그녀를 죽이기라도 할 듯한 표정이었다.

33장
1918년 11월 11일

I

새벽 두시, 피츠의 메이페어 저택의 전화가 울렸다.

모드는 아직 잠자리에 들지 않고 응접실에 촛불을 밝힌 채 앉아 있었다. 죽은 선조들이 초상화 속에서 그녀를 내려다보고 커튼이 장막처럼 드리운 가운데, 주변의 몇 안 되는 가구가 마치 밤 들판의 짐승처럼 희미하게 모습을 드러내고 있었다. 지난 며칠간 모드는 제대로 잠을 이루지 못했다. 미신과도 같은 불길한 예감이 발터가 전쟁이 끝나기 전에 죽을 거라고 말하고 있었다.

차게 식은 차를 양손에 들고 홀로 앉아서 석탄불을 멍하니 보며 모드는 생각에 잠겼다. 발터는 어디서 뭘 하고 있을까? 어딘가 축축한 참호에서 잠들어 있을까? 아니면 내일의 전투를 준비하고 있을까? 아니면 이미 죽었을까? 사 년의 결혼 기간 동안 겨우 이틀 밤을 남편과 함께 보낸 후, 이미 과부가 되었는지도 몰랐다. 확실히 알 수 있는 것은 발터가 전쟁포로는 되지 않았다는 점이었다. 조니 르마크가 그녀를 위해 생포된 장교 명단을 모두 확인해주었다. 조니는 그녀의 비밀을 몰랐다. 모드가 피츠의 전쟁 전 친구인 발터를 걱정하는 것으로만 생각하고 있었다.

전화 소리에 모드는 깜짝 놀랐다. 처음에는 혹시 발터 일일지 모른다고 생각했지만, 말이 되지 않았다. 친구가 포로로 잡혔다는 얘기 정도라면 아침까지 기다려도 된다. 오빠에게 일이 생긴 게 분명해. 그렇게 생각하니 비참했다. 시베리아에서 부상이라도 당한 걸까?

모드는 서둘러 복도로 나갔지만 전화는 이미 그라우트가 받은 뒤였다. 하인들에게 자러 가도 좋다고 허락하는 걸 잊었음을 깨닫고 그녀는 놀라는 한편 미안한 마음이 들었다.

"모드 양이 집에 계신지 알아보겠습니다." 그라우트는 수화기를 들고 말했다. 그러더니 송화구를 손으로 막고서 모드에게 말했다. "육군성의 르마크 경입니다. 아가씨."

모드는 그라우트에게서 수화기를 받아들고 물었다. "오빠 일인가요? 다쳤어요?"

"아니, 아닙니다." 조니가 말했다. "진정해요. 좋은 소식이에요. 독일이 휴전조건을 받아들였습니다."

"아, 조니. 하느님 감사합니다!"

"지금 협상단이 모두 파리 북쪽 콩피에뉴 숲에 있습니다. 철도 측선의 열차 두 량에 말이죠. 독일측이 방금 프랑스측 열차의 식당칸으로 들어갔습니다. 서명할 겁니다."

"하지만 아직 서명한 건 아니죠?"

"네, 아직은요. 사소한 표현 가지고 트집을 잡고 있어요."

"조니, 그들이 서명을 마치면 다시 전화해주겠어요? 나는 오늘밤 잠

못 잘 것 같아요."

"그러죠. 그럼."

모드는 수화기를 집사에게 건넸다. "오늘밤 전쟁이 끝나겠어요, 그라우트."

"그 소식을 들으니 정말로 기쁩니다, 아가씨."

"하지만 그라우트도 이제 가서 자야죠."

"허락하시면 르마크 경께서 다시 전화주실 때까지 그냥 있겠습니다."

"물론 그래도 되고요."

"차 한 잔 더 하시겠습니까, 아가씨?"

II

애버로언 친구들 부대는 이른 아침 옴스크에 도착했다.

빌리는 블라디보스토크를 출발해 시베리아 횡단철도를 타고 6400킬로미터를 달려온 여정의 상세한 기억들을 평생 잊지 못할 것 같았다. 무장한 병사 한 명을 기관차에 배치해 기관사와 화부가 최고 속도를 유지하도록 했음에도 이십삼 일이나 걸렸다. 그리고 여행 내내 추웠다. 객차 한가운데 있는 난로는 시베리아의 차디찬 아침 기운을 떨쳐내기에 역부족이었다. 다들 검은 빵과 쇠고기 통조림만으로 버텼다. 하지만 빌리에게는 하루하루가 새로웠다.

세상에 바이칼 호처럼 아름다운 곳이 있는지 예전에는 몰랐다. 호수는 웨일스의 이쪽 끝에서 저쪽 끝까지보다 더 길다고 에번스 대위가 말해주었다. 빠르게 달리는 기차에서 병사들은 잔잔하고 푸른 물 위로 떠오른 해가 반대편 높은 산들을 비추자 정상에 쌓인 눈이 황금빛으로 변하는 광경을 지켜보았다.

빌리는 철도를 따라 걷던 낙타들의 긴 행렬을 평생 소중한 기억으로 간직할 작정이었다. 철커덩거리는 쇳소리와 함께 증기를 뿜어내며 옆을 돌진해 지나가는 20세기는 안중에도 없이 짐승들은 짐을 진 채 느긋한 모습으로 눈밭을 터벅터벅 걸었다. 애버로언에서 우라지게도 멀리 왔군. 그 순간 그는 생각했다.

하지만 가장 기억에 남는 것은 치타에서 어느 고등학교를 방문한 일이었다. 피츠허버트가 지역 지도자이자 카자크의 우두머리인 세묘노프를 만나 자금 지원을 논의하는 사이 기차가 이틀간 치타에 머물렀을 때였다. 빌리는 관광에 나선 미국인들을 따라갔다. 교장은 일 년 전까지만 해도 학교에서 오직 부유한 중산층 자녀들만 가르쳤고 유대인은 학비를 낼 수 있어도 들어올 수 없었다고 영어로 설명했다. 하지만 볼셰비키가 정권을 잡은 지금은 모두에게 무상교육을 제공한다고 했다. 효과는 분명했다. 누더기를 걸친 아이들이 교실에 잔뜩 모여서 읽기와 쓰기, 셈법, 심지어 과학과 예술까지 배웠다. 레닌이 무슨 짓을 저질렀든—보수파 선전 내용의 진위를 가려내기가 쉽지 않았다—빌리가 생각할 때 적어도 레닌은 러시아의 아이들을 교육하는 일만큼은 진지했다.

기차에는 레프 페시코프도 함께 타고 있었다. 그는 부끄러운 기색도 없이 빌리에게 친한 척 인사를 했다. 애버로언에서 사기와 도둑질 때문에 쫓긴 일은 잊어버린 듯한 태도였다. 레프는 미국으로 가는 데 성공해서 부잣집 딸과 결혼했고, 이제 소위가 되어 통역장교로 빌리의 부대를 따라왔다.

기차역에서 막사까지 행진하는 부대를 향해 옴스크 주민들이 환호를 보냈다. 빌리는 거리에서 수많은 러시아 장교를 보았다. 화려한 구식 군복을 입었지만 군인 역할을 제대로 하는 것 같지는 않았다. 거리에는 캐나다 군인도 많았다.

　부대가 막사에 도착해 휴식시간이 되자 빌리와 토미는 시내를 둘러보러 나갔다. 별로 구경할 것도 없었다. 성당, 이슬람 사원, 벽돌로 지은 요새가 있고 강에는 화물과 사람을 실은 배들이 바삐 오갔다. 그들은 현지 주민 중 많은 사람이 갖가지 영국 육군복을 걸친 걸 보고 깜짝 놀랐다. 좌판에서 생선 튀김을 파는 여자는 카키색 재킷을, 수레를 끄는 배달꾼 남자는 군에서 배급한 두꺼운 모직 바지를 입었고, 책가방을 메고 길을 따라 걷는 키 큰 남학생은 영국군의 새 군화를 신었다. "전부 어디서 난 거지?" 빌리가 말했다.

　"우리가 이곳 러시아 군대에 군복을 보냈어. 하지만 페시코프 말로는 장교들이 그걸 암시장에 팔았다는 거야." 토미가 말했다.

　"우리한테는 엉뚱한 짓을 하고 딴 놈들을 돕더니, 꼴좋군." 빌리가 말했다.

　캐나다 YMCA가 차려놓은 군인 매점이 있었다. 애버로언 친구들도 몇 명 와 있었다. 달리 갈 곳도 없었다. 빌리와 토미는 뜨거운 차와 커다란 사과 타르트를 몇 조각 샀다. 북미에서는 타르트를 파이라고 부른다고 했다. "이 도시는 반反볼셰비키 반동 정부의 본거지야." 빌리가 말했다. "〈뉴욕 타임스〉를 읽고 알았지." 블라디보스토크에서는 미국 신문을 읽을 수 있었는데, 영국 신문들보다는 더 정직했다.

　레프 페시코프가 들어왔다. 싸구려 코트를 입은 젊고 아름다운 러시아 여자와 함께였다. 다들 그를 멍하니 보았다. 어쩜 저렇게 빨리 여자를 만들지?

　레프는 흥분한 듯했다. "이봐, 자네들 소문 들었나?"

　소문이란 소문은 레프가 제일 먼저 들을 거라고 빌리는 생각했다.

　토미가 말했다. "그래, 네가 호모라는 소문 들었지."

모두 왁 웃음을 터뜨렸다.

빌리가 말했다. "무슨 소문?"

"휴전협정에 서명을 했대." 레프는 잠시 말을 멈추었다. "모르겠어? 전쟁이 끝난 거야!"

"우린 아니야." 빌리가 말했다.

III

듀어 대위가 지휘하는 소대는 뫼즈 강 동쪽의 오 되제글리즈라는 작은 마을을 공격하고 있었다. 거스는 오전 열한시에 휴전명령이 내려올 거라는 소문을 들었지만, 상관으로부터 공격 지시를 받아 그대로 이행하는 중이었다. 그는 중기관총을 수풀 끝으로 전진시키고 들판 너머 외딴집들을 향해 사격을 퍼부으며 적에게 후퇴할 시간을 충분히 주었다.

불행하게도 독일군은 기회를 받아들이지 않았다. 그들은 박격포와 경기관총을 농장 마당과 과수원에 배치해 열심히 응사하고 있었다. 특히 헛간 위 지붕에 자리잡은 기관총 하나가 거스의 소대 절반을 꼼짝 못하게 묶어놓고 있었다.

거스는 소대에서 가장 사격 솜씨가 좋은 케리 상병에게 말했다. "저 헛간 지붕으로 수류탄을 던져올릴 수 있겠나?"

주근깨투성이의 열아홉 살 먹은 케리가 말했다. "좀더 가까우면 될 것 같습니다."

"그게 문제지."

케리는 주변 지형을 살폈다. "저기 들판 3분의 1 정도 지점에 약간 높은 지대가 있습니다." 그가 말했다. "저기라면 해볼 수 있습니다."

"위험해." 거스가 말했다. "영웅이 되고 싶은 거야?" 그는 시계를 들여다보았다. "오 분만 기다리면 전쟁이 끝날 수도 있어. 소문이 진짜라면 말이지."

케리가 씩 웃었다. "한번 해보겠습니다, 소대장님."

거스는 케리에게 목숨을 걸게 하는 게 꺼려져 머뭇거렸다. 하지만 눈앞에 적이 있고 여전히 전투중이며 명령은 명령이었다. "좋아." 거스가 말했다. "준비되면 가도록 해."

케리가 미적거렸으면 하는 바람도 있었다. 하지만 케리는 즉시 소총을 어깨에 메더니 수류탄 상자를 집어들었다.

거스가 소리질렀다. "모두 사격! 케리가 이동할 수 있게 최대한 퍼부어라."

모든 기관총이 불을 뿜었고 케리는 달리기 시작했다.

적은 즉시 케리를 발견하고 총알을 뿜어대기 시작했다. 케리는 개에게 쫓기는 토끼처럼 들판을 가로지르며 지그재그로 달렸다. 독일군의 박격포탄이 근처에서 터졌지만 기적적으로 빗나갔다.

케리가 말한 '약간 높은 지대'는 300여 미터 떨어진 곳이었다.

거의 성공할 뻔했다.

케리의 위치를 완벽히 포착한 적의 기관총 사수가 그를 향해 길게 사격을 가했다. 케리는 잠깐 사이 열 발 정도를 맞았다. 그는 팔을 크게 휘두르더니 수류탄을 떨어뜨렸고, 달리던 가속도 때문에 몇 걸음 앞으로 날아가 고꾸라졌다. 그는 엎어진 채 꼼짝도 하지 않았다. 거스는 그가 쓰러지기도 전에 죽었다는 걸 분명히 알 수 있었다.

적의 사격이 멈추었다. 잠시 후 미군도 사격을 멈추었다. 거스는 멀리서 환호성을 들은 것 같았다. 주변 병사들은 말없이 귀를 기울였다. 독일군도 환호성을 올리고 있었다.

독일군 병사들이 멀리 떨어진 마을의 은신처에서 나와 모습을 드러내기 시작했다.

엔진 소리가 들렸다. '인디언'이라는 상표의 미국 오토바이 한 대가 숲을 가로질러 다가왔다. 하사관이 운전하는 오토바이 뒷자리에는 소령이 앉아 있었다. "사격 중지!" 소령이 소리질렀다. 그는 오토바이를 타고 전선 여기저기를 돌아다니는 중이었다. "사격 중지!" 그는 다시 소리질렀다. "사격 중지!"

거스의 소대는 큰 함성을 지르기 시작했다. 병사들은 철모를 벗어 허공으로 던졌다. 어떤 병사들은 춤을 추었고 또다른 병사들은 서로 악수를 나누었다. 노래하는 소리도 들렸다.

거스는 케리 상병에게서 눈을 뗄 수 없었다.

천천히 들판을 가로질러 시체 옆에 무릎을 꿇고 앉았다. 수없이 많은 시체를 본 그는 케리가 분명 죽었다는 걸 알았다. 거스는 죽은 병사의 성이 아닌 이름이 뭔지 궁금했다. 시체를 뒤집어보았다. 케리의 가슴에 작은 총구멍이 잔뜩 나 있었다. 거스는 열아홉 살 소년의 눈을 감겨주고 일어섰다.

"신이여, 용서하소서." 그는 말했다.

IV

그 순간 에설과 버니는 모두 일을 나가지 않고 집에 있었다. 버니는 독감으로 침대에 누워 있었고, 로이드를 봐주던 사람도 마찬가지여서 에설은 남편과 아들을 모두 보살피고 있는 중이었다.

에설은 도통 기운이 나지 않았다. 두 사람은 누가 의원 선거 후보자가 되느냐를 두고 격렬하게 말다툼을 벌였다. 결혼한 후 최악이자 유일의 싸움이었다. 그때부터 두 사람은 거의 말을 섞지 않았다.

에설은 자신이 옳다는 걸 알았지만 동시에 죄책감이 들었다. 그녀가 버니보다 더 나은 의원이 될 수 있을지 몰라도 어쨌든 선택은 당사자 두 사람이 아닌 당의 동지들이 해야 했다. 버니가 오랫동안 계획을 세워 준비해온 건 사실이지만 그렇다고 해서 당연히 후보가 되어야 하는 건 아니었다. 에설은 비록 전에는 생각해보지 않았던 일이었지만 지금은 꼭 도전해보고 싶었다. 여성이 투표권을 쟁취했다고 해도 아직 남은 일이 많았다. 우선 투표 연령을 남성과 동일하게 낮춰야 했다. 노동 환경과 임금 면에서도 개선이 필요했다. 대부분 산업 분야에서 여자는 똑같은 일을 하면서도 남자보다 훨씬 적은 임금을 받았다. 왜 차별 대우를 받아야 하는가?

하지만 그녀는 버니를 사랑했고 그의 상처받은 표정을 보자마자 곧바로 포기하고 싶어졌다. "나는 적들에게 공격당할 거라고 생각했어요." 어느 날 저녁 그가 말했다. "보수당원, 중간에 낀 자유당원, 자본주의적 제국주의자, 부르주아. 같은 당에서도 나를 질시하는 한두 사람쯤은 반대할 수 있다고 생각했지. 하지만 확실히 믿고 의지할 수 있는 단한 사람이 있었어요. 그런데 바로 그 사람이 방해공작을 한 거야." 에설은 그 일만 생각하면 가슴이 아파왔다.

열한시에 에설은 버니에게 차를 한 잔 가져다주었다. 싸구려 면 커튼과 글을 쓸 수 있는 책상, 벽에 붙인 키어 하디의 사진으로 꾸민 두 사람의 침실은 허름했지만 편안한 분위기였다. 버니는 읽던 『떨어진 바지를 입은 자선가』라는 책을 내려놓았다. 사회주의자라면 누구나 읽는 소설이었다. 그가 차갑게 말했다. "오늘밤 어떡할 거예요?" 그날 노동당 회의가 있었다. "결정은 했어요?"

에설은 결정을 내린 상태였다. 이틀 전 이야기할 수도 있었지만 차마 입이 떨어지지 않았다. 하지만 이제 남편이 물었으니 내답하지 않을 수 없었다.

"가장 좋은 사람이 후보가 되어야 해요." 그녀는 도전적으로 말했다.

버니는 상처받은 것 같았다. "내게 이런 짓을 하면서 어떻게 나를 사랑한다고 하는지 모르겠군요."

에설은 남편의 이런 논리가 공정하지 않다고 생각했다. 왜 반대로는 생각 못 하는 거지? 하지만 요점은 그게 아니었다. "우리 생각만 하면 안 되고, 당을 생각해야 해요."

"우리 결혼생활은 어떻게 되는 거죠?"

"당신 아내라고 해서 무조건 양보하지는 않겠어요."

"당신은 나를 배신했어요."

"하지만 양보할 거예요."

"네?"

"당신한테 양보한다고요."

버니의 얼굴에 안도의 기운이 퍼졌다.

에설은 말을 이었다. "하지만 내가 당신 아내라서가 아니에요. 당신이 더 좋은 후보이기 때문도 아니고요."

버니는 혼란스러운 기색이었다. "그럼?"

에설은 한숨을 내쉬었다. "임신했어요."

"이런, 세상에!"

"그래요. 여자가 의회 의원이 될 수 있는 순간인데, 나는 아기를 갖고 말았어요."

버니는 웃었다. "자, 그럼 모두에게 최선의 상황이 되었군요."

"당신이 그렇게 생각할 줄 알았어요." 에설이 말했다. 그 순간 그녀는 버니와 태어나지 않은 아기, 그리고 그녀의 삶을 둘러싼 모든 게 원망스러웠다. 그러다가 교회 종이 울리고 있다는 걸 알아차렸다. 벽난로 선반에 놓인 시계를 보았다. 열한시 오분이었다. 월요일 오전 이 시간에 왜 종을 치는 거지? 그때 다른 교회의 종소리도 들려왔다. 그녀는 인상을 쓰며 창가로 다가갔다. 거리에 별다른 건 없었지만, 더 많은 종이 울리기 시작했다. 런던 시내 서쪽 하늘에 붉은 불꽃이 피어오르는 모습이 보였다. 폭죽인 것 같았다.

에설은 버니에게 돌아섰다. "런던의 모든 교회가 종을 치나봐요."

"무슨 일이 난 거예요." 버니가 말했다. "전쟁이 끝난 게 틀림없어. 평화가 왔다고 종을 치는 거야!"

"그렇겠죠." 에설은 씁쓸한 표정으로 말했다. "내가 임신했다고 이럴 리가 없지."

V

레닌과 그 일당을 타도하고픈 피츠의 희망은 옴스크에 근거를 둔 러시아 전국 임시정부에 집중되었다. 피츠뿐 아니라 세계의 주요 국가의 정부 권력자 대부분이 이 도시를 반혁명의 출발지로 보고 있었다.

5인 위원회는 도시 외곽의 기차에 자리를 잡고 있었다. 피츠가 알기로 정예부대가 지키는 여러 칸의 무장객차에는 러시아제국 금고에 남아 있던 수백만 루블 가치의 금괴를 보관중이었다. 차르는 볼셰비키에 의해 살해당했지만, 그가 남긴 돈은 이곳에서 제국을 지지하는 반혁명파에게 힘과 권위를 제공하고 있었다.

피츠는 이 위원회에 개인적으로 엄청난 투자를 했다고 느꼈다. 그가 지난 4월 티 권에 초대했던 유력 인사들이 영국 정계 내에서 신중하게 관계망을 짜 은밀하고도 집요하게 러시아의 반혁명을 유도하고 있었다. 그로 인해 다른 국가들도 차례로 지원에 나섰고, 최소한 레닌 정부를 돕지는 못한다는 걸 피츠는 확실히 느낄 수 있었다. 하지만 외국인이 모든 걸 대신해줄 수는 없었다. 바로 러시아인 스스로 들고 일어나야 했다.

이 위원회가 얼마나 많은 걸 이룰 수 있을까? 위원회가 반볼셰비키라고는 하지만 위원장은 사회혁명당 출신 니콜라이 D. 압크센티예프였다. 피츠는 일부러 그를 무시했다. 사회혁명당은 레닌 패거리만큼이나 나쁜 자들이었다. 피츠의 희망은 우익과 군부에 달려 있었다. 군주제와 사유재산제를 회복하려면 기댈 곳은 오직 그들뿐이었다. 그는 위원회 산하 시베리아군을 지휘하는 볼디레프 장군을 찾아갔다.

정부 청사로 사용하는 객차들은 스러져가는 차리즘의 화려함으로 장식돼 있었다. 닳아빠진 벨벳 의자와 갈라진 나무장식, 더러워진 전등갓. 나이든 하인들은 옛날 상트페테르부르크 궁전에서 입었던, 정성스럽게 꼰 실과 구슬로 장식한 제복 가운데 아직 남아 있는 더러운 옷을 걸치고 있었다. 한 객차 안에서는 립스틱을 바른 젊은 여자가 실크 드레스를 입고 담배를 피우는 중이었다.

피츠는 낙담했다. 옛날식으로 돌아가고 싶었지만, 이런 태도는 그의 취향에 비춰봐도 시대에 뒤떨어진 것이었다. 윌리엄스 하사의 조롱 섞인 말이 떠올라 화가 났다. "우리가 하는 짓이 적법한 것입니까?" 피츠는 그 질문에 대답하기가 애매하다는 걸 알았다. 이제 윌리엄스의 입을 영원히 다물게 해야 할 때야. 그는 노여워하며 생각했다. 그놈은 사실상 볼셰비키라고.

볼디레프 장군은 덩치가 크고 왠지 엉성해 보이는 남자였다. "우리는 이십만 명을 동원할 수 있소." 그가 의기양양하게 피츠에게 말했다. "모두에게 장비를 갖춰줄 수 있소?"

"상당하군요." 피츠는 나오는 한숨을 참아야 했다. 러시아가 육백만이나 되는 병력으로 그보다 훨씬 규모가 작은 독일과 오스트리아 군대에 패한 일이 떠올랐기 때문이다. 볼디레프는 심지어 구체제 사람들이 좋아하는, 둥글고 커다란 장식과 술이 어깨에 주렁주렁 달린 우스꽝스러운 옷을 입고 있었다. 그 모습은 마치 길버트와 설리번의 코믹오페라에 등장하는 인물 같았다. 그리 유창하지 않은 러시아어로 피츠는 말했다. "하지만 제가 장군이라면 징집한 병사들 중 절반은 집으로 돌려보내겠습니다."

볼디레프는 당황했다. "어째서 그렇소?"

"저희는 최대한 십만 명분의 장비를 지원할 수 있습니다. 그리고 군대는 훈련이 잘돼 있어야 합니다. 기회만 생기면 후퇴하거나 항복하는 대규모 오합지졸보다는 수는 적어도 제대로 훈련된 군대가 낫습니다."

"이론적으로야 그렇지."

"저희가 제공하는 지원 물품은 후방 부대가 아니라 전방의 병사들에게 지급되어야 합니다."

"물론이오. 아주 합리적인 말씀이오."

피츠는 볼디레프가 제대로 듣지도 않고 맞장구만 치는 것 같아서 마음이 편치 않았다. 하지만 쉽지 않아도 계속해야 했다. "저희가 보낸 물품의 상당량이 사라지고 있습니다. 그런데 거리에 영국 군복을 입고 다니는 민간인이 상당수 보인단 말입니다."

"좀 그렇지."

"복무에 적합지 않은 장교는 모두 옷을 벗기고 집으로 돌려보낼 것을 강력히 권고합니다." 러시아 군대는 전쟁을 취미활동쯤으로 여기는 늙은이와 풋내기 들로 오염되었고, 전투에는 아무 도움도 되지 않는 그들이 의사결정을 방해하고 있었다.

"흠."

"그리고 콜차크 제독을 전쟁장관에 임명해 더 많은 권한을 부여해야 합니다." 영국 외무부는 반혁명 위원회에서 콜차크가 가장 유망한 인물이라고 생각했다.

"좋소. 아주 좋아요."

"제가 말씀드린 모든 사항을 이행하시겠습니까?" 피츠는 어떻게든 약속 같은 걸 받아내야 했다.

"당연하지."

"언제요?"

"머지않아 그렇게 될 거요, 피츠허버트 대령. 머지않아 말이오."

가슴이 무너져내리는 것 같았다. 볼셰비즘에 맞서는 세력이 얼마나 보잘것없는지 처칠과 커즌 같은 사람들이 보지 못해서 다행이라고 피츠는 우울하게 생각했다. 하지만 영국이 계속 지원하면 이들도 점차 나아질 터였다. 어쨌든 현재 사용 가능한 자원으로 최선을 다해야 했다.

문을 두드리는 소리가 나고 피츠의 부관인 머리 대위가 전보문을 한 장 들고 들어섰다. "방해해서 죄송합니다, 대령님." 그는 숨찬 목소리로 말했다. "하지만 이 소식을 가능한 한 빨리 듣고 싶어하실 것 같아서요."

VI

밀드러드는 한낮에 아래층으로 내려와 에설에게 말했다. "웨스트에 가보자." 런던의 웨스트엔드를 말하는 것이었다. "다들 거기 간대." 그녀가 말했다. "직원들 다 집에 보냈어." 밀드러드는 이제 젊은 여자 재봉사 둘을 고용해 모자의 마감 사업을 하고 있었다. "이스트엔드의 모든 가게가 문을 닫았어. 전쟁이 끝났다고!"

에설은 어떻게든 가고 싶었다. 버니에게 양보를 했지만 집안 분위기는 그리 나아지지 않았다. 버니는 좋아했지만 그녀는 더욱 괴로웠다. 외출하면 기분이 훨씬 나아질 것 같았다. "로이드를 데려가야 해." 에설이 말했다.

"괜찮아. 나도 이니드와 릴을 데려갈 거야. 아이들도 평생 기억에 남을 거라고. 우리가 전쟁에서 승리한 날이니까."

버니의 점심으로 치즈샌드위치를 만들고 로이드에게 따뜻한 옷을 입힌 다음, 에설은 밀드러드의 식구와 다 함께 출발했다. 간신히 올라탄 버스는 금세 꽉 찼고 남자들과 사내아이들은 차 밖에 매달렸다. 거의 모든 집에서 깃발이 나부끼는 것 같았다. 유니언잭뿐 아니라 용이 그려진 웨일스 깃발과 프랑스의 삼색기, 그리고 미국의 성조기도 보였다. 다들 처음 보는 사람과 껴안고 길거리에서 춤을 추고 입을 맞추었다. 비가 내렸지만 아무도 신경쓰지 않았다.

에설은 모든 젊은이가 이제 위험으로부터 안전해졌다고 생각했다. 자신의 괴로움은 잊고 이 순간의 즐거운 기운을 함께 나누기로 했다.

극장들 앞을 지나 정부 청사가 모인 구역으로 들어서자 차량들은 느려지다 못해 기어가기 시작했다. 트래펄가 광장에는 기쁨을 나누러 모인 사람들이 가득했다. 버스가 더는 움직이지 못해 그들은 그냥 내렸다. 그들은 화이트홀에서 다우닝 가로 향했다. 전쟁을 승리로 이끈 로이드 조지 수상을 보겠다고 사람들이 온통 몰려드는 통에 다우닝 가 10번지에는 가까이 접근할 수도 없었다. 그들은 세인트제임스 공원으로 향했다. 숲속에는 많은 남녀가 짝을 지어 끌어안고 있었다. 공원 한쪽 끝 버킹엄 궁전 바깥쪽에 수천 명의 인파가 몰려 〈후방을 지켜라〉라는 노래를 부르고 있었다. 노래가 끝나자 사람들은 〈다 감사드리세〉라는 찬송을 시작했다. 에설은 트위드 정장을 입은 날씬하고 젊은 여자가 대형 트럭 위에 서서 노래를 이끄는 모습을 지켜보았다. 전쟁 전에는 여자가 감히 이런 행동을 하지 못했다는 사실이 머릿속에 떠올랐다.

일행은 궁전에 더 가까이 다가가고 싶은 마음에 길을 건너 그린 파크로 향했다. 젊은이 하나가 밀드러드를 향해 웃어 보이더니, 그녀도 웃음으로 대답하자 껴안고 키스를 퍼부었다. 밀드러드는 열정적으로 그의 키스를 받아들였다.

"즐기는 것 같던데." 에설은 젊은이가 다른 곳으로 가고 난 뒤 조금 부러운 듯 말했다.

"즐겼지." 밀드러드가 말했다. "그 사람이 원했다면 다른 곳이라도 해줬을 거야."

"빌리한테는 말 안 할게." 에설이 웃으며 말했다.

"빌리도 바보가 아니야. 내가 어떤 사람인지 안다고."

그들은 사람들이 몰려선 곳을 빙 돌아서 컨스티튜션 힐이라는 거리에 도착했다. 그나마 사람이 적었지만, 버킹엄 궁전 옆쪽이라서 혹시 왕이 발코니에 모습을 드러낸다 해도 볼 수는 없었다. 에설이 이제 어디로 갈까 생각하고 있는데, 기마경찰대가 나타나 도로를 따라 다가왔고 사람들은 이리저리 흩어지며 길을 터주었다.

기마경찰대 뒤로 지붕 없는 마차가 다가왔다. 마차에는 왕과 왕비가 앉아 웃으며 손을 흔들고 있었다. 에설은 즉시 국왕 부부를 알아보았다. 그들이 거의 오 년 전 애버로언을 방문했던 기억이 생생했다. 마차가 자기를 향해 천천히 다가오는 걸 보면서도 에설은 그런 행운이 믿기지 않았다. 살펴보니 왕의 수염은 회색이었다. 티 권에서 뵈었을 때는 검은색이었는데. 그는 지쳤지만 행복한 모습이었다. 옆에 앉은 왕비는 모자가 비에 젖지 않도록 우산을 들고 있었다. 풍만하기로 유명한 그녀의 가슴은 전보다 더 커 보였다.

"봐, 로이드!" 에설이 말했다. "국왕 전하야!"

마차는 에설과 밀드러드가 서 있는 곳으로 바짝 다가왔다.

로이드가 큰 소리로 외쳤다. "안녕하세요, 국왕님!"

왕이 그 소리를 듣고 웃으며 말했다. "반갑네, 젊은이." 마차는 금세 사라졌다.

VII

그리고리는 무장열차 식당칸의 탁자에 앉아 건너편을 바라보고 있었다. 맞은편의 남자는 혁명군사위원회 의장이자 육군 및 해군 인민위원으로, 그것은 그가 붉은 군대를 지휘한다는 뜻이었다. 그의 이름은 레프 다비도비치 브론시테인이지만 혁명 지도자들이 대부분 그렇듯 그 역시 가명을 사용해 레온 트로츠키로 알려져 있었다. 며칠 전 서른아홉 번째 생일이 지난 그의 손에 러시아의 운명이 달려 있었다.

혁명이 일어난 지 일 년이 된 지금 그리고리는 그 어느 때보다 걱정스러웠다. 겨울궁전에 공격을 가한 일은 결말처럼 보였지만 사실은 투쟁의 시작에 불과했다. 세계의 가장 강력한 정부들은 볼셰비키에 적대적이었다. 오늘 이루어진 휴전은 그들이 이제 혁명을 분쇄하는 데 온 신경을 기울일 수 있음을 의미했다. 그 움직임을 막을 존재는 붉은 군대뿐이었다.

많은 병사는 트로츠키가 귀족이고 유대인이라며 싫어했다. 러시아에서 유대인은 귀족이 될 수 없었으나, 병사들은 논리가 없었다. 트로츠키는 귀족이 아니었지만 부유한 농민의 아들이었고 좋은 교육을 받았다. 하지만 고압적인 태도는 그 자신에게 전혀 도움이 되지 않았고, 어리석게도 먼길을 떠날 때면 개인 요리사를 대동했으며 아랫사람들에게 새 부츠를 신기고 금단추가 달린 옷을 입혔다. 생김새는 제 나이보다 늙어 보였다. 커다란 대걸레 같은 곱슬머리는 여전히 까맸지만, 과로로 얼굴에는 주름이 잡혀 있었다.

그는 군대와 함께 기적을 이루어냈다.

임시정부를 전복시킨 적위대는 전장에서는 그다지 힘을 발휘하지 못하는 것으로 밝혀졌다. 그들은 술에 취해 있었고 기강이 해이했다. 병사들이 집회를 열어 거수를 통해 선택한 전략을 바탕으로 싸우는 건 좋은 방법이 아님이 드러났고, 심지어 취미 삼아 장교 노릇을 하는 귀족들의 명령에 따르는 것보다도 못했다. 붉은 군대, 즉 적군赤軍은 백군白軍이라 자칭하는 반혁명군과 싸운 중요한 전투에서도 패했다.

트로츠키는 엄청난 반대에도 불구하고 징병제를 되살렸다. 그리고 차르를 위해 복무했던 전직 장교들을 '전문가'라고 부르며 대거 등용해 다시 옛 직책에 앉혔다. 탈영병을 사살하는 법도 다시 시행했다. 그리고리는 이런 대응이 마음에 들지 않았지만 필요성을 느끼고는 있었다. 뭐가 되었든 반혁명보다야 나았다.

군을 하나로 뭉쳐주는 것은 볼셰비키의 핵심 당원들로, 그들은 조심스럽게 각 부대에 퍼져 영향력을 최대화하고 있었다. 일부는 일반 사병, 일부는 지휘관이었고 그리고리 같은 정치위원은 지휘관들 옆에서 일하며 모스크바의 볼셰비키 중앙위원회에 보고를 했다. 당원들은 병사들에게 그들이 인류 역사상 가장 위대한 대의를 위해 싸우고 있음을 주지시키며 사기를 진작시켰다. 군대가 어쩔 수 없이 무자비하고 잔인해질 때, 비참할 정도로 가난한 농민들로부터 곡식과 말을 징발할 때면 더 큰 뜻을 위해서 왜 이런 조치가 필요한지 설명했다. 불만이 싹트는 상황을 미리 보고해 그런 이야기가 멀리 퍼지기 전에 막기도 했다.

하지만 이걸로 충분할까?

그리고리와 트로츠키는 고개를 숙이고 지도를 들여다보고 있었다. 트로츠키는 러시아와 페르시아 사이의 남캅카스 지방을 가리켰다. "오스만튀르크가 독일의 도움을 일부 받아서 여전히 카스피 해를 장악하고 있어." 그가 말했다.

"유전에 위협이 됩니다." 그리고리가 중얼거렸다.

"우크라이나에서는 데니킨이 강하지." 혁명을 피해 달아난 수천 명의 귀족과 장교, 부르주아가 노보체르카스크에 모여 배신자 데니킨 장군 아래서 반혁명군을 구성하고 있었다.

"소위 의용군이라고 하더군요." 그리고리가 말했다.

"그렇지." 트로츠키의 손가락은 러시아 북부로 향했다. "영국은 무르만스크에 함대를 뒀어. 미국은 아르한겔스크에 보병 3개 대대를 주둔시켰고. 거의 모든 나라가 우리 적을 돕고 있네. 캐나다, 중국, 폴란드, 이탈리아, 세르비아…… 우리나라 북쪽 지역에 군대를 보내지 않은 나라를 세는 게 더 빠르겠군."

"그리고 시베리아도 있죠."

트로츠키는 고개를 끄덕였다. "일본과 미국이 블라디보스토크에 병력을 보냈네. 체코인들이 시베리아 횡단철도를 장악하다시피 했고. 영국과 캐나다는 옴스크에서 소위 러시아 전국 임시정부라는 걸 지원하고 있지."

그리고리 역시 거의 다 아는 사실이었지만, 이렇게 전체적인 그림을 그려본 적은 없었다. "이런, 우리는 포위당했군요!"

"바로 그거야. 게다가 이제 자본주의적 제국주의자들이 서로 휴전했으니, 그들의 수백만 병력이 동원 가능해진 거야."

그리고리는 한줄기 희망을 찾았다. "하지만 한편으로 지난 육 개월 동안 우리는 붉은 군대의 규모를 삼십만에서 백만으로 늘렸습니다."

"알아." 그리고리가 상기시킨 내용으로도 트로츠키는 기뻐하지 않았다. "하지만 그걸로는 부족해."

VIII

독일은 극심한 혁명의 고통 속에 있었다. 발터에게는 일 년 전 러시아혁명에 필적할 만큼 끔찍해 보였다.

혁명은 항명사태로 시작되었다. 해군장교들이 킬 군항에 주둔한 함대에 영국군을 향한 자살 공격 명령을 내렸지만, 수병들은 휴전협상이 진행중임을 알고 거부했다. 발터는 아버지에게 카이저의 뜻을 거스르는 장교들이 항명한 것이며, 수병들은 오히려 충성했다는 점을 지적했다. 그의 주장에 오토는 화를 내다 까무러칠 지경이었다.

정부가 수병들의 진압을 시도한 후 킬 시는 러시아의 소비에트를 본뜬 노동자 병사 평의회가 장악했다. 이틀 뒤 함부르크와 브레멘, 쿡스하펜도 소비에트에 넘어갔다. 그리고 그제 카이저가 황위에서 물러났다.

발터는 두려웠다. 그가 원한 건 민주주의지 혁명이 아니었다. 그러나 카이저가 퇴위하던 날, 베를린의 노동자 수천 명이 쏟아져나와 붉은 깃발을 흔들며 행진했고 극좌파인 카를 리프크네히트는 독일이 자유로운 사회주의공화국임을 선포했다. 발터는 상황이 어떻게 마무리될지 종잡을 수 없었다.

휴전의 순간은 몹시 침울했다. 발터는 늘 전쟁이 끔찍한 실수라고 믿어왔지만 그 생각이 옳았을지라도 전혀 만족스럽지 않았다. 조국이 패해 굴욕을 당했으며 동포들은 굶주리고 있었다. 발터는 베를린에 있는 부모님 저택의 응접실에 앉아 신문을 뒤적이는 중이었다. 우울한 나머지 피아노를 연주할 기분도 들지 않았다. 벽지는 바랬고 액자를 거는 레일에는 먼지가 앉았다. 쪽모이를 한 바닥은 오래되어 여기저기 이가 빠졌지만, 기술자가 없어서 고칠 수도 없었다.

발터는 전 세계가 교훈을 얻었길 바랄 뿐이었다. 윌슨 대통령의 14원칙이 어슴푸레한 빛을 비추며 혹시 떠오를지도 모를 태양을 예고하고 있었다. 과연 강대국들이 각자의 입장 차이를 평화적으로 해결할 방법을 찾아낼 수 있을까?

발터는 우익 신문의 기사를 보고 격분했다. "이 바보 같은 기자놈이, 독일군은 패배한 적이 결코 없답니다." 그는 방으로 들어오는 아버지에게 말했다. "국내의 유대인과 사회주의자에게 배신당했다는 거예요. 이런 말 같지 않은 주장은 근절해야 해요."

오토는 화가 난 듯 공격적으로 말했다. "왜 그래야 하지?"

"사실이 아니까요."

"나는 우리가 유대인과 사회주의자에게 배신당했다고 생각한다."

"네?" 발터는 믿을 수 없다는 듯 반문했다. "마른 강에서 두 번이나 우리를 주저앉힌 건 유대인과 사회주의자가 아니에요. 우리는 전쟁에 졌다고요!"

"보급품 부족으로 약해진 거야."

"그건 영국의 봉쇄 때문이죠. 그럼 미국이 참전한 건 누구 잘못인가요? 무제한 잠수함전으로 미국인 승객들이 탄 배를 침몰시키라고 유대인과 사회주의자가 시켰습니까?"

"말도 안 되는 연합국의 휴전조건을 받아들인 건 사회주의자들이다."

발터는 화가 나서 제대로 말을 이을 수도 없었다. "휴전을 하자고 한 사람이 루덴도르프라는 건 아버지도 너무나 잘 알고 계시잖아요. 에베르트 총리는 겨우 그제 임명되었습니다. 어떻게 그를 비난할 수 있죠?"

"만일 아직 군부가 정권을 잡고 있었다면 우리는 오늘 타결된 협정에 절대 서명 안 했어."

"하지만 아버지가 정권을 놓친 건 전쟁에서 졌기 때문이죠. 아버지는 카이저에게 이길 수 있다고 말했고, 카이저는 아버지를 믿다가 제위를 잃었습니다. 독일인들이 이런 거짓말을 믿게 둔다면 어떻게 실수에서 배울 수 있겠습니까?"

"패했다고 생각하면 독일의 사기가 떨어질 거다."

"사기가 떨어져야 마땅하죠! 유럽의 지도자들이 사악하고 바보 같은 짓을 저질렀고, 그 결과 천만 명이 죽었어요. 적어도 사람들이 그걸 깨닫게 해야 하고, 그래야 다시는 이런 일이 일어나지 않을 겁니다!"

"그렇지 않아." 발터의 아버지가 대답했다.

:

3부
새롭게 시작된 세계

:

34장
1918년 11월에서 12월

I

에설은 휴전일 다음날 아침 일찍 일어났다. 바닥에 돌이 깔린 부엌에서 몸을 떨며 구식 화덕 위에 올린 주전자 물이 끓기를 기다리던 그녀는 행복하게 살기로 마음먹었다. 행복을 느낄 일은 무척 많았다. 전쟁이 끝났고 아기를 낳을 예정이었다. 그녀를 사랑하는 충실한 남편도 있었다. 바랐던 그대로 일이 돌아가지는 않았지만, 그렇다고 괴로워할 생각은 없었다. 그녀는 부엌을 산뜻한 노란색으로 칠하겠다고 마음먹었다. 부엌을 환한 색으로 칠하는 게 요새 유행이었다.

그러나 우선 부부 갈등을 먼저 해결해야 했다. 버니는 그녀의 항복으로 마음이 누그러졌지만 그녀는 계속 괴로웠고 집안 분위기도 여전히 냉랭했다. 화는 나지만 계속 틈이 벌어진 채 살고 싶지는 않았다. 그녀는 진심 어린 화해를 할 수 있을지 궁금했다.

차를 두 잔 들고 침실로 간 에설은 다시 침대로 들어갔다. 로이드는 구석 침대에서 여전히 잠들어 있었다. "좀 어때요?" 몸을 일으키고 앉아 안경을 쓰는 버니에게 그녀가 물었다.

"좀 나은 것 같네요."

"누워서 하루 더 쉬어요. 그래야 완전히 나을 거예요."

"그래야겠어요." 따뜻하지도 적대적이지도 않은 애매한 말투였다.

에설은 차를 한 모금 마셨다. "아들과 딸, 어느 쪽이 좋아요?"

버니는 아무 말이 없었다. 처음에는 그가 부루퉁하니 대답을 피하는 것인가 싶었지만, 질문을 받으면 늘 그렇듯 어떻게 대답할지 잠시 생각에 잠긴 것뿐이었다. 마침내 그가 말했다. "글쎄, 아들은 있으니까 아들, 딸 하나씩 있으면 좋겠는데."

에설의 마음속에서 갑자기 남편에 대한 사랑이 샘솟았다. 그는 늘 로이드를 친자식처럼 말했다. "반드시 아이들이 자라기에 좋은 나라가 되어야 해요." 에설이 말했다. "좋은 교육을 받고 일자리를 구하고, 괜찮은 집에서 자녀를 키울 수 있는 나라 말이에요. 그리고 전쟁도 더는 없어야죠."

"로이드조지가 조기 총선을 실시할 거예요."

"그럴 것 같아요?"

"전쟁을 승리로 이끌었잖아요. 그 빛이 바래기 전에 재선되고 싶겠죠."

"그래도 노동당은 잘해낼 거예요."

"어쨌든 올드게이트 같은 곳에서는 가능성이 있으니까."

에설은 망설이다 말했다. "내가 당신 선거관리를 해도 돼요?"

버니는 확신이 없어 보였다. "자크 리드한테 사무장을 부탁했는데."

"자크는 법률문서나 재정을 잘 다루죠." 에설이 말했다. "나는 집회 기획 같은 걸 맡는 거죠. 그런 일은 내가 더 잘할 수 있어요." 문득 에설은 자신이 단순히 선거운동이 아니라 두 사람의 결혼생활에 대해 말하고 있다는 느낌이 들었다.

"정말 하고 싶어요?"

"네. 자크는 당신을 그냥 연설대로 올려보낼 거예요. 물론 당신도 연설은 해야겠지만, 그런 건 당신 장점이 아니에요. 소수의 사람들과 앉아서 차를 마시며 이야기 나누는 걸 더 잘한다고요. 나라면 당신을 공장이나 창고에 보내 그곳 남자들과 허심탄회한 담소를 나누게 하겠어요."

"당신 말이 옳아요." 버니가 말했다.

에설은 차를 마저 마시고 찻잔을 침대 옆 바닥에 있는 접시에 내려놓았다. "그럼 지금은 기운이 좀 나는 거예요?"

"그래요."

에설은 버니의 찻잔과 접시를 받아 바닥에 내려놓고는 머리 위로 잠옷을 벗었다. 그녀의 젖가슴은 로이드를 가졌을 때만큼 부풀어오르지는 않았지만 여전히 둥글고 탄탄했다. "얼마나요?" 그녀가 말했다.

버니는 그녀를 바라보았다. "많이."

두 사람은 제인 매컬리가 에설을 후보로 추천한 날 이후로 잠자리를 하지 않았다. 그동안 에설은 몹시도 잠자리가 그리웠다. 그녀는 양손으로 젖가슴을 움켜쥐었다. 방안의 차가운 공기 때문에 젖꼭지가 일어섰다. "당신 이게 뭔지 알아요?"

"당신 가슴이잖아요."

"어떤 사람들은 젖통이라고도 불러요."

"나라면 아름다운 거라고 할 텐데." 버니가 약간 쉰 목소리를 냈다.

"이거 좀 가지고 놀아볼래요?"

"온종일이라도 그럴 수 있죠."

"그건 잘 모르겠지만." 에설이 말했다. "일단 시작이나 해보자고요."

"좋아요."

에설은 행복한 한숨을 내쉬었다. 남자들이란 단순하다.

한 시간 뒤 에설은 로이드를 버니에게 맡겨두고 일하러 나갔다. 거리에는 사람이 많지 않았다. 런던 전체가 숙취에 젖어 있었다. 그녀는 전국 의류노동자조합 사무실에 도착해 자리에 앉았다. 하루 일과를 앞두고 그녀는 평화가 새로운 산업 문제들을 가져올 거라고 생각했다. 군대를 제대한 수백만 명의 남자가 일자리를 찾아나설 테고 지난 사 년간 그들의 일을 대신해온 여자들을 밀어낼 것이다. 하지만 그 여자들도 돈을 벌어야 했다. 모든 여자의 남편이 프랑스에서 살아 돌아오는 건 아니기 때문이다. 많은 남편이 프랑스에 묻혔다. 여자들은 그들만의 노조가 필요했고 에설이 필요했다.

선거가 언제 닥치든 노조는 자연스럽게 노동당을 위해 선거운동을 할 것이다. 에설은 거의 온종일 집회 계획을 짰다.

석간신문에 선거에 관한 놀라운 소식이 실렸다. 로이드조지가 평화시에도 연립정부를 유지하기로 결심했다는 것이다. 그는 자유당 당수가 아닌 연립정부의 수장으로 선거에 나설 예정이었다. 그날 아침 이미 다우닝 가에서 이백 명의 자유당 하원의원을 대상으로 연설해 지지를 얻어냈다. 동시에 보너 로는 보수당 의원들이 로이드조지를 지지하도록 설득했다.

에설은 당황스러웠다. 다들 어느 쪽에 투표해야 한단 말인가?

집에 돌아오니 버니가 화가 나서 펄펄 뛰고 있었다. "이건 선거가 아니라 빌어먹을 대관식이잖아요." 그가 말했다. "국왕 데이비드 로이드조지라고요. 배신자 같으니. 급진 좌익 정부를 세울 기회가 왔는데 뭘 하는 거지? 보수당 친구들한테 매달려 있잖아요! 빌어먹을 변절자."

"그래도 아직 포기하면 안 돼요." 에설이 말했다.

이틀 뒤 노동당은 연립정부에서 빠져나와 로이드조지에 맞서 선거운동을 하겠다고 발표했다. 정부 각료직 사임을 거부한 네 명의 노동당 하원의원은 가혹하게 당에서 쫓겨났다. 선거일은 12월 14일로 정해졌다. 프랑스에 있는 군인들의 부재자 투표용지도 영국으로 돌아와야 했기 때문에 결과는 크리스마스가 지나서야 발표될 예정이었다.

에설은 버니의 선거운동 일정을 짜기 시작했다.

II

휴전일 다음날, 모드는 문장이 새겨진 오빠의 편지지에 발터에게 보내는 편지를 써서 길모퉁이의 빨간 우체통에 넣었다.

언제 정상적인 우편 업무가 재개될지는 알 수 없지만 그렇게 된다면 그녀의 편지가 가장 위에 놓이길 바랐다. 혹시 검열이 계속될 것을 대비해 편지에는 조심스럽게 말을 골랐다. 결혼은 언급하지 않고 대신 이제 양국이 평화를 맞았으니 오래전 두 사람의 관계가 다시 시작되기를 바란다고만 썼다. 그렇다 해도 편지를 보내는 건 여전히 위험할 수 있었다. 하지만 모드는 발터가 살아 있는지 궁금했고, 만일 그렇다면 그를 만나고 싶어 미칠 지경이었다.

모드는 승리를 거둔 연합국측에서 독일인들의 처벌을 원할까봐 두려웠다. 하지만 로이드조지가 그날 자유당 의원들에게 한 연설 내용을 확인하니 마음이 놓였다. 석간신문에 따르면 그는 독일과의 평화협정은 공명정대해야 한다고 말했다. "우리는 복수심이나 탐욕, 그리고 정의의 기본 원칙을 뒤엎는 집요한 욕망을 조금도 허락해선 안 됩니다." 로이드조지가 "복수와 탐욕이 담긴 비열하고 비도덕적이고 불결한 생각"이라고 표현한 것들에 정부도 단호히 반대할 것이다. 모드는 거기서 기운을 얻었다. 그게 아니라도 독일인들의 삶은 충분히 고단해질 것이다.

하지만 다음날 아침, 모드는 아침식사를 하면서 〈데일리 메일〉을 펼쳤다가 공포에 사로잡혔다. 머리기사의 제목이 '훈족은 반드시 대가를 치러야'였다. 신문은 독일에 식료품 원조를 해야 한다고 주장했는데, 그 이유는 오로지 "독일이 죽음에 이를 정도로 굶주리면 빚을 갚을 수가 없기 때문"이라고 했다. 카이저를 전범으로 재판에 회부해야 한다고도 덧붙였다. 또 독자투고란 첫머리에 '훈족을 몰아내자'라는 제목으로 템플타운 자작부인이 쓴 공격적인 글을 게재해 복수의 불길에 부채질을 했다. "얼마나 오랫동안 서로 증오해야 하는 걸까요?" 모드는 험 고모에게 말했다. "일 년? 십 년? 영원히?"

하지만 놀랄 까닭도 없었다. 〈데일리 메일〉은 전쟁 당시 영국에 살던 삼만 명의 독일인에 대한 무지막지한 비방전을 주도한 신문이었기 때문이다. 그들 대부분은 이 나라에 오랫동안 거주하면서 이곳을 조국으로 생각했다. 그런 비방전의 결과 그들의 가족은 뿔뿔이 흩어졌고 수천 명의 무고한 사람이 영국의 강제수용소에서 몇 년을 보내기도 했다. 바보 같은 상황이었지만 사람들은 누군가 증오할 대상이 필요했고, 언론은 늘 그런 수요를 채워줄 준비가 돼 있었다.

모드는 〈데일리 메일〉의 소유주인 노스클리프 경을 알았다. 모든 언론계 큰손과 마찬가지로 그는 자신이 찍어내는 허튼소리들을 진정으로 믿었다. 그의 재능은 자신이 확보한 독자들의 가장 어리석고 오만한 편견을 마치 무슨 의미가 있는 듯 표현하는 것이었고, 그 덕분에 수치스러운 일도 품위가 있어 보였다. 그래서 사람들은 그 신문을 샀다.

모드가 알기로 그는 최근 개인적으로 로이드조지에게 모욕을 당하기도 했다. 이 거만한 언론계 거물은 다가오는 평화회담에 영국 대표단의 일원이 되겠다고 몸소 나섰다가 수상에게 거절당하는 바람에 기분이

상했던 것이다.

모드는 걱정스러웠다. 정치판에서는 가끔 야비한 사람들과도 영합할 줄 알아야 하는데 로이드조지는 그걸 잊은 것 같았다. 〈데일리 메일〉이 펼치는 악의적인 주장이 선거에 얼마나 많은 영향을 미칠지 그녀는 불안하고 궁금했다.

며칠 후 답을 알아냈다.

런던 이스트엔드에 있는 한 공회당에서 열린 선거 관련 집회에 나갔을 때였다. 에설 레크위드가 방청석에 앉았고 그녀의 남편인 버니는 연단에 올라가 있었다. 모드는 에설과 몇 년간 친구이자 동료로 지냈지만 지난번 다툼 이후 아직 화해를 하지 않았다. 사실 에설과 다른 사람들이 여성을 남성에 비해 차별하는 선거법을 의회가 통과시키도록 지지한 걸 떠올리면 여전히 몸이 떨릴 만큼 화가 났다. 그럼에도 에설의 쾌활함과 늘 웃는 모습이 그리웠다.

연사를 소개하는 동안 청중은 웅성거리며 기다렸다. 일부 여성도 이제는 투표할 수 있었지만 모인 사람은 여전히 대부분 남자였다. 모드는 대다수의 여성이 정치적 토론에 관심을 가지는 데 아직 익숙지 않아서일 거라고 추측했다. 게다가 남자들이 연단에 올라가 소리를 지르면 청중이 환호를 보내거나 야유하는 집회 분위기 때문에 여자들이 정치에 흥미를 갖기란 쉽지 않겠다는 느낌도 들었다.

버니가 첫번째 연사였다. 그가 웅변가 유형이 아니란 걸 모드는 즉시 알아차렸다. 그는 노동당의 새로운 당헌에 관해 설명하며 생산설비의 공유화를 주장하는 4항을 특히 강조했다. 모드는 흥미를 느꼈다. 이런 정책은 노동당과 친기업 성향을 띤 자유당의 경계를 명확히 해줄 것이다. 하지만 그런 생각을 하는 사람은 몇 되지 않는다는 사실이 분명해졌다. 옆에 앉아 있던 남자가 참지 못하고 소리쳤다. "독일놈들을 이 나라에서 내쫓을 겁니까?"

버니는 궁지에 몰렸다. 그는 잠시 중얼거리더니 말했다. "저는 무슨 일이든 노동자들에게 보탬이 되도록 할 것입니다." 그 노동자에 여자도 포함되는지 모드는 궁금했고, 에설 역시 같은 생각을 하고 있을 것 같았다. 버니는 말을 이었다. "하지만 영국에 사는 독일인들에게 어떤 행동을 취하는 게 급선무라고 보진 않습니다."

청중은 그 말을 별로 달갑게 받아들이지 않았다. 실제로 여기저기서 몇 명이 야유를 보내기도 했다.

버니가 말했다. "더 중요한 문제로 돌아가서—"

회의장 저편에서 누군가 외쳤다. "카이저는 어떻게 할 겁니까?"

버니는 연설을 방해하는 사람에게 반응을 보이는 실수를 저질렀다. "카이저가 어떻다는 거죠?" 버니가 응수했다. "그는 자리에서 물러났습니다."

"재판을 받게 해야 하지 않습니까?"

버니는 화를 내며 말했다. "재판을 하면 그자가 자기를 방어할 자격이 생기는 걸 모릅니까? 독일 황제가 세상에 스스로 결백하다고 주장할 자리를 마련하기를 정말 원하는 겁니까?"

모드는 상당히 설득력 있는 주장이라고 생각했지만, 청중이 듣고 싶어하는 말은 아니었다. 야유는 점점 더 심해졌고 "카이저를 목매달자!"라고 외치는 사람도 있었다.

영국 유권자는 짜증스러울 때면 추악해지는군. 모드는 생각했다. 최소한 남자들은 그랬다. 집회 분위기가 이런데 오고 싶어할 여자가 어디 있겠나.

버니가 말했다. "우리에게 패한 적을 목매단다면 우리는 야만인이나 다름없습니다."

모드 옆자리의 남자가 다시 외쳤다. "훈족이 대가를 치르게 할 거요?"

그 말은 가장 큰 반응을 일으켰다. 여러 명이 한꺼번에 소리쳤다. "훈족에게 대가를 치르게 하자!"

"타당성이 있다면……" 버니는 말을 시작했지만 더 잇지는 못했다.

"훈족은 대가를!" 구호를 외치는 사람들이 늘어나더니, 좌중은 금세 한목소리로 외쳤다. "훈족은 대가를! 훈족은 대가를!"

모드는 자리에서 일어나 그곳을 빠져나왔다.

III

우드로 윌슨은 임기중 미국을 떠나 외국을 방문한 두번째 대통령이었다.

그는 12월 4일 배를 타고 뉴욕을 출발했다. 구 일 후 바다로 튀어나온 브르타뉴반도의 서쪽 끝 브레스트 부둣가에서 거스가 대통령을 기다리고 있었다. 정오가 되자 안개가 걷히고 며칠 만에 해가 모습을 드러냈다. 만 안쪽에 프랑스와 영국, 미국 해군의 전함이 정렬해 미국 대통령이 타고 온 해군 수송선 조지 워싱턴 호를 맞았다. 예포가 울렸고 군악대는 〈성조기여, 영원하라〉를 연주했다.

거스로서는 엄숙한 순간이었다. 윌슨은 이제 막 끝난 전쟁이 다시는 되풀이되지 않도록 하기 위해 프랑스를 찾았다. 윌슨의 14원칙과 그가 제안한 국제연맹은 국가 간의 분쟁 해결방식을 영원히 바꾸려는 시도였다. 그것은 하늘보다 더 높은 야망이었다. 인간 문명 역사상 그 어떤 정치인도 그토록 원대한 목표를 세운 적이 없었다. 만일 성공한다면 세계는 새롭게 시작될 것이다.

오후 세시 영부인 이디스 윌슨이 퍼싱 장군의 부축을 받으며 다릿널을 건넜고, 그뒤를 실크해트를 쓴 대통령이 뒤따랐다.

브레스트 전체가 윌슨을 전승국의 영웅으로 맞이했다. 인류 권리의 수호자 윌슨 만세라고 쓴 깃발도 보였다. 건물마다 성조기가 나부끼고 인도에는 사람들이 몰려나왔다. 많은 여자가 브르타뉴 지방의 전통 복장인 레이스 달린 높은 머릿수건을 썼고, 여기저기서 브르타뉴 고유의 백파이프가 연주를 했다. 거스는 그 소리가 별로 듣고 싶지 않았다.

프랑스 외무장관이 환영사를 했다. 거스는 미국 기자들과 함께 서 있었다. 키가 작고 커다란 모피모자를 쓴 여자가 보였다. 고개를 돌리는 모습을 보니 영영 감긴 한쪽 눈이 예쁜 얼굴의 흠이었다. 거스는 기뻐 웃음이 나왔다. 로사 헬먼이었다. 그는 평화회담에 관한 그녀의 의견을 얼른 듣고 싶었다.

연설이 끝나자 대통령 일행 모두 밤기차를 타고 파리를 향해 640킬로미터의 여행길에 올랐다. 대통령은 거스와 악수하며 말했다. "다시 함께 일하게 되어 기쁘군, 거스."

윌슨은 파리 평화회의에 참석하면서 친숙한 보좌관들을 곁에 두기를 바랐다. 가장 중요한 조언자는 하우스 대령으로, 얼굴이 창백한 텍사스 출신인 그는 오랫동안 비공식적으로 대통령에게 외교 분야에 관한 조언을 해오고 있었다. 거스는 대표단의 하급 보좌진으로 일하게 되었다.

피곤해 보이는 윌슨은 이디스와 함께 침실로 향했다. 거스는 걱정스러웠다. 대통령의 건강이 좋지 않다는 소문을 들었기 때문이다. 1906년에는 왼쪽 눈 안쪽의 혈관이 터져 일시적으로 앞을 못 본 적도 있었다. 의사들은 고혈압이 원인이라면서 휴식을 취할 것을 권고했다. 물론 윌슨은 그들의 충고를 가볍게 무시한 채 대통령의 자리에 올랐다. 하지만 최근에는 두통으로 고생했고, 어쩌면 예전에 앓던 고혈압의 새로운 증상일 수도 있었다. 평화회담은 아주 많은 부담이 될 터였다. 거스는 윌슨이 잘 견뎌주기를 바랐다.

로사도 기차에 타고 있었다. 거스는 화려하게 꾸민 식당칸에서 그녀와 마주앉았다. "혹시 당신을 보게 될지 궁금했어요." 그녀가 말했다. 거스를 만나서 기쁜 기색이었다.

"군 대표단의 일원이 되었습니다." 거스는 여전히 대위 군복을 입고 있었다.

"고국에서 대통령은 회담에 데려올 대표단을 뽑는 일로 공격을 당했어요. 물론 당신 이야기는 아니지만—"

"저야 피라미니까요."

"영부인은 데려오지 말았어야 한다는 사람들도 있어요."

거스는 어깨를 으쓱했다. 그가 보기에 그건 사소한 문제였다. 전투를 겪고 나면, 평화시 사람들이 걱정하는 몇몇 문제를 심각하게 받아들이기가 더는 쉽지 않다.

로사가 말했다. "더 중요한 건 대통령이 공화당 사람은 전혀 데려오지 않았다는 거예요."

"대표단에 적이 아닌 아군을 포함시키고 싶으셨겠죠." 거스는 화가 나서 대답했다.

"아군은 미국에서도 필요하죠." 로사가 말했다. "대통령은 의회를 잃었어요."

그녀의 지적이 옳았다. 거스는 로사가 얼마나 똑똑한지 다시금 생각했다. 중간선거는 윌슨에게 재앙이었다. 공화당이 상원과 하원 모두를 장악했다. "어쩌다 그렇게 된 거죠? 저는 돌아가는 상황을 모르고 있었어요."

"일반 국민들이 식량 배급과 높은 물가에 지쳤고, 전쟁에서 이긴 것도 선거에 도움이 되기는 조금 늦었죠. 그리고 자유주의자들은 방첩법*을 극력 반대했어요. 그 법으로 대통령은 전쟁에 반대하는 사람들을 감옥에 보낼 수 있게 되었고, 실제로 그러기도 했어요. 유진 데브스가 십년형을 받았으니까." 데브스는 사회당이 내세운 대통령 후보였다. 로사는 화가 난 듯 말했다. "정적을 감옥에 가둬놓고 자유를 신봉하는 것처럼 굴 수는 없죠."

거스는 로사와 벌이던 격렬한 논쟁이 얼마나 즐거웠던가가 떠올랐다. "자유란 전시에는 가끔 제한될 수도 있는 겁니다." 그가 말했다.

"분명 미국 유권자들은 그렇게 생각하지 않는 거죠. 다른 문제도 있고. 윌슨은 워싱턴의 연방 사무실에서 인종에 따라 구역을 달리 사용하게 했어요."

거스는 흑인이 과연 백인과 동등한 위치까지 올라설 수 있을지 의문이었다. 하지만 다른 자유주의자 미국인들처럼 그 역시 흑인에게 더 나은 삶의 기회를 제공하고 그후에 어찌될지 지켜봐야 한다는 생각이었다. 하지만 남부 사람인 윌슨과 그의 부인은 생각이 달랐다. "이디스는 런던엔 하녀를 데려가지 않을 겁니다. 버릇이 나빠질까봐 걱정일걸요." 거스가 말했다. "그분이 말씀하길, 영국 사람은 흑인에게 지나치게 친절하다더군요."

"우드로 윌슨은 이제 더는 미국 좌익의 연인이 아니에요." 로사는 결론지었다. "그 말은, 국제연맹을 추진하려면 공화당의 지지가 필요하다는 거죠."

"헨리 캐벗 로지는 무시당한 느낌이었겠군요." 로지는 우익 공화당원이었다.

----

* 1917년 제정된 법으로, 징병에 반대하거나 이적행위를 하는 자를 처벌했다.

"정치인들이 어떤지 알잖아요." 로사가 말했다. "여학생만큼 예민하고, 복수심은 더 강하죠. 로지는 상원 외교위원회 위원장이에요. 윌슨은 그 사람을 파리에 데려왔어야 해요."

거스는 의견이 달랐다. "로지는 국제연맹 자체를 반대해요."

"자기 의견에 반대하는 똑똑한 사람 말에 귀기울이는 게 흔치 않은 재능이기는 해요. 하지만 대통령은 그래야 하죠. 그리고 여기 데려왔더라면 로지는 중립적인 입장에 섰을 거예요. 대표단으로 왔으니 혼자 귀국할 수도 없고, 파리에서 합의한 사항에 무작정 반대할 수도 없으니까 말이에요."

거스는 그녀의 말이 옳으리라고 생각했다. 하지만 윌슨은 정의의 힘으로 모든 난관을 극복할 수 있다고 믿는 이상주의자였다. 그는 아첨과 회유, 유혹의 필요성을 너무 과소평가했다.

대통령을 맞은 터여서 음식은 훌륭했다. 그들은 버터 소스에 대서양에서 잡은 신선한 서대기를 먹었다. 거스는 전쟁 전부터 이렇게 잘 먹어본 적이 없었다. 그는 마찬가지로 열심히 먹는 로사를 즐겁게 바라보았다. 로사는 날씬했다. 먹은 게 전부 어디로 가는 거지?

식사 마지막에는 작은 잔에 담긴 진한 커피가 나왔다. 거스는 로사와 헤어져 침대칸으로 돌아가고 싶지 않았다. 어떻게든 그녀와 더 이야기를 나누고 싶은 마음이었다. "어쨌거나 대통령께서는 파리에서 유리한 위치를 차지할 수 있을 겁니다." 그가 말했다.

로사는 회의적인 기색이었다. "이유는요?"

"글쎄요, 일단 우리 덕분에 그들이 전쟁에서 이겼으니까요."

그녀는 고개를 끄덕였다. "윌슨이 말했어요. '샤토티에리에서 우리는 세계를 구했다.'"

"척 딕슨과 함께 그 전투에 참여했습니다."

"그 사람 거기서 죽었나요?"

"직격탄을 맞았죠. 내가 본 첫 희생자였습니다. 안타깝게도 마지막 희생자는 아니었죠."

"정말 유감이에요. 특히 아내가 안됐더군요. 도리스와 몇 년간 알고 지냈는데. 피아노를 같은 분께 배웠죠."

"그래도 나는 우리가 세계를 구한 건지는 잘 모르겠습니다." 거스는 말을 이었다. "사망자 수를 따지면 프랑스와 영국, 러시아가 미국보다 더 많아요. 하지만 우리가 결정적인 역할을 했죠. 그게 의미가 있을 테고요."

그녀가 고개를 젓자 까만 곱슬머리가 흔들렸다. "내 생각은 달라요. 전쟁은 끝났고 유럽 사람들은 이제 더는 우리가 필요 없어요."

"로이드조지 같은 사람들은 미국의 군사력이 무시할 수 없는 수준이라고 생각하는 것 같더군요."

"그렇다면 그는 틀렸어요." 로사가 말했다. 거스는 깜짝 놀라는 한편 여자가 이런 주제에 관해 이토록 강한 의견을 낸다는 점이 매우 흥미로웠다. "프랑스와 영국이 윌슨과 손잡길 거부한다고 생각해봐요." 그녀가 말했다. "윌슨이 자기 생각을 강제하려고 군대를 동원할까요? 그럴 수 없죠. 그러고 싶어도 공화당이 장악한 의회가 허락할 리 없고요."

"우리에게는 경제력과 돈이 있습니다."

"연합국들이 우리에게 어마어마한 빚을 졌다는 건 확실해요. 하지만 그렇다고 우리가 얼마나 많은 영향력을 갖게 되는지는 잘 모르겠어요. 이런 말이 있죠. '백 달러를 빚졌다면 은행이 너를 쥐고 흔들 것이다. 하지만 백만 달러를 빚졌다면 네가 은행을 쥐고 흔들 수 있다.'"

거스는 윌슨이 해야 할 일이 상상했던 것보다 훨씬 더 어렵겠다는 생각이 들기 시작했다. "여론은 어떨까요? 브레스트에서 대통령을 맞이

하던 군중을 봤을 겁니다. 온 유럽에서 모두가 우리 대통령이 평화로운 세상을 만들었다고 생각하고 있어요."

"그게 가장 강력한 카드겠죠. 다들 학살이라면 신물이 났거든요. '다시는 안 돼.' 그들은 외치고 있어요. 나는 사람들이 원하는 걸 윌슨이 해낼 수 있기를 바랄 뿐이에요."

두 사람은 인사를 하고 각자 객실로 돌아갔다. 거스는 오랫동안 잠을 이루지 못한 채 로사와 그녀가 한 말들을 생각했다. 그녀는 정말이지 만나본 여자들 중 가장 똑똑했다. 게다가 아름답기도 했다. 눈 한쪽이 감겨 있다는 사실은 금세 잊을 수 있었다. 처음에는 상당히 흉해 보였지만 시간이 조금 지나자 거스는 거의 신경도 쓰지 않게 되었다.

하지만 그녀는 회담에 대해 비관적이었다. 그리고 그녀가 한 말은 모두 사실이었다. 윌슨이 큰 싸움을 앞두고 있다는 사실이 거스도 이제 실감났다. 그는 대표단 일원인 것이 무척 기뻤고, 대통령의 이상을 현실로 만들기 위해서라면 할 수 있는 것은 뭐든 하기로 마음먹었다.

이른 새벽, 프랑스를 가로질러 동쪽으로 달리는 기차에서 거스는 창밖을 내다보았다. 기차는 작은 마을을 지나는 중이었다. 사람들이 역 플랫폼과 철도 옆 도로에 모여 기차를 지켜보는 모습에 그는 깜짝 놀랐다. 밖은 어두웠지만 그들의 모습은 전등 불빛 아래서 또렷이 보였다. 남녀와 아이들이 수천 명 모여 있었다. 사람들은 환호성을 올리는 대신 매우 조용히 있었다. 남자들은 어른 아이 할 것 없이 모자를 벗었고, 경의를 표하는 그들의 모습을 지켜보며 거스는 눈물이 날 것만 같았다. 그들은 세계의 희망을 싣고 지나가는 기차를 보기 위해 새벽이 될 때까지 기다린 것이었다.

35장
1918년 12월에서 1919년 2월

I

투표 결과는 크리스마스가 지나고 사흘 후에 발표되었다. 에설과 버니는 올드게이트 공회당에서 결과를 기다렸다. 버니는 가장 좋은 옷을 입고 연단에 올라가 있었고, 에설은 청중에 섞여 있었다.

버니는 졌다.

버니는 태연했지만 에설은 울음을 터뜨렸다. 그에게 낙선은 꿈의 종 말이었다. 어쩌면 어리석은 꿈이었는지 모르지만 그럼에도 그는 괴로 웠고, 그런 그를 보며 에설은 가슴이 아팠다.

자유당 후보는 로이드조지가 이끄는 연립 내각의 지원을 받았고 그 래서 보수당은 후보를 내지 않았다. 결과적으로 보수당 지지자들은 자 유당에 표를 주었고, 노동당이 양당 연합을 이기기에는 역부족이었다.

버니는 선거에서 승리한 상대에게 축하를 보내고 연단에서 내려왔 다. 노동당 당원 여럿이 스카치 술병을 들고 와 괴로움을 나누자고 했지만 버니와 에설은 집으로 돌아왔다.

"나는 이런 일에 어울리지 않아요, 에스." 코코아를 마시려고 물을 끓이는 에설에게 버니가 말했다.

"당신, 잘했어요." 에설이 말했다. "빌어먹을 로이드조지에게 한 수 밀린 거죠."

버니는 고개를 저었다. "나는 지도자가 아니에요. 고민하고 계획을 짜는 사람이지. 가끔 당신 방식대로 사람들과 이야기도 해보고 우리의 이상에 대한 열정으로 그들에게 불붙이려고도 해보지만, 도저히 안 돼요. 당신이 연설을 하면 사람들은 당신을 사랑하지. 그게 달라요."

에설은 남편의 말이 옳다는 걸 알았다.

다음날 아침 신문들을 보니 올드게이트의 선거 결과는 전국의 결과를 고스란히 반영하고 있었다. 연립 정당은 707석 가운데 525석을 차지했다. 의회 역사상 여당이 이렇게 컸던 적은 많지 않았다. 사람들은 전쟁을 승리로 이끈 사람에게 표를 던졌다.

실망한 에설은 가슴이 아팠다. 구시대 인물들이 여전히 나라를 이끌었다. 수많은 사람을 죽음으로 내몬 정치인들이 이제는 멋진 일이라도 해낸 양 축하하고 있었다. 하지만 그들이 이룬 것이 무엇인가? 고통과 기아, 파괴였다. 천만 명의 성인 남자들과 소년들이 헛되이 목숨을 잃었다.

희미하게 깜박이는 희망의 불빛은 노동당의 위치가 조금 나아졌다는 것이었다. 42석이었던 노동당은 60석을 차지했다.

가장 타격을 입은 건 자유당에서 반反로이드조지 노선을 택했던 쪽으로, 겨우 30개 선거구에서 승리를 거두었고 애스퀴스마저 패해 의원직을 잃었다. "이번 선거는 자유당의 종말이 될 수도 있어요." 버니는 점심으로 먹을 빵에 잼을 바르며 말했다. "사람들은 그들에게 실망했고, 이제 야당은 노동당 차지죠. 어쩌면 그게 우리의 유일한 위안이겠고."

두 사람이 일하러 나가기 직전에 편지가 도착했다. 에설은 버니가 로이드의 신발끈을 매주는 사이 편지를 훑어보았다. 빌리가 보낸 암호 편지였다. 그녀는 부엌 탁자에 앉아 암호를 풀었다.

에설은 의미 있는 단어에 밑줄 친 다음 다른 노트에 옮겨 적었다. 내용을 파악하면 할수록 점점 빠져들었다.

"빌리가 러시아에 있다는 건 알죠?" 그녀는 버니에게 말했다.

"알죠."

"그런데 빌리 말이, 그곳에 있는 우리 군대가 볼셰비키와 맞서 싸우고 있대요. 미군도 있다는군요."

"놀랄 일은 아니네요."

"그래요. 하지만 들어봐요." 에설이 말했다. "'우리는 백군이 볼셰비키를 못 이긴다는 걸 알아. 하지만 외국 군대가 합세한다면? 무슨 결과가 나올지 몰라!'"

버니는 깊이 생각하는 듯했다. "그들이 군주제를 되살릴 수도 있겠군."

"영국인들이 지지할 리 없어요."

"영국인들은 무슨 일이 벌어지는지 몰라요."

"그럼 알려야죠." 에설이 말했다. "기사를 쓸 거예요."

"누가 실어주나?"

"그건 두고봐야죠. 어쩌면 〈데일리 헤럴드〉가 실어줄 수도 있고요." 〈데일리 헤럴드〉는 좌익 성향의 신문이었다. "로이드 좀 애 보는 사람한테 데려다줄래요?"

"그래, 그래야죠."

에설은 잠시 곰곰이 생각한 후 종이 맨 위에 썼다.

러시아에서 손을 떼라!

II

파리 시내를 걷던 모드는 울음이 터졌다. 넓은 도로 위 독일군 포탄이 떨어진 곳에 돌무더기가 쌓여 있었다. 웅장한 건물의 깨진 유리를 판자로 덮어놓은 모양을 보자 잘생긴 오빠의 망가진 눈이 떠올라 가슴이 아팠다. 가로수가 늘어섰던 거리는 오래된 밤나무나 웅장한 플라타너스를 목재로 사용하기 위해 베어내는 바람에 군데군데 빈자리가 생겨 보기 흉했다. 여자들 절반은 죽음을 애도하는 검은 옷을 입었고, 길모퉁이에서는 다리를 저는 군인들이 푼돈을 구걸하고 있었다.

그녀는 발터를 생각하며 또 울었다. 그녀가 보낸 편지에 답장이 없었다. 독일로 갈 방법이 있는지 알아봤는데 그런 것은 없었다. 파리에 오는 허가를 받는 것만도 어려웠다. 발터가 독일 대표단과 함께 오기를 바라기도 했지만 독일 대표단은 아예 참석하지 않았다. 패전국들은 평화회담에 초청받지도 못했다. 승리한 연합국측은 자기들끼리만 논의해 협정을 맺은 다음 패전국에 협정문을 들이밀어 서명을 받을 생각이었다.

한편 석탄이 부족해서 파리의 모든 호텔이 얼어붙을 듯 추웠다. 모드는 영국 대표단이 본부로 삼은 마제스틱 호텔의 스위트룸을 예약했다. 영국 대표단은 프랑스 스파이를 막겠다며 호텔 직원까지 모두 본국에서 데려온 영국인으로 교체했다. 그 결과 음식이 형편없었다. 아침에는 오트밀에 우유를 부어 끓인 죽과 너무 익힌 채소, 맛없는 커피가 나왔다.

전쟁 전에 산 모피코트로 몸을 감싼 모드는 샹젤리제의 레스토랑 푸케로 조니 르마크를 만나러 갔다. "파리에 올 수 있게 해줘서 고마워요." 그녀가 말했다.

"뭐든 도와드려야죠, 모드. 그런데 왜 그렇게 오고 싶어한 겁니까?"

모드는 소문내기를 좋아하는 르마크에게 진실을 털어놓을 생각이 전혀 없었다. "쇼핑 때문이죠. 사 년 동안 새 드레스를 전혀 못 샀거든요."

"이런, 말도 안 돼요." 르마크가 말했다. "살 옷도 없어요. 있다 해도 어마어마하게 비쌀 겁니다. 가운 한 벌에 천오백 프랑은 한다고요! 아무리 피츠라도 그렇게는 못 쓰게 할 텐데요. 내가 보기에 당신은 프랑스에 애인이 있는 것 같군요."

"그랬으면 좋겠네요." 모드는 화제를 바꾸었다. "오빠의 차를 찾았어요. 기름을 구할 만한 곳 아세요?"

"알아보죠."

두 사람은 점심식사를 주문했다. 모드가 말했다. "정말 우리가 독일에게 어마어마한 배상금을 물릴 수 있을 거라 보세요?"

"독일은 지금 거절하고 말고 할 위치가 아니죠." 조니가 말했다. "프로이센-프랑스 전쟁 후 독일은 프랑스에 오십억 프랑의 배상금을 물렸습니다. 프랑스는 삼 년에 걸쳐 갚았고요. 그리고 지난 3월 브레스트리토프스크 조약에서 독일은 볼셰비키가 육십억 마르크를 물어내야 한다고 정했죠. 물론 이제 그 돈을 받아낼 수야 없겠지만요. 상황이 이런데도 독일이 억울해한다면 공허한 위선이라고밖에 할 수 없죠."

모드는 독일에 대한 냉혹한 말을 듣기가 정말 싫었다. 다들 독일을 짐승으로 만들지 못해 안달난 것 같았다. 우리가 패했다면 어떻게 됐을까요? 모드는 묻고 싶었다. 전쟁이 우리 잘못이었다고 인정하고 모두 물어냈을까요? "하지만 우리는 그보다 훨씬 큰 금액을 거론하고 있잖아요. 이백사십억 파운드죠. 게다가 프랑스는 그보다 두 배 가까운 금액을 원하고요."

"프랑스와는 다투기가 쉽지 않아요." 조니가 말했다. "프랑스가 우리에게 진 빚이 육억 파운드예요. 미국에 진 빚은 더 많죠. 만일 독일로부터 배상금을 받지 말라고 한다면, 프랑스는 우리 돈을 못 갚을 겁니다."

"독일은 우리가 요구하는 걸 갚을 수 있나요?"

"아뇨. 내 친구 포초 케인스 말로는 그중 10분의 1인 이십억 파운드만 물어낼 수 있을 테고, 그것만으로도 나라가 휘청할지 모른다더군요."

"케임브리지의 경제학자 존 메이너드 케인스 말이에요?"

"네. 우리는 그 친구를 포초라고 부르죠."

"그 사람이…… 그러니까 당신과 친구 사이라는 건 몰랐어요."

조니가 웃었다. "아, 맞아요. 나랑 똑같은 친구죠."

모드는 잠시 조니의 쾌활한 타락이 부러워 괴로웠다. 그녀는 육체적 사랑에 대한 욕구를 애써 눌러 참아야 했다. 남자의 다정한 손길이 몸에 와 닿은 지 이 년이 다 되어갔다. 이제 그녀는 쭈글쭈글하고 말라붙은 늙은 수녀가 된 기분이었다.

"슬픈 표정이군요!" 조니는 모드의 기분을 눈치챘다. "포초를 사랑했던 게 아니었으면 좋겠네요."

모드는 소리내 웃고 나서 다시 정치 이야기로 돌아갔다. "독일이 배상금을 낼 수 없다는 걸 안다면 왜 로이드조지는 계속 그렇게 고집을 부리는 거죠?"

"내가 직접 물어봤어요. 그분이 군수장관으로 일할 때부터 잘 알고 지냈거든요. 그분 말이, 결국 모든 전쟁 당사국은 각자 진 빚을 갚을 테지만, 이렇다 할 배상금을 받아낼 수 있는 나라는 없을 거랬어요."

"그럼 왜 받아낼 것처럼 그러나요?"

"결국에는 각국의 납세자들이 전쟁 비용을 대는 겁니다. 하지만 그걸 사실대로 밝히는 정치인은 다시는 선거에서 이길 수 없거든요."

III

거스는 국제연맹 위원회의 일일 회의에 참석했다. 이 위원회는 연맹을 창설하는 데 필요한 조항의 초안을 마련하는 일을 맡았다. 직접 위원장을 맡은 우드로 윌슨은 마음이 급했다.

회담이 시작된 첫 달 윌슨은 완벽하게 회의를 주도했다. 그는 독일의 전쟁배상금 문제를 가장 우선시해 국제연맹을 맨 뒤로 미루려는 프랑스의 계획을 완전히 무시해버렸고, 국제연맹이 포함된 내용이 아니면 어떤 조약에도 서명하지 않겠다고 주장했다.

국제연맹 위원회는 콩코르드광장에 있는 화려한 크리용 호텔에 모였다. 수압식 엘리베이터들은 오래되어 느렸고, 가끔은 수압이 오르는 동안 중간에 멈춰 서기도 했다. 거스는 엘리베이터가 유럽 외교관들과 닮았다는 생각이 들었다. 그들은 한가하게 논쟁을 벌이는 걸 세상에서 가장 좋아하고 누군가 강제하지 않는 한 절대로 결론을 내지 않았다. 그는 미국 대통령이 외교관들과 엘리베이터 양쪽 모두 때문에 안절부절 못하고 화를 참지 못해 투덜거리는 것을 남몰래 재미있어하며 지켜보았다.

열아홉 명의 위원이 붉은 천으로 덮은 커다란 탁자에 둘러앉았다. 통역들이 뒤에 앉아 그들의 귀에 대고 속삭였으며, 보좌관들은 서류철과 노트를 들고 실내를 이리저리 오갔다. 거스가 보기에 유럽인들은 의제를 정해 밀고 나가는 윌슨 대통령의 능력에 감탄한 듯했다. 어떤 이들은 초안을 쓰는 데만 몇 년, 아니면 몇 달은 걸릴 거라고 했고 다른 이들은 각국이 결코 합의를 이루지 못할 거라고도 했다. 하지만 열흘이 지나자 첫번째 초안이 완성에 거의 근접해가고 있었고 그 사실이 거스는 기뻤다.

월슨은 2월 14일 미국으로 돌아가야 했다. 곧 다시 올 예정이었지만 그는 조약 초안을 가지고 미국에 돌아가고 싶어했다.

안타깝게도 월슨이 미국으로 떠나기 전날 오후 프랑스가 커다란 장애물을 만들어냈다. 국제연맹이 자체적으로 군대를 보유해야 한다고 주장한 것이다.

월슨은 절망하며 눈을 이리저리 굴렸다. "불가능해." 그는 탄식하듯 말했다.

거스는 그 이유를 알았다. 의회가 미국 군대를 다른 사람 명령에 따르도록 둘 리 없기 때문이다.

프랑스 대표인 전임 총리 레옹 부르주아는 결정을 강제할 수단이 없다면 국제연맹은 무시당할 거라고 주장했다.

거스 역시 월슨처럼 절망에 빠졌다. 나쁜 짓을 하는 나라에는 다른 방식으로 압력을 가할 수도 있다. 외교나 경제 제재를 가하고, 최후의 수단으로 임시 군대를 조직했다가 해당 임무를 완수하면 다시 해체하는 방법도 있었다.

하지만 부르주아는 그중 어떤 방식으로도 프랑스를 독일로부터 보호할 수 없다고, 프랑스는 이 문제를 그냥 두고서는 다른 내용을 논의할 수 없다고 했다. 어찌 보면 이해할 수도 있는 부분이지만 새로운 세계 질서를 만들기 위한 길은 아니라고 거스는 생각했다.

초안의 많은 부분을 고안해낸 로버트 세실 경이 발언 의사를 표하며 비쩍 마른 손가락을 들어 보였다. 월슨이 고개를 끄덕였다. 그는 국제연맹의 설립을 강력하게 지지하는 세실을 좋아했다. 모두가 같은 마음인 것은 아니라, 프랑스 총리인 클레망소는 세실이 웃을 때면 중국 용처럼 보인다고 했다. "갑작스럽게 발언하게 되어 죄송합니다." 세실이 말했다. "프랑스 대표단은 본인들이 바라는 만큼 국제연맹이 강력하지 않다면 전면 거부하겠다는 입장인 것 같군요. 그렇다면 솔직하게 지적하고 싶은 게 있습니다. 그럴 경우 영국와 미국 사이에 양국 동맹이 성립하는 건 거의 확실하고, 그 동맹은 프랑스에 아무것도 제공하지 않을 것입니다."

거스는 웃음을 꾹 눌러 참았다. 이제 좀 알아듣겠군. 그는 속으로 생각했다.

부르주아는 충격을 받은 듯 수정안을 철회했다.

윌슨은 탁자 너머로 세실에게 고맙다는 표정을 지어 보였다.

일본 대표 마키노 남작이 발언권을 요청했다. 윌슨은 고개를 끄덕이며 시계를 들여다보았다.

마키노는 여러 조항 가운데 종교의 자유를 보장한다는 이미 합의된 안에 대해 발언했다. 그는 모든 연맹 가입국이 다른 나라 시민을 인종적으로 차별하지 않고 동등하게 대한다는 수정안을 추가하길 원했다.

윌슨의 표정이 얼어붙었다.

마키노의 발언은 통역을 거쳤음에도 설득력이 있었다. 그는 서로 다른 인종이 전쟁에서 어깨를 나란히 하고 싸웠다고 지적했다. "호의와 감사의 뜻이 상호 유대를 형성했습니다." 국제연맹은 국가들로 이루어진 거대한 가족이었다. 서로 동등하게 대하는 것이 당연하지 않은가?

거스는 걱정스러웠지만 놀라지는 않았다. 일본측은 한두 주 전부터 이 이야기를 해오고 있었다. 자기네 땅에서 일본인들을 몰아내고 싶어하는 오스트레일리아와 캘리포니아 사람들은 경악했다. 미국의 흑인들이 자신과 동등하다고는 단 한 순간도 생각해본 적 없는 윌슨 역시 당황했다. 다른 무엇보다도, 수천만 명이나 되는 다른 인종을 비민주적인 방식으로 지배하는 영국은 식민지 사람들이 스스로 백인 지배자와 똑같이 훌륭하다고 생각하는 걸 원치 않았기에 화가 났다.

이번에도 세실이 발언했다. "이런, 이건 매우 논란이 많은 주제입니다." 그의 목소리에 실린 애석함을 거스는 거의 믿을 뻔했다. "그런 문제를 논의해야 한다는 제안만으로도 이미 불협화음이 생기고 있습니다."

탁자 주위에서 동조하듯 웅얼거리는 소리가 들렸다.

세실이 발언을 이어갔다. "조약 초안에 대한 합의가 늦어지지 않도록, 그러니까 인종 차별에 관한 논의는 나중으로 미루는 건 어떨까 합니다."

그리스 총리가 말했다. "종교의 자유라는 것 역시 애매하기는 마찬가지입니다. 일단은 그 조항 전체를 빼는 것이 좋겠습니다."

포르투갈 대표가 말했다. "우리 정부는 하느님의 이름으로 작성하지 않은 조약에는 한 번도 서명해본 적이 없습니다!"

신앙심이 매우 깊은 세실이 대답했다. "그럼 우리 모두 이번 기회에 한번 해봐야겠군요."

물결처럼 웃음이 일었다. 윌슨은 안도감이 묻어나는 목소리로 말했다. "합의가 되었으면 다음으로 넘어갑시다."

IV

다음날 케 도르세의 프랑스 외무부로 간 윌슨은 북극의 동굴 속 종유석과도 같은 거대한 샹들리에가 달린 유명한 시계의 방에서 평화회담에 참석한 모든 국가 대표단이 모인 가운데 조약의 초안을 읽었다. 그리고 그날 저녁 미국으로 돌아갔다. 다음날은 토요일이었고 거스는 무도회에 참석했다.

어두워진 파리는 파티의 도시였다. 먹을 것은 여전히 귀했지만 술은 풍성한 듯했다. 청년들은 적십자 간호사들이 친구가 필요할 때면 언제든 드나들 수 있도록 호텔방 문을 열어두었다. 형식적인 도덕은 잠시 치워둔 것 같았다. 사람들은 연애 사실을 전혀 감추려 하지 않았다. 남자 동성애자들은 남자다운 척하던 가식을 던져버렸다. 라뤼는 레즈비언들이 모이는 레스토랑이 되었다. 석탄이 부족하다는 것도 다 친구들과 잠자리를 함께해 밤을 따뜻하게 보내라고 프랑스인들이 꾸며낸 말이라는 이야기가 돌았다.

　모든 게 비쌌지만 거스는 돈이 있었다. 그것 말고도 유리한 점이 또 있었다. 파리를 잘 알았고 프랑스어를 할 줄 알았다. 그는 생클루에 가서 경마를, 오페라 극장에서 〈라보엠〉을 봤고, '피피'라는 제목의 외설스러운 뮤지컬도 관람했다. 대통령과 가깝다는 이유로 그는 모든 파티에 초대받았다.

　그는 자신도 모르는 사이 로사 헬먼과 점점 더 많은 시간을 보내고 있었다. 그녀와 이야기를 나눌 때는 혹시 기사화되더라도 보면서 기분 나빠지지 않을 것만 말하느라 조심해야 했다. 하지만 이제 신중하게 말하는 데도 이골이 났다. 그녀는 거스가 만나본 사람들 중 가장 똑똑한 부류였다. 그는 그녀를 좋아했지만 그게 전부였다. 그녀는 늘 거스와 함께 나들이할 준비가 돼 있었지만, 어느 기자가 대통령 보좌관의 초대를 거절할 수 있겠는가. 거스는 그녀의 손을 잡을 수 없었고 헤어질 때 인사로 키스할 수도 없었다. 혹시라도 그녀가 불쾌감을 드러낼 수 없는 위치라는 걸 이용해 사욕을 채우는 것처럼 보일까 걱정스러웠다.

　거스는 그녀와 리츠 호텔에서 만나 칵테일을 마셨다. "칵테일이 뭐죠?" 그녀가 말했다.

　"독한 술을 고상하게 꾸며놓은 겁니다. 괜찮을 거예요. 아주 유행이거든요."

로사의 겉모습 역시 유행에 뒤지지 않았다. 머리를 짧게 잘랐고, 종 모양의 모자는 마치 독일군 병사의 철모처럼 귀를 덮고 있었다. 곡선미를 드러내는 옷이나 코르셋은 한물간 유행으로, 그녀의 드레이프 드레스는 어깨부터 놀라울 정도로 낮은 허리선까지 수직으로 늘어진 모습이었다. 역설적이게도 몸매를 감추는 옷 때문에 거스는 속에 감춰진 몸을 더 생각하게 되었다. 그녀는 립스틱을 바르고 얼굴에는 파우더를 발랐는데, 유럽 여자들도 이런 화장은 여전히 과감하다고 여겼다.

두 사람은 마티니를 한 잔씩 마시고 다른 장소로 향했다. 리츠 호텔의 긴 로비를 함께 걷는 두 사람의 모습은 여러 사람의 시선을 사로잡았다. 호리호리한 몸매에 머리만 큰 남자와 애꾸에 키 작은 여자. 남자는 흰색 타이에 연미복을 입었고, 여자는 은빛이 도는 파란색 실크 드레스 차림이었다. 두 사람은 택시를 타고 마제스틱 호텔로 향했다. 그곳에서 토요일이면 영국 대표단이 누구나 입장할 수 있는 무도회를 열었다.

무도회장은 사람들로 가득했다. 각국 대표단의 젊은 보좌관, 세계 각국의 기자, 참호에서 풀려난 군인이 간호사나 타이피스트와 함께 재즈에 맞춰 춤을 추고 있었다. 로사는 거스에게 폭스트롯을 가르쳐주더니, 그에게서 떨어져 검은 눈의 잘생긴 그리스 대표단 남자와 춤을 추었다.

질투를 느낀 거스는 무도회장을 돌아다니며 아는 사람들과 이야기를 나누다가 보라색 드레스에 앞코가 뾰족한 구두를 신은 모드 피츠허버트와 마주쳤다. "안녕하세요!" 그는 깜짝 놀라 말을 건넸다.

그녀도 거스를 만나 반가운 모양이었다. "좋아 보이시네요."

"운이 좋았죠. 어디 한 군데 떨어져나간 곳은 없으니까요."

그녀는 거스의 뺨에 생긴 흉터를 만졌다. "거의 그렇군요."

"긁힌 정도입니다. 춤추실까요?"

거스는 모드를 품에 안았다. 마른 몸의 뼈가 드레스 위에서도 느껴졌다. 두 사람은 헤지테이션 왈츠*를 추었다. "피츠는 어때요?" 거스가 물었다.

"좋아요, 아마도요. 러시아에 있어요. 말하면 안 되는 것 같지만, 어차피 누구나 아는 비밀인걸요."

"영국 신문에서 〈러시아에서 손을 떼라〉라는 기사를 봤습니다."

"그 운동을 이끄는 여자는 당신도 티 권에서 만난 적이 있어요. 에설 윌리엄스라는 이름이었는데, 지금은 에스 레크위드라고 하죠."

"기억이 안 나는군요."

"그때는 하녀장이었어요."

"이런 세상에!"

"지금은 영국 정치계에서 그녀 나름대로 힘을 갖게 되었죠."

"정말 세상 많이 변했군요."

모드는 거스를 바짝 끌어안더니 목소리를 낮추었다. "혹시 발터 소식 뭐 들으신 것 없죠?"

거스는 샤토티에리에서 쓰러지던 낯익은 독일군 장교가 머릿속에 떠올랐지만, 그게 발터였는지는 확신할 수 없었다. 결국 그는 말했다. "전혀 없어요. 미안합니다. 정말 힘드시겠군요."

"독일에선 아무 소식도 없고, 누구도 독일에 갈 수가 없어요!"

"평화조약의 서명이 끝날 때까지는 기다리셔야 할 것 같군요."

"그게 언제쯤일까요?"

거스도 그건 알 수 없었다. "국제연맹 규약 작성은 거의 다 끝났습니다. 하지만 독일이 전쟁배상금을 얼마나 물어내야 하는지에 대한 합의

---

* 1910년대에 유행한 왈츠의 일종.

가 아직 멀었어요."

"바보 같은 짓이에요." 모드는 씁쓸한 표정으로 말했다. "독일의 번영은 우리에게도 필요한 일인데. 그래야 영국 공장들이 그들에게 자동차와 난로, 카펫 청소기를 팔 수 있죠. 우리가 독일 경제를 위태롭게 하면 그들은 볼셰비키에게 장악당할 거예요."

"사람들은 복수를 원해요."

"1914년 기억하세요? 발터는 전쟁을 원치 않았어요. 독일인 대다수가 마찬가지였죠. 하지만 그 나라는 민주주의가 아니었어요. 장군들이 카이저를 부추겼어요. 그리고 러시아가 동원령을 내리자 그들은 다른 선택을 할 수 없었죠."

"물론 기억합니다. 하지만 대부분의 사람은 기억 못해요."

춤이 끝났다. 로사 헬먼이 다가왔고 거스는 두 사람을 서로 소개했다. 셋은 잠시 이야기를 나누었지만, 로사가 그녀답지 않게 차가운 태도를 보이자 모드는 다른 곳으로 가버렸다.

"어마어마하게 비싼 드레스네요." 로사는 언짢은 눈치였다. "잔 랑방의 옷이에요."

거스는 당혹스러웠다. "모드가 싫어요?"

"당신은 상당히 좋아하는군요."

"무슨 뜻이죠?"

"두 사람 아주 꼭 붙어서 춤추던데요."

로사는 발터에 대해 알지 못했다. 그럼에도 거스는 여자와 시시덕거렸다는 오해를 받으니 분했다. "모드는 뭔가 비밀 이야기를 하고 싶었던 겁니다." 거스는 살짝 억울해하며 말했다.

"그러셨겠죠."

"도대체 왜 이러는지 모르겠군요." 거스가 말했다. "당신도 알랑거리는 그리스인과 춤추러 갔었잖아요."

"그는 잘생겼고 알랑거리지도 않았어요. 왜 다른 남자와 춤추면 안 되죠? 저랑 사랑하는 사이도 아니시잖아요."

거스는 그녀를 빤히 바라보았다. "이런." 그가 말했다. "이런, 세상에." 거스는 갑자기 혼란스럽고 뭐가 뭔지 알 수 없었다.

"이제 또 뭐가 문제죠?"

"방금 뭔가를 깨달은 것 같아요. 그런 생각이 듭니다."

"그게 뭔지 말해주실래요?"

"꼭 말해야 할 것 같습니다." 그는 몸을 떨며 말했다. 그리고 잠시 멈췄다.

로사는 거스가 말하길 기다렸다. "그게 뭔데요?" 그녀가 참을 수 없다는 듯 물었다.

"저는 당신을 사랑합니다."

그녀는 말없이 거스를 바라보기만 했다. 한참을 잠자코 있던 그녀가 말했다. "정말이에요?"

놀랍게도 갑작스레 찾아든 생각이었지만 거스는 확신이 있었다. "네. 사랑해요, 로사."

그녀는 희미한 웃음을 지었다. "정말 놀랍네요."

"아마 오랫동안 그랬는데, 깨닫지 못하고 있었나봐요."

그녀는 의심이 풀린 듯 고개를 끄덕였다. 악단이 느린 곡을 연주하기 시작했다. 그녀가 가까이 다가왔다.

거스는 자연스럽게 그녀를 품에 안았다. 하지만 너무 흥분한 나머지 제대로 춤을 출 수 없었다. "제가 제대로—"

"걱정 마요." 로사는 거스가 무슨 생각을 하는지 알았다. "그냥 춤추는 척해요."

거스는 몇 번 스텝을 밟았다. 머릿속이 복잡했다. 로사는 자신의 감정에 대해 한마디도 하지 않았다. 하지만 그냥 가버리지도 않았다. 그녀도 그를 사랑하고 있을 가능성이 있을까? 그녀는 분명 거스를 좋아했다. 하지만 그건 전혀 다른 이야기였다. 바로 지금 그녀는 자신의 감정에 대해 헤아려보고 있는 걸까? 아니면 어떤 말로 점잖게 거절할지 고민하고 있을까?

그녀는 거스를 쳐다보았다. 이제야 대답을 하려나보다 생각하고 있는데, 그녀가 말했다. "다른 곳으로 데려가줘요, 거스."

"그러죠."

그녀는 코트를 입었다. 현관 앞에 선 안내인이 빨간 르노 택시를 잡아주었다. "막심 레스토랑으로 갑시다." 거스가 말했다. 짧은 거리를 이동하는 동안 두 사람은 아무 말도 하지 않았다. 거스는 그녀가 무슨 생각을 하고 있는지 몹시 궁금했지만, 재촉하고 싶지는 않았다. 그녀도 곧 답을 하지 않을 수 없으리라.

레스토랑 역시 사람들로 붐볐다. 몇몇 빈자리는 나중에 올 손님들을 위해 예약이 되어 있었다. 수석 웨이터는 미안한 표정을 지었다. 거스는 지갑을 꺼내 100프랑짜리 지폐를 뽑아들며 말했다. "조용한 구석자리로 주시오." '예약석'이라는 카드 하나가 사라지고 두 사람은 그 자리에 앉았다.

그들은 가벼운 저녁식사를 주문했고, 거스는 샴페인 한 병을 시켰다. "당신 많이 변했어요." 로사가 말했다.

거스는 깜짝 놀랐다. "난 모르겠는데요."

"버펄로에서 본 젊은이와는 딴판으로 달라졌어요. 그때는 내 앞에서도 부끄러움을 탄다고 생각했거든요. 이제는 마치 파리를 제집처럼 돌아다니네요."

"이런 세상에. 내가 오만한 사람이 됐다는 말 같은데요."

"아뇨. 그저 자신감이 넘친다는 거죠. 어쨌든 당신은 대통령을 위해 일하고 전쟁에서 싸웠어요. 그 경험으로 사람이 달라진 것 같아요."

주문한 음식이 나왔지만 두 사람은 많이 먹지 않았다. 거스는 극도로 긴장되었다. 로사는 무슨 생각일까? 그녀도 나를 사랑할까? 아닐까? 그녀라면 당연히 알고 있지 않을까? 거스는 나이프와 포크를 내려놓았다. 하지만 궁금한 걸 묻는 대신 이렇게 말했다. "당신은 늘 자신감이 넘쳐 보여요."

그녀는 웃었다. "놀랍지 않아요?"

"왜요?"

"일곱 살까지는 자신감이 있었던 것 같아요. 그리고 그다음에는……여학생들이 어떤지 알잖아요. 모두가 제일 예쁜 애랑 친구가 되고 싶어 하죠. 나는 뚱뚱한 애들, 못생긴 애들, 물려받은 옷을 입는 애들이랑 놀아야 했어요. 그런 식으로 십대 시절이 지나갔죠. 〈버펄로 아나키스트〉에 들어간 것도 일종의 아웃사이더로서 한 일이었죠. 하지만 그곳에서 편집장이 되자 그때부터 자부심을 되찾았던 것 같아요." 그녀는 샴페인을 한 모금 마셨다. "당신이 도움이 되기도 했고요."

"내가요?" 거스는 깜짝 놀랐다.

"당신은 내가 마치 버펄로에서 가장 똑똑하고 가장 재미있는 사람인 것처럼 대했잖아요."

"그게 사실이니까 그랬겠죠."

"올가 뱔로프만 빼면요."

"이런." 거스는 얼굴을 붉혔다. 올가 때문에 열병을 앓던 걸 떠올리자 스스로가 바보처럼 느껴졌다. 하지만 그렇게 말하기는 싫었다. 그러면 왠지 올가를 헐뜯는 것 같고, 그것은 신사다운 행동이 아니었기 때문이다.

두 사람이 커피를 모두 마시고 계산서를 달라고 했을 때도 거스는 여전히 로사가 그에게 어떤 감정인지 알 수 없었다.

택시에서 거스는 로사의 손을 잡고 자신의 입술에 가져다댔다. 그녀가 말했다. "아, 거스. 당신은 정말 사랑스러운 남자예요." 거스는 로사의 말이 무슨 뜻인지 알 수 없었다. 하지만 로사는 뭔가를 기대하듯 얼굴을 위로 들었다. 지금 내게 원하는 것이……? 그는 용기를 내어 그녀의 입술에 입을 맞췄다.

아무 반응이 없자 거스는 순간 몸이 얼어붙고 잘못을 저질렀다는 기분이 들었다. 그때 로사가 만족스러운 듯 한숨을 쉬더니 입술을 열었다.

이런. 그는 행복하게 생각했다. 그럼 이제 된 거군.

거스는 그녀를 껴안고 호텔에 도착할 때까지 계속 키스했다. 호텔까지는 너무 짧은 거리였다. 호텔 도어맨이 택시 문을 벌컥 열었다. "입 닦아요." 로사가 내리면서 말했다. 거스는 손수건을 꺼내 서둘러 얼굴을 닦았다. 흰 손수건에 로사의 붉은색 립스틱이 묻어났다. 손수건은 조심스럽게 접어 다시 주머니에 넣었다.

그는 로사를 호텔 문까지 바래다주었다. "내일 만날 수 있을까요?" 그가 말했다.

"언제요?"

"일찍."

그녀는 웃었다. "당신은 가식이 없어요, 거스. 그렇죠? 그런 점이 사랑스러워요."

좋은 반응이었다. 그런 점이 사랑스럽다는 말은 당신을 사랑한다라는 말과 똑같지는 않지만 아무 말도 없는 것보다야 나았다. "이미 이른 시간이군요." 거스가 말했다.

"우리 뭐할까요?"

"일요일이잖아요." 거스는 머릿속에 처음 떠오르는 생각을 말했다. "교회에 갈 수도 있죠."

"좋아요."

"노트르담대성당에 데려갈게요."

"당신 가톨릭인가요?" 로사가 놀라며 물었다.

"아뇨, 굳이 말하자면 성공회죠. 당신은?"

"마찬가지예요."

"그럼 좋아요. 가서 뒷줄에 앉읍시다. 몇시에 미사가 있는지 확인해보고 호텔로 전화할게요."

로사가 손을 내밀었고 두 사람은 친구처럼 악수를 나누었다. "멋진 저녁시간 고마웠어요." 그녀는 예의를 갖춰 인사했다.

"나도 아주 즐거웠어요. 잘 자요."

"잘 자요." 로사는 돌아서서 호텔 로비 안으로 사라졌다.

36장
1919년 3월에서 4월

I

눈이 녹고 무쇠처럼 단단한 러시아의 대지가 비옥하고 축축한 진흙 땅으로 바뀌자, 백군은 조국에서 볼셰비즘의 저주를 없애기 위해 어마어마한 노력을 기울였다. 십만 명에 달하는 콜차크 제독의 군대가 영국에서 이리저리 긁어모은 군복과 총으로 무장한 채 시베리아에서 폭풍처럼 몰려나와 남북으로 1000킬로미터도 넘게 펼쳐진 전선에서 붉은 군대를 공격했다.

피츠는 몇 킬로미터 뒤에서 백군을 따르고 있었다. 그의 휘하에는 애버로언 친구들과 일부 캐나다 병력, 통역 몇 명이 있었다. 그의 임무는 통신과 정보, 보급을 감독하면서 콜차크의 부대를 지원하는 것이었다.

피츠는 희망이 컸다. 어려움은 있겠지만, 레닌과 트로츠키가 러시아를 도둑질해가도록 그냥 내버려두는 건 상상조차 할 수 없었다.

3월 초순, 그는 우랄산맥의 유럽 쪽에 위치한 우파 시에서 일주일 지난 영국 신문들을 쌓아놓고 읽고 있었다. 런던에서 온 소식은 여러 가지였다. 로이드조지가 윈스턴 처칠을 육군장관으로 임명했다는 소식에 피츠는 기분이 좋아졌다. 지도자급 정치인 중 윈스턴은 러시아에 대한 개입을 가장 활발하게 지지했다. 하지만 일부 신문은 반대 입장이었다. 〈데일리 헤럴드〉나 〈뉴 스테이츠먼〉은 볼셰비키 기관지나 다름없다고 생각했기 때문에 그 신문들을 보고 놀라지는 않았다. 하지만 보수당을 지지하는 〈데일리 익스프레스〉조차 '러시아에서 철군하라'라는 제목의 머리기사를 싣고 있었다.

유감스럽게도 신문들마다 무슨 일이 벌어지는지 사태를 정확히 파악하고 있었다. 심지어 영국이 쿠데타를 일으킨 콜차크를 도와 기존 지휘 체계를 무너뜨리고 그를 최고 지도자로 앉힌 것까지 알고 있었다. 다들 어디서 정보를 얻는 거지? 신문을 내려다보던 피츠는 고개를 들었다. 우파 시의 상업 전문학교에 주둔한 그의 맞은편 책상에 부관이 앉아 있었다. "머리." 피츠가 말했다. "다음번 병사들이 집으로 보내는 편지를 걷으면 내게 먼저 가져와."

전에 없던 일이라서인지 머리는 이상하게 생각하는 눈치였다. "네?"

설명을 하는 편이 나을 것 같아 피츠가 말했다. "우리 부대에서 정보가 새고 있는 것 같네. 편지 검열이 제대로 이루어지지 않는 게 분명해."

"어쩌면 담당자가 유럽에서 전쟁은 끝났으니 좀 느슨하게 해도 괜찮을 줄 알았던 건지도 모릅니다."

"그렇겠지. 어쨌든 정보가 우리 쪽에서 새어나가고 있는 건지 알아야겠어."

신문의 마지막 페이지에는 '러시아에서 손을 떼라' 운동을 이끄는 여자의 사진이 실려 있었다. 피츠는 그 여자가 에설인 걸 알아보고 깜짝 놀랐다. 그녀는 한때 티 귄의 하녀였지만, 〈데일리 익스프레스〉에 따르면 지금은 전국 의류노동자조합의 사무국장이라고 했다.

피츠는 에설과 헤어진 후에도 여러 여자와 잠자리를 했다. 가장 최근에는 옴스크에서 깜짝 놀랄 만큼 아름다운 금발 여자를 만났다. 제정러시아 장군의 정부였는데, 뚱뚱한 장군은 게으른데다 늘 너무 취해 있어서 그녀를 만족시켜주지 못했다. 하지만 피츠의 기억 속에서는 에설이 빛났다. 그녀가 낳은 아기가 어떻게 생겼을지 궁금했다. 피츠가 세계 곳곳을 돌아다니며 만든 아이만 해도 대여섯은 될 터였지만 그가 확실히 그 존재를 아는 것은 에설이 낳은 아기뿐이었다.

그리고 에설이 바로 러시아에 대한 무력간섭에 반대하는 저항 여론을 이끄는 주체였다. 이제 피츠는 정보가 어디서 새는지 알 것 같았다. 그녀의 빌어먹을 동생이 애버로언 친구들 부대에서 하사관으로 복무중이었다. 그는 늘 골칫덩이였고, 피츠는 그가 에설에게 이곳 사정을 알려주는 게 틀림없다고 생각했다. 그래, 내가 잡아내주지. 피츠는 생각했다. 사실이라면 끔찍한 대가를 치러야 할 거야.

이후 몇 주 동안 백군은 경주하듯 전진했다. 시베리아 정부가 아무 영향력도 없는 집단이라고 여기던 붉은 군대는 깜짝 놀라 달아났다. 콜차크의 부대가 북쪽 아르한겔스크의 지지 세력과 남쪽 데니킨의 의용군과 합류한다면, 그들은 반원형의 세력을 형성해 길이 수천 킬로미터의 언월도처럼 동쪽에서 서쪽을 향해 저항하지 못할 힘으로 모스크바까지 진격할 수 있었다.

이후 4월이 끝나갈 무렵 붉은 군대가 반격해왔다.

그즈음 피츠는 볼가 강에서 동쪽으로 160킬로미터 정도 떨어진 깊은 산지의 끔찍이도 가난한 도시 부구루슬란에 있었다. 몇 채 안 되는 황폐한 석조 교회와 지역 관공서가 낮은 목조 주택들 지붕 위로 튀어나온 모습이 마치 쓰레기장에 난 잡초 같았다. 피츠는 공회당의 넓은 방에 앉아서 정보부서 요원들이 포로들을 심문해 얻어낸 정보를 면밀히 검토하는 중이었다. 창밖으로 기진맥진한 콜차크의 병사들이 시내 중심가를 따라 엉뚱한 방향으로 줄지어 움직이는 모습을 보고서야 뭔가 잘못되었다는 걸 알아차렸다. 그는 미국인 통역장교 레프 페시코프를 후퇴하는 병사들에게 보내 상황을 파악하도록 지시했다.

페시코프는 애석한 내용을 가지고 돌아왔다. 붉은 군대가 남쪽에서 공격해왔고, 전진하는 콜차크 부대 가운데 지나치게 전진한 왼쪽 측면을 강타했다는 것이다. 부대가 둘로 갈라지는 걸 피하려고 백군의 지역 사령관 벨로프 장군이 후퇴한 다음 다시 집결하라는 명령을 내렸다고 했다.

잠시 후 붉은 군대의 탈영병이 붙잡혀와 심문을 받았다. 차르 시절 대령으로 복무했던 자였다. 그가 털어놓은 말에 피츠는 우울해졌다. 붉은 군대는 콜차크의 공격에 놀랐지만 재빨리 재집결해 보급을 받았다고 했다. 트로츠키는 붉은 군대가 동쪽으로 계속 공격해야 한다고 선언했다. "만일 붉은 군대가 흔들리면 연합국에서 콜차크가 패권을 차지했다고 생각할 테고, 일단 그렇게 인정하면 시베리아에 어마어마한 병력과 물자를 지원할 거라는 것이 트로츠키의 생각입니다."

바로 그것이 피츠가 바라는 바였다. 악센트가 강한 러시아어로 피츠가 물었다. "그래서 트로츠키는 어떻게 했지?"

대답하는 말이 너무 빨라 피츠는 페시코프의 통역을 듣고서야 무슨 뜻인지 이해할 수 있었다. "볼셰비키 당과 노동조합들로부터 특별히 모병을 했습니다. 반응은 놀라울 정도였습니다. 스물두 개 주에서 부대를 보냈습니다. 노브고로드 주 위원회는 병력 절반에 동원령을 내렸습니다!"

피츠는 콜차크가 그의 지지 세력으로부터 그런 반응을 끌어내는 모습을 상상하려고 애써보았다. 그런 일은 절대 일어나지 않을 터였다.

피츠는 숙소로 돌아와 짐을 꾸렸다. 하마터면 늦을 뻔했다. 애버로언 친구들 부대는 붉은 군대가 도착하기 직전에 빠져나올 수 있었고 겨우 몇 명 정도만 뒤에 남았다. 그날 저녁이 되자 콜차크의 서군은 전면 후퇴에 나섰고 피츠는 다시 우랄산맥으로 돌아가는 기차에 올랐다.

이틀 후 그는 우파에 있는 상업 전문학교로 되돌아왔다.

그 이틀 동안 피츠는 몹시 언짢았다. 분노로 마음이 쓰라렸다. 그는 전쟁에 뛰어든 지 오 년째였고, 이제 전세가 뒤집어지는 것 정도는 파악할 수 있었다. 징조를 알아차릴 수 있는 것이다. 러시아 내전은 완전히 끝났다.

백군은 너무나 약했다. 혁명군이 이길 것이다. 연합국의 침공 정도면 형세를 뒤집을 수 있지만 그런 일은 없을 것이다. 처칠은 미미한 지원을 한 것만으로도 이미 많은 고초를 겪었다. 추가로 필요한 지원은 빌리 윌리엄스와 에설이 반드시 막아낼 것이다.

머리가 편지 보따리를 들고 왔다. "병사들이 집으로 보내는 편지를 보자고 하셔서 가져왔습니다." 그의 목소리에서 마뜩잖아하는 기색이 느껴졌다.

주저하는 머리를 무시한 채 피츠는 보따리를 열었다. 그리고 윌리엄스 하사가 보내는 편지를 찾았다. 적어도 누군가 재앙이 돼버린 이 상황에 대해 처벌을 받아야 했다.

피츠는 찾던 걸 발견했다. 윌리엄스 하사의 편지에는 누나의 처녀 때 이름인 E. 윌리엄스가 수신인으로 적혀 있었다. 결혼 후의 이름을 썼다간 반역적 내용을 담은 편지에 관심이 쏠릴까봐 그렇게 한 게 분명했다.

피츠는 편지를 읽었다. 빌리의 손글씨는 큼지막하고 자신감이 넘쳤다. 첫눈에 보기에 조금 내용이 이상하기는 해도 잘못은 찾아낼 수 없었다. 하지만 40호실에서 일한 피츠는 암호에 익숙했다. 그는 자리를 잡고 앉아 암호를 풀기 시작했다.

머리가 말했다. "그건 그렇고, 혹시 지난 며칠 동안 미군 통역장교인 페시코프 보셨습니까?"

"아니." 피츠가 말했다. "무슨 일인데?"

"그 친구가 실종된 것 같습니다."

II

트로츠키는 대단히 지쳤지만 낙담하지는 않았다. 얼굴에 가득한 주름도 눈에 어린 희망의 빛을 가리지는 못했다. 트로츠키를 지탱하는 것은 자신이 행하는 일에 대한 흔들리지 않는 믿음이었고, 그리고리는 그런 그가 존경스러웠다. 위대한 사람에게는 누구나 그런 면이 있나보다고 생각했다. 레닌과 스탈린도 마찬가지였다. 각자 토지개혁부터 군사전략까지 어떤 문제에 부닥치든 간에 옳은 것이 뭔지 알고 있었다.

그리고리는 그러지 못했다. 트로츠키와 함께 백군에 대한 최적의 대응책을 찾아내려 애썼지만 결과가 드러나기 전까지는 제대로 된 결정을 내렸는지 확신이 서지 않았다. 어쩌면 그렇기 때문에 세계적으로 유명한 트로츠키와 달리 그리고리는 그저 그런 정치위원인 건지도 몰랐다.

예전에 자주 그랬던 것처럼 그리고리는 트로츠키의 개인 객차에서 탁자 위에 러시아 지도를 올려놓고 들여다보고 있었다. "북쪽의 반혁명군은 거의 신경쓸 것 없어." 트로츠키가 말했다.

그리고리도 동감이었다. "정보에 따르면 그쪽 영국 육군과 해군 부대에서 항명사태가 있었다고 합니다."

"게다가 콜차크의 부대와 연합해보겠다는 희망도 모두 사라진 상태지. 그 부대는 최대한 빠르게 시베리아로 돌아가고 있으니까 말이야. 우리도 그놈들을 쫓아 우랄산맥을 넘을 수 있지. 하지만 내 생각엔 다른 곳에 더 중요한 일이 있는 것 같군."

"서쪽 말인가요?"

"거기도 상황이 아주 안 좋아. 라트비아와 리투아니아, 에스토니아의 반동 민족주의자들이 백군을 지지하고 있거든. 콜차크가 유데니치를 그곳 사령관으로 임명했고, 영국 해군의 소함대도 그를 지원하고 있어. 그래서 우리 함대가 크론시타트에 꼼짝 못하고 갇혀 있는 거지. 하지만 더 걱정되는 건 남쪽이야."

"데니킨 장군 말이군요."

"병력이 십오만이나 되고, 프랑스와 이탈리아 부대의 지원을 받는데다 영국이 보급을 맡고 있지. 그는 모스크바로 진격할 계획인 것 같더군."

"이런 말씀을 드려도 될지 모르겠지만, 저는 군사적인 방식이 아니라 정치적으로 그를 물리쳐야 한다고 생각합니다."

트로츠키는 흥미롭다는 표정이었다. "계속 말해봐."

"데니킨은 가는 곳마다 적을 만듭니다. 그가 이끄는 카자크들은 아무나 닥치는 대로 약탈하거든요. 마을을 점령하면 유대인을 모조리 불러내 세워놓고 바로 총살해버립니다. 탄광이 목표 채굴량을 못 채우면 광부 열 명 중 한 명을 죽여버립니다. 그리고 당연한 이야기지만 탈영병은 모두 총살이고요."

"그야 우리도 그렇지." 트로츠키가 말했다. "게다가 우리는 탈영병을 숨겨준 마을 사람들도 죽이잖나."

"그리고 식량을 내놓지 않으려는 농민들도 죽이죠." 그리고리는 잔인하지만 불가피한 이런 상황을 받아들이기 위해 마음을 굳게 먹어야 했다. "하지만 저는 농민을 잘 압니다. 아버지가 농민이었죠. 그들에게 가장 중요한 건 토지입니다. 개혁과정에서 농민들 대부분은 상당한 면적의 땅을 얻었습니다. 그리고 그걸 어떻게든 유지하고 싶어하죠. 무슨 일이 생기더라도 말입니다."

"그래서?"

"콜차크는 토지개혁이 사유재산제도의 원칙에 근거해 이루어져야 한다고 발표했습니다."

"그 말은 농민들이 귀족들로부터 빼앗은 농지를 돌려줘야 한다는 뜻이지."

"그걸 모르는 사람은 없습니다. 저는 그가 발표한 내용을 인쇄해서 모든 교회에 내붙이려고 합니다. 우리 병사들이 무슨 짓을 하든, 농민들은 백군보다는 우리를 선택할 겁니다."

"그렇게 해." 트로츠키가 말했다.

"한 가지 더 있습니다. 탈영병에 대해 사면령을 내려야 합니다. 일주일 안에 다시 돌아오는 자들은 처벌하지 않는 겁니다."

"그것 역시 정치적 조치로군."

"그런 조치가 탈영을 조장하진 않을 겁니다. 겨우 일주일이니까요. 하지만 아마 병사들은 다시 돌아올 겁니다. 특히 백군이 그들의 토지를 다시 빼앗으려는 걸 안다면 더욱 그렇겠죠."

"그렇게 해봐." 트로츠키가 말했다.

보좌관이 들어와 경례를 했다. "이상한 보고입니다, 페시코프 동지. 동지께서 듣고 싶어하실 것 같습니다."

"말해봐."

"부구루슬란에서 붙잡은 포로 중 한 명에 관한 겁니다. 그는 콜차크의 부대에 있었는데 미군 군복 차림이었습니다."

"백군에는 전 세계에서 온 병사들이 섞여 있어. 자본주의적 제국주의자들은 당연히 반혁명을 지원하고 있으니까."

"문제는 그게 아닙니다, 동지."

"그럼?"

"그자가 말하길, 자기가 동지의 동생이랍니다."

III

플랫폼이 긴데다 짙은 아침 안개까지 끼어 있어서 기차 끝이 보이지 않았다. 뭔가 오해가 있었겠지. 그리고리는 생각했다. 이름이 헷갈렸거나 통역에 오류가 있었을 거야. 혹시나 실망할 것에 대비해 마음을 단단히 먹으려 했지만, 좀처럼 잘되지 않았다. 심장이 더 빨리 뛰었고 온몸의 신경이 따끔거리는 것 같았다. 동생을 마지막으로 본 게 오 년은 되었다. 그는 가끔 레프가 죽었을 거라고 생각했다. 그 끔찍한 예상이 사실일 가능성은 여전했다.

그는 소용돌이치는 안개 속을 천천히 걸었다. 정말 레프가 맞다면 분명 외모가 많이 달라졌을 것이다. 지난 오 년간 그리고리는 앞니 하나와 한쪽 귀 대부분을 잃었고, 어쩌면 스스로는 알지 못하는 다른 부분도 많이 변했을 수 있었다. 레프는 어떻게 변했을까?

잠시 후 하얀 안개 속에서 두 사람의 모습이 보였다. 하나는 다 떨어진 군복을 입고 집에서 만든 신발을 신은 러시아 병사였고, 그 옆에 미국인처럼 보이는 사람이 서 있었다. 저게 레프인가? 남자는 미국인답게 머리를 짧게 깎았고 수염도 없었다. 잘 먹고 지내는 여느 미국 병사처럼 얼굴이 둥글둥글했고 깨끗한 새 군복 속 어깨는 살쪄 보였다. 남자가 입은 장교 군복을 보고 그리고리는 점점 더 믿을 수가 없어졌다. 동생이 미군 장교일 수는 없지 않나?

포로가 그를 바라보았고, 그리고리는 가까이 다가가서야 상대가 정말 동생이라는 걸 알았다. 레프는 완전히 달라진 모습이었다. 잘사는 사람 특유의 전반적으로 매끈한 분위기만이 아니었다. 서 있는 모습이나 얼굴 표정, 그리고 다른 무엇보다 눈빛이 달랐다. 어린아이 같은 건방진 태도는 간데없고 이제 경계의 빛을 띠고 있었다. 진짜 어른이 된 것이다.

서로 손이 맞닿을 정도로 가까워지자 그리고리는 레프로 인해 실망했던 온갖 일이 머릿속에 떠올라 욕이라도 퍼부어주고 싶은 기분이었다. 하지만 그는 아무 말도 하지 않고 그저 양팔을 벌려 레프를 껴안았다. 두 사람은 뺨에 입을 맞추고서 서로의 등을 두드린 다음 다시 껴안았고, 그리고리는 자신이 눈물을 흘리고 있다는 걸 알아차렸다.

잠시 후 그리고리는 레프를 기차에 데리고 올라가 그가 사무실로 사용하는 객차로 향했다. 그리고 보좌관을 시켜 차를 내오게 했다. 두 사람은 색이 바랜 팔걸이의자에 앉았다. "군에 입대한 거야?" 그리고리는 믿을 수 없다는 듯 말했다.

"미국도 징병제야." 레프가 말했다.

그제야 이해가 되었다. 레프가 군대에 지원했을 리 없었다. "게다가 장교라니!"

"형도 장교잖아." 레프가 말했다.

그리고리를 고개를 저었다. "우리 붉은 군대에서는 계급을 없앴어. 나는 군 정치위원이야."

"하지만 여전히 누군가는 차를 내오라고 하고, 다른 사람은 그 명령을 따르지." 레프는 보좌관이 찻잔을 가져오자 말했다. "어머니가 보면 자랑스러워하지 않겠어?"

"아주 자랑스러워하셨겠지. 그런데 왜 편지 한 번 안 보낸 거야? 죽은 줄 알았잖아!"

"아, 젠장. 미안해." 레프가 말했다. "형 배표를 뺏은 게 무척 마음에 걸렸거든. 그래서 형이 미국에 올 돈을 부치겠다는 편지를 쓰고 싶었어. 나중에 돈을 더 모으면 써야겠다고 계속 미루게 되더라고."

옹색한 변명이지만 레프라면 그럴 만도 했다. 그는 멋진 재킷이 없으면 파티에 아예 가지 않는 성격이었고, 술을 한 잔씩 돌릴 돈이 없으면 애초에 술집에 들어가지도 않았다.

그리고리는 동생의 또다른 배신을 떠올렸다. "너, 떠날 때 카테리나가 임신한 거 말 안 했어."

"임신이라니! 몰랐어."

"아니, 넌 알았어. 카테리나한테는 내게 말하지 말라고도 했지."

"아, 아마 깜박했나봐." 거짓말이 탄로나자 레프는 얼빠진 표정을 지었지만, 정신을 차리고 되레 그리고리에게 불평을 털어놓기까지는 그리 오래 걸리지 않았다. "형이 태워서 보낸 배는 뉴욕에 아예 가지도 않았어! 카디프라는 쓰레기장에 우리 모두를 내려놓았다고. 다시 표를 사느라 몇 달 동안 일을 해야 했어."

그리고리는 잠시 죄책감마저 느꼈지만, 문득 레프가 배표를 넘겨달라고 얼마나 매달렸는지 떠올랐다. "어쩌면 네가 경찰로부터 달아나는 걸 도와주지 말았어야 했는지 몰라." 그는 단호한 목소리로 말했다.

"형이야 나를 위해 최선을 다한 거지." 레프는 마지못해 말했다. 그러고는 언제나 그리고리의 용서를 끌어내는 따뜻한 미소를 지었다. "형이야 늘 그랬잖아." 그가 덧붙였다. "어머니가 돌아가신 다음부터 늘."

그리고리는 목에 뭔가 걸린 느낌이었다. "어쨌든, 우릴 속인 뱔로프

조직은 혼내줘야겠군." 목소리가 떨리지 않도록 정신을 집중하고 그가 말했다.

"복수는 내가 했어." 레프가 말했다. "버펄로에서 조지프 뱔로프를 만났지. 그 딸을 임신시켰더니 어쩔 수 없이 결혼을 시키더군."

"세상에! 그럼 뱔로프 가족이 되었다고?"

"뱔로프도 후회했지. 그래서 나를 군대에 집어넣었어. 내가 전쟁터에서 죽기를 바란 거야."

"맙소사, 너 아직도 네 물건에 끌려다니면서 사는 거야?"

레프는 어깨를 으쓱했다. "그런가봐."

그리고리도 밝혀야 할 일들이 있었고, 막상 이야기를 하려니 긴장되었다. 그는 조심스럽게 입을 열었다. "카테리나는 아기를 낳았어. 네 아들이지. 이름은 블라디미르야."

레프는 기쁜 표정이었다. "그래? 내게 아들이 생겼군!"

블라디미르가 레프에 대해서는 전혀 모른 채 그리고리를 '아빠'라고 부른다는 사실은 말할 용기가 없었다. 그리고리는 대신 이렇게 말했다. "내가 잘 돌보고 있어."

"그래줄 줄 알았어."

자신이 저버린 의무를 다른 사람들이 떠맡는 걸 레프가 얼마나 당연하게 여기는지 확인하자 익숙한 분노가 그리고리의 몸을 찔렀다. "레프, 나는 카테리나와 결혼했어." 그리고리는 레프가 벌컥 화를 내기를 기다렸다.

하지만 레프는 여전히 차분했다. "형이 그렇게 할 것도 알았어."

그리고리는 아연했다. "뭐?"

레프는 고개를 끄덕였다. "형은 카테리나한테 푹 빠져 있었잖아. 카테리나도 아이를 키우려면 기댈 만한 믿음직한 사람이 필요했을 거고.

그렇게 될 것 같았어."

"내가 얼마나 고통스러웠는지 알아?" 그리고리가 말했다. 그게 다 아무 의미도 없었던 건가? "네게 못할 짓을 한다는 생각에 고문을 당하는 것 같았다고."

"세상에, 아니야. 나는 궁지에 빠진 그녀를 버리고 떠났잖아. 두 사람이 잘되길 바랄 뿐이야."

그리고리는 레프가 그동안 벌어진 일에 대해 태연한 걸 보니 화가 나서 미칠 것 같았다. "우리 걱정을 하긴 한 거야?" 그가 날카롭게 말했다.

"날 잘 알잖아, 그리시카."

물론 레프는 그들을 걱정하지 않았다. "우리 생각조차 안 했겠지."

"물론 생각이야 했지. 너무 고지식하게 그러지 마. 형도 그녀를 원했잖아. 그냥 조금 뒤로 미룬 거야. 몇 년 정도. 하지만 결국에는 같이 잔 거지, 뭐."

노골적으로 말하자면 그랬다. 레프는 짜증스럽게도 다른 사람을 자기 수준으로 끌어내리는 요령이 있었다. "네 말이 맞아." 그리고리는 말했다. "어쨌든 우리는 이제 아이도 하나 낳았어. 딸이고, 이름은 안나야. 한 살 반이지."

"어른 둘에 아이 둘이라. 상관없어. 돈이야 충분하니까."

"무슨 소리를 하는 거야?"

"좀 벌었어. 영국군 매점에서 빼돌린 위스키를 카자크에게 금을 받고 팔았거든. 꽤 많이 모았지." 레프는 군복 안으로 손을 넣더니 버클을 풀고 전대를 꺼냈다. "이 정도면 네 명이 미국까지 가는 데 충분할 거야!" 레프가 전대를 그리고리에게 넘겨주었다.

그리고리는 깜짝 놀라는 한편 가슴이 뭉클했다. 어쨌든 레프는 가족을 잊지 않고 있었다. 표를 구하기 위해 돈을 모았다. 물론 돈을 건네며

갖은 생색을 내고 있었지만, 그것 역시 그의 성격이었다. 어쨌든 그는 약속을 지켰다.

하지만 유감스럽게도 이제 아무 소용이 없었다.

"고맙구나." 그리고리가 말했다. "네가 한 말을 지키는 걸 보니 자랑스러워. 하지만 이제는 필요 없어. 너를 풀어주고 정상적인 러시아 생활로 돌아가도록 내가 도와줄게." 그는 전대를 레프에게 돌려주었다.

레프는 전대를 받아들더니 양손으로 쥔 채 물끄러미 내려다보았다. "그게 무슨 말이야?"

그리고리는 레프가 상처받은 걸 알아차렸다. 선물을 거절당해 마음이 아픈 것도 이해할 수 있었다. 하지만 그리고리의 마음속에는 더 큰 걱정거리가 있었다. 레프와 카테리나가 다시 만나면 무슨 일이 벌어질까? 그녀는 더 매력적인 동생에게 다시 폭 빠질 것인가? 많은 고난을 함께 겪은 그녀를 다시 잃을 수도 있다고 생각하면 그리고리는 가슴이 서늘해졌다. "우리는 이제 모스크바에 살아." 그리고리가 말했다. "크렘린에 아파트가 있어서 거기서 카테리나와 블라디미르, 안나, 내가 함께 살지. 네가 살 아파트도 쉽게 구할 수 있고—"

"잠깐." 레프는 믿을 수 없다는 표정이었다. "내가 다시 러시아로 돌아오고 싶어할 거라고 생각하는 거야?"

"이미 왔잖아." 그리고리가 말했다.

"하지만 살러 온 게 아니야!"

"설마 미국으로 돌아가고 싶은 건 아닐 테지."

"당연히 돌아가야지! 형도 나랑 함께 가야 하고."

"하지만 그럴 필요 없어! 러시아는 예전과 달라. 차르는 없어졌다고!"

"나는 미국이 좋아." 레프가 말했다. "좋아할 거야. 모두 말이야. 특히 카테리나가 좋아하겠지."

"하지만 우리는 여기서 역사를 만들고 있어! 소비에트라는 전혀 새로운 형태의 정부를 만들어냈다고. 여기는 새로운 러시아, 새로운 세상이야. 넌 그걸 전부 놓치는 거야!"

"이해하지 못하는 건 형이야." 레프가 말했다. "나는 미국에 내 차도 있어. 다 먹지 못할 만큼 먹을 것도 많아. 술도 담배도 마음대로 마시고 피울 수 있어. 정장도 다섯 벌이나 된다고!"

"다섯 벌이나 되는 정장이 무슨 소용이야?" 그리고리는 절망에 빠져 말했다. "침대가 다섯 개인 거나 마찬가지야. 어차피 한 번에 하나씩밖에 못 쓰잖아!"

"난 그렇게 생각 안 해."

레프가 요점을 이해하지 못하는 사람은 그리고리라고 생각하는 게 분명했기 때문에 대화는 더 험악해지기만 했다. 그리고리는 어떻게 말해야 동생의 마음을 돌릴 수 있을지 알 수 없었다. "그게 정말 네가 원하는 거야? 담배하고 많은 옷, 자동차?"

"누구나 원하는 거지. 볼셰비키도 그걸 기억해두는 게 좋을 거야."

그리고리는 레프에게 정치를 배우고 싶진 않았다. "러시아 사람들은 빵과 평화, 토지를 원해."

"어쨌거나 난 미국에 딸이 있어. 이름이 데이지야. 이제 세 살이지."

그리고리는 미심쩍다는 듯 얼굴을 찌푸렸다.

"무슨 생각 하는지 알아." 레프가 말했다. "카테리나가 낳은 애는 신경도 안 썼다는 거지. 이름이 뭐랬지?"

"블라디미르."

"형은 내가 그애한테는 신경도 안 쓰면서 왜 데이지는 신경쓰는지 이상하겠지? 하지만 달라. 나는 블라디미르를 본 적이 없어. 그애는 내가 페트로그라드를 떠날 때만 해도 그냥 작은 알갱이에 불과했다고. 하지만 나는 데이지를 사랑해. 게다가 그 아이도 나를 사랑해."

그리고리는 그래도 그것만은 이해할 수 있었다. 레프가 딸에게 애착을 보일 만큼은 심성이 착한 걸 확인해서 기뻤다. 미국이 더 좋다는 게 어처구니없기는 했지만 레프가 돌아오지 않는다면 차라리 마음이 놓일 것 같았다. 레프는 분명 블라디미르와 친해지고 싶을 테고, 그러면 블라디미르가 진짜 아버지는 레프라는 걸 알아내기까지 얼마나 걸릴까? 그리고 만일 카테리나가 그리고리와 헤어져 레프에게 가면서 블라디미르까지 데려간다면 안나는 어떻게 될 것인가? 나는 안나마저 잃어야 하나? 죄책감이 들었지만 그리고리는 내심 레프가 혼자 미국으로 돌아가는 편이 훨씬 낫다는 생각을 했다. "잘못된 선택을 하는 것 같지만 너를 억지로 붙잡을 수야 없겠지." 그리고리가 말했다.

레프는 씩 웃었다. "내가 카테리나를 다시 뺏을까봐 걱정되는 거지? 난 형을 지나칠 정도로 잘 알지."

그리고리는 움찔했다. "그래. 카테리나를 데려가서 예전처럼 다시 버리겠지. 그러면 내가 또 예전처럼 뒤치다꺼리를 해야 할 테고. 나도 널 잘 알아."

"하지만 형은 내가 미국으로 돌아가게 도와줄 거잖아."

"아니." 그리고리는 레프의 얼굴에 스쳐가는 두려움을 보며 살짝 만족감이 드는 걸 막을 수 없었다. 하지만 동생을 오래 괴롭히지는 않았다. "백군에 돌아갈 수 있도록 도와주지. 그들이 너를 미국으로 돌아가게 해줄 거야."

"그럼 어떻게 해야 하지?"

"전선 조금 넘어서까지 태워다주마. 그리고 무인지대에 놔줄 거야. 그다음에는 혼자 알아서 해."

"총 맞을 수도 있잖아."

"우리 둘 다 그렇지. 전쟁터니까."

"어쨌든 운에 맡겨봐야지."

"괜찮을 거야, 레프." 그리고리가 말했다. "넌 늘 운이 좋았어."

IV

빌리 윌리엄스는 우파의 교도소에서 먼지투성이인 시내 도로를 따라 영국군이 임시 주둔지로 사용하는 상업 전문학교로 향했다.

군사재판은 교실에서 열렸다. 피츠는 교사용 책상에 부관인 머리 대위와 나란히 앉아 있었다. 권 에번스 대위도 노트와 연필을 들고 참석했다.

빌리는 면도도 못한 지저분한 모습이었고, 도시의 주정꾼들과 창녀들과 함께 갇혀 잠도 제대로 자지 못한 상태였다. 피츠는 언제나 그렇듯 완벽하게 잘 다린 군복을 입고 있었다. 빌리는 자신이 아주 곤란한 상황에 빠졌다는 걸 알았다. 어떤 판결이 내려질지 뻔했다. 증거는 명백했다. 그는 암호로 편지를 적어 누이에게 군사기밀을 전달했다. 하지만 두려워하는 모습은 보이지 않기로 했다. 재판을 훌륭하게 견뎌낼 작정이었다.

피츠가 말했다. "본 법정은 야전 고등군법회의로, 피고가 현재 전선에서 복무중이거나 해외에 체류중이라 더 규정에 맞는 군사재판을 열 수 없을 때 구성한다. 세 명의 장교가 판사 역할을 하게 되며 여의치 않을 경우 두 사람이 진행할 수도 있다. 피고인의 계급과 죄목에 관계없이 사형까지 선고할 수 있다."

빌리에게 열려 있는 유일한 가능성은 형량의 경중에 영향을 미치는 것뿐이었다. 가능한 판결은 징역형과 중노동, 사형이었다. 피츠야 당연히 빌리를 총살에 처하고 싶을 테고, 그렇지 않다고 해도 적어도 몇 년은 교도소에 가두고 싶어할 것이다. 빌리의 목표는 머리와 에번스가 마음속으로 이번 재판이 과연 공정한지 의심을 품게 해서 단기 징역형을 택하게 하는 것이었다.

빌리가 말했다. "제 변호사는 어디 있습니까?"

"피고가 법률 대리인의 도움을 받는 건 불가능하다." 피츠가 말했다.

"확실합니까, 대령님?"

"물어볼 때만 대답해, 하사."

빌리가 말했다. "제가 변호사를 요청했지만 거부당했다는 사실을 기록에 남겨주십시오." 그는 유일하게 노트를 갖고 있는 귄 에번스를 빤히 바라보았다. 에번스가 가만있자 빌리가 말했다. "아니면 재판을 기록한다는 것 자체가 거짓입니까?" 그는 거짓이라는 단어에 한껏 힘을 주었다. 그 말이 피츠의 자존심을 건드린다는 사실을 알기 때문이었다. 늘 진실만을 말해야 한다는 것이 영국 신사 계급의 규약이었다.

피츠는 에번스에게 고개를 끄덕여 보였고, 에번스는 노트에 뭐라고 적었다.

먼저 한 점 땄군. 빌리는 그렇게 생각하고 조금이나마 속으로 기뻐했다.

피츠가 말했다. "윌리엄 윌리엄스, 피고는 군사형법을 어긴 혐의로 재판을 받고 있다. 피고도 알겠지만, 혐의 내용은 전시 복무 도중 고의로 대영제국 군대의 임무 완수를 위험에 빠뜨릴 행위를 저지른 것이다. 피고는 재판 결과에 따라 사형 혹은 그보다 약한 처벌을 받을 수 있다."

피츠가 계속 사형을 강조해 간담이 서늘했지만 빌리는 단호한 표정을 유지했다.

"어떤 변호를 하겠는가?"

빌리는 깊이 숨을 들이마셨다. 그리고 최대한 조롱과 멸시를 담아 분명한 목소리로 대답했다. "감히 어떻게 그런 말을 할 수 있는지 묻고 싶습니다." 빌리는 말했다. "감히 어떻게 객관적인 판사처럼 구십니까? 감히 어떻게 우리가 러시아에 있는 게 적법한 작전 수행을 위해서라고 말할 수 있습니까? 감히 어떻게 삼 년 동안 곁에서 싸워온 사람을 반역죄로 기소할 수 있습니까? 이것이 제 변론입니다."

권 에번스가 말했다. "무례하게 굴지 마라, 빌리. 그래봐야 네게 더 악영향만 미칠 뿐이야."

빌리는 에번스가 자애로운 척하는 걸 두고볼 생각이 없었다. 그가 말했다. "제가 대위님께 드릴 수 있는 충고는 이런 마구잡이식 사적 재판에 관여하시지 말라는 것뿐입니다. 이 사실이 알려지면 제가 아니라 대위님이 창피를 당할 겁니다. 그리고 이번 일은 반드시 〈데일리 미러〉에 머리기사로 납니다." 그는 머리 대위를 바라보았다. "이런 말도 안 되는 짓과 조금이라도 관련있는 사람은 모두 망신을 당한다는 말입니다."

에번스는 곤란한 듯했다. 언론이 관심을 가질 수 있다는 생각은 미처 못한 모양이었다.

"그만해!" 피츠는 화를 내며 큰 소리로 외쳤다.

좋아. 빌리는 생각했다. 이미 짜증이 났군.

피츠는 재판을 속개했다. "증거를 제출하기 바랍니다, 머리 대위."

머리는 서류철을 열더니 종이 한 장을 꺼냈다. 빌리는 자신의 손글씨를 알아보았다. 예상대로 에설에게 보낸 편지였다.

머리는 편지를 보여주며 빌리에게 말했다. "피고가 이 편지를 썼나?"

빌리가 말했다. "어떻게 그걸 보게 되셨습니까, 머리 대위님?"

피츠가 소리쳤다. "질문에 대답해!"

빌리가 말했다. "이튼 학교를 나오지 않으셨습니까, 대위님? 신사라면 다른 사람의 편지를 읽지 않는다더군요. 하지만 공식적인 검열 절차에 따라 병사들의 편지를 검사할 수는 있다는 것도 압니다. 그러니 이 편지가 대위님의 눈길을 끈 것은 그런 검열과정중이었던 것으로 생각하겠습니다." 그는 잠시 말을 멈추었다. 짐작대로 머리는 대답할 생각이 없는 듯했다. 빌리는 말을 이었다. "아니면 혹시 그 편지를 불법적인 방법으로 확보하신 겁니까?"

머리가 재차 물었다. "피고가 이 편지를 썼나?"

"만일 불법적인 방법으로 손에 넣었다면 그 편지는 재판에서 사용될 수 없습니다. 변호사가 있었다면 그렇게 말했을 겁니다. 하지만 이곳에 변호사는 없군요. 그러니까 마구잡이식 사적 재판이라는 겁니다."

"피고가 이 편지를 썼나?"

"어떻게 편지를 손에 넣었는지 밝혀주시면 대답하겠습니다."

피츠가 말했다. "법정 모독으로 처벌받을 수도 있다."

나는 이미 사형을 당할지도 모르는 몸이야. 빌리는 생각했다. 그런데도 협박이 통할 거라고 생각하다니, 정말 멍청하군! 하지만 그는 말했다. "저는 재판이 제대로 진행되지 않고 있으며 이 기소가 불법임을 지적해 스스로 변호하는 것뿐입니다. 그것도 못하게 막으실 겁니까, 대령님?"

머리는 포기하고 말했다. "봉투에는 보내는 사람 주소와 빌리 윌리엄스 하사의 이름이 적혀 있다. 만일 피고가 이 편지를 쓰지 않았다고 주장하고 싶다면 기회는 지금뿐이다."

빌리는 잠자코 있었다.

"이 편지는 암호로 돼 있습니다." 머리가 말을 이었다. "두 단어 걸러 세번째 단어들을 연결해 읽고, 노래와 영화의 제목은 각 단어의 첫 글자만 떼어내 조합하는 방식입니다." 머리는 편지를 에번스에게 건넸다. "암호를 풀고 읽으면 다음과 같습니다."

빌리의 편지는 콜차크 정권의 무능함을 묘사했다. 많은 양의 금을 자금으로 확보하고 있음에도 그들은 시베리아 횡단철도 직원들에게 제대로 임금을 주지 않았고, 결국 보급과 수송 과정에서 문제가 끊이지 않았다. 또한 영국군이 그들을 어떻게 돕고 있는지도 상세히 적었다. 군대 유지를 위해 영국인들이 돈을 대는 중이고 그 아들들이 목숨을 걸고 있는데도 이곳의 정보는 비밀에 부쳐지고 있었다.

머리가 빌리에게 말했다. "이 편지를 보낸 걸 부인하겠나?"

"불법적으로 취득한 증거에 대해서는 말하지 않겠습니다."

"수취인인 E. 윌리엄스는 사실 에설 레크위드 부인으로, '러시아에서 손을 떼라'라는 운동을 이끌고 있는 사람 아닌가?"

"불법적으로 취득한 증거에 대해서는 말하지 않겠습니다."

"전에도 같은 여성에게 암호로 된 편지를 보낸 적이 있나?"

빌리는 잠자코 있었다.

"이 여자는 피고로부터 받은 정보를 이용해 적대적인 신문기사를 써서 영국군에 대한 불신을 조장하고 이곳에서의 우리 임무를 위험에 빠뜨렸다."

"절대 그렇지 않습니다." 빌리가 말했다. "영국군에 대한 불신을 조장한 것은 바로 의회에 보고하거나 승인을 받지도 않고 불법적인 임무 수행을 위해 우리를 비밀리에 이곳으로 보낸 자들입니다. '러시아에서 손을 떼라' 운동은 우리 부대가 소수의 우익 장군들과 정치인들이 꾸민 작은 음모에 사사로이 동원되지 않고 대영제국의 수호자라는 원래 역할로 되돌아가는 데 필요한 첫 단계입니다."

피츠의 잘생긴 얼굴이 분노로 붉게 물들었다. 빌리는 매우 만족스러웠다. "이제 충분히 들었다." 피츠가 말했다. "이제 본 법정은 평결을 내리겠다." 머리가 뭐라고 중얼거리자 피츠가 말했다. "아, 그렇지. 피고는 할말 있나?"

빌리는 일어섰다. "저는 대령 피츠허버트 백작님을 첫번째 증인으로 신청합니다."

"허튼소리 마." 피츠가 말했다.

"증인이 출석해 있음에도 본 법정이 제 질문을 막았다는 걸 기록으로 남겨주시기 바랍니다."

"하고 싶은 말이나 해."

"만일 증인을 요청할 제 권리를 막지 않으셨다면, 저는 대령님께 제 가족과의 관계가 어떻게 되는지 물었을 겁니다. 제 아버지가 광부들의 지도자라서 제게 개인적인 유감을 갖고 있는 겁니까? 제 누나와의 관계는 어떻습니까? 처음에는 누나를 하녀장으로 고용했지만 알 수 없는 이유로 갑자기 해고하지 않았습니까?" 빌리는 에설에 대해 더 말하고 싶었지만 그러려면 누나의 이름을 더럽힐 수밖에 없었다. 슬쩍 암시하는 것만으로도 충분하리라. "저는 대령님께 볼셰비키 정부에 대항해 싸우는 이 불법적인 전쟁에 개인적인 이해가 달렸느냐고 묻고 싶습니다. 대령님의 부인이 러시아 공주 맞습니까? 대령님의 아들은 이곳 러시아의 재산을 물려받을 후계자 아닙니까? 대령님은 사실 개인적인 재산상 이해를 지키러 여기 온 것 아닙니까? 제가 말한 모든 문제가 이런 엉터리 재판을 열게 된 진짜 이유 아닙니까? 그렇다면 대령님은 이번 재판의 판사로 자격이 없는 것 아닙니까?"

빌리를 노려보는 피츠는 냉담한 표정이었지만 머리와 에번스는 깜짝 놀란 눈치였다. 두 사람은 이런 개인적인 사정은 전혀 몰랐기 때문이다.

빌리가 말했다. "한 가지 더 말씀드릴 게 있습니다. 독일의 카이저는 전범 혐의로 기소되었습니다. 그가 지은 죄는 독일 국민들의 뜻을 거스른 채 전쟁을 선포하고 장군들을 독려한 것이었습니다. 독일 국민의 의사는 그들이 직접 선출한 의회에 의해 명백히 표현되었습니다. 그와 대조적으로 영국은 자신들이 하원의회에서 토론을 거쳐 독일에 전쟁을 선포했다고 주장하고 있습니다."

피츠는 지루한 척했지만 머리와 에번스는 귀를 기울이고 있었다.

빌리는 계속 말했다. "그럼 이제 러시아에서 벌어지는 전쟁을 보겠습니다. 이 전쟁은 영국 의회에서 논의된 적이 없습니다. 모든 내용은 작전상 보안이라는 허울에 가려져 영국 국민들에게 전혀 알려지지 않고 있습니다. 그건 군이 떳떳하지 못한 비밀을 숨길 때 늘 쓰는 방식입니다. 우리는 싸우고 있지만 전쟁은 선포된 적이 없습니다. 영국 수상과 그의 동료들은 독일 카이저와 그 밑에서 싸운 장군들과 똑같은 처지입니다. 불법을 저지르는 것은 제가 아니라 그들입니다." 빌리는 자리에 앉았다.

두 대위가 피츠와 바짝 붙어서 작은 소리로 이야기를 나누었다. 빌리는 혹시 자기가 너무 지나쳤나 싶었다. 신랄하게 말하고 싶었지만 그러다간 두 대위의 도움을 받기보다 그들의 기분을 상하게 할 수도 있었다.

그런데 판사들 사이에 의견이 갈리는 모양이었다. 피츠는 뭐라고 단호하게 말했고 에번스는 부정하듯 고개를 흔들었다. 머리는 곤란해하는 것처럼 보였다. 좋은 징조일 수도 있다고 빌리는 생각했다. 그럼에도 그는 과거 그 어느 때보다 두려웠다. 솜 강에서 기관총과 맞닥뜨렸을 때도 탄광 지하에서 폭발을 겪었을 때도, 그에게 악의를 품은 장교들 손에 목숨이 달린 지금만큼 무섭지는 않았다.

마침내 세 사람이 의견 일치를 본 모양이었다. 피츠는 빌리를 보며 말했다. "일어서."

빌리는 일어섰다.

"하사 윌리엄 윌리엄스. 본 법정은 기소 내용대로 피고가 유죄임을 판결한다." 피츠는 빌리가 패배로 치욕의 표정을 짓기라도 바라듯 빤히 보았다. 하지만 유죄판결은 빌리도 예상한 바였다. 두려운 건 형벌의 내용이었다.

피츠가 말했다. "피고인을 징역 십 년에 처한다."

빌리는 더는 표정을 감출 수 없었다. 사형은 아니었다. 하지만 십 년이라니! 감옥에서 나오면 서른 살이 될 것이다. 그러면 1929년이다. 밀드러드는 서른다섯 살이 된다. 그들 인생의 절반이 지나가버리는 것이다. 아무렇지도 않은 것처럼 꾸며대던 표정은 사라지고 눈물이 흘러내렸다.

피츠는 매우 흡족한 얼굴이었다. "이상." 그가 말했다.

빌리는 형기 시작을 위해 끌려갔다.

37장
1919년 5월에서 6월

I

5월의 첫날, 프랑스 베르사유에서 발터 폰 울리히는 모드에게 쓴 편지를 부쳤다.

그녀가 살았는지 죽었는지는 알 수 없었다. 스톡홀름에서 만난 후로 어떤 소식도 듣지 못했기 때문이다. 독일과 영국 사이에는 여전히 우편 업무가 재개되지 않았기에 이번이 이 년 만에 처음으로 편지를 보낼 기회였다.

발터와 그의 아버지는 그 전날 백팔십 명에 달하는 정치인과 외교관, 외무부 관리와 함께 평화회담에 참석하는 독일 대표단의 일원으로서 프랑스로 떠나왔다. 폐허로 변한 프랑스 북동부 지역을 지나는 동안 프랑스측은 특별열차의 속도를 사람이 걷는 정도로 늦췄다. "이 지역에 우리만 대포를 쏜 것처럼 구는군." 오토가 화를 내며 말했다. 파리에 도착해 버스에 오른 대표단은 소도시 베르사유로 이동해 레제르부아르 호텔에 내렸다. 무례하게도 프랑스측은 호텔 마당에 내려놓은 짐을 대표단이 직접 옮기게 했다. 프랑스는 승리자로서 관용을 베풀 마음이 없는 게 분명하다고 발터는 생각했다.

"프랑스는 승리하지 못했어. 그게 그들의 문제지." 오토가 말했다. "영국과 미국이 구원해준 덕에 간신히 패배를 면했을 뿐이라고. 하지만 그게 떠들고 다닐 만한 일은 아니지. 우리가 프랑스를 이겼고 그들도 그걸 알아. 그게 놈들의 잔뜩 부푼 자존심을 아프게 하는 거야."

호텔은 춥고 음침했지만 바깥의 목련과 사과나무에서는 싹이 돋아나고 있었다. 독일 대표단은 베르사유궁전 정원을 걷거나 상점에 갈 수 있었다. 호텔 밖에는 늘 약간의 사람들이 몰려와 있었다. 일반인들은 관리들처럼 악의를 드러내지 않았다. 가끔 야유를 보내기도 했지만 대개는 그저 적을 구경한다는 호기심이 전부였다.

발터는 도착한 날 모드에게 보내는 편지를 썼다. 그들이 결혼했다는 사실은 언급하지 않았다. 아직 안전한지 확신할 수도 없었고, 그동안 비밀을 지키던 버릇이 쉽게 떨쳐지지도 않았다. 그는 그가 어디 있는지, 호텔과 주변 모습이 어떤지 쓰고 혹시 답장을 보내줄 수 있느냐고 물었다. 그리고 시내에 나가 우표를 사서 편지를 부쳤다.

발터는 불안한 희망을 품고 답장을 기다렸다. 만일 그녀가 살아 있다면 여전히 그를 사랑하고 있을까? 그럴 거라고 거의 확신했다. 하지만 그녀가 스톡홀름의 호텔방에서 그를 열정적으로 껴안던 때로부터 이 년이나 지났다. 전장에서 돌아와보니 오래 헤어져 지내는 사이 여자친구나 아내가 다른 사람과 사랑에 빠졌더라는 남자는 많고 많았다.

며칠 후, 대표단 고위 인사들은 공원 건너편의 트리아농 펠리스 호텔로 불려가 승리를 거둔 연합국끼리 작성한 평화회담 조약 내용을 마치 의식을 치르듯 건네받았다. 문서는 프랑스어로 돼 있었다. 레제르부아르 호텔로 돌아온 대표단은 문서를 여러 통역부서에 넘겨주었다. 그 부서 중 하나를 맡고 있던 발터는 부하들을 몇 개 팀으로 나누어 번역을 시키고 자기도 자리를 잡고 앉아 내용을 읽어보았다.

예상했던 것보다 훨씬 심각했다.

라인 강 서쪽 지역은 십오 년간 프랑스군이 점령하기로 했다. 독일의 자르 지역은 국제연맹이 관리하며 탄광은 프랑스가 운영할 것이다. 알자스로렌 지방은 주민투표 없이 프랑스에 반환하게 되었다. 지역 주민들이 독일에 남기로 투표할까봐 프랑스 정부가 우려한 결과였다. 새로 독립한다는 폴란드 영토는 또 어찌나 넓은지 독일인 삼백만 가구와 슐레지엔 지방의 탄전까지 포함했다. 독일은 모든 식민지를 잃었고, 그 식민지들은 연합국들이 마치 장물을 분배하는 도둑들처럼 나눠 가졌다. 게다가 독일은 명시되지 않은 액수의 전쟁배상금을 물어내야 했다. 다른 말로 하면 백지수표에 서명하라는 것이었다.

발터는 그들이 독일을 어떤 나라로 만들길 원하는 건지 알 수 없었다. 지배자가 과실을 거둬갈 수 있도록 다들 비상식량에 의존해 힘들게 일만 하는 노예 농장을 그리고 있는 걸까? 만일 발터가 그런 노예가 된다면 어떻게 모드와 가정을 꾸리고 아이를 가질 수 있단 말인가?

하지만 최악은 전범조항이었다.

조약의 231조는 이런 내용이었다. '모든 연합국 정부가 확인하고 독일이 인정하는바, 모든 연합국 정부 및 그 국민이 독일과 그 동맹국들의 공격으로 강요된 전쟁의 결과 입은 모든 손실과 피해는 독일과 그 동맹국들의 책임이다.'

"거짓말이야." 발터는 화를 내며 말했다. "멍청하고 오만하고 사악하고 악랄하고 터무니없는 거짓말이라고." 독일에 죄가 없지 않다는 것은 잘 알았고, 여러 번에 걸쳐 그런 취지로 아버지와 논쟁을 하기도 했다.

하지만 그는 1914년 여름의 외교 위기를 현장에서 직접 지켜보았고, 전쟁으로 향한 길 한 단계 한 단계를 모두 상세히 알고 있었다. 단지 한 나라만의 잘못은 아니었다. 양측 지도자는 주로 그들의 조국을 지키는 데 관심을 쏟았을 뿐, 그중 누구도 세계를 역사상 가장 큰 전쟁으로 몰아가기를 바라지는 않았다. 애스퀴스도, 푸앵카레도, 카이저나 차르, 오스트리아 황제도 마찬가지다. 심지어 사라예보의 암살자 가브릴로 프린치프조차 그로 인해 무슨 일이 벌어졌는지 알게 되고 나서는 경악했을 게 틀림없었다. 하지만 아무리 그래도 '모든 손실과 피해'에 대한 책임이 있는 건 아니었다.

발터는 자정이 조금 지난 시각 아버지와 우연히 마주쳤다. 두 사람 모두 잠시 휴식을 취하며 자지 않고 계속 일하기 위해 커피를 마시던 중이었다. "이건 터무니없는 내용이야!" 오토는 격노했다. "우리는 윌슨의 14원칙에 근거를 둔 휴전협상에 동의했다. 그런데 이 조약은 14원칙하고는 아무 상관도 없잖아!"

처음으로 발터는 아버지와 의견이 같았다.

아침이 되자 번역이 끝난 조약문 인쇄물을 특별 전령이 들고 베를린으로 출발했다. 발터는 그 모든 과정이 독일의 능률적인 일처리 능력을 모범적으로 보여준다고 생각했다. 조국의 미덕은 명예가 땅에 떨어진 지금 더 선명히 드러나고 있었다. 너무 지쳐 잠을 이루지 못한 발터는 잠자리에 들 수 있을 만큼 긴장이 풀릴 때까지 걷기로 했다.

그는 호텔을 나와 공원으로 향했다. 진달래 싹이 나고 있었다. 프랑스에게는 좋은 아침이었지만 독일에게는 우울한 아침이었다. 허우적거리고 있는 독일의 사회민주당 정부에 평화조약은 어떤 영향을 미칠 것인가? 절망에 빠진 국민들은 볼셰비즘에 빠져들지 않을까?

드넓은 공원에는 그를 제외하면 가벼운 봄코트를 입고 밤나무 아래

벤치에 앉은 젊은 여인뿐이었다. 발터는 깊이 생각에 잠긴 채 예의바르게 중절모의 좁은 챙에 손을 대고 여자의 옆을 지나갔다.

"발터." 여자가 말했다.

발터는 심장이 멎는 것 같았다. 아는 목소리였지만 그녀일 리 없었다. 그는 돌아서서 여자를 바라보았다.

여자가 일어섰다. "이런, 발터. 나를 잊었어요?"

모드였다.

발터의 피가 혈관 속에서 노래를 불렀다. 두 걸음 다가가자 모드가 품으로 달려들었다. 그는 모드를 힘껏 껴안았다. 그는 그녀의 목에 얼굴을 묻고 몇 년이 지났지만 여전히 익숙한 향기를 들이마셨다. 그리고 이마에, 뺨에, 입술에 입을 맞추었다. 그는 말하면서 동시에 키스했지만, 말로도 키스로도 가슴속 모든 것을 표현할 수는 없었다.

마침내 모드가 입을 열었다. "아직도 나를 사랑해요?"

"그 어느 때보다 더 사랑해요." 발터는 대답하고는 다시 그녀에게 키스했다.

II

사랑을 나누고 함께 침대에 누워 있던 모드는 발터의 맨가슴을 양손으로 어루만졌다. "당신, 무척 말랐어요." 그녀가 말했다. 발터는 배가 쏙 들어갔고 엉덩이뼈가 튀어나온 모습이었다. 모드는 발터에게 버터 바른 크루아상과 푸아그라를 먹여서 살을 찌우고 싶었다.

두 사람은 파리에서 몇 킬로미터 떨어진 외곽의 여인숙 침실에 있었다. 열린 창문으로 부드러운 봄바람이 산들산들 불어와 엷은 노란색 커튼을 흔들었다. 모드는 오래전부터 이곳을 알고 있었다. 피츠가 유부녀인 카뉴 백작부인과 밀회할 때 이용하던 곳이었다. 작은 마을의 조금 큰 집이나 마찬가지인 이곳은 이름조차 없었다. 남자들은 이곳에 점심식사를 예약하고 오후에는 방을 빌렸다. 런던 외곽에도 이런 곳이 있는지 모르지만, 왠지 이런 운영은 프랑스적으로 느껴졌다.

두 사람은 올드리지 부부라는 이름을 사용했고 모드는 오 년 가까이 감춰두었던 결혼반지를 끼었다. 신중한 여주인은 그저 두 사람이 결혼한 척한다고 여기는 게 분명했다. 그건 아무래도 괜찮았다. 발터가 독일인이 아닌지 의심하지만 않으면 되었다. 혹시 눈치챘다면 곤란해질 터였다.

모드는 발터의 몸에서 손을 뗄 수 없었다. 발터가 몸성히 돌아온 게 너무도 고마웠다. 그녀는 손가락 끝으로 그의 정강이에 생긴 흉터를 어루만졌다.

"샤토티에리에서 다쳤어요." 그가 말했다.

"거스 듀어도 그 전투에 참여했대요. 당신을 쏜 사람이 그가 아니었으면 좋겠네요."

"운이 좋아서 잘 아물었죠. 괴저로 죽은 사람도 많아요."

두 사람이 다시 만난 지 삼 주가 되었다. 그동안 발터는 평화회담 조약에 관한 업무를 처리하느라 온종일 바쁘게 일했고, 매일 삼십 분에서 한 시간 정도를 할애해 모드와 공원을 산책하거나 피츠의 파란색 캐딜락 뒷자리에 올라타 운전사가 이리저리 돌아다니는 동안 함께 시간을 보냈다.

모드 역시 독일인들이 받아든 가혹한 조약에 발터만큼이나 충격을 받았다. 파리 회의의 목적은 공정하고 평화로운 새 세상을 만드는 것이지, 승자가 패자에게 복수할 기회를 주고자 함이 아니었다. 새로운 독일은 민주주의를 이루고 번영해야 했다. 그녀는 발터와 자녀를 낳고 싶었고 그 아이들은 독일인이 될 것이다. 가끔 구약성서 룻기에 나오는 '어머니께서 가시는 곳에 나도 가고'로 시작하는 구절을 떠올렸다. 머지않아 같은 말을 발터에게 해야 할 터였다.

하지만 조약 내용이 마음에 들지 않는 게 자기만이 아니라는 사실을 알고 모드는 마음이 놓였다. 연합국측에도 복수보다 평화가 더 중요하다는 사람들이 있었다. 미국 대표단 가운데 열두 명은 항의의 표시로 사임했다. 영국에서 치러진 보궐선거에서도 복수 없는 평화를 지지한 후보가 승리를 거두었다. 캔터베리 대주교도 공개적으로 '매우 불쾌하다'는 의견을 표명하면서, 독일에 대한 증오로 가득한 신문지상에 드러나지 않는 조용한 여론이 입을 열어야 한다고 주장했다.

어제 독일측은 반대 제안서를 제출했다. 백여 쪽에 달하는 제안서는 윌슨의 14원칙에 의거한 내용을 담고 있었다. 오늘 아침 프랑스 신문들은 몹시 흥분해 독일의 제안서가 뻔뻔함의 전형이며 끔찍할 정도로 저속하다고 분통을 터뜨렸다. "우리더러 오만하다더군요. 프랑스놈들!" 발터가 말했다. "그 프라이팬 어쩌고 하는 속담 뭐죠?"

"냄비가 주전자보고 검다고 한다." 모드가 대답했다.

발터가 몸을 굴려 모로 누워 모드의 그곳에 난 털을 손으로 더듬었다. 새까만 음모는 곱슬곱슬하고 수북했다. 모드는 그곳을 다듬을까 생각도 했지만, 발터는 그대로가 좋다고 했다. "우린 어떻게 하죠?" 발터가 말했다. "호텔에서 만나 불륜을 저지르는 사람들처럼 오후시간을 침대에서 보내는 것도 좋지만 영원히 이렇게 살 순 없어요. 우리가 부부라는 걸 세상에 알려야 해요."

모드도 같은 생각이었다. 입 밖으로 말을 꺼내지는 않았지만 발터와 매일 밤 같이 잘 수 있는 때가 언제일까 기다리는 게 마찬가지로 조바심이 났다. 그녀는 발터와의 잠자리가 너무 좋아 조금 부끄러웠다. "그냥 살림을 차리고 사람들이 알아서 결론을 내리라고 할 수도 있어요."

"그런 식으로는 마음이 편치 않아요." 발터가 말했다. "그러면 우리가 수치스러워하는 것처럼 보일 거예요."

모드 역시 같은 마음이었다. 자기 행복을 숨기는 게 아니라 널리 알리고 싶었다. 그녀는 발터가 자랑스러웠다. 그는 잘생겼고 용감하며 다른 누구보다 똑똑했다. "다시 결혼식을 할 수도 있죠." 모드가 말했다. "약혼을 하고 발표한 다음 식을 올리면서 거의 오 년 전에 이미 결혼했다는 걸 아무에게도 알리지 않는 거예요. 같은 사람과 두 번 결혼하는 게 불법은 아니잖아요."

발터는 곰곰이 생각했다. "우리 아버지와 당신 오빠가 반대하고 나설 겁니다. 우릴 막을 순 없겠지만, 분위기가 험악해질 수는 있죠. 그러면 행복한 예식을 망칠 수도 있어요."

"맞아요." 모드는 마지못해 동의했다. "오빠는 무척 훌륭한 독일인도 있지만 아무리 그래도 여동생이 독일인과 결혼하는 건 원치 않는다고 말하곤 했어요."

"그러니까 반드시 우리 결혼을 기정사실화해야 해요."

"그냥 가족들에게 알리고 언론에 발표를 하죠." 그녀가 말했다. "새로운 세계질서의 상징이라고 하는 거예요. 평화조약과 동시에 성사되는 영국과 독일의 결혼이라며 발표하는 거죠."

발터는 미심쩍은 눈치였다. "그러려면 어떻게 해야 하죠?"

"『태틀러』편집장에게 말하겠어요. 그들은 날 좋아해요. 내가 기삿거리를 많이 제공했거든요."

발터는 웃으며 말했다. "레이디 모드 피츠허버트는 늘 최신 유행의 패션을 즐긴다."

"그게 무슨 말이죠?"

발터는 침대 옆 탁자 위에 둔 지갑을 열어 잡지에서 오려둔 기사를 꺼냈다. "유일한 당신 사진이죠."

모드는 사진을 받아들었다. 오랜 시간이 흘러 닳은 사진은 모랫빛으로 바래 있었다. 그녀는 사진을 자세히 살펴보았다. "전쟁 전에 찍은 거네요."

"그후로 늘 나와 함께한 사진이죠. 나처럼 이 사진도 살아남았어요."

모드의 눈에 눈물이 차올라 그러지 않아도 흐릿한 사진이 더 흐릿해 보였다.

"울지 마요." 발터는 모드를 안았다.

모드는 발터의 벗은 가슴에 얼굴을 묻고 눈물을 흘렸다. 어떤 여자들은 별것 아닌 일에 눈물을 보이곤 하지만 모드는 그런 부류가 아니었다. 그런 그녀가 지금은 어찌할 도리 없이 흐느껴 울고 있었다. 그녀는 잃어버린 시간을, 쓰러져 목숨을 잃은 수백만 명의 군인을 생각하며 울었다. 그 모두가 아무 의미도 없이 바보처럼 허비된 것에 눈물이 났다. 그녀는 오 년 동안 억누르며 쌓아두었던 눈물을 뿌렸다.

울음이 멈추고 눈물이 모두 마르자 그녀는 발터에게 굶주린 듯 키스했고, 두 사람은 다시 사랑을 나누었다.

III

6월 16일 피츠의 파란색 캐딜락이 호텔에서 발터를 태워 파리로 데려갔다. 모드는 『태틀러』에서 두 사람의 사진을 원할 거라고 생각했다. 발터는 전쟁 전 런던에서 맞춘 트위드 정장을 입었다. 허리가 너무 헐렁했지만 독일인은 모두 몸에 맞지 않는 큰 옷을 입고 돌아다니고 있었다.

발터는 레제르부아르 호텔에 소규모 정보부서를 꾸려 프랑스, 영국, 미국, 이탈리아의 신문을 읽고 독일 대표단이 수집한 소문을 보태 분석했다. 그는 연합국측에서 독일이 제출한 의견서를 두고 불쾌한 논쟁을 벌이고 있음을 알았다. 과오에 대해 유연한 정치인 로이드조지는 조약안 내용을 다시 고려할 생각도 있었다. 하지만 프랑스 총리 클레망소는 자기가 이미 아량을 베풀었다며 조약 내용을 수정하자는 어떤 제안에도 불같이 화를 냈다. 놀랍게도 우드로 윌슨 역시 완고했다. 조약안의 합의는 끝났다고 믿는 윌슨은 일단 마음을 정하면 비판에 귀를 막는 사람이었다.

연합국측은 독일과 동맹을 맺었던 나라들에 적용할 평화조약을 협의중이었다. 대상은 오스트리아, 헝가리, 불가리아, 오스만제국이었다. 그들은 유고슬라비아와 체코슬로바키아 같은 나라들을 새로 만들고 중동을 영국과 프랑스의 관할 지역으로 분할했다. 그리고 레닌과 평화조약을 맺을 것인지도 논쟁을 벌이는 중이었다. 모든 나라의 국민이 전쟁에 지쳐 있었지만 몇몇 권력자는 여전히 볼셰비키에 맞서 싸우고 싶어 했다. 영국의 〈데일리 메일〉은 모스크바 정권을 지원하는 유대인 자본가들의 국제적 음모를 보도했다. 하지만 그것 역시 해당 신문사에서 만들어낸 믿기 어려운 상상 중 하나에 불과했다.

독일 관련 조항에서는 윌슨과 클레망소가 로이드조지를 이겼고, 레제르부아르 호텔에 있던 독일 대표단은 오늘 아침 조약안 수락에 사흘의 말미를 준다는 짜증 섞인 연락을 받았다.

피츠의 자동차 뒷좌석에 앉아 발터는 조국의 미래를 우울하게 걱정했다. 아프리카 식민지처럼 되겠군. 그는 생각했다. 외국의 주인들을 부자로 만들어주기 위해 일만 하는 원주민이 되는 거야. 아이들을 그런 곳에서 키우고 싶지는 않았다.

모드는 사진사의 스튜디오에서 기다리고 있었다. 하늘하늘한 여름 드레스를 입은 모습이 아름다웠다. 그녀가 가장 좋아한다는 폴 푸아레의 드레스였다.

사진사는 꽃들이 만개한 정원을 그린 배경막을 두 사람 뒤에 펼쳤다. 그림이 모드의 마음에 들지 않아 두 사람은 스튜디오의 주방 커튼 앞에서 포즈를 취했다. 다행히 커튼은 무늬가 없었다. 처음에는 서로 모르는 사람처럼 나란히 떨어져 서서 사진을 찍었다. 사진사는 발터가 모드 앞에 무릎을 꿇으면 어떻겠느냐고 했지만 그건 지나치게 감상적이었다. 결국 모두의 마음에 드는 자세를 찾아냈다. 두 사람이 손을 잡고 카메라가 아닌 서로의 얼굴을 보는 모습이었다.

사진은 내일까지 준비하겠다고 사진사가 약속했다.

두 사람은 그들의 여인숙으로 점심을 먹으러 갔다. "연합국이라고 해서 독일에게 서명하라고 명령할 순 없어요." 모드가 말했다. "그건 협상이 아니죠."

"그들은 그러고 있어요."

"거부하면 어쩌겠대요?"

"그 얘기는 하지 않았어요."

"당신은 어떻게 할 거죠?"

"대표단 일부는 오늘밤 우리 정부와 협의하러 베를린으로 돌아가요." 그는 한숨을 내쉬었다. "나도 함께 가야 할 것 같습니다."

"그럼 지금이야말로 우리 관계를 발표할 때군요. 나는 내일 사진을 받아서 영국으로 가겠어요."

"좋아요." 그가 말했다. "난 베를린에 도착하는 대로 어머니께 말씀드리겠어요. 아주 좋아하실 거예요. 그리고 아버지께도 말씀드려야죠. 달가워하지 않으시겠지만."

"나는 험 고모님과 비 공주에게 말하겠어요. 러시아에 있는 오빠한테 도 편지를 써야죠."

"오늘 헤어지면 당분간 못 보겠군요."

"얼른 먹어요, 그럼. 그리고 방으로 가요."

IV

거스와 로사는 튀일리 정원에서 만났다. 거스는 파리가 정상으로 돌아오기 시작했다고 기분좋게 생각했다. 태양이 빛나고, 나무에 잎이 돋고, 단춧구멍에 카네이션을 꽂은 남자들이 앉아서 시가를 피우며 잘 차려입은 여자들이 지나다니는 모습을 바라보고 있었다. 공원 한편을 지나는 리볼리 가는 자동차와 트럭, 마차로 붐볐고 반대편의 센 강에는 짐을 실은 바지선이 가득했다. 어쩌면 세상은 원래대로 회복될 수 있을지 모른다.

가벼운 붉은색 면 드레스에 챙 넓은 모자를 쓴 로사는 기가 막히게 아름다웠다. 내가 그림을 잘 그린다면 그녀를 이 모습으로 그리겠어. 거스는 로사를 보며 생각했다.

그는 파란색 블레이저에 유행하는 밀짚모자를 썼다. 로사는 거스를 보자 웃었다.

"왜 웃어요?" 거스가 말했다.

"아니에요. 멋져 보여요."

"모자 때문이군요. 그렇죠?"

로사는 또 웃음이 나오는 걸 꾹 참았다. "사랑스러워요."

"바보 같죠. 어쩔 수 없어요. 모자만 쓰면 그렇다니까요. 대가리가 둥그런 망치처럼 생겨서 말이죠."

로사는 거스의 입술에 가볍게 입을 맞췄다. "당신은 파리에서 가장 매력적인 남자예요."

놀라운 건 로사의 말이 진심이라는 점이었다. 거스는 생각했다. 어쩌다 내가 이런 행운을 잡았지?

그는 로사의 팔을 잡았다. "걸읍시다." 두 사람은 루브르박물관을 향해 걸었다.

로사가 말했다. "『태틀러』 봤어요?"

"런던에서 나오는 잡지요? 아뇨, 왜요?"

"당신과 매우 친하게 지내는 모드 양께서 독일인과 결혼한대요."

"이런!" 거스가 말했다. "그걸 어떻게 알아냈지?"

"그럼 당신은 알고 있었단 말이에요?"

"추측만 했죠. 1916년에 베를린에서 발터를 만났어요. 모드에게 편지를 전해달라더군요. 그래서 나는 그 두 사람이 약혼했거나 결혼했다고 생각했죠."

"당신 정말 신중하네요! 한마디도 안 했잖아요."

"위험한 비밀이었죠."

"여전히 위험할 수도 있어요. 『태틀러』는 좋은 방향으로 기사를 썼지만 다른 신문들의 논조는 전혀 달라요."

"모드는 전에도 언론의 공격을 받은 적이 있어요. 아주 강인한 사람입니다."

로사는 겸연쩍은 기색이었다. "예전 어느 날 밤에 두 사람이 꼭 붙어서 하던 이야기가 바로 이거였군요."

"그렇죠. 그때 모드는 혹시 발터 소식 들은 거 없느냐고 물었어요."

"그런 당신을 여자와 놀아난다고 의심한 내가 바보 같네요."

"용서해드리겠습니다. 하지만 불합리하게 비난받을 때 다시 끄집어낼 수 있는 권리는 남겨두기로 하죠. 뭐 좀 물어봐도 되나요?"

"뭐든요, 거스."

"사실은 질문이 세 개예요."

"불길하네요. 동화 속 이야기 같아요. 틀린 대답을 하면 내가 사라지나요?"

"당신은 아직 아나키스트인가요?"

"그게 마음에 걸려요?"

"정치가 우리를 갈라놓을 수도 있을지 나 자신에게 묻게 되는 것 같습니다."

"아나키즘은 누구도 타인을 지배할 권리가 없다는 사실을 믿는 거예요. 왕권신수설부터 루소의 사회계약설까지, 모든 정치철학은 권력을 정당화하려는 노력이에요. 아나키스트는 그런 모든 이론이 실패이고, 그러니 어떤 형태의 권력도 정당하지 않다고 생각하죠."

"이론적으로는 반박할 수 없군요. 실제로 적용할 수 없어서 그렇지."

"당신은 이해가 빨라요. 실제로 모든 아나키스트는 반체제적이지만, 사회가 어떤 식으로 돌아가야 하는지에 관해 각자 품은 이상은 여러 가지로 광범위하게 달라요."

"그럼 당신의 이상은 뭐죠?"

"예전과 달리 요즘은 그게 명확하지 않아요. 백악관을 취재하다보니 정치의 다른 면을 보게 된 것 같아요. 하지만 아직도 나는 권력이 스스로 정당성을 증명해야 한다고 봐요."

"그 점에 관해서는 우리가 다툴 일은 없을 것 같군요."

"좋아요. 다음 질문은 뭐죠?"

"당신 눈에 대해 얘기해줘요."

"원래 이렇게 태어났어요. 수술을 해서 눈을 뜨게 할 수도 있었죠. 눈꺼풀 뒤에는 필요도 없는 조직 덩어리뿐이지만. 대신 유리눈을 넣으면 된다고 했어요. 그런데 그러면 눈을 감을 수 없을 거랬어요. 이런 모습이 덜 추할 것 같더라고요. 내 눈 때문에 불편해요?"

거스는 걸음을 멈추고 고개를 돌려 로사를 똑바로 바라보았다. "눈에 키스해도 돼요?"

로사는 망설였다. "좋아요."

거스는 허리를 숙여 그녀의 감긴 눈에 입을 맞췄다. 입술에 느껴지는 감촉은 별다를 게 없었다. 뺨에 키스하는 것과 똑같았다. "고마워요." 그가 말했다.

로사는 조용히 말했다. "지금까지 이렇게 해준 사람은 없었어요."

거스는 고개를 끄덕였다. 그게 일종의 터부였을지도 모른다는 생각이 들었다.

로사가 말했다. "어째서 눈에 키스하고 싶었어요?"

"당신의 모든 걸 사랑하기 때문이에요. 그리고 그걸 당신도 확실히 알아줬으면 했어요."

"아." 로사는 감정이 북받치는지 잠시 아무 말이 없었다. 하지만 곧 활짝 웃더니 기분이 좋은 듯 경쾌한 목소리로 말했다. "자, 혹시 다른 이상한 곳에 또 키스하고 싶으면 말씀만 하세요."

왠지 살짝 자극적인 그녀의 말에 거스는 뭐라고 대답해야 할지 알 수 없었다. 그래서 그냥 나중에 다시 생각하기로 했다. "물어볼 게 하나 더 있어요."

"말해봐요."

"넉 달 전, 나는 당신을 사랑한다고 말했습니다."

"잊지 않았어요."

"하지만 당신은 나를 어떻게 생각하는지 아직 말하지 않았어요."

"빤하지 않아요?"

"그럴 수도 있죠. 하지만 직접 말하는 걸 듣고 싶어요. 나를 사랑하나요?"

"이런, 거스. 모르겠어요?" 로사의 표정이 변했다. 고뇌에 찬 얼굴이었다. "나는 당신에 비해 모자라요. 당신은 버펄로에서 제일가는 신랑감이고, 나는 애꾸눈 아나키스트예요. 당신은 우아하고 아름다운 부잣집 딸과 사랑해야 해요. 나는 의사의 딸이에요. 어머니는 주부고요. 당신이 사랑하기에 적당한 여자가 아니에요."

"나를 사랑해요?" 거스는 조용히 재우쳐 물었다.

로사는 울음을 터뜨렸다. "물론 사랑하죠, 바보 같으니. 내 마음을 모두 바쳐 사랑해요."

거스는 로사를 껴안았다. "중요한 건 그것뿐이에요." 그가 말했다.

V

험 고모는 『태틀러』를 내려놓았다. "비밀리에 결혼하다니 정말 못됐구나." 그녀가 모드에게 말했다. 그러더니 음모라도 꾸미는 사람처럼 웃었다. "하지만 정말 낭만적이야!"

그들은 피츠의 메이페어 저택 응접실에 있었다. 전쟁이 끝나자 비는 새로운 아르데코 스타일로 집을 다시 꾸몄다. 실용적으로 보이는 의자와 현대적인 애스프리*의 겉만 번드르르한 은제품들. 모드와 험 고모는 피츠의 짓궂은 친구 빙 웨스트햄프턴과 빙의 아내와 함께였다. 런던은 한창 사교 시즌이었고, 비가 준비를 마치는 대로 다 같이 오페라를 보러 갈 예정이었다. 비는 이제 세 살 반이 된 보이와 십팔 개월이 된 앤드루에게 잘 자라는 인사를 하고 있었다.

모드는 잡지를 집어들고 기사를 다시 들여다보았다. 사진은 그다지 마음에 들지 않았다. 그녀는 사랑에 빠진 두 사람의 모습을 상상했지만, 안타깝게도 사진은 영화 속 한 장면 같았다. 발터는 탐욕스러워 보였다. 그는 모드의 손을 잡고 사악한 바람둥이처럼 그녀의 눈을 바라보았고, 그녀는 상대의 술책에 막 넘어가려는 순진한 처녀처럼 보였다.

하지만 기사 내용은 그녀가 바라던 대로였다. 기자는 전쟁 전 레이디 모드가 '유행을 선도하는 여성참정권 운동가'였고, 전쟁으로 집에 남은 여자들의 권리를 위해 시민운동을 하면서 신문 〈병사의 아내〉를 창간했으며, 제인 매컬리를 대신해 투쟁하다가 감옥에 간 일도 있다는 점을 독자에게 상기시켰다. 또 그녀와 발터가 약혼을 정상적인 방식으로 발표하려고 했지만 전쟁이 터지는 바람에 그러지 못했다고 했다. 그들이 허겁지겁 비밀 결혼식을 올린 것은 비정상적인 상황에서 옳은 일을 하려는 절망적인 시도로 묘사되었다.

모드는 자기가 한 말을 정확히 그대로 인용해달라고 했고, 잡지는 약속을 지켰다. "저는 일부 영국 국민이 독일인을 증오하는 걸 압니다." 그녀는 말했다. "하지만 저는 발터와 다른 많은 독일인이 전쟁을 막기 위해 할 수 있는 모든 시도를 했다는 걸 압니다. 이제 전쟁은 끝났고, 적이었던 우리 사이에 평화와 우정을 키워야 합니다. 그리고 저는 사람들이 우리의 결합을 새로운 세상의 상징으로 여겨주기를 진심으로 희망

* 런던의 유명한 귀금속 상점.

합니다."

오랜 정치운동을 통해 모드는 언론사에 괜찮은 독점 기사를 제공하면 가끔 그들의 지지를 얻어낼 수 있다는 사실을 배웠다.

발터는 계획한 대로 베를린으로 돌아갔다. 본국으로 돌아가기 위해 차를 타고 기차역으로 향하던 독일 대표단은 군중의 야유를 받았다. 한 여비서는 날아온 돌에 맞아 정신을 잃기도 했다. 프랑스측 논평은 '그들이 벨기에에 한 짓을 기억하라'는 것이었다. 여비서는 아직 병원에 입원중이었다. 그러는 사이 분노한 독일 국민들이 평화조약 서명에 반대하고 나섰다.

빙은 모드의 소파 옆자리에 앉아 있었다. 그로서는 보기 드물게 점잖은 태도였다. "오빠가 이 자리에 있어서 이번 일에 대해 당신에게 직접 충고해줬으면 좋겠군요." 그는 잡지를 향해 고개를 까딱해 보였다.

모드는 결혼 소식을 전하려고 오빠에게 편지를 보냈다. 그리고 자기가 저지른 짓을 런던 사교계도 받아들이고 있다는 사실을 보여주려고 『태틀러』 기사를 동봉했다. 피츠가 있는 곳까지 편지가 닿으려면 얼마나 걸릴지는 알 수 없었다. 그리고 몇 달 동안은 답장을 기대할 수 없었다. 그때가 되면 피츠도 반대하고 나서기에는 너무 늦을 터였다. 그는 그저 웃으며 축하할 수밖에 없을 것이다.

모드는 빙의 말이 그녀에게 이래라저래라 해줄 남자가 필요하다는 의미로 들려 발끈했다. "오빠가 뭐라고 할 수 있겠어요?"

"가까운 미래에 독일인 부인의 삶은 몹시 힘들어질 겁니다."

"그런 말을 해줄 남자는 내게 필요 없어요."

"피츠가 없으니 내가 조금 책임감이 느껴져서 말이에요."

"제발 그러지 마세요." 모드는 불쾌하게 생각하지 않으려고 애썼다. 도박 혹은 세계 곳곳의 나이트클럽에서 술을 퍼마시는 것 말고 빙이 누구에겐들 충고를 할 수 있겠는가?

빙은 목소리를 낮추었다. "이런 말 하긴 좀 망설여지지만……" 그가 험 고모를 바라보자 그녀는 눈치 빠르게 커피를 좀더 따라오겠다며 자리를 떴다. "첫날밤을 치르지 않았다고 말할 수 있는 상황이라면 결혼을 무효로 할 수도 있습니다."

모드는 엷은 노란색 커튼이 쳐진 방을 머릿속에 떠올리고는 행복한 미소를 참아야 했다. "하지만 나는—"

"나한테 말로 설명하실 건 없어요. 그저 어떤 선택을 할 수 있는지 알려드리는 것뿐이니까."

모드는 점점 화가 치미는 걸 꾹 참았다. "내게 도움을 주려고 그러는 것 알아요, 빙—"

"이혼하는 수도 있습니다. 언제나 방법은 있죠. 그 왜, 남자들은 아내에게 그런 꼬투리를 잡히곤 하니까요."

모드는 더는 분노를 참을 수 없었다. "당장 그만두세요." 그녀는 큰소리로 잘라 말했다. "결혼을 취소하거나 이혼할 생각은 손톱만큼도 없어요. 나는 발터를 사랑해요."

빙은 언짢은 듯했다. "그저 이 집의 가장인 피츠가 이 자리에 있었다면 했을 법한 이야기를 해주려 한 것뿐입니다." 그는 일어서서 아내에게 말했다. "우리는 먼저 가는 게 좋겠지? 다 같이 늦을 필요는 없으니 말이야."

잠시 후 비가 분홍색 실크로 만든 새 드레스를 입고 모습을 드러냈다. "난 준비됐어요." 마치 자기가 나머지 사람들을 기다리고 있었다는 듯한 말이었다. 그녀는 모드의 왼손에서 결혼반지를 보았지만 아무 말도 하지 않았다. 모드가 처음 결혼 소식을 전했을 때 비는 조심스럽고 모호한 태도를 취했다. "행복하길 바랄게요." 온기라곤 느껴지지 않는 말투였다. "그리고 아가씨가 자기 허락을 받지 않았다는 사실을 피츠가 받아들일 수 있기를 바라는 마음이에요."

세 사람은 밖으로 나가서 차에 올랐다. 파란색 캐딜락이 프랑스에서 오도 가도 못하게 된 뒤 피츠가 새로 산 검은색 캐딜락이었다. 모드는 모든 걸 오빠인 피츠가 제공해준다는 사실을 새삼 떠올렸다. 세 여자가 사는 집, 세 사람이 걸친 어마어마하게 비싼 옷, 자동차, 그리고 오페라 극장의 박스석까지. 그녀가 파리의 리츠 호텔에서 받은 청구서는 앨버트 솔먼에게 보냈다. 런던에서 피츠의 재정 관리를 맡고 있는 그는 아무것도 묻지 않고 금액을 지불했다. 피츠는 한 번도 불평하지 않았다. 지금까지 누려온 생활을 발터는 하게 해줄 수 없다는 걸 그녀는 잘 알았다. 어쩌면 빙의 말이 맞을지 모른다. 그리고 그녀는 몸에 익숙한 사치 없이는 살기 어려울 수도 있었다. 하지만 대신 사랑하는 남자와 함께할 수 있었다.

그들은 아슬아슬하게 코번트가든에 도착했다. 비가 늑장을 부렸기 때문이었다. 청중은 이미 자리를 잡고 앉아 있었다. 세 여자는 서둘러 붉은 카펫이 깔린 계단을 올라가 박스석으로 향했다. 모드는 바로 이 박스석에서 〈돈 조반니〉를 보며 발터에게 했던 행동이 불현듯 떠올랐다. 부끄러운 생각이 들었다. 그런 위험한 짓을 하다니 뭔가에 홀리기라도 했던 걸까?

미리 와서 아내와 자리를 잡고 앉아 있던 빙 웨스트햄프턴이 일어나 비를 위해 의자를 잡아주었다. 청중석은 조용했다. 공연이 막 시작될 시간이었다. 오페라의 매력 가운데 하나는 다른 관객을 구경하는 것이었고, 많은 사람이 고개를 돌려 비 공주가 자리에 앉는 모습을 지켜보았다. 험 고모는 둘째 줄에 앉았지만 모드는 빙이 첫째 줄의 의자를 잡아주었다. 1층 객석에서 소곤거리는 소리가 들렸다. 대부분 『태틀러』에

실린 사진을 보고 기사를 읽었을 터였다. 그들 중 많은 사람이 모드와 개인적으로 아는 사이였다. 여기 모인 사람들이 바로 런던 사교계였다. 귀족과 정치인, 판사와 주교, 성공한 예술가와 부유한 기업인, 그리고 그 부인들. 모드는 그들이 그녀를 잘 볼 수 있도록 잠시 서 있었다. 자신이 얼마나 기쁜지, 그리고 자랑스러워하는지 보여주고 싶었다.

그게 실수였다.

관중으로부터 들리던 소리가 달라졌다. 소곤거리는 소리가 커졌다. 누가 뭐라고 하는지 알 수는 없었지만 마치 윙윙거리며 날아다니던 파리가 닫힌 창문을 맞닥뜨렸을 때처럼 못마땅해하는 기색이 느껴졌다. 모드는 깜짝 놀랐다. 그때 전혀 다른 소리가 들려왔다. 끔찍하게도 야유처럼 들렸다. 모드는 혼란스럽고 충격을 받은 채로 자리에 앉았다.

하지만 달라진 건 없었다. 이제는 모두 그녀를 노려보고 있었다. 야유 소리가 1층 전체로 퍼졌고, 이내 위층 원형 관람석에서도 같은 소리가 나기 시작했다. "이런." 빙이 약한 항의의 뜻을 담아 말했다.

모드는 한창 여성참정권 시위를 할 때조차 이런 식의 증오와 맞닥뜨린 적이 없었다. 경련이 이는 듯 배가 아팠다. 연주를 시작해주길 바랐지만, 지휘자 역시 지휘봉을 옆구리에 낀 채 그녀를 노려보고 있었다.

모드는 당당하게 사람들을 응시하려 했지만 눈물이 차올라 앞이 흐려졌다. 이 악몽은 저절로 끝나지 않을 터였다. 뭔가 행동을 해야 했다.

모드가 일어서자 야유 소리는 더 커졌다.

눈물이 뺨을 타고 흘렀다. 거의 앞이 보이지 않는 채로 모드는 돌아섰다. 그녀는 앉았던 의자를 쓰러뜨리고 비틀거리며 박스석 뒤쪽 문으로 향했다. 험 고모가 일어나며 말했다. "이런, 세상에. 이런, 이런."

빙이 재빨리 일어나 문을 열었다. 모드가 밖으로 나왔고, 따라나온 험 고모가 문을 닫았다. 빙도 두 사람을 따라나왔다. 모드는 뒤쪽에서 야유가 조금씩 잦아드는 가운데 물결처럼 퍼지는 웃음소리를 들었다. 그 순간 끔찍하게도 관객들은 그녀를 내쫓은 걸 축하라도 하듯 박수를 치기 시작했다. 그들의 조롱 섞인 박수 소리는 복도를 지나고 계단을 내려와 극장 밖으로 나올 때까지 그녀를 따라왔다.

VI

공원 입구에서 베르사유궁전까지는 1.5킬로미터 가까이 되었다. 오늘 그 길에는 파란색 군복을 입은 수백 명의 프랑스 기병이 도열해 있었다. 여름 햇살이 철모에 반사되어 반짝였다. 그들이 손에 든 긴 창에 매달린 작은 삼각 깃발들이 따뜻한 바람에 펄럭였다.

조니 르마크는 오페라 극장에서 수모를 당한 모드를 평화협정 조인식에 데려가는 데 성공했다. 하지만 그녀는 영국 대표단의 다른 여비서들과 함께 덮개도 없는 대형 트럭 짐칸에 타고 마치 장에 팔려나가는 양떼처럼 이동해야 했다.

한때 독일은 서명을 거부할 것처럼 보이기도 했다. 전쟁 영웅인 육군 원수 힌덴부르크가 수치스러운 평화보다는 명예로운 패배를 택하겠다고 말하기도 했다. 독일 내각은 조약에 합의하느니 일괄 사퇴하는 편을 택했다. 파리에 왔던 독일 대표단의 단장 역시 마찬가지였다. 결국 의회가 나서서 악명 높은 전범조항을 제외한 모든 내용에 서명할 것을 의결했다. 하지만 연합국은 즉시 그마저도 받아들일 수 없다고 나섰다.

"만일 독일이 거부하면 연합국은 어떻게 하겠다는 거죠?" 모드는 이제 남몰래 그 여인숙에서 함께 살고 있는 발터에게 물었다.

"독일을 침공하겠다는 거죠."

모드는 고개를 저었다. "우리 군인들은 싸우지 않을 거예요."

"우리도 마찬가지입니다."

"그럼 교착상태가 되겠군요."

"하지만 영국 해군이 해상봉쇄를 풀지 않을 테고, 독일은 물자를 공급받을 수 없겠죠. 연합국은 독일의 모든 도시에서 식량폭동이 일어나기만을 기다리면 됩니다. 그러면 아무 저항도 받지 않고 입성하겠죠."

"그렇다면 서명을 해야겠군요."

"서명하든가 굶든가죠." 발터는 씁쓸하게 말했다.

오늘은 6월 28일로, 사라예보에서 오스트리아 황태자가 살해당한 지 오 년이 되는 날이었다.

트럭이 궁전 앞마당에 멈추자 비서들은 최대한 우아하게 짐칸에서 내렸다. 모드는 궁전으로 들어가 넓은 계단을 올라갔다. 계단 양쪽에는 아까보다 더 잘 차려입은 프랑스 군인들이 도열해 있었다. 이번에는 은색 철모에 말갈기를 꽂은 공화국 수비대였다.

모드는 마침내 거울의 방에 들어섰다. 이곳은 세계에서 가장 웅대한 방들 중 하나로, 크기가 테니스코트 세 개를 붙여놓은 정도였다. 한쪽 벽에는 열일곱 개의 창문이 정원을 내려다보고 있었고 반대편 벽에는 열일곱 개의 아치형 거울이 창을 비추었다. 더 중요한 것은 이곳이 1871년 프로이센-프랑스 전쟁에서 승리한 독일이 첫번째 황제의 대관식을 거행하고 프랑스에게 알자스로렌 지방을 포기하겠다는 서명을 강요했던 장소라는 점이었다. 이제 독일은 바로 그 원통형의 둥근 천장 아래서 치욕을 당하게 되었다. 그리고 그들 중 일부는 미래에 입장이 바뀌어 복수할 날을 꿈꾸고 있을 게 분명했다. 남에게 수모를 주면 머지 않아 돌아오는 법이지. 모드는 생각했다. 여기 조인식에 참여한 사람들 가운데 그녀와 같은 생각을 하는 사람이 있을까? 아마도 없을 것이다.

그녀의 자리는 붉은 천이 덮인 긴 의자였다. 수십 명의 기자와 사진사를 비롯해 거대한 영화용 카메라를 들고 촬영하는 무리도 보였다. 거물들이 한둘씩 등장해 긴 탁자에 자리를 잡고 앉았다. 클레망소는 느긋하고 무례해 보였고, 윌슨은 뻣뻣하게 격식을 차리고 있었고, 로이드조지는 나이 많은 반탐 수탉 같았다. 거스 듀어가 나타나 윌슨에게 귓속말을 하더니 기자들이 있는 곳으로 가서 젊고 예쁘지만 애꾸눈인 여자와 이야기를 나눴다. 모드는 그녀를 전에도 본 기억이 났다. 거스가 사랑에 빠진 여자인가보다고 생각했다.

세시가 되자 누군가 조용히 해달라고 큰 소리로 말했고 주위는 엄숙한 침묵에 빠졌다. 클레망소가 뭐라고 말하자 문이 하나 열리더니 서명을 할 두 독일인이 들어왔다. 베를린에서는 아무도 조약에 이름을 남기고 싶어하지 않는다는 사실을 모드는 발터를 통해 알고 있었다. 결국 그들은 외무부 장관과 체신부 장관을 보냈다. 창백한 얼굴의 두 사람은 수치스러워 보였다.

클레망소가 짧은 연설을 하고 손짓하자 독일인들이 앞으로 나왔다. 두 사람은 주머니에서 만년필을 꺼내 탁자 위 조약 문서에 서명했다. 잠시 후 누가 신호를 했는지 밖에서 포성이 울렸다. 평화조약의 서명이 끝났음을 세계에 알리는 소리였다.

다른 대표들도 다가와 서명했다. 주요 강대국뿐 아니라 이번 조약에 참여한 모든 나라가 포함돼 있었다. 시간이 오래 걸리자 지켜보던 사람들 사이에 대화가 오가기 시작했다. 두 독일인은 마지막까지 얼어붙은 듯 뻣뻣하게 앉아 있다가 안내를 받아 밖으로 사라졌다.

모드는 토할 것처럼 속이 울렁거렸다. 우리는 평화를 설교하면서도 늘 복수를 꾸미지. 그녀는 생각했다. 성을 나와보니 밖에서는 윌슨과 로이드조지가 축하하러 온 군중에 둘러싸여 있었다. 그녀는 사람들을 피해 마을로 들어서서 독일인들이 묵는 호텔로 향했다.

그녀는 발터가 너무 의기소침하지 않길 바랐다. 그에게는 끔찍한 하루였을 터였다.

발터는 짐을 꾸리고 있었다. "우리는 오늘밤 돌아가요. 대표단 전체가 갑니다."

"이렇게 빨리!" 그녀는 서명이 끝나면 어떻게 될지 생각해본 적이 없었다. 워낙 거대한 드라마처럼 중대한 일이어서 그뒤를 더 내다볼 수가 없었다.

반대로 발터는 생각을 했고 계획도 세워두었다. "나랑 가요." 그는 간단하게 말했다.

"독일에 입국 허가를 받을 수 없어요."

"누구 허가가 필요하다는 겁니까? 내가 프라우 모드 폰 울리히라는 이름으로 여권을 만들어놨어요."

모드는 당황스러웠다. "어떻게 그럴 수가 있죠?" 그렇게 묻긴 했지만 마음속의 가장 중요한 질문은 그런 게 아니었다.

"어렵지 않아요. 당신은 독일 시민의 아내라고요. 여권을 받을 자격이 있어요. 나야 발급에 걸리는 시간을 몇 시간으로 줄이는 데 특별한 영향력을 행사한 것뿐이죠."

모드는 발터를 빤히 바라보았다. 너무 갑작스러웠다.

"같이 갈래요?" 발터가 말했다.

모드는 발터의 눈에서 끔찍한 두려움을 보았다. 그는 모드가 마지막 순간 거절할지 모른다고 생각하고 있었다. 그녀를 잃을까봐 두려워하는 그의 모습을 보자 모드는 울음이 터질 것만 같았다. 이렇게 열정적인 사랑을 받다니 대단한 행운이었다. "네." 그녀가 말했다. "그래요, 함께 가요. 당연히 함께 가야죠."

발터는 믿기지 않는 눈치였다. "정말 함께 가고 싶은 거예요?"

모드는 고개를 끄덕였다. "성경 속 룻 이야기를 기억해요?"

"물론이죠. 왜……?"

모드는 지난 몇 주 동안 룻기를 여러 번 읽었다. 그중 마음에 와 닿았던 구절을 읊었다. "어머니께서 가시는 곳에 나도 가고, 어머니께서 머무시는 곳에서 나도 머물겠나이다. 어머니의 백성이 나의 백성이 되고, 어머니의 하느님이 나의 하느님이 되시리니, 어머니께서 죽으시는 곳에서……" 모드는 목이 조이는 것 같아 더는 이어갈 수가 없었다. 잠시 후 그녀는 감정을 추스르고 다시 말을 이었다. "어머니께서 죽으시는 곳에서 나도 죽어 거기 묻힐 것이라."

발터는 웃었지만 눈물을 글썽이고 있었다. "고마워요." 그가 말했다.

"사랑해요." 모드가 말했다. "기차는 몇시에 떠나죠?"

38장
1919년 8월에서 10월

I

거스와 로사는 대통령과 함께 워싱턴으로 돌아왔다. 8월에 두 사람은 어렵게 함께 휴가를 얻어 버펄로의 집으로 갔다. 도착한 다음날 거스는 로사를 부모님께 데려와 소개했다.

거스는 불안했다. 어떻게든 로사가 어머니 마음에 들었으면 했다. 하지만 그의 어머니는 아들이 여자들에게 얼마나 매력적인 상대인지에 대해 지나친 자신감을 품고 있었다. 그녀는 거스가 누구든 이름만 꺼내도 그 여자의 단점을 찾아냈다. 만족스러운 여자는 존재하지 않았다. 사회적으로는 특히 더 그랬다. 거스가 영국 왕의 딸과 결혼하려 했다면 이렇게 말했을지도 모른다. "교육을 잘 받고 자란 미국 여자를 찾을 순 없는 거니?"

"어머니, 그녀를 보면 가장 먼저 알 수 있는 건 아주 예쁘다는 거예요." 거스는 아침식사를 하며 말했다. "두번째로 그녀는 눈이 한쪽밖에 없어요. 좀더 이야기를 나눠보시면 그녀가 정말로 똑똑하다는 걸 깨달을 거예요. 그리고 그녀를 잘 알게 되면 세계에서 제일가는 멋진 아가씨라는 걸 이해하실 겁니다."

"물론 그렇겠지." 어머니의 그런 숨막히는 무성의함에는 이미 익숙했다. "어느 집안 딸이랬지?"

로사는 정오에 도착했다. 거스의 어머니는 낮잠을 자고 있었고, 아버지는 아직 시내에서 돌아오지 않았다. 거스는 그녀에게 집과 정원을 구경시켜주었다. 그녀는 긴장한 듯 말했다. "당신 정말 내가 평범한 집에서 자랐다는 거 알죠?"

"금방 익숙해질 거예요." 거스가 말했다. "어쨌거나 당신하고 나는 이런 화려한 곳에 살지 않을 테니까요. 워싱턴에 작지만 멋진 집을 구해서 살아요."

두 사람은 테니스를 쳤다. 상대가 되지 않는 게임이었다. 팔다리가 긴 거스는 실력이 너무 좋았고 로사는 거리를 잘 가늠할 수 없었기 때문이다. 하지만 그녀는 결연히 맞서며 모든 공에 열심히 따라붙었고 몇 게임은 이기기도 했다. 치마가 정강이 중간까지 내려오는 최신 유행의 흰색 테니스 드레스를 차려입은 로사의 모습이 무척 섹시해서 거스는 공에 집중하려고 안간힘을 써야 했다.

두 사람은 달아오른 얼굴로 땀을 흘리며 차를 마시러 들어갔다. "당신 마음속의 관용과 호의를 모두 끌어모아야 해요." 거스는 거실로 향하며 말했다. "어머니가 끔찍한 속물처럼 구실 수도 있으니까요."

하지만 거스 어머니의 태도는 훌륭했다. 그녀는 로사의 양쪽 뺨에 입을 맞추고 말했다. "운동으로 상기된 모습이 두 사람 다 멋지고 건강해 보이는구나. 헬먼 양, 만나서 정말 반가워요. 우리 친구가 되었으면 좋겠군요."

"정말 친절하시네요." 로사가 말했다. "친구가 돼드릴 수 있다면 영광이죠."

어머니는 칭찬에 기분이 좋아졌다. 스스로 버펄로 사회의 거물이라는 사실을 아는 그녀는 젊은 여자들이 자기에게 경의를 표해야 마땅하다고 느꼈다. 로사는 그런 낌새를 단박에 눈치챈 것이다. 똑똑하단 말이야. 거스는 생각했다. 그리고 로사가 권위적인 것이라면 뭐든 싫어한다는 점을 생각하면 관대한 행동이기도 했다.

"헬먼 양 오빠인 프리츠 헬먼을 알아요." 어머니가 말했다. 프리츠는 버펄로 심포니 오케스트라에서 바이올린을 연주했고, 어머니는 그 오케스트라 운영위원회의 일원이었다. "대단히 훌륭한 재능을 가졌죠."

"감사합니다. 저희 집에서도 아주 자랑스러워하고 있어요."

어머니는 소소한 이야기를 했고, 로사는 상대가 이끄는 대로 따랐다. 거스는 예전에 결혼하려던 여자와 집에 왔던 일을 떠올리지 않을 수 없었다. 바로 올가 뱔로프를 데려왔을 때였다. 그때 어머니의 반응은 지금과 달랐다. 정중하고 반갑게 맞긴 했지만, 거스가 보기에는 마음이 담기지 않았다. 오늘 어머니는 진심인 것 같았다.

어제 거스는 어머니에게 뱔로프 가족에 대해 물었다. 레프 페시코프는 통역장교로 시베리아에 갔다. 올가는 사교 모임에 거의 참석하지 않고 아이를 키우는 일에 매달려 지내는 모양이었다. 조지프는 상원의원인 거스의 아버지에게 로비를 해서 백군에 좀더 많은 군사적 지원을 해달라고 했다. "그 사람은 볼셰비키가 페트로그라드에서 뱔로프 가문이 벌이는 사업을 망칠 거라고 믿는 듯하더구나." 어머니는 말했다.

"제가 들은 볼셰비키 이야기 중에 가장 바람직하네요." 거스는 대답했다.

차를 마신 거스와 로사는 옷을 갈아입으러 갔다. 로사가 옆방에서 샤위를 하고 있다고 생각하니 거스는 마음이 어지러웠다. 그녀의 알몸은 본 적이 없었다. 두 사람은 파리의 호텔방에서 열정적인 시간을 갖기도 했지만 마지막 선은 넘지 않았다. "구닥다리처럼 굴기는 정말 싫어요." 로사는 변명하듯 말했다. "하지만 왠지 기다려야 한다는 생각이 들어 요." 사실 그녀는 대단한 아나키스트는 아닌 셈이었다.

로사의 부모가 저녁을 함께하기 위해 도착했다. 거스는 짧은 턱시도 재킷을 입고 아래층으로 내려갔다. 아버지에게 스카치를 한 잔 따라서 건넸지만, 자신은 마시지 않았다. 정신을 바짝 차리고 있어야 할 것 같 은 기분이었다.

검은 드레스 차림으로 내려온 로사는 놀랄 만큼 아름다웠다. 그녀의 부모는 여섯시 정각에 도착했다. 노먼 헬먼은 흰 타이에 연미복을 입었 다. 가족끼리 하는 저녁식사에는 그다지 어울리지 않았지만 어쩌면 턱 시도가 따로 없는지도 몰랐다. 미소가 매력적인 장난꾸러기 같은 그를 보자마자 거스는 로사가 아버지를 닮았다는 걸 알 수 있었다. 노먼 헬 먼은 서둘러 마티니 두 잔을 마셨고, 긴장하고 있을지 모른다는 기미는 그 모습이 유일했다. 그뒤로는 사양하며 술을 더 마시지 않았다. 로사 의 어머니 힐다는 늘씬한 미인으로 손가락이 길쭉한 손이 아름다웠다. 주부라고 보기는 어려운 사람이었다. 거스의 아버지는 그녀를 보자마 자 마음에 들어했다.

자리에 앉아 식사를 시작하자 헬먼 박사가 말했다. "앞으로 어떤 일 을 하려 하나, 거스?"

사랑하는 여인의 아버지로서 물어볼 수 있는 질문이지만 거스는 대 단한 대답은 할 수 없었다. "대통령께서 원하는 한 그분을 위해 일하려 고 합니다." 그가 말했다.

"대통령은 지금 당장 아주 힘든 일을 처리중이던데."

"맞습니다. 베르사유조약의 비준을 두고 상원이 시끄럽죠." 거스는 지나치게 격한 표현은 쓰지 않으려고 애썼다. "윌슨 대통령이 유럽 각국을 모두 설득해 국제연맹을 세울 준비를 해뒀는데, 미국인들이 그 모든 계획을 퇴짜 놓다니 도저히 믿기지 않습니다."

"로지 상원의원은 말썽을 일으키는 실력이 대단하지."

거스는 로지 상원의원을 이기적인 개자식이라고 생각했다. "파리에 자기를 데려가지 않기로 결정한 대통령께 이제 로지도 나름대로 복수하는 거죠."

대통령의 친구이자 상원의원인 거스의 아버지가 입을 열었다. "우드로는 국제연맹을 평화조약에 포함시켰습니다. 조약을 거부할 수 없을 테니 국제연맹도 받아들일 수밖에 없다고 본 거죠." 그는 어깨를 으쓱했다. "로지는 닥치라고 대꾸한 거고."

헬먼 박사가 말했다. "로지에게도 공평하게끔 말하자면, 미국인들이 10번 조항에 대해 걱정하는 건 일리가 있어요. 만일 연맹에 가입하면 회원국들을 침략으로부터 보호해야 합니다. 미래의 알 수 없는 분쟁에 미군을 보내야 하는 겁니다."

거스의 대답은 재빨랐다. "연맹이 강하다면 감히 아무도 도전하지 못할 겁니다."

"나는 자네처럼 확신이 없네."

거스는 로사의 아버지와 논쟁을 벌이고 싶지 않았지만 국제연맹에 관한 한은 워낙 열정적이었다. "절대 전쟁이 없을 거라 말할 순 없겠죠." 그는 달래는 듯한 투로 말했다. "하지만 분명히 드물어지고 짧아질 테고, 침략자들은 얻어낼 보상이 적어질 겁니다."

"나도 자네 말이 옳을 거라고 생각하네. 하지만 많은 유권자가 이렇게 말하지. '세계가 어떻든 그냥 둬. 나는 오직 미국에만 관심 있어. 우리가 위험을 무릅쓰고 세계의 경찰이 돼야 하나?' 그건 타당한 의문이야."

거스는 화가 치솟는 걸 감추려 애썼다. 평화를 위해 지금까지 인류에게 주어진 가장 큰 희망인 국제연맹이 이런 식의 편협한 트집 때문에 사산의 위기에 처한 것이다. 그는 말했다. "국제연맹 이사회에서 만장일치로 통과해야 결정이 내려집니다. 그러니 미국이 원치 않는 전쟁에 나가 싸울 일은 전혀 없어요."

"그렇기는 하지만 전쟁에 대비하지 못한다면 연맹이 있을 이유가 없겠지."

국제연맹의 적들은 이런 식이었다. 처음에는 전쟁에 휘말린다며 불평을 늘어놓다가도 전쟁을 하지 못하는 거냐고 불평을 했다. 거스가 말했다. "수백만 명이 죽은 것에 비교하면 이런 문제들은 사소하죠!"

헬먼 박사는 어깨를 으쓱했다. 그는 거스처럼 열을 내는 상대에게 자신의 논리를 밀어붙이기에는 지나치게 점잖은 사람이었다. "어쨌든 나는 외국과의 조약을 비준하려면 상원의 3분의 2가 동의해야 하는 걸로 알고 있네."

"그리고 지금 당장은 찬성표를 절반도 확보하지 못했죠." 거스는 울적하게 말했다.

이 문제에 관해서 취재해온 로사가 말했다. "제가 보기에는 여기 계신 듀어 상원의원님을 포함해서 찬성은 잘해야 40명이에요. 43명은 일부를 수정해야 한다는 생각이고, 8명은 적극 반대, 5명은 아직 의견을 못 정했어요."

로사의 아버지가 거스에게 물었다. "그래, 대통령은 어쩔 작정이지?"

"정치인들은 제쳐놓고 국민과 직접 소통하려고 하십니다. 전국 16000킬로미터 순회 계획을 세우고 있어요. 사 주 이내에 오십 개가 넘는 곳에서 연설을 하실 겁니다."

"끔찍한 일정이로군. 예순두 살에 고혈압까지 있는데 말이야."

헬먼 박사는 짓궂은 사람이었다. 한마디 한마디가 도발적이었다. 딸에게 구혼하는 남자의 성미가 어떤지 시험해봐야겠다는 생각인 게 분명했다. 거스는 대답했다. "하지만 결국에는, 얼마 전 끝난 그런 전쟁을 다시는 겪지 않으려면 세계에 국제연맹이 필요하다는 사실을 미국 시민들에게 설명하실 겁니다."

"자네 말이 맞기를 기도하겠네."

"정치적으로 복잡한 문제를 일반인들에게 설명하는 일이라면 윌슨 대통령이 최고입니다."

디저트와 함께 샴페인이 나왔다. "드시기 전에 먼저 드릴 말씀이 있습니다." 거스가 말했다. 거스의 부모는 깜짝 놀랐다. 거스가 식사 자리에서 공식적인 말을 하는 경우는 절대 없었기 때문이다. "헬먼 박사님, 헬먼 부인. 두 분께서는 제가 세상에서 가장 훌륭한 여성인 따님을 사랑한다는 걸 아실 겁니다. 구식이긴 하지만 저는 두 분의 허락을 얻고 싶습니다." 그는 주머니에서 작은 빨간색 가죽상자를 꺼냈다. "허락하신다면 로사에게 이 약혼반지를 주고 싶습니다." 그는 상자를 열었다. 안에는 다이아몬드 1캐럿이 박힌 금반지가 들어 있었다. 아주 비싼 것은 아니었지만 가장 멋진 순백색으로 빛나는 다이아몬드는 원형의 브릴리언트컷이었으며, 기가 막히게 아름다웠다.

로사는 숨이 턱 막혔다.

헬먼 박사는 아내를 바라보았고, 두 사람은 미소지었다. "우리야 당연히 허락해야지." 그가 말했다.

거스는 탁자를 돌아 앉아 있는 로사 옆으로 다가가서 무릎을 꿇었다. "결혼해주겠어요, 사랑하는 로사?" 그가 말했다.

"아, 그럼요. 사랑하는 거스. 당신만 괜찮다면 내일이라도 좋아요!"

거스는 상자에서 반지를 꺼내 그녀의 손가락에 끼워주었다. "고마워요." 그가 말했다.

거스의 어머니가 울기 시작했다.

II

거스는 9월 3일 수요일 저녁 일곱시에 워싱턴 유니온 역을 빠져나가는 대통령 전용 열차에 타고 있었다. 윌슨은 파란색 블레이저에 흰색 바지를 입고 밀짚모자를 썼다. 부인인 이디스가 동행했고 대통령 주치의인 케리 트래버스 그레이슨도 함께였다. 그리고 로사 헬먼을 포함한 스물한 개 신문사의 기자들도 열차에 타고 있었다.

거스는 윌슨이 이번 싸움에서 이길 거라고 확신했다. 그는 언제나 유권자들과 직접 만나는 걸 즐겼다. 그리고 이미 전쟁을 승리로 이끌지 않았던가.

밤새 달려 기차가 도착한 오하이오 주 콜럼버스에서 대통령은 이번 여정의 첫 연설을 했다. 그런 다음 이곳저곳에 잠깐씩 들러가며 인디애나폴리스로 이동해 그날 저녁 이만 명의 군중 앞에서 연설을 했다.

하지만 첫날 일정을 모두 마친 거스는 희망을 잃었다. 윌슨의 연설은 형편없었다. 대통령은 쉰 목소리를 냈다. 원래는 연설문 없이도 잘해냈었는데 그날은 노트에 적어놓은 메모를 들여다보았고, 파리에서 모두의 시간을 잡아먹었던 조약의 세세한 부분까지 설명했다. 결국 연설이 장황해지면서 군중의 관심을 잡아두지 못했다. 그가 심한 두통으로 고생하고 있다는 걸 거스는 잘 알았다. 어찌나 심한지 가끔은 눈앞이 흐릿할 정도였다.

거스는 걱정으로 병이 날 지경이었다. 단순히 그의 친구이자 인생 선배가 아픈 게 아니었다. 더 큰 것들이 위태로웠다. 미국과 세계의 미래가 앞으로 몇 주간의 상황에 달려 있었다. 오직 월슨의 개인적인 헌신만이 속 좁은 반대자들로부터 국제연맹을 지켜낼 수 있었다.

저녁을 먹은 거스는 로사의 침대칸으로 갔다. 유일한 여성 기자인 그녀는 침대칸 하나를 독차지했다. 거스만큼이나 국제연맹을 간절히 바라는 그녀가 말했다. "오늘은 그다지 긍정적인 일은 찾을 수 없군요." 두 사람은 침상에 누워 키스하고 서로 껴안은 채 시간을 보내다 잘 자라는 인사를 나누고 헤어졌다. 10월에 대통령의 순회가 끝나면 결혼하기로 했다. 거스는 더 빨랐으면 했지만 양가 부모는 준비할 시간을 갖기를 바랐고, 예절도 모르고 서둔다며 거스의 어머니가 협박조로 투덜거리는 통에 그만 포기하고 말았다.

끝없이 펼쳐진 중서부의 넓은 평야가 창밖으로 스쳐가는 동안, 월슨 대통령은 그의 오래된 언더우드 타자기를 두드리며 원고를 고쳤다. 이후 며칠 사이 연설은 나아졌다. 거스는 조약을 각 도시의 특성과 관련지어 언급해야 한다고 건의했다. 월슨은 세인트루이스의 기업가들에게는 세계 교역을 확대하려면 조약이 필요하다고 말했다. 오마하에서는 평화조약 없는 세계는 마치 소유권이 명확하지 않아서 모든 농부가 엽총을 들고 울타리에 앉아 있는 지역과 같을 거라고 했다. 길게 설명하는 대신 짧은 연설을 통해 중요한 점을 충분히 강조했다.

또한 거스는 사람들의 감정에 호소해야 한다고 주장했다. 그에 따르면 그것은 단지 정책에 관한 게 아니라 조국애를 건드리는 지점이 있었다. 콜럼버스에서 월슨은 군복을 입은 젊은이들에 대해 말했다. 수폴스에서는 전장에서 아들을 잃은 어머니들의 희생을 헛되이 하고 싶지 않다고 말했다. 험한 말을 내뱉는 일이 거의 없는 월슨이었지만, 독설을 퍼붓는 리드 상원의원의 지역구 캔자스시티에서는 자기에게 반대하는 자들을 볼셰비키에 비유했다. 그리고 국제연맹 설립이 실패하면 또다른 전쟁이 벌어질 거라는 말을 여러 번 반복해서 큰 소리로 외쳤다.

거스는 동행한 기자들, 그리고 어디든 기차가 멈추는 지역의 유지들과 원만한 관계를 유지했다. 윌슨이 따로 준비하지 않은 연설을 할 때면 속기사를 시켜 그 자리에서 원고를 작성해 직접 배포했다. 또한 대통령을 설득해 가끔 앞쪽 휴게실 객차에 나와 기자들과 허물없이 이야기를 나누도록 했다.

노력이 통했다. 군중의 반응은 점점 더 좋아졌다. 언론의 분위기는 여전히 양쪽 의견이 섞여 있었지만, 심지어 윌슨을 반대하는 신문에서도 그가 주장하는 내용을 반복적으로 싣기 시작했다. 게다가 워싱턴의 보고에 따르면 반대 의견이 약해지고 있는 것 같기도 했다.

하지만 거스는 이번 순회가 대통령에게 얼마나 힘든지 알았다. 대통령은 두통을 달고 살다시피 했다. 잠도 잘 이루지 못했다. 보통 음식은 소화가 잘되지 않아 그레이슨 박사의 조치로 유동식을 먹었다. 목에 감염 증세가 생겨 천식 비슷하게 발전했고, 숨쉬는 것조차 힘들어졌다. 그래서 똑바로 앉아 잠을 자보려고 애썼다.

이 모든 상황이 기자들에게는 비밀이었다. 로사조차 알지 못했다. 윌슨은 목소리가 작아졌지만 연설을 계속했다. 솔트레이크시티에서는 그를 환호하며 반기는 수천의 군중 앞에서 핼쑥한 모습으로 양손을 꼭 움켜쥐기를 반복했고, 그런 이상한 행동을 하는 그를 보며 거스는 죽어가는 사람이 떠올랐다.

그러던 차에 9월 25일 밤 소란이 벌어졌다. 거스는 이디스가 그레이슨 박사를 부르는 소리를 들었다. 그는 실내복을 걸치고 대통령의 객차로 갔다.

눈앞의 광경에 거스는 공포에 질리고 슬퍼졌다. 윌슨은 끔찍한 몰골이었다. 숨도 제대로 쉬지 못했고 얼굴에는 경련이 일었다. 그럼에도 그는 포기하지 않으려 했다. 하지만 그레이슨 박사는 단호하게 나머지 여정을 취소해야 한다고 주장했고 결국 윌슨이 손을 들었다.

다음날 아침, 거스는 무거운 마음으로 기자들에게 대통령이 심각한 신경발작을 일으켰고 기차는 최대한 속도를 내 3000킬로미터에 가까운 거리를 달려 워싱턴으로 돌아가게 됐다고 발표했다. 대통령의 이 주간의 일정은 모두 취소되었고, 특히 조약을 찬성하는 상원의원들과 만나 비준을 위한 투쟁을 계획하려던 일도 중단되고 말았다.

그날 저녁 거스는 로사와 함께 그녀의 침대칸에 앉아 절망적으로 창밖을 내다보고 있었다. 모든 역마다 대통령이 지나가는 모습을 구경하려고 인파가 모여 있었다. 해가 지는데도 여전히 석양 속에 서서 지켜보는 사람들이 있었다. 거스는 브레스트에서 파리로 가던 기차가 떠올랐다. 그리고 한밤중에 기찻길 옆에 조용히 서 있던 많은 사람들을 생각했다. 일 년도 지나지 않았는데, 그들의 희망은 이미 무너지고 있었다. "우리는 최선을 다했어요. 하지만 실패했지." 거스가 말했다.

"확실해요?"

"대통령이 전력을 기울여 설득에 나서도 아슬아슬한 상황입니다. 그가 병석에 든다면 상원의 비준을 받아낼 가능성은 전혀 없어요."

로사가 그의 손을 잡았다. "안타깝네요. 당신이나 나, 세상을 위해서 말이에요." 그녀는 잠시 말을 멈추었다가 말했다. "당신은 뭘 할 거예요?"

"국제법을 전문으로 하는 워싱턴의 법률사무소에 들어갔으면 해요. 어쨌든 그 분야에는 적절한 경험이 있으니까요."

"당신한테 일자리를 주려고 줄을 설 거예요. 미래의 대통령이 도움을 청할 수도 있죠."

거스는 웃었다. 가끔 그녀는 비현실적일 만큼 그의 수준을 높이 평가했다. "그럼 당신은요?"

"나는 지금 하는 일이 좋아요. 계속 백악관 취재를 맡았으면 해요."

"아이는 낳고 싶어요?"

"그럼요!"

"나도 그래요." 거스는 생각에 골똘히 잠겨 창밖을 내다보았다. "그저 대통령께서 아이들에 대해 하신 말씀이 틀리기만 바랄 뿐입니다."

"우리 아이들이요?" 거스의 목소리에 깃든 침통함을 느끼고 로사는 두려움에 차 물었다. "그게 무슨 말이에요?"

"우리 아이들도 세계전쟁을 겪을 거라고 하셨어요."

"그럴 리 없어요." 로사는 격한 목소리로 대답했다.

바깥에는 밤이 내려앉고 있었다.

39장
1920년 1월

I

데이지는 뱔로프 가족이 사는 버펄로의 프레리 하우스 식당 테이블에 앉아 있었다. 아이는 분홍색 드레스 차림이었고, 목에 두른 천 냅킨이 하도 커서 몸을 다 덮을 지경이었다. 레프는 이제 조금 있으면 네 살이 되는 데이지가 사랑스러워 어쩔 줄 몰랐다.

"아빠가 세상에서 제일 큰 샌드위치를 만들 거야." 레프가 말하자 데이지는 킥킥 웃었다. 그는 토스트를 사방 1센티미터보다 조금 더 큰 크기로 두 조각 잘라 조심스럽게 버터를 바른 다음 그 사이에 데이지가 싫어하는 스크램블드에그를 작게 잘라 끼웠다. "여기다 소금 한 톨을 넣을 거야." 레프는 찬장에 있는 소금을 접시에 쏟은 다음 손끝으로 조심스레 한 톨을 집어서 샌드위치 위에 올렸다. "자, 이제 먹는다!" 그가 말했다.

"내가 먹을래." 데이지가 말했다.

"정말? 하지만 이건 아빠 크기 샌드위치 아냐?"

"아니야!" 데이지가 웃으며 말했다. "이거 아기 샌드위치!"

"그래, 좋아." 레프는 빵을 아이 입에 넣어주었다. "하나 더는 못 먹겠지?"

"먹을 수 있어."

"하지만 좀 전에 먹은 게 정말 컸는데."

"아니야, 안 커!"

"좋아, 그럼 하나 더 만들어야겠구나."

레프는 의기양양했다. 모든 상황이 십 개월 전 트로츠키의 기차에 앉아서 그리고리에게 말했던 것보다 훨씬 좋았다. 그는 장인의 집에서 더할 나위 없이 편하게 살았다. 뱔로프의 나이트클럽 세 군데를 운영하면서 월급도 충분히 받았고, 부수입으로 물품 공급업자들로부터 뇌물까지 챙겼다. 마르가에게는 고급 아파트를 한 채 사주고 거의 매일같이 만나고 있었다. 레프가 돌아온 지 일주일 만에 마르가는 임신했고 얼마 전 아들을 낳았다. 두 사람은 아들에게 그레고리라는 이름을 붙였다. 레프는 이 모든 비밀을 성공적으로 지켜오고 있었다.

올가가 식당으로 들어오더니 데이지에게 입을 맞추고 의자에 앉았다. 레프는 데이지를 사랑했지만 올가에게는 아무 감정이 없었다. 마르가가 더 섹시하고 더 재미있었다. 그리고 마르가의 몸이 아주 무거워졌을 때 알게 된 사실이지만, 세상에 여자는 많고 많았다.

"좋은 아침이에요, 엄마!" 레프는 명랑하게 말했다.

데이지는 신호를 받은 것처럼 레프의 말을 따라 했다.

올가가 말했다. "아빠가 아침 주는 거니?"

요즘 두 사람은 대개 이런 식으로, 즉 아이를 통해서 대화를 했다. 레프가 전쟁에서 돌아온 후 몇 번 잠자리도 했지만 금세 다시 예전처럼 서로 무관심한 상태로 돌아갔다. 그리고 이제는 침실도 따로 쓰면서 올가의 부모에게는 데이지가 자꾸 밤에 깨서 그렇다고 둘러댔다. 사실 아이는 밤에 깨는 법이 없었다. 올가는 실망한 여자의 표정이었지만 레프는 딱히 신경쓰지 않았다.

조지프가 들어왔다. "할아버지 오셨다!" 레프가 말했다.

"좋은 아침이군." 조지프는 퉁명스럽게 말했다.

데이지가 말했다. "할아버지도 샌드위치 먹고 싶어."

"아니야." 레프가 말했다. "할아버지 드시기엔 너무 커."

데이지는 레프가 뻔히 틀린 소리를 하면 즐거워했다. "아니야, 안 커." 아이가 말했다. "너무 작지!"

조지프는 자리에 앉았다. 전쟁에서 돌아온 레프는 장인이 그간 많이 변했다는 걸 알아차렸다. 몸무게가 많이 늘어서 지금 입은 줄무늬 양복은 몸에 끼었고 아래층까지 걸어내려왔다고 힘에 겨워 헐떡거렸다. 근육은 지방으로, 검은 머리는 회색으로 변했고 분홍빛이던 안색은 이제 병든 사람처럼 불그스레했다.

폴리나가 커피 주전자를 들고 부엌에서 들어오더니 조지프에게 한 잔 따라주었다. 그는 〈버펄로 애드버타이저〉를 펼쳤다.

레프가 말했다. "사업은 어떠세요?" 별생각 없이 묻는 말이 아니었다. 볼스테드 의원이 제안한 금주법이 1월 16일 자정을 기해 시행되었고, 그 법에 따르면 알코올이 든 음료의 제조, 운반, 판매는 불법이었다. 뱔로프 제국은 바와 호텔, 술 도매업이라는 기반 위에 서 있었다. 금주법은 레프가 사는 낙원의 뱀이었다.

"우리는 죽어가고 있어." 조지프는 평소와 달리 솔직하게 말했다. "일주일에 바 다섯 군데가 문 닫았고, 상황은 더 나빠질 거야."

레프는 고개를 끄덕였다. "클럽에서 알코올 없는 맥주를 팔았는데 사람들이 거들떠보지도 않더군요." 알코올이 0.5퍼센트 미만인 맥주는 판매가 허용되었다. "그걸로 취하려면 4리터는 마셔야 할 겁니다."

"밀주를 몰래 팔고 있는데 물량이 달려. 게다가 다들 겁이 나서 쉽게 사려고 하지도 않고."

올가는 깜짝 놀랐다. 그녀는 사업에 대해선 아는 게 없었다. "아버지, 그럼 어떻게 할 거예요?"

"모르겠다." 조지프가 말했다.

이것 역시 또다른 변화였다. 예전에 조지프는 이런 위기가 오기 전에 미리미리 계획을 세웠다. 하지만 벌써 금주법이 통과된 지 석 달이 지났는데도 새로운 상황을 맞을 준비가 전혀 되어 있지 않았다. 레프는 그동안 조지프가 뚝딱 해결책을 내놓기만을 기다리고 있었다. 이제는 실망스럽지만 기다리던 그런 일은 없으리라는 걸 직시하게 되었다.

걱정스러운 상황이었다. 레프는 아내에 정부에 두 아이를 거느리고 있었고, 그들 모두 뱔로프 가문의 사업에서 나오는 돈으로 먹고살았다. 뱔로프 제국이 무너진다면 레프는 계획을 세워야 했다.

폴리나가 전화가 왔다며 올가를 불렀고, 그녀는 복도로 나갔다. 레프에게 올가가 통화하는 소리가 들렸다. "네, 루비." 그녀가 말했다. "일찍 일어났군요." 그녀는 잠시 말을 멈추었다. "네? 그럴 리가 없어요." 한참 조용하더니 올가가 울기 시작했다.

신문을 읽던 조지프가 고개를 들고 말했다. "이게 무슨……?"

올가는 쾅 소리나게 수화기를 내려놓고 식당으로 돌아왔다. 눈물이 그렁그렁한 눈으로 그녀는 레프를 손가락질하며 말했다. "이 나쁜 자식."

"내가 뭘?" 그렇게 물었지만 레프는 무슨 일인지 알 것 같았다.

"너, 너, 이 나쁜 개자식."

데이지가 소리지르기 시작했다.

조지프가 말했다. "올가, 얘야. 왜 그러는 거야?"

올가가 대답했다. "그 여자가 아기를 낳았대요!"

레프는 속삭이듯 내뱉었다. "이런, 젠장."

조지프가 말했다. "누가 아이를 낳아?"

"레프랑 놀아나는 년요. 공원에서 본 년 있잖아요. 마르가."

조지프의 얼굴이 벌게졌다. "몬테카를로의 가수? 그년이 레프의 아이를 가졌다고?"

올가는 흐느껴 울며 고개를 끄덕였다.

조지프는 레프를 바라보았다. "너, 이 빌어먹을 자식."

레프가 말했다. "모두 진정들 하세요."

조지프가 일어섰다. "맙소사, 내가 버릇을 고쳐줬다고 생각했는데."

레프는 의자를 밀치고 일어섰다. 그리고 방어하듯 양팔을 내밀며 조지프에게서 떨어졌다. "제발 진정 좀 하시라니까요."

"감히 진정하라는 말이 나와?" 조지프가 말했다. 그리고 깜짝 놀랄 만큼 민첩하게 앞으로 튀어나오며 두툼한 주먹을 날렸다. 레프는 재빨리 피하지 못해 왼쪽 광대뼈 위쪽을 얻어맞았다. 무지막지한 고통에 그는 비틀거리며 뒷걸음쳤다.

올가는 울부짖는 데이지를 안아올려 문가로 피했다. "그만해요!" 그녀가 소리질렀다.

조지프가 왼쪽 주먹을 휘둘렀다.

주먹다짐을 해본 지는 무척 오래되었지만 페트로그라드의 빈민가에서 자란 레프의 반사신경은 여전히 제대로 작동하고 있었다. 그는 조지프의 왼쪽 주먹을 막으며 가까이 접근해 장인의 배를 양 주먹으로 번갈아 때렸다. 조지프의 가슴에서 쉭 바람 빠지는 소리가 났다. 그 순간 레프는 장인의 얼굴에 짧게 주먹을 몇 번 날려 코와 입, 눈을 때렸다.

조지프는 강인한 사내에다 깡패였지만, 사람들이 너무 겁을 낸 나머지 맞서 싸울 엄두를 내지 못한 통에 오랫동안 방어하는 연습을 할 일이 없었다. 그는 비틀비틀 물러나면서 양팔로 레프의 주먹을 막으려 했지만 잘되지 않았다.

레프의 길거리 싸움 본능은 자신을 공격한 상대가 똑바로 서 있는 한 멈추지 않았다. 그는 조지프를 쫓아가며 몸통과 머리를 계속 공격했고, 결국 조지프는 식탁 의자에 걸려 카펫 위로 쓰러졌다.

올가의 어머니 레나가 비명을 지르며 식당으로 뛰어들어와 남편 옆에 무릎을 꿇고 앉았다. 부엌으로 통하는 문가에 나타난 폴리나와 요리사는 겁에 질린 표정이었다. 잔뜩 얻어맞은 조지프는 얼굴에서 피가 났지만 팔꿈치로 바닥을 짚은 채 윗몸을 일으키고 레나를 옆으로 밀어냈다. 그러더니 일어서려고 애쓰다 갑자기 비명을 지르며 뒤로 쓰러졌다.

그의 안색이 잿빛으로 변했고 숨이 멈추었다.

레프가 말했다. "이런 맙소사."

레나는 울부짖기 시작했다. "조지프, 이런. 아, 여보. 눈 좀 떠봐요!"

레프는 조지프의 가슴에 손을 대보았다. 심장이 뛰지 않았다. 손목을 잡아봤지만 맥박도 느껴지지 않았다.

이거 큰일났군. 레프는 생각했다.

그는 일어섰다. "폴리나, 구급차 불러."

폴리나는 복도로 나가서 수화기를 들었다.

레프는 시체를 멍하니 보았다. 결정을 빨리 내려야 했다. 여기 남아서 결백을 주장하며 슬퍼하는 척하다가 빠져나가야 하나? 아니야. 성공 가능성이 너무 낮았다.

떠나야 했다.

그는 위층으로 뛰어올라가 셔츠를 벗었다. 전쟁터에서 돌아올 때 카자크에게 스카치를 팔아 모은 금을 잔뜩 챙겼었다. 그걸 바꾼 오천 달러가 넘는 돈을 전대에 넣어 서랍 뒤쪽에 테이프로 붙여서 숨겨두었다. 그는 전대를 허리에 감고 셔츠와 재킷을 입었다.

그 위에 코트까지 입었다. 옷장 꼭대기칸의 오래된 가방 안에 미군 장교들에게 지급되는 콜트 45구경 1911 반자동권총이 들어 있었다. 그는 권총을 코트 주머니에 챙겨넣었다. 그리고 총알 한 통과 속옷 몇 벌을 가방에 쑤셔넣고 아래층으로 내려왔다.

식당으로 가보니 레나가 조지프의 머리 밑에 쿠션을 받쳐두었지만 아무리 봐도 조지프는 죽은 지 오래였다. 올가는 복도 전화기에 매달려 있었다. "빨리요, 제발. 돌아가실 것 같아요!" 너무 늦었어, 여보. 레프는 생각했다.

그가 말했다. "구급차는 너무 오래 걸려. 내가 가서 슈워츠 박사를 데려올게." 어째서 가방을 들고 있는지 아무도 묻지 않았다.

그는 차고로 가서 조지프의 패커드 트윈식스에 시동을 걸었다. 집을 빠져나온 레프는 북쪽으로 향했다.

슈워츠 박사를 부르러 가는 게 아니었다.

그는 캐나다로 가고 있었다.

II

레프는 빠르게 달렸다. 버펄로의 북부 교외 지역을 뒤로하며 시간이 얼마나 남았을지 가늠해보았다. 구급대원들은 분명 경찰을 부를 것이다. 도착하는 즉시 경찰은 조지프가 주먹다짐으로 죽었다는 걸 알아낼 게 뻔했다. 올가는 망설임 없이 아버지를 누가 쓰러뜨렸는지 말할 것이다. 그녀는 예전에는 레프를 증오하지 않았지만 지금은 그랬다. 바로 그 순간부터 레프는 살인범으로 쫓기게 될 것이다.

발로프 저택의 차고에는 보통 자동차가 세 대 세워져 있었다. 패커드, 레프의 포드 모델 T, 그리고 조지프 밑의 건달들이 타는 파란색 허드슨이었다. 레프가 패커드를 타고 떠났다는 사실을 경찰이 알아차리는 데는 그리 오랜 시간이 걸리지 않을 터였다. 한 시간. 레프는 계산했다. 한 시간이면 경찰이 패커드를 찾기 시작할 것이다.

운이 좋으면 그전에 미국을 빠져나갈 수 있었다.

그는 마르가를 데리고 캐나다까지 여러 번 차로 간 적이 있다. 토론토까지는 겨우 160킬로미터로 빠른 차로 가면 세 시간 걸렸다. 그들은 피터스 부부라는 이름으로 호텔에 체크인을 한 다음 제일 좋은 옷을 차려입고서 누군가 알아보고 조지프 발로프에게 전할지 모른다는 걱정도 없이 시내를 돌아다녔다. 레프는 미국 여권이 없었지만 국경 검문소가 없는 몇 군데 통로를 알고 있었다.

정오에 토론토에 도착한 그는 조용한 호텔에 방을 잡았다.

그는 커피숍에서 샌드위치를 하나 주문하고 자신이 처한 상황을 곰곰이 생각해보았다. 그는 살인범으로 쫓기고 있었다. 집도 없고, 가족은 둘이나 되었지만 체포될 위험을 감수하지 않고는 어느 쪽도 찾아갈 수 없었다. 아마 아이들은 두 번 다시 못 볼 것이다. 가진 것은 전대에 든 오천 달러와 훔친 차였다.

겨우 십 개월 전 형에게 자랑하던 기억을 떠올렸다. 지금 이 모습을 보면 그리고리가 어떻게 생각할까?

그는 샌드위치를 먹고 울적한 기분으로 시내를 아무 생각 없이 돌아다녔다. 주류 판매점에 들러 호텔로 가져갈 보드카 한 병을 샀다. 오늘밤은 그냥 취해버리자는 생각이었다. 살펴보니 호밀 위스키가 한 병에

4달러였다. 버펄로에서는 그걸 구할 수만 있다면 10달러, 뉴욕이라면 15달러에서 20달러쯤으로 뛸 것이다. 나이트클럽에서 팔 불법 주류를 사려고 애쓴 적이 있어서 잘 알았다.

호텔로 돌아온 그는 얼음을 구해 방으로 갔다. 그가 묵는 방은 먼지 투성이에 가구는 빛이 바랬고 창밖 경치라고 해봐야 줄지어 선 싸구려 가게들 뒤로 보이는 마당이 전부였다. 북쪽 지방 특유의 이른 저녁이 찾아오고 밖이 어두워지자 레프는 지금까지 살아온 그 어느 때보다도 우울해졌다. 밖에 나가 여자를 구해볼까 생각도 해봤지만 그럴 마음이 생기지 않았다. 나는 어디서 살든 결국 달아나게 되는 걸까? 페트로그라드를 떠난 이유도 죽은 경관 때문이었고, 애버로언에서도 카드 사기 때문에 다른 사람들보다 한발 앞서 그곳을 떠나야 했다. 이제 버펄로에서도 도망자 신세가 되어 달아났다.

패커드를 처리해야 했다. 버펄로 경찰이 어쩌면 토론토에 전신으로 협조를 요청했을 수도 있었다. 번호판을 바꾸든 차를 바꾸든 해야 했다. 하지만 도무지 기운이 없었다.

올가는 그를 처치하게 되어 어쩌면 좋아할지도 모른다. 유산을 독차지할 테니. 하지만 뱔로프 제국은 하루하루 가치가 줄어들고 있었다.

그는 마르가와 아들 그레고리를 캐나다로 데려오면 어떨까 생각했다. 마르가가 오려고 하긴 할까? 레프가 그랬던 것처럼 미국은 그녀의 꿈이었다. 캐나다는 나이트클럽 가수의 꿈의 목적지가 될 수 없었다. 그녀는 레프를 따라 뉴욕이나 캘리포니아에 갈 수는 있어도 토론토에는 올 수 없었다.

아이들이 그리울 것 같았다. 데이지가 아빠 없이 자랄 걸 생각하니 눈물이 났다. 데이지는 이제 네 살도 채 안 되었다. 어쩌면 그를 완벽히 잊을 수도 있다. 잘해봐야 희미한 기억만 남을 것이다. 세상에서 제일 큰 샌드위치도 기억 못할 것이다.

세번째 잔을 들이켜던 레프는 자기가 부당한 일을 당한 가련한 희생자라는 생각이 퍼뜩 들었다. 그는 장인을 죽이려고 한 게 아니었다. 조지프가 먼저 때리기 시작했다. 어쨌거나 사실상 레프 때문에 죽은 것이 아니었다. 장인은 일종의 발작으로 죽었다. 지독하게 운이 나빴을 뿐이었다. 하지만 아무도 그런 말을 믿을 리 없었다. 올가가 유일한 목격자였고, 그녀는 복수를 원할 것이다.

그는 다시 보드카를 따라 들고 침대에 누웠다. 전부 될 대로 되라지.

술에 취해 조금씩 잠에 빠져들던 그는 주류 판매점 창문 안쪽으로 보이던 술병들과 유리에 붙은 광고 문구가 떠올랐다. '캐나디안 클럽, $4.00.' 왠지 뭔가 중요한 것 같았지만 지금은 그게 뭔지 잘 알 수 없었다.

다음날 아침, 잠에서 깬 그는 입안이 깔깔하고 머리가 지끈거리는 와중에도 한 병에 4달러인 캐나디안 클럽 위스키가 자신을 구원해주리라는 사실을 알았다.

위스키 잔을 헹군 다음 얼음통에 고인 얼음 녹은 물을 따라 마셨다. 세 잔째 마실 때쯤 계획이 섰다.

오렌지주스와 커피, 아스피린 덕분에 기분이 나아졌다. 그는 앞으로의 위험을 따져보았다. 하지만 위험 요소가 있다고 해서 뭔가를 단념한 적은 결코 없었다. 포기한다면 나는 내가 아니라 형 그리고리지. 그는 생각했다.

그가 세운 계획에는 엄청난 난관이 있었다. 올가와 화해할 수 있느냐에 모든 게 달렸다는 점이었다.

그는 차를 몰고 빈민가로 간 다음, 노동자들에게 아침을 파는 싸구려 식당에 들어갔다. 그리고 칠장이로 보이는 남자들이 앉은 탁자에 앉아서 말했다. "내 차하고 트럭을 맞바꾸고 싶소. 혹시 관심 있는 사람이 있을까?"

한 남자가 물었다. "합법적인 물건인가?"

레프는 멋진 웃음을 지어 보였다. "무슨 소리를 하는 거야, 친구. 합법적인 물건이면 내가 여기서 팔려고 하겠어?"

이후 여러 곳에서 시도했지만 사겠다고 나서는 작자는 없었다. 하지만 결국 아버지와 아들이 운영하는 자동차 수리공장을 찾아냈다. 그는 패커드를 스페어타이어가 두 개 딸린 2톤짜리 맥 주니어 밴과 맞바꾸었다. 현금이나 서류가 오가지 않는 거래였다. 강도질이나 다름없는 조건이었지만 수리공은 레프가 절박하다는 걸 알고 있었다.

늦은 오후 그는 토론토의 거주자 및 업소 명부를 뒤져 어느 주류 도매상을 찾아갔다. "캐나디안 클럽 위스키 백 상자를 사겠소. 얼마에 줄 거요?"

"그 정도면 한 상자에 36달러에 해드리지."

"그럽시다." 레프는 돈을 내밀었다. "시 외곽에 술집을 차릴 건데—"

"꾸며댈 거 없소, 친구." 도매상이 말했다. 그는 창밖을 가리켰다. 바로 옆 공터에 인부들이 터를 닦는 모습이 보였다. "새로 창고를 짓고 있소. 여기보다 다섯 배 크지. 미국 금주법에 절이라도 할 판이야."

레프는 자기가 이런 멋진 생각을 해낸 첫번째 사람이 아니라는 걸 깨달았다.

그는 돈을 치르고 맥 밴에 위스키를 실었다.

그리고 다음날 차를 몰고 버펄로로 돌아왔다.

III

레프는 위스키로 가득찬 밴을 뱔로프 저택 밖 도로에 세웠다. 겨울 오후는 어스름한 저녁으로 넘어가고 있었다. 차고로 통하는 진입로에는 차가 한 대도 보이지 않았다. 긴장한 그는 언제라도 달아날 준비를 한 채 무슨 일이 벌어질지 눈치를 살폈지만, 아무 움직임도 없었다.

그는 신경을 곤두세우고 밴에서 내려 현관으로 다가간 다음 가지고 있던 열쇠로 문을 따고 들어갔다.

집안은 고요했다. 위층에서 데이지의 목소리와 폴리나가 중얼거리며 대답하는 소리가 들렸다. 다른 소리는 들리지 않았다.

그는 두꺼운 카펫 위로 조용히 홀을 가로질러 응접실을 들여다보았다. 모든 의자는 벽으로 밀어서 붙여놓은 상태였다. 방 한가운데 검은 실크에 덮인 받침대가 보이고 그 위에 반짝이는 황동 손잡이가 달린 윤이 나는 마호가니 관이 놓여 있었다. 관 안에 조지프 뱔로프의 시체가 보였다. 죽은 사람이라서 그런지 호전적이던 얼굴의 생김생김이 부드러워졌고 착해 보이는 인상이었다.

시체 옆에 올가가 혼자 앉아 있었다. 그녀는 검은 드레스 차림이었다. 문을 향해 등을 보이고 앉은 모습이었다.

레프는 응접실 안으로 들어섰다. "안녕, 올가." 그는 조용히 말했다.

그녀가 소리를 지르려고 입을 벌리자 레프는 얼른 손으로 틀어막았다.

"걱정할 것 없어." 레프가 말했다. "그냥 이야기 좀 하려는 거야." 그는 천천히 손을 뗐다.

올가는 소리를 지르지 않았다.

레프는 조금 마음이 놓였다. 첫번째 장애물은 넘었다.

"넌 우리 아버지를 죽였어!" 올가는 화난 목소리로 말했다. "무슨 할

애기가 있다는 거야?"

레프는 깊이 숨을 들이마셨다. 한 치의 실수도 없이 이 상황을 처리해야 했다. 그냥 매력적인 외모로만 해결될 일이 아니었다. 머리도 잘 써야 했다. "미래야." 그는 말했다. 그는 낮고 은밀한 목소리로 말했다. "당신과 나, 그리고 어린 데이지의 미래. 나는 곤경에 처했어. 알아. 하지만 당신도 마찬가지야."

올가는 듣고 싶어하지 않았다. "나는 아무 문제 없어." 그녀는 고개를 돌려 시체를 바라보았다.

레프는 의자를 하나 끌어와 올가 옆에 붙어 앉았다. "당신이 물려받은 사업은 완전히 엉망이야. 전부 무너져서 거의 돈이 안 된다고."

"우리 아버지는 엄청난 부자였어!" 올가는 분한 목소리로 말했다.

"아버님은 바와 호텔, 주류 도매업을 하고 있었어. 하지만 다 손해 보는 중이지. 금주법이 시행된 건 이제 겨우 이 주인데. 벌써 다섯 군데의 바가 문을 닫았어. 금세 아무것도 안 남을 거라고." 레프는 망설였지만 자기가 가진 가장 강력한 무기를 써먹기로 했다. "당신 생각만 할 수는 없잖아. 데이지를 어떻게 기를지도 생각해야지."

그녀는 흔들리는 듯 보였다. "사업이 진짜로 망하고 있어?"

"그제 아침식사 때 아버님이 내게 하던 얘기 들었잖아."

"별로 기억나지 않아."

"내 말 안 믿어도 돼. 확인해봐. 회계사인 노먼 나이얼에게 물어보든가. 아무한테나 물어보라고."

올가는 그를 잔뜩 노려보더니 그의 말을 믿기로 한 모양이었다. "왜 나한테 와서 이런 말을 하는 거지?"

"어떻게 하면 사업을 되살릴지 알아냈거든."

"어떻게?"

"캐나다에서 술을 사오는 기야."

"그건 불법이잖아."

"그렇지. 하지만 그게 당신에게 남은 유일한 희망이야. 술이 없으면 당신도 사업 못해."

그녀는 새침하게 고개를 돌렸다. "내 앞가림은 할 수 있어."

"그렇겠지." 레프가 말했다. "집을 비싸게 팔고, 그 돈을 투자한 다음 어머니와 작은 아파트로 옮길 수도 있어. 부동산 수입으로 몇 년 동안은 당신하고 데이지가 먹고살 수 있겠지. 하지만 어디 가서 일하는 것도 생각은 해야—"

"난 일은 못해!" 그녀가 말했다. "그런 걸 배운 적이 없단 말이야. 내가 뭘 하겠어?"

"아니야, 들어봐. 백화점 판매원을 하거나 공장에서 일할 수도—"

그런 말은 다 공연한 소리였고 올가도 잘 알고 있었다. "바보 같은 소리 마." 그녀가 쏘아붙였다.

"그럼 딱 한 가지 방법이 남지." 레프는 그녀에게 손을 뻗었다.

그녀는 몸을 움츠리며 피했다. "내가 어떻게 되든 당신이 무슨 상관이야?"

"내 아내니까."

올가는 이상하다는 듯 레프를 바라보았다.

레프는 최대한 진지한 표정을 지었다. "내가 당신한테 잘못한 건 알아. 하지만 우리는 한때 사랑했잖아."

그녀는 목 깊은 곳에서 비웃는 듯한 소리를 냈다.

"그리고 우리에게는 걱정해야 할 딸아이가 있어."

"하지만 당신은 감옥에 가겠지."

"당신이 사실대로만 말하면 그렇지 않아."

"그게 무슨 소리야?"

"올가, 당신은 상황을 처음부터 끝까지 다 봤어. 아버님이 나를 공격했잖아. 내 얼굴을 좀 봐. 눈언저리가 시커멓게 멍든 게 바로 증거야. 나는 반격하지 않을 수 없었어. 아버님은 심장이 약했던 게 분명해. 어쩌면 얼마 전부터 이미 편찮으셨는지도 모르지. 그러니까, 금주법이 실행되기 전에 미리 사업 계획을 준비해두지 못한 이유가 그거야. 어쨌든 아버님은 나를 공격하려고 용을 쓰다가 돌아가신 거라고. 내가 정당방위로 몇 번 날린 주먹에 맞아 돌아가신 게 아니야. 당신이 할 일은 경찰에게 진실을 말하는 것뿐이야."

"나는 이미 당신이 아버지를 죽였다고 말했어."

레프는 희망이 생겼다. 진척이 보이기 시작한 것이다. "그건 괜찮아." 그는 아내를 안심시켰다. "당신은 슬픔에 사로잡히고 순간적으로 흥분한 상태에서 진술한 거야. 이제 조금 차분해지고 나서 생각하니 아버님의 죽음은 끔찍한 사고였을 뿐이잖아. 아버님의 나쁜 건강과 발끈하는 성미 때문에 일어난 일이지."

"경찰이 내 말을 믿을까?"

"배심원들은 믿을 거야. 하지만 내가 좋은 변호사를 구하면 재판까지 갈 필요도 없어. 뭐하러 재판을 해? 유일한 목격자가 살인사건이 아니라는데."

"모르겠어." 그녀의 태도가 바뀌었다. "술은 어떻게 구할 건데?"

"쉬워. 그건 걱정하지 마."

그녀는 의자를 돌려놓고 앉아서 그를 똑바로 바라보았다. "나는 당신 안 믿어. 그냥 내 진술을 바꾸려고 이러는 거잖아."

"코트 입어. 보여줄 게 있어."

긴장되는 순간이었다. 따라와주기만 한다면 그녀는 레프의 차지였다.

잠시 말이 없더니 올가는 일어섰다.

레프는 승리의 웃음을 감추었다.

두 사람은 응접실을 나왔다. 집밖 도로로 나온 레프는 밴의 뒷문을 열었다.

올가는 한참 말이 없었다. 그러더니 입을 열었다. "캐나디안 클럽?" 레프는 그녀의 목소리가 진작 바뀐 걸 알아차렸다. 현실적인 말투였다. 감정은 뒤로 물러나 희미해졌다.

"백 상자야." 레프가 말했다. "이걸 한 병에 3달러에 샀어. 여기선 10달러는 받을 수 있지. 한 잔씩 따라서 팔면 훨씬 비싸고."

"생각해봐야겠어."

괜찮은 징조였다. 그녀는 수긍은 가는데 서둘러 결정하고 싶지는 않은 것이었다. "이해하지만 시간이 없어." 그가 말했다. "나는 불법 위스키를 한 트럭 끌고 다니는 수배범이라고. 그러니까 당신이 당장 결정해줘야 해. 재촉해서 미안하지만 달리 방법이 없다는 걸 알아줬으면 좋겠어."

그녀는 깊이 생각하는 듯 고개를 끄덕였지만 아무 말 하지 않았다.

레프가 계속 말했다. "당신이 거절하면 나는 술을 팔아서 돈을 챙긴 다음 사라질 거야. 그럼 당신은 혼자 남겠지. 당신에게 행운을 빌어주고 영원히 찾아오지 않겠어. 서로 감정 상할 일도 없어. 이해할 수 있어."

"좋다고 하면?"

"당장 경찰서로 함께 가야지."

올가는 한참 말이 없었다.

그러다 마침내 고개를 끄덕였다. "좋아."

레프는 표정을 감추느라 고개를 돌렸다. 해냈어. 그는 속으로 말했다. 자기 아버지의 시체가 있는 방에 그녀와 함께 앉아서 결국 내게 돌아오게 만든 거야.

이 멋진 개자식.

IV

"모자를 써야겠어." 올가가 말했다. "당신도 깨끗한 셔츠로 갈아입어. 좋은 인상을 줘야지."

훌륭했다. 그녀는 진정으로 레프의 편이 되었다.

두 사람은 다시 집으로 들어가 준비를 했다. 올가를 기다리는 사이 레프는 〈버펄로 애드버타이저〉에 전화해 편집장인 피터 호일을 찾았다. 비서가 무슨 일이냐고 물었다. "조지프 뱔로프를 살해한 혐의로 수배된 사람이라고 전해주시오."

잠시 후 다른 목소리가 날카롭게 외치듯 말했다. "호일입니다. 누구시죠?"

"레프 페시코프, 뱔로프의 사위입니다."

"지금 어딘가?"

레프는 질문을 무시했다. "삼십 분 후 경찰청 계단으로 기자를 한 명 보내주시면 거기서 인터뷰를 하겠습니다."

"그러지."

"호일 씨?"

"음?"

"사진사도 보내주시죠." 레프는 전화를 끊었다.

올가를 휑히 열린 밴 앞자리에 태우고, 레프는 우선 조지프의 부두 창고로 향했다. 장물 담배가 벽 주위에 잔뜩 쌓여 있었다. 뒤쪽 사무실에 들어가보니 뱔로프의 회계사인 노먼 나이얼과 늘 몰려다니는 패거리가 있었다. 노먼이 나쁜 짓을 일삼아도 좀스러운 자라는 걸 레프는 알았다. 노먼은 조지프의 책상 앞 조지프의 의자에 앉아 있었다.

그들 모두 레프와 올가를 보고 깜짝 놀랐다.

레프가 말했다. "올가가 사업을 모두 물려받았어. 내가 지금부터 운영할 거야."

노먼은 의자에서 얼른 일어서지 않았다. "그건 두고봐야지." 그가 말했다.

레프는 노먼을 잔뜩 노려볼 뿐 아무 말도 하지 않았다.

노먼은 다시 입을 열었지만 이번에는 아까보다 자신감이 없었다. "유서도 확인해야 하고, 뭐 그런 거지."

레프는 고개를 가로저었다. "정식으로 절차를 밟다보면 우리가 꾸릴 사업체는 남아나지도 않아." 그는 건달들 중 하나를 가리켰다. "일리야, 마당에 가서 밴에 뭐가 실려 있는지 확인하고 와서 노먼에게 말해줘."

일리야가 밖으로 나갔다. 레프는 책상을 돌아가 노먼 옆에 섰다. 그들은 말없이 일리야가 돌아오기를 기다렸다.

"캐나디안 클럽이 백 상자 있군." 일리야가 한 병을 책상 위에 올려놓았다. "진짜인지 보려면 한번 마셔봐야겠는데."

레프가 말했다. "나는 캐나다에서 술을 들여와 사업을 할 거다. 금주법은 지금까지 없던 가장 큰 기회야. 사람들은 술이라면 얼마든지 돈을 낼 테지. 우리는 어마어마한 돈을 버는 거야. 의자에서 일어나, 노먼."

"난 그렇게 생각 안 해, 애송이." 노먼이 말했다.

레프는 재빨리 권총을 뽑아들고 노먼의 얼굴 양쪽을 쳤다. 노먼은 비명을 질렀다. 레프는 태연히 콜트 권총을 건달들을 향해 겨누었다.

올가는 기특하게도 비명을 지르지 않았다.

"너 이 자식." 레프가 노먼에게 말했다. "나는 조지프 뱔로프를 죽였어. 빌어먹을 회계사 따위를 두려워할 것 같아?"

노먼은 벌떡 일어나더니 피가 흐르는 입에 한 손을 대고 허둥지둥 밖으로 나갔다.

레프는 여전히 권총을 들고 겨눈 채 패거리를 바라보며 말했다. "누구든 내 밑에서 일하기 싫은 놈은 지금 가도 좋아. 서로 감정 상하지 말자고."

아무도 움직이지 않았다.

"다행이군." 레프가 말했다. "왜냐하면 서로 감정 상하지 말자는 건 거짓말이었거든." 그는 일리야를 가리켰다. "너는 여기 페시코프 부인과 나랑 가자. 운전해. 나머지는 밴에 있는 술을 내려놔."

일리야는 파란색 허드슨에 그들을 태워 시내로 데려갔다.

레프는 창고에서 실수한 건지도 모른다는 생각이 들었다. 나는 조지프 **뱔로프를 죽였어**. 그런 말을 올가 앞에서 하지 말았어야 했다. 그녀가 마음을 바꿔먹을 수도 있었다. 그 점에 대해 올가가 들먹인다면, 진짜 그런 게 아니라 노먼을 겁주려고 한 말이라고 둘러대기로 했다. 하지만 올가는 그 문제를 거론하지 않았다.

경찰청 앞에는 코트를 입고 모자를 쓴 남자 둘이 삼각대 위에 커다란 카메라를 얹어놓은 채 기다리고 있었다.

레프와 올가는 차에서 내렸다.

레프는 기자에게 말했다. "조지프 뱔로프의 죽음은 우리와 그의 가족, 이 도시의 비극입니다." 기자는 속기로 노트에 휘갈겨썼다. "저는 무슨 일이 있었는지 설명하기 위해 경찰에 출두했습니다. 제 안사람 올가는 그분이 쓰러지는 상황을 본 유일한 목격자로, 제 결백을 증언하기 위해 이 자리에 나왔습니다. 부검해보면 제 장인이 심장마비로 사망했음을 알 수 있을 겁니다. 제 아내와 저는 조지프 뱔로프가 버펄로에서 시작한 위대한 사업을 이어받아 확장시켜나갈 것입니다. 감사합니다."

"카메라를 봐주시겠습니까?" 사진사가 말했다.

레프는 올가에게 팔을 둘러 그녀를 가까이 안고 카메라를 보았다.

기자가 말했다. "눈언저리는 왜 퍼렇죠, 레프?"

"이거요?" 레프는 눈을 가리키며 말했다. "아, 젠장. 이건 아무 상관 없는 겁니다." 그는 최대한 매력적인 표정으로 웃었고, 카메라의 마그네슘 불빛이 눈부시게 터졌다.

40장
1920년 2월에서 12월

I

올더숏 군사 교도소는 끔찍한 곳이라고 빌리는 생각했지만, 그래도 시베리아보다는 나았다. 올더숏은 런던에서 남서쪽으로 60킬로미터쯤 떨어진 군사도시였다. 교도소는 가운데 안마당이 있는 현대식 3층 건물로 좁은 방이 길게 이어진 구조였다. 천장에 유리를 끼워 실내가 밝았는데 그래서 '유리온실'이라는 별명으로도 불렸다. 난방 파이프와 가스 조명이 있어서 빌리가 지난 사 년 동안 잠을 청했던 대부분의 장소보다 훨씬 더 안락했다.

그래도 그는 비참했다. 전쟁이 끝난 지 일 년도 더 지났지만 그는 여전히 군대에 남아 있었다. 친구들은 대부분 제대해서 많은 임금을 받으며 일하고 여자들과 영화를 보러 다녔다. 그는 여전히 군복을 입고 경례를 하며 군대 침상에서 자고 군대 음식을 먹었다. 온종일 교도소 사업인 깔개 짜는 노역을 했다. 최악은 여자를 볼 수 없다는 것이었다. 바깥세상 어딘가에서 밀드러드가 그를 기다리고 있었다. 확실하진 않지만. 전쟁이 끝나 돌아와보니 아내나 애인이 다른 남자에게로 떠나버렸다는 이야기는 쌔고 쌨다.

그는 밀드러드나 다른 누구와도 전혀 연락이 되지 않았다. 죄수, 정식 명칭으로 하자면 '군 수형자'도 일상적으로 편지를 주고받을 수 있었지만 빌리는 특수한 경우였다. 군 기밀을 편지로 누설한 죄를 지었기 때문에 그의 편지는 교도소 당국에 압수되었다. 이건 군의 복수였다. 물론 그는 누설할 만한 기밀을 더는 알지도 못했다. 누나에게 그가 뭘 알려줄 수 있을까? "삶은 감자는 늘 덜 익어서 나와" 같은 것?

어머니나 아버지, 할아버지는 빌리가 군사재판을 받았다는 걸 알기나 할까? 병사의 가장 가까운 친족에게는 연락하는 것이 의무라고 빌리는 생각했지만, 실제로 그렇게 하는지 확신할 수 없었고 그의 의문에 대답해줄 사람도 없었다. 어쨌거나 토미 그리피스가 틀림없이 가족들에게 알렸을 것이다. 실제로 그가 무슨 행동을 했는지는 에설이 잘 설명해줬기를 바랐다.

면회를 오는 사람은 없었다. 빌리는 그가 러시아에서 돌아온 걸 가족들이 모르고 있는 게 아닌가 싶었다. 편지를 받지 못하는 상황에 대해 항의하고 싶었지만 변호사와 접촉할 길이 없었고, 변호사를 고용할 돈도 없었다. 한 가지 위안은 이런 식의 생활이 영원히 계속되지는 않으리라는 어렴풋한 느낌뿐이었다.

바깥소식은 신문을 통해 접했다. 피츠는 런던으로 돌아와 러시아의 백군에 더 많은 군사적 지원을 하자고 주장하는 연설을 하고 다녔다. 그렇다면 애버로언 친구들 부대도 영국으로 돌아왔다는 뜻인지 궁금했다.

피츠의 연설은 별 효과가 없었다. 에설이 이끄는 '러시아에서 손을 떼라' 운동은 많은 지지를 얻어 노동당의 정책으로 승인받았다. 육군장관인 윈스턴 처칠의 다채로운 반볼셰비키 연설에도 불구하고 영국은 러시아 북극 지역에서 군대를 철수했다. 11월 중순, 붉은 군대가 콜차 크 제독을 옴스크에서 몰아냈다. 빌리가 백군에 관해 말한 모든 것, 그리고 에설이 자신의 운동을 통해 되풀이해 말한 모든 것은 정확한 사실로 밝혀졌다. 피츠와 처칠이 말한 것은 모두 틀렸다. 하지만 빌리는 교도소에 있고, 피츠는 상원의회에 있었다.

교도소에 있는 다른 재소자들과 빌리는 전혀 달랐다. 그들은 정치범이 아니었다. 대부분은 절도나 폭행, 살인 같은 진짜 범죄를 저지른 자들이었다. 모두 성격이 사나웠지만 빌리도 만만치 않아서 그들이 별로 두렵지는 않았다. 다들 빌리를 조심스럽게 대하며 존중했다. 아마도 그의 죄목이 자기들보다 한 수 위라고 느끼는 모양이었다. 빌리는 다른 죄수들을 상냥하게 대했지만, 정치에 관심을 둔 사람은 아무도 없었다. 그들은 자기들을 가둔 사회가 잘못되었다는 생각은 전혀 하지 않았고, 지배체제를 허무는 일은 그냥 다음으로 미뤄두기로 마음먹고 있었다.

삼십 분 휴식이 주어지는 점심시간이면 빌리는 신문을 읽었다. 다른 죄수들은 대부분 글을 못 읽었다. 하루는 〈데일리 헤럴드〉를 펼쳤더니 낯익은 얼굴이 보였다. 잠시 어리둥절했던 그는 사진 속 인물이 바로 자신이라는 걸 알아차렸다.

빌리는 그게 언제 찍은 사진인지 기억해냈다. 밀드러드가 그를 끌고 올드게이트에 있는 사진관에 가서 군복 차림으로 사진을 찍게 했었다. "밤마다 사진에 대고 입맞출 거야." 밀드러드는 말했었다. 빌리는 그녀와 떨어져 지내는 동안 여러 의미로 해석할 수 있는 그 다짐을 자주 떠올렸다.

기사 제목은 '윌리엄스 하사가 교도소에 있는 까닭은?'이었다. 기사를 읽어내려가며 빌리는 점차 흥분하기 시작했다.

웨일스 소총연대(일명 '애버로언 친구들') 제8대대 소속 윌리엄 윌리엄스는 반역죄로 십 년 형을 받고 군 교도소에서 복역중이다. 이 사람은 반역자인가? 조국을 배반했거나 적에게 투항했거나 전투중 달아났을까? 정반대이다. 그는 솜 강에서 용감하게 싸웠고, 그후에도 이 년 동안 프랑스에서 복무했으며, 하사관으로 진급까지 했다.

빌리는 들떴다. 내 얘기야. 그는 생각했다. 내 이야기가 신문에 났어. 게다가 내가 용감히 싸웠다잖아!

그리고 그는 러시아로 파견되었다. 우리는 러시아와 전쟁을 벌인 적이 없다. 영국 국민은 볼셰비키 정권을 굳이 승인할 필요가 없으며, 마찬가지로 우리 마음에 들지 않는 정권이라고 모두 공격하지도 않는다. 볼셰비키는 우리나라와 우리 연합국에 아무런 위협이 되지 않는다. 의회는 모스크바 정권에 대한 군사행동에 동의한 바가 전혀 없다. 러시아에서 벌인 군사작전이 국제법을 위반했는지 여부에 관해 심각한 의문이 제기된다.

실제로 몇 달간 영국 국민은 영국군이 러시아에서 싸우고 있다는 사실을 알지 못했다. 정부는 그곳에 있는 부대들이 단지 우리의 재산을 보호하거나 순서대로 철수하려고 준비하거나 대기중인 상태라는 식으로 국민을 호도하는 성명을 여러 차례 발표했다. 한결같이 우리 군이 붉은 군대에 대항해 싸우고 있지 않다는 점을 분명히 암시하고 있었다.

이런 상황이 거짓임이 밝혀진 데 대하여 윌리엄 윌리엄스에게 적잖이 감사해야 한다.

"이거 봐." 빌리는 누구에게랄 것도 없이 말했다. "보라고. 윌리엄 윌리엄스에게 감사한대."

같은 탁자에 앉은 죄수들이 몰려들어 어깨 너머로 신문을 들여다보았다. 같은 방을 쓰는 시릴 파크스라는 짐승 같은 녀석이 말했다. "이 사진 너잖아! 신문에서 뭘 하고 있는 거야?"

빌리는 기사 뒷부분을 소리내어 읽었다.

그가 저지른 죄는 검열을 피하기 위한 간단한 암호를 사용해 누나에게 편지를 보내 진실을 말한 것이었다. 영국 국민은 그에게 신세를 졌다.

하지만 그의 행동은 군 내부와 정부에서 자신들의 정치적 목적을 위해 비밀리에 영국 병사들을 이용한 자들을 불쾌하게 했다. 윌리엄스는 군사재판에서 십 년 징역형을 선고받았다.

그가 유일한 경우는 아니다. 많은 병사가 반혁명에 이용당하길 거부하다가 러시아에서 열린 대단히 수상쩍은 군사재판을 통해 지독히 무거운 형을 받았다.

윌리엄 윌리엄스와 다른 병사들은 양심을 품은 권력자들에게 복수를 당한 희생자들이다. 이런 상황은 바로잡아야 한다. 영국은 정의의 국가다. 결국 우리는 바로 그런 국가를 위해 싸워온 것이다.

"어때?" 빌리가 말했다. "내가 권력자들에게 희생당했대."

"나도 그래." 헛간에서 열네 살짜리 벨기에 여자아이를 강간한 시릴 파크스가 말했다.

누가 난데없이 빌리의 손에서 신문을 채갔다. 고개를 드니 마음에 들지 않는 교도관 앤드루 젱킨스의 멍청한 얼굴이 보였다. "빌어먹을 높은 곳에 친구들이 있는 모양이군, 윌리엄스." 그가 말했다. "하지만 여기선 그냥 빌어먹을 죄수놈이야. 그러니 얼른 돌아가서 일이나 해."

"즉시 가겠습니다, 교도관님." 빌리가 대답했다.

II

1920년 여름, 피츠는 런던에 온 러시아 교역 대표단이 다우닝 가 10번 지에서 수상인 데이비드 로이드조지의 환대를 받자 불같이 화를 냈다. 볼셰비키는 신생국인 폴란드와 여전히 전쟁을 벌이는 중이었고 피츠는 영국이 폴란드의 편을 들어야 한다고 생각했지만 그를 지지하는 사람 은 아무도 없었다. 런던의 항만 노동자들은 폴란드 군대로 향하는 소총 을 선적하지 않겠다며 파업을 벌였고, 노동조합회의는 영국군이 개입 하면 총파업을 벌이겠다고 경고했다.

피츠는 죽은 안드레이 왕자의 토지 소유권은 절대 되찾을 수 없다며 체념했다. 큰아들 보이와 둘째 앤드루는 러시아에 대한 태생적 권리를 잃었고, 피츠는 그런 상황을 받아들여야 했다.

하지만 러시아의 카메네프와 크라신이 영국을 돌아다니며 무슨 짓을 하는지 알게 되자 그는 가만있을 수 없었다. 40호실은 비록 형태는 바 뀌었지만 여전히 존재했고, 영국 정보부는 러시아인들이 모국으로 보 내는 전보문을 가로채 해독하고 있었다. 모스크바 소비에트 의장인 레 프 카메네프는 뻔뻔스럽게도 혁명 선전활동을 전개하고 있었다.

격분한 피츠는 8월 초순, 런던 사교 시즌 막바지에 열린 만찬에서 로 이드조지를 맹렬히 비난했다.

벨그레이브 광장에 있는 실버먼 경의 저택에서였다. 전쟁 전 실버먼 이 열었던 만찬처럼 호화롭지는 않았다. 코스에 속한 요리 수가 줄어 맛도 보지 않은 채 주방으로 돌아가는 음식도 예전보다는 적었고, 식탁을 꾸민 모습도 더 간소했다. 음식을 내오는 하인은 남자가 아닌 여자들이었다. 요즘에는 하인 일을 하려는 남자를 찾기 어려웠다. 피츠는 에드워드 7세 시대풍의 사치스러운 파티는 영원히 사라진 게 아닐까 생각했다. 하지만 실버먼은 여전히 영국 최고의 실력자들을 집으로 불러 모을 수 있는 능력이 있었다.

로이드조지는 피츠에게 여동생 모드에 대해 물었다.

그것 역시 피츠의 화를 돋우는 이야깃거리였다. "실망스럽게도 제 여동생은 독일인과 결혼해 베를린에 살고 있습니다." 피츠는 말했다. 그녀가 이미 첫아들인 에리크를 낳았다는 이야기는 하지 않았다.

"들었습니다." 로이드조지가 말했다. "그저 어떻게 지내고 있는지 궁금해서요. 젊고 유쾌한 여성이었죠."

수상이 젊고 유쾌한 여성을 좋아한다는 건, 악명 높다고까지는 할 수 없지만 널리 알려진 사실이었다.

"독일 생활은 힘들겠죠." 피츠가 말했다. 그는 생활비를 도와달라며 애원하는 모드의 편지를 받았지만, 일언지하에 거절했다. 허락도 받지 않고 결혼했으면서 어떻게 도움을 바랄 수 있단 말인가?

"힘이 들어요?" 로이드조지가 말했다. "그들이 한 짓을 보면 당연한 결과입니다. 그래도 모드 양이 안됐군요."

"다른 얘기 하시죠, 수상 각하." 피츠가 말했다. "카메네프라는 자는 유대인 볼셰비키입니다. 그자를 강제 추방해야 합니다."

수상은 손에 든 샴페인 때문에 얼근히 취한 상태였다. "친애하는 피츠." 그가 상냥하게 말했다. "엉성하고 폭력적인 러시아가 제공하는 그릇된 정보를 정부는 크게 걱정하지 않아요. 영국의 노동자계급을 과소평가하지 마세요. 그들도 말 같지 않은 소리는 구분할 줄 압니다. 날 믿어요. 볼셰비키의 평판을 떨어뜨리는 데는 당신이나 내 연설보다 카메네프의 연설이 더 잘 먹힌다오."

피츠는 수상의 말이 자기만족적이고 어리석다고 느꼈다. "그자는 〈데일리 헤럴드〉에 돈까지 줬단 말입니다!"

"외국 정부가 우리 신문사에 보조금을 준 게 무례한 짓이라는 건 동의합니다. 하지만 솔직히 우리가 〈데일리 헤럴드〉를 두려워하나요? 자유당과 보수당이 신문사를 안 가지고 있는 것도 아니잖아요."

"하지만 그자는 우리나라에서 가장 강경한 노선을 택한 혁명분자들을 만나고 있습니다. 우리 삶의 방식 전부를 뒤집어엎으려는 데 전념하는 미친놈들 말입니다."

"자세히 알면 알수록 영국인들은 볼셰비즘을 더욱 싫어할 겁니다. 내 말 기억해둬요. 자욱한 안개 너머에 멀리 있을 때나 어마어마해 보이는 겁니다. 볼셰비즘은 영국 사회의 예방주사나 마찬가지예요. 현존하는 사회조직이 뒤집어지면 무슨 일이 벌어질지에 대한 공포를 모든 계층 사람들에게 미리 감염시켜주는 거죠."

"저는 그냥 싫습니다."

"게다가……" 로이드조지가 계속 말을 이었다. "그들을 추방하려면, 그들이 획책하는 짓을 우리가 어떻게 알아냈는지 밝혀야 합니다. 그리고 우리가 그들을 감시했다는 뉴스는 우리를 반대하는 노동자들에게 오히려 러시아인들의 따분한 연설보다 더 효과적으로 불을 지르겠죠."

피츠는 상대가 아무리 수상이라 해도 정치적 현실에 관한 강의를 듣고 싶진 않았다. 그는 대단히 화가 나서 자기만의 논리를 고집했다. "그러나 우리가 볼셰비키와 교역할 필요는 분명 없습니다!"

"영국에 있는 자국 대사관을 이용해 선전활동을 하는 모든 나라와 거래를 거부한다면, 우리의 교역 상대는 거의 남지 않겠죠. 자, 피츠. 우린 솔로몬제도의 식인종들과도 교역을 하지 않습니까!"

피츠는 수상의 말이 사실인지는 알지 못했다. 어차피 솔로몬제도의 식인종이 우리에게 뭘 팔 수 있겠는가? 하지만 그냥 넘어가기로 했다. "그 살인자들에게 물건을 팔아야 할 만큼 곤란한 상황인가요?"

"그런 것 같아 걱정입니다. 훌륭한 기업인들과 많이 만나 이야기를 나눴습니다. 그들 이야기를 들으니 앞으로 십팔 개월이 상당히 힘들 거라더군요. 아무런 주문도 없다고 합니다. 소비자들이 물건을 사려고 하지 않아요. 곧 이제껏 누구도 몰랐던 최악의 실업사태를 겪을지 모릅니다. 하지만 러시아인들은 물건을 사려 하고 금으로 대금을 지불합니다."

"그들의 금이라면 받고 싶지 않아요!"

"그렇겠죠." 로이드조지가 말했다. "당신이야 금이라면 잔뜩 갖고 있을 테니까."

III

빌리가 신부를 데리고 애버로언에 오자 웰링턴 로에서는 파티가 열렸다.

여름의 토요일이었고, 그날만은 비가 오지 않았다. 오후 세시, 두 사람은 밀드러드의 아이들이자 빌리의 의붓딸인 여덟 살 이니드와 일곱 살 릴리언을 데리고 기차역에 도착했다. 그때쯤에는 광부들도 지하에서 올라와 일주일 만에 샤워를 하고 제일 좋은 옷으로 갈아입었다.

빌리의 부모가 역에서 기다리고 있었다. 그들도 이제 나이가 들어 약해진 것 같았고 예전처럼 주위 사람들을 뜻대로 하려는 모습으로는 보이지 않았다. 아버지는 빌리와 악수하며 말했다. "자랑스럽구나, 아들아. 내가 가르친 대로 맞서 싸운 거야." 빌리는 자기 자신을 아버지가 평생 이뤄낸 업적 가운데 하나라고 여기지는 않았지만, 어쨌든 기뻤다.

빌리의 부모는 밀드러드를 에설의 결혼식에서 한 번 본 적이 있었다. 아버지는 밀드러드와 악수를 했고 어머니는 키스를 했다.

밀드러드가 말했다. "다시 뵙게 되어 정말 기뻐요, 윌리엄스 부인. 이제 어머니라고 불러도 될까요?"

밀드러드가 한 말은 최고의 인사였고, 어머니는 무척 기뻐했다. 빌리는 밀드러드가 걸핏하면 욕설을 내뱉는 것만 조심하면 아버지도 그녀를 아주 좋아하게 될 거라고 확신했다.

에설로부터 정보를 넘겨받은 하원의원들이 하원회의에서 끊임없이 의문을 제기하자 정부는 러시아에서 명령불복종을 비롯해 여타 죄목으로 군사재판을 받은 많은 육해군 병사의 형량을 줄인다고 발표했다. 빌리의 형기는 일 년으로 줄었고, 석방과 동시에 제대했다. 그는 교도소에서 나온 후 최대한 빨리 결혼했다.

빌리에게는 애버로언이 낯설었다. 많이 변하지는 않았지만 그가 느끼는 감정은 전과 달랐다. 작고 단조로워 보였고, 주위를 둘러싼 산들은 마치 사람들을 가두는 벽 같았다. 빌리는 이곳이 그의 집인지 더는 확신할 수 없었다. 전쟁 전 입었던 옷도 여전히 몸에는 잘 맞았지만 불편한 느낌이 들었다. 이곳에서는 무슨 일이 벌어져도 세상을 바꿀 수 없을 거라는 생각이 들었다.

언덕길을 걸어올라 웰링턴 로에 가보니 집집마다 깃발을 내걸어 장식한 모습이었다. 유니언잭, 용이 그려진 웨일스 깃발에 붉은 깃발도 눈에 띄었다. '빌리 곰빼기 귀향 환영'이라고 쓴 현수막도 도로를 가로질러 걸려 있었다. 이웃 사람들은 모두 거리에 나와 있었다. 탁자를 내와 맥주 단지와 차 항아리, 파이와 케이크, 샌드위치 접시들을 차려놓았다. 사람들은 빌리를 보자 환영의 노래를 불렀다.

빌리는 울고 말았다.

누군가 그에게 맥주 한 잔을 내밀었다. 밀드러드 주위에는 젊은 남자들이 몰려들어 감탄하고 있었다. 그들에게 그녀는 이국적인 존재였다. 런던식 옷차림에 코크니 말투, 그리고 직접 손질한 챙이 커다란 모자에는 실크로 만든 꽃이 달려 있었다. 아무리 최선을 다해 조신하게 행동한다고 해도 그녀는 "이런 표현은 죄송하지만, 톡 까놓고 이야기해서" 같은 아슬아슬한 말버릇을 버리지는 못했다.

할아버지는 더 늙었고 똑바로 서지도 못할 지경이었지만 정신은 여전히 맑았다. 그는 이니드와 릴리언을 맡아 조끼 주머니에서 사탕을 꺼내주고 동전이 사라지는 마술을 보여주기도 했다.

빌리는 가족을 잃은 유족들에게 죽은 전우들에 대해 이야기하지 않을 수 없었다. 조이 폰티, 예언자 존스, 여드름쟁이 루얼린, 그리고 다른 친구들. 러시아 우파에서 마지막으로 본 토미 그리피스와도 재회했다. 토미의 아버지 무신론자 렌은 암에 걸려 수척해져 있었다.

월요일부터는 다시 지하 탄광에 내려가 일할 예정이었고, 광부들은 모두 그가 떠난 뒤 지하에 어떤 변화가 있었는지 알려주고 싶어했다. 그들은 새 갱도를 따라 더 깊은 곳까지 파고 들어간 작업장과 더 많아진 전등, 더 좋아진 안전 예방책에 대해 설명했다.

토미가 의자 위에 올라가 환영의 연설을 했고, 빌리는 답사를 해야 했다. "전쟁은 우리 모두를 바꿔놓았습니다." 그가 말했다. "저는 사람들이 말하던 걸 기억합니다. 부자는 우리처럼 못난 사람들을 다스리기 위해 하느님이 이 땅에 보낸 사람들이라고요." 빌리의 말에 사람들이 경멸을 담아 웃었다. "주일학교 소풍을 이끌 자격조차 없는 상류층 장교들 명령에 따라 싸운 많은 사람들은 그런 망상에서 벗어날 수 있었습니다." 다른 참전용사들이 잘 안다는 듯 고개를 끄덕였다. "우리 같은 사람들, 보통 사람들, 배우지 못했지만 어리석지 않은 사람들이 전쟁을 승리로 이끌었습니다." 다들 "그래" "옳소!"라고 외치며 그의 말에 동의했다.

"이제 우리는 투표권을 얻었습니다. 그리고 전부는 아니지만 우리 여자들에게도 권리가 있습니다. 제 누나인 에스가 곧 설명해드릴 겁니다." 그 말에 여자들이 작게 환호성을 올렸다. "이곳은 우리 나라이고 반드시 우리가 지배해야 합니다. 바로 볼셰비키가 러시아를 장악하고 사회민주당이 독일을 지배하는 것처럼 말입니다." 사람들이 환호했다. "우리에게는 노동자들의 당인 노동당이 있습니다. 그리고 당이 정권을 잡을 수 있을 만큼 우리는 수가 많습니다. 로이드조지는 지난번 선거에서 사기를 쳤지만 이번에도 빠져나가지는 못할 겁니다."

누군가 외쳤다. "안 되지!"

"그래서 제가 고향으로 돌아왔습니다. 퍼시벌 존스가 애버로언에서 의원 노릇을 할 날은 얼마 남지 않았습니다!" 환호성이 울렸다. "저는 노동당원이 하원에서 우리를 대표하는 걸 보고 싶습니다!" 빌리는 아버지와 눈길이 마주쳤다. 아버지의 얼굴이 환하게 빛났다. "멋진 환영을 해주셔서 감사합니다." 빌리는 의자에서 내려왔고 사람들은 열광적으로 박수쳤다.

"멋진 연설이야, 빌리." 토미 그리피스가 말했다. "그런데 누가 노동당 의원이 되는 거야?"

"이러면 어때, 토미." 빌리가 말했다. "세 번 안에 맞혀봐."

IV

　같은 해, 철학자 버트런드 러셀은 러시아를 방문한 다음『볼셰비즘의 실제와 이론』이라는 짧은 책을 썼다. 그 책 때문에 레크위드 부부는 거의 이혼할 뻔했다.

　러셀은 볼셰비키에 대해 강하게 비판했다. 더 나쁜 건 그가 좌익의 관점에서 비판했다는 점이었다. 보수당 비평가들과 달리 그는 러시아인들이 차르를 퇴위시키고 귀족의 땅을 농민들이 나눠 가지고 스스로 공장을 운영할 권리가 없다는 식으로 주장하지는 않았다. 오히려 그 모든 걸 수긍했다. 그는 볼셰비키가 잘못된 이상을 설정한 것이 아니라 제대로 된 이상을 갖고 있으면서도 기대에 부응하지 못했다며 공격했다. 그러니 그가 내린 결론을 그저 헛된 소리라고 무시해버릴 수는 없었다.

　버니가 먼저 책을 읽었다. 그는 사서답게 책에 흠을 내는 걸 끔찍이 싫어했는데, 이번에는 달랐다. 여러 페이지에 연필로 밑줄을 치고 빈칸에 "쓰레기!" 또는 "근거 없는 논리!"라며 성난 의견을 써넣었다.

　에설은 이제 막 한 살이 된 아이를 돌보며 그 책을 읽었다. 아이의 이름은 밀드러드였지만 그들은 늘 밀리라고 줄여 불렀다. 큰 밀드러드는 빌리와 함께 애버로언으로 이사 가서 이미 두 사람의 첫아이를 임신한 상태였다. 에설은 2층까지 쓸 수 있게 되어 좋았지만 밀드러드가 그리웠다. 곱슬머리인 어린 밀리가 벌써부터 눈을 반짝이며 애교를 부리는 모습은 누가 봐도 에설의 판박이였다.

　에설은 책이 마음에 들었다. 러셀은 재치 있는 작가였다. 귀족다운 태평한 태도로 그는 레닌에게 면담을 요청해 그 위대한 남자와 한 시간을 함께 보냈다. 그들은 영어로 대화를 나누었다. 레닌은 노스클리프

경이 그의 가장 훌륭한 선전원이라고 했다. 러시아인들이 귀족을 약탈한다는 〈데일리 메일〉의 끔찍한 기사에 부르주아들은 겁을 먹을 테지만 영국의 노동자들에게는 반대 효과를 줄 거라고 그는 생각했다.

하지만 러셀은 볼셰비키가 완벽히 비민주적이라는 점을 확실히 했다. 그는 프롤레타리아 독재라는 것이 독재는 맞지만 레닌과 트로츠키 같은 중산층 지식인들이 주체이며 그들의 의견에 동조하고 지지하는 프롤레타리아는 소수일 뿐이라고 말했다. "이건 정말 걱정스럽네요." 에설은 책을 내려놓으며 말했다.

"버트런드 러셀은 귀족이라고요!" 버니가 화를 내며 말했다. "백작의 후손!"

"그렇다고 틀린 말이라고 할 수는 없어요." 손가락을 빨던 밀리는 잠이 들었다. 에설은 손끝으로 아이의 부드러운 뺨을 어루만졌다. "러셀은 사회주의자예요. 그가 불평하는 건 볼셰비키가 사회주의를 시행하지 않았다는 점이라고요."

"어떻게 그런 말을 할 수 있죠? 귀족사회를 무너뜨렸는데."

"하지만 반대파 언론도 없애버렸죠."

"잠시 필요해서—"

"잠시가 언제까지죠? 러시아혁명은 벌써 삼 년 전 일이라고요!"

"달걀도 안 깨고 오믈렛을 만들 순 없어요."

"러셀은 러시아에서 마구잡이식 체포와 처형이 자행되고 있고 비밀경찰이 차르 시대보다 더 강해졌대요."

"하지만 그들은 사회주의자가 아닌 반혁명 세력에 맞서는 거죠."

"사회주의는 자유를 뜻해요. 반혁명 세력에게도 자유가 있죠."

"그렇지 않아요!"

"내게는 그래요."

두 사람이 언성을 높이는 바람에 밀리가 깼다. 방안의 분노를 감지한 밀리는 울음을 터뜨렸다.

"이런." 에설은 분한 목소리로 말했다. "자, 당신이 저지른 짓을 좀 봐요."

V

내전에서 돌아온 그리고리는 크렘린의 오래된 요새 안 정부 요인 거주지의 안락한 아파트에서 카테리나와 블라디미르, 안나와 재회했다. 그의 성격으로 보면 지나치게 안락한 곳이었다. 온 나라가 식량과 연료 부족으로 고통받는 판국에 크렘린의 상점에는 물품이 넘쳤다. 프랑스에서 배운 요리사들이 일하는 레스토랑도 세 개나 되고 웨이터들은 옛 귀족들에게 그랬던 것처럼 볼셰비키 요인들에게 발뒤꿈치를 맞부딪치며 경례해서 그리고리를 깜짝 놀라게 했다. 카테리나는 아이들을 탁아소에 맡겨놓고 미장원에 갔다. 저녁이 되면 중앙위원회 위원들은 기사가 모는 자동차를 타고 오페라를 보러 갔다.

"우리가 새로운 귀족이 되지 않았으면 좋겠어." 어느 날 밤 잠자리에서 그는 카테리나에게 말했다.

카테리나는 비웃듯이 말했다. "우리가 귀족이면 내 다이아몬드는 전부 어디 있죠?"

"하지만 성대한 파티를 하고 기차도 1등석만 타고, 그런 식이잖아."

"귀족들은 쓸모 있는 일이라곤 전혀 안 했어요. 당신들은 하루에 열두 시간, 열다섯 시간, 열여덟 시간씩 일하잖아요. 그런 사람들이 가난뱅이처럼 쓰레기 더미를 뒤져 땔감으로 쓸 나뭇조각을 찾을 순 없죠."

"하지만 엘리트 계층이 특전을 누릴 때는 늘 핑계가 있잖아."

"이리 와요." 그녀가 말했다. "내가 정말 특전을 누리게 해줄게요."

카테리나와 사랑을 나눈 다음, 그리고리는 깬 채로 누워 있었다. 꺼림칙하기는 했지만 가족이 유복하게 지내는 걸 보며 은밀한 만족감이 드는 것은 어찌할 수 없었다. 카테리나는 몸무게가 불었다. 처음 만났을 때 관능적인 스무 살 처녀였던 그녀는 이제 통통한 스물여섯 살의 어머니였다. 다섯 살인 블라디미르는 새 러시아 지도자들의 아이들과 함께 학교에서 읽기와 쓰기를 배우고 있었다. 대개 아냐라고 부르는 안나는 이제 세 살로 곱슬머리에 말썽꾸러기였다. 그들의 집은 예전에 황후의 시녀가 살던 곳이었다. 습하지 않고 따뜻하고 넓은 집으로 아이들을 위한 침실이 하나 더 있고 부엌에 거실까지 따로 있었다. 페트로그라드에서 그리고리가 살던 방에 비하면 스무 명도 충분히 지낼 수 있는 집이었다. 커튼이 달린 창문, 도자기 찻잔에 벽난로 앞에는 깔개가 깔렸고 그 위 벽에는 바이칼 호를 그린 유화가 걸려 있었다.

그리고리는 결국 잠이 들었다가 아침 여섯시에 누군가 문을 두드리는 소리에 깼다. 문을 열자 초라한 옷차림에 뼈만 남도록 말랐지만 낯익은 여인이 서 있었다. "이른 아침부터 귀찮게 해드려 죄송합니다, 각하." 그녀는 구식 존칭을 사용해가며 말했다.

그리고리는 여자가 콘스탄틴의 아내라는 걸 알아차렸다. "마그다!" 그는 깜짝 놀라 외쳤다. "영 딴사람 같군요. 들어와요! 어떻게 된 거예요? 지금 모스크바에 삽니까?"

"네, 이리로 이사 왔어요, 각하."

"빌어먹을, 그렇게 부르지 좀 마요. 콘스탄틴은 어디 있어요?"

"감옥에요."

"네? 왜요?"

"반혁명 분자래요."

"말도 안 되는 소리!" 그리고리가 말했다. "뭔가 심각한 착오가 있었을 겁니다."

"네, 맞아요."

"누구한테 체포당했죠?"

"체카예요."

"비밀경찰이군. 우리 밑에서 일하는 조직이죠. 내가 어떻게 된 건지 알아내겠어요. 아침 먹고 즉시 알아보겠습니다."

"각하, 제발 부탁드려요. 지금 당장 어떻게 좀 해주세요. 한 시간 후에 총살한대요."

"세상에." 그리고리가 말했다. "옷 입을 테니 기다려요."

그리고리는 군복을 입었다. 계급장이 달리지는 않았지만 일반 사병들 것보다 훨씬 질이 좋았고 한눈에도 지휘관처럼 보였다.

잠시 후 그와 마그다는 크렘린 거주구역을 나섰다. 눈이 오고 있었다. 두 사람은 짧은 거리를 걸어 루뱐카 광장으로 향했다. 체카 본부는 노란색 벽돌로 지은 거대한 바로크 양식 건물로, 예전에는 보험회사였던 곳이다. 문 앞을 지키던 경비병들이 그리고리에게 경례했다.

그는 건물 안으로 들어서자마자 소리를 질러댔다. "여기 책임자가 누구야? 당직 장교를 당장 불러와! 나는 볼셰비키 중앙위원회 위원 그리고리 페시코프다. 이곳에 갇힌 콘스탄틴 보로친체프를 만나야겠다. 뭘 기다리고 있어? 당장 움직여!" 그는 이런 식으로 해야 뭐든지 빨리 해결할 수 있다는 걸 알고 있었다. 못된 귀족이 사소한 일에 성질을 부리던 끔찍한 모습이 떠올랐지만 어쩔 수 없었다.

경비병들이 잠시 정신없이 뛰어다닌 후에 그리고리는 충격적인 장면을 맞닥뜨렸다. 당직 장교가 중앙홀로 불려나왔다. 그리고리도 아는 자였다. 바로 미하일 핀스키였다.

그리고리는 섬뜩해졌다. 핀스키는 차르의 경찰로 약자를 괴롭히는 짐승이었다. 이젠 혁명을 위해 약자를 괴롭히는 짐승이 된 건가?

핀스키는 알랑거리는 웃음을 지었다. "페시코프 동지. 영광입니다."

"시골에서 온 불쌍한 여자를 괴롭히다가 내게 맞아 쓰러졌을 때는 그렇게 말하지 않았지." 그리고리가 말했다.

"세상이 얼마나 변했는지 놀랍군요. 동지. 우리 모두 말입니다."

"콘스탄틴 보로친체프를 왜 체포했지?"

"반혁명적 행위를 저질렀습니다."

"말도 안 되는 소리. 그는 1914년 푸틸로프 공장에서 볼셰비키 토론 모임을 이끌었어. 페트로그라드 소비에트의 초기 대표자이기도 했다. 나보다 더 볼셰비키 당원인 사람이야!"

"그렇습니까?" 핀스키의 목소리에 위협이 묻어났다.

그리고리는 그런 느낌은 무시해버렸다. "데려와."

"당장 데려오죠, 동지."

잠시 후 콘스탄틴이 나타났다. 수염도 깎지 못하고 지저분한 그에게서 돼지우리 냄새가 났다. 마그다는 울음을 터뜨리며 양팔을 벌려 그를 안았다.

"죄인과 따로 이야기해야겠군." 그리고리는 핀스키에게 말했다. "자네 사무실로 안내해."

핀스키는 고개를 저었다. "제 누추한 사무실은—"

"토 달지 마." 그리고리가 말했다. "자네 사무실로 가." 이건 그가 가진 권력을 강조하는 방법이었다. 핀스키를 완벽히 통제할 필요가 있었다.

핀스키는 안뜰이 내려다보이는 위층 방으로 세 사람을 안내했다. 그리고 책상 위에서 사람을 때릴 때 주먹에 끼우는 쇳조각을 허겁지겁 서랍에 감추었다.

창밖을 내다보며 그리고리는 날이 밝았다는 걸 알았다. "밖에서 기다리도록." 그는 핀스키에게 말했다.

모두 자리에 앉고 나서 그리고리는 콘스탄틴에게 물었다. "도대체 이게 무슨 일이야?"

"정부가 이전하면서 우리도 모스크바로 왔어." 콘스탄틴이 설명했다. "나는 정치위원이 될 줄 알았지. 하지만 그게 실수였어. 이곳에서는 정치적 지원을 전혀 받지 못했어."

"그럼 지금은 뭘 하고 있어?"

"일반 노동자로 돌아갔지. 토드 공장에서 엔진에 들어가는 톱니와 피스톤, 볼 레이스를 만들어."

"그런데 왜 경찰이 자네를 반혁명 세력이라고 생각한 거야?"

"공장에서 모스크바 소비에트에 참석할 대표자 선출을 하거든. 기술자 한 명이 멘셰비키 후보로 나오겠다는 거야. 그 사람이 집회를 열어서 나도 들어보러 갔지. 열 명쯤 모였을 거야. 나는 발언도 안 했고, 중간쯤 나왔고, 그 친구한테 투표도 안 했어. 볼셰비키 후보가 물론 이겼지. 그런데 선거가 끝나고 멘셰비키 집회에 갔던 사람들이 전부 잘렸어. 그리고 지난주에 우리 모두 체포된 거야."

"이럴 순 없어." 그리고리가 괴로워하며 말했다. "아무리 혁명의 이름이라 해도. 다른 의견을 들었다는 죄로 노동자를 체포할 순 없다고."

콘스탄틴은 그리고리를 이상하다는 눈으로 보았다. "어디 먼 곳이라도 갔다 온 거야?"

"그랬지." 그리고리가 말했다. "반혁명군이랑 싸우고 왔어."

"그럼 그래서 무슨 일이 벌어지는지 모르고 있는 거군."

"그럼 예전에도 이런 일이 있었다는 건가?"

"그리시카, 이런 일은 매일같이 벌어져."

"믿을 수가 없어."

마그다가 말했다. "저는 어젯밤 연락을 받았어요. 경찰하고 결혼한 친구로부터 온 연락이었죠. 콘스탄틴하고 다른 사람들이 오늘 아침 여덟시에 처형당한다고 했어요."

그리고리는 군에서 지급한 손목시계를 들여다보았다. 여덟시가 다 돼가고 있었다. "핀스키!" 그는 소리쳤다.

핀스키가 안으로 들어왔다.

"처형을 중지해."

"죄송하지만 이미 늦은 것 같습니다. 동지."

"지금 그들이 이미 처형이라도 당했다는 건가?"

"그렇진 않습니다." 핀스키는 창가로 다가갔다.

그리고리도 그리로 향했다. 콘스탄틴과 마그다도 그 옆에 섰다.

눈 덮인 안뜰, 새벽 햇빛을 받으며 총을 든 병사들이 일렬로 서 있었다. 병사들 맞은편에는 눈을 가린 남자 열 명 정도가 얇은 실내복 차림으로 덜덜 떨며 서 있었다. 그들 머리 위로 붉은 깃발이 펄럭였다.

그리고리가 보는 가운데 병사들이 소총을 들어올렸다.

그리고리가 소리질렀다. "즉시 멈춰! 쏘지 마!" 하지만 창문 때문에 아무도 그의 목소리를 듣지 못했다.

잠시 후 요란한 총성이 울렸다.

사형수들은 쓰러졌다. 그리고리는 아연실색해 내려다보고만 있었다.

고꾸라진 시체들 주위의 눈 위로 핏자국이 번졌다. 선연한 붉은색은 위에서 펄럭거리는 깃발과 같은 색이었다.

41장
1923년 11월 11일에서 12일

I

모드는 낮잠을 자다가 발터가 주일학교에서 아이들을 데려오는 오후 시간이 돼서야 일어났다. 에리크는 세 살, 하이케는 두 살이었다. 가장 좋은 옷을 차려입은 아이들은 정말 사랑스러웠고, 모드는 사랑으로 가슴이 터져버릴 것 같았다.

전에는 단 한 번도 이런 감정을 느껴본 적이 없었다. 발터를 향한 열정조차 이렇게 압도적이지는 않았다. 아이들은 또 그녀로 하여금 극심한 불안감을 느끼게도 했다. 아이들을 먹이고 추위와 폭동, 혁명으로부터 보호할 수 있을까?

그녀는 아이들이 몸을 녹일 수 있도록 뜨거운 우유에 적신 빵을 준 다음, 저녁 준비를 시작했다. 그녀와 발터는 발터의 사촌 로베르트 폰 울리히의 서른여덟번째 생일을 맞아 작은 가족 파티를 열 계획이었다.

로베르트는 발터 부모의 우려—우려가 아니라 바람이었을까?—와

달리 전쟁에서 죽지 않았다. 어찌되었든, 발터는 울리히 백작이 되지 못했다. 시베리아 수용소에 전쟁포로로 잡혀 있던 로베르트는 볼셰비키가 오스트리아와 휴전하자 전쟁터에서 만난 동지인 외르크와 함께 걷고, 차를 얻어 타고, 화물열차에 몸을 싣고 집으로 향했다. 일 년이나 걸렸지만 그들은 성공했고, 발터는 돌아온 그들이 베를린의 한 아파트에서 살고 있는 걸 발견했다.

모드는 앞치마를 둘렀다. 작은 집의 작은 부엌에서 그녀는 양배추와 오래된 빵, 순무로 수프를 끓였다. 작은 케이크도 구웠는데 모자라는 내용물은 또다시 순무로 채워야 했다.

그녀는 요리 말고도 여러 가지를 배웠다. 친절한 이웃집 노파가 집안일에 갈피를 못 잡는 귀족을 불쌍히 여겨 침대를 정리하는 법과 셔츠를 다리는 법, 욕조 청소하는 법을 가르쳐주었다. 그 모든 것이 모드에게는 충격이었다.

그들은 중산층이 거주하는 시내 주택에 살았다. 집에 들일 돈이 전혀 없었고 모드가 늘 익숙하게 부리던 하인을 둘 수도 없었다. 가구는 대부분 중고로 들여놓았는데 남몰래 하는 생각이지만 끔찍할 정도로 투박해 보였다.

두 사람은 더 좋은 시절이 오기를 고대했지만 상황은 점점 나빠졌다. 외무부에서 일하던 발터의 경력은 영국 여자와 결혼하면서 앞길이 가로막혔다. 그는 다른 분야에서 일하고 싶어했지만, 경기가 워낙 혼란스러워서 일자리를 유지하기만 해도 다행일 정도였다. 모드가 처음에 품었던 불만들은 사 년 동안 가난을 겪고 나자 모두 사소해 보였다. 아이들이 찢어놓은 소파덮개는 기워서 썼고, 깨진 창문에는 판지를 덧대놓았고, 여기저기서 칠이 벗겨지는 중이었다.

하지만 모드는 후회는 없었다. 언제든 내키면 발터와 키스할 수 있고 그의 입안에 혀를 밀어넣을 수 있으며 바지를 벗길 수 있고 그와 침대나 소파, 심지어 바닥에서 함께 뒹굴 수도 있었다. 그것만으로도 다른 모든 걸 보상받는 느낌이었다.

발터의 부모도 햄 반 덩이와 와인 두 병을 들고 파티에 참석했다. 오토는 이제 폴란드 땅이 된 춤발트의 가족 영지를 잃었다. 그동안 저축해두었던 돈은 인플레이션으로 가치가 완전히 사라졌다. 하지만 베를린 저택의 넓은 정원에서 감자를 키울 수 있고 전쟁 전 모아둔 와인도 아직 많이 남아 있었다.

"어떻게 햄을 다 구하셨어요?" 발터는 믿을 수 없다는 듯 물었다. 그런 먹을 것은 대개 미국 달러로만 살 수 있었다.

"아주 좋은 샴페인 한 병과 바꿨지." 오토가 말했다.

할머니 할아버지가 아이들을 재우러 갔다. 오토는 아이들에게 옛이야기를 들려주었다. 모드가 귀기울여 들어보니 동생의 목을 베는 여왕의 이야기였다. 그녀는 몸이 떨렸지만 참견하지는 않았다. 이야기가 끝나자 주자네가 높은 목소리로 자장가를 불렀고 아이들은 잠이 들었다. 할아버지가 들려준 유혈이 낭자한 이야기도 아무렇지도 않게 들어넘긴 모양이었다.

로베르트와 외르크가 똑같이 붉은 넥타이를 매고 도착했다. 오토는 그들을 따뜻하게 맞았다. 두 사람 관계는 전혀 눈치채지 못했는지 외르크를 그저 로베르트와 같이 사는 친구 정도로 생각하는 듯했다. 사실 나이든 사람들 앞에서 두 사람은 그런 사이로 가장했다. 주자네는 아마도 진실을 짐작하고 있으리라고 모드는 생각했다. 여자들을 속이기가 더 힘든 법이다. 다행히 더 잘 받아들이기도 하지만.

로베르트와 외르크는 주변에 불편한 사람들이 없으면 행동이 돌변했다. 그들이 사는 집에서 파티를 하면 둘 사이의 낭만적인 사랑을 전혀 숨기지 않았다. 그들의 친구들 중에도 비슷한 사람이 많았다. 모드는 처음에는 깜짝 놀랐다. 남자끼리 키스하거나 서로 옷차림을 칭찬하거나 여학생들처럼 시시덕거리는 건 이제껏 본 적이 없었기 때문이다. 하지만 그런 행동은 더는 금기시되지 않았다. 적어도 베를린에서는 그랬다. 그리고 프루스트의 『소돔과 고모라』를 읽었는데 그 책에 따르면 남자들끼리의 그런 관계는 예전부터 늘 있었던 듯했다.

하지만 오늘밤 로베르트와 외르크는 아주 조심스레 행동하고 있었다. 저녁을 먹으며 모두 바이에른 주에서 벌어지는 상황에 대해 이야기를 나누었다. 목요일에 '투쟁 동맹'이라는 이름의 무장단체 세력이 뮌헨의 한 맥주홀에서 국민혁명을 선언했다.

모드는 최근 들어 도저히 신문을 읽을 수가 없었다. 노동자들은 파업을 하고, 우익 깡패들은 파업 노동자들을 공격했다. 주부들은 식량이 부족하다며 행진을 벌였고, 그들의 항의는 식량폭동으로 이어졌다. 모든 독일인이 베르사유조약에 분통을 터뜨렸지만 사민당 정부는 모든 요구를 그대로 받아들였다. 독일은 정해진 배상액의 극히 일부만 갚았고 전체를 해결하려고 애쓸 의도조차 없는 게 분명했지만, 사람들은 그 돈을 다 지불하고 나면 경제가 불구가 될 거라고 생각했다.

뮌헨의 맥주홀에서 벌어진 쿠데타는 모든 이를 선동했다. 전쟁 영웅인 에리히 루덴도르프는 쿠데타의 가장 유명한 지지자였다. 갈색 셔츠를 입은 소위 돌격대와 보병학교의 사관후보생들이 주요 건물을 장악했다. 시 의원들이 인질로 잡혔고 유명한 유대인들은 체포되었다.

금요일에 정부가 반격을 가했다. 경찰 네 명과 무장단체원 열여섯 명이 살해당했다. 모드는 베를린까지 전달되는 뉴스만으로는 폭동이 끝난 건지 아닌지 판단할 수 없었다. 과격분자들이 바이에른 주를 장악했다면, 전국이 그들의 손에 떨어질 수도 있지 않을까?

발터는 분노했다. "우리에겐 민주적으로 선출된 정부가 있어요." 그가 말했다. "왜 그들이 일하게 그냥 두지 않는 거죠?"

"우리 정부는 우리를 배신했어." 아버지가 말했다.

"그건 아버지 의견이죠. 그래서요? 미국에서는 지난번 선거에서 공화당이 이겼지만 민주당이 폭동을 일으키진 않았어요!"

"미국에선 볼셰비키와 유대인들이 정부를 전복하려 들진 않잖아."

"볼셰비키가 그렇게 걱정되면 사람들더러 그들에게 표를 주지 말라고 하세요. 그리고 그 유대인에 대한 집착은 뭐예요?"

"그들은 유해 세력이야."

"영국에도 유대인이 있어요. 아버지, 런던의 로스차일드 경이 전쟁을 막으려고 얼마나 노력했는지 기억 안 나세요? 프랑스와 러시아, 미국에도 유대인이 있어요. 그들이 정부를 배신하려고 음모를 꾸미진 않잖아요. 독일에 사는 유대인만 특별히 나쁘다고 생각하시는 이유가 뭐죠? 그들 대부분은 가족을 먹이고 아이들을 학교에 보낼 돈을 벌고 싶을 뿐이에요. 다른 모든 사람과 마찬가지로요."

로베르트가 목소리를 높여 모드는 깜짝 놀랐다. "나도 오토 아저씨와 같은 의견이야." 그가 말했다. "민주주의는 나라를 약하게 만들어. 독일은 강한 지도자가 필요하다고. 외르크와 나는 국가사회주의당에 입당했어."

"이런, 로베르트. 빌어먹을!" 발터가 역겹다는 듯 말했다. "어떻게 그럴 수가 있어?"

모드는 자리에서 일어났다. "누구 생일 케이크 드실 분 있어요?" 그녀는 밝게 말했다.

II

모드는 아홉시에 파티에서 빠져나와 일을 하러 갔다. "유니폼은 어딨니?" 시어머니가 인사하는 모드에게 물었다. 주자네는 모드가 늙은 부자의 야간 간호사 노릇을 한다고 알고 있었다.

"일하는 데 두고 다녀요." 모드가 말했다. 사실 그녀는 '밤의 환락'이라는 나이트클럽에서 피아노를 연주했다. 하지만 직장에 유니폼을 두고 다닌다는 건 거짓말이 아니었다.

그녀는 돈을 벌어야 했다. 하지만 잘 차려입고 파티에 가는 것 말고는 배운 게 없었다. 아버지로부터 물려받은 얼마 안 되는 재산은 독일로 올 때 모두 마르크로 바꾸었더니 지금은 보잘것없는 금액이 돼버렸다. 피츠는 그녀가 자기 허락 없이 결혼했다는 것 때문에 여전히 화가 나 있어서 도움 주기를 거절했다. 발터가 외무부에서 받는 월급은 매달 올랐지만, 인플레이션 속도를 절대 따라가지 못했다. 조금이나마 보상이 되는 건 그들이 내야 하는 집세의 가치가 이제는 거의 무시해도 될 만큼 작아졌고, 집주인도 굳이 받으려 하지 않는다는 것 정도였다. 하지만 그들도 먹을 건 사야 했다.

모드는 아홉시 삼십분에 클럽에 도착했다. 클럽은 새롭게 가구를 들이고 장식을 해서 불을 켜고 봐도 멋진 곳이었다. 웨이터들은 술잔을 닦고 바텐더들은 얼음을 쪼개고 있었고, 눈먼 남자가 피아노를 조율하고 있었다. 모드는 목이 깊게 파인 이브닝드레스를 입고 가짜 보석을 걸쳤다. 그리고 파우더와 아이라이너, 립스틱으로 짙게 화장을 했다. 클럽이 열시에 문을 열었을 때 그녀는 피아노에 앉아 있었다.

클럽은 멋지게 차려입고 춤추고 담배를 피우는 남녀로 금세 가득찼다. 그들은 샴페인 칵테일을 마시고 몰래 코카인을 코로 들이마셨다.

빈곤과 인플레이션에도 불구하고 베를린의 밤은 뜨거웠다. 이런 사람들에게 돈은 아무 문제도 되지 않았다. 해외에서 돈을 벌어오는 게 아니라면 돈보다 좋은 뭔가를 갖고 있었다. 비축해둔 석탄이 있거나, 도축장을 하거나, 창고에 담배를 쌓아두고 있을 터였다. 무엇보다 최고는 금이었다.

모드는 재즈라는 새로운 음악을 연주하는 여성 밴드에서 피아노를 쳤다. 피츠가 봤다면 진저리쳤겠지만 테지만 모드는 이 일이 좋았다. 그녀는 자라오면서 겪었던 규제들에 늘 반기를 들었다. 매일 밤 같은 곡들을 반복하면 지루할 수도 있었지만, 그럼에도 연주를 하면 뭔가 억눌린 걸 발산할 수 있었다. 그녀는 피아노 의자에 앉아 몸을 흔들어가며 손님들을 향해 눈을 깜박거렸다.

자정이 되자 그녀 혼자 무대에서 피아노를 치며 앨버타 헌터 같은 흑인 가수들이 불러 유명해진 노래들을 불렀다. 그 노래들은 나이트클럽 사장이 갖고 있는 축음기에 미국 판을 돌려서 들으며 배웠다. 클럽에서는 그녀를 미시시피 모드라는 이름으로 불렀다.

노래 중간에 한 손님이 비틀거리며 피아노로 다가왔다. "〈우울한 블루스〉라는 곡 좀 쳐주겠소?"

모드도 잘 아는 베시 스미스의 유명한 곡이었다. 그녀는 E 플랫 블루스 코드를 치기 시작했다. "글쎄요." 그녀가 말했다. "얼마 주실 건데요?"

남자는 십억 마르크 지폐를 내밀었다.

모드는 웃었다. "그건 첫 소절 값도 안 돼요. 혹시 외국 돈은 없어요?"

그는 1달러 지폐를 건넸다.

모드는 돈을 받아 소매 속에 쑤셔넣고 〈우울한 블루스〉를 연주하기 시작했다.

1달러를 받아 무척 기분이 좋았다. 1달러는 거의 1조 마르크에 해당하는 금액이었다. 그럼에도 기분이 조금 가라앉았고 그녀의 마음은 정말 노래처럼 우울해졌다. 그런 배경의 여자가 팁을 재촉하는 법을 배운 건 상당한 발전이었지만, 그 과정은 모욕적이었다.

그녀의 무대가 끝나자 그 손님이 탈의실까지 따라오며 말을 걸었다. 그는 그녀의 엉덩이에 손을 대면서 말했다. "나랑 아침 같이 먹을까, 예쁜이?"

밤마다 손님들이 접근해왔다. 열아홉 살이나 스무 살짜리 여자가 많은 클럽에서 그녀는 서른세 살로 가장 나이가 많은 축에 속하는데도 그랬다. 손님들과 이런 일이 생겼을 때 소란을 피워선 안 되었다. 상냥하게 웃으면서 남자의 손을 점잖게 치우고 "오늘밤은 안 됩니다, 손님"이라고 말해야 했다. 하지만 항상 이런 식으로만 해결할 수는 없었다. 다른 여자들이 모드에게 좀더 효과적으로 대꾸하는 법을 가르쳐주었다. "제가 거기 털에 쪼끄만 벌레가 있어서요." 그녀가 말했다. "혹시 그런 거 걱정스러우세요?" 남자는 사라졌다.

모드는 사 년이 지나자 별 어려움 없이 독일어를 할 수 있었고, 클럽에서 일하다보니 온갖 천박한 말까지 배우게 되었다.

클럽은 새벽 네시에 문을 닫았다. 모드는 화장을 지우고 다시 일상복으로 갈아입었다. 그리고 주방으로 가서 커피원두를 얻었다. 그녀를 좋아하는 요리사가 종이에 조금 싸주었다.

연주자들은 매일 밤 현금으로 돈을 받았다. 여자들은 지폐 다발을 받아가느라 모두 커다란 가방을 가지고 다녔다.

클럽에서 나오면서 모드는 손님이 두고 간 신문 한 부를 챙겼다. 발터가 읽을 수 있을 것이다. 그들은 신문을 살 여유가 없었다.

모드는 클럽을 나서자마자 빵집으로 갔다. 돈을 들고 있는 건 위험했다. 저녁이 되면 클럽에서 받은 돈으로는 빵도 못 살 수 있었다. 추위 속에서도 이미 여러 여자가 가게 밖에서 기다리고 있었다. 다섯시 삼십분이 되자 빵집 주인이 문을 열고 칠판에 가격을 썼다. 오늘은 검은 빵 한 덩이에 1,270억 마르크였다.

모드는 네 덩이를 샀다. 모두 오늘 먹을 건 아니었다. 그래도 상관없었다. 오래된 빵은 수프에 넣어 먹을 수 있었다. 하지만 지폐는 그럴 수 없다.

모드는 여섯시에 집에 도착했다. 기다렸다가 아이들에게 옷을 입혀서 할머니 댁으로 데려다주고 나서야 눈을 붙일 수 있을 것이다. 바로 지금이 한 시간 정도 발터와 함께 보낼 수 있는 때였다. 하루 가운데 가장 좋은 시간이었다.

그녀는 아침을 준비해서 쟁반에 받쳐들고 침실로 들어갔다. "이거 봐요." 그녀가 말했다. "새 빵에 커피…… 그리고 1달러!"

"재주도 좋지!" 발터는 그녀에게 키스했다. "뭘 살까요?" 그는 파자마 바람으로 몸을 떨었다. "석탄이 필요해요."

"서둘 것 없어요. 당신이 원하면 그냥 갖고 있어도 돼요. 다음주에도 가치가 같을 테니까. 당신 몸은 내가 녹여줄게요."

발터가 활짝 웃었다. "그럼 이리 와요."

모드는 옷을 벗고 침대로 올라갔다.

두 사람은 빵을 먹고 커피를 마시고 사랑을 나누었다. 두 사람이 처음 함께 사랑을 나눌 때보다는 짧아졌지만 섹스는 여전히 즐거웠다.

잠자리를 가진 후 발터는 모드가 집으로 가져온 신문을 읽었다. "뮌헨의 반란은 끝났군." 그가 말했다.

"완전히요?"

발터는 어깨를 으쓱했다. "주동자를 잡았대요. 아돌프 히틀러."

"로베르트가 가입했다는 당 지도자 말이에요?"

"네. 반역죄로 기소되었어요. 감옥에 갔고."

"잘됐네요." 모드는 안심했다. "반란이 끝나서 정말 다행이에요."

42장
1923년 12월에서 1924년 1월

I

　총선거 전날 오후 세시 정각, 피츠허버트 백작은 애버로언 공회당 밖에 설치된 연단에 올랐다. 제대로 예복을 갖춰입고 실크해트를 쓴 차림이었다. 앞쪽에 몰려선 보수당원들이 환호성을 올렸지만 대부분의 군중은 야유를 보냈다. 누군가 신문지를 뭉쳐 던지자 빌리가 말했다. "이러지 맙시다. 연설을 하게 해요."

　낮게 깔린 구름에 겨울 오후가 어두워졌고 가로등이 일찌감치 불을 밝혔다. 비가 내리는데도 이삼백 명 정도 되는 많은 사람이 모였다. 대부분은 모자를 쓴 광부들이었지만 중산모를 쓴 사람들이 앞쪽에 몇 명 보였고, 우산을 쓴 여자들도 여기저기 있었다. 사람들이 모인 곳 밖에서는 아이들이 젖은 자갈 위에서 뛰어놀고 있었다.

　피츠는 현직 하원의원인 퍼시벌 존스를 지원하는 유세를 하고 있었다. 그는 관세에 관해 이야기를 시작했다. 빌리에게는 잘된 일이었다.

피츠가 이런 이야기를 온종일 해봐야 애버로언 사람들의 마음을 건드릴 수는 없었다. 이론적으로야 관세는 선거의 큰 문제였다. 보수당은 영국의 제조업을 보호하기 위해 수입품에 대한 관세를 올려 실업률을 낮추겠다고 공약했다. 이런 정책은 역효과를 불러, 자유무역을 가장 오랜 이념으로 신봉하는 자유주의자들을 뭉치게 했다. 노동당은 관세가 정답이 아니라는 점에 동의하며 국가사업을 시행해 실업자를 고용하고 그와 함께 교육 기간을 늘려 이미 포화상태인 취업시장에 나이가 어린 자들이 나오는 것을 막고자 했다.

하지만 진짜 중요한 문제는 누가 통치하느냐는 것이었다.

"농업 분야의 취업을 장려하기 위해 보수당 정부는 고용인에게 일주일에 30실링 이상 임금을 지불하는 농민에게는 토지 1에이커당 1파운드의 포상금을 지급할 것입니다." 피츠가 말했다.

빌리는 고개를 저었다. 놀라운 동시에 역겨웠다. 왜 농민들에게 돈을 준단 말인가? 그들은 굶주리지도 않는데. 굶주리는 건 일자리를 잃은 공장 노동자들이었다.

옆에 있던 그의 아버지가 말했다. "저런 이야기로는 애버로언에서 투표 못 이겨."

빌리 역시 같은 생각이었다. 이 선거구는 한때 고지대에서 농사짓는 사람들이 장악하고 있었지만 요즘은 아니었다. 이제 노동자에게도 투표권이 있었고, 광부들은 인원수로 농민을 이길 수 있었다. 퍼시벌 존스는 그 혼란스러운 1922년 선거에서도 몇 표 차로 이겨 자리를 유지했다. 이번에는 확실히 쫓아낼 수 있을까?

피츠는 연설을 마무리하고 있었다. "노동당에 투표하면 여러분은 수치스러운 병역 기록을 지닌 자에게 표를 주는 겁니다." 그는 말했다. 청중은 그 말을 별로 좋아하지 않았다. 그들은 빌리가 무슨 일을 겪었는지 알고 있었고 그를 영웅으로 생각했다. 불쾌하다는 듯 수군대는 소리가 들렸고, 빌리의 아버지가 소리쳤다. "부끄러운 줄 알아야지!"

피츠는 애써 연설을 계속했다. "전우들과 장교들을 배신한 자, 배신행위로 군사재판을 받고 감옥에 간 자입니다. 여러분께 말씀드리겠습니다. 그런 자를 의원으로 뽑아 애버로언을 부끄럽게 하지 마십시오."

피츠는 환호성과 야유가 뒤섞인 가운데 연단에서 내려왔다. 빌리가 쏘아보았지만, 피츠는 눈을 마주치려 하지 않았다.

빌리는 순서에 따라 연단 위로 올라갔다. "여러분은 제가 모욕당한 것처럼 피츠허버트 경을 모욕하기를 바랄지도 모릅니다."

군중 속에 있던 토미 그리피스가 소리질렀다. "날려버려, 빌리!"

빌리가 말했다. "하지만 이건 탄광에서 치고받는 싸움이 아닙니다. 싸구려 험담으로 결정하기에 이번 선거는 너무나 중요합니다." 사람들이 조용해졌다. 빌리는 사람들이 이런 식의 이성적인 접근을 좋아하지 않는다는 걸 잘 알았다. 그들은 싸구려 험담을 좋아했다. 하지만 빌리는 아버지가 찬성한다는 듯 고개를 끄덕이는 모습을 보았다. 아버지는 빌리가 왜 이러는지 이해하고 있었다. 이해하는 것이 당연했다. 그는 빌리를 가르친 아버지였다.

"백작께서는 여기까지 와서 수많은 광부 앞에 자신의 의견을 밝힐 만큼 용기 있는 사람입니다." 빌리가 계속 말했다. "그가 틀릴 수도 있습니다. 틀렸죠. 하지만 그는 겁쟁이는 아닙니다. 전쟁중에도 그랬습니다. 우리 장교들 중 많은 사람이 그랬습니다. 그들은 용감했지만 생각이 틀렸습니다. 전략과 전술이 영 맞지 않았고, 서로 의사소통이 잘되지 않았고, 사고방식은 시대에 뒤처졌습니다. 그리고 수백만 명이 죽고 나서도 생각을 바꾸려 하지 않았습니다."

군중은 더 조용해졌다. 이제 다들 흥미를 느끼고 있었다. 빌리는 밀드러드가 자랑스러운 표정으로 서서 양팔에 그와 낳은 두 아들, 두 살과 한 살인 데이비드와 키어를 안고 있는 모습을 보았다. 밀드러드는 정치에는 열정이 없었지만 빌리가 의원이 되어 가족이 다시 런던으로 이사를 가고 자기도 나름대로 새로운 사업을 할 수 있기를 바랐다.

"전쟁에서 노동자계급 출신 병사들은 하사관보다 더 높이 진급할 수 없었습니다. 공립학교 졸업생들은 모두 소위로 임관했습니다. 오늘 여기 계시는 참전용사들 중에는 얼빠진 장교 때문에 불필요하게 목숨을 걸었던 분들이 있을 겁니다. 그리고 우리 중 많은 사람이 똑똑한 하사관 덕분에 목숨을 건지기도 했습니다."

그 말이 맞다며 웅성거리는 소리도 들렸다.

"저는 그런 시절은 지났다는 걸 말씀드리려고 합니다. 군대뿐 아니라 사회 각계각층에서 신분이 아닌 능력으로 높은 지위에 올라갈 수 있어야 합니다." 빌리는 목소리를 높였다. 목소리에 아버지가 설교할 때처럼 격정적인 흥분이 묻어났다. "이번 선거는 미래에 대한 것이고, 이 선거로 우리 아이들이 어떤 나라에서 자랄지 결정됩니다. 우리가 자랐던 나라와는 다른 나라에서 자랄 수 있도록 확실히 해야 합니다. 노동당은 혁명을 원치 않습니다. 다른 여러 나라를 보아온 결과 혁명은 통하지 않았습니다. 하지만 우리는 변화를 필요로 합니다. 진정하고 중대하고 근본적인 변화 말입니다."

그는 잠시 말을 멈추었다가 마무리를 위해 다시 목소리를 높였다. "하지 않겠습니다. 저는 피츠허버트 경이나 퍼시벌 존스 씨를 모욕하지 않겠습니다." 그는 앞줄에 실크해트를 쓰고 앉은 두 사람을 가리키며 말했다. "저는 저들에게 간단히 말하겠습니다. 신사분들, 두 분은 이제 끝장입니다." 환호성이 울렸다. 빌리는 첫째 줄 너머에 앉은 광부들을 바라보았다. 강인하고 용감한 남자들은 아무것도 갖지 못한 채 태어났지만, 그럼에도 그들과 가족을 위해 살아왔다. "노동자 동지 여러분, 우리가 미래입니다!"

빌리는 연단에서 내려왔다.

개표가 끝나고 보니 그는 압도적인 차이로 승리했다.

II

에설도 마찬가지였다.

보수당은 새 의회에서 가장 많은 의석수를 차지했지만, 절대 다수당은 되지 못했다. 노동당은 올드게이트의 에스 레크위드와 애버로언의 빌리 윌리엄스를 포함해 모두 191석으로 제2당이 되었다. 자유당이 세 번째였다. 스코틀랜드 금주당은 한 석을 얻었다. 공산당은 한 석도 얻지 못했다.

새 의회가 구성되자 노동당과 자유당은 연합해 보수당 정권을 몰아내기로 했고, 왕은 어쩔 수 없이 노동당 당수인 램지 맥도널드에게 수상이 되어줄 것을 요청했다. 처음으로 영국에 노동당 정부가 탄생했다.

에설은 1916년 로이드조지에게 소리를 지르다가 끌려나간 후 처음으로 웨스트민스터 궁전에 입성했다. 이제 새 코트와 모자 차림으로 녹색 가죽을 씌운 긴 의자에 앉아 연설을 들으며 가끔 칠 년도 더 전에 쫓겨났던 방청석을 쳐다보았다. 그녀는 로비로 가서 각료 명단에 대한 투표를 했고, 멀리서 존경했던 유명한 사회주의자들도 만났다. 아서 헨더슨, 필립 스노든, 시드니 웨브, 그리고 수상도 있었다. 노동당의 다른 여성 의원과 나눠 쓰는 작은 사무실에는 그녀만의 책상이 따로 있었다. 그녀는 도서관을 둘러보았고, 구내 카페에서 버터 바른 토스트를 먹었고, 자기 앞으로 온 편지 뭉치를 가져왔다. 거대한 건물 주변을 돌아다니며 무엇이 어디 있는지 익혔고, 자신이 여기 있을 자격이 있다는 점을 느끼려 애썼다.

1월의 막바지 어느 날, 에설은 로이드를 데려와 의사당 구경을 시켜주었다. 이제 아홉 살이 다 된 로이드는 이렇게 크고 화려한 건물에 와보는 게 처음이었다. 에설은 민주주의의 기본원칙을 천천히 설명해주려 했지만 이해하기에는 로이드가 아직 어렸다.

하원과 상원 사이 빨간 카펫을 깐 좁은 계단에서, 두 사람은 피츠와 마주쳤다. 그도 어린 손님을 데리고 있었다. 아들 조지, 일명 보이였다.

에설과 로이드는 계단을 올라가던 중이었고, 피츠와 조지는 내려오다가 중간쯤에서 만났다.

피츠는 에설이 비켜주기를 바라기라도 하는 눈치였다.

피츠의 두 아들 조지와 로이드, 작위를 이어받을 후계자와 인정도 받지 못한 서자는 동갑이었다. 그들은 호기심을 숨기지 않고 서로를 바라보았다.

에설이 기억하기로 티 귄에서는 언제든 복도에서 피츠와 마주치면 옆으로 비켜나 벽에 바짝 붙어서서 그가 지나갈 때까지 눈을 내리깔고 있어야 했다.

이제 그녀는 계단 가운데 서서 로이드의 손을 꼭 붙잡고 피츠를 쏘아보았다. "안녕하세요, 피츠허버트 경." 그녀는 도전적으로 턱을 치켜들었다.

피츠도 그녀를 노려보았다. 그의 얼굴에 분노와 적개심이 드러났다. 마침내 그가 말했다. "안녕하십니까, 레크위드 부인."

에설은 피츠의 아들을 바라보았다. "애버로언 자작이시겠군요. 안녕하세요?"

"안녕하십니까, 부인." 아이가 공손하게 말했다.

그녀는 피츠에게 말했다. "여기는 제 아들 로이드입니다."

피츠는 아이에게 눈길을 주지 않았다.

에설은 피츠를 그냥 쉽게 보내줄 마음이 없었다. 그녀는 말했다. "백작님과 악수하렴, 로이드."

로이드는 손을 내밀며 말했다. "만나서 반갑습니다, 백작님."

아홉 살짜리가 내민 손을 무시하는 건 품위 없는 짓이었다. 피츠는 어쩔 수 없이 손을 맞잡았다.

처음으로 그는 아들 로이드의 손을 만질 수 있었다.

"이제 그만 인사드려야겠군요." 에설은 오만하게 말하고는 한 계단 위로 올라섰다.

피츠의 얼굴은 폭발 일보 직전이었다. 그는 아들과 함께 마지못해 옆으로 비켜서서 벽에 등을 대고 기다렸다. 에설과 로이드는 그들을 지나쳐서 계단을 올라갔다.

이 책에는 실존했던 역사적 인물이 여럿 등장하는데, 가끔 역사와 허구 사이에 어떻게 선을 긋느냐는 독자들의 질문을 받는다. 이는 충분히 있을 법한 의문이며, 여기 답이 있다.

어떤 상황에서는, 예를 들어 에드워드 그레이 경이 하원에서 연설하는 장면처럼, 내가 만들어낸 가공의 인물이 실제로 일어난 장면을 목격하기도 한다. 소설 속에서 에드워드 경이 한 말은 의회 기록과 일치한다. 다만 길이를 짧게 줄였는데, 혹시 중요한 내용이 빠지지 않았기를 바란다.

윈스턴 처칠이 티 귄을 방문하는 것처럼 실제 인물이 가공의 장소에 가는 경우도 종종 있다. 그런 경우, 나는 처칠이 귀족의 지방 영지 저택을 찾는 게 이상해 보이지 않는지 확인했고, 그런 방문을 했을 수도 있을 법한 시기를 골랐다.

실존 인물이 내가 만들어낸 가공의 인물과 대화할 때는 대개 그들이 언젠가 실제로 한 말을 이용했다. 로이드조지가 피츠에게 레프 카메네프를 왜 강제 추방하고 싶지 않은지 설명한 부분은 그가 쓴 메모에 근거한 것으로, 그 메모는 피터 롤런드가 쓴 로이드조지의 전기에 인용되어 있다.

내가 정한 기준은 이렇다. 실제로 일어난 장면이거나 일어났을 법한 장면을 묘사하는 것. 대화 역시 실제로 있었거나 있었을 법한 것들이다. 그리고 해당 장면이 실제로는 일어날 수 없었을 이유를 찾아내거나, 또는 그런 대화가 없었을 것이라고 판단되는 경우—이를테면 해당 인물이 바로 그 시기 다른 나라에 있었다든가—에는 그 부분을 삭제했다.

감사의 말

이 책을 쓸 때 역사 관련 자문을 주로 맡아준 이는 리처드 오버리였다. 초고를 읽고 수정해주어 내가 실수를 저지르지 않도록 도와준 역사가들도 있다. 존 M. 쿠퍼, 마크 골드먼, 홀거 헤르비히, 존 카이거, 에번 모즐리, 리처드 토이, 크리스토퍼 윌리엄스가 그들이다. 수전 피더슨은 참전 병사들의 아내가 받았던 가족수당에 관한 내용에 도움을 주었다.

늘 그랬듯 이런 많은 조언자를 찾아내준 이는 뉴욕의 '작가들을 위한 조사 센터'의 댄 스태어러였다.

친구들도 도움을 주었다. 팀 블라이드는 중요한 책들을 주었고, 애덤 브럿스미스는 샴페인에 대해 조언해주었다. 나이절 딘은 날카로운 눈썰미를 발휘했고, 토니 매퀄터와 크리스 매너스는 현명하고 직관력 있는 비평을 해주었다. 기차 박사인 제프 만은 기관차 바퀴에 대해 조언해주었고, 앙겔라 슈피치히는 초고를 읽고 독일인의 관점에서 의견을 주었다.

원고를 읽고 조언해준 편집자들과 에이전트들은 에이미 버코워, 레슬리 겔브먼, 필리스 그랜, 닐 나이런, 이모젠 테일러, 그리고 늘 그랬듯 앨 주커먼이었다.

　마지막으로 초고를 읽고 조언해준 가족들에게 감사한다. 특히 바버라 폴릿, 이매뉴얼 폴릿, 마리클레어 폴릿, 잰 터너, 킴 터너에게.

옮긴이 **남명성**

한양대학교를 졸업하고 방송국 PD와 인터넷 기획자로 일했다. 현재 전문번역가로 활동하고 있다. 옮긴 책으로 『세계의 겨울』 『영원의 끝』 『스노 크래시』 『나를 데려가』 『경계선』 『걸 인 더 미러』 『사일 런트 페이션트』 『나이트 이터널』 『아르테미스』 『천사학』 『본 슈프리머시』 『높은 성의 사내』 『셜록 홈 즈: 주홍색 연구』 『셜록 홈즈: 바스커빌 가문의 개』 등이 있다.

문학동네 블랙펜 클럽
거인들의 몰락 2

1판 1쇄 2015년 7월 31일 | 1판 4쇄 2021년 11월 8일

지은이 켄 폴릿 | 옮긴이 남명성
책임편집 박아름 | 편집 황문정 | 모니터링 이희연
디자인 고은이 이원경 | 저작권 이영은 김하림
마케팅 정민호 양서연 박지영 안남영 | 홍보 김희숙 함유지 김현지 이소정 이미희
제작 강신은 김동욱 임현식 | 제작처 영신사

펴낸곳 (주)문학동네 | 펴낸이 염현숙
출판등록 1993년 10월 22일 제406-2003-000045호
주소 10881 경기도 파주시 회동길 210
전자우편 editor@munhak.com | 대표전화 031) 955-8888 | 팩스 031) 955-8855
문의전화 031) 955-2655(마케팅) 031) 955-2646(편집)
문학동네카페 http://cafe.naver.com/mhdn | 트위터 @munhakdongne
북클럽문학동네 http://bookclubmunhak.com

ISBN 978-89-546-3703-9 04840
      978-89-546-3701-5 (세트)

잘못된 책은 구입하신 서점에서 교환해드립니다.
기타 교환 문의 031) 955-2661, 3580

www.munhak.com